JOËL TAN

DIE BLÜTENTÖCHTER

Buch

Drillinge! Seit ihrer Geburt sind Eilika, Clementia und Imagina dem misstrauischen Gerede der Menschen ausgesetzt. Um nicht daran zu zerbrechen, schöpfen sie Kraft aus ihrer Blütenkunst. An diesem Junitag jedoch, haben sie gleich zweifach Grund zur Freude. Es ist Jahrmarkt in Heilbronn und die Bekanntmachung ihrer Verlobungen mit drei Männern des Stadtadels steht kurz bevor. Unerwartet erscheint ein Bußprediger, der in einer düsteren Prophezeiung vor einer drohenden Gefahr warnt. Gott hat ihm einen Namen genannt: Laemmlin! Obwohl niemand den Geistlichen kennt, glaubt man seinen Worten. Die Schuldigen für das zerstörerische Hochwasser, das Heilbronn wenig später heimsucht, sind schnell gefunden. Eilika, Clementia und Imagina versuchen, ihr Leben zu retten und werden in den Wirren des Unglücks getrennt. Festen Glaubens, die Schwestern seien tot, beginnt für jede der drei eine gefahrvolle Reise allein – bis sie die ersten Blüten finden. Auf Holz, auf Tuch, auf Pergament.

Autorin

Joël Tan wurde 1982 in Bremen geboren. Sie studierte Medien und Information an der Hochschule für Angewandte Wissenschaften Hamburg und arbeitete vor, während und nach dieser Zeit in verschiedenen Verlagshäusern und Medienunternehmen. Als Zweitälteste von sieben Kindern lernte sie das turbulente Leben in einer Großfamilie kennen. Heute lebt sie mit ihrem Mann und ihren Töchtern im Hamburger Norden und widmet sich mit Hingabe ihrer großen Leidenschaft – dem Mittelalter.

Von Joël Tan bei Blanvalet bereits erschienen:

Die Frau des Ratsherrn · Die Tochter des Ratsherrn · Das Vermächtnis des Ratsherrn · Im Schatten der Purpurbuche

JOËL TAN

DIE BLÜTENTÖCHTER

Historischer Roman

blanvalet

MIX
Papier aus verantwortungsvollen Quellen
FSC® C014496

Verlagsgruppe Random House FSC® N001967

2. Auflage

Dieses Werk wurde vermittelt durch die Literarische Agentur
Thomas Schlück GmbH, 30161 Hannover
Redaktion: Angela Kuepper
Umschlaggestaltung : www.buerosued.de
Umschlagmotive: Malgorzata Maj/Arcangel Images;
akg-images; www.buerosued.de
Karte: © Andrew Tan
LH · Herstellung: wag
Satz: Uhl + Massopust, Aalen
Druck und Bindung: GGP Media GmbH, Pößneck
Printed in Germany
ISBN: 978-3-7341-0441-1

www.blanvalet.de

Für Minu

Das einzig Wichtige im Leben sind die Spuren der Liebe,
die wir hinterlassen, wenn wir gehen.

Albert Schweitzer

DRAMATIS PERSONAE

*Es folgt eine Aufstellung der wichtigsten Figuren, wobei die historisch verbürgten Personen mit einem * gekennzeichnet sind.*

Agnes Zoller*	Gemahlin von Konrad Hainz
Alardus	Bußprediger
Bruder Luppolt*	Prokurator des Franziskanerklosters im Jahre 1330
Christan	Mönch und Begleiter Alardus'
Clementia Laemmlin/Gesa	Tochter von Volmar und Luitgardis, Schwester von Götz
Eberhard von Ebersberg*	Komtur der Kommende der Deutschherren Heilbronn, Feind von Christan
Ebo	Tuchhändler aus Nürnberg
Eilika Laemmlin/Judith	Tochter von Volmar und Luitgardis, Schwester von Götz
Götz Laemmlin	Sohn von Volmar und Luitgardis, Bruder von Eilika, Clementia und Imagina
Guda	Freundin Landos
Hartmann von Bockingen*	Ritter, Feind von Volmar
Heinrich Lieblip*	Bürgermeister in Heilbronn im Jahre 1330
Heinrich von Lichtenberg*	Kanzler des Kaisers von 1314 bis 1335
Hiltegundis Schmid*	Bürgerin Heilbronns

Imagina Laemmlin/Beke	Tochter von Volmar und Luitgardis, Schwester von Götz
Irma	Magd der Laemmlins
Johann von Chiaramonte*	Marschall des Kaisers
Katharina von Ebersberg	Schwester des Komturs Eberhard von Ebersberg
Konrad Hainz*	Reicher Bürger Nürnbergs, Finanzier von Ludwig IV.
Konrad von Baierbrunn*	Küchenmeister des Kaisers
Lando	Armbrustmacher aus Wimpfen
Ludwig IV.	Römisch-deutscher Kaiser von 1328 bis 1347
Luitgardis Laemmlin	Gemahlin von Volmar, Mutter von Götz, Eilika, Clementia und Imagina
Margarethe I.*	Römisch-deutsche Kaiserin von 1328 bis 1347
Matteo	Mundator des Kaisers
Thomas	Angreifer Clementias
Volmar Laemmlin*	Gemahl von Luitgardis, Richter in Heilbronn, Vater von Götz, Eilika, Clementia und Imagina

TEIL I

Heilbronn

Im Jahre des Herrn 1333

ERSTES KAPITEL

Die Trommeln waren schon von Weitem zu hören. Alardus und Christan hatten sich davon leiten lassen. Ohne dieses Dröhnen hätten sie das Dorf im tiefen Buchenwald wohl niemals gefunden. Beinahe war es, als hätte Gott selbst sie hierhergeführt, um für ihn zu wirken, wo die Dringlichkeit am größten war.

Als sie das Ende des schmalen gewundenen Pfades erreichten, tat sich eine große Lichtung vor ihnen auf. Acht Häuser drängten sich an den Waldrand und bildeten den Rahmen für den freien Platz in der Mitte. Hier, im goldenen Schein der untergehenden Sonne, gab es ein Fest.

Alardus sog hörbar den Duft des gebratenen Fleisches ein. Sein Magen knurrte. Einen Moment später fühlte er eine Hand auf seiner Schulter.

»Bedenke, warum wir hier sind, Bruder, und übe dich in Beherrschung. Völlerei ist eine Sünde.«

Wie immer war Christan die Stimme seines Gewissens. Obwohl der Mönch jünger war als er, schaffte dieser es stets, allen Verlockungen zu widerstehen. Alardus, der kürzlich die Priesterweihe empfangen hatte, wusste, er sollte Christan ein Vorbild sein und nicht umgekehrt. Drum verdrängte er den widersinnigen Wunsch, sich der Festtagsgemeinschaft in Einigkeit anzuschließen, und blickte stattdessen suchend umher.

Bis zu diesem Moment hatte niemand die beiden Geistlichen bemerkt. Doch nun löste sich ein weißhaariger Mann aus der Menge der Feiernden und kam auf sie zu.

»Seid gegrüßt, Ihr Männer Gottes«, rief er aus einiger Entfernung.

Die Trommeln verstummten. Mehr und mehr Köpfe wandten sich um.

Alardus machte eine segnende Geste. »Seid auch Ihr gegrüßt, Fremder.«

Der Mann lächelte schief, seine Hasenscharte ließ es nicht anders zu. Auf einen Stock gestützt, näherte er sich bis auf zwei Mannslängen. »Wir bekommen nicht oft Besuch. Unser Dorf ist recht abgelegen. Was führt Euch her?«

»Gott selbst«, erklärte Christan, bevor Alardus antworten konnte. Dabei beäugte er wachsam das Treiben auf dem Dorfplatz, was eine steile Falte zwischen seinen Brauen hinterließ.

Dem Weißhaarigen war das offensichtlich aufgefallen, denn er musterte Christan genau. Trotzdem ließ er sich durch den Argwohn des Mönches nicht beirren. »Wir begehen heute die Hochzeit meiner Tochter.«

Alardus nickte und fragte: »Eine Hochzeit, sagt Ihr?« Der Brautvater klang wenig feierlich, wie er fand. Und auch die übrigen Dorfbewohner benahmen sich merkwürdig. Alle Gespräche waren mittlerweile verstummt. »Ich kann das Brautpaar nirgendwo entdecken. Führt mich doch zu ihnen, damit ich einen Segen aussprechen kann.«

In diesem Moment kam ein höchstens fünfjähriges Mädchen herbei. Es trug zwei Becher mit Wein.

»Bitte«, sagte der Dorfälteste und wies auf die hölzernen Gefäße, die das Mädchen ihnen reichte. »Nehmt zuerst einen Begrüßungstrunk, wie es sich gehört.«

Alardus, dem die Kehle trocken war, kam diese Geste gelegen. »Habt Dank.« Gerade wollte er nach dem Wein greifen, als die Becher dem Mädchen aus der Hand geschlagen wurden. Der rote Inhalt spritzte in hohem Bogen auf den hellen Sandboden, wo er versickerte und aussah wie geronnenes Blut.

Vor Schreck begann das Kind zu weinen. Es versteckte sich

hinter dem Weißhaarigen, dessen Finger den Krückstock nun so fest umfassten, dass seine Knöchel weiß hervortraten.

Alardus blickte erstaunt zu seinem Begleiter, der mit einem Mal sehr ernst klang.

»Keinen Schluck nehmen wir von deinem heidnischen Gebräu. Was geht hier vor sich?« Der ausgestreckte Finger Christans zeigte auf einen Punkt über den Köpfen der Männer und Frauen, wo dunkelgrauer Rauch in mehreren dünnen Wölkchen in die Luft stieg.

Nun sah es auch Alardus, und ihn beschlich eine düstere Ahnung. Konnte es wirklich sein, dass ausgerechnet hier im tiefen Wald der Verfall des Glaubens am größten war?

»Ich sagte doch bereits…«, begann der Mann eine Erklärung, endete jedoch plötzlich.

Mit entschlossenen Schritten ging Christan an ihm vorbei und hielt auf die Mitte des Dorfes zu. Der feste Gang des Mönches und sein ernstes Gesicht bewirkten, dass die Bewohner vor ihm zurückwichen und sich eine Gasse bildete. Die Sicht wurde nun gänzlich freigegeben auf das, was bislang hinter den Leibern verborgen gewesen war. Zum Vorschein kamen die Lichter vieler Fackeln. Sie waren zu einem Feuerkreis in die Erde gesteckt worden – so, wie es die Menschen zu gottlosen Zeiten üblicherweise getan hatten. In dem Kreis stand das Brautpaar – eng umschlungen, scheinbar bereit für das gegenseitige Versprechen. Es war unmissverständlich, was hier geschah. Eine von der Kirche verbotene Vermischung sündhafter Sitten mit den Gesetzen des Allmächtigen. Christans Stimme war nun mehr ein Grollen.

»Ihr entweiht das heilige Sakrament der Ehe, indem ihr die Rituale der Heiden praktiziert?«

»Wir… wir folgen nur der Tradition unserer Vorväter«, versuchte ein Mann aus der Gruppe zu erklären.

»Schweig, du Handlanger des Teufels«, schnitt Christan ihm das Wort ab.

Alardus hatte dem Mönch bis jetzt bloß zugeschaut und dabei bewundernd festgestellt, dass sie durch sein untrügliches Gefühl mal wieder zur rechten Zeit am rechten Ort waren. Dann aber kreuzten sich ihre Blicke. Christans Gesichtsausdruck wirkte auf ihn wie eine Ohrfeige. Alardus setzte sich in Bewegung. Er wusste, nun war es Zeit zu tun, was seine Berufung war. Sein Wille war stark. Von wem ließe sich eine Reuebekundung schließlich besser einfordern als von einem Sünder, der auf frischer Tat ertappt worden war? So straffte er den Rücken und hielt auf einen der Tische zu, die über und über mit den köstlichsten Speisen bedeckt waren. Der Anblick ließ ihn einen Wimpernschlag lang zögern, doch dann schob er alles mit einer schnellen Armbewegung zu Boden. Seine Tat löste einen Laut des Entsetzens aus – genau, was er beabsichtigt hatte. Jetzt brauchte es einen starken Auftritt!

Alardus sprang auf den Tisch. Aus dem Augenwinkel fing er noch ein aufmunterndes Nicken von Christan auf. Dann begann er zu sprechen. »Hört mich an. Ich bin Alardus, Bußprediger aus Halberstadt. Und ich bringe das Wort unseres allmächtigen Gottes, der uns sein heiliges Buch hinterlassen hat, nach dem zu leben es unsere Pflicht hier auf Erden ist.« Seine Stimme klang kräftig. Es fing gut an dieses Mal.

Auch Christan guckte zuversichtlich. Er hatte die Augen weit aufgerissen und wirkte, als traue er sich kaum zu blinzeln.

»Wahrlich, ich sage euch: Der Herr ist zornig über das, was ihr hier tut …« Seine Hand zeigte auf den Feuerkreis. »Diese Bräuche sind wider seine heiligen Gesetze.« Dann wies Alardus auf die Speisen, die er soeben vom Tisch gewischt hatte. »Und auch hier erkenne ich Sünde. *Propter crapulam multi perierunt*, sagte der weise Salomon, der uns darauf hinweist, dass Fresssucht die Menschen verdirbt.« Alardus schritt nun bedächtig ans andere Ende des Tisches und wandte sich neuen Gesichtern zu. Dabei zertrat er betont langsam einen Fisch, der als letzte Speise noch auf dem Tisch verblieben war. Mit einem schmatzenden Geräusch gab der glänzende Tierkörper unter seinem Gewicht nach und quoll zwischen seinen nackten Zehen hervor. Alardus hob drohend den Zeigefinger. »Macht euch bewusst, was die Sündhaftigkeit eures Handelns für schlimme Folgen haben wird.«

Christan starrte unverändert zu Alardus hinauf und machte ein schlichtes Zeichen mit der Hand.

Alardus verstand. Wie Christan es ihm geraten hatte, hob er nun die Arme gen Himmel und richtete sodann den Blick nach oben. Diese sakrale Geste sollte seinen nächsten Worten Nachdruck verleihen. Etwas zu laut prophezeite er: »Eure Seelen werden leiden, unendlich lang. Denn der, der Untugendhaftes tut, wird im Himmelreich vor verschlossenen Toren stehen und in die Hölle fahren. Euch droht das Fegefeuer, wo es nichts gibt außer unendliches Leid und Schmerzen … und … und … Traurigkeit.« Alardus musste sich räuspern. Da war sie wieder: die Angst davor, dass seine Stimme versagte. Doch er kämpfte dagegen an, indem er sich erinnerte, was Christan ihm geraten hatte. Pausen einlegen, um das Gesagte nachwirken zu lassen. Dieses eine Mal wollte Alardus alles richtig machen. Also verharrte er drei Atemzüge lang in der gleichen Position, bis er sich schon lächerlich vorkam.

Niemand sprach ein Wort, was Alardus als gutes Zeichen wertete. Als er jedoch die Arme wieder sinken ließ und in die Menge blickte, erfasste ihn eine Gänsehaut. Es kam ihm keinesfalls so vor, als hätte einer der Anwesenden wahrlich Furcht vor dem Fegefeuer. Zu schnell und zu wenig besonnen, um andächtig zu klingen, sprach er: »Euch scheint nicht klar zu sein, in welcher Gefahr ihr schwebt. Gott sieht euch, auch in der Abgeschiedenheit eures Waldes. Er ist überall.«

Schon während er diese Worte sagte, hörte er Christan in seinem Kopf. *Drücke dich gewählter aus. Rede nicht wie einer von ihnen.* Und tatsächlich. Als er zu dem Mönch blickte, streckte dieser fast unmerklich die Brust raus, um ihm genau das zu sagen. Alardus tat es ihm gleich und atmete durch, um sich zu beruhigen. Seine Arme vollführten jetzt eine ausufernde Bewegung. Er sprach wieder langsamer. »Ich beschwöre euch, rettet eure Seelen, bevor es zu spät ist. Gebt euch nicht hin der Verderbtheit der heidnischen Bräuche, sondern wählt den Weg des ewigen Lebens.« Während seine Rechte segenspendend über die Köpfe schweifte, sagte er: »Kehrt zurück auf den rechten Pfad, ihr verirrten Kinder. Wendet euch wieder dem einzig wahren Herrn zu, Jesu Christo. Entsagt dem Teufel und wählt das Licht.« Alardus schloss kurz die Augen. Er war zufrieden mit seinen Worten und lobte sich in Gedanken selbst, um sich neuen Mut zu machen.

Gerade wollte er zu einer weiteren Rede ansetzen – über die List des Teufels. Sein liebster Teil, denn den beherrschte er gut, und er hinterließ Eindruck. Doch als er die Augen öffnete, stellte er mit Schrecken fest, dass abermals keiner seiner Zuhörer reumütig blickte. Statt dem Wunsch nach Umkehr spiegelten ihre Mienen eher Stolz und Unbeugsamkeit. Ein paar der Männer schienen sogar bedrohlich näher gekommen zu sein. Wie war das möglich? Angesichts ihrer nicht zu leugnenden Schandtat müssten sie doch nach Buße geradezu lechzen. Leicht verzweifelt und darum etwas plump rief er aus: »Bereut! Ansonsten seid ihr … des Todes. Versteht ihr nicht?« Alardus guckte rasch zu Christan. Der schüttelte jetzt den Kopf, um ihn aufzuhalten, doch das Unglück nahm seinen Lauf.

Aufs Neue versuchte Alardus die Gesichter um sich herum zu lesen, doch es gelang ihm nicht mehr. In seinem Kopf schwirrte es, und er musste sich beherrschen, nicht vom Tisch zu springen. In seiner Verzweiflung ergriff er das Kreuz um seinen Hals und wies damit auf einen besonders stur dreinblickenden Mann mit blondem Haar. »Du, Sünder! Beuge die Knie im Angesichte des Kreuzes.«

Der Blonde blieb stehen. Er tat nichts und starrte ihm weiterhin ins Gesicht.

»Hörst du nicht?«

Unverändert stand der vermeintliche Heide da.

»Beuge sofort die Knie, Ungläubiger. Ansonsten wird Gott dich strafen.« Alardus' Stimme begann zu zittern.

»Ach ja? Wird er das? Dann warte ich so lange«, gab der Blonde kühn zurück und verschränkte die Arme vor der Brust.

Alardus spürte, wie sein Hals trocken und seine Hände feucht wurden. Es geschah wieder! Hilfesuchend sah er ein letztes Mal zu Christan, der ihn mit seinem Blick aufforderte weiterzumachen. »Du … du weißt nicht, was du tust. Gott … er … er wird dich … zerschmettern.«

In diesem Moment hob eine der Frauen einen Apfel auf, den Alardus zuvor vom Tisch gewischt hatte. Sie holte aus – und warf.

Alardus sah das Wurfgeschoss zu spät kommen. Es traf ihn tatsächlich mitten auf der Stirn. Der Schmerz kam ebenso unerwartet wie all die anderen Speisen, die dem Apfel folgten. Hatten ihm die Menschen eben wenigstens noch zugehört, ließen sie sich nun alle von der ersten Mutigen mitreißen. Binnen eines Atemzugs hatte sich die Stimmung auf dem Dorfplatz gewandelt.

»Verschwinde, du Dummschwätzer.«

»Mach, dass du wegkommst.«

»Haut ab. Alle beide!«

Christan und Alardus wichen zurück und versuchten ihre Leiber mit den Armen zu schützen. Ihnen blieb nur die Flucht.

Im letzten Augenblick sprang Alardus vom Tisch. Dabei landete er ausgerechnet in einem Korb voller Eier, deren Schalen sich schmerzhaft in seine nackten Zehen bohrten. Dennoch rannte er los – dicht gefolgt von Christan. Sie liefen um ihr Leben. Selbst als sie den Wald erreichten, jagten einige Dorfbewohner weiter hinter ihnen her. Den Beschimpfungen nach zu urteilen blieb für Alardus kein Zweifel daran, dass sie bereit waren, ihnen ernstlich etwas anzutun. Erst als er das wütende

Brüllen nicht mehr hören konnte und so sehr nach Luft japste, dass er beinahe die Besinnung verlor, hielt er an.

Mit dem Rücken an Baumstämme gelehnt, rangen beide Männer um Luft. Hier bemerkte Christan es zuerst.

»Dein Fuß, Alardus. Er blutet.«

Von dem schrecklichen Ereignis am Morgen noch immer verstört, hatte Alardus seit Stunden nichts zu Christan gesagt. Ohne auch nur den Blick zu heben, schritt er den unebenen Waldweg entlang. Doch so ruhig er nach außen auch wirkte, in seinem Inneren tobte es. Seine immer wiederkehrenden Selbstzweifel drohten ihn fast in den Wahnsinn zu treiben, als er plötzlich stehen blieb.

»Das hat doch alles keinen Sinn.«

Christan sah auf. Sein Blick verriet, was er dachte, und er sprach es auch aus. »Bitte. Nicht schon wieder!«

Alardus achtete nicht weiter auf ihn. Er raufte sich das Haar und begann im Kreis zu humpeln, während die Worte aus seinem Mund plötzlich nicht mehr abreißen wollten. »Ich habe es gewusst. Ich bin nicht zum Bußprediger geboren. Warum will unser ehrwürdiger Abt das nicht sehen? Selbst die tumben Bauern aus dem letzten Walddorf haben mehr Mut als ich. Wie sonst ist es zu erklären, dass sie sich mir gegenüber nicht demütig gezeigt haben? Mir, einem Priester!« Er legte sich die Hände auf die Brust. »Ich kann sie einfach nicht überzeugen. Niemanden. Und dabei sollte es so leicht sein. Ich verkünde schließlich Gottes Wort.« Jetzt schlug er die Hände vors Gesicht und murmelte etwas Unverständliches. Als auch nach einer Weile keine Reaktion kam, sah er wieder zu Christan.

Christan rollte die Augen und schüttelte den Kopf. »Ist dein Anfall wieder vorbei?« Er wollte weitergehen.

»Nein, ist er nicht.« Alardus hielt mit schnellen Schritten auf den Mönch zu. Bloß eine Nasenlänge von seinem Gesicht entfernt blieb er stehen und zeterte: »Mein Glaube ist nicht stark genug, Christan. Es muss so sein. Ich kann Gottes Enttäuschung darüber förmlich in meinem Nacken spüren.« Bei diesen Worten griff er sich an besagte Körperstelle.

»Alardus«, begann der Mönch und machte dabei einen Schritt zurück, um etwas Abstand zwischen ihnen herzustellen. »Willst du dich wirklich nach jeder Predigt so gebärden? Das geht nun schon so, seit wir das Kloster vor Wochen verlassen haben. Wo ist dein Gottvertrauen? Besinne dich auf die Dinge, die du im Studienhaus in Halberstadt gelernt hast. Du bist ein Priester.«

»Aber ein schlechter. *Du* solltest der Priester von uns sein. Ich besitze einfach nicht deine Strahlkraft. Jedes meiner Worte stammt doch in Wahrheit aus deinem Munde.«

»Und wahrscheinlich liegt da der Fehler.«

»Was meinst du?«

»Sprich sie nicht nur nach. Mache sie dir zu eigen. Lerne aus ihnen. Gerade gestern habe ich dich noch angewiesen, dass man durchgehend das Feuer der Überzeugung in deiner Stimme hören und die Flammen des Glaubens in deinem Gesicht sehen muss.«

Alardus legte die Stirn in Falten, fast so, als hätte er Schmerzen. Das, was Christan ansprach, war sein wunder Punkt. Sobald jemand unter seinen Zuhörern aufbegehrte, merkte man ihm seine Unsicherheit an. »Du hast leicht reden«, brachte er niedergeschlagen hervor. »Von Feuer und Flammen ist bei mir nichts zu spüren. Im Gegenteil. Ich scheine kaum mehr als bloß ein schwaches Flämmchen in mir zu tragen. Das eines Talglichts vielleicht. Nur ohne Talg.«

»Das ist doch Unsinn, Alardus«, wehrte Christan ab. »Und zudem ist es Gotteslästerung, wenn du derart an dir zweifelst. Der Herr hat dich schließlich nach seinem Abbild erschaffen.«

»Und warum wollen mir dann die rechten Worte nicht einfallen, wenn ich für Gott predige? Ich stottere und stammle, und schon nach wenigen Augenblicken spüre und sehe ich, dass ich es wieder nicht schaffe, ihnen Ehrfurcht einzuflößen.«

»Versuche es erneut. Alles, was dir geschieht, ist eine Prüfung. Gott stellt dich und deinen Glauben auf die Probe. Vor ihm zu bestehen sollte dein einziges Bestreben sein.«

»Ich will ihn ja zufriedenstellen, aber ich weiß nicht, wie…«

»Du kannst nicht erwarten, dass diese Dinge von selbst geschehen. Der Allmächtige hat dir in seiner unendlichen Weisheit bloß das Werkzeug mitgegeben, tun musst du es selbst – aus eigener Kraft. Dein Mut steckt in dir, aber du musst auch mutig sein wollen.«

Alardus sagte jetzt nichts mehr. Er blickte zu Boden und schien mit einem Mal nachdenklich zu sein.

Christan nutzte die Gelegenheit, um seinen eben gesprochenen Worten Deutlichkeit zu verleihen. »Sag mir, was geschieht, wenn du nicht isst und trinkst.«

»Ich bekomme Hunger und Durst.«

»Nein, das meine ich nicht. Ich spreche von einer langen Zeit.«

»Dann sterbe ich.«

»Richtig.«

»Worauf willst du hinaus?«

»Du stirbst, denn Gott hat dir nur einen Mund gegeben. Essen und trinken musst du allein. So verhält es sich auch mit dem Predigen. Und dem Mut. Alles, was du brauchst, trägst du in dir. Verstehst du?«

»Ja, ich glaube schon.«

»Dann gehe in dich, Bruder. Sei bereit, wenn die nächste Gelegenheit kommt, unserem Herrn zu dienen. Wo auch immer das sein wird.«

Irma verließ das Haus in der Kirchbrunnenstraße zwar mit einem bestimmten Auftrag ihrer Herrin, dennoch hatte ihr Verhalten etwas Verstohlenes an sich. Das Wissen darum, dass sie niemandem etwas von ihrem Vorhaben erzählen durfte, war aufregend. Zudem mochte sie das Gefühl, von den Laemmlin-

Frauen gebraucht zu werden. Eine jede der vier lag ihr sehr am Herzen, weshalb sie auch heute mal wieder alles dafür tun wollte, deren heimliche Wünsche zu erfüllen.

Rasch überquerte sie den Marktplatz, und nur wenig später hatte sie ihr Ziel in der Lammgasse erreicht. Ein großes Fachwerkhaus mit weit offen stehendem Tor, aus dem laute Geräusche drangen. Ohne sich bemerkbar zu machen, trat Irma ein. Sie folgte dem Hämmern und Sägen und ließ den Blick durch die Luft schweifen, in der die Staubkörnchen tanzten. Dann sah sie ihn, Emich, Sohn des Zimmermanns. Sie pfiff.

»Irma«, rief er erstaunt. »Was tust du denn hier?« Seine breiten Schultern waren voller Späne.

»Ich wollte dich besuchen, Emich«, gab sie zur Antwort und legte den Kopf schief. Dabei lehnte sie sich rücklings an einen Balken und hielt ihren Korb mit beiden Händen fest.

»Wirklich? Das ist sehr nett.« Sein Gesicht wurde rot. Er fasste sich in den Nacken, sah sich dabei um.

»Nur nett? Hast du mich denn gar nicht vermisst?« Irma setzte eine Miene auf, die eine Mischung aus Enttäuschung und Verführung zeigte. Und in Emichs Gesicht konnte sie sehen, dass es wirkte. Nichts anderes hatte sie erwartet. Irma wusste, sie besaß das Gesicht einer Nonne, doch das Mundwerk einer Metze.

»Und ob ich dich vermisst habe.« Er lächelte jetzt auf eine Weise, die an einen Jagdhund erinnerte, der kurz davor war, den Hasen zu schnappen.

»Dann zeig mir doch, wie sehr«, forderte sie ihn keck auf.

Emich packte ihr Handgelenk und zog sie zwischen die Säcke mit Sägemehl, wo sie so dicht voreinander stehen mussten, dass es unmöglich war, sich nicht zu berühren.

Kichernd ließ Irma es mit sich geschehen. Sie wehrte sich auch nicht, als seine Lippen die ihren berührten und seine Hände zu ihren Brüsten fuhren, sondern genoss diese besondere Form von Macht über ihn. Es war jener Moment, in dem sie wusste, dass sie alles von ihm haben konnte. Er würde keine Fragen stellen – das tat er nie.

Kurz darauf verließ sie das Haus in der Lammgasse. Ihr Korb war nun etwas schwerer als zuvor. Beschwingt erreichte sie die Zehentgasse. Von hier aus war ihr nächstes Ziel schon zu sehen. Ebenso wie zuvor trat sie auch in dieses Haus einfach ein.

In der Schneiderei war es still. Wie immer. Anders als beim Holz brauchte es zum Bearbeiten von Stoffen keine lärmenden Gerätschaften.

Irma sah sich um und blickte zwischen die Regale, in denen verschiedenste Stoffe lagen. Hinter blauen und roten Tuchrollen fand sie schließlich, was sie suchte. Dietrich, der Schneider, war bereits etwas grau an den Schläfen, aber ebenso wie Emich war er ein Hüne von einem Mann. Das war ihre Schwäche, große Kerle. Und in der Regel hatten diese Kerle auch eine Schwäche für sie.

»So vertieft in die Arbeit?« Ihre Stimme klang verführerisch.

Der Schneider hatte sie tatsächlich nicht bemerkt. Jetzt sah er erschrocken auf und blickte Irma an, als sei sie eine bloße Einbildung. »Was machst du hier?«, flüsterte er.

Irma ließ sich von seiner Frage nicht verschrecken. »Ich gucke dich nur an.« Nachdem er nichts darauf erwiderte, neckte sie ihn: »Willst du etwa, dass ich wieder gehe?«

»Wer ist da unten, Dietrich?«, erklang plötzlich eine Frauenstimme aus dem oberen Stock.

Beide blickten zu den steilen Stiegen am anderen Ende des Raums.

»Niemand, mein Herz. Ich spreche mit mir selbst.« Während er das sagte, hastete er auf Irma zu, packte sie am Arm und zog sie durch die Schneiderei bis zur Hintertür. Hier angekommen, presste er sie sogleich mit dem Rücken dagegen und begann sie ohne jedes Wort wild zu küssen. Wenig später, als seine erste Gier gestillt war, maßregelte er sie: »Irma, du kannst doch nicht einfach hier hereinschleichen. Sie hätte dich sehen können.« Er zeigte nach oben. »Andere hätten dich sehen können.«

»Und wenn schon«, antwortete sie frech. »Dann hätte meine Herrin eben ein neues Kleid gebraucht.« Sie lächelte und ließ den Tadel einfach an sich abprallen. »Küss mich lieber noch mal.«

Er tat es nur zu gern und konnte dabei bloß schwerlich seine Finger bei sich lassen.

Irma zierte sich kichernd und wand sich schließlich aus seiner Umarmung. Sie wollte etwas von ihm, und selbstverständlich bekam sie, was sie begehrte. Nach dem Versprechen, alsbald wiederzukommen, verließ sie die Schneiderei.

Als Nächstes schlenderte sie die Sülmer Straße hinab. Die Ereignisse malten ihr ein Lächeln auf die geküssten Lippen. Wenn es nach ihr ginge, könnte jeder Tag so beginnen, dachte sie bei sich. Es war ihr mittlerweile unmöglich zu sagen, wie viele Verehrer sie in der Stadt hatte. Der Mann jedoch, den sie jetzt aufsuchte, würde nie zu einem ihrer Liebhaber werden.

Wie selbstverständlich betrat Irma den Hof und dann die Scheune, wo sie ihn vermutete. Außer ein paar Hühnern, die den Boden hier nach Körnern absuchten, war aber niemand zu sehen. Sie beschloss, im Haupthaus nach dem Knecht zu fragen, und drehte sich um. Diesmal war sie es, die überrascht wurde.

»Lorenz!« Aus dem Nichts stand er plötzlich vor ihr.

»So schreckhaft heute?«, fragte er sie mit seiner dunklen Stimme und kaute auf einem Grashalm herum.

»Wenn du so unvermittelt hier auftauchst.« Noch immer lag ihre Hand auf ihrem Herzen.

Er lachte. »Ich lebe hier. Du bist diejenige, die einfach aufgetaucht ist.« Lorenz musterte sie von oben bis unten. »Du siehst sehr hübsch heute aus.«

Bei manch anderem Mann hätte Irma jetzt ihre Stimme

verändert sowie ihren Blick und ihre Haltung. Nicht so bei Lorenz. Irma und der Knecht des Komturs der Kommende der Deutschherren waren gemeinsam im Dorf Bockingen groß geworden und hatten es nahezu gleichzeitig verlassen, um in die Dienste ihrer Herren zu treten. Er war für sie wie ein Bruder, was es ihr unmöglich machte, sich ihm hinzugeben. Aus diesem Grund überging sie seine Schmeicheleien für gewöhnlich. So auch heute. »Ist der Komtur im Haus? Ich will nicht, dass er mich sieht.« Sie blickte hoch zu jenem Stockwerk, in dem sich die Schreibstube befand.

»Keine Sorge. Eberhard von Ebersberg ist schon früh am Morgen zum Deutschhof gegangen.«

»Und seine Schwester?«

»Sie ist da, aber wie immer so sehr mit niederen Hausarbeiten beschäftigt, dass sie kaum Zeit haben wird, dich zu bemerken.«

Ausgerechnet in diesem Moment öffnete sich die Hintertür. Katharina von Ebersberg erschien und kippte einen Eimer mit Schmutzwasser in den Hof. Ihr Gesicht war vor Anstrengung gerötet, und sie schwitzte.

Gerade noch rechtzeitig zog Lorenz Irma zurück in die Scheune.

Als die Komturs-Schwester wieder verschwunden war, schüttelte Irma den Kopf. »Sie kann einem leidtun.«

»Warum? Sie ist wohlhabend geboren und muss keinen Hunger leiden – wie man ihrer runden Gestalt deutlich ansieht.«

Irma verpasste Lorenz einen leichten Schlag gegen den Arm. »Du weißt, wovon ich rede. Sie sollte heiraten und Kinder kriegen und nicht für ihren grimmigen Bruder die Magd mimen.«

»Eberhard von Ebersberg wird das zu verhindern wissen. So, wie er es seit Jahren tut. Er hat nicht gern Fremde im Haus, und da er als Geistlicher kein Weib haben kann …«

»Diese Geschichte ist zum Weinen traurig«, sagte Irma und vergaß kurzzeitig, warum sie gekommen war. »Jeder weiß, dass sie ihr Herz an einen Mann verschenkt hat.«

Selbst Lorenz schien kurz betroffen. »Ja, auch wenn das ziemlich einseitige Vorstellungen sind. Das weiß auch jeder. Aber sie hält noch immer an dem Wunsch fest, dass Götz Laemmlin sie eines Tages ehelicht. Und der Komtur leistet seinen Beitrag.«

»Was meinst du?«

»Ich habe letztens ein Gespräch belauscht, in dem er ihr Hoffnung machte – jetzt, da das Weib von Götz Laemmlin gestorben ist. Glaub mir, auf diese Weise wird er sie ewig hier festhalten.«

Irma schüttelte den Kopf. »Das Leben ist nicht gerecht. Während die Drillinge nur noch einen Steinwurf von ihren Verlob…« Sie brach ab. Doch Lorenz hatte schon verstanden.

»Welche Familien werden es sein?«

Sie rollte die Augen. Manches Mal benahm er sich wie ein Waschweib. »Ich werde es dir nicht sagen.«

»Warum nicht? Ich werde es sowieso erfahren.«

»Ja, und dann der Rest der Stadt. Übe dich in Geduld, mein Lieber.« Während sie das sagte, schüttelte sie das letzte bisschen Mitleid ab, das ihr eben noch innegewohnt hatte. So tragisch Katharinas Schicksal auch war, es blieb ihr nicht genug Zeit, um weiterzuplaudern. »Sag mir, hattest du Erfolg?«

»Nicht doch.« Lorenz lächelte verschmitzt. »Du wirst doch jetzt nicht ablenken, wo wir gerade übers Heiraten reden.«

»Was soll das heißen?«

»Das weißt du genau. Ich habe dich schon oft gefragt und werde es weiterhin tun.«

»Meine Antwort ist nein.«

Er tat so, als hätte sie das gar nicht gesagt. »Wann heiratest du mich endlich, Irma?«

»Lorenz, ich bitte dich …«

»Du und ich, wir gehören zusammen, schon immer. So wie Götz und Katharina. Also, wann wirst du meine Frau?«

»Niemals! Wie viele Zurückweisungen willst du dir noch anhören, bis du verstehst?«

»Durch jede einzelne wirst du für mich noch begehrenswerter. Keine ist so stur wie du – das mag ich. Irgendwann wirst auch du erkennen, dass ich der Richtige für dich bin und es keinen Grund gibt, mir weitere Absagen zu erteilen.«

»Stell dich besser auf eine lange Zeit ein. Es gibt so viele Gründe wie Blätter an den Bäumen, dich nicht zu ehelichen.«

»So? Dann nenne mir einen davon.«

»Wozu? Was soll …«

»Nur los, sag mir einen.«

»Na schön. Du bist ein Dieb.«

Er lachte. »Aber niemand weiß es. Außerdem bestehle ich nur die Reichen. Unter anderem für dich, meine Liebe.« Er zeigte mit seinem Grashalm auf Irma.

»Ist mir gleich, ob du ein heimlicher oder ein gefasster Dieb bist. Dieb bleibt Dieb. Hattest du nun Erfolg oder nicht?«

»Deine Frage ist beinahe eine Beleidigung für mich«, gab er gespielt entrüstet zurück. »Habe ich bisher nicht alles besorgt, was du gebraucht hast?«

»Das heißt ja?« Irma war aufgeregt.

Lorenz stieß sich von der Wand ab und ging tiefer in die Scheune. Mit einem Leinenbündel in der Hand kam er zurück. »Hier ist, was du dir gewünscht hast. Wofür auch immer du es brauchst.« Er warf ihr einen fragenden Blick zu.

Als Irma das Bündel in die Hand nahm, sah sie anerkennend zu ihm auf. »Lorenz, das ist unglaublich. Ich danke dir.«

Sein Gesicht verriet, wie sehr er ihr Lob genoss.

»Und er wird dich nicht verdächtigen?«

»Nein, das tut er nie. Aber sehr wahrscheinlich wird er es Katharina anlasten.«

»Oje.« Irma blickte gequält.

Der Knecht zuckte die Schultern. »Um den Verlust ihrer Stellung wird sie sich kaum sorgen müssen.«

»Das ist allerdings wahr.«

»Geh jetzt besser, bevor mein Herr oder dein Herr zurückkehren.« Er küsste sie auf die Stirn, obwohl sie ihm nicht die Erlaubnis dazu erteilt hatte.

Irma gewährte es ihm – dieses eine Mal!

Es dämmerte schon fast. Seit ihrer letzten Unterhaltung hatte Alardus viel nachgedacht. Nicht zum ersten Mal kam es ihm so vor, als lebten zwei Männer in seinem Inneren. Einer, der unter stetem Selbstzweifel litt, und ein weiterer, der sich täglich aufs Neue von Christans Eifer anstecken ließ. Seit Wochen schwankte er zwischen diesen Eigenschaften hin und her. Alardus war klar, was er seinem Begleiter mit seinen Launen aufbürdete. Das musste ein Ende haben – ein für alle Mal. Und so nahm er sich vor, Christans letzte Aufforderung zu beherzigen. Bei nächster Gelegenheit wollte er mutig sein – koste es, was es wolle.

Sie waren kurz davor, sich einen Platz für die Nacht zu suchen, als Alardus ein Poltern vernahm. Er richtete den Blick hinter sich und sah eine Gruppe Reisender. Drei Pferdewagen und ein paar Reiter, dahinter einige zu Fuß. *Wo auch immer das sein wird,* hallte es in Alardus' Kopf nach. Er lächelte. Die Worte seines Begleiters hatten ihm so viel Beherztheit eingeflößt, dass er jene zufällige Begegnung nun getrost als göttliche Fügung verstehen wollte. So stellte er sich mitten auf den Weg und versperrte diesen.

»Alardus, was tust du?«, fragte Christan erstaunt, der sich bereits am Wegesrand befand.

»Ich sehe ein Zeichen Gottes. Und du hast mir die Augen geöffnet.« Er zwinkerte seinem Begleiter zu.

»Versuche mich nicht mit schönen Worten zu täuschen. Darauf falle ich nicht rein«, schleuderte Christan ihm entgegen. »Ich weiß, was du vorhast. Es entspricht ni…«

»Vertrau mir einfach, mein Freund.« Alardus blickte nun zu den Reisenden.

Der Reiter an der Spitze der Herannahenden blieb gezwungenermaßen stehen. Er hob die Hand, worauf auch alle hinter ihm zum Stehen kamen.

»Gottes Gruß, edler Mann.« Alardus legte die rechte Hand aufs Herz und sagte: »Mein Name ist Alardus. Ich bin Priester, und das ist mein Begleiter Christan.«

»Seid gegrüßt, Barfüßer. Ich bin Ritter Hartmann von Bockingen.«

»Sagt, Ritter Hartmann, wohin führt Euch Euer Weg?«, fragte Alardus.

»Nach Heilbronn, zum dreiwöchigen Jahrmarkt. Ich biete diesen Männern und Frauen meinen Geleitschutz an.«

Alardus sah an dem Pferd vorbei und erkannte Fässer und Kisten auf den Wagen. »Heilbronn, sagt Ihr?«

»Ganz recht.«

Christan nutzte die kurze Pause, um Alardus ein weiteres Mal seinen Unmut zu bekunden. »Nach Heilbronn? Du weißt genau, was der ehrwürdige Abt gesagt hat. Wir sollen in den entlegensten Winkeln des Landes wirken. Dazu zählt Heilbronn ganz sicher nicht.«

Der Ritter verengte die Augen und blickte etwas verwirrt zwischen den beiden Geistlichen hin und her.

Alardus aber zeigte jetzt mit dem Finger auf den Mönch. »... wo auch immer das sein wird, richtig?«

Christan riss die Augen auf. »So habe ich das bestimmt nicht gemeint.«

Alardus achtete nicht weiter auf ihn und blickte wieder auf sein Gegenüber. »Ritter Hartmann, dürfen wir uns Euch anschließen? Mein Fuß plagt mich«, er offenbarte seine Schnittwunde. »Auch wenn ich es sonst bevorzuge zu laufen, wie Jesus Christus es zumeist tat, wäre mir heute ein Platz auf einem der Pferdewagen äußerst willkommen.«

»Nun, wenn Ihr versprecht, uns guten Christen die Beichte abzunehmen? So wären wir einander dienlich.«

Alardus nickte. »Mit Freuden. Ich danke Euch.« Christan und er schritten an dem Ritter und der halben Gefolgschaft vorbei, um sich einen Platz auf einem der Wagen zu suchen. Zwischen den Körben, Fässern und Kisten war es alles andere als bequem. Doch das war Alardus gleich. Sein verletzter Fuß pochte.

Christan sah ihn kopfschüttelnd an. »Du weißt schon, dass in einer Stadt noch mehr Menschen leben als in einem Walddorf, oder?«

»Gewiss weiß ich das.«

»Und du weißt auch, dass diese Städter nicht bloß eine Ansammlung *tumber Bauern* sind, um mal deine Worte zu gebrauchen.«

»Was willst du mir sagen, Christan?«

»Ganz einfach: Denkst du, der Auftrag unseres ehrwürdigen Abtes war zufällig gewählt? Er weiß um deine Fähigkeiten und hat deine Aufgabe entsprechend ausgesucht.«

»Jetzt täusche du mich nicht mit schönen Worten. Du meinst wohl eher, er weiß um meine *mangelnden* Fähigkeiten.«

»Nenne es, wie du willst. Ich habe nicht vor, dich zu entmutigen. Aber auf einem überfüllten Marktplatz wird eine Flucht nicht so leicht sein wie heute Morgen im Wald, wenn du verstehst, was ich meine.«

»Ich verstehe dich, aber sei unbesorgt. Eine Flucht wird in Heilbronn unnötig sein. Diesmal werde ich nicht versagen. Gott hat uns diesen Weg gewiesen. Ich bin überzeugt, dass ich in jener Stadt wirken soll. Und schon bald wird er uns ein Zeichen senden.«

»Das wäre wahrlich ein Labsal für mich.« Christan wandte sich an ein Weib, das hinter dem Pferdewagen ging. Auf dem Rücken trug sie einen Korb mit drei Hühnern darin. »Gute Frau, sagt mir, gibt es eine Herberge in Heilbronn, in der wir unterkommen können?«

Die Angesprochene sah ihn von oben bis unten an. Den Blick auf seine nackten Füße gerichtet, antwortete sie: »Wozu eine Herberge, wenn eure Glaubensbrüder ein Kloster in der Stadt haben?«

»Franziskaner? In Heilbronn?«

»Wenn ich es doch sage.«

Nun lächelte Alardus Christan an, der reumütig ein Kreuz schlug. Wie er seinen Begleiter kannte, bat er Gott gerade stumm um Verzeihung, weil er kurz daran gezweifelt hatte, ob der neu eingeschlagene Weg wirklich sein Wille war.

»Sieh doch, da vorne«, rief Christan. Er war plötzlich aufgesprungen und zeigte auf einen Punkt vor sich im Tal. Seine sonst so beherrschte Stimme klang aufgeregt. »Ich sehe Heilbronn.«

»Gepriesen sei der Herr«, antwortete Alardus und stemmte sich eine Hand ins Kreuz. Die vergangenen zwei Tage auf dem harten Pferdewagen waren anstrengend gewesen. So anstrengend, dass er nicht einmal Lust hatte aufzustehen, um selbst einen ersten Blick auf die Stadt zu erhaschen. »Sag mir, was du siehst.«

»Eine Mauer, darin Türme, so hoch wie das Rathaus in Halberstadt. Hinter der Stadt sind Berge mit Weinfeldern und davor ein breiter Fluss, der sich mehrfach teilt. Das Wasser scheint überall zu sein. Wir müssen über eine lange Brücke, um ins Innere der Stadt zu kommen.«

»Kannst du eine Kirche entdecken?«

»Oh ja, genau in der Mitte. Sie ist mächtig. Zwei Türme hat sie …«

Der Pferdewagenführer drehte sich um. »Setz dich wieder hin, Mönch. Wir kommen nicht schneller an, wenn du es meinem Gaul schwerer machst.«

Christan gehorchte und begnügte sich gezwungenermaßen damit, die Schönheit der Landschaft zu betrachten. Es war offenbar kein schlechter Tausch. Er lächelte.

Alardus vergaß seine Kreuzschmerzen für den Augenblick und auch, dass er sich schon wieder den Schweiß mit dem Ärmel von der Stirn wischen musste. Es war ein ungewöhnlich heißer Tag, wie es ihn diesen Juni noch nicht oft gegeben hatte. Die Luft war erfüllt von dem Zirpen unzähliger Grillen. Die Wiesen, an denen sie vorbeikamen, standen voller bunter Blumen und Kräuter. Schmetterlinge tanzten in der Luft. So musste das Paradies aussehen. Erst als der Wagen laut polternd die Holzbrücke befuhr, wurden seine Gedanken unterbrochen.

Christan konnte nicht länger an sich halten. Entgegen der Weisung des Wagenführers war er wieder aufgesprungen. Er reckte den Hals, um in das breite Gewässer blicken zu können. »Guck dir das an, Alardus. Was für ein Bauwerk. Gott selbst muss Hand an diese Brücke gelegt haben. Wie sonst ist so etwas möglich?«

Alardus wollte gerade etwas erwidern, als Ritter Hartmann an ihre Seite getrabt kam. Er sprach den Pferdewagenführer an.

»Sei ein guter Christ, Alwig, und bring die beiden noch zu den Franziskanern.«

Der Mann nickte und lächelte auf eine Weise, die deutlich machte, dass es mit seinem Glauben sonst nicht weit her war.

Dann richtete der Ritter das Wort an Alardus. »Alles Gute für Euren Fuß, Priester, und habt Dank für Eure apostolischen Dienste auf unserer Reise. Vielleicht gefällt es unserem Herrn, dass unsere Wege sich eines Tages wieder kreuzen.«

»Es wäre mir eine Freude. Gottes Segen und ein langes Leben für Euch.« Alardus sah, wie der Ritter daraufhin sein Pferd forsch antrieb und es geschickt zwischen den Männern und Frauen hindurchlenkte, die alle zum Jahrmarkt strebten. Bald schon lag die Brücke hinter ihnen, und der Wagen durchfuhr das Tor, über dem sich ein Turm befand. Auf Heilbronns überfüllten Straßen bahnte er sich quälend langsam seinen Weg.

Immer wieder musste der Mann, den der Ritter Alwig genannt hatte, sich mit lauten Rufen Platz verschaffen, um niemanden umzufahren.

»Zur Seite. Vorsicht, da vorne. Pass auf, wo du hinläufst, Mädchen, sonst kommst du unter die Räder.«

Alardus achtete kaum auf die vielen Menschen. Er hatte etwas erblickt, das ihn ganz und gar einnahm: die Kirche mit den zwei Osttürmen, von der Christan gesprochen hatte. Durch ihre dicken Steinmauern hatte sie etwas Unverwüstliches, dennoch wirkte der Bau auf Alardus leicht. Es mussten die Fensterreihen oben und unten sein, die diesen Eindruck hinterließen. Während er versuchte, einen Blick ins Innere zu werfen, fühlte er wieder jene Vertrautheit, die ihn beim Anblick von Kirchen stets überkam. Und erst jetzt bemerkte er, wie sehr ihm das in den letzten Wochen gefehlt hatte.

»Haltet an!«, forderte er plötzlich.

Das Pferd blieb stehen.

Christan und der Wagenführer sahen ihn gleichermaßen verwundert an.

»Was ist los, Priester?«

»Ich will hier aussteigen, um unserem Herrn für die sichere Ankunft in Heilbronn zu danken.«

Christan wollte sich gerade erheben, da hielt Alardus ihn auf: »Nein, fahre du zum Kloster. Mich drängt es nach alleiniger Zwiesprache mit Gott. Wir treffen uns später, mein Freund.«

»Wenn das dein Wunsch ist.«

Alardus nickte und sah dabei zu Alwig. »Ich danke Euch, guter Mann. Ihr habt mir einen großen Dienst erwiesen. Ich werde Euch in meine Gebete einschließen.«

»Das kann nie schaden«, sagte er trocken und schnalzte, um den Gaul wieder anzutreiben.

Alardus mied Christans Blick, bis der Wagen nicht mehr zu sehen war. Er wusste, dass der Mönch es nicht mochte, wenn sie sich trennten. Doch Alardus brauchte nach den vielen

Wochen im Wald, in denen sie unentwegt beieinander gewesen waren, einen Moment der Einsamkeit.

Die Wunde an seinem Fuß war so weit verheilt, dass sein Humpeln kaum mehr auszumachen war. Dennoch schritt er besonders langsam die Mauer entlang, welche die Kirche umgab. Dahinter befand sich die letzte Ruhestätte der Toten der Stadt. Durch die halbrunden Luken in der Mauer konnte Alardus die Grabhügel und neu ausgehobenen Mulden sehen, die schon auf die nächsten Gebeine warteten. Dann aber erregte etwas anderes auf dem Kirchhof seine Aufmerksamkeit. Es war eine Frau – vielleicht auch ein Mädchen. Alardus konnte sie bloß von hinten sehen, und doch blieb sein Blick an ihr haften. Sie hatte sich auf Zehenspitzen gestellt, um mit ihrem Rocksaum an ein Ewiges Licht zu kommen, das an drei Ketten hing. Während sie das Licht mit dem Stoff ihres Kleides säuberte, entblößte sie ihre Knöchel. Alardus schluckte trocken. Eigentlich hätte er – vor allem in seiner Funktion als Bußprediger – erzürnt sein müssen, dass sie sich nicht ordentlich bedeckte. Doch auf eigenartige Weise hatte sie etwas so Unschuldiges an sich, dass er über ihre Verfehlung hinwegsehen wollte. Er riss sich von der Mauerluke los und setzte seinen Weg fort.

ZWEITES KAPITEL

»Hübsch seht ihr drei aus«, sagte Luitgardis mit unverhohlenem Stolz in der Stimme. Die Hände unter dem Kinn gefaltet, blickte sie ihre Drillinge eine nach der anderen an. Nur äußerst selten trugen die Mädchen unterschiedliche Kleider. Heute aber war so ein Tag. Der Grund dafür war für Luitgardis noch überwältigender, als es der bloße Anblick der beinahe unbezahlbaren roten, grünen und blauen Seide sowieso schon gewesen wäre.

Eilika, ihre Erstgeborene, schien diesen Blick zu kennen und ahnte offenbar, dass Luitgardis gleich eine Träne aus dem Augenwinkel fließen würde. Bevor das geschah, sagte sie rasch: »Nicht doch, Mutter. Es gibt keinen Grund zu weinen. Im Gegenteil.«

Lachend wischte Luitgardis sich die Augen und strich sich eine ergraute Haarsträhne aus der Stirn. »Es tut mir leid. Es ist nur …« Sie winkte ab. »Ihr seht so anmutig aus in euren feinen Gewändern. Kaum zu glauben, dass ihr vor Kurzem noch Kinder mit aufgeschlagenen Knien wart.«

Nach diesen Worten kamen gleich alle drei, um sie zu trösten. Luitgardis breitete die Arme aus, so weit sie konnte, um die Drillinge darin einzuschließen.

»Sechzehn Jahre kommen dir kurz vor?« Eilika zog belustigt die Augenbrauen hoch.

»Es war wie ein Atemzug, sag ich dir. Wenn ihr eines Tages selbst Kinder habt, werdet ihr mich verstehen.«

Clementia, die Zweitälteste, strich sich über den Bauch. Mit einem Mal klang ihre Stimme schwärmerisch. »Hoffentlich schenkt der Herr mir viele Kinder.«

»Eins nach dem anderen.« Luitgardis lächelte ihrer ungeduldigen Tochter zu. »Das mit den Kindern kann noch etwas warten. Zuerst stehen eure Verlobungen an.«

»Ach, wenn es doch nur schon so weit wäre«, wünschte sich Clementia. »Mir fällt es so schwer, den Mund zu halten. Am liebsten würde ich jetzt gleich die Fensterluken öffnen und laut herausrufen, dass wir kurz davorstehen, uns mit den vornehmsten Familien der Stadt zu verbinden.«

»Das wirst du schön bleiben lassen. Jedenfalls so lange, bis der Handschlag getan ist.«

»Aber sicher, Mutter«, bestätigte sie brav. »Dennoch bin ich unendlich gespannt auf die Gesichter der Nachbarsfrauen, wenn sie es erfahren. Warum dauert es denn so lange, über eine Mitgift und das Wittum zu verhandeln?«

»Es dauert deshalb so lange, weil euer Vater sich erst einmal mit allen drei Männern in sämtlichen Punkten einig sein muss. Es geht um große Reichtümer, die es zu verteilen gilt. Erst dann werden eure Verlobungen bekanntgegeben – und zwar am selben Tag.« Luitgardis freute sich noch immer über diesen Einfall von ihr. Auch wenn sie sonst nicht oft etwas forderte, hatte sie vor ihrem Gemahl Volmar darauf bestanden.

»Am selben Tag?«, wiederholte Eilika. »Das klingt wunderbar. So wird keine von uns der anderen vorgezogen. Wie weit sind die Verhandlungen denn inzwischen?«

»Euer Vater sagte mir gestern, es wäre wohl nur noch einer der Männer zu überzeugen.«

Clementia biss sich nachdenklich auf die Unterlippe. »Welcher denn?«

»Das behalte ich für mich.« Luitgardis beäugte nun wieder die Kleider. Ihr Blick haftete auf einer Naht, die nicht sauber gearbeitet war. »Doch so viel verrate ich schon: Sehr wahrscheinlich wird es am Jakobstag so weit sein.«

Die Drillinge sahen einander aufgeregt an.

»In vier Wochen also«, bemerkte Imagina, die Jüngste.

Clementia klatschte in die Hände. »Ich sehe es schon deutlich vor mir: Ganz Heilbronn wird ein einziges Fest sein.«

Eilika schmunzelte. »Das ist eine schöne Vorstellung, doch du vergisst, dass die Verbindungen zu den Erers, Gebwins und Feurers uns sicher einige neiden werden. Zumal es unter den Heilbronnern ja ohnehin seit jeher welche gibt, die uns Drillingen gegenüber argwöhnisch sind.«

Luitgardis wollte diese Gedanken nicht zulassen. Nicht jetzt, da einzig die Freude die drei beherrschen sollte. »Sieh es ihnen nach, mein Kind. Keiner von denen hat je erlebt, dass drei Kinder auf einmal geboren wurden. Ungewöhnliches erzeugt nun mal Unbehagen. Für mich werdet ihr immer die Verkörperung der Heiligen Dreifaltigkeit sein.«

Eilikas Bedenken blieben bestehen. »Wenn du Anna Lütwin fragst, sind wir wohl eher der dreifache Fluch auf Kanaan.«

Ein Lachen aus allen Mündern erfüllte die Kammer. Luitgardis war so stolz in diesem Augenblick. Schon ihr ganzes Leben sahen sich ihre Töchter dem Misstrauen mancher Heilbronner ausgesetzt. Es war nicht immer leicht, dem mit Fröhlichkeit entgegenzuwirken. »Stellt euch noch einmal nebeneinander«, forderte sie, um die Maße der Kleider zu vergleichen. Doch statt der Stoffe waren es die Mädchen, die sie besah. Ein ums andere Mal fragte Luitgardis sich, warum es Gott gefallen hatte, den dreien ein so auffälliges Äußeres zu geben. Dieses helle Haupthaar, die hellen Wimpern und Brauen. Dazu die roten Lippen und Wangen. Doch sosehr die Schwestern sich äußerlich auch glichen, ihre Wesenszüge hätten kaum unterschiedlicher ausfallen können. Während Eilika etwas Wildes an sich hatte, war Clementia die Fröhlichste von ihnen. Imagina hingegen besaß eine gewisse Zurückhaltung, die sie zum Gegengewicht ihrer Schwestern machte.

Luitgardis nickte und sprach: »Gut, ihr dürft euch wieder bewegen.«

Sofort nahm Clementia das Gespräch wieder auf. Sie eilte zu

Eilika und griff nach ihren Händen. »Wie sollen wir die Zeit bis zum Jakobstag nur aushalten? Ich wüsste so gern jetzt schon, welcher Mann wen von uns wählt.«

»Oh ja, ich auch. Aber Vater schweigt eisern dazu. Ich habe ihn gestern noch gefragt. Und den Tag davor. Vielleicht auch den davor.«

»Hoffentlich entscheidet sich Engelmar Erer für mich. Er ist der Hübscheste von ihnen«, stellte Clementia keck fest.

»Wenn ich wählen könnte, würde ich Dieter Gebwin bevorzugen«, sagte Eilika. »Er ist vielleicht nicht so ansehnlich wie Engelmar, aber dafür hörte ich über ihn, dass er mutig sein soll. Man sagt, er sei schon weit gereist. Vielleicht würde er mich auf seine Reisen mitnehmen.«

Luitgardis dachte, dass der Gebwin-Sohn tatsächlich eine gute Wahl für Eilika wäre. Leider hielt ihr Gemahl auch vor ihr geheim, welcher der Männer welche der Schwestern zu ehelichen gedachte.

Imagina schüttelte den Kopf. »Ihr sprecht so, als läge der Verlobungskuss längst hinter euch. Dabei ist noch nichts beschlossen«, gab sie zu bedenken. »Es grenzt an Hochmut, sich schon jetzt darüber zu freuen.«

»Du mal wieder«, tadelte Eilika ihre oft so ernste Schwester. »Zu dir passt tatsächlich am besten der Spross der Feurer. Er scheint mir auch eher gemessen zu sein.«

Luitgardis beendete die Spekulationen, indem sie noch ein letztes Mal die Mithilfe ihrer Töchter forderte. »Ich muss für Schneider Dietrich ein paar kleine Änderungen an den Ärmeln markieren, damit ihr euren zukünftigen Ehemännern am Jakobstag nicht in halb fertigen Kleidern gegenübertretet. Also steht noch einmal still und breitet die Arme aus.« Luitgardis trat nacheinander zu jeder Tochter und zog an den edlen Stoffen herum. Dabei murmelte sie vor sich hin: »Wo ist denn Irma nur schon wieder? Ich könnte schwören, dass ich ihr gesagt habe, ich brauche sie hier.«

Eilika hörte die Worte ihrer Mutter, erwiderte jedoch nichts. Sie wollte die Magd, die auch ihre Freundin war, vor Tadel schützen, denn Irma hatte in aller Frühe das Haus verlassen. Vom weit geöffneten Fenster aus war Eilika aufgefallen, dass sie sich immer wieder umgeblickt hatte. So, als wäre ihr Vorhaben heimlich. Sie nahm sich vor, die Magd später danach zu fragen.

Luitgardis erhob sich bald wieder von ihren Knien. »Ich bin fertig. Zieht die Kleider aus, damit ich die Änderungen mit Schneider Dietrich besprechen kann.«

»Erlaubst du, dass wir zum Markt gehen? Wenn wir uns beeilen, kommen wir noch rechtzeitig zur Rede des Bürgermeisters.«

»Ohne Irma? Wartet besser, bis sie …«

»Bitte, Mutter«, bettelte Eilika. »Wir wollten doch nach passenden Bändern für unser Haar und nach Borten in Rot, Grün und Blau schauen.«

»Na schön, ihr dürft. Aber betragt euch gut. Heute noch mehr denn je. Aller Augen ruhen dieser Tage auf euch.«

Eilika spürte ein Kribbeln in ihrem Bauch. Dieses Mal würde keine von ihnen etwas gegen die Blicke haben. Wussten sie doch, dass das Gerede sehr bald ein Ende hatte.

In der Kirche empfing Alardus die gewohnt kühle Luft. Wohlig legte sie sich auf seine Haut. Er liebte dieses Gefühl und atmete tief durch, während er das Langhaus durchschritt, vorbei an den niedrigen Seitenschiffen, durch deren südliche Fenster das Sonnenlicht schien. Dann, im Angesicht des heiligsten Bereichs der Kirche im Osten, fiel Alardus auf die Knie. Er faltete die Hände und schloss die Augen, um ganz in seinem Dankesgebet versinken zu können. Doch bevor er die ersten Worte ausgesprochen hatte, wurde er durch ein Geräusch gestört.

Er blickte auf und sah zum Portal, durch das ein immer breiter werdender Lichtstrahl fiel. Der festen Überzeugung, ganz Heilbronn befände sich auf dem bald beginnenden Jahrmarkt, hatte er angenommen, hier alleine zu sein. Doch jetzt konnte er erkennen, dass jemand eintrat. Es war die junge Frau vom Kirchhof. Obwohl sie den Blick zu Boden gerichtet hatte, suchte sie zielsicher einen bestimmten Platz im Schatten des nördlichen Seitenschiffs auf. Dort kniete sie sich vor eine kleine, in der Wand eingelassene Marienstatue. Wenig später waren ihre Augen geschlossen und auch der Rest des Körpers regungslos. Nur ihre Lippen begannen sich zu bewegen.

Alardus konnte nicht anders, als sie fortwährend anzustarren. Obgleich sie die schlichte, graue Kleidung einer Magd trug, hatte sie die Anmut einer Dame von Stand und zugleich die Reinheit einer Nonne. Natürlich fehlte ihm jede Erfahrung mit Frauen, dennoch wirkte sie auf ihn vollkommen. Es war, als blicke er auf ein Gemälde.

In diesem Moment sah sie auf. Die Augen auf die Statue gerichtet, bekreuzigte sie sich. Erst jetzt bemerkte sie Alardus. Ein Laut des Schreckens entfuhr ihr, der an den Wänden widerhallte. Ihre Hand legte sich auf ihre Lippen.

Alardus erhob sich und winkte sie näher heran.

Schüchtern kam sie herbei. »Es tut mir leid, Vater. Ich habe Euch nicht bemerkt.«

»Schon gut, mein Kind. Du warst im Geiste bei Gott – so, wie es im Gebet richtig ist.«

»Ja, das war ich. Aber lasst mich Euch nicht länger stören. Möge der Allmächtige Euch schützen.« Sie knickste und wollte gehen.

Alardus hielt sie auf, indem er feststellte: »Mir scheint, der Grund deiner Gebete ist dringlich. Liege ich richtig?«

Langsam drehte sie sich wieder um. »Ja, Vater. Mein Anliegen ist äußerst wichtig.«

»Galten deine Gebete dir?«

»Nein.« Zu Recht schien sie sich kurz zu fragen, warum er das wissen wollte. »Es gibt Menschen, die Gottes Segen derzeit mehr bedürfen als ich.« Nach einem weiteren kurzen Moment des Zögerns holte sie drei Gegenstände aus ihren Rockfalten. »Wäre es zu vermessen, Euch zu bitten, diese Dinge zu segnen?«

Alardus nahm entgegen, was die Schöne ihm reichte, und tat, worum sie ihn bat. Gleich darauf sah er sie wieder wie gebannt an. Etwas in ihm sträubte sich, sie gehen zu lassen. »Wem genau gelten deine Gebete?«

»Vater…«, sagte sie und machte ein bedrücktes Gesicht. »Es steht mir nicht zu, Euch eine Antwort zu verwehren, aber ich bitte Euch, lasst mich darüber schweigen, um wen es geht. Ich dürfte eigentlich gar nicht so lange fort sein, und…«

»Schon gut.« Alardus wunderte sich über sich selbst. Zunächst seine Neugier, jetzt seine Nachsicht. Doch in Wahrheit gab es wohl kaum einen Wunsch, den er dieser Frau abgeschlagen hätte. Zu sehr nahm ihn ihre Erscheinung gefangen. Um seinem Auftrag als Priester dennoch nachzukommen, fragte er: »Du tust doch nichts Unrechtes, oder?«

»Aber nein. Seid versichert, meine Absichten sind tugendhaft. Es ist nur…«

Alardus hatte ein paar Herzschläge lang abgewartet, ohne dass sie weitergesprochen hatte. »Erleichtere deine Seele. Was sie belastet, ist bei mir wohl verwahrt.«

»Daran hege ich keinen Zweifel, Vater. Ihr seid schließlich ein Mann Gottes. Aber ich bin nur eine Magd, und mein loses Mundwerk wird mich noch mal in Schwierigkeiten bringen. Deshalb behalte ich meine wahren Gedanken lieber für mich.«

»Du verwehrst mir also die zweite Antwort?«

Ihr Gesicht bekam einen verzweifelten Ausdruck. »Vater, verzeiht. Ich… ich. Na schön«, gab sie schließlich nach. Einmal sah sie sich noch um. Die Kirche war leer. »Ein großes Ereignis steht Heilbronn bevor. Dreimal so groß und dreimal so herrlich wie sonst üblich.« Ihre Augen weiteten sich, als sie ihre Andeutungen machte. »Es ist beinahe beschlossen. Nur ein kleiner Schritt ist noch vonnöten, und ich bin hier, um Gott anzuflehen, die Geschicke entsprechend zu lenken.«

»Fürchtest du denn, dass es womöglich nicht zu dem Ereignis kommen könnte?«

Plötzlich bekam sie einen verbitterten Zug um den Mund. »Nun, es gibt seit jeher Menschen in der Stadt, die Zweifel haben. Ewig Unbelehrbare. Bis heute fragen sie sich, ob nicht vielleicht sogar der Teufel seinen Beitrag dazu geleistet hat.« Sie schüttelte den Kopf und schloss für einen Atemzug die Augen, gerade so, als müsse sie eine Schwere von sich abschütteln. »Mit diesem Ereignis würde man sie endlich zum Schweigen bringen.« Jetzt sah die Schöne zu Boden. »Ach herrje, wahrscheinlich versteht Ihr kein Wort von meinem Gestammel.«

»Nun, nicht so ganz. Hat diese große Sache etwas mit dem Ewigen Licht im Kirchhof zu tun?«

Die junge Frau sah ihn erschrocken an. Es war überdeutlich, dass sie sich ertappt fühlte. Offenbar in Ermangelung einer passenden Erwiderung, knickste sie hastig und rannte ohne ein weiteres Wort davon.

Alardus starrte das Langhaus hinab. Er stand mit der geöffneten Handfläche da, auf der noch immer die drei Gegenstände lagen. Ein bemaltes Pergament, ein besticktes Tuch und ein hölzernes Schnitzwerk. Sie alle trugen dasselbe Motiv: Blumen, deren Blätter spitz und rund im Wechsel waren. Sein Blick haftete jedoch nur kurz daran. Schon sah er wieder auf. Die seltsamen Worte des Mädchens hatten mindestens so viel Eindruck gemacht wie ihr Antlitz. Er musste sich regelrecht ins Gedächtnis rufen, wobei sie ihn eigentlich gerade gestört hatte. Zu einem Gebet sollte es nicht mehr kommen, denn in diesem Moment ertönte der Klang einer Glocke. Alardus wusste, was das bedeutete. Der Markt begann.

Er schlug ein Kreuz und murmelte eine Bitte um Vergebung. Dann trat er unverrichteter Dinge aus der Kirche. Nur eine letzte Kleinigkeit wollte er noch tun, bevor er zum Jahrmarkt ging.

Auf dem Gottesacker angekommen, suchte Alardus das Ewige

Licht, welches das Mädchen zuvor gereinigt hatte. Es dauerte nicht lang, da erblickte er es. Und schon, als er sich näherte, sah er die Inschrift. »Laemmlin«, las er laut und fragte sich, wer das wohl sei.

Alardus trat wieder auf die Straße und folgte den Männern und Frauen, die alle in dieselbe Richtung strömten. Die Geräusche um ihn herum schwollen an. Wenig später befand er sich inmitten des Treibens, zwischen Buden und Ständen und unzähligen Körpern, die sich in einer für ihn nicht auszumachenden Sinnhaftigkeit bewegten. Eben noch hatte ihn die Stille der Kirche umgeben, jetzt prasselten all die Eindrücke, die ein Jahrmarkt mit sich brachte, wie ein plötzlicher Hagelschauer auf ihn ein. Jeder seiner Sinne schien mit einem Mal überreizt zu sein. Er hörte bloß noch ein Gewirr aus Tönen. Die vielen Farben bereiteten ihm beinahe Kopfschmerzen. Ebenso die üblen Gerüche von Hinterlassenschaften, gemischt mit denen der angebotenen Gewürze, dem Gebäck, dem Fisch und dem Fleisch. Alles bestürmte gleichzeitig seine Nase, Ohren und Augen. Die Zeit im Wald hatte Alardus vergessen lassen, wie überwältigend ein Jahrmarkt war.

Zu seinem Glück wurde nun ein Fenster im Rathaus geöffnet. Es ward stiller um ihn herum.

Vergnügt verließ Eilika mit ihren Schwestern das elterliche Haus in der Fleiner Straße. Sofort war sie umgeben von Menschen, deren Gesichter sie zweifelsohne noch nie gesehen hatte. Sie hörte sie in fremden Sprachen sprechen und bewunderte deren Kleidung, die sich so sehr unterschied von dem, was man in Heilbronn derzeit trug. Eilikas Herz klopfte schneller. Seit Wochen schon freute sie sich auf den Markt, bei dem es so viel zu sehen gab. Neben Ostern und Weihnachten war dies die aufregendste Zeit im Jahr. Nie hätte sie es laut ausgesprochen, doch im Geheimen zog sie den Jahrmarkt den heiligen Festen sogar vor.

»Hört ihr das? Ich kann die Musik schon von hier aus vernehmen«, sprach Clementia. »Flöte und Trommeln.«

»Und Schellen höre ich auch.« Eilika reckte den Kopf über die zahlreichen Anwesenden hinweg und lauschte den rhythmischen Schlägen. Am liebsten hätte sie die Körper vor sich einfach zur Seite gedrängt, um schneller voranzukommen. Doch die Weisung ihrer Mutter, sich ordentlich zu betragen, schallte ihr noch in den Ohren. So hakte sie sich stattdessen bei ihren Schwestern unter und nutzte die Gelegenheit, Clementia und Imagina in ihre Gedanken einzuweihen. »Wenn wir beim Kauf der Bänder geschickt verhandeln, lohnt es sich vielleicht sogar noch, zu anderen Ständen zu gehen.«

Clementia sah ihre ältere Schwester verstohlen an. Sie hatte offenbar verstanden. »Meinst du, der Händler mit den Farbpulvern ist diesmal auch da?«

»Wir werden sehen.« Eilika wandte sich Imagina zu. »Oder vielleicht jener, der buntes Garn feilbietet.«

Die Schwestern pressten die Lippen zusammen und schmunzelten. Es war die Freude über das Geheimnis, das nur sie und Mutter teilten. Schon einige Male hatte es ihnen als Flucht gedient – dann, wenn das Verhalten der Heilbronner sie zu sehr peinigte.

Langsam, aber stetig näherten sie sich der Kilianskirche, von wo aus es nicht mehr weit war zum Marktplatz. Hier begegneten ihnen immer mehr bekannte Gesichter, und es geschah, was immer geschah, sobald sie sich zu dritt zeigten: Einige grüßten freundlich, andere hielten kurz inne mit ihren Tätigkeiten, gafften ungehemmt oder steckten die Köpfe zusammen, um zu tuscheln. Zumeist schützte der Name Laemmlin sie vor direkten Anfeindungen, doch das unterschwellige Misstrauen war manches Mal zermürbend.

»Guckt mal«, flüsterte Clementia. »Da kommt Lugart Rotgalle. Gleich wird sie sich wieder heimlich bekreuzigen und so tun, als wäre nichts geschehen.«

Imagina stieß ihre Schwester an, um sie zu ermahnen. »Still. So etwas kannst du doch nicht laut sagen.«

Clementia aber fuhr unbeirrt fort. »Abwarten …«, läutete sie das Ereignis ein, als die Ratsherrenfrau sich ihnen näherte.

»Gleich …«, ergänzte Eilika, sobald sie Blickkontakt hatten.

»Jetzt!«, sagte Clementia.

»Einen guten Tag und Gottes Segen für euch«, grüßte Lugart Rotgalle freundlich. Sie lächelte dabei über das ganze Gesicht.

Kaum war die Bürgersfrau an ihnen vorbeigelaufen, fragte Eilika: »Was war das denn?«

Ihre Schwestern zuckten die Schultern. Es blieb ihnen nur kurz Zeit, sich zu wundern. Ein weiterer Ruf versetzte sie in Erstaunen.

»Einen schönen Markttag für euch Laemmlin-Mädchen.«

»Das war doch Heile Halbysse«, stellte Imagina verwundert fest. »Die hat uns noch nie Beachtung geschenkt.«

Eilika lachte auf. Sie sprach leise aus, was ihre Schwestern mutmaßten. »Es muss der Jahrmarkt sein. Alle sind guter Stimmung – selbst die Tratschweiber.«

»Wie erfrischend«, gab Clementia erfreut zurück und zog ihre Schwestern nach rechts, worauf sie die Westseite der Kirche passierten und sich ins Gewühl des Marktes mischten. Sie kamen gerade noch rechtzeitig, um die Ansprache des Bürgermeisters Heinrich Lieblip vom geöffneten Rathausfenster aus zu hören, die über die immer stiller werdende Menschenmenge tönte.

»… In primus quicumque alium in predicta civitate Heilichprunne occiderit, homicida super rotam ponetur nec uxori occisi vel suis heredibus debent bona sua auferri …«

Alardus hatte nicht lange gebraucht, um zu verstehen, dass es sich bei den verlesenen Worten um das Stadtrecht handelte, das König Rudolf von Habsburg Heilbronn verliehen hatte. Mittlerweile war der Bürgermeister bei dem Teil angekommen, der sich mit der Einhaltung des Marktfriedens befasste. Den Gesichtern der Marktbesucher war allerdings deutlich anzusehen, dass sie nicht das Geringste von dem verstanden, was er sagte. Weder das drohende Flechten ihrer Glieder aufs Rad noch das Abschlagen ihrer Hände, das Missetäter bei Fehlverhalten erwartete, bewirkte eine Regung ihrer Mienen. Bald schon hörte kaum mehr jemand zu.

Es hätte Alardus eigentlich nicht wundern sollen – schließlich beherrschten nur die Gelehrten Latein. Auch hätte es ihn nicht kümmern sollen. Und doch bewirkte die Geringschätzung etwas in ihm. Sein Gesicht wurde ernster. Neben ihm fielen zwei Weiber in das laute Gelächter einer Dritten ein. Weiter hinten ertönte eine Flöte. Und an einem Stand mit ledernen Waren begannen Männer unbeeindruckt über Preise zu feilschen.

Alardus überkam die Erkenntnis, warum er hier war, wie ein Schauer. Sein Blick änderte sich. Er sah nun mit den Augen eines Bußpredigers.

Plötzlich waren sie für Alardus keine Frauen mehr, die bloß Stoffe für Kleidung kauften, sondern ziersüchtige, eitle Weiber, deren einziges Anliegen es war, sich mit Tand zu behängen. Auch die Händler, die eben noch arglos auf ihn gewirkt hatten, bekamen für ihn fratzenhafte Gesichter. Alles, was er hier erblickte, erschien ihm mit einem Mal in einem anderen Licht. Alardus erkannte Geiz, Völlerei, Neid, Stolz. Die Sündhaftigkeit um ihn herum schnürte ihm regelrecht den Hals zu. Sein Herz begann wild zu klopfen. Die vielen Geräusche wurden zu einem surrenden Laut. Sein Kopf ruckte hin und her, ohne dass seine Augen dabei etwas Bestimmtes erfassten. Er bekam schlecht Luft.

Auf der Suche nach Schutz drehte er sich um sich selbst und geriet ins Wanken. Kurz bevor er zu Boden ging, stolperte er zu einem Wagen am Rande des Marktes, auf dem Tuchballen lagen. Hier stützte er sich ab und wischte sich den Schweiß aus dem Gesicht. Das schreckliche Gefühl, mitten in einer Schlangengrube zu sitzen, drohte ihn zu übermannen. Doch er zwang sich erfolgreich zur Ruhe und schaffte es schließlich, seine Gefühle zu ordnen.

Als er wieder etwas klarer denken konnte, hörte er sich selbst leise sprechen. »Sünder, wohin ich auch blicke. Eine ganze Stadt voll. Sie sind so dermaßen in der Überzahl, dass mir angst und bange wird.« Erst die Erkenntnis, dass er doch eine Waffe besaß, die mächtiger war als jede Missetat, besänftigte ihn gänzlich. Er musste sie nur gebrauchen. Die Zeit dafür war gekommen!

»Seht, die vielen farbigen Gewürze dort drüben.« Clementia war so begeistert von dem Anblick, dass sie ihre Schwestern ungefragt zu dem Stand zog. Zahlreiche kleine Säcke lagen in der Auslage – gefüllt mit wohlriechenden Pulvern, Nüssen und Wurzeln. »Wie heißt das hier?«, fragte sie den Händler.

»Das ist Safran.«

»Und das? Was sind das für Steine?«

Der Mann schüttelte den Kopf. »Keine Steine. Muskat. Riecht mal daran. Ist es nicht ein betörender Duft?«

»Wie wahr«, stieß sie genussvoll aus und schloss dabei die Augen.

Plötzlich unterbrach Imagina das Schwelgen ihrer Schwester. »Seht doch, wer dort drüben ist. Katharina von Ebersberg.«

»Na so was«, sagte Eilika. »Der Komtur hat sie tatsächlich zum Markt gehen lassen? Wie ungewöhnlich.«

»In der Tat«, antwortete Clementia. Sie und ihre Schwestern wussten um das bedauernswerte Schicksal der Komturs-Schwester. Es war eine unausgesprochene Wahrheit, dass, wenn es nach Eberhard von Ebersberg ging, Katharina für immer in seinem Haus verbleiben sollte. Er hielt sie hin mit ständig neuen Versprechen, die er jedoch nicht vorhatte zu halten. Derweil sorgte sie für ihn, wie es ein Eheweib tun würde, das er als

Geistlicher aber nicht haben konnte. Clementia verabscheute den Bruder Katharinas. Während sie ihren Gedanken nachhing, fiel ihr etwas auf. »Warum verhält sie sich so komisch?«

Eilika verengte die Augen. »Schaut euch ihre vogelartigen Kopfbewegungen an.«

»Und die aufgerissenen Augen erst. Was, um Himmels willen, sucht sie denn?«, fragte Imagina.

In diesem Moment sah Katharina auf und erblickte die Drillinge. Sie griff sich mit der Hand ans Herz und kam augenblicklich auf die Schwestern zu. »Ihr hier!«, rief sie übertrieben laut. »Welch ein Zufall, dass wir uns bei diesem Spektakel begegnen.«

»Sei gegrüßt, Katharina.«

»Sei auch du gegrüßt, äh … Clementia?«

»Nein. Imagina«, verbesserte diese lachend.

»Herrgott im Himmel, ich werde es wohl nie lernen. Verzeih mir.«

»Das macht doch nichts.«

»Ihr seht euch einfach so ähnlich. Es scheint von Jahr zu Jahr eher schlimmer denn besser zu werden.«

»Das kann nicht sein …«, tat Eilika ab.

»Gewiss doch. Schafft es denn euer Vater, euch auseinanderzuhalten? Oder …«

Clementia spürte, wie Imagina und Eilika sie vorsichtig anstießen – zum Zeichen, dass sie wussten, was jetzt kam. Sie verkniff sich ein Grinsen. Wirklich niemals verging eine Unterhaltung, ohne dass Katharina von Ebersberg einen Weg fand, auf *ihn* zu sprechen zu kommen.

»… oder euer Bruder?«

Nun endlich ist es raus, dachte Clementia belustigt. Sie entschied, Katharina den Tag zu versüßen, und kurz mit ihr über Götz zu reden. »Ja, es ist nicht immer leicht für ihn. Doch derzeit hat unser Bruder das Problem ja nicht, wie du weißt. Er ist dieser Tage selten in Heilbronn.«

»Richtig«, sie lachte etwas unecht. »Du erwähntest einmal, dass er den Kaiser begleitet und immerzu auf Reisen ist.« Katharina war merklich bemüht, ihre Worte gleichgültig klingen zu lassen.

Clementia nickte nur und wartete einfach ab. Sich mit Katharina zu unterhalten, war zu leicht. Sie war so offensichtlich verliebt in Götz, dass sie jede damenhafte Zurückhaltung vergaß.

»Wo ist der Kaiser denn derzeit?«

»Ich vermute, in Nürnberg. Ein Bote kam vor zwei Wochen und berichtete Vater darüber.«

»Nürnberg also. Das sind nur drei Tagesreisen. Meinst du, er kommt euch bald besuchen?«

»Das weiß nur Gott. Leider.«

»Aber wartet denn nicht mittlerweile irgendwo ein Weib auf ihn?«

Clementia musste kurz schlucken. Katharinas Fragen wurden immer gewagter. Es stand offenbar schlimmer um ihre Gefühle, als sie angenommen hatte. Wie es schien, verriet Clementias Gesichtsausdruck ungewollt ihre Gedanken.

»Ähm«, räusperte sich Katharina. »Ich meine nur, dass ein Mann seiner Stellung nicht ohne Weib sein sollte.«

»Ich gebe dir zwar recht, aber Götz' Verpflichtungen haben ihm wohl noch keine Zeit gelassen, um nach dem Tod seiner Gemahlin Ausschau nach einer neuen geeigneten Verbindung zu halten.« Clementia sah, wie Eilika nun näher an Katharina herantrat.

Leise und mit einem vielsagenden Blick sagte sie zu ihr: »Wir könnten dir ja Bescheid geben, wenn klar ist, wann er das nächste Mal nach Heilbronn kommt.«

Die Augen traten Katharina beinahe aus den Höhlen. Mit Sicherheit wollte sie gerade überschwänglich bejahen, als ein letztes Fünkchen Scham die Kontrolle übernahm. »Wenn es euch beliebt, das zu tun, werde ich euch selbstverständlich nicht davon abhalten.« Damit war das Gespräch über Götz beendet.

Imagina hatte offensichtlich genug. Sie setzte als Erste zu einer Verabschiedung an. »Ich wünsche dir noch einen gesegneten Tag.«

»Warte«, stieß Katharina hervor. Gleich darauf war an ihrem Gesicht abzulesen, dass sie unsicher war, wie sie ihre nächsten Worte vorbringen sollte. »Sagt, gibt es sonst Neuigkeiten aus dem Hause Laemmlin?«

»Was meinst du damit?«

»Nun, ich hörte Gerüchte«, erklärte sie mit verschwörerischem Blick. »Womöglich sind sie am Ende gar nicht wahr. Ich dachte, ich frage euch besser gleich selbst danach.«

Clementia begann zu strahlen – genau wie am Morgen, als sie mit Mutter über ihre Verlobungen gesprochen hatten. Sie war im Begriff, etwas auf Katharinas Andeutung zu antworten, als Imagina ihr brüsk das Wort abschnitt.

»Was immer du hörtest, liebe Katharina, ist allein in Gottes Hand. Heilbronn wird sich gedulden müssen. Und zwar bis zum Jakobstag.«

Dem Gesicht der Komturs-Schwester war die Enttäuschung anzusehen.

»Dir einen gesegneten Tag, meine Liebe.«

»Ja. Euch ebenfalls.« Sie wandte sich ab.

Nachdem Katharina weit genug entfernt war, fragte Imagina nachdenklich: »Meint ihr, sie weiß es?«

»Das würde jedenfalls die Freundlichkeit von Lugart Rotgalle und Heile Halbysse erklären«, gab Eilika zur Antwort.

»Warum musstest du mich aufhalten«, beschwerte sich Clementia. »Ich hätte ihr Gesicht so gern dabei gesehen.«

»Es ist noch nichts beschlossen«, wiederholte Imagina ihre Worte vom Morgen. »Beherrsche dich, Schwester. Was meinst du, was Vater sagen würde, käme ihm zu Ohren, dass wir tratschen?«

»Imagina hat recht«, sagte Eilika. »Vater wäre außer sich.«

»Denkt an Mutters Worte: Aller Augen sind dieser Tage auf uns gerichtet.« Imagina hatte den Zeigefinger drohend erhoben. Doch ihr Lächeln gewann die Oberhand. »Und jetzt lasst uns endlich bunte Bänder kaufen.«

Alardus kletterte auf den Pferdewagen mit den Tuchrollen. Von hier aus konnte er den ganzen Platz überblicken. Seine fahrigen Finger ergriffen das Kreuz um seinen Hals. Er küsste es und flüsterte: »Gott steh mir bei.« Nach einem tiefen Atemzug schrie er über die Köpfe der Marktbesucher hinweg: »Ihr Bürger Heilbronns. Haltet ein mit dem, was ihr tut, und richtet eure Augen und Ohren auf mich. Ich bin Alardus, und ich bringe euch nichts Geringeres als das Wort Gottes, unseres Herrn.«

Nachdem die Ersten sich umgedreht und ihn durch seinen Habit als Bußprediger erkannt hatten, wusste Alardus, es gab kein Zurück mehr. Wie die Flammen eines Feuers griff die Kunde nun auf den Marktplatz über, von Frau zu Mann, von Mann zu Frau. Und als genügend Gesichter ihm zugewandt waren, begann er mit ruhiger Stimme seine Predigt.

»Auf den Wegen in diese Stadt ward mir, als wandelte ich durch den Garten Eden. Doch zu meiner unendlichen Enttäuschung erwies sich das als eine geschickte Tarnung. Denn was muss ich hier entdecken?« Alardus machte jene ausschweifende Armbewegung, die er so gerne einsetzte, und stieß die nächsten Worte derart laut aus, dass einige erschraken. »Spielmänner mit Flöten! Süße Speisen, wohin man blickt, und Stoffe, durchwirkt mit Gold- und Silberfäden! Dieses lasterhafte Treiben ist nicht gottgefällig.« Er schüttelte den Kopf. »Nie zuvor war es für mich so deutlich: Satan ist hier! Er weilt mitten unter uns. Er steht neben dir … und dir … und dir.« Er zeigte auf einzelne Weiber, die besonders prunkvoll gekleidet waren. Ihnen war sichtlich unbehaglich dabei, was Alardus nur beflügelte.

»Raffsüchtig seid ihr. Habt nur Gier und Vergnügen im Sinn. Denkt ihr etwa, ihr müsst dem Schöpfer erst beim Zeitpunkt eures Todes Rechenschaft ablegen? Ihr vergesst, dass er allzeit sieht, was geschieht.«

Die letzten Gespräche verstummten. Es war nun gänzlich still auf dem Platz.

»Gott schmerzen die Augen beim Anblick dieses Treibens.« Alardus wies auf einen verschlagen aussehenden Jüngling, dem eine Hand fehlte. »Ihr umgebt euch mit Dieben.« Sein Finger fuhr zu einem gebeugten Mann mit einem Ausschlag auf der Haut. »Sünder, die Gott bereits durch Krankheit geschlagen hat. Dennoch wollt ihr nicht sehen und verstehen!«

Er legte eine Pause ein. Und zum ersten Mal hatte sie jene Wirkung, die Christan ihm immer prophezeit hatte. Wenn er doch nur hier wäre, wünschte sich Alardus. Der Mönch wäre sicher sehr zufrieden mit ihm. Einen solchen Erfolg hatte es auf ihrer gemeinsamen Reise bislang noch nicht gegeben.

Alardus wurde noch mutiger. Er stützte die Fäuste in die Seiten und sagte: »Ja, da guckt ihr ganz betreten. Obwohl Gottes Wille eindeutig ist, gebt ihr euch weiterhin blind. Ihr missachtet die Zeichen, als würdet ihr verschont werden von seinem Zorn. Dabei wird er euch auf diese Weise nur noch schlimmer treffen.«

Alardus hatte es geschafft. Seine Predigt fesselte die Menge. Es musste an seiner tiefen Überzeugung liegen. Anders als sonst war er sich seiner Sache diesmal so sicher, dass die Worte wie von selbst kamen. Nie zuvor hatte er die Dringlichkeit seiner Arbeit so sehr in sich gespürt. Dieser Ort und dieser Moment waren nicht zufällig. Genau hier hatte Gott ihn gewollt. In diesem Sündenpfuhl namens Heilbronn!

»Ihr Leute dieser Stadt. Ich habe gute Nachricht für euch.« Alardus hob den Zeigefinger gen Himmel. Seine Augen waren weit aufgerissen, als er die nächsten Worte sprach. »Gott – in seiner unendlichen Güte und Weisheit – schickt euch einen

Mann, der sein Wort in euer Ohr pflanzt. Der euch zurückholt und in die Arme des guten Hirten treibt. Nutzt diese vielleicht letzte Gelegenheit, Gott gnädig zu stimmen, und tut, was ich euch sage. Bereut!«

Die Heilbronner waren wie gebannt. Kaum einer wagte es noch, auch nur einen Blick zu den Waren auf den Ständen zu werfen. Stattdessen wirkten viele der Männer und Frauen furchtvoll.

Alardus riss nun die Arme nach oben und hielt die Handflächen über der Menge. »Ich beschwöre euch, verlasst sofort den Markt, und geht stattdessen in ein Gotteshaus. Bittet den Herrn dort um Vergebung, und zwar in demütigster Haltung: auf euren Gesichtern liegend!«

In dem Moment, da er diese Forderung ausgesprochen hatte, ahnte Alardus, dass er vielleicht zu weit gegangen war. Die stolzen Heilbronner veränderten ihre Haltung wieder. Es kam schleichend. Diejenigen, die eben noch die Schultern hochgezogen hatten, streckten nun die Brust heraus und stellten sich aufrechter hin. *So* schuldig fühlten sie sich offensichtlich dann doch nicht.

Alardus blickte von Gesicht zu Gesicht. Auf der Suche nach Zustimmung tastete er die Menge mit seinen Augen ab. Dabei entdeckte er plötzlich Ritter Hartmann, der auf seinem Pferd am Rande des Marktplatzes stand. Ebenso wie beinahe alle Anwesenden sah auch er erstaunt aus. Alardus wusste, die Lage entglitt ihm. Gerade jetzt musste er Haltung bewahren und mit Nachdruck reden, doch die vielen Misserfolge bei seinen Bußpredigten in der Vergangenheit hatten Spuren hinterlassen. Ohne dass er etwas dagegen tun konnte, wurde sein Mund trocken. Und zu allem Überdruss erblickte er jetzt auch noch Christan. Der Mönch stand dicht beim Rathaus, wo zahlreiche Männer aus den weit geöffneten Fenstern guckten. Die Kunde über die Anwesenheit eines Bußpredigers war also schon bis in diese Gemäuer vorgedrungen. Alardus hielt den Blicken der

Edlen aus dem Rathaus kaum stand. Alles rann ihm wie Sand durch die Finger. Wäre er jetzt in einem Walddorf statt in Heilbronn, würde er an dieser Stelle von dem Wagen springen und um sein Leben rennen. Aber das ging nicht – so, wie Christan ihn vorgewarnt hatte.

»Bist du eingeschlafen dort oben?«, fragte der Mann, dem die Hand fehlte.

»Soso, Gott spricht also durch dich? Was sagt er jetzt?«, fragte eine der gut gekleideten Frauen, auf die er zuvor gewiesen hatte. »Vielleicht solltest du von dem Wagen runterkommen und dich zuerst in der Kilianskirche auf dein Gesicht werfen?«

»Pah, warum warten? Ich sage, wir holen ihn dort einfach runter!«, schrie eine andere schrill.

Alardus bekam es mit der Angst zu tun. Sein Blickfeld verengte sich. Er wollte einen Schritt zurücktreten, doch dort befanden sich die Tuchballen. Er war gefangen. Wie immer suchte er in diesem Moment nach Christans Gesicht. Der Mönch war bleich um die Nase und wirkte wie versteinert. Zum ersten Mal schien auch er nicht zu wissen, was zu tun war.

Als einige Männer sich dem Wagen näherten, rief Alardus mit zittriger Stimme: »Haltet ein. Stopp! Ich … ich … Gott hat wirklich zu mir gesprochen. Hört euch an, was er mir gesagt hat. Dann könnt ihr noch immer über mich richten.«

Der Bürgermeister war es, der die Menge aufhielt. »Lasst ihn reden!«, schrie er über die Köpfe hinweg und stützte sich mit beiden Händen am Fensterrahmen ab. Seine Stimme klang bedrohlich, als er verlangte: »Sprecht, Prediger! Und lasst Eure großen Worte besser wahr sein.«

Alardus schluckte trocken. Ihm war klar, er hatte nur diese eine Gelegenheit, seine Haut zu retten. Dabei war es ungewiss, ob seine List überhaupt gelingen würde. »Ich bin nicht nur hier, um euch Gottes Wort zu bringen, sondern auch, um euch zu warnen«, begann er eher stammelnd. Dann räusperte er sich und verlieh seiner Stimme wieder ein wenig mehr Kraft. »Hört meine Prophezeiung: Etwas Großes wird geschehen. Bald schon. Nur ein kleiner Schritt ist noch vonnöten, dann wird es Heilbronn treffen, und zwar mit dreifacher Wucht!«

Seine Worte hatten die Neugier der Umstehenden geweckt. Die Menge lauschte ihm nun wieder.

»Jenes Ereignis wird Unheil über die Stadt bringen. Lasst euch nicht blenden. Handelt, bevor es zu spät ist. Denn unter euch …«, Alardus streckte den zitternden Zeigefinger in die Menge, »… gibt es welche, die schon immer Zweifel hatten. Vertraut darauf. Erhebt eure Stimmen. Lasst es nicht so weit kommen.«

Alardus sah, dass einige begonnen hatten, aufgeregt miteinander zu tuscheln. Seine bloßen Andeutungen zeigten also Wirkung. Er ließ es geschehen. Immer wieder hörte er, wie die Menschen eines seiner Worte wiederholten: *Dreifach!* Was es damit auf sich hatte, verstand er nicht. Kurz bevor die Lautstärke ihn zu übertönen drohte, setzte er an zum letzten Schlag. »Hört nun meine abschließenden Worte, und dann seht in eure Herzen. Gott hat mir nämlich auch einen Namen genannt.«

Die Stimmen wurden wieder leiser, die Köpfe wandten sich Alardus erneut zu.

»Wie lautet der Name?«, forderte ein Mann hinter einem Gewürzstand mit tiefer Stimme zu wissen. »Sagt ihn.«

Alardus richtete seinen Blick noch einmal auf Christan. Der Mönch sah ungläubig zu seinem einstigen Gefährten und schüttelte langsam den Kopf. Seinem Gesicht war abzulesen, dass er nicht mehr bereit war, ihn zu retten. Dann wandte er sich – zu Alardus' unsäglichem Schrecken – tatsächlich ab. Christan verschwand in einer Seitenstraße. Er hatte ihn verlassen. Jetzt war Alardus allein.

»Sagt gefälligst den Namen«, schrie ein Weib nun so durchdringend, dass Alardus zusammenzuckte. Er hatte keine Wahl. Ein Zurück gab es nicht mehr. Voller Furcht vor dem, was danach kommen mochte, holte er tief Luft. »Der Name lautet: Laemmlin!«

Ein Raunen ging durch die Menge. Die Heilbronner sahen sich mit großen Augen an. Und ganz besonders die Männer im Rathaus ließ dieser Name nicht unerschüttert. Ein Tumult entstand. Kaum jemand achtete mehr auf ihn. Nur ein einziger Mann am Fenster des Rathauses sah ihm direkt ins Gesicht. Er war blass und taumelte rückwärts.

Alardus spürte, dass er in ein Wespennest gestochen hatte – auch wenn er die Tragweite dessen, was er wirklich angerichtet hatte, nicht verstehen konnte. Die Begegnung mit der Frau in der Kirche war schlicht seine letzte Möglichkeit gewesen, Zeit zu schinden. Er hatte sich ihrer Worte bemächtigt, ohne zu wissen, worüber sie wirklich gesprochen hatte.

Verwirrt sah er sich um. Alardus hatte keine Ahnung, was nun geschehen würde. Da erblickte er das nonnenhafte Antlitz der Frau. Fassungslos sah sie ihn an. Alles an ihr schien ihn zu fragen: *Warum?*

Obwohl es ihm einen Stich ins Herz versetzte, musste er die Gunst des Augenblicks nutzen, solange er noch konnte. Alardus sprang vom Pferdewagen und bediente sich der wirren Umstände, um sein Leben zu schützen. Heimlich stahl er sich davon in eine Seitengasse, der Gang gebeugt, die Kapuze ins Gesicht gezogen.

Bloß ein letztes Mal sah er sich um – gerade noch rechtzeitig, um zu bemerken, wie sich im dichtesten Getümmel ein immer größer werdender Kreis bildete.

In der Mitte des Kreises befanden sich drei junge Frauen, die sich sehr ähnlich sahen. Ängstlich blickten sie umher und drängten ihre Rücken immer dichter aneinander.

Alardus fragte sich selbst: »Was habe ich nur angerichtet?«

DRITTES KAPITEL

»Wo sind die Mädchen?«

»Oben«, antwortete Luitgardis ihrem Gemahl, während sie ihm Wein einschenkte. »Sie arbeiten an einem Altartuch für die Marienkapelle. Es ist besonders aufwendig, und ihr Eifer ist bemerkenswert.«

»Das ist gut. So geziemt sich das«, murmelte Volmar Laemmlin in seinen Becher, bevor er trank.

Luitgardis wusste, dass ihrem Mann diese Antwort gefallen würde. Deshalb hatte sie sie gewählt, obwohl sie gelogen war. In Wahrheit gab es kein Altartuch. Und obwohl sie Clementia, Imagina und Eilika eben noch angewiesen hatte, in ihrer Kammer zu bleiben, war sie sich sicher, dass sie gerade heimlich an der Tür lauschten. Luitgardis schob die Gedanken an die Mädchen und die Lüge beiseite. Das, was sie jetzt mit ihrem Gemahl besprechen wollte, war ein heikles Thema, und je züchtiger sich die Drillinge seiner Meinung nach verhielten, desto zugänglicher war er für gewöhnlich.

Luitgardis setzte sich ihrem Mann gegenüber und bemühte sich zu lächeln. Das tat sie oft, um Volmar vor einem Gespräch gütlich zu stimmen. Heute allerdings saß er eine Weile einfach da und schwieg. Er drehte den Becher mit dem Lamm-Wappen der Familie in den Händen und wirkte, als sei er tief in Gedanken. Dann kratzte er sich das Kinn und ließ sich auf dem gepolsterten Armlehnstuhl weiter nach hinten sinken, damit der mächtige Bauch hinter dem edlen Stoff seiner Schecke mehr Platz hatte.

Schließlich sah Volmar seine Frau doch an. Sein Blick lud nicht zu einer Unterhaltung ein. Dennoch versuchte Luitgardis ihr Glück. »Es gibt etwas, über das ich mit dir reden möchte, mein Gemahl.«

»Was ist es?«

»Nun, ich denke, du weißt schon, worauf ich hinauswill. Vier Wochen sind seit dem Jahrmarkt vergangen.«

Volmar Laemmlin atmete hörbar ein und aus. »Mir steht nicht der Sinn nach einem solchen Gespräch, Weib. Es gibt viel anderes, was mich derzeit umtreibt.«

»Bitte, weise mich nicht schon wieder zurück. Wir müssen über die Zukunft der Mädchen reden. Du kannst dieses Gespräch nicht ewig vermeiden. Die Leute reden.«

»Das tun sie seit jeher, wie du weißt.«

Luitgardis biss die Zähne aufeinander. Über diese eine Anspielung wollte sie hinwegsehen – in der Hoffnung, dass es dabei blieb. Stattdessen platzte sie einfach mit ihren eigentlichen Gedanken heraus. »Wenn du nicht noch einmal mit den Familien reden willst, dann erlaube, dass ich das tue. In deinem Namen.«

»Wie bitte? Das ist doch lächerlich, Luitgardis«, fuhr Volmar sie barsch an. »Die Verlobungen sind abgesagt. Daran wird sich nichts mehr ändern.«

»Wie kannst du das wissen, wenn du nicht noch einmal mit den Erers, Gebwins und Feurers redest?«, fragte sie in einem angriffslustigen Ton, auch wenn sie seine Antwort bereits vorausahnte.

»Pah«, Volmar wendete ungläubig den Blick ab. Es war ihm deutlich anzusehen, wie zuwider ihm diese ganze Unterhaltung war. Dann aber ließ er sich doch zu einer längeren Entgegnung hinreißen. »Du weißt, was der Priester über die Drillinge gesagt hat. Vom Rathaus bis zur Kilianskirche haben es alle gehört. Jedes einzelne Mitglied der mächtigsten Familien der Stadt.«

Luitgardis war der Verzweiflung nahe. »Aber die Laemmlins gehören nach wie vor zu den wichtigsten Stadtgeschlechtern Heilbronns. Du bist Mitglied des Rates und Richter des Blutgerichts. Wahrscheinlich kümmert es bald schon niemanden mehr, was dieser Priester …«

»Schluss. Du weißt nicht, was du redest, Weib. Wir können von Glück sagen, dass man uns nicht in Ungnade hat fallen lassen nach dem, was der Priester prophezeit hat. Einzig die Tatsache, dass der Mann plötzlich ohne ein Zeichen verschwunden ist, hat die Mädchen vor Schlimmerem bewahrt. Das und der Einfluss unserer mächtigen Freunde.« Volmar schnaufte nach dieser Rede. Doch er beruhigte sich wieder. Weniger aufgebracht setzte er nach: »Es gibt dennoch weiterhin einige, die dem Priester glauben und meinen, unsere Töchter bringen Unheil über die Stadt. Auch unter den edelsten Köpfen Heilbronns. Meinst du ernsthaft, die wollen ihre Söhne mit solchen Frauen verbanden?«

Luitgardis wusste, sie musste nun vorsichtiger vorgehen. In sanftem Ton sagte sie: »Wenn das so ist, dann fragen wir eben andere gute Familien. Der Stadtadel hat noch mehr Söhne zu bieten als die mächtigsten Geschlechter. Die von Lerchenbergs zum Beispiel oder die von Nordheims.«

Volmar Laemmlin rieb sich die Augen mit Zeigefinger und Daumen. Dabei schüttelte er den Kopf. »Du willst mich demütigen, oder? Anders kann ich mir nicht erklären, warum ich es auch nur in Erwägung ziehen sollte, meine Nachkommen unter unserem Stand zu verheiraten.«

»Dann werden wir eben nach geeigneten Familien außerhalb Heilbronns suchen. In Wimpfen. Oder wie wäre es mit Hall?«

»Damit die Prophezeiung auch noch bis über die Stadtgrenzen eilt? Ich habe es zu meinem Lebenswerk gemacht, unseren guten Namen zu pflegen. Willst du alles zerstören, indem du jenen Fluch in alle Winde verbreitest? Ausgeschlossen ist das.« Das nächste Wort kam wie ein Donnergrollen. Es wurde unterstrichen von einem Faustschlag auf den Tisch. »Ausgeschlossen!«

Luitgardis versagte sich eine Antwort und versuchte die aufsteigende Wut in sich zu unterdrücken. Jedes Bestreben, die Zukunft der Drillinge zu gestalten, endete unweigerlich bei diesem einen Tag. Alles hatte sich seither verändert – ihr Gemahl am meisten. Wäre dieser Priester doch nur niemals hergekommen. Oder ihretwegen auch von der Meute ergriffen und in den Runden Turm gesperrt worden. Stattdessen war er geflohen. Ihre Verachtung diesem Mann gegenüber kannte kaum mehr Grenzen. Zumal sie selbst seine Worte nicht einmal hatte hören können, da sie sich um die Kleider der Drillinge gekümmert hatte.

Luitgardis wagte es nicht mehr, Volmar anzusehen, aus Furcht, die Beherrschung zu verlieren. Sie sprach nur noch leise. »Wie kannst du diesem Mann so viel Glauben schenken, wenn die Mädchen sich in sechzehn Jahren doch niemals irgendwelche Unbill haben zu Schulden kommen lassen?«

»Du verschließt bloß die Augen, Luitgardis. Immer wieder sind Dinge geschehen. Und nur Gott kann wissen, ob es nicht wirklich die Drillinge waren.« Er nahm die Finger zu Hilfe und zählte auf: »Es gab Missernten in den letzten sechzehn Jahren. Das Vieh von Eberhard Luterstein ist vor drei Wintern plötzlich verendet. Und vergiss nicht, das eingestürzte Bürgerhaus, das sogar einen Zimmermann unter sich begraben hat.«

Luitgardis blickte erschrocken auf und schnappte nach Luft. »Du willst doch wohl nicht unsere Kinder dafür verantwortlich machen?«

Volmar hob abwehrend beide Hände in die Luft. »Wir werden nie erfahren, ob diese Unglücke auch so geschehen wären. Aber es ist schon längst nicht mehr von Belang, was *wir* glauben. Die Heilbronner glauben es und zeigen mit den Fingern auf die Mädchen. Du willst das nur nicht sehen.«

»Und was ist jetzt deine Absicht? Eilika, Clementia und Imagina in unserem Kellergewölbe zwischen den Weinfässern zu verstecken, bis sie alt und grau sind? So, wie Eberhard von Ebersberg es mit seiner Schwester tut?«

Volmar Laemmlin erhob sich langsam. Seine Haltung machte Luitgardis klar, dass das Gespräch vor seinem Ende stand. »Nein, das ist nicht meine Absicht.« Er begann seine Kleidung zu ordnen und nahm einen letzten Schluck Wein. Danach gestand er: »Auch wenn ich es dir noch nicht sagen wollte: Ich führe bereits Gespräche.«

Luitgardis' Augen weiteten sich. »Mit wem?«

»Hab Geduld, Weib. Das wirst du noch erfahren. Doch bis ich abschließend über ihre Zukunft entschieden habe, ist es weiterhin deine Aufgabe, dafür zu sorgen, dass die Mädchen sich tugendhaft und demütig verhalten.«

»Ich werde tun, was du sagst, wenn es der Zukunft unserer Kinder dienlich ist.«

»Gut. Ich werde jetzt zu den Wiesen vor der Stadt reiten, um die Lage zu besehen. Die Überschwemmungen werden schlimmer. Der Neckar droht durch die Deutschordens-Wiesen zu brechen. Gott verhüte, dass das geschieht.« Volmar ballte die Hand zur Faust und fluchte: »Wenn dieser verdammte Regen nur endlich aufhören würde.« Nach diesen Worten ließ er seine Frau allein am Tisch sitzen.

Luitgardis füllte seinen Becher erneut und trank ihn in einem Zug leer. Die Unterredung mit ihrem Gemahl hatte sie viel Kraft gekostet. Doch sie schöpfte ein wenig Hoffnung für ihre Kinder. Er führte also Gespräche. Mit wem, war zwar offengeblieben, doch das war vorerst nicht entscheidend. Erstmals seit dem Vorfall auf dem Jahrmarkt fühlte es sich an, als könnte sie tatsächlich etwas für die Zukunft der Drillinge tun. Ideen formten sich in ihrem Kopf. Sie würde noch heute mit der Umsetzung beginnen.

Als sie hörte, wie Volmar den Knecht aufforderte, sein Pferd zu satteln, hoffte sie im Stillen, dass die Überschwemmungen nicht zu schlimm waren und der Regen wirklich bald ein Ende nähme. Das schlechte Wetter verlangte dem aufgeweichten Boden derzeit mindestens ebenso viel ab wie den Gemütern der Heilbronner. Und eines war gewiss: Sollte nicht bald die Sonne scheinen, würde man Eilika, Clementia und Imagina auch dafür die Schuld geben.

»Heiliger Jesus, wann hört es endlich auf zu regnen? Seit dem Jahrmarkt hat es keinen Sonnenstrahl mehr gegeben«, bemerkte Eilika und richtete ihre Worte an niemanden Bestimmtes im Raum. Regungslos blickte sie aus dem geöffneten Fenster der Stube.

Luitgardis trat an ihre Seite und besah mit ihr eine Weile lang die Häuser und Straßen Heilbronns. Rechts von ihnen war die Kilianskirche zu sehen. Davor jene Stelle, an der sich die Kirchbrunnenstraße, Sülmer Straße und Fleiner Straße trafen. Ein äußerst belebter Platz für gewöhnlich. Nicht so dieser Tage. Alles erschien Grau in Grau, und jeder, der konnte, verblieb im Inneren. Luitgardis dachte, dass es beinahe so wirkte, als würde Gott selbst darüber weinen, was den Mädchen widerfahren war. Doch sie behielt ihre trüben Gedanken für sich.

»Müssen wir wirklich zur Kirche gehen, Mutter?«, fragte Imagina und verzog das Gesicht beim Anblick des Regens.

»Willst du das Erfüllen deiner Christenpflicht etwa vom Wetter abhängig machen? Gott würde das nicht gefallen.«

»Du meinst wohl eher, den Heilbronnern würde das nicht gefallen«, erwiderte Eilika etwas bissig und sah weiter nach draußen.

»Oder Vater«, ergänzte Clementia matt, die nun auch zum Fenster getreten war.

»Genug, Mädchen«, tadelte Luitgardis nicht wirklich erbost. Dass die jüngsten Ereignisse schwer auf ihnen lasteten, konnte sie durchaus verstehen – gerade heute, am Jakobstag. Nachdem es nicht zu den Verlobungen gekommen war, hatte sich die Voreingenommenheit der Heilbronner in offenes Misstrauen gewandelt. Viele gingen den Drillingen nun aus dem Weg. Luitgardis befürchtete, der Name Laemmlin würde sie nicht ewig schützen.

»Was ist, wenn dieser Alardus recht hatte?«, fragte Imagina. »Ich meine, er war ein Priester. Vielleicht hat Gott wirklich durch ihn gesprochen. Woher sonst konnte er wissen …«

»So etwas darfst du nicht einmal denken, hörst du?«, entgegnete Luitgardis streng. »Ihr habt mir doch von der Begegnung mit Katharina erzählt. Offenbar wusste auch sie schon, dass ihr kurz vor der Verlobung standet. Dafür brauchte man Gott also nicht zu befragen.«

Imagina nickte. Ihr Gesicht behielt aber jenen zweifelnden Ausdruck bei.

Luitgardis erkannte, dass sie ihre Jüngste noch nicht beruhigt hatte. Sie fasste sie sanft bei den Schultern. »Was für ein Priester kann dieser Mann schon sein? Wäre er von seiner Prophezeiung wirklich überzeugt gewesen, hätte er sich dann davongestohlen wie ein Dieb?«

»Nein, Mutter. Sicher nicht.«

»Dann richte dich wieder auf, meine Tochter. Hebe deinen Blick. Du darfst den Mut nicht verlieren. Schließlich bist du eine Laemmlin, vergiss das nicht.« Luitgardis hob Imaginas Kinn mit den Fingern an und nickte ihr aufmunternd zu. In diesem Augenblick fasste sie einen Entschluss. Sie würde den Mädchen eine Freude machen – heute war der richtige Tag dafür. »Was haltet ihr davon, wenn wir nach dem Kirchgang tun, was wir am liebsten tun?«

Die Drillinge sahen gleichzeitig zu ihrer Mutter. In ihren Augen war plötzlich ein Leuchten und auf ihren Gesichtern jenes verschwörerische Grinsen, das nur sie vier teilten.

Luitgardis lächelte. Sie hatte genau dies erwartet. »Die Gelegenheit ist heute günstig, und Irma war das letzte Mal sehr erfolgreich.«

»Wir werden Zeit bis zum Abend haben«, warf Eilika übermütig ein. »Für den Weg zu den Wiesen und zur Ordensmühle wird Vater doch …« Eilika brach ab und biss sich auf die Unterlippe.

Luitgardis hatte eine Augenbraue hochgezogen.

»Erwischt …« Eilika wirkte schuldbewusst.

»Nun gut«, sagte Luitgardis, ohne überrascht zu sein. »Da ihr offenbar gelauscht habt – was ich sowieso vermutet habe –, wisst ihr auch bereits, was ich euch eigentlich nach dem Kirchgang erzählen wollte. Euer Vater hat neue Verbindungen für euch vorgesehen. So wie es aussieht, wird also doch noch alles gut.«

»Er hat zwar davon geredet, dass er Gespräche führt. Aber warum wollte er dir keinen Namen nennen, Mutter?«, fragte Clementia zweifelnd.

Luitgardis ergriff die Hände ihrer Zweitgeborenen und sah ihr tief in die Augen. »Das ist etwas, was du in deiner zukünftigen Ehe noch lernen wirst. Geduldig sein. Die Männer tun ihre Dinge auf ihre Weise, und wir Frauen müssen uns dem fügen.« Nun ließ sie Clementias Hände los und griff nach denen der anderen beiden. Dicht zog sie sie an sich heran. »Sorgt euch nicht, Kinder. Wir sollten auf Vaters Verhandlungsgeschick vertrauen und beten. Und in der Zwischenzeit tun wir das, was uns zu tun bleibt.«

»Und was ist das, Mutter?«, fragte Imagina.

»Es würde euch zum Vorteil gereichen, wenn man euch Gutes tun sieht. So schaffen wir es vielleicht, die Heilbronner wieder gütlich zu stimmen, und machen die Worte von Alardus vergessen. Und irgendwann werden eure Taten vielleicht auch bis zu meinen künftigen Schwiegersöhnen vordringen und sie von euch überzeugen. Wer auch immer sie sein mögen.«

Clementia nickte. »Das ist allemal besser, als nichts zu tun.«

Imagina nickte. »Wir könnten im Katharinen-Spital aushelfen oder zum Siechenhaus gehen und den Barfüßern Speisen und Getränke bringen.«

»Und heute können wir den Armen an den Kirchen Spenden geben«, schlug Eilika vor.

Luitgardis kämpfte gegen die Tränen. Stolz auf ihre Töchter wallte in ihr auf. Damit sie es schaffte, sich zu beherrschen, klatschte sie auffordernd in die Hände und sprach: »Los, los. Wenn wir immerzu am offenen Fenster stehen, wird das Wetter auch nicht besser. Der Gottesdienst beginnt gleich. Also beeilt euch.«

Entschlossen zog sich Clementia die Kapuze ihres Mantels über, um sich vor dem Nieselregen zu schützen.

Eilika tat es ihr gleich und trat neben ihre Schwester. Gerade wollte sie loslaufen, da bemerkte sie, wie Imagina zurückblickte. Die Jüngste sah beinahe sehnsüchtig auf das elterliche Fachwerkhaus und machte den Eindruck, als wolle sie jeden Moment durch die steinerne Toreinfahrt zurück ins Innere stürzen.

»Nur Mut«, sagte Eilika zu ihr.

Imagina richtete den Blick jetzt dorthin, wo der Jahrmarkt stattgefunden hatte. »Ich kann die Stimme des Bußpredigers fast noch in den Straßen widerhallen hören.«

»Und wenn schon. Du hast Mutter doch gehört. Er war bloß ein Schwindler.«

Eilika klang nachdrücklich. »Was soll schon geschehen, Imagina?«

»*Alles* kann geschehen, wenn du mich fragst. Schwindler oder nicht. Jetzt, da ein Priester ihnen bestätigt hat, was sie im Geheimen schon immer dachten, sind wir den Schlechtigkeiten der Leute doch nahezu schutzlos ausgesetzt«, gab sie zurück.

»Unsinn«, erwiderte Eilika streng. »Zeig ihnen einfach nicht, was du fühlst. Dann sind die Worte des Predigers bald vergessen.« Sie fasste Imagina bei den Schultern. »Richte dich auf, hebe den Blick.«

Clementia ergänzte mit beruhigender Stimme: »Außerdem sind wir unterwegs, um Gutes zu tun. Selbst die größten Zweifler unter den Heilbronnern werden sehen, dass unsere Taten gottgefällig sind.«

Eilika sah, wie sehr Imagina sich beherrschen musste. Ihre wässrigen Augen verrieten es. Doch es war nicht Eilikas Art, sich der Angst hinzugeben. Und demnach war es auch nicht ihre Art, dafür weitere Worte zu verschwenden. Sie nahm die Kapuze ihrer Schwester und setzte sie ihr auf. »Zieh sie dir einfach weit ins Gesicht. Dann musst du die Blicke nicht sehen. Und jetzt nimm dich zusammen.«

Imagina nickte.

Schweigend liefen sie die wenigen Schritte auf der Fleiner Straße entlang. Schon nach kürzester Zeit waren ihre Kleidersäume dunkel verfärbt, und ihre Füße wateten bis zu den Knöcheln in den Pfützen. Das Prasseln des Regens auf ihrem Kopf hatte für Eilika seltsamerweise etwas Beruhigendes. Vielleicht deshalb, weil es etwaige Lästereien übertönte.

Vor dem Gotteshaus sah Eilika ihre Schwestern von der Seite an und nickte ihnen aufmunternd zu. Nahezu gleichzeitig griffen sie in die ledernen Säckchen, die an den Gürteln ihrer Kleider hingen, und mischten sich unter die Heilbronner. So, dass es für alle sichtbar war, verteilten sie Münzen an die Armen, die sich bettelnd vor der Kirche aufhielten.

Ihr Erscheinen blieb nicht unbemerkt. Trotz des Regens verlangsamten einige Kirchgänger ihre Schritte, um die Drillinge genau bei der Ausübung ihrer Christenpflicht zu beobachten.

Eilika konnte die Blicke, die ihr folgten, förmlich in ihrem Rücken spüren. Ausnahmsweise kam ihr diese Aufmerksamkeit gelegen. Unbeirrt reichte sie den Armen ihre Münzen, bis sie nur noch eine letzte übrig hatte. Sie ging zu einem Mann mit verbundenen Händen. Er saß abseits der Menge, vollkommen verhüllt durch seinen dunklen Mantel und die Kapuze. Noch bevor Eilika die Klapper sah, mit der die Gesunden vor ihm gewarnt werden mussten, wusste sie, dass er aus dem Leprosorium vor den Toren der Stadt kam.

»Einen gesegneten Sonntag«, sagte sie wie bei jeder Spende.

»Hab Dank, du gutes Kind«, antwortete der Mann, der die Almosen im Sitzen entgegennahm, indem er das dreckige Stück Stoff, das er am Leib trug, so gut es ging spannte.

Eilika sah ihm nur kurz in das entstellte Gesicht. Sie wollte ihn nicht anstarren, deshalb richtete sie sich schnell wieder auf und wandte sich etwas zu schwungvoll um. Im nächsten Augenblick stieß sie mit Katharina von Ebersberg zusammen, die sie seit dem Jahrmarkt nicht mehr gesehen hatte.

»Huch«, rief Eilika aus. »Bitte entschuldige. Wo habe ich nur meine Augen?« Sie fasste sich an die Schläfe, wo sie angestoßen war.

Die Schwester des Komturs hielt sich den Arm. »Ich hätte auch besser aufpassen können.«

Was nun folgte, war eine seltsame Schweigepause, die es eigentlich nie zwischen ihnen gegeben hatte. Eilika sah, wie Katharina an ihrer Kapuze herumzupfte. Dabei blickte sie sich um. Es war offensichtlich, dass ihre Freundin aus Kindertagen gerade darüber nachdachte, wer sie alles beobachtete. Plötzlich ergriff sie doch das Wort.

»Es tut mir so leid, was auf dem Jahrmarkt …« In diesem Moment lief unvermittelt ihr Bruder, Eberhard von Ebersberg, an ihnen vorbei. Der strenge Komtur warf den Frauen einen nicht zu deutenden Blick zu.

Eilika knickste artig in seine Richtung, was er mit Nichtachtung strafte. Sie versuchte, dort anzuknüpfen, wo sie aufgehört hatten. »Was wolltest du gerade sagen?«

»Das … habe ich vergessen.«

Es war eine Lüge – Eilika wusste das. Scheinbar war es Katharina in Gegenwart ihres Bruders nicht mehr recht, über das Ereignis auf dem Jahrmarkt zu sprechen. Um es ihr etwas einfacher zu machen, wechselte Eilika geschwind das Thema. »Sag, wie ergeht es deiner jüngsten Schwester Anna? Ich hörte, sie wird alsbald ins Kloster Billigheim gehen.«

»Ja, das ist richtig.« Katharinas Haltung war nun steifer als zuvor, und ihre Worte waren etwas weniger zugewandt. »Sie ist voller Freude bei dem Gedanken, in Bälde eine Braut Christi zu werden.«

»Wie alt ist sie jetzt?«

»Acht Jahre. Im besten Alter für den Eintritt ins Kloster.«

Eilika nickte. »Ja, sicher. Auch wenn es traurig ist, dass ihr sie danach kaum mehr wiedersehen werdet.«

»Das ist nun mal das Schicksal derer, die ihr Leben Gott widmen«, entgegnete sie hart. »Was könnte es Ehrbareres für eine Frau geben? Weder dem Körper noch ihrem Geist wird es bei den Zisterzienserinnen an irgendetwas mangeln.«

»Wahre Worte«, antwortete Eilika, wie es von guten Christen erwartet wurde, und schlug ein Kreuz.

Katharina sah zu ihrem Bruder hinüber, der ihr mit einer Geste klarmachte, dass sie zu ihm kommen sollte. »Der Gottesdienst fängt gleich an. Ich muss gehen.«

»Einen gesegneten Sonntag für dich.« In diesem Augenblick nahm der Regen noch einmal spürbar zu. Rauschend ging er nun zu Boden. Eilika aber hatte nur Augen für Katharina, die ihr den Rücken zugedreht hatte. Sie war gegangen, ohne nach Götz gefragt zu haben. Einen kurzen Moment kämpfte Eilika gegen das seltsame Gefühl an, etwas verloren zu haben. Dann aber erblickte sie Imagina und Clementia nahe dem Eingangsportal der Kilianskirche. Wie es schien, waren auch ihre Almosen verteilt. Eilika machte sich auf zu ihnen. Sie hatte sie noch nicht ganz erreicht, da hörte sie das aufgeregte Rufen einiger Frauen.

Vor der Kirche hatte sich plötzlich eine Menschentraube gebildet. Eilika beschleunigte ihre Schritte und verengte dabei die Augen, um besser sehen zu können. Was ging dort vor sich? Ein unangenehmes Kribbeln erfasste ihren Körper. Es begann bei den Armen und Beinen und ging über auf ihr Herz, das nun schneller schlug. Bald konnte sie hören, was die Frauen riefen.

»Öffne die Augen, Hiltegundis.«

»So wach doch auf.«

Beim Portal angekommen, sah Eilika, dass eine Frau auf den Stufen der Pfarrkirche lag. Es war tatsächlich Hiltegundis Schmid. Sie war blass und kam soeben wieder zu sich.

Imagina kniete sich neben sie und wollte gerade ihren Kopf stützen, da wehrte die prachtvoll gekleidete Bürgersfrau sie ab.

»Nicht du! Nimm deine Finger von mir.« Dabei wedelte sie mit dem Arm, als wolle sie eine Biene verscheuchen.

Imagina schreckte zurück. »Ich wollte nur helfen.«

»Du? Mir helfen?«, keifte Hiltegundis jetzt, die schon wieder Farbe im Gesicht bekam. Langsam und mithilfe der anderen Frauen setzte sie sich auf. Ihre Kleidung war bespritzt mit dem Schlamm der Straße.

Eilika ergriff Imaginas Arm, um sie wieder auf die Füße zu ziehen. Ihre Schwester war wie vor den Kopf gestoßen.

»Was … was habe ich dir getan?«, fragte Imagina.

»Das fragst du noch?« Ihr Blick war eisig.

Eine der anderen Frauen um Hiltegundis herum murmelte: »Es ist doch offensichtlich, was hier geschieht.«

Imaginas Kopf ruckte von einer zur anderen. »Was wollt ihr damit sagen?«

Einige wenige der Frauen wandten sich nun peinlich berührt zur Seite. Andere wiederum sahen die Drillinge feindselig an. Schließlich wagte Hiltegundis auszusprechen, was die meisten wohl dachten.

»Bleibt mir bloß fern. Wegen euch Laemmlin-Schwestern

habe ich die Besinnung doch sicher erst verloren. Ihr seid wahrlich des Teufels.«

»Wie kannst du es wagen?«, fragte Clementia ungläubig.

»Wir haben nichts getan«, setzte Imagina noch nach. An die übrigen Frauen gerichtet, versuchte sie sich und ihre Schwestern zu verteidigen. »Das … das müssen doch welche von euch gesehen haben.«

In diesem Augenblick trat der Kirchherr, Magister Gebwin, aus dem Portal. Sichtlich verwundert, warum bei diesem schlechten Wetter noch nicht alle ins Innere der Kirche gekommen waren, fragte er: »Was geht hier vor sich?«

Einige Atemzüge lang war nur der prasselnde Regen zu hören.

Hiltegundis kam langsam wieder auf die Füße, den feindseligen Blick auf die Schwestern gerichtet.

Eilika verstand als Erste, dass es besser war zu gehen. Sie zog ihre Schwestern rückwärts, bis auch diese begriffen, dass sie hier nicht länger erwünscht waren. Darauf flüchteten sie in die Hämmerlinggasse bis vor das Beginenhaus. Hier, im Schutz der Sackgasse, fing Imagina hemmungslos an zu weinen.

Clementia schloss sie in die Arme, während die Schwester schluchzend ihr Leid klagte.

»Es hat keinen Sinn. Mutters Plan wird nicht funktionieren. Wir werden die Worte des Bußpredigers nicht los.«

Eilika streichelte ihr über die Schultern. Zu gerne hätte sie etwas zur Aufmunterung gesagt, aber sie selbst war sprachlos ob der Situation vor der Kirche. Und wahrscheinlich hatten sie gerade aus der Not heraus sogar einen weiteren schweren Fehler begangen. Ihr Entfliehen hatte nämlich zur Folge, dass sie – vor den Augen aller – dem heutigen Gottesdienst die Anwesenheit versagten.

VIERTES KAPITEL

Luitgardis saß an ihrem liebsten Platz in der behaglichen Stube des Hauses. Hier, an dem Tisch in der Ecke, auf dem Irma stets einen Krug mit wohlriechenden Kräutern hinterließ, die all die Gerüche der Stadt übertünchen sollten, verbrachte sie viel Zeit. Wie meistens, wenn Luitgardis in jener Ecke saß, empfand sie auch jetzt eine innere Ruhe. Vielleicht deshalb, weil sie ihre liebsten Geräusche vernahm. Wie von selbst schlossen sich ihre Augen. Es war ein Versuch, die einzelnen Laute ihren Töchtern zuzuordnen.

Kurzzeitig war bloß das Knacken der brennenden Hölzer in der Feuerstelle zu hören. Dann aber vernahm sie noch etwas. Ein Schaben. Manchmal auch ein Kratzen. Es kam eindeutig von Clementia. Luitgardis lauschte weiter. An ihr Ohr drang ein Ratschen, gleichmäßig und kräftig. Es war von Eilika. Nun kam der schwerste Teil. Sie musste sich sehr anstrengen, doch schließlich vernahm sie das leise Schnippen von Imaginas Schere.

Luitgardis sah auf und blickte zu den Drillingen. Jede saß in einem bequemen Armlehnstuhl, wo sie ihre Glieder am Feuer wärmten, die durch den Dauerregen steif geworden waren. Alle taten sie, was ihr Geheimnis war. Luitgardis lächelte. Zufrieden lehnte sie sich zurück, sog den Duft des Thymians vor sich ein, und gab sich den Erinnerungen längst vergessener Tage hin. Damals hatte sie entdeckt, dass eine jede von ihnen von Gott mit einem Talent versehen worden war. Imagina beherrschte Stoff und Nadeln. Clementia war geschickt mit Feder und Pergament. Und Eilika, die für solch feines Getue nichts übrig hatte, liebte das Schnitzen von Hölzern. So verschieden die Talente der Drillinge auch waren, ihre Motive waren es nicht. Sie alle bevorzugten jene Blumen mit runden und spitzen Blättern im Wechsel – mal auf Tuch, mal auf Pergament, mal auf Holz. Nach vielen Jahren der Übung ähnelten sich die Blütenranken der Drillinge heute so sehr, dass man die Erschafferin nur noch anhand des Gegenstandes deuten konnte, auf dem die Ranken sich befanden.

Leise wurde die Tür geöffnet. Irma trat hinein und brachte warmen Würzwein für alle.

Luitgardis lächelte ihr zu und sagte: »Bleib doch und wärme dich etwas auf. Volmar ist noch immer fort.«

Die Magd, die gleichzeitig ihrer aller Verbündete war, nahm das Angebot dankbar an. »Gerne.« Sie rieb sich die Finger, um die Kälte daraus zu vertreiben.

»Woher hast du die Sachen nur immer? Das edle Holz, die Tuche und vor allem das Pergament? Ich kann es mir nicht erklären.«

Irma schmunzelte. »Gewährt mir dieses Geheimnis, Herrin, und ich bringe immer wieder etwas mit.«

Luitgardis lächelte. »Eines Tages komme ich dahinter.«

»So Gott will«, war ihre Antwort.

Luitgardis gab sich damit zufrieden. Sie begehrte gar nicht wirklich zu wissen, woher Irma die Sachen nahm. Wüsste sie es, müsste sie sie gewiss davon abhalten, da die Magd die Gebote des Herrn brach. Zudem waren ihre Gedanken woanders. Die Drillinge hatten ihr von den Ereignissen am Morgen berichtet. Über Hiltegundis Schmid, die wahrscheinlich bloß die Besinnung verloren hatte, da sie mal wieder guter Hoffnung war. In Gedanken zählte Luitgardis durch: Heinrich, Konrad, Hedwig, Elisabeth. Dazu noch drei Totgeburten. Es wäre demnach ihre achte Schwangerschaft, und sicherlich würden noch weitere folgen. Eine Ohnmacht war nichts Ungewöhnliches bei Frauen im gebärfähigen Alter. Doch kaum waren die Drillinge zugegen, gab man ihnen seit dem Jahrmarkt selbst dafür die Schuld. Luitgardis schluckte ihren Ärger herunter. Es hatte keinen Sinn, sich weiter darüber den Kopf zu zerbrechen.

»Herrin?«, zog Irma die Aufmerksamkeit Luitgardis' auf sich.

»Hm?« Luitgardis zupfte ein verdorrtes Blatt aus dem Kräuterbund.

»Erlaubt Ihr, dass ich morgen nach Bockingen gehe?«

»Ist schon wieder ein Jahr rum?«

»Ja, die Zeit ist schnell vergangen.«

»Natürlich darfst du gehen. Morgen und drei Tage danach natürlich auch. Sei jeweils zur Mittagsstunde wieder zurück.«

»Ich danke Euch.«

Die älteste ihrer Töchter legte das Messer zur Seite und betrachtete ihr hölzernes Werk. Der Ausdruck auf ihrem Gesicht machte Luitgardis klar, dass Eilika zufrieden war. Dann stand sie auf – gewiss, um die Läden des Fensters zu öffnen. Zurzeit tat sie das oft. Sie wirkte rastlos. Luitgardis wusste natürlich, warum.

»Hat es jemals schon so viel am Stück geregnet, seit wir geboren worden sind, Mutter?«

»Nicht dass ich mich erinnern könnte.«

»Musst du schon wieder das Fenster öffnen?«, fragte Clementia, ohne von ihrer Arbeit aufzusehen. Sie war dabei, mit einem scharfen Messer ein Pergament abzuschaben, sodass sie es für ihre Zwecke wiederverwenden konnte. Neben ihr lag eines, das bereits ihre Blüten trug. »Der Regen wird nicht nachlassen, nur weil wir alle frieren.«

»Entschuldige«, murmelte Eilika und ließ die Hand wieder sinken. »Ich fühle mich so eingesperrt. Es macht mich langsam verrückt«, entgegnete sie ihrer Schwester.

Luitgardis horchte auf. Sie hatte ein Geräusch gehört. Nun war sie es, die aufstand und die Fensterläden tatsächlich öffnete. Ein Blick nach draußen reichte, um zu bestätigen, was sie geahnt hatte. »Es ist so weit, Kinder.«

Eilika, Clementia und Imagina sahen betrübt auf. Es waren keine weiteren Worte nötig.

Clementia strich mit den Fingern über das bemalte Pergament und besah ihr Werk ein letztes Mal, bevor sie mit dem Messer ansetzte.

Imagina hatte sofort gehorcht und zog die durchtrennten Fäden bereits durch den Stoff.

Einzig Eilika zögerte. Seelenruhig besah sie das Stück Holz mit der einmaligen Maserung in ihren Händen.

Luitgardis trat zu ihr. Die erhabenen Blumen wirkten, als wären sie echt. Beinahe war sie versucht, daran zu riechen.

»Eilika, rasch! Euer Vater wird gleich hier sein.«

Ihre Älteste ging zur Feuerstelle und warf das Holz in die Flammen.

Gleich als der Morgen graute, machte sich Irma auf nach Bockingen. Es war jene Zeit im Jahr, in der ihr Vater vor sechs Lenzen sein Leben hatte lassen müssen. Nur ein Jahr und drei Tage später hatte der Herr dann auch ihre Mutter zu sich geholt. Irma war Luitgardis Laemmlin dankbar, dass sie ihr stets erlaubte, in dieser Zeit zur Grabstätte ihrer Eltern zu gehen, um dort zu beten.

Geschwind ließ sie die Fleiner Straße hinter sich, die sie direkt auf das Stadttor zuführte. Bereits von Weitem sah sie, dass ein bekanntes Gesicht den Wachposten belegte. »Ich grüße dich, Walter«, sprach sie den Mann lächelnd an. Normalerweise hätte sie nun ein wenig mehr mit den Hüften gewackelt als nötig. Doch seit dem schrecklichen Ereignis auf dem Jahrmarkt hatte sie die Lust an derlei Spielereien beinahe gänzlich verloren.

»Einen schönen Tag für dich, Irma«, rief der junge Kerl ihr hinterher, der mit Sicherheit dennoch auf ihr Hinterteil blickte.

Irma folgte dem Pfad Richtung Osten. Der Weg zum Dorf Bockingen war nicht weit, und oft, wenn sie hier entlangging, war sie voller Vorfreude auf die Stätte ihrer Kindheit. Heute jedoch war es anders. In Irma tobten schmerzhafte Gedanken und Gefühle. Wie immer, wenn sie auch nur kurzzeitig keine Ablenkung hatte, kam ihr das Gesicht von Alardus in den Sinn. Sie sah ihn genau vor sich, wie er ihr im schummrigen Licht der Kilianskirche gegenübergestanden hatte. Damals war Irma noch im Glauben gewesen, ihm vertrauen zu können. Niemals wäre sie auf die Idee gekommen, dass er ihre Worte auf so schändliche Weise missbrauchen würde. Seitdem schnürte die Last ihrer Schuld Irma förmlich den Hals zu. Wie sollte sie je wiedergutmachen, was sie ausgerechnet den Frauen angetan hatte, die ihr im Leben am meisten bedeuteten? Immer wieder haderte sie mit den Gedanken, ihnen einfach die Wahrheit zu sagen. Doch Irma fürchtete, das einzige Zuhause zu verlieren, das sie noch hatte. Es musste einen anderen Weg geben.

Irmas Gedanken schweiften ab zu dem Moment, da Alardus seine Rede beendet hatte. Unglücklich erinnerte sie sich daran, wie die Menschen vor Eilika, Clementia und Imagina zurückgewichen waren. Niemand hatte mehr auf den Bußprediger geachtet – niemand, außer Irma! Sie hatte beobachtet, wie er von dem Wagen gesprungen und in eine Gasse geeilt war, um zu fliehen. So lange sie konnte, war sie ihm gefolgt. Dabei hatte Irma eine Entdeckung gemacht. Es war die einzige Spur, die sie hatte. Die würde sie verfolgen und so vielleicht eines Tages für Gerechtigkeit sorgen. Jene Heilbronner, die derzeit in den Drillingen das Böse sahen, mussten vom Gegenteil überzeugt werden. Erst dann war Irmas Schuld getilgt.

Als sie Bockingen erblickte, erfasste sie ein warmes Gefühl. Sie ließ es zu, um ihrem wunden Herzen etwas Erleichterung zu verschaffen. Zuerst sah sie die steinerne Kirche, von der man behauptete, sie stünde bereits seit einer Ewigkeit hier und wäre sogar älter als Heilbronn selbst. Dann die kleinen Häuser der Weinbauern und den Dorfplatz mit dem Stangenbrunnen in seiner Mitte. Viele schöne Erinnerungen verband Irma mit diesem Ort. Leider hatte ihr Leben in Bockingen ein jähes Ende mit dem viel zu frühen Tod ihrer Eltern gefunden. Seither lagen sie hier auf dem Gottesacker begraben, zu dem Irma mindestens zweimal im Jahr kam. Sie legte dann Blumen nieder und sprach Gebete.

Ihr Ziel vor Augen, folgte sie dem aufgeweichten Weg durch das Dorf. Die vertrauten Hütten, die sie nach und nach abschritt, muteten alle verlassen an. Beinahe jeder Mann und jede Frau im Dorf arbeiteten auf den umliegenden Korn- und Weinfeldern. Nur hier und da vernahm sie das Lachen von spielenden Kindern, die bei den Alten geblieben waren. Trotz des Regens waren sie draußen und stampften mit nackten Füßen in den Pfützen herum.

Irma schob die wackelige Pforte auf und hielt auf das Grab ihrer Eltern zu. Längst war der Hügel dem Erdboden gleich. Dennoch fand sie die Stelle mit Leichtigkeit. Zwei immergrüne Büsche wiesen ihr den Weg. Als sie anhielt und zu Boden sah, spürte sie jene Zuversicht, die sie sich von diesem Platz erhofft hatte. Längst war sie daran gewöhnt, dass ihr hier nicht mehr die Tränen kamen. Vielmehr war es ihr, als wären ihre Eltern an diesem Ort noch lebendig und spendeten ihr Trost in der Not. Irma faltete die Hände und sprach stumm ihr Gebet. Sie bedachte das Seelenheil ihrer Eltern und bat den Herrgott darum, sie eines Tages im Himmelreich wiedersehen zu dürfen.

»Du bist wieder da.« Es war die gleiche brüchige Stimme, die sie hier immer vernahm.

Irma brauchte sich nicht umzudrehen, um zu wissen, wer es war. Die alte Frau kümmerte sich, seit sie denken konnte, um die Grabstätten. Legte Blumen nieder. Sprach Gebete für die Toten. Und obwohl man sie nur selten außerhalb des Gottesackers sah, war sie bekannt dafür, dass sie über alles im Dorf stets Bescheid wusste. »Ja, ich komme immer wieder zurück.«

Ihr Blick war nun auch auf die Erde gerichtet. »Sechs Jahre ist er schon tot, hm?«

»Und Mutter fünf.«

Die Alte nickte. Ihre weiche Hand griff nach der von Irma. »Wie ergeht es dir in Heilbronn?«

»Gut. Ich kann mich nicht beklagen. Und den Bockingern? Sind alle wohlauf?«

»Nun«, sie schien kurz zu überlegen, was sie sagen sollte. »Die Dinge werden sich verändern, Irma. Bald schon.«

»Wovon sprichst du?« Irma runzelte die Stirn.

Die Alte tätschelte ihr die Hand und zeigte ihr zahnloses Lächeln. »Warte ab. Das erfährst du noch früh genug.«

Aus Erfahrung wusste sie, dass es keinen Sinn hatte, weiter zu fragen. Die Frau an der Kirche machte immer bloß Andeutungen. Oft war dabei unklar, ob sie wirren Verstandes war oder nur nichts sagen wollte. Irma hielt die weiche Hand noch eine Weile. Irgendwann sagte sie: »Ich muss wieder gehen.«

Die Alte nickte. »Kindchen, wenn du mal nicht mehr glücklich bist in Heilbronn, habe ich einen Rat für dich.« Unerwartet kräftig zog sie an Irmas Kleidung, damit diese sich herunterbeugte.

Irma lauschte auf das Flüstern in ihrem Ohr. Sie war etwas verwundert von dem geheimnisvollen Getue, wartete aber dennoch, bis die Frau zu Ende gesprochen hatte.

Die kleinen blassblauen Augen sahen zu ihr hoch. Das Lächeln der Frau legte die Haut an ihren Schläfen in tiefe Falten. »Nun geh und pass auf dich auf.«

Irma hatte die Pforte schon hinter sich gelassen, da rief die Alte ihr hinterher: »Vergiss nicht, Bockingen Lebewohl zu sagen.«

Was sollte das nun wieder? Belustigt schüttelte Irma den Kopf. Wahrscheinlich war die Frau doch verrückt.

»Unser Sohn wird nach Heilbronn kommen«, verkündete Volmar Laemmlin über den Tisch hinweg in Luitgardis' Richtung, nachdem er die ersten Zeilen des Briefs in seiner Hand überflogen hatte.

»Endlich sehen wir ihn wieder. Wann wird es so weit sein?«, fragte Luitgardis.

»Vielleicht morgen, vielleicht in drei Tagen. Es hängt von dem verdammten Regen ab. Viele Wege sind derzeit unpassierbar. Alles ist aufgeweicht, wie er schreibt.« Volmar Laemmlin ließ das Pergament sinken und rieb sich die Augen mit Daumen und Zeigefinger. Dabei murmelte er: »Wenn es nur die Wege wären …«

Luitgardis schien zu verstehen. »Steht es etwa so schlimm?«

»Die gesamte Flussniederung droht überflutet zu werden. Immer mehr Boden wird weggeschwemmt. Es scheint nur noch eine Frage der Zeit zu sein, bis der Neckar sich einen gänzlich neuen Weg sucht. Leider weiß nur der Allmächtige, welcher das sein wird.«

»Was sagen der Rat und der Orden?«, fragte sie vorsichtig.

Clementia sah zwischen ihren Eltern hin und her. Es war selten, dass der Vater ihre Mutter in die Angelegenheiten der Männer einweihte. Und dennoch tat er es diesmal.

»Schon jetzt liegen die Deutschherren mit dem Rat im Streit darüber, wie die Besitzverhältnisse geregelt werden, sollte der Neckar durch das Weidach brechen.« Volmar ließ sich von Luitgardis nachschenken und redete dabei weiter. »Eberhard von Ebersberg gibt dem Rat die Schuld an den Überschwemmungen. Das vor Jahren gebaute Wehr, um den Neckar zu stauen und die Mühlen zu betreiben, soll die missliche Lage begünstigt haben.« Nach diesen Worten stürzte er seinen Becher Wein ganz hinunter.

»Und was kann der Rat jetzt tun?«

»Nur beten, dass der Regen endlich aufhört, damit die Wasserkante nicht weiter ansteigt.«

Clementia sah, wie ihr Vater sich wieder dem Brief in seiner Hand widmete. Derweil erschien Irma hinter ihm – in der Hand eine Platte mit dampfendem Fisch, der sogleich einen köstlichen Geruch verbreitete. Wortlos stellte sie ihn auf den Tisch. Dabei sah sie niemanden an. Clementia fiel auf, wie eigenartig der Blick der Magd war. In sich gekehrt und weniger fröhlich als sonst. Es war ihr schon vor einiger Zeit aufgefallen. Nachdenklich sah sie ihr hinterher, bis sie verschwunden war. Doch schon im nächsten Moment galt ihre Aufmerksamkeit wieder ihrem Vater.

Seine Augen flogen noch immer über die Zeilen des Briefs. Plötzlich hielten sie in ihrer Bewegung inne. Sein Blick war nun starr auf eine Stelle des Pergaments gerichtet. Dabei veränderte sich sein Gesichtsausdruck stetig. Die Zornesfalte wurde noch tiefer. Seine Augen verengten sich.

Clementia fragte sich, was wohl in diesem Brief stand. Ein Blick zu Eilika und Imagina verriet, dass sie ebenso neugierig waren. Doch sie alle mussten warten, ob er entschied, sie einzuweihen.

Auch Luitgardis wagte nicht mehr zu fragen. Stattdessen legte sie ihm bloß ihre Hand auf den Arm.

Volmar Laemmlin sah seine Frau an. »Unser Sohn kommt offenbar nicht grundlos. Es gibt Neuigkeiten, die Unruhe bringen werden, wie er schreibt.«

»Wenn er deshalb die Seite des Kaisers verlässt, müssen sie tatsächlich wenig erfreulich sein.«

»Das befürchte ich auch.« Volmar Laemmlin ließ offen, was genau er dachte. »Das Tischgebet, Imagina«, forderte er jetzt streng.

Ohne zu zögern, faltete die Angesprochene die Hände und begann ein Benedicite aufzusagen. »Aller Augen warten auf dich, Herr, und du gibst ihnen ihre Speise zu seiner Zeit. Du tust deine milde Hand auf und sättigst alles, was lebt, mit Wohlgefallen. Vater unser …«

Clementia hörte gar nicht hin. Zu sehr beschäftigten sie die Andeutungen des Vaters. Erst die Worte ihrer Mutter, als das Gebet längst gesprochen war und die Schalen und Platten nicht mehr dampften, ließen die Gedanken daran verfliegen.

»Willst du gar nichts essen, Clementia?«

»Nein, Mutter. Ich habe keinen Hunger.«

»Ist dir nicht wohl, Kind?«

»Mir geht es gut. Es ist sicher der Regen, der mein Gemüt schwer macht.«

»Nun, vielleicht vertreibt dein Tagwerk dir die trüben Gedanken.« Jetzt richtete Luitgardis ihr Wort an Volmar. »Erlaubst du, dass die Mädchen zum Leprosorium gehen, um den Siechen gnädige Gaben zu bringen?«

Volmar Laemmlin sah sie mit gerunzelter Stirn an. »Was bewegt dich dazu?«

»Muss es denn einen Grund geben, um die Kinder dazu anzuhalten, gute Christen zu sein? Gerade in dieser Zeit?«

Clementia hielt die Luft an. Diese Worte waren sehr gewagt. Es war nur verständlich, dass ihr Vater sich wunderte – hatten sie doch sonst nicht mehr Mildtätigkeit gezeigt, als es ihr Glaube gerade so erforderte. Doch der Inhalt des Briefs schien ihn derart abzulenken, dass er nicht viele Gedanken darauf verschwendete.

»Natürlich nicht.« Volmar Laemmlin erhob sich, den Brief in seiner Rechten. Er war im Begriff zu gehen. »Ich erlaube es.«

»So Gott will, wird es zu einer Begegnung mit dem neuen Prokurator des Franziskanerklosters kommen«, stellte Luitgardis in Aussicht.

»Das glaube ich kaum. Man sagt, jener Bruder Luppolt sei so überaus tief mit seinem Glauben verwachsen, dass er jeden Kontakt außerhalb des Klosters und des Siechenhauses meidet.«

»Das hörte ich auch. Aber manchmal kommt es anders, als man erwartet. Gottes Wege sind unergründlich.«

Wenig später liefen die Schwestern die Sülmer Straße entlang, die in das am dünnsten besiedelte Gebiet der Stadt im Norden führte. Niemand, der nicht musste, war bei diesem Wetter unterwegs. Der Himmel war dunkelgrau. Die Luft roch feucht. Jeder ihrer Schritte hinterließ ein schmatzendes Geräusch, das begleitet wurde vom beständigen Prasseln der Tropfen auf ihre Kapuzen. Dort, wo die Lagen ihrer Kleidung sich trafen, fühlten die Schwestern den Regen bald nass und kalt eindringen.

Eilika, Clementia und Imagina erreichten das Sülmer Tor. Die zwei Wachhabenden ließen sie einfach passieren. Doch kaum waren die Drillinge durch den Bogen des mächtigen Turms auf die herabgelassene Zugbrücke geschritten, hörte Eilika, wie einer der Männer den anderen leise aufforderte, sich besser zu bekreuzigen. Sie rollte die Augen. Im Gegensatz zu ihren Schwestern schlug die anfängliche Furcht über die Ablehnung der Heilbronner bei ihr allmählich in Wut um. Ihr tat es deshalb unendlich gut, die Stadt in diesem Augenblick zu verlassen.

Als sie das Vorwerk überquert hatten, ließ Eilika den Blick schweifen. Nicht weit entfernt lag die Ansammlung von Gebäuden des Siechenhofs. Einige Barfüßer-Mönche liefen auf dem eingefassten Gelände zwischen den Bauten, den Gärten und dem Gottesacker mit seinen Bäumen umher. Sie trugen Leinen und Wassereimer, die sie wohl für die Versorgung der Kranken benötigten. Vermummt, wie sie wegen des Wetters waren, schenkte niemand den Drillingen große Beachtung, als sie den Hof der lebenden Toten betraten.

Ein plötzliches Geräusch ließ Eilika und ihre Schwestern herumfahren. Gerade noch bemerkte sie, wie drei gebückte Gestalten humpelnd davonliefen – die warnende Klapper hin und her schwingend.

Imagina sah plötzlich blass aus, wie Eilika fand. Alles an ihr strahlte aus, dass sie nicht hier sein wollte. »Und nun?«, fragte sie zweifelnd. »Wem sollen wir geben, was wir in unseren Körben haben?«

Eilika zuckte mit den Schultern.

Clementia blickte in den Himmel. Der Regen nahm zu.

Kurz entschlossen wies Eilika auf das größte Gebäude. »Lasst es uns dort versuchen.« Sie schritt vor die große Holztür und klopfte energisch an.

Wenig später wurde eine Klappe in der Tür geöffnet. Ein Mann mit einer auffallend großen Nase guckte hindurch. Sein Blick verriet, dass nicht oft Fremde kamen. »Was wünscht ihr, Mädchen?«

»Bitte verzeiht, Bruder, wir haben Speisen mitgebracht. Für die Kranken.«

Der Langnasige sah die drei tropfnassen Mädchen eine nach der anderen an.

»Ihr solltet besser gehen. Der Aussatz macht vor niemandem halt. Gebt mir einfach schnell, was ihr habt, und kehrt wieder um.« Schon war er im Begriff, den Arm durch die Luke zu strecken.

Doch Eilika hielt ihn auf. Sie erinnerte sich daran, was ihre Mutter gesagt hatte. Ihre guten Taten mussten auch gesehen werden. Sonst wären sie ihnen zu nichts nütze.

»Wir wissen Eure Warnung zu schätzen, aber wir sind ohne Furcht. Der Herr wird seine Hand über uns halten, während wir mildtätig sind.« Eilika spürte die Blicke ihrer Schwestern auf sich. Das, was sie nun sagte, war nicht mit ihnen abgesprochen. »Aus diesem Grund würden wir unsere Gaben gern dem Prokurator selbst überreichen.«

»Ihr könnt nicht zum Prokurator. Er befindet sich in Zwiesprache mit Gott.« Wieder streckte er den Arm aus. »Gebt mir, was ihr dabeihabt.«

Eilika schüttelte stur den Kopf. Sie hatte eindeutig genug davon, abgelehnt zu werden. »Das wäre sicher nicht im Sinne unseres Vaters, des ehrenwerten Richters Volmar Laemmlin. Er trug uns auf, diese Spende persönlich zu überreichen.« Natürlich war das eine Lüge. Aber von Zeit zu Zeit musste es doch auch mal zu etwas gut sein, dass sie die Nachkommen ihres Vaters waren.

Der Mann sah nun genauer hin. Es war offensichtlich, dass er bis jetzt nicht erkannt hatte, wer vor ihm stand.

Nun, da er es wusste, entschied er sich dazu, die Tür zögerlich zu öffnen. Langsam trat er heraus.

Eilikas Schwestern hielten die Köpfe züchtig gesenkt und warteten, was der Mann zu tun gedachte. Anders Eilika selbst. Sie hob den Kopf, schob ihre Kapuze ein Stück zurück und blickte ihm direkt ins Gesicht.

Ausgerechnet in diesem Moment begann es laut zu donnern. Der Regen wurde schlagartig zu einem wahren Wolkenbruch und fiel infolgedessen mit aller Wucht nieder.

Noch immer sagte der Mann nichts. Er stand einfach da, als wäre er festgewachsen. Erst als es erneut donnerte, sah Eilika, dass er vor ihr zurückwich. Er wirkte mit einem Mal verängstigt. Vermutlich hielt er sie des plötzlichen Wetterumschwungs für schuldig.

»Wo ist Bruder Luppolt?«, fragte Eilika nun weniger zurückhaltend, als es angemessen gewesen wäre.

»In der Jakobskapelle.« Seine Stimme zitterte.

Eilika war überzeugt, jeder Liebreiz wäre nun sowieso überflüssig. Sie hob die Handflächen, um auf den Regen hinzuweisen, und sagte: »Worauf wartet Ihr noch? Führt uns hin.«

Tatsächlich lief der Langnasige los. Vorbei an Stallungen und Gärten bis zum anderen Ende des Siechenhofs. Hier befand sich die kleine Kapelle – nahe dem Gottesacker. Mit dem Finger auf die niedrige Tür weisend, sagte er: »Dort drinnen ist er. Ich … ich muss wieder … gehen.« Im nächsten Moment stob er stolpernd davon.

Imagina sah dem Mann beinahe mitleidig hinterher.

»Kommt schon, ich bin nass bis auf die Haut«, sagte Clementia und betrat die Kapelle als Erste. Die anderen folgten ihr.

Hier im Inneren war es dunkel. Nur kleine Luken ließen etwas Licht herein. Die Luft hatte jenen eigenartigen Geruch, der den Kerzen und der Feuchtigkeit geschuldet war. Alle Geräusche von draußen waren nur noch gedämpft zu hören, was auch die Drillinge leiser werden ließ.

Flüsternd wies Clementia nach Osten. »Seht, dort.«

Als Eilikas Augen sich an das Licht gewöhnt hatten, erkannte sie einen Mann vor einem hölzernen Kreuz knien. Auch er bemerkte sie und drehte sich um.

»Bruder Luppolt?«

Er gab keine Antwort.

»Bitte verzeiht, dass wir Euer Gebet stören.«

»Das tut Ihr allerdings.« Er stand auf, schlug ein Kreuz und verließ den Altarbereich. Langsam kam er auf die Mädchen zu. Er blickte sie eindringlich an, eine nach der anderen.

Eilika und ihre Schwestern streiften jetzt ihre Kapuzen vom Kopf. Sofort bildete sich um ihre Füße eine Pfütze, die von dem Tropfen ihrer Mäntel stetig genährt wurde.

Auf der Hälfte seines Weges blieb der Geistliche unvermittelt stehen. »Wer seid Ihr?«

»Wir sind Clementia, Imagina und Eilika Laemmlin.«

»Laemmlin …!«, wiederholte er in sich gekehrt. Drei oder vier Atemzüge lang verharrte er auf der Stelle. Dann fragte er: »Warum seid Ihr hier?«

»Wir bringen eine Spende. Für die Kranken. Und für die Mönche, die die Kranken hier pflegen«, erklärte Clementia.

Beinahe schien es, als hätte er ihre Worte nicht gehört.

Eilika war von dem Verhalten des Prokurators etwas verunsichert. Noch immer stand er ein paar Schritte von ihnen entfernt. Plötzlich war es ihr, als ginge ein Ruck durch den Mann. Sein Blick war nicht mehr so verklärt. Er kam auf sie zu und begann zu lächeln.

»Ich danke Euch. Die Kranken und die Mönche werden euch heute in ihre Gebete einschließen.«

»Das ist mehr, als wir zu hoffen gewagt haben«, sagte Eilika und senkte züchtig den Blick. »Gott zu dienen, ist uns schon Dank genug.«

»Seid Euch sicher, er sieht es, Töchter aus dem Hause Laemmlin. Auch das, was nur in unseren Herzen lebt, bleibt ihm nicht verborgen.«

Eilika konnte nichts erwidern. Stumm hob sie den Blick und sah in die warmen Augen des Mannes, der so unerwartet gütige Worte für sie und ihre Schwestern hatte.

»Lasst mich Euch segnen.« Bruder Luppolt legte Imagina die rechte Hand und Clementia die linke Hand auf die Stirn. Eilika, die direkt vor ihm stand, sah er weiter an, als er sprach: »Herr, segne diese deine Kinder, die heute gekommen sind, um Gutes zu tun. Erfülle ihre Seele mit Reinheit und ihre Herzen mit Freude. Stehe ihnen bei, wenn Böses ihnen widerfährt, und schenke ihnen den Frieden, den sie seit jeher verdienen. Amen.«

Eilika blickte unverändert in die braunen Augen vor sich. *Was geschah hier?* Die Worte von Bruder Luppolt glichen einem gewöhnlichen Gebet, und doch wirkten sie auf Eilika, als könne er ihr Innerstes lesen.

»Gott wird bei Euch sein, alle Zeit. Sein Wort soll Euch stets Trost spenden und Euch stark machen. In der Heiligen Schrift steht geschrieben: ›Der Herr ist mein Licht und mein Heil; vor wem sollte ich mich fürchten? Der Herr ist meines Lebens Kraft; vor wem sollte mir grauen?‹ Vergesst diese Worte nicht, und fürchtet niemanden, außer Gott.«

FÜNFTES KAPITEL

Katharina wartete gleich hinter der Tür – und das sicher schon seit der Dauer von zehn Vaterunser. Sie betete, damit die Zeit verging. Aber auch deshalb, weil sie sich Beistand erhoffte, wenn ihr Bruder gleich heimkam.

Ihr Zustand war die Schuld des Knechtes Lorenz. Fahrig knetete sie die Hände, während sie von einer Seite der Diele zur anderen lief. Seine Bemerkung war so beiläufig gewesen wie ihre Reaktion darauf. Jedoch war ihre Beherrschung nur aufgesetzt. In Wahrheit wühlte sie die Neuigkeit auf.

Plötzlich öffnete sich die Tür.

Eberhard erschrak, als Katharina so unvermittelt vor ihm stand. »Herrje, was drückst du dich denn hier in den Ecken herum?«

»Es tut mir leid. Ich wollte dich nicht erschrecken.« Sie trat hinter ihn und zog ihrem Bruder den nassen Umhang von den Schultern.

»Gibt es Neuigkeiten aus der Stadt?« Sie wollte es zunächst auf diese Weise versuchen.

»Der Regen lässt den Neckar immer weiter anschwellen. Noch halten die Ufer. Wer weiß, wie lange. Aber das ist eine Sache zwischen Rat und Orden. Nichts für deine Ohren oder deinen Kopf.« Ihr Bruder lief an ihr vorbei und erklomm die ersten Stufen, um sich zu seiner Schreibstube zu begeben. Dabei ließ er sie wissen: »Ich rieche gar nichts, dabei ist die Mittagsstunde nicht mehr weit.«

»Es war viel zu tun heute«, gab sie zur Antwort und dachte

bei sich: *Wenn du endlich eine Magd einstellen würdest, wäre die Arbeit auch zu schaffen.* Doch sie verkniff sich den Tadel, denn sie hatte ein Anliegen. »Ich habe gehört, Götz Laemmlin kommt in die Stadt.«

Der Komtur blieb stehen. »Und?«

»Nun, du weißt schon lange, wie es um mein Herz bestellt ist. Und jetzt, da er Witwer ist, dachte ich …« Sie stockte.

Eberhard biss die Zähne aufeinander. Sein Kiefer bewegte sich hin und her. »Bin ich etwa nicht gut zu dir? Willst du deshalb fort aus diesem Haus?«

»Das habe ich nicht gemeint, Bruder, und das weißt du auch.«

Er kam die Stiege wieder hinunter und blieb vor ihr stehen. Den Kopf schief gelegt, fragte er: »Warum glaubst du, dass er auch dir zugeneigt ist, Katharina?«

»Du beschämst mich mit dieser Frage.«

»Ich meine ja nur. Götz Laemmlin ist Teil des kaiserlichen Gefolges. Vielleicht hat er längst ein anderes Weib aus diesen Reihen im Sinn.«

»Alles, worum ich dich bitte, ist, mit ihm zu reden, wenn er nach Heilbronn kommt. Natürlich weiß ich nicht, ob er bereits andere Absichten hat. Aber der bloße Gedanke, dass die Gelegenheit verstreichen könnte …« Katharina drehte sich um. Sie wollte sich beherrschen und sich nicht derart ungehalten vor ihrem Bruder gebärden, doch es fiel ihr schwer. Die Liebe zu Götz, die während ihrer Kindheit ihren Anfang genommen hatte, wurde mit jedem Jahr schlimmer.

»Nun gut.«

Ihr Mund klappte auf. Hatte sie richtig gehört?

»Ich werde es mir zumindest überlegen, Katharina.«

»Ich danke dir vielmals.« Katharina sah, wie ihr Bruder im oberen Stock des Hauses verschwand. Sie selbst blieb in der Diele zurück, ein freudiges Lächeln auf den Lippen. Mit neu entfachtem Eifer machte sie sich auf in die Küche, wo sie ihrem Bruder ein wohlschmeckendes Mahl bereiten wollte. Ab jetzt galt es, alles zu tun, was ihn gütlich stimmte, damit er seinen Worten auch Taten folgen ließ.

»Allmächtiger, ich bin dein ergebener Diener. Führe mich der Wahrheit zu…«, betete Volmar Laemmlin. Er befand sich auf den Knien vor einem der zahlreichen Altäre der Kilianskirche. Sein Anliegen war dasselbe wie schon unzählige Kirchenbesuche zuvor. Die Bürde der Laemmlins lastete schwer auf ihm und verfolgte jeden seiner Tage wie ein ungeliebter Schatten. »Gib mir das Zeichen, auf das ich warte, damit ich weiß, dass ich richtig handle. Weise mir den Weg. Stärke mich. Schenke mir Zuversicht. Ohne dich bin ich blind.« Beinahe der eigenen Worte müde, senkte er das Haupt auf die gefalteten Hände. So verweilte er, bis plötzlich eine Stimme die Stille durchbrach.

»Vater!«

Volmar sah auf. Er lächelte – das erste Mal, seit er in der Kirche war. »Du bist schon da, Sohn?«

»Ich bin so schnell geritten, wie ich konnte. Hast du meinen Brief erhalten?«

»Ja.« Nun blickte er seinen einzigen männlichen Erben an, der unweit von ihm entfernt stand. Ebenso wie er selbst, trug auch Götz die feine Kleidung eines Mannes, der dem Stadtadel angehörte. »Sag mir, was es damit auf sich hat.«

»Ich wollte, dass du es zuerst von mir erfährst. Was Ludwig IV. veranlasst hat, ist zwar gut für Heilbronn, doch nicht gut für den Orden. Es wird für noch mehr Zwist zwischen beiden Seiten sorgen.«

Volmar unterdrückte das Bedürfnis, laut zu seufzen. »Um was geht es?«

»Der Kaiser hat der Bitte des Grafen von Löwenstein zugestimmt, Bockingen an Heilbronn zu verkaufen.«

»Er hat *was* getan?« Volmar traf es wie ein Faustschlag. Die Tragweite dieser Entscheidung war ihm sofort klar. »Ausgerechnet jetzt, wo der Neckar die Gemüter schon zur Genüge erhitzt.«

»Ich weiß, der Zeitpunkt ist denkbar ungünstig.«

Volmar bekreuzigte sich, ohne den Blick von seinem Sohn zu nehmen. Dabei meinte er, die Schreie Eberhards von Ebersberg förmlich in seinem Kopf zu hören. »Wie du sagtest: Es wird Zwietracht geben, und zwar über die Rechte, die der Orden in Bockingen besitzt.«

Götz nickte. Es war offensichtlich, dass auch er die missliche Lage begriffen hatte. »Die Männer werden gerade zusammengerufen. Wir sollten auch gehen.«

Volmar wandte sich wieder der Marienstatue zu. Sein Atem war laut zu hören. »Lass uns erst gemeinsam beten, Sohn. Bevor wir zum Rathaus gehen, brauche ich göttlichen Beistand.«

Ritter Hartmann von Bockingen verließ seine Burg überstürzt. In ihm kochte die Wut. Der Bote aus Heilbronn hatte Unglaubliches berichtet. Keinen Augenblick länger hielt es ihn hier. So trieb er seinen Schimmel mit einem energischen Schenkeldruck zu einem immer schnelleren Galopp. Ihm war es gleich, ob der Weg bergauf oder bergab führte und ob sein Ross schon hörbar schnaufte. Rechts und links flogen die Felder mit den Rebstöcken an ihm vorbei, die dieses Jahr im Regen zu ersaufen drohten. Dann endlich konnte er Heilbronn sehen.

Schon von Weitem erkannte Hartmann, was das Wetter hier bewirkt hatte. Haupt- und Nebenarme des Neckars waren stark angeschwollen und erschienen ihm wilder als je zuvor. Die Wege unter ihm waren hier – auf ebener Strecke – so weich, dass sein Pferd tief einsank. Er erlaubte dem Tier, das Tempo zu drosseln. Durch einen Ruck an den Zügeln fiel es zunächst in einen schnellen Trab, dann in den Schritt.

Hartmann erreichte den Landturm, wo Händler, die die Stadt aufsuchten, ihre Zölle abgeben mussten, und folgte dem Pfad bis zur Brücke.

Im unmittelbaren Angesicht des Flusses war die Lage noch bedrohlicher als von der Ferne aus gesehen. Das Wasser berührte beinahe schon das Tragwerk der Brücke. Obwohl er seinen Schimmel energisch vorwärtstrieb, scheute das Tier beim Anblick der Fluten. Tänzelnd versuchte es, den Weg über die Planken zu verhindern. »Ruhig, ganz ruhig«, sprach Hartmann mit tiefer Stimme und klopfte dem Schimmel besänftigend auf den Hals. Und schließlich schaffte er es, sich durchzusetzen.

Wenig später erreichte er über die Kramgasse den Marktplatz, wo ein Bursche ihm das Pferd abnahm. Hartmann sah sich um. Es war unverkennbar, dass das Rathaus hohen Besuch hatte. Zahlreiche Männer und Pferde standen hier, und sie alle trugen die Wappen der einflussreichsten Familien der Stadt.

Hartmann betrat das Rathaus und hielt auf den Saal zu, aus dem Stimmen drangen. Sie waren also schon versammelt. Ohne zu zögern, stieß er den dürren Jüngling an der Tür beiseite, der ihn noch aufhalten wollte, und drückte sie auf.

Im Inneren saßen alle zwölf patrizischen Mitglieder des Rates, der Bürgermeister Heinrich Lieblip, die Vertreter des Deutschen Ordens und weitere Männer wichtiger Familien beisammen. Viele hatten bereits rote Köpfe vom Streiten und riefen so wild durcheinander, dass Hartmanns Eintreten zunächst unbemerkt blieb. Einen Moment lang blickte er bloß erstaunt umher. Volmar Laemmlin und Eberhard von Ebersberg standen sich gegenüber und übertönten alle.

»Ihr wusstet vom Verkauf, Laemmlin. Und Ihr hattet Eure Finger im Spiel, dessen bin ich mir sicher«, schrie der Komtur. »Der gesamte Rat ist gegen die Deutschherren, so sieht es aus.«

»So eine Unverschämtheit«, entgegnete Volmar Laemmlin. »Der Kaiser hat seinem Lehnsmann Graf von Löwenstein eine Bitte gewährt. Was hat der Rat damit zu tun?«

»Ach, jedermann weiß doch, wie großzügig viele von Euch den Kaiser in Kriegsangelegenheiten unterstützen. Nicht nötig, das jetzt zu leugnen.«

Volmar rang die Hände. »Warum wollt Ihr nicht die Vorteile sehen, die dieser Verkauf mit sich bringt? Es geht darum, der Stadt zu dienen. Die Bockinger werden Heilbronn voranbringen.«

»Macht Euch nicht lächerlich, Laemmlin. Es geht doch viel eher darum, dem Orden zu schaden, als der Stadt zu dienen. Was ist mit unseren Rechten? Den Zehntabgaben? Dem Kelterzwang und dem Mühlenbann? Wenn jetzt noch unser Weidach überschwemmt wird, dürftet Ihr doch zufrieden sein …«

»Das lasse ich mir nicht gefallen«, entgegnete der Richter zornig. »Gott allein lenkt den Lauf des Wassers. Ihr, als Ordensmann, solltet das wissen. Es ist Gotteslästerung zu behaupten, dass …«

»Ritter Hartmann?«, rief der Bürgermeister erstaunt dazwischen. »Was tut Ihr hier?«

Es dauerte einen Augenblick, doch dann wandten sich ihm immer mehr Anwesende zu.

»Stimmt es, was man sagt?«, fragte Hartmann ohne die üblichen Höflichkeitsbekundungen, was sofortiges Gemurmel unter den Männern zur Folge hatte.

Der Bürgermeister wischte sich mit dem Handrücken den Schweiß von der Stirn. Es war ihm anzusehen, wie sehr die Lage ihn forderte. »Kommt hinzu. Ein Mann mehr oder weniger macht in diesem Durcheinander auch keinen Unterschied mehr.«

Hartmann kam der Aufforderung nach. Die Gemüter um ihn herum schienen sich ein wenig zu beruhigen.

Heinrich Lieblip räusperte sich und sagte: »Ihr guten Männer. Anstatt weiter zu streiten, schlage ich vor, dass ich nun erst einmal den Kaiserlichen Brief zur Sache Bockingen verlese.« Der Bürgermeister nahm das Dokument zur Hand und begann.

Die ersten Worte Ludwigs IV. flogen nur so an Hartmann vorbei. Er hatte regelrecht Mühe, sie zu verinnerlichen, so unglaublich waren sie für ihn. Doch seine schlimmsten Befürchtungen schienen wahr zu werden.

»… mit luten, mit guten, mit holzze so mit velde, mit wasser, mit weide, mit wisemat und mit allem dem, das darzu gehoret, ez sie vogettey oder swie es genant ist, wie sie es vom Reich als Lehen inne gehabt, um 540 Pfund Heller, worüber sie quittieren …«

Hartmann sprang auf. Die Fäuste geballt, rief er: »Nein! Das darf nicht sein.« Den Blick auf den Bürgermeister gerichtet, fragte er: »Wie viel?« Als dieser nicht sofort antwortete, wiederholte er seine Frage mit Nachdruck: »Wie viel Land wird veräußert?«

»Alles. Die gesamte Markung geht an Heilbronn. Alle Weinberge, der Galgenberg und das Dorf Bockingen.« Der Bürgermeister warf einen Blick auf das Schreiben und überflog es, bis er die entsprechende Stelle fand. »Die Bewohner Bockingens werden in den Norden der Stadt umgesiedelt, und das Dorf wird aufgegeben.«

Hartmann fuhr sich mit der Hand durchs Haar und stieß einen Laut des Entsetzens aus. Mit voller Wucht wurde ihm klar, was das bedeutete. Wenn das Land um seine Burg nun an die Stadt ging, wäre er den Oberen Heilbronns Untertan. Eine unerträgliche Vorstellung. Man demütigte ihn! »Was ist mit meinen Rechten und Gewohnheiten, die meinen Vorfahren und somit auch mir seit jeher gewährt wurden? Die Bockinger sind schließlich meine Bannpflichtigen und für die Versorgung meiner Burg zuständig. Erwähnt der Kaiser etwas darüber in dem Schreiben?«

Der Bürgermeister blickte noch einmal auf das Pergament. Dann sah er auf und schüttelte den Kopf. »Nein.«

Hartmann schloss kurz die Augen, um nicht die Beherrschung zu verlieren. Da vernahm er, wie Volmar Laemmlin ihn unfreundlich ansprach.

»Seid Ihr jetzt fertig, Ritter?« Die Haltung des Richters war steif und sein Gesichtsausdruck unverändert zornig. Es war offensichtlich, dass seine Stimmung durch das Streitgespräch mit dem Komtur nicht schlechter hätte sein können.

»Was soll diese Frage?«, stieß Hartmann hervor.

»Euer Verhalten ist in höchstem Maße unangemessen. Ihr wagt es, eine Sitzung zu stören, zu der Ihr nicht gebeten wurdet, bloß wegen Eures lächerlichen Anliegens.«

»Wie könnt Ihr es wagen …«, fauchte Hartmann nun hasserfüllt.

Doch Volmar Laemmlin war noch nicht fertig. Seine Stimme schwoll immer weiter an. »Der Rat hat derzeit weitaus wichtigere Anliegen als die Euren.« Nun brüllte er seine Wut heraus: »Und wenn Ihr nicht sofort den Saal verlasst, werde ich dafür sorgen, dass der Kaiser Euch Eure Rechte gänzlich verweigert.«

Hartmann schoss das Blut in den Kopf. Noch nie war er so beleidigt worden! Mit geballten Fäusten stürmte er auf Volmar Laemmlin zu, bis nur noch eine Handbreit sie trennte. »Sagt noch ein Wort in diesem Ton, und ich …«

Volmar tat den letzten Schritt. Seine Stirn berührte nun die des Ritters. »Droht Ihr mir etwa?«

»Schluss damit!«, brüllte der Bürgermeister mit lauter Stimme und gebot den Männern im letzten Moment Einhalt. Mit der Faust auf den Tisch donnernd, forderte er: »Auseinander. Sofort!«

Hartmann trat einen Schritt zurück.

An alle Männer gerichtet, sprach Heinrich Lieblip: »Die Entscheidung des Kaisers über Bockingen ist gefallen. Ich werde nicht zulassen, dass diese hier angezweifelt wird – ganz gleich, was sie für jeden Einzelnen bedeutet.« Jetzt wandte er sich Hartmann zu. »Ihr geht jetzt besser, bevor Ihr noch Dinge sagt oder tut, die Ihr hinterher bereut.«

Hartmann wusste, dass dies ein eher gut gemeinter Rat war. Der Bürgermeister war ein friedliebender Mann. Drum nahm er dessen Weisung an und wandte sich zum Gehen. Ein letztes Mal richtete er das Wort an Volmar Laemmlin. »Seid Euch gewiss, Richter: Ich werde den Kaiser überzeugen, mir meine althergebrachten Rechte zu verbriefen.«

»Tut das. Oder besser: Versucht es.« Der Richter sah verächtlich an ihm herab. »Wir werden sehen, ob Ihr damit Erfolg habt.«

Hartmann gab sich gezwungenermaßen geschlagen und machte sich auf, den Saal zu verlassen. Die Schmach, die er hier erleben musste, schmeckte bitter in seinem Mund. In Wut fasste er den Entschluss, Rache zu nehmen. »Eines Tages werdet Ihr bedauern, so mit mir umgesprungen zu sein, Laemmlin.« Mit diesen Worten verließ er den Saal des Rathauses, im Innern plötzlich ruhig, denn er wusste, er hielt die stärkere Waffe in der Hand.

»Bist du dir sicher, dass das eine gute Idee ist, Eilika? Die Lage in der Stadt ist gerade sehr angespannt und vor der Stadt auch. Außerdem ist dein Bruder hier – also noch zwei weitere Augen und Ohren, die auf euer züchtiges Betragen gerichtet sind.«

»Ich weiß«, antwortete Eilika, streifte sich aber dennoch den ersten Stiefel über. Sie brauchte Irma gar nicht anzusehen, um zu bemerken, wie beunruhigt sie war. Die Magd trat von einem Bein aufs andere.

»Und du willst trotzdem missachten, was der Bürgermeister auf der Bockingen-Ratssitzung gesagt hat?«

Eilika atmete hörbar tief ein und griff zu ihrem zweiten Stiefel. »Dass die Frauen nicht ohne männliche Begleitung die Stadt verlassen sollen, bis die aufgebrachten Bockinger sich etwas beruhigt haben, war bloß eine Empfehlung. Niemand ist gezwungen, diesen Vorschlag zu befolgen.«

»Mag sein, aber er ist ein kluger Mann, und dein Vater hat beim abendlichen Mahl gestern kein Geheimnis daraus gemacht, dass er die Weisung für richtig hält.«

Eilika wusste, dass Irma recht hatte. Es gab nichts Kluges zu erwidern. Deshalb schwieg sie und kleidete sich weiter an.

»Was ist, wenn dich einer der Heilbronner sieht?«, versuchte es die Magd erneut.

»Das wäre schlimm. Aber mein Leumund könnte ohnehin kaum schlechter werden als jetzt.«

»Eilika«, erwiderte Irma zögerlich. »Nicht heute. Ich bitte dich. Sei vernünftig.«

»Ich gehe ohne oder mit deiner Hilfe. Aber mit wird es einfacher für mich sein.« Eilika setzte schließlich einen Blick auf, der ihrer Freundin bedeuten sollte, wie ernst es ihr war. »Glaube mir: Wenn ich noch einen Tag länger in diesem Haus oder dieser Stadt bin, werfe ich mich selbst in den Neckar. Ich halte das nicht mehr aus. Mir fehlt die Luft zum Atmen.«

Irma machte ein unverändert besorgtes Gesicht.

»Heute, da du zu Ehren deiner Mutter nach Bockingen gehst, ist die Gelegenheit günstig. Zudem kennst du den Wachposten. Mutter ist in der Kirche, und Vater und Götz werden das Rathaus sicher nicht vor dem Abend verlassen.« Eilika trat auf Irma zu, sodass diese ihr ins Gesicht sehen musste. »Nur ein einziges Mal. Bitte!«

Schließlich reichte Irma ihr doch ihren alten Mantel. »In Ordnung. Wir gehen gemeinsam durch das Fleiner Tor. Ich werde Werner ablenken, sodass er dich gar nicht beachten wird.«

Eilika nickte und warf sich den Mantel über. Kurz darauf schlüpfte sie mit der Magd durch den Türspalt, hinaus in die noch nicht ganz erwachte Stadt. Wie immer in den letzten Tagen regnete es auch jetzt. Den Frauen kam das in diesem Moment zugute, denn so fiel es nicht auf, dass Eilika ihr Gesicht hinter einer Kapuze verbarg. Den alten Umhang fest um sich geschlungen, lief sie südwärts durch den Schlamm der Straße bis zum Fleiner Tor.

»Denk dran, was ich dir gesagt habe. Walter wird bloß auf deine Hüften gucken, wenn du sie nur ordentlich schwingst.«

Als Eilika das mächtige Tor mit dem Turm darüber vor sich sah, tat sie, was Irma ihr geraten hatte. Und tatsächlich hatten die ausladenden Bewegungen die gewünschte Wirkung.

»Gott zum Gruße«, rief der Wachmann von seinem Posten aus. »Was für ein Anblick, so früh am Morgen.«

»Walter, du Schmeichler …«, rief Irma ihm zu.

»Wer ist deine hübsche Freundin, und warum versteckt sie sich?«

»Maria ist schüchtern. Bring sie nicht in Verlegenheit, du Schelm.«

Eilika bemerkte anerkennend, wie Irma das Spiel mit dem Wachmann beherrschte. Es war ihr Glück, dass dieser Kerl derart schlicht war. Ohne Probleme durchschritt sie hinter Irma den Bogen unter dem Turm und betrat die herabgelassene Zugbrücke.

»Seht zu, dass ihr nicht allzu nass werdet bei dem verdammten Regen«, riet Walter den Frauen noch und wandte sich dann ab.

Schnellen Schrittes liefen sie über das Vorwerk – eine nochmals ummauerte Fläche mit Kapelle. Dann lag der Weg Richtung Süden vor ihnen.

Eilika war erleichtert. Sie hatten es tatsächlich aus der Stadt geschafft. Sicher würde sie mit Irmas Hilfe später wieder genauso unbemerkt hineingelangen. Doch das hatte noch etwas Zeit. Nun herrschte in ihr bloß die Freude vor, wenigstens ein bisschen frei zu sein.

Außerhalb der Sichtweite Walters hielt Irma Eilika an. »Wenn die Glocken der Klöster zur Sext läuten, treffen wir uns wieder hier und gehen gemeinsam in die Stadt zurück. Komm nicht zu spät. Sonst gibt es einen Wachwechsel.«

»Zur Sext wieder hier«, wiederholte Eilika, zum Zeichen, dass sie verstanden hatte.

»Und pass gut auf dich auf.«

Eilika lachte. »So ängstlich kenne ich dich ja gar nicht.« Sie winkte und ließ Irma an der Gabelung stehen. Gerade hatte sie sich nach Norden gewandt, da hörte sie, wie die Magd ihr hinterherrief: »Warte.« Ihre Freundin kam auf sie zugerannt und umarmte sie wortlos und lange. Dann – ebenso plötzlich – drehte sich Irma wieder um und lief ihres Weges.

Eilika wunderte sich. Dennoch richtete sie ihre Aufmerksamkeit nun auf das diesige Neckartal vor sich. Links von ihr lag Heilbronn. Auf der anderen Seite erstreckten sich die Hügel mit ihren bewaldeten Spitzen und den wunderschönen Weinfeldern, die sich an ihre Flanken schmiegten. Auf einer der Anhöhen erkannte Eilika schemenhaft den Wartbergturm, von dem aus eine Wache die ganze Stadt sehen konnte, auf einer weiteren die gefürchtete Hochgerichtsstätte mit dem weithin sichtbaren dreibeinigen Galgen – ihr Ziel.

Ganz plötzlich ließ der Regen nach. Das ständige Rauschen um sie herum verstummte und ließ eine wunderbare Stille zurück. Eilika streifte die Kapuze ab. Sie spürte den leichten Wind auf ihrem Gesicht, den der Stoff ihrer Kapuze bislang abgeschirmt hatte, und schloss die Augen. Erst jetzt bemerkte sie, wie wunderbar es um sie herum roch. Der nasse Boden, die vielen Wildkräuter und das Laub der Bäume gaben zusammen einen betörenden Duft ab, den man in der Stadt nicht wahrnahm. Tief atmete sie durch. Es war ihr, als löste sich nach und nach ein festes Seil, das mehrfach um ihre Brust geschlungen war. Eilika fühlte sich leicht und frei. Genau so hatte sie sich diesen Augenblick vorgestellt.

Sie rannte los, zwischen den Weinfeldern hindurch, sodass die Reben und Zweige ihren Körper streiften, und irgendwann in den Wald hinein. Ihre Füße schnellten vor und nutzten den unebenen Boden wie die Stufen einer Treppe. Mit den Händen nach allem greifend, was ihr Halt versprach, gelangte sie weiter und weiter den Hügel hinauf. Das war es, was Eilika gewollt hatte. Das Stechen in ihren Seiten, der Druck auf ihrer Brust beim Atmen, das Schmerzen ihrer Beine, die vor Anstrengung zitterten. Sie fühlte sich so wahrhaftig lebendig wie schon lange nicht mehr.

Erst als sie den mächtigen Galgen in seiner vollen Größe erblickte, an dem schon zahlreiche Verbrecher für ihre Bluttaten ihr Leben hatten lassen müssen, hörte sie auf zu rennen. Ihre Brust bewegte sich auf und ab. Sie spürte den frischen Wind, der hier oben wehte. Er kühlte die Haut ihres verschwitzten Gesichts.

Eilika war das erste Mal an diesem Ort – und seltsamerweise befiel sie keine Angst. Bedächtig betrachtete sie das Bauwerk und fragte sich, was die zum Tode Verurteilten wohl fühlten kurz vor ihrer Hinrichtung. Versonnen strich ihre Hand über einen der drei dicken Pfosten. Dann suchte sie sich einen Platz am Rande der Hochgerichtsstätte, wo die Aussicht auf die Stadt am besten war. Sie fand ihn ein paar Schritte vom Galgen entfernt. Ein Blitz musste es gewesen sein, der vor langer Zeit den Baum vor ihr gespalten und gefällt hatte. Hier setzte sich Eilika ins nasse Gras, bis ihr Herzschlag sich wieder ganz beruhigt hatte. Dann erst nahm sie ein Stück des zersplitterten Baumstamms und holte ein Messer hervor. Geübt stach sie hinein und höhlte das Holz an einigen Stellen aus. Zunächst war keine gezielte Anordnung der Löcher zu erkennen. Einzig ihre flinken Finger, die das Werk beinahe von selbst formten, wiesen darauf hin, dass sie genau wusste, was sie tat. Jetzt ritzte Eilika um die Aushöhlungen herum und gab den Blüten eine erste Form. Runde und spitze Blätter wechselten sich ab und ordneten sich kreisförmig um die Mitte der Blüten an. Eine geschwungene Ranke hielt die Blumen scheinbar zusammen.

Als ihr Werk fertig war, betrachtete Eilika es zufrieden. Beinahe meinte sie, die Farben sehen zu können, die Clementia auf dem Pergament oder Imagina durch ihr Garn hinzuzufügen in der Lage waren. Zu schade, dass sie das Holz hier im Wald würde zurücklassen müssen. Es durfte keine Beweise geben für das, was Frauen ihres Standes für gewöhnlich nicht taten. Vater würde es umgehend verbieten. Und außerdem war dieses Geheimnis das einzige in ihrem und dem Leben ihrer Schwestern, das nur ihnen allein gehörte. Darum mussten sie es um jeden Preis wahren.

Irma fasste sich ein Herz. Sie betrat den Wald und begann den Anstieg. Noch immer spürte sie den Kloß in ihrem Hals, den sie mühsam herunterzuschlucken versuchte. Unendlich schwer war es ihr gefallen, sich von Eilika zu verabschieden. Sie wusste schließlich nicht, wann sie sie wiedersehen würde. Ihre lange Umarmung war nicht geplant gewesen. Es hatte Irma einfach überkommen – möglicherweise als eine Art Entschuldigung dafür, dass sie sie würde schwer enttäuschen müssen. Warum, um alles in der Welt, war Eilika auch ausgerechnet heute auf die Idee gekommen, mit ihr zu gehen? Irma hatte noch versucht, es ihr auszureden, doch ihre Freundin war stur. Sie konnte nur hoffen, dass Eilika sich an ihren Rat hielt und tatsächlich zur Sext in die Stadt zurückkehrte. Mit Walter würde sie auch alleine fertigwerden. Doch nur der Herr wusste, wer nach ihm Wache halten würde.

Irma gelangte auf einen düsteren Weg, den Hufe und Wagenräder rutschig zurückgelassen hatten. Auch wenn es mittlerweile wenigstens einmal aufgehört hatte zu regnen, war das Wetter nicht viel besser geworden. Der Wald hielt die Feuchtigkeit gefangen. Nebelwolken lagen träge auf der Kuppe des Berges, die alles in ein tristes Grau tauchten. Bei diesem Anblick konnte Irma selbst kaum glauben, was sie hier tat. Es war die Aussicht auf Wiedergutmachung ihrer Schuld, die sie antrieb. Nur deshalb hatte sie tatsächlich den Mut aufgebracht, dem Weg Richtung Bockingen den Rücken zu kehren und stattdessen ihr eigentliches Ziel anzusteuern: die Burg von Ritter Hartmann!

Endlich konnte sie die Mauer der Feste sehen. Bedrohlich türmte sie sich vor ihr aus dem Waldboden auf. Obwohl der

Anstieg anstrengend gewesen war, fröstelte es sie. Etwas Unheilvolles haftete diesem Ort an. Die Burg stand in dem Ruf, Geheimnisse zu haben. Außer denen, die dort lebten oder tägliche Arbeiten verrichteten, und jenen, die die Burg versorgten, verirrte sich selten einer hierher. Alles in ihrem Innern drängte Irma dazu, wieder zu gehen. Doch sie hielt an sich und schritt wenig später auf das Tor zu.

»Wer bist du?«, fragte der Wachmann und fing sie ab, indem er seine Hellebarde am gestreckten Arm in ihren Weg stellte.

»Irma«, sagte sie knapp.

Der Wachmann musterte sie von oben bis unten. »Und was willst du?«

Ohne dass sie sich bewusst dafür entschied, vergrößerte sie den Abstand zwischen sich und dem Kerl, dessen Blick unverwandt auf ihren Brüsten ruhte.

»Ich hörte, dass auf der Burg eine Küchenmagd gebraucht wird.« Inständig hoffte sie, dass die Alte auf dem Gottesacker in Bockingen recht behielt. Der Lüstling schien ihr kaum zuzuhören. »Stimmt das?«, setzte sie deshalb nach.

»Ja, ja. Ist richtig …«, murmelte er vor sich hin und leckte sich dabei die Lippen.

»Lässt du mich jetzt rein oder nicht?« Irma war kurz davor, wieder umzukehren.

Der Wachmann machte wortlos einen Schritt zurück und ließ sie hindurch. Er wies auf ein Gebäude unweit eines Brotofens, an dem eine kleine Frau arbeitete. »Dort drüben musst du dich vorstellen.«

»Danke.« Irma überquerte mit klopfendem Herzen die Vorburg. Dabei hörte sie noch, wie der Wachmann »Viel Vergnügen mit dem zickigen Weibsbild« in sich hineinmurmelte. Irma überging die Warnung. Während sie langsam Fuß vor Fuß setzte, wanderte ihr Blick von der Küche und dem Ofen zu einer Art Vorratshaus. Dann von dem Brunnen zum Stallgebäude. Schließlich besah sie das Tor, welches Vor- und Hauptburg trennte. Es stand offen, aber der Eingang war bewacht. Durch den Bogen erkannte sie den Wohnturm, den Palas und eine Kapelle. Irma rieb sich die Arme. Eine Gänsehaut hatte sie plötzlich erfasst. Dieser Ort war ihr wahrlich unheimlich – besonders der Bergfried, dessen Spitze durch die diesige Luft im Nebel lag. Trotzdem würde sie bleiben, bis sie eine Antwort hatte auf die Frage, die sie quälte. Noch wusste sie nicht, wie sie vorgehen sollte. Doch wenigstens der erste Schritt war ihr klar.

Als die dürre Frau an dem Brotofen ihren strengen Blick auf sie richtete, gab es kein Zurück mehr.

»Was willst du hier?«, fragte sie unfreundlich.

»Ich bin Irma. Ich hörte, Ihr sucht nach einer neuen Küchenmagd?«

»Das stimmt…« Die Frau musterte sie beinahe ebenso gründlich wie der Wachmann.

Irma fühlte sich unwohl. Sie befürchtete, jemand könnte sie durch einen verrückten Zufall erkennen. Die Burg des Bockingers war derzeit schließlich nicht der sicherste Ort, wenn man zum Hause Laemmlin gehörte.

Doch die Frau ruckte schließlich den Kopf in Richtung Küche. »Ich will es heute mit dir versuchen. Geh dort rüber und schrubb die Kessel. Aber schnell und gründlich. Wenn du nicht fleißig bist, schmeiß ich dich am Abend gleich wieder raus.«

Irma knickste und ging zu den Kesseln. Dabei blickte sie noch einmal zum Turm. Oben, an einer der Luken, erregte etwas ihre Aufmerksamkeit. Sie verengte die Augen und konnte den Blick nicht von dem Bergfried lösen.

»Hast du nicht gehört, was ich dir eben gesagt habe? Ich kann niemanden brauchen, der nur in der Gegend rumglotzt.«

»Verzeiht. Es wird nicht wieder vorkommen.«

SECHSTES KAPITEL

Eilika konnte sich das nicht erklären. Wo blieb Irma bloß? Die Glocken zur Sext waren schon längst verklungen. Immer wieder sah sie dorthin, wo Bockingen lag. Dabei trat sie von einem Bein aufs andere. Was sollte sie jetzt tun? Nach Irma suchen? Oder ohne sie zurückgehen? Sie konnte sich nicht entscheiden.

Der Regen hatte wieder eingesetzt – stärker als zuvor. Eilikas Blick richtete sich auf Heilbronn. Sie war schon viel zu lange fort. Bald würde man ihr Verschwinden bemerken – wenn es nicht längst so weit war. Es blieb ihr keine Wahl, als zu gehen. Irma würde auch allein durch das Tor kommen – ganz gleich, wer Wache hielt. Sie jedoch nicht.

Von der Hoffnung getrieben, das dümmliche Gesicht von Walter zu sehen, hielt Eilika auf das Fleiner Tor zu. Doch das Glück war nicht auf ihrer Seite. Ein offenbar ziemlich mies gelaunter Wachmann mit kahlem Kopf stand am Tor. Schon aus der Entfernung musterte er sie streng. Eilika hatte kein gutes Gefühl. Sie hielt sich möglichst unter ihrem Mantel verborgen, doch das half nichts.

»He, du da. Bleib mal stehen«, forderte der Wachmann.

Eilikas Herz klopfte bis zum Hals. Sie verlangsamte ihre Schritte und hielt dabei die Seiten ihrer Kapuze mit beiden Händen fest.

»Zeig mir dein Gesicht.«

»Ich … ich will nicht nass werden.« Ihr Versuch war kläglich und zum Scheitern verurteilt.

»Das ist mir vollkommen gleichgültig. Runter mit der Kapuze.« Er stellte sich ihr in den Weg. »Ansonsten kommst du hier nicht rein.«

Eilika musste sich entscheiden – und zwar schnell. Wenn sie ihr Gesicht zeigte, würde der Mann sie wahrscheinlich erkennen. Und sie hatte wenig Hoffnung, dass der Wachhabende ausgerechnet ihr einen Gefallen tun und über ihren Alleingang Stillschweigen bewahren würde, wenn er sich stattdessen beim Blutrichter beliebt machen konnte. Besser, sie versuchte es an einem anderen Tor. Langsam drehte sie sich um.

Der Wachmann jedoch hatte seine Meinung offenbar geändert. »He, bleib stehen, Weib«, wies er sie nun an.

Eilika gehorchte nicht. Sie ging weiter. Dann vernahm sie seine Schritte hinter sich. Jetzt blieb ihr nur noch eine Wahl: rennen! Sie raffte die Röcke und lief los, so schnell sie konnte. Nach wenigen Schritten allerdings holte der Wachhabende sie ein.

Er packte ihren Arm, zwang sie zum Stehenbleiben und riss sie ohne ein weiteres Wort herum. Im nächsten Augenblick zog er ihr die Kapuze herunter. Sein zuvor so wütendes Gesicht wirkte plötzlich erstaunt. »Du bist doch eines der Laemmlin-Mädchen. Was tust du hier draußen allein?«

Eilika konnte nichts erwidern. Stumm starrte sie auf seine Glatze, von der fortwährend Regenwasser herunterlief.

Mit einem Stoß brachte der Wachmann Eilika bis einen Schritt vor Volmar und Götz Laemmlin, die sich noch immer im Rathaus befanden.

»Sie ist mir am Fleiner Tor in die Hände gefallen. Allein.«

Eilika sah auf. Das Gesicht ihres Vaters wurde schlagartig rot vor Zorn. Die Schmach über ihre Tat war deutlich von seinen Zügen abzulesen. Und im Angesicht der hier versammelten Herren wog ihr Vergehen mindestens doppelt so schwer. Sie schaffte es nicht, seinem Blick länger standzuhalten, und sah zu Boden. Gleich würde er schreien – dessen war sich Eilika sicher. Oder ihr zumindest eine Ohrfeige verpassen. Doch nichts dergleichen geschah. Irgendwann sah sie wieder auf. Ihr Vater lief gerade an ihr vorbei.

»Bring sie nach Hause, Götz.«

Ihr Bruder trat zu ihr. Sein Blick war voller Verachtung. Eilika hatte auch ihn bloßgestellt, und das ließ er sie spüren. Mit hartem Griff hielt er ihren Arm, während er sie vom Rathaus in die Fleiner Straße führte. Jeder Schritt, der sie dem Haus näher brachte, schnürte Eilika den Hals enger zu.

»Wie konntest du nur so dumm sein, Eilika? Dein Verhalten war nicht nur eine Missachtung unseres Bürgermeisters. Es wird auch auf Mutter zurückfallen. Sicher macht Vater ihr gerade schwere Vorwürfe, dich als Tochter nicht richtig angewiesen zu haben.«

Götz' Worte fühlten sich an wie eine Klinge im Herzen. Das hatte sie nicht gewollt! Fieberhaft überlegte Eilika, was sie gleich sagen konnte, um Mutter beizustehen, doch ihr Kopf war leer.

Wenig später stieß ihr Bruder sie in die Stube, wo Luitgardis auf einem Armlehnstuhl saß. Sie wirkte blass. Clementia und Imagina standen bei ihr – mit Tränen in den Augen. Ihr Vater befand sich vor dem Kamin. Eilikas Eintreten brachte seinen Gesichtsausdruck zum Erfrieren. Sie wusste, ihr Verhalten war unverzeihlich. Mit gesenktem Haupt wartete sie auf das, was nun folgen würde.

Volmar Laemmlin entfernte sich von der Feuerstelle, in dessen Flammen er mit einem Eisen herumgestochert hatte. Ohne es wegzulegen, kam er auf Eilika zu. Noch nie hatte er derart bedrohlich auf sie gewirkt.

»Vater, ich …«

Er schlug ihr hart mit der bloßen Hand ins Gesicht und brachte sie so zum Schweigen. »Du redest erst, wenn ich dich dazu auffordere.«

Eilika dröhnte der Kopf nach diesem Schlag. Sie hörte ihre

Mutter aufschluchzen, was sie weit mehr schmerzte als das Pochen ihrer Wange.

»Wie konntest du missratene Tochter es wagen, die Stadt allein zu verlassen?«

Eilika wusste nicht, ob das nun eine Frage war, auf die sie antworten sollte. Wäre es so und sie schwieg, würde der Vater das wiederum als Ungehorsam verstehen. In ihrer Unsicherheit sagte sie: »Es tut mir leid.«

»Schweig!«, brüllte Volmar Laemmlin jetzt und versetzte ihr einen Schlag, der noch viel härter war als der erste.

Eilika ging zu Boden. Ihre Lippe war aufgeplatzt. Es dauerte nicht lang, da lief ihr ein schmales Rinnsal Blut vom Kinn. Sie bekam jedoch keine Gelegenheit, sich darum zu kümmern.

Volmar Laemmlin ließ geräuschvoll das Eisen zu Boden fallen und riss sie wieder auf die Beine. Danach stieß er Eilika zu ihren Schwestern, die sie verängstigt in ihre Mitte nahmen. Vaters Blick war hasserfüllt, als er weitersprach: »Du hast mich eben vor den Edlen der Stadt lächerlich gemacht. Keine deiner Entschuldigungen wird je wiedergutmachen, was sie heute gesehen und gehört haben. Seit dem Morgen hat man nach dir gesucht.«

Eilika schloss kurz die Augen. Wie hatte sie nur glauben können, ihr Verschwinden bliebe unbemerkt?

»Mit deinem Verhalten lässt du mir keine andere Wahl.«

Eilika sah auf. Was meinte er damit? Ein rascher Blick zu ihrer Mutter zeigte ihr, dass sie den Vater ebenso fragend ansah.

»Schon morgen wirst du dein Elternhaus für immer verlassen, um fortan bei den Zisterzienserinnen im Kloster Billigheim zu leben. Dein Bruder wird dich dort hinbringen. Es bleibt dir noch ein Tag, um deine Sachen zu packen und dich von deiner Mutter und deinen Schwestern zu verabschieden.«

»Nein …«, entfloh es Eilika tonlos.

Imagina und Clementia schlugen die Hände vor die Münder.

Luitgardis sprang auf und eilte zu ihrem Gemahl. »Volmar, bitte. Handle nicht im Zorn.« Sie zwang ihn, sie anzusehen, indem sie sich genau vor ihn stellte. »Eilika hat Schlimmes getan, und sie verdient Strafe. Aber musst du deshalb alles verwerfen? Du sagtest doch, du führtest Gespräche mit anderen Familien.«

»Nein, Luitgardis. Das habe ich nie gesagt.«

»Was?«, hauchte sie erschrocken.

»Ich habe gesagt, ich führe Gespräche. Nicht mehr und nicht weniger.«

»Aber was soll das heißen, Volmar?«

»Das kann ich dir sagen.« Er richtete das Wort an die Drillinge. »Und euch sage ich es auch.« Sein Blick ruhte einen Wimpernschlag auf seinen Töchtern. Dann offenbarte er ihnen seine Gedanken. »Ihr alle werdet in ein Kloster geschickt. Imagina geht zu den Klarissen ins Klarakloster hier in Heilbronn und Clementia zu den Dominikanerinnen ins Kloster Steinheim.«

Imagina und Clementia fingen an zu weinen und schlangen die Arme umeinander.

»Nein, Volmar!« Luitgardis fasste ihn nun bei den Oberarmen. »Du darfst die Mädchen nicht auch noch trennen. Schick sie wenigstens in dasselbe Kloster. Ich flehe dich an.«

Wütend schüttelte er ihre Hände ab. »Das haben sie sich selbst zuzuschreiben.«

»Das ist doch Unsinn.«

»Du bist mit Blindheit geschlagen, Weib«, polterte er. »Alle sehen es, nur du nicht. Sie tun einander nicht gut. Sie tun Heilbronn nicht gut! Der Bußprediger hat es vorhergesagt, und ich habe durch Gott die Bestätigung erhalten. Meine Gebete, er möge mir ein Zeichen senden, wurden erhört. Er hat es getan – und zwar gleich doppelt.«

»Das … ist unmöglich.« Luitgardis sah nun zu Eilika, als könne sie im Gesicht ihrer Tochter die Wahrheit finden.

»Hast du gewusst, dass deine Töchter vergangenen Sonntag nicht zur Messe gegangen sind? Sie wurden gesehen, vor der Kilianskirche, und sind dann vor den Augen von Magister Gebwin verschwunden. Ich habe es heute erfahren.« Sein Blick legte sich auf Eilika. »Sich im Angesicht der Kirche abzuwenden ist ein Zeichen, das ich nicht missachten kann, ebenso wenig wie deine jüngste Tat.«

Eilika wusste, es war unklug, jetzt zu sprechen. Aber sie hatte nichts mehr zu verlieren. »Vater, es war ganz anders, als du denkst. Wir waren vor der Kirche, um Almosen zu verteilen, als …«

Mit zwei schnellen Schritten hielt er auf Eilika zu.

Sofort verstummte sie und senkte den Kopf.

Ihr Vater sah davon ab, sie erneut zu schlagen, doch seine Haltung war eindeutig. »Mein Entschluss steht fest. Du wirst morgen die Stadt verlassen und als Erste von euch dreien ins Kloster gehen. Meine Hoffnung ist, dass ihr eines Tages wahrlich zu Gott findet. Ich habe alles getan, was ich konnte, um euch zum Gehorsam zu erziehen, aber wie es scheint, bin ich gescheitert. Nun lege ich diese Verantwortung in die Hand des Herrn. Lebe wohl, Tochter.« Mit diesen Worten verließ er die Stube, gefolgt von Götz, der seiner Schwester keine Beachtung mehr schenkte.

Eilika und ihre Schwestern weinten die ganze Nacht hindurch. Als der Morgen dämmerte, hatten sie keine Tränen mehr übrig.

Regungslos stand Eilika an ihrem liebsten Platz am geöffneten Fenster und starrte in die Morgendämmerung. Es war der erste Tag im August, wie es ihr gerade in den Sinn kam. Ein Unglückstag. Luzifer war aus dem Himmel verstoßen worden, so, wie man sie heute aus der Familie verstieß.

Clementia trat an ihre Seite und nahm ihre Hand. Nun, da der Abschied unaufhaltsam näher rückte und ihre Lage unveränderlich schien, versuchten die Schwester ihr Mut zuzusprechen. »Weißt du, die Schwester von Katharina, Anna, soll doch auch nach Billigheim. Noch ist sie jung, doch eines Tages wird sie vielleicht deine Freundin.«

Eilika sah fortwährend hinaus. Es war ein Anblick, den sie wahrscheinlich schon mit geschlossenen Augen hätte in den Sand malen können. Sie erwiderte nichts auf das, was Clementia gesagt hatte. Beinahe so, als hätte sie die Worte nicht gehört. Stattdessen teilte sie ihre eigenen Gedanken mit.

»Es ist sonderbar. Wenn ich an das Kloster denke, fühlt sich diese Kammer, in der ich mir immer so eingesperrt vorkam, plötzlich an wie Freiheit.«

Imagina kam nun auch hinzu. Sie stellte sich neben Eilika, blickte ebenso hinaus und legte ihr den Kopf auf die Schulter. So standen sie eine Weile lang da und betrachteten den Regen, der so trostlos war wie ihre Stimmung.

Erst als die Tür zur Kammer der Drillinge geöffnet wurde, regten die Mädchen sich.

»Mutter«, rief Imagina und lief zu ihr. Sie umarmten sich, und über ihre Wangen rollten lautlose Tränen.

Luitgardis ging zu Eilika. »Mein Kind. Es ist bald so weit.« Während sie sprach, strich sie ihrer Ältesten die Haarsträhnen aus dem Gesicht.

Eilika wollte stark sein und es ihrer Mutter nicht noch schwerer machen. Doch sie begann hemmungslos zu schluchzen. Ihre Schultern bebten, und sie flüchtete sich in die Arme ihrer Mutter, als sei sie noch ein Kind. »Ich weiß nicht, ob ich das schaffe. Ein Leben hinter Mauern. Als wäre ich schon tot und das Kloster mein Sarg.«

»Sag nicht so etwas, Kind. So darfst du das nicht sehen. Es ist ein Leben für Gott. In Sicherheit und ohne Anfeindungen. Niemand dort kennt deine Vergangenheit. Du wirst freier sein, als du es je warst.«

Eilika löste sich sanft aus der Umarmung der Mutter. Der

Anblick ihres Gesichtes kam ihr mit einem Mal so unendlich kostbar vor. Sie wollte versuchen, dieses Bild festzuhalten, damit es ihr auch nach vielen Jahren nicht abhandenkam und ihr in einsamen Stunden Kraft gab.

»Trockne deine Tränen, Eilika. Und lass mich dein geliebtes Haar noch einmal kämmen und flechten. Ein letztes Mal. Von morgen an wirst du es hinter einem Schleier verbergen müssen.«

Kraftlos setzte sich Eilika auf die Bettstatt und lauschte der Melodie, die ihre Mutter summte, während sie sich ihres Haares Strähne für Strähne annahm.

Luitgardis war gerade fertig, da betrat Götz die Kammer.

Die Frauen wussten, was das bedeutete. Stumm gingen sie nach unten, wo der Pferdewagen mit der gepackten Truhe darauf bereits im Regen wartete.

Den Augenblick des Abschieds erlebte Eilika, als wäre sie selbst kein Teil davon. Ein Zuschauer bloß, wie es zahlreiche in den umliegenden Häusern an den Fensteröffnungen gab. Weder Eilika noch ihre Schwestern wollten denen die Genugtuung geben, ihr Leid zu sehen. So schwiegen sie, winkten einander noch einmal zu mit roten Augen und blassen Gesichtern.

Eilika fühlte sich taub. Sie nahm kaum wahr, wie sie die Fleiner Straße hinter sich ließen und abbogen in Richtung Brückentor. Nicht einmal zu düsteren Gedanken über das Leben hinter Klostermauern war sie in diesem Moment mehr fähig. Sie spürte nicht den Regen, wie er sie durchnässte, weil sie sich ihren edlen Schnurmantel nur nachlässig umgelegt hatte. Auch nicht den pfeifenden Wind, der fortwährend an ihr zerrte. Ihr Blick war starr auf einen unsichtbaren Punkt vor sich gerichtet. Erst ein lautes Rufen ließ sie aufblicken.

»Herr«, schrie der Wachmann des Brückentors Götz zu, um gegen das Unwetter anzukommen. »Ich rate Euch, das Pferd über die Brücke zu führen.«

»Warum das?«, rief Götz genauso laut.

»Seht selbst!« Der Wachmann trat jetzt zur Seite und gab die Sicht auf das Wasser des Neckars frei.

Der Anblick des Flusses holte Eilika endgültig aus ihrer Starre. War das Wasser je zuvor so hoch gewesen? Die Fluten hatten den Boden der Brücke bereits erreicht und schienen am Holz zu lecken. Fortwährend klatschten Wellen gegen die seitlichen Planken des Bauwerks. Sie bekam es mit der Angst zu tun. Der Neckar wirkte auf Eilika wie ein wildes Tier.

»Götz, lass uns umkehren.« Ihre Stimme klang bange.

Ihr Bruder jedoch war bereits vom Wagen gesprungen und hatte das Pferd am Zaumzeug ergriffen. »Meinst du etwa, du kannst so dem Kloster entkommen, Schwester?«

»Darum geht es doch gar nicht.«

Er nahm einen der Lederriemen und schlang sich diesen mehrmals um die Hand. Ohne sie anzusehen, sagte er: »Vaters Worte waren deutlich. Heute endet deine Zeit in Heilbronn, und dein neues Leben im Kloster beginnt. Akzeptiere das, oder hast du vor, ihn wieder zu enttäuschen, indem du jetzt umkehrst?«

»Siehst du denn nicht, wie hoch das Wasser ist?«, stieß sie nun schrill aus.

»Ich sehe es. Doch wäre die Brücke nicht begehbar, dann hätte man das Tor geschlossen.« Er ruckte das Kinn in Richtung Neckar. »Außerdem scheinen wir weder die Ersten noch die Letzten zu sein, die hinübergehen.«

Eilika sah, dass tatsächlich vereinzelt ein paar Männer und Frauen aus den Gassen kamen und die Brücke betraten. Sie redete sich ein, dass das ein gutes Zeichen sei. Doch als Götz loslief, packte sie die nackte Angst.

Der Wagen rollte langsam auf die Planken zu. Götz musste das Pferd mit harter Hand führen. Dem Tier schien das Wasser auch nicht geheuer. Tänzelnd wehrte es sich gegen jede Handbreit, die es weiter auf die Brücke gehen sollte. Es schlug mit dem Kopf und zerrte am Leder, dennoch folgte es schließlich.

Eilika krallte sich an den Pferdewagen. Hier auf der Brücke waren sie Wind und Wetter noch schlimmer ausgesetzt als innerhalb der Stadtmauer. Der Regen fegte ihr die Kapuze hinunter und peitschte in ihr Gesicht. Wie gebannt starrte sie auf das Wasser, das schnell wie nie unter ihnen durchfloss. Das Rauschen um sie herum war ohrenbetäubend.

Sie hatten beinahe die Hälfte der Brücke hinter sich gebracht, als es plötzlich laut knallte. Ihr Pferd zuckte zusammen, wieherte und lief rückwärts.

Eilika sah sich hektisch um. »Was war das?«

»Ich habe keine Ahnung«, rief Götz lautstark. Er hatte alle Hände voll damit zu tun, das Pferd zu beruhigen.

Auch die Männer und Frauen hinter und vor ihnen schienen sichtlich beunruhigt. Keiner war jedoch in der Lage, einen Grund für das Geräusch auszumachen.

Eilikas Herz klopfte schnell. Es war nun um ihre Beherrschung geschehen. »Götz. Ich will umkehren. Halt an, bitte. Wenn das Wetter sich beruhigt hat, gehe ich freiwillig zu Fuß bis nach Billigheim.«

»Ich werde nicht umkehren, Eilika. Wir haben es fast geschafft.«

»Halt sofort an, sonst springe ich vom Wagen!«

»Schluss jetzt mit dem kindischen Gehabe.«

In diesem Augenblick knallte es wieder, noch lauter als zuvor. Alle, die sich auf der Brücke befanden, schrien auf.

Eilika war von Angst erfüllt. Noch immer konnte sie nicht erkennen, was vor sich ging. Erst als das unheilvolle Geräusch von berstendem Holz an ihr Ohr drang, wurde ihre schreckliche Vermutung zur Gewissheit. Es knirschte und krachte. Die Brücke begann sich zu bewegen. Die Menschen schrien wild durcheinander.

Das Pferd vor ihrem Wagen stieg mit den Vorderhufen in die Lüfte. Eilika sah noch, wie der Arm ihres Bruders in einen unnatürlichen Winkel verdreht wurde. Er brüllte auf vor

Schmerz, doch der Riemen um seine Hand war fest gewickelt und löste sich nicht. Im nächsten Augenblick ging das Pferd durch und schleifte Götz mit sich.

Eilika schaffte es gerade noch rechtzeitig, sich am Wagen festzuhalten. Ungebremst schoss dieser das letzte Stück der Brücke entlang und riss eine Frau mit sich, die nicht mehr rechtzeitig zur Seite springen konnte. Mit einem schrecklichen Geräusch kamen sie und schließlich auch Götz unter die Räder.

Eilika hatte den Mund zum Schrei aufgerissen, doch sie blieb stumm. All ihre Kraft war nötig, um sich festzuhalten. Hinter sich hörte sie, wie das Knarren und Knallen immer lauter wurde. Vor sich sah sie, wie die ersten Bretter sich lösten und das Wasser in die Brücke eindrang. Das Ende des Überweges war nur noch wenige Schritte entfernt, da riss es auch ihr den Boden weg. Samt Pferd und Wagen fiel sie ins Wasser. Alles ging so schnell, dass Eilika nicht handeln konnte. Wie ein Stein ging sie unter und wurde umhergewirbelt. Einem Wunder gleich schaffte sie es dennoch, zwischen Planken und Balken wiederaufzutauchen. Sie hustete und japste nach Luft, während das Wasser sie schnell davontrug. Ihre Finger griffen nach einer großen Planke. Im Wissen, dass es um Leben oder Tod ging, krallte sie sich daran fest. Ansonsten war sie gegen die Fluten machtlos. Bloß schemenhaft nahm sie wahr, wie Heilbronn an ihr vorbeiraste. Immer wieder tauchten Köpfe und Arme neben ihr auf, nur um gleich darauf wieder unterzugehen. Und dann war es der Kopf von Götz, den sie sah. Er blutete stark, seine Augen waren seltsam verdreht, aber er prustete. Einen Wimpernschlag später war er wieder verschwunden. Eilika spürte, dass sie sich nicht mehr lange würde festhalten können. Wie ein Blatt im Wind drehte sie sich unentwegt. Sie hatte vollkommen die Orientierung verloren, als sie schmerzhaft mit dem Rücken gegen etwas Hartes stieß. Es waren zerborstene Hölzer und große Teile der Brücke, die sich aufgeschichtet hatten, dort, wo der Fluss eine Wendung nahm.

Verschwommen erkannte Eilika den Runden Turm am Ende der Stadt und schaffte es so, sich zu orientieren. Unter großen Mühen gelang es ihr, sich umzudrehen. Wie sie vermutet hatte, befand sie sich nahe der Lorcher Mühle. Eilika wusste, es war die vielleicht einzige Gelegenheit, ihr Leben zu retten. Mit letzter Kraft krallte sie sich an die Bretter, doch sie schaffte es nicht, aus dem Wasser zu klettern. Wenige Augenblicke später kamen die Männer der Mühle herbeigerannt und zogen sie an Land. Hier, im Schlamm des aufgeweichten Bodens, ließ man sie zunächst unbeachtet liegen, um weitere Überlebende zu retten.

Eilika rang nach Luft und spuckte Wasser. Es dauerte eine ganze Weile, bis sie wieder zu Atem kam. Undeutlich nahm sie die Körper um sich herum wahr. Gedämpft drangen Stimmen an ihr Ohr, so als wären sie in Wahrheit sehr weit weg. Das Gesicht ihres Bruders kam ihr wieder in den Sinn, und es half ihr, sich unter großen Mühen aufzuraffen. Sie musste zum Wasser und auch helfen.

Erst auf allen vieren, dann mehr stolpernd als laufend, gelangte Eilika zu den Resten der Brücke. Die Hölzer waren so wackelig aufgetürmt, dass es lebensgefährlich war, dort hinaufzusteigen. Immer wieder brach eine Seite weg und wurde vom Wasser fortgespült. Da entdeckte Eilika ein Mädchen, das um Hilfe schrie und sich nur noch mit einer Hand an der Ecke des Holzstapels festhielt.

»Hilfe! So helft mir doch. Schnell!«

Es blieb nicht viel Zeit zu überlegen. Eilika hatte Angst, dennoch betrat sie die Reste der Brücke, die unter ihrem Gewicht bedrohlich knarrten. Hinter sich hörte sie die Männer schreien, sie solle dort verschwinden. Der Holzstapel würde nicht mehr lange halten. Eilika jedoch ging weiter. Sie erreichte das Mädchen, das ungefähr noch eine Mannslänge von ihr entfernt war. Da erkannte sie, dass es Anna war – die Schwester Katharinas. So weit sie konnte, streckte Eilika ihren Arm aus und schrie: »Los, Anna. Ergreif meine Hand!«

Anna überwand sich. Doch sie verlor mehrmals fast den Halt und zog die Hand schließlich zurück. »Ich schaffe es nicht«, rief sie voller Furcht, während das wilde Wasser an ihr zerrte.

»Du darfst nicht aufgeben!« Eilika hielt ihr noch immer die Hand hin.

Das Mädchen versuchte es erneut, doch nach kurzer Zeit schrie es verzweifelt: »Ich kann mich nicht viel länger halten.«

Eilika legte sich auf den Bauch. Sie spürte, wie das Holz unter ihr langsam nachgab. Ganz gewiss blieb ihr nicht mehr viel Zeit. So weit es ging, beugte sie sich zu Anna hinunter. »Jetzt! Nimm meine Hand.«

Wieder und wieder streckte die Achtjährige den Arm aus. Doch sie verfehlte die Hand, die ihr gereicht wurde. Anna schrie und weinte aus Hoffnungslosigkeit und Angst.

»Versuch es noch einmal. Bitte!« Auch Eilika fing nun an zu weinen, denn das Mädchen wirkte plötzlich so, als wolle es aufgeben. »Nein …!«, flehte Eilika. »Versuch es erneut, Anna. Du kannst es schaffen.«

Dann ging ein Ruck durch das aufgeschichtete Holz. Eilika stieß einen schrillen Schrei aus, als sie spürte, dass sie dem Wasser plötzlich näher gekommen war. Noch einmal sah sie zu Anna. Das Brett, das sie bislang umfasst gehalten hatte, löste sich aus dem Stapel. Als das Wasser sie mitriss, blickte sie Eilika auf eine Weise an, als hätte sie bereits ihren Frieden mit dem Tod gemacht.

Die Männer vom Ufer brüllten Eilika an.

»Komm sofort zurück!«

»Schnell, du wirst ertrinken!«

Im allerletzten Moment sprang Eilika von den Brückenresten, die nur einen Herzschlag später unter lautem Getöse wegbrachen und davongespült wurden. Sie fiel auf den schlammigen Boden vor der Lorcher Mühle, umgeben von Geröll und zerborstenem Holz, und weinte hemmungslos um das Mädchen, das sie seit deren Geburt gekannt hatte.

Es wäre ihr nicht möglich gewesen zu sagen, wie viel Zeit vergangen war. Doch als sie wieder aufblickte, hatte sich die Umgebung verändert. Das Erste, was Eilika bemerkte, war, dass die Wolkendecke aufriss. Der Regen ließ nach. Die Sonne kam hervor und schien mit ihrem warmen Licht die schrecklichen Ereignisse zu verhöhnen.

Eilika stand auf und sah sich um. Hier und da wurde sich um Verletzte gekümmert. Frauen weinten und schlossen einander in die Arme. Im Schatten der Mühle hatte irgendwer die geborgenen Leichen sorgsam nebeneinandergelegt. Sie hielt darauf zu, und noch bevor sie bei den leblosen Körpern angekommen war, erkannte sie ihren Bruder. Die Wunde an seinem Kopf war tief und der Arm, mit dem er das Pferd gehalten hatte, seltsam verdreht. Eilika schloss kurz die Augen, da sie den Anblick kaum ertrug. Wenn sie ehrlich zu sich war, hatte sie Götz kaum gekannt. Er war viel älter als sie und seit Jahren ständig fern der Heimat. Außer ein paar schönen Erinnerungen während ihrer Kindheit hatte es nicht mehr gegeben, das sie verbunden hatte. Dennoch, er war ihr Bruder gewesen. Ihr einziger Bruder. Sie kniete sich an seine Seite und ergriff seine Hand, um ihre Wange darin zu betten. So nahm sie Abschied von ihm. Im Stillen sprach sie ein Gebet, dann verschloss sie seine Augen für immer.

Irgendwann stand Eilika auf. Sie blickte zum Sülmer Tor, das offenbar noch passierbar war. Eine Traube von Menschen kam von dort aus der Stadt. Gerade überlegte sie, ob sie gehen und ihren Eltern von Götz' Tod berichten sollte, bevor sie es durch jemand anderes erfuhren, da merkte sie, dass sie selbst auch verletzt war. Ihr rechter Fuß wies eine Schnittwunde auf. Schuhe hatte sie keine mehr. Der Rücken schmerzte sie an jener Stelle, wo er gegen das Holz geschlagen war, und ihre Unterarme bluteten. Plötzlich und unerwartet kamen die Schmerzen. Ihre Glieder begannen zu zittern. Eilika sah sich außer Stande, bis in die Stadt zu laufen. Stattdessen ließ sie sich zwischen all den anderen Verletzten nieder.

Derweil kamen immer mehr Bürger zum Neckar. Die reichen wie die ärmeren, die alten wie die jungen, die Verschlagenen wie die Nonnen und Mönche. Und viele knieten bald im Schlamm bei der Lorcher Mühle, um zu helfen. Andere eilten sofort zu den Leichen und warfen sich weinend und schreiend auf die blassen Körper. Das Leid war so groß, dass selbst diejenigen, die keinen Verwandten verloren hatten, die Tränen nicht zurückhalten konnten.

Eilika schaffte es irgendwann, ihre Schmerzen zu überwinden, um denen beizustehen, die es noch schlimmer getroffen hatte als sie. Ohne darüber nachzudenken, nahm sie sich eines bewusstlosen Mannes an. Sein Arm war gebrochen, darum zerriss Eilika den Saum ihres Rocks und begab sich auf die Suche nach einem schmalen, langen Stück Holz, um damit den Arm ruhigzustellen. Einige der dreckverschmierten Gesichter erkannte sie dabei: Lugart Rotgalle, Heile Halbysse, Berchtradis Feurer und Elsbeth von Roth. Auch sie schienen gekommen, um zu helfen. Eilika wendete sich wieder dem Bewusstlosen zu, als ein besonders lautes Schluchzen sie aufblicken ließ. Es kam aus der Richtung, in der ihr Bruder lag. Und tatsächlich: Katharina von Ebersberg hatte die Hände vor das Gesicht geschlagen und weinte bitterlich um den Mann, den sie geliebt hatte. Sie war in diesem Augenblick um jede Scham erhaben. Neben ihr stand Hiltegundis Schmid und hielt ihr die bebenden Schultern.

Eilika entschied, ihr noch nichts vom Schicksal Annas zu sagen. Von dem Wunsch geleitet, sie zu trösten, schritt Eilika näher heran – das Holz und den Fetzen Stoff noch in den Händen. Doch kaum hatte die Komturs-Schwester sie entdeckt, schrie diese los.

»Bleib du mir gefälligst fern!«

Eilika wich erschrocken zurück.

Katharinas verheultes Gesicht wurde mit einem Mal zu einer verzerrten Fratze. Den ausgestreckten Zeigefinger auf sie gerichtet, stieß sie aus: »Du wagst es, hier weiterhin zu verweilen und dich an all dem Leid auch noch zu ergötzen?«

»Wovon redest du?«, stammelte Eilika.

Mittlerweile waren auch die Umstehenden auf das Geschrei aufmerksam geworden.

»Tu nicht so, als wüsstest du nicht, was ich meine.« Ihre Stimme überschlug sich fast. »Sieh dir seine Stirn an. Du hältst die Tatwaffe doch noch in der Hand.«

Eilika sah auf das Holz und spürte, wie ihr die Beine weich wurden. Katharina war durch ihre Trauer wie von Sinnen. Die sonst eher fröhliche Bürgerstochter erschien ihr plötzlich gänzlich haltlos. »Das ist doch Unsinn. Ich habe nichts mit seinem Dahinscheiden zu tun. Ich wurde doch genauso von den Fluten überrascht und wäre fast ertrunken.«

»Das bist du aber nicht«, stellte Katharina fest. »Götz ist tot, und zwar durch dein Wirken!« Sie streckte ihren Finger aus und verkündete: »Zeter über die Mörderin und der Landleute Mörderin.«

»Nein. Du irrst dich.« Eilika warf das Holz zu Boden. Als Tochter eines Richters wusste sie, was Katharinas Zetergeschrei bedeutete: Sie klagte sie hier des Mordes an – in Gegenwart unzähliger Schreimannen, die das vor Gericht bezeugen würden. Eilika wich vor dem ausgestreckten Finger Katharinas zurück. Hilfesuchend sah sie sich um, nur um festzustellen, dass auch andere Frauen und Männer hinzukamen und sich hinter die Komturs-Schwester stellten.

»Der Bußprediger hatte recht. Wir hätten auf sein Wort hören sollen, anstatt so lange zu warten. Das alles hier ist doch euer Werk. Ihr Laemmlin-Mädchen habt das Unheil über Heilbronn gebracht«, spie Katharina von Ebersberg aus und wies auf den Neckar. »Dieser Tag lässt keinen Zweifel mehr an eurem Schadenzauber zu.«

Jetzt war es Hiltegundis, die das Wort ergriff. »Es musste offenbar erst so weit kommen, damit ein jeder begreift, was für eine Gefahr von euch ausgeht. Aber heute war es das letzte Mal, dass ihr drei jemandem geschadet habt.«

Eilika verstand sogleich, wie ernst die Lage war. Aber sie wusste nicht, was sie dagegen tun konnte – außer um ihr Leben zu flehen. »Bitte, weder meine Schwestern noch ich haben solche Kräfte. Wie soll ich euch das beweisen? Wenn ich es nur könnte …!«

Einer der Männer, die hinter Katharina standen, trat vor. Er war groß und kräftig und hatte ein kantiges Kinn. Eilika kannte Emich, der sich ihr nun bis auf eine Handbreite näherte und sagte: »Das kannst du, Mädchen.«

»Wie meinst du das?«

Katharina schien seine Gedanken lesen zu können und sprach sie aus: »Mit einem Gottesurteil.«

Der Jubel, der nun ausbrach, machte es überflüssig, das Für und Wider dieses lange schon veralteten Vorgehens abzuwägen. Die durch Trauer und Schrecken geleiteten Heilbronner schienen zu allem bereit und waren einstimmig dafür.

»Bringt ein Seil«, forderte der Hüne laut.

Eilika war es, als hätte man ihr einen Schlag versetzt. »Nein … nein … bitte nicht«, hauchte sie nur noch und lief weiter rückwärts, als sie von allen Seiten an Armen und Beinen gepackt wurde.

Nur einen Augenblick später kamen die Männer, die losgelaufen waren, aus der Mühle zurück. Sie hatten ein Seil aufgetrieben.

Der junge Kerl mit dem kantigen Kinn wollte es sich nicht nehmen lassen, den Stein selbst zu umwickeln, als ein lauter Ruf ihn davon abhielt.

»Haltet ein. Sofort!«

Die Menge verstummte.

»Macht Platz«, forderte die Stimme nun.

Tatsächlich teilte sich die Gruppe in der Mitte.

Eilika sah auf, doch ihre Sicht war von ihren Tränen verschwommen. Erst als der Redner sich näherte, erkannte sie den braunen Umhang mit dem weißen Strick darum und die nackten Füße. Schließlich sah sie ein Gesicht.

»Bruder Luppolt«, stieß sie verzweifelt hervor. »Bitte … bitte helft mir.«

»Was geht hier vor?«, verlangte der Prokurator der Franziskaner zu wissen.

»Dieses Weib«, sprach nun Elsbeth von Roth. »Sie hat das Unglück über unsere Stadt gebracht, wie es uns prophezeit wurde.«

Katharina von Ebersbergs Stimme klang hassgeschwängert. »Gott soll nun über sie richten.«

Eilika sah, wie der Brustkorb des Barfüßers sich hob und senkte. Sein Kiefer spannte sich an. Das kürzliche Zusammentreffen mit ihm ließ sie an dem Glauben festhalten, er sei ein gütiger Mann. Gewiss würde er nicht zulassen, dass man ihr ein Leid zufügte. Doch warum stand er bloß da? »Bitte, Bruder Luppolt. Macht, dass sie mich gehen lassen. Bringt mich ins Kloster Billigheim, auf dessen Weg ich des Morgens war, um mein Leben Gott zu widmen. Ich werde nie mehr nach Heilbronn zurückkehren, das verspreche ich.«

Der Prokurator streckte seine Hand aus und forderte den Hünen auf: »Gebt mir das Seil.«

»Nicht doch«, flüsterte Eilika.

»Ein Gottesurteil muss von einem Mann Gottes ausgeführt werden.«

Ihre Augen füllten sich erneut mit Tränen. Die Worte des Geistlichen versetzten ihr einen Schlag, der sie verstummen ließ. Wenn selbst der gütige Bruder Luppolt an ihr Zweifel hatte, dann war sie vielleicht wirklich des Teufels. Dann hatte sie all das womöglich verdient! Ohne sich weiter zu wehren, ließ sie das, was nun folgte, mit sich geschehen. Man band ihr die Arme und Füße auf jene übliche Weise über Kreuz. Eilika nahm es kaum noch wahr. Sie wusste, nun würde sie sterben.

Katharina von Ebersberg trat noch einmal an sie heran. »Jetzt werden wir sehen, ob du die Wahrheit gesprochen hast oder nicht. Kommst du wieder an die Oberfläche, gilt deine Schuld als bewiesen. Dann wirst du auf dem Galgenberg enden. Gehst du unter, ist dein Ruf wiederhergestellt.« Sie kniete sich nieder. Ihre nächsten Worte flüsterte sie der einstigen Freundin aus Kindertagen ins Ohr: »Nur wird dir das nichts nützen. Denn der Tod lauert so oder so auf dich. Und somit die Hölle.« Katharina stand auf und trat zurück. Ihr Gesichtsausdruck war eiskalt.

Als die Arbeit getan war, erhob sich Bruder Luppolt und machte einen Schritt rückwärts. Er schlug ein Kreuz über Eilika und sprach: »Lass das Wasser nicht empfangen den Körper dessen, der vom Gewicht des Guten befreit durch den Wind der Ungerechtigkeit emporgetragen wird. In nomine Patris, et Filii, et Spiritus Sancti. Amen.«

Eilika spürte, wie sie von mehreren Männern angehoben wurde. Sie fühlte die Berührungen auf der Haut, doch tief in ihr war nichts als Leere.

»Gleich sind wir dich los, du Unholdin. Und danach holen wir deine Schwestern.«

Eilika wusste nicht, wer das gesagt hatte. Und es war auch ohne Belang. Sie war außer Stande, etwas daran zu ändern. Ihr Blick war gen Himmel gerichtet, wo sie an immer mehr Stellen das so lange vermisste Blau ausmachen konnte. Wie sehr hatte sie sich das in den letzten Tagen gewünscht, und jetzt bedeutete es nichts mehr. Was würde folgen, fragte sie sich, wenn ihr Körper erst einmal mit Wasser gefüllt war und sie ihren letzten Atemzug getan hatte? Würde sie die Hölle sehen, so wie alle es hier zu glauben schienen? Oder war sie doch reinen Herzens, wie sie vor Kurzem noch der Meinung gewesen war, und würde nach dem Tode in den Himmel kommen?

Die Männer hatten einen Punkt am Ufer erreicht, wo das Wasser besonders tief war.

»Auf mein Zeichen werfen wir«, befahl eine Stimme. Beinahe so, als handele es sich um einen Sack Mehl. Sie begannen den Körper in ihren Händen hin- und herzuschwingen. »Jetzt!«

Eilika flog durch die Luft und landete im noch immer wilden Neckar. Das kalte Nass schlug über ihr zusammen und presste ihr die Luft aus dem Körper. Sie schluckte Wasser. Trotz der gefesselten Glieder versuchte sie, sich zuckend und zappelnd gegen das Ertrinken zu wehren. Doch das schwierige Unterfangen, den Kopf oben zu halten, scheiterte. Während sie ihren letzten Kampf bestritt, nahm Eilika noch wahr, wie die Männer und Frauen loszogen, um ihre Schwestern zu holen. Inmitten all der Grausamkeit stellte das einen Trost für sie dar. Ganz gleich, ob Himmel oder Hölle, hinterher wären sie alle wieder vereint. So zwang sie sich, das Unabänderliche zu akzeptieren, und hörte auf, sich zu wehren. Eilika sank hinab in die dunkle Tiefe.

Bruder Luppolt war am Wasser stehen geblieben. Seine Augen starrten auf die Stelle des Neckars, in die man Eilika geworfen hatte. Gleich würde man Imagina und Clementia bringen, die dasselbe erbarmungslose Schicksal erwartete.

Der Prokurator des Franziskanerklosters biss die Zähne so fest zusammen, dass sein Kiefer schmerzte. Er hatte seine Hände vor Zorn zu Fäusten geballt und fragte sich, wie es nur so weit hatte kommen können. Was wollte Gott von ihm? Warum kannte er als Einziger die Wahrheit, wenn sie ihn doch nur quälte und niemandem half – am wenigsten den Drillingen?

Christan fühlte sich so machtlos wie das letzte Mal am Tage des Jahrmarktes. Seither hatte er die Tage in der Abgeschiedenheit des Klosters in Heilbronn verbracht. Versteckt hinter Mauern, immer in der Befürchtung, Alardus würde zurückkehren und ihn mitreißen in den gottlosen Kreislauf seiner Lügen.

Es war nie dazu gekommen. Alardus war nicht zurückgekehrt. Bis heute wusste Christan nicht, wo er sich aufhielt oder ob er überhaupt noch lebte. Ebenso wenig wusste er über die Umstände der Bußpredigt auf dem Heilbronner Jahrmarkt. Wieder und wieder hatte Christan sich gefragt, woher Alardus den Namen Laemmlin gekannt hatte oder woher er wissen konnte, dass Verlobungen in diesem Hause anstanden. Eine Antwort hatte Christan nie erhalten. Eines jedoch war ihm von Anfang an klar gewesen: Alardus hatte keine Vision gehabt!

Irgendwas war geschehen in der kurzen Zeit, die sie nach ihrer Ankunft in Heilbronn getrennt gewesen waren. Was es auch war, es hatte Alardus dazu bewogen, sich derart mit seiner Bußpredigt zu übernehmen, dass ihm jedes Mittel recht gewesen war, seine Haut zu retten. Selbst vor dem unbefleckten Leben der drei jungen Frauen hatte er nicht haltgemacht. Dafür verachtete Christan seinen einstigen Begleiter.

Damals, als er Alardus auf dem Marktplatz den Rücken gekehrt hatte, hatte er sich geschworen, ihn und ihren gemeinsamen Auftrag für immer aufzugeben. Schließlich war er kläglich gescheitert bei dem Versuch, dem Bußprediger als Bruder in Christo beizustehen. Eine Niederlage, die Christan bis heute nur schwer ertrug. Schuldgefühle Gott gegenüber plagten ihn und auch gegenüber ihrem Abt in Halberstadt, wohin er wohl nie wieder würde zurückkehren können.

Hier, in diesem Augenblick am Neckar, fühlte er ihn plötzlich wieder – den unbändigen Hass auf Alardus, den er eigentlich tief in sich begraben hatte. Wie sollte er mit dem, was er wusste, weiterleben, wenn die Mädchen heute alle drei durch seine Hand starben? Was hatte das alles noch für einen Sinn?

Christan griff in eine eingenähte Tasche an der Innenseite seines Gewands und holte etwas hervor. Ein Stück Tuch. Blumen waren darauf zu sehen mit spitzen und runden Blättern im Wechsel. Er hatte es gefunden, als er auf der Suche nach Antworten zu jener Stelle gegangen war, von der aus Alardus seine vernichtenden Worte gesprochen hatte. Der hölzerne Wagen mit den Tuchrollen darauf war noch am selben Platz gewesen. Zwischen den Ballen hatte Christan das Stück Stoff entdeckt. Abermals fragte er sich, ob dies etwas mit Alardus' Geheimnis zu tun hatte oder ob es bloß aus den Rollen gefallen war. Eine Antwort darauf würde er vielleicht nie erhalten.

Ein letztes Mal blickte Christan auf den Neckar. Eilika war nicht wieder aufgetaucht. Dabei hatte er versucht, die Knoten so zu befestigen, dass sie sich im Wasser von selbst wieder lösten. Offenbar war ihm das nicht gelungen. Das Mädchen war ertrunken. Vielleicht ist es besser so für sie, dachte er traurig. »Ruhe in Frieden, Eilika Laemmlin. Bitte verzeih mir, dass ich dich nicht retten konnte. Ich bin mir sicher, du sitzt jetzt zur Rechten Gottes, wo du es gut hast. Besser als hier auf Erden, wo dein kurzes Leben von so viel Leid geprägt war.«

TEIL II

Heilbronn und Esslingen

Im Jahre des Herrn 1333

ERSTES KAPITEL

Kaiser Ludwig IV. zügelte abrupt sein Pferd und löste so eine Kette von Ereignissen im ersten Teil seines Gefolges aus. Männer riefen ihren Hintermännern Befehle zu. Wagen kamen ruckartig zum Stehen. Pferde wieherten, da man ihnen heftig im Maul riss.

Der Wittelsbacher nahm die Aufregung hinter sich kaum wahr. Seine Aufmerksamkeit galt dem Bild der Zerstörung vor sich. Das einst so wunderschöne Neckartal sah aus, als hätte Goliath hier gewütet.

Aus dem Augenwinkel erkannte Ludwig, wie seine Gemahlin sich aus dem prachtvollen Wagen lehnte, in dem sie saß. Durch ihren Kleinwuchs war sie des Reitens nicht fähig. Langsam legte sie sich die Hand auf den Mund. Ihr Blick ruhte auf den zu weiten Teilen überfluteten Wiesen vor Heilbronn.

»Heilige Jungfrau Maria. Wie eine Sintflut. Trotz aller Erzählungen, damit… damit habe ich nicht gerechnet«, sagte Margarethe I. mehr zu sich denn zu ihrem Gemahl.

»Es ist tatsächlich schlimmer, als Wir es erwartet haben. Das Unwetter muss furchtbar gewesen sein.« Ludwig sah zur Mitte Heilbronns. Die Brücke, über die er selbst so oft geritten war, gab es nicht mehr. Die Öffnung des Brückentors führte nun mitten in die Strömungen des Neckars, der dieser Tage beinahe bis zum Landturm reichte. Sein Blick schweifte über die Landschaft. Willkürlich hatte der Fluss neue Wege in die Landschaft gerissen, sodass der Hauptarm nun geschrumpft war und der Nebenarm an der Stadtmauer das meiste Wasser führte. Dazwischen, wo es kürzlich noch grüne Wiesen gegeben hatte, lag nun schlammiges Brachland. Ohne es auszusprechen, fragte er sich, ob das viele Wasser sich je zurückziehen würde.

Die Kaiserin wandte sich ihrem Gemahl zu. »Es war ein weiser Entschluss, Euer Itinerar zu ändern und nach Heilbronn zu reisen. Die Stadt braucht ihren Kaiser nun mehr denn je.«

In Gedanken fügte Ludwig hinzu, dass es wohl eher die Hitzköpfe des Rates und des Deutschordens waren, die ihn brauchten. Mit zwei erhobenen Fingern, die er bloß kurz zucken ließ, wies er den Mann hinter sich an, zu ihm zu kommen. Sogleich ritt sein Marschall Johann von Chiaramonte an seine Seite und deutete eine Verbeugung an.

»Majestät?«

»Wir fragen Uns, ob die anderen Stadttore noch passierbar sind.«

»Ja, mein Kaiser. Das Sülmer Tor im Norden und das Fleiner Tor im Süden sind von den Fluten nahezu unbeschädigt geblieben.« Der Mann wies während seines Berichts auf zwei Stellen links und rechts der Stadtmauer.

Ludwig folgte dessen ausgestreckter Hand mit dem Blick. Er sah, dass besonders im Süden zahlreiche Männer, Frauen und Kinder die Stadt betraten. Jeder, der keinen Pferdewagen oder ein Lasttier besaß, trug etwas mit den bloßen Händen.

Der Marschall führte weiter aus, was ihm seine Männer mit Sicherheit angetragen hatten. »Glaubt man dem, was die Boten berichten, gleicht Heilbronn derzeit einem Bienenstock. Das Unglück hat die Stadt aufgewühlt.«

»Was tun die Leute dort?«

»Man setzt gerade Euren Beschluss in die Tat um.«

Kaiser Ludwig sah seinen Marschall auffordernd an und wedelte ungeduldig mit der Hand.

In diesem Augenblick kam ein zweiter Mann an seine Seite geritten. Es war der Protonotar, Ulrich Hofmaier. Er frischte die Erinnerung des Wittelsbachers auf. »Das Gewähren der

Bitte Eures Lehnsmannes Graf von Löwenstein, Majestät. Ihr gabt Eure Zustimmung, das Dorf Bockingen veräußern zu dürfen. Die Bewohner beziehen dieser Tage die Südstadt.«

»Richtig. Es ist Uns kurz entfallen«, ergänzte Ludwig. Zwar war es noch nicht lange her, dass sein Protonotar ihm das Dokument, was einer seiner Mundatoren zuvor angefertigt hatte, zum Unterzeichnen gereicht hatte, doch waren seither zahlreiche weitere Dokumente unter seiner Feder gewesen. Es war ihm nicht immer möglich, sich an alle zu erinnern – im Gegensatz zu Ulrich Hofmaier, der jedes einzelne im Kopf zu haben schien. Allein das machte ihn und seine Helfer unersetzbar. »Nun, da es Uns unmöglich ist, hier über den Neckar zu gelangen, werden Wir ohnehin noch zwei Tage bis Heilbronn brauchen. Vielleicht hat der Umweg ja auch sein Gutes, und das größte Durcheinander der Umsiedelung ist dann vorbei.«

»Wollen wir es hoffen, Majestät.«

»Ist in Wimpfen alles vorbereitet?«

»Gewiss. Man erwartet Eure Ankunft in der Kaiserpfalz mit großer Freude.«

»Und das Übersetzen?«

»Es ist alles veranlasst worden. Flößer werden ausreichend bereitstehen.«

Der Kaiser blickte ein letztes Mal auf Heilbronn. Der Verlust der Brücke schmerzte ihn. Seitdem schwerer Eisgang die Brücke Wimpfens vor einigen Jahren zerstört hatte, war Heilbronns Brücke die einzige Möglichkeit von hier bis Cannstatt gewesen, festen Untergrundes über den Neckar zu gelangen. Es war unabdingbar, dass sie schnell wieder errichtet würde. »Marschall.«

»Mein Kaiser?«

»Sobald Wir Heilbronn morgen erreicht haben, wünschen Wir, Uns sofort ins Rathaus zu begeben. Die Lage duldet keinen Aufschub. Wir werden nur einen Tag bleiben. Für die Stadt wird es kaum möglich sein, den Hof länger zu versorgen.

Sorgt also dafür, dass der Rat und die Herren des Deutschordens sich zur Sext dort einfinden.«

»Sehr wohl.«

»Und tragt den zuständigen Männern an, dass Wir keinerlei höfisches Zeremoniell wünschen. Diese gebeutelte Stadt muss nicht noch weiter mit erzwungenen Festlichkeiten belastet werden.«

»Wie Ihr befehlt, Majestät.«

Imaginas Glieder waren steif. Sie wusste nicht, wann sie es das letzte Mal gewagt hatte, sich zu bewegen. Ebenso wenig wusste sie, was genau am Tage der Flut geschehen war.

Seit einer gefühlten Ewigkeit kauerte sie in diesem stinkenden Hühnerstall und dachte über die schrecklichen Ereignisse nach. Wieder und wieder ging sie jeden einzelnen Augenblick der Reihe nach durch, um den Fehler zu finden, der ihr endlich klarmachte: Alles war bloß ein schlimmes Missverständnis. Doch so kam es nicht. Es war die Wirklichkeit.

Nachdem sie Eilika unter Tränen verabschiedet hatten, waren sie und Clementia noch eine ganze Weile lang auf der Straße stehen geblieben. Es war ihnen unmöglich gewesen, sich von dem Anblick ihrer Schwester zu lösen, solange er ihnen noch gewährt wurde. Wenig später hatten sie es dann vernommen: das Knallen, welches sich zum Rauschen des Regens gemischt hatte. Dann Geschrei und Verwirrung. Gemeinsam mit der Mutter waren sie losgerannt – ebenso wie augenscheinlich ganz Heilbronn. Im Gemenge war sie von der Mutter und Clementia getrennt worden, sodass sie sich entschied, zum Haus zurückzulaufen. Hier war sie auf Vater getroffen. Er hatte sie an den Schultern gepackt und sie eindringlich beschworen: *Lauf! Lauf um dein Leben. Der Neckar reißt alles mit sich, und man beschuldigt euch des Schadenzaubers. Deine Schwestern haben sie schon – womöglich auch deine Mutter. Rette du dein Leben, und komm nie mehr zurück.*

Selbst jetzt, da Imagina bloß an die Worte dachte, rannen ihr die Tränen übers Gesicht. Das Verhalten des Vaters hatte sie so sehr erschreckt, dass sie tatsächlich einfach gelaufen war. Zunächst Richtung Rathaus, vorbei am Kieselmarkt und dem Lichtensterner Hof. Hier wäre sie beinahe Anna Lütwin in die Arme gerannt, also hatte sie kehrtgemacht. Imagina war so lange durch die engsten Winkel der Stadt geflohen, bis sie kaum mehr wusste, wo sie war. In der Zehentgasse war sie auf einen Hof gerannt und hatte sich im Hühnerstall versteckt.

Seitdem saß sie hier in der Dunkelheit. Es war ihr Glück, dass die blutjunge Magd sich wohl zu fein dafür war, tief im stinkigen Schuppen nach Eiern zu suchen. Sie begnügte sich damit, die Eier von vorn zu nehmen. Danach warf sie stets etwas hartes Brot in den Verschlag, stellte frisches Wasser auf und ging, die Nase gerümpft, wieder hinaus. So war Imagina unentdeckt geblieben und hatte ihren Hunger und Durst mit Eiern, Brot und Wasser stillen können. Ewig würde das allerdings nicht gutgehen. Sie wusste, sie musste von hier fort.

Die Sonne war bereits aufgegangen an diesem Tag. Jeden Moment würde die Magd kommen, um die Eier zu holen. So lange wollte Imagina noch warten. Dann würde sie versuchen, die Stadt zu verlassen. Noch während sie diesen Entschluss gefasst hatte, hörte sie die Brettertür des Verschlags knarren. Wie immer stieß die Magd in diesem Moment einen Laut des Ekels aus und verscheuchte daraufhin die Hühner. »Tsch, tsch. Geht weg …«

Imagina drückte sich noch fester mit dem Rücken an die Wand. Normalerweise schlüpfte die Magd nur kurz durch einen Spalt hinein, doch ausgerechnet jetzt öffnete sie die Tür weit. Mehr Licht als sonst fiel ins Innere des Schuppens. Imagina erkannte, dass sie eine Mistgabel in den Händen hielt. *Nein*, fuhr es ihr durch den Kopf. *Nicht ausgerechnet heute!*

Die Magd wedelte mit der Hand vor der Nase herum. Sie war offensichtlich so sehr damit beschäftigt, sich zu ekeln, dass sie sich nicht umsah. Bloß die ersten Handbreit des Bodens kratzte sie vom Stroh frei, bis eine strenge Stimme erklang.

»Marie, ich sehe von hier aus, dass du nicht ordentlich arbeitest. Wenn du wieder nur den halben Stall mistest, lasse ich dich heute dort drinnen übernachten. Hast du verstanden?«

»Ja, ja«, gab sie zurück und schnaubte vor sich hin.

»Und vergiss nicht, die Eier vorher zu bringen. Damit meine ich *alle* Eier!«

Sichtlich erbost stellte das junge Mädchen die Mistgabel weg und formte aus der Schürze einen Beutel. Während sie die ersten Eier nahe dem Eingang aufsammelte, murmelte sie: »Ihr furchtbaren Hühner. Warum müsst ihr so stinken? Es gibt nur eines, was ich weniger mag als euch – die dicke Köchin, die immerzu mit mir schimpft.«

Imagina wagte kaum zu atmen. Ihre letzte Hoffnung war, dass die Magd vorne im Schuppen so viele Eier fand, dass sie nicht alle auf einmal tragen konnte und vorher einmal zur Köchin musste. Dann würde sie aus dem Schuppen rennen, beschloss Imagina. Gerade hatte sie das zu Ende gedacht, da sah das Mädchen auf – ihr mitten ins Gesicht.

Der Mund der Magd klappte auf. Vor Schreck ließ sie das Ei in ihrer Hand fallen. Es zerbrach.

»Bitte schrei nicht. Bitte, bitte, bitte nicht!«, flehte Imagina im Flüsterton und hob beschwichtigend die Hände.

Tatsächlich beherrschte sich die Magd. Regungslos stand sie da. Eine Weile lang sagte keine ein Wort. Imagina war diejenige, welche die Stille brach.

»Ich danke dir, dass du nicht geschrien hast.«

»Du hast mich zu Tode erschreckt. Wer bist du?«

»Ich bin … Beke.«

»Was machst du in diesem Stall?«

»Ich …« Imagina hatte sich bisher keine Gedanken darüber gemacht, was sie sagen würde, wenn sie jemand entdeckte. Sie sprach das Erste aus, was ihr in den Sinn kam. »Ich bin aus

Sontheim. Meine Familie ist im Neckarwasser ertrunken. Ich bin ganz allein und habe einen Platz zum Schlafen gebraucht.«

Das Mädchen sah sich um. »Das ist ein schlechter Platz zum Schlafen. Hühner sind schreckliche Tiere.«

Jetzt musste Imagina beinahe grinsen. Noch nie hatte sie eine Magd getroffen, die sich derart vor Hühnern ekelte. »Ich wusste nicht, wohin ich sonst gehen sollte.«

Die Magd nickte. Vorsichtig lugte sie aus dem Stall und sagte: »Hier kannst du nicht bleiben. Wenn die Köchin dich entdeckt, dreht sie dir den Hals um wie einem Huhn, das in die Suppe soll.«

»Ich will dir keine Schwierigkeiten machen. Aber vielleicht kannst du die Köchin kurz ablenken. Dann verschwinde ich.«

»Und wo willst du hin?«

»Weiß ich nicht.«

Die Magd schien zu überlegen. »Hör zu. Ich weiß einen Ort, wo du hinkannst. Ich sage der Köchin, dass ich den Stall noch fertig misten muss. Dann kann ich dich schnell begleiten.«

»Das würdest du tun?« Imagina bekam einen Kloß im Hals.

Das Mädchen lächelte. »Musst doch nicht gleich weinen. Hilf mir lieber, die restlichen Eier einzusammeln.«

Wenig später liefen die beiden vom Hof und mischten sich unter die vielen Leute, die auf den Straßen unterwegs waren.

Imagina verbarg ihr Gesicht so gut es ging durch ihre Kapuze. Die Angst, dass jemand sie erkannte, trieb ihr den Schweiß auf die Stirn. Noch während sie bemerkte, dass ungewöhnlich viele Menschen auf den Straßen unterwegs waren – allesamt schwer bepackt –, kam ihr die Antwort in den Sinn. Es waren Bockinger! Sie zogen nach Heilbronn. Der Trubel kam Imagina gelegen. So gelangten sie und die Magd unbemerkt in die Gassen an der westlichen Stadtmauer, wo das Wasser der Überflutung sich langsam zurückzog.

»Wohin gehen wir?«, wollte Imagina wissen.

Die Magd zeigte mit dem Finger nach vorne. »Zum Katharinenspital. Meine Schwester pflegt dort die Alten und die Kranken. Ich bringe dich zu ihr. Wenn du fleißig bist, hat sie sicher Verwendung für dich.«

Imagina sah auf das steinerne Spitalshaus, das an die dazugehörige Katharinenkapelle angrenzte. Daneben die Heuscheuer und der Farrenstall. Noch nie hatte sie einen Fuß hier hineingesetzt, dennoch wusste sie, es war das perfekte Versteck. Keiner der Stadtadeligen, denen sie so zu begegnen fürchtete, würde freiwillig das Spital aufsuchen, wenn er nicht musste. Hier lauerten Krankheit und Tod.

»Du humpelst ja«, bemerkte die Magd mit einem Mal.

»Ich weiß. Es muss passiert sein, als ich dem Wasser davongelaufen bin«, log Imagina. In Wahrheit hatte sie keine Ahnung, wann sie sich den Fuß verletzt hatte.

Imagina betrat hinter dem Mädchen das Haupthaus des Spitals. Alles, was sie darüber wusste, war, dass der Rat das Spital vor über dreißig Jahren gegründet hatte. Normalerweise unterstanden Spitäler der Geistlichkeit – nicht so in Heilbronn. Imagina war klar, warum ihr das gerade in den Kopf kam. Seit dem Vorfall auf dem Jahrmarkt hatte sie ihr Vertrauen in Kirchenmänner verloren. Es war beruhigend zu wissen, dass sie hier kaum einem begegnen würde.

»Komm schon, beeil dich«, forderte das Mädchen sie auf. »Ich muss bald zurück sein, bevor die Köchin etwas merkt.«

Imagina beschleunigte ihre Schritte und folgte der Magd humpelnd durch einen großen Raum, in dem zahlreiche Betten standen. Zwischen all den Kranken und Alten huschten einheitlich gekleidete Frauen umher. Sie schenkten den beiden Besuchern kaum Beachtung – so beschäftigt waren sie.

Bei einer dieser Frauen blieb die Magd plötzlich stehen. »Hallo, Barbara.«

»Schwester«, rief diese erfreut aus. Sofort ließ sie den nassen Lappen zurück in den Eimer gleiten und setzte zu einer Umarmung an. »Wie schön, dich endlich wiederzusehen.«

»Leider nur ganz kurz, meine Liebste. Ich muss schon wieder gehen. Aber schau …« Sie wies auf Imagina. »Das ist Beke aus Sontheim. Sie hat ihre ganze Familie im Wasser verloren und ist am Fuß verletzt. Kannst du sie aufnehmen?«

Die Frau namens Barbara blickte warmherzig zu Imagina. Ihr Antlitz schien ihr unbekannt zu sein. »Hast du wirklich niemanden mehr?«

Imagina fiel es schwer, diese liebe Frau zu belügen, doch es blieb ihr keine Wahl. So schüttelte sie den Kopf.

»Der Neckar hat einigen hier Unglück beschert.« Barbara deutete auf die Verletzten in den Betten. »Auch wenn wir mit der Arbeit nicht mehr hinterherkommen, auf einen mehr oder weniger kommt es nicht an. Zeig mir deinen Fuß.«

»Es ist nicht so schlimm. Ich werde schnell wieder gesund sein«, wehrte Imagina ab. »Ich möchte nicht unhöflich klingen, aber deine Schwester sagte, du könntest tüchtige Frauen brauchen?«

»Nun ja, was kannst du denn?«

»Ich muss gestehen, dass ich nicht gut koche. Aber harte Arbeit macht mir nichts aus. Ich könnte die Kranken versorgen. Und ich bin gut mit Nadel und Faden.«

»Na, zerrissene Kleidung gibt es hier tatsächlich mehr als genug«, sagte Barbara lächelnd. »Vorerst kannst du bleiben. Aber ich muss mit der Frau des Spitalmeisters sprechen. Sie entscheidet, welche Frauen hier arbeiten. Und bis dahin solltest du dich erst einmal ausruhen.« Sie warf Imagina einen vielsagenden Blick zu. »Und baden!«

»Oh, natürlich.« Die Erinnerung daran, wo sie die letzte Zeit verbracht hatte, machte ihr gewahr, wie sie auf andere wirken musste. Sicher gab sie ein übles Bild ab – und roch noch viel schlimmer. An die junge Magd gewandt, sagte sie: »Ich kann dir nicht genug danken.«

»Gern geschehen. Pass auf dich auf, Beke.«

Clementia saß zitternd in der winzigen Steinkirche von Bockingen. Sie fror erbärmlich. Hunger quälte sie. Anfangs hatte sie sich nur bruchstückhaft an die letzten schrecklichen Momente in Heilbronn erinnern können. An die Unruhe, die kurz nach Eilikas Abfahrt plötzlich ausgebrochen war, und daran, wie sie mit Mutter und Imagina losgelaufen war, um nachzusehen. Nun kehrten immer mehr Erinnerungen zurück.

Erst hatte sie Imagina und dann Mutter im Gewirr verloren. Danach war sie eine ganze Weile umhergeirrt. Beim Kirchbrunnen war sie auf Vater gestoßen, der hatte sie in einen Häuserwinkel gezerrt. Die Bilder in ihrem Kopf waren schemenhaft, seine Worte jedoch waren ihr klar und gegenwärtig. *Lauf! Lauf um dein Leben. Der Neckar reißt alles mit sich, und man beschuldigt euch des Schadenzaubers. Deine Schwestern haben sie schon – womöglich auch deine Mutter. Rette du dein Leben, und komm nie mehr zurück.*

Irgendwie hatte Clementia es aus der Stadt geschafft und war nach Bockingen gelangt, wo sie unbemerkt Zuflucht in der steinernen Kirche gefunden hatte. Es war dem Durcheinander in Heilbronn zu verdanken gewesen, dass sie hatte fliehen können. Niemand hatte auf sie geachtet. Doch seither saß sie fest in diesen kalten Gemäuern. Einzig eine undichte Stelle im Kirchdach erwies sich als Segen. Es tropfte hindurch und gewährte Clementia so wenigstens, ihren Durst zu stillen.

Ein weiterer Tag war vergangen, und niemand hatte die Kirche betreten. Clementia wagte es deshalb, sich auf den Altar zu stellen und durch eines der schmalen Rundbogenfenster zu sehen. Was sie erblickte, bestätigte ihre Vermutung. Die Bockinger trugen ihr letztes Hab und Gut aus den Häusern und verließen das Dorf. Der Beschluss des Kaisers war ein Segen für sie. Clementia brauchte nur abzuwarten. Bald schon wäre das Dorf verlassen, und sie würde unbemerkt aus der Kirche treten können.

Es war bereits spät am Tage, als die letzten Geräusche von

draußen verstummten. Der Zeitpunkt zu gehen war offenbar gekommen. Vorsichtig, mit eiskalten Fingern und steifen Beinen, öffnete sie die Tür. Zunächst bloß einen Spalt. Sie spähte hindurch, die Augen halb geschlossen, da das Sonnenlicht sie blendete. So weit sie sehen konnte, war sie tatsächlich allein. Ganz Bockingen schien verlassen zu sein. Die meisten Hütten standen offen. Clementia wagte es jetzt, die Tür weit zu öffnen, und betrat die Wege. Langsam ging sie die paar Schritte von der Kirche bis zum Stangenbrunnen. Der Anblick des menschenleeren Platzes war so unwirklich, dass sie für einen Augenblick ins Staunen geriet. Clementia drehte sich um ihre eigene Achse. Erst als ihr Zittern immer stärker wurde, machte sie sich auf, um etwas zum Anziehen zu finden. Die Arme fest um sich geschlungen, rieb sie sich den Körper. Ihr Kiefer schmerzte schon vom stundenlangen Zähneklappern.

Clementia trat in die erste Hütte ein. Sie war leer. Bloß ein paar Bündel trockener Kräuter hingen an den Wänden. Erst viele Hütten später, als sie schon gar nicht mehr damit rechnete, hatte Clementia doch noch Glück. In der Ecke einer Kochstelle fand sie ein altes Stück Brot, das sie gierig hinunterschlang. Und in einer weiteren Hütte standen noch Möbel und eine Truhe mit wenigen Kleidern. Sehr wahrscheinlich würden die Bewohner bald zurückkommen, um alles Restliche zu holen. Geschwind entledigte Clementia sich ihrer klammen Kleidung und zog sich ein blaues Kleid aus Wolle und einen Mantel an. Sie band sich ein Tuch um den Kopf und griff sich noch etwas zu essen. Als Letztes füllte sie sich einen Beutel mit Dingen, die ihr nützlich erschienen. Wenig später verließ sie das Dorf und stahl sich in den Schutz des Waldes.

Clementia hatte keine Ahnung, was sie nun tun sollte, darum folgte sie einfach dem Weg unter ihren Füßen. Während sie lief, spürte sie einen Kloß im Hals. Sie versuchte dagegen anzukämpfen, doch es gelang ihr nicht. Wie von selbst stiegen ihr die Tränen in die Augen. Es war das erste Mal seit ihrer Flucht aus Heilbronn, dass sie weinte. Zunächst nur unterdrückt, bald schon hemmungslos. Sie beweinte das einzige Leben, das sie gekannt hatte. Den Verlust ihrer Schwestern und ihrer Mutter. Den Abschied aus Heilbronn, in das sie wohl nie wieder zurückkehren konnte. Vor allem aber beweinte sie die furchtbare Ungerechtigkeit, die ihr durch Alardus widerfahren war. Ihr Leben würde nie wieder sein, was es gewesen war – wenn es überhaupt ein Leben für sie geben würde. Wie sollte sie es schaffen? Als Frau. Allein. Mit einem Namen, der ihren Tod bedeutete …

Während sie heulte und an ihren Gedanken verzweifelte, bemerkte Clementia nicht, dass sie die Steigung im Gehölz immer weiter erklomm. Erst als der Wald plötzlich endete und sie eine Lichtung betrat, versiegten ihre Tränen allmählich, und das Beben ihrer Schultern ließ nach. Ohne Absicht war sie an der Hochgerichtsstätte Heilbronns angekommen. Ehrfürchtig ging sie am dreibeinigen Galgen vorbei und trat an einen umgestürzten Baum heran, der wohl einem Blitz zum Opfer gefallen war. Den Blick auf Heilbronn gerichtet, beruhigte sich auch ihr Herzschlag.

Clementia hatte keine Ahnung, wie lange sie regungslos an dieser Stelle verweilt hatte. Ihr Kopf war vom vielen Weinen leer. Und doch schaffte sie es jetzt, einen klaren Gedanken zu fassen. Sie musste sich entscheiden: Wollte sie leben oder sterben? Tief atmete sie durch, um sich selbst Mut zu machen. Sie wollte leben!

Clementia rieb sich die Augen und steckte die Haarsträhnen, die ihr in die Stirn gefallen waren, wieder unter das Tuch um ihren Kopf. Dabei glitt ihr Blick auf einen Gegenstand am Boden. Clementia hielt inne. Ihr Herz schien einen Schlag auszusetzen. Sie fiel auf die Knie und hob ein Stück Holz in ihre Hände. Blüten waren darauf zu sehen. Es waren *ihre* Blüten. Sie hätte sie unter Tausenden erkannt! »Eilika«, entfloh es ihr tonlos, während sie gleichzeitig zu lachen und zu weinen begann. »Du warst hier! Wann? Lebst du also noch?«

Clementia schloss die Augen und drückte das Stück Holz an ihr Herz wie einen Schatz. Es war ihr, als schieße das Leben selbst ihr wieder durch die Glieder. Die bloße Hoffnung, dass eine ihrer Schwestern dem Tod entkommen sein könnte, beflügelte sie. Unbedeutend, wie lange es dauerte: Sollte Eilika irgendwo da draußen sein, würde sie sie finden. Doch dazu musste sie zunächst einmal selbst am Leben bleiben.

Clementia steckte das Holz in ihren Beutel, stand auf und sah sich um. Wohin sollte sie gehen? Es war jetzt wichtig, die richtige Entscheidung zu treffen.

Sie sah nach Nordwesten, wo – hinter dem Wartbergturm – Neckargartach und Neckarsulm lagen. Städte direkt am Fluss wie Heilbronn. Dort war es mit Sicherheit ebenso zu Überflutungen gekommen. Die Wahrscheinlichkeit war demnach groß, dass man auch da die teuflischen Drillinge verwünschte, die des Unglücks Ursprung sein sollten. Keine sicheren Orte, entschied Clementia und wandte sich nach Norden. Hier lagen Binswangen und Erlenbach, was ihr immer noch zu nah am Neckar war. Clementias Blick richtete sich nun gen Osten, wo sich Weinsberg befand. Eine Stadt mit kämpferischen Bewohnern, die sich fortwährend gegen die Herrschaft der Herren von Weinsberg auflehnten, wie sie durch belauschte Gespräche ihres Vaters mit anderen wichtigen Männern der Stadt wusste. Wie eigentlich immer in den letzten Jahren waren sie bestimmt auch jetzt so sehr mit ihren eigenen Nöten beschäftigt, dass sie sich weniger darum scherten, was gerade in den Orten am Neckar geschah.

Clementia hatte ihre Entscheidung getroffen. Sie schulterte ihr Bündel und machte sich auf in Richtung Weinsberger Markung.

Irma hatte noch nie in ihrem Leben so hart arbeiten müssen wie hier auf der Burg. Die Küchenfrau ließ sie von früh bis spät schuften, und nicht selten sah sie einen ganzen Tag lang kaum

Tageslicht. Sie ließ alles über sich ergehen, nur um irgendwann die Möglichkeit zu bekommen, auf die Hauptburg zu gelangen.

»Bring diese Körbe zu den Männern vor den Stallungen. Rasch, rasch. Sie reiten gleich los.«

Eines hatte Irma früh verinnerlicht: Es war das Beste, der strengen Küchenfrau einfach zu gehorchen und keine Fragen zu stellen. Darum ergriff sie geschwind die beiden schweren Körbe und lief damit über die Vorburg. Sie wusste nicht, was hier vor sich ging. Einige Männer hatten sich eilig vor den Stallungen versammelt. Sie waren gerade dabei, die Pferde von den Knechten entgegenzunehmen. Befehle wurden wild durch die Luft gerufen. Die ganze Burg war in Aufruhr.

Irma trug die Körbe zu einem Knecht, der ein Lasttier belud. Sie gab ihm den ersten und fragte: »Wohin reiten sie?«

»Richtung Wimpfen. Dem Kaiser und seinem Gefolge entgegen.«

»Kommt er etwa nach Heilbronn?«

»So sieht es aus. Wie ich hörte, will er sich selbst ein Bild von den Zerstörungen durch das Wasser machen.«

Irma sah hastig über ihre Schulter. Die Küchenfrau war ihr zum Glück nicht auf den Hof gefolgt, darum nutzte Irma die Gelegenheit, mehr aus Heilbronn zu erfahren. »Warst du schon in der Stadt? Sag mir bitte, was du weißt. Wie schlimm ist es?«

»Ich weiß auch nur das, was man sich erzählt. Komme hier selbst kaum weg«, gab er zur Antwort, ohne seine Arbeit zu unterbrechen. »Mit dem Abgehen der Brücke sollen Männer und Frauen ertrunken sein. Das Wasser ist wohl bis weit in die Stadt vorgedrungen und in zahlreiche Häuser gelaufen. Einige Kelterer und Weinbauern haben ihren gesamten Wein eingebüßt. Viele ihr Vieh, das elendig ersoffen ist. Sontheim soll es auch schlimm getroffen haben.«

Irma schlug sich die Hand vor den Mund. »Die armen Menschen. Was für ein unsagbares Unglück.« Ihre Gedanken waren sofort bei Eilika. Seit sie ihre Freundin außerhalb der Stadtmauern alleine zurückgelassen hatte, kam sie beinahe um vor Sorge.

»Es war eher der Zorn Gottes denn ein Unglück, wenn du mich fragst.«

»Was meinst du damit?«

Der Knecht zurrte so fest an den Seilen, dass das Lasttier schwankte und einen Ausfallschritt machen musste. Er nahm Irma den zweiten Korb aus der Hand. »Die Weibsbilder des Richters waren es. Die, vor denen der fremde Bußprediger am Jahrmarktsanfang die Heilbronner gewarnt hatte. Man hätte gleich auf ihn hören sollen. Dann wäre es vielleicht nie so weit gekommen.«

Irma brach der Schweiß aus. Es kostete sie alle Kraft, ihre Stimme zu beherrschen. »Denken noch andere so wie du?«

»Das kann man wohl sagen. Nach dem Unglück haben die Heilbronner wohl nicht lange gezögert und sie ergriffen.«

»Alle drei?«

»Ich hörte Verschiedenes. Manche sagen, alle wären tot. Andere wiederum, dass welche noch am Leben sind. Aber wie auch immer: Der Teufel soll sie holen.« Der Knecht spuckte aus.

»Was … ist mit der Richtersfrau? Hast du auch etwas über sie gehört? Ist sie womöglich eine der Ertrunkenen?«

»Was kümmert dich das, Mädchen?«, fragte er kopfschüttelnd und griff nach dem letzten Sack, den er auf dem Tier festzurren wollte. »Glaubst du etwa, die Patrizier fragen danach, ob ein Knecht oder eine Magd im Neckar ertrunken sei? Das ist denen völlig gleich.« Jetzt ruckte er den Kopf in Richtung Küche. »Und ihr Mägde solltet euch auch besser um eure Angelegenheiten kümmern, anstatt zu tratschen.«

Irma verstand, dass der Knecht nichts weiter darüber berichten würde. Um ihrem verdächtigen Verhalten etwas entgegenzuwirken, sagte sie: »Wahrscheinlich hast du recht. Der Stadtadel interessiert sich nicht für unsereins. Ich war bloß neugierig.« Dann wandte sie sich ab. Ihre Glieder fühlten sich taub an. Sie hörte das Rauschen ihres Blutes in den Ohren. Das alles war allein ihre Schuld. Wäre sie doch nur niemals in die Kilianskirche gegangen. Dann wäre sie Alardus nicht begegnet. Sie hatte Eilika, Clementia, Imagina und Luitgardis zuerst ins Unglück gestürzt und dann auch noch alleingelassen!

»Auf die Pferde! Der Herr kommt.«

Irma zuckte zusammen, als die laute Männerstimme über die Vorburg hallte. Sie sah, wie Ritter Hartmann sich näherte. Er hatte seine edelsten Gewänder angelegt. Sein Schwert glänzte an seiner Seite.

»Wo ist der Burgvogt?«, fragte er den jungen Burschen, der ihm seinen Hengst brachte.

»Hier bin ich, Herr.« Ein Mann mit einem Spitzbart trat aus dem Durcheinander.

»Ich kehre erst zurück, wenn der Kaiser Heilbronn wieder verlässt. Ihr wisst, was Ihr während meiner Abwesenheit zu tun habt?«

»Gewiss, mein Herr. Ich sorge dafür, dass alles nach Euren Wünschen geschieht.«

Ritter Hartmann legte dem Mann vertrauensvoll die Hand auf die Schulter und nickte ihm zu. »Auf Euch ist Verlass.« Dann stieg er auf seinen Hengst, der ungeduldig mit dem Vorderhuf scharrte.

Irma vernahm das Klappern der vielen Reit- und Lasttiere noch, als sie schon längst über die Vorburg durch das Tor gestapft waren. Sie kehrte zurück in die Küche, wo sie sogleich barsch angeherrscht wurde.

»Warum trödelst du so, Mädchen? Wir haben nicht den ganzen Tag Zeit.« Die Küchenfrau klatschte auffordernd in die Hände. »Geh den Brotofen ausfegen. Rasch, rasch.«

Irma tat sofort, was man von ihr verlangte. Dabei blickte sie verstohlen zum Haupttor, wo eben noch das Gefolge des Ritters hindurchgelaufen war. Und mit einem Mal erkannte sie die

Möglichkeiten, die ihr die neue Lage bot. Weniger Männer auf der Burg bedeuteten auch weniger Augen, die sie beobachteten. Womöglich würde es bald eine Gelegenheit geben, ihrem Plan nachzugehen. Das hieß, sofern die Küchenfrau sie einmal aus ihren Fängen entließ, was bislang noch nicht vorgekommen war. Die Notwendigkeit jedoch war nun noch dringender als zuvor. Sie musste es tun – für die Laemmlin-Frauen. Sogar wenn sie sich selbst damit in große Gefahr brachte.

ZWEITES KAPITEL

Es dauerte länger als von Ludwig IV. verlangt, bis sich alle Männer im Rathaus versammelt hatten. Schon eine ganze Weile saß er auf seinem Armlehnstuhl an der Kopfseite des Versammlungssaals. Sein Mundschenk goss ihm bereits zum zweiten Mal nach. So durcheinander, wie die Stadt auf ihn gewirkt hatte, als er sie durchquert hatte, schien es derzeit auch hier im Rathaus zuzugehen. Einige Männer, die weder zum Rat noch zum Orden gehörten, hatten sich ebenso hier eingefunden. Ludwig entschied, heute darüber hinwegzusehen. Er hatte seine Gründe dafür.

Irgendwann war auch der letzte Mann vor Ort. Die Tür des Saals wurde geschlossen, und der Bürgermeister Heinrich Lieblip sprach ein paar überschwängliche Begrüßungsworte, denen man anhörte, wie unangenehm ihm die Umstände waren.

Ludwig nickte ihm zu und wandte sich dann an die Männer. »Ihr Edlen Heilbronns. Wir, Ludwig, von Gottes Gnaden römischer Kaiser, sind heute gekommen, um Uns selbst ein Bild zu machen von dem Unglück, das diese kaisertreue Stadt ereilt hat. Wir können Euch sagen, Unsere Augen schmerzen bei dem Anblick, der sich Uns hier bietet. Aber seid gewiss, so wie Heilbronn Uns die Treue gehalten hat während des Kampfes mit Unserem Habsburger Widersacher Friedrich, so werden auch Wir für Heilbronn sorgen. Tragt Uns also vor, was Euch auf den Herzen liegt, und Wir werden nicht eher gehen, bevor über jeden Mannes Anliegen weise entschieden wurde.« Ludwig sah die Männer nacheinander an. Schon jetzt wusste er, es würde ein langer und anstrengender Tag werden. Doch er hatte seine Worte mit Bedacht gewählt. Die Stadt verdiente, dass der Kaiser sich ihrer annahm – war sie ihm doch nie von der Seite gewichen. Weder zur Zeit des Doppelkönigtums noch damals in Italien, als er von Heilbronn Waffenhilfe erhalten hatte, noch vor neun Jahren, als der Papst ihn mit dem Kirchenbann belegte, der bis heute andauerte. Nun war es an ihm, den Heilbronnern beizustehen.

Als er das Zeichen dazu gab, traten zwei Männer vor. Beide kannte Ludwig. Es waren Eberhard von Ebersberg und Volmar Laemmlin. Wie es schien, sollten sie die Repräsentanten sein für den Rat und die Deutschherren.

»Volmar Laemmlin«, begann Ludwig und sah in das deutlich von Trauer gezeichnete Gesicht. »Lasst Uns Euch Unser Beileid zum Verlust Eures Sohnes aussprechen.«

Der Richter verneigte sich. »Habt Dank, mein Kaiser.«

»Er war Uns ein treuer Gefolgsmann und wird schmerzlich fehlen in den Reihen Unseres Gefolges.«

»Zu wissen, dass er zu Lebzeiten in Euren Diensten stand, erfüllt mein Herz mit Freude. Was mehr könnte ein Vater sich für seinen Sohn wünschen?«

Der Kaiser nickte. »Nun dient er an Gottes Seite. Das sollte Euch ein Trost sein.«

»Wie wahr, mein Kaiser.«

Ludwig machte eine bedächtige Pause. Dann veränderte er seinen Ton, der mit einem Mal weniger mitfühlend und mehr herrisch klang. »Lasst uns jetzt darüber sprechen, weshalb Ihr hier zusammengekommen seid.« Seine Augen erfassten Eberhard von Ebersberg. »Komtur, Wir hörten, dass der Neckar Land genommen hat. So viel, dass die Hauptwassermassen des Flusses nun direkt an der Stadt vorbeiführen und ein Weidach überfluten, welches die Deutschherren innehaben. Warum ist es darüber zum Streit gekommen?«

»Majestät«, begann der Komtur des Deutschordens. »Es ist, wie Ihr sagt. Die Ordenswiesen vor der Stadt sind nun gänzlich überflutet. Schuld daran ist nach Meinung des Ordens vor allem das Wehr, das der Rat einst gebaut hat, um das Wasser für die Mühlen zu stauen. Es hat die Umstände begünstigt, und nun führt der vorherige Hauptarm des Neckars – an dem auch die Ordensmühle steht – weniger Wasser. Sie droht unbrauchbar zu werden. Wir fordern also, dass der Urzustand wiederhergestellt werden darf.«

»Habt Dank für Eure Ausführung, Komtur«, sagte Ludwig und nickte in seine Richtung. »Nun wünschen Wir zu hören, wie der Rat über das Geschehen denkt.«

Volmar Laemmlin ergriff das Wort. »Die Hauptwassermassen fließen jetzt tatsächlich in dem Flussarm, der direkt an die Stadtmauer grenzt. Das ist, nach Meinung des Rates, ein ungeheurer Vorteil für die Stadt. Wir sollten das Flussbett verbreitern, um die Wehrhaftigkeit der Stadt zu verbessern. Und wir sollten noch mehr Wehre bauen, um größere Mühlen antreiben zu können.«

Schon jetzt erhoben sich Stimmen aus den Reihen der Deutschherren. Volmar Laemmlin musste immer lauter sprechen, um seine Rede zu Ende bringen zu können. Er hob einen Finger zum Himmel und sagte: »Gott selbst hat dem Wasser seinen Weg bereitet. Wer sind wir, dass wir uns seinem Willen widersetzten?«

Nach diesen Worten war es mit der Stille vorbei. Ludwig wurde Zeuge, wie ein Streit entfachte, mit dem er so nicht gerechnet hatte. Männer hoben die Fäuste, andere drohten mit erhobenen Zeigefingern, während sie lautstark ihren Standpunkt verteidigten. Nach einigen Augenblicken hob er die Hand und brachte die aufgeregte Menge zum Schweigen. »Wir wünschen zu hören, was der Orden dazu sagt.« Da er wusste, wer sprechen würde, blickte er sogleich zu Eberhard von Ebersberg, der offenbar nur mit Mühe an sich halten konnte.

»Mein Kaiser. Nach diesen nahezu gotteslästerlichen Worten fühle ich mich gezwungen, Euch von einer unschönen Wahrheit zu berichten.«

»Redet freiheraus, Komtur.«

»Das, was der Richter sagt, soll bloß ablenken von dem, was wirklich geschah. Die Schuld an all dem Unglück ist ausschließlich der Verderbtheit der Laemmlin-Töchter zuzuschreiben.« Der Komtur hatte jetzt seinen Finger ausgestreckt und wies damit auf Volmar Laemmlin. Sofort wurden zahlreiche Stimmen laut. Er musste fast schreien, um sie zu übertönen. »Sie haben Unheil über unsere Stadt gebracht. Die Zeichen wurden missachtet, bis Gott seinem Zorn Ausdruck verlieh und die Fluten schickte. Das ist die Wahrheit.«

Es kam zu einem Tumult. Ehe Ludwig sichs versah, gingen die Männer sich an. Da seine erhobene Hand allein nichts mehr zu bewirken schien, brüllte er schließlich: »Wachen! Wachen!« Seine Männer stürmten herbei und trennten die Streitenden, die sich teilweise schon am Kragen gepackt hatten.

Nachdem wieder etwas Ruhe eingekehrt war, forderte Ludwig Eberhard von Ebersberg auf: »Erzählt Uns sofort, was sich hier zugetragen hat. Und den Nächsten, der sich ungebührlich verhält, lassen Wir in den Runden Turm sperren.«

Der Komtur sammelte sich. »Es geschah beim Jahrmarkt, den Ihr uns in Eurer Güte dieses Jahr zum ersten Mal gewährt habt«, begann er. »Ein Bußprediger namens Alardus kam nach Heilbronn. Niemand kannte ihn, und doch hatte er eine Botschaft von Gott. Dreifach sollte das Unheil uns ereilen. Seine Worte waren deutlich, und sie führten zu den Laemmlin-Drillingen. Doch anstatt nach dieser Prophezeiung sogleich zu handeln, wurde gezögert. Ein frevelhafter Fehler. Gott schickte daraufhin das Wasser.«

Diese Nachricht kam so unerwartet, dass Ludwig zunächst nichts erwiderte. Er sah zu Volmar Laemmlin, dessen Kopf rot war vor Zorn. Dennoch hielt der Richter sich an die Weisung des Kaisers und schwieg. Ludwig stützte das Kinn auf seine Faust und richtete das Wort wieder an den Komtur. »Sagt Uns, wo ist dieser Bußprediger jetzt?«

»Verschwunden, mein Kaiser. Niemand hat ihn mehr gesehen.«

»Verschwunden?«, fragte er ungläubig. »Wie könnt Ihr dann so sicher sein, dass wirklich genau diese Schwestern gemeint waren?«

»Er sagte, dass Gott ihm einen Namen genannt habe. Und dass der Name *Laemmlin* laute.«

Der Kaiser blieb abermals eine Zeit lang ohne jede Regung. Er musste überlegen, was nun das Richtige war. Nach einer ganzen Weile richtete er das Wort wieder an Volmar Laemmlin. »Richter. Wo befinden sich Eure drei Töchter jetzt?«

»Zwei von ihnen sind ebenso verschwunden wie dieser Alardus, mein Kaiser. Im Tumult nach dem Neckarunglück.«

»Und wo ist die dritte?«

Den boshaften Blick auf die gegnerische Seite gerichtet, spie der Richter seine Worte verächtlich aus. »Sie ist schändlicherweise einem überstürzten Gottesurteil anheimgefallen.«

Ludwig richtete sich schlagartig auf. »Ein Gottesurteil, sagt Ihr? Wer hat das veranlasst?«

»Ich kann es Euch nicht beantworten. Als ich davon hörte …« Seine Stimme brach. »Es war schon zu spät.«

»Wer kann es dann sagen?«, fragte Kaiser Ludwig aufgebracht in den Saal hinein. »Ein Mann Gottes muss zugegen gewesen sein, um das Ordal ordnungsgemäß durchzuführen.«

Einer der Ratsherren trat vor. Es war Hartmud Rotgalle. »So war es auch. Mein Weib Lugart war dort am Neckarufer und sah den Prokurator der Franziskaner, Bruder Luppolt.«

An einen der Ratsboten gerichtet, verlangte der Kaiser: »Bringt sofort diesen Mann hierher.«

Als Christan die Stufen zum Rathaus erklomm, schnürte es ihm die Kehle zu. Was würde ihn gleich erwarten? Der Ratsbote hatte nur andeutungsweise verlauten lassen, dass es um das Gottesurteil ging.

Als dieser vor ihm die Tür zum Saal öffnete, schoss Christan das Blut in den Kopf. Der Kaiser befand sich nur wenige Mannslängen von ihm entfernt. Noch nie hatte er ihn gesehen. Seine gesamte Erscheinung – angefangen bei der Krone über den dichten Bart bis hin zum bestickten Saum seines weiten roten Umhangs – flößte ihm Ehrfurcht ein. Nur langsam wollten seine Beine ihm gehorchen. Voller Demut tat Christan Schritt nach Schritt, bis er vor dem Wittelsbacher stand. Seine Verbeugung war tief und dauerte so lange an, bis Ludwig IV. ihn davon befreite.

»Erhebt Euch wieder, Prokurator Luppolt.«

Christan gehorchte. »Wie kann ich Euch dienen, mein Kaiser?«

»Wir haben Fragen an Euch. Man sagt, Ihr wart dort, als es zum Gottesurteil an einem der Laemmlin-Mädchen kam?«

»Das ist richtig, Majestät.«

»Dann berichtet Uns. Wir verlangen alles über das Ereignis zu erfahren. Wie kam es dazu?«

Christan sah nach rechts, wo Volmar Laemmlin stand. Er wünschte, er müsste nicht in Gegenwart des Vaters über das schreckliche Schicksal Eilika Laemmlins sprechen. Doch es blieb ihm keine Wahl. Und so nutzte er diese vielleicht einzige Gelegenheit, der jungen Frau einen kleinen Dienst zu erweisen, indem er ihr Ansehen wiederherstellte. »Nach dem Unglück wollte ich helfen und eilte zum Neckarufer, wo die Fluten Tote und Überlebende angeschwemmt hatten. Die Heilbronner waren außer sich vor Kummer und Schmerz. Doch ganz plötzlich schlug die Stimmung um in Hass. Ich konnte es nicht verhindern. Die Menge erblickte Eilika Laemmlin. Ihr müsst wissen, dass kurze Zeit zuvor auf dem Jahrmarkt …«

»Davon haben Wir bereits Kenntnis. Redet weiter von den Ereignissen am Fluss. Wie kam es zum Gottesurteil?«

»Es war insbesondere eine Frau, die einen Beweis für Eilika Laemmlins Schuld forderte. Ihr Schmerz schien über die Maßen groß, und ebenso groß war offenbar ihr Hass. Sie wies mit dem Finger auf das Mädchen und erhob zunächst ihr Zetergeschrei.«

»Wie lautete ihre Klage?«, forderte der Wittelsbacher zu wissen.

»Mord an ihrem eigenen Bruder Götz Laemmlin durch ein Stück Holz, das sie noch in der Hand hielt. Dann ging alles ganz schnell. Rufe, die zudem einen Schadenzauber beklagten, wurden laut, und man verlangte, dass Gott an Ort und Stelle richten solle, durch die Wasserprobe. So wurde die Laemmlin-Tochter von den Heilbronnern ergriffen. Sie wollten sie sogleich in die Fluten werfen, doch als Mann Gottes konnte ich wenigstens dafür sorgen, dass das Ordal so ablief, wie es zu sein hat. Darum sprach ich das Gebet, bevor man sie warf.«

Kaiser Ludwig nickte. »Ihr sagt, eine Frau hätte sich hervorgetan. Wer war sie?«

Christan suchte nun mit dem Blick die Menge ab, bis er Eberhard von Ebersberg fand. Er wusste, was geschehen würde, sollte er die nächsten Worte laut aussprechen. Er hätte für alle Zeiten einen mächtigen Feind. Doch es blieb ihm keine Wahl. »Es war Katharina von Ebersberg, die Schwester des Komturs.«

Sofort sprang der Komtur einen Schritt vor. Sein Mund war schon geöffnet, da gebot der Kaiser ihm mit einer einzigen Handbewegung Einhalt. »Was geschah dann, Prokurator?«

»Das Laemmlin-Mädchen ging unter. Ich blieb noch eine ganze Weile. Sie tauchte nicht mehr auf.«

»Habt Ihr die anderen beiden Schwestern auch dem Wasser zugeführt?«

»Nein, mein Kaiser. Man ging los, um sie aus der Stadt zu holen, doch sie waren schon verschwunden.«

Wieder nickte Ludwig nur und ließ die Menge warten.

Christan nutzte diese Gelegenheit. »Mein Kaiser. Erlaubt Ihr, dass ich offen spreche?«

»Tut es.«

»Eilika Laemmlin ist nicht wieder aufgetaucht, und somit wurde durch die Wasserprobe ihre Unschuld bezüglich des Schadenzaubers bewiesen. Gott hat seine Antwort dazu gegeben. Ich glaube deshalb ebenso an die Unschuld der anderen beiden Schwestern – obwohl sie verschwunden sind.«

»Wir danken Euch, Bruder Luppolt.« Der Kaiser gab ihm ein Zeichen, auf dass Christan sich verbeugte und rückwärts schritt, um sich einen Platz in der Menge zu suchen. Von hier aus beobachtete er, wie Ludwig IV. sein Wort an Eberhard von Ebersberg richtete.

»Komtur, so wie es sich Uns darstellt, trägt Eure Schwester einen gehörigen Anteil daran, was hier geschehen ist. Wäre es bei ihrer Klage wegen einer handhaften Tat geblieben, hätte man Eilika Laemmlin vor ein ordentliches Gericht stellen können. Aber ein Gottesurteil …« Verächtlichen Tones ging das letzte Wort über seine Lippen.

Christan wusste auch, warum. Seit dem Disput mit dem Papst vor neun Jahren war allgemein bekannt, dass der Kaiser bemüht war, sich in Glaubensfragen fehlerlos zu verhalten. Sein Anliegen war die Aufhebung des Kirchenbanns.

»Diese Methode zur Wahrheitsfindung ist nicht nur veraltet, sie ist zudem der Sippe eines Ordensmannes unwürdig. Und wie der Prokurator schon sagte: Offenbar wurde hier eine Unschuldige dem Tode übergeben – von Eurer Schwester, deren Vormund Ihr nach Unserer Kenntnis seid. Ihr tragt demnach eine Mitschuld.«

Christan sah, wie Eberhard von Ebersberg blass wurde und sich in Volmar Laemmlins Gesicht Genugtuung abzeichnete. Doch der Kaiser war noch nicht fertig.

Ludwig IV. stand plötzlich auf. Vor ihm bildeten die Edlen der Stadt eine Gasse, sodass er ungehindert an eines der Fenster treten konnte. Hier verweilte er – augenscheinlich so lange, bis er seine Gedanken geordnet hatte.

Christan spürte, wie die Anspannung im Saal wuchs. Je länger das Schweigen des Kaisers andauerte, desto unangenehmer wurde es zu warten. Alle starrten wie gebannt auf die breiten Schultern des Herrschers des Reiches.

»Wir haben einen Entschluss gefasst.« Endlich drehte er sich wieder den Männern zu. Sein überlanger Umhang schwang mit seiner Bewegung und kam zu seinen Füßen zum Liegen. Salbungsvoll verkündete er: »Solange die übrigen beiden Schwestern nicht auftauchen, gilt ihre Unschuld durch das Ordal ihres Drillings als bewiesen. Der Name Laemmlin soll dadurch reingewaschen sein und Euch, Richter des Blutgerichts, kein Nachteil entstehen.« Jetzt sah er zum Komtur. »Da das, was der Bußprediger am Tage des Jahrmarktes über die Laemmlin-Drillinge verkündet hat, aber höchst bemerkenswert ist, entscheiden Wir zudem wie folgt: Sollten die Schwestern wieder in Erscheinung treten, so möge ein Gericht über ihre Schuld oder Unschuld bezüglich des Schadenzaubers entscheiden. So, wie es von Anfang an hätte sein sollen.« Sein Blick ruhte weiterhin auf Eberhard von Ebersberg. »Eurer Schwester Katharina allerdings würde ein wenig mehr Demut gut zu Gesichte stehen. Wir bestimmen deshalb, dass sie fortan im Hause Laemmlin Dienste tut und derweil täglich für das Wohlergehen der Schwestern betet.«

Eberhard von Ebersberg traute offenbar seinen Ohren nicht. »Aber mein Kaiser, sie gehört zum Stadtadel. Die gottgewollte Ordnung lässt nicht zu, dass …«

»Ist es nicht genau jene gottgewollte Ordnung, über die sie sich hinweggesetzt hat, als sie – ohne einen Geistlichen – eine Wasserprobe durchführen wollte?« Ludwig IV. sagte das mit einem Lächeln. Es war deutlich zu erkennen, dass er nicht vorhatte, den Komtur zu demütigen. Er versuchte bloß, Gerechtigkeit herzustellen.

Eberhard von Ebersbergs Tonfall war nun weniger nachdrücklich. »Was ist, wenn die Schwestern nicht auftauchen, weil der Neckar sie alle genommen hat?«

»Dann hätte Katharina von Ebersberg dreifach Unrecht

getan, und ein Leben in Buße wäre aus mehr als nur einem Grunde gerechtfertigt. Sie soll sich deshalb als Magd verdingen bis zum zweiten Jahrmarkt um Michaelis. Wenn Wir dann erneut nach Heilbronn kommen und es kein Zeichen von den Laemmlin-Mädchen gibt, geht Eure Schwester auf Lebzeit ins Klarakloster. Und in diesem Fall erwarten Wir, dass der Brautschatz für ihre Vermählung mit Jesus Christus beachtlich ausfällt.«

Eberhard sah aus, als hätte er seine Zunge verschluckt. Wie alle Anwesenden verstand auch Christan, dass die letzten Worte des Kaisers eine erhebliche Minderung der Besitztümer des Komturs bedeuteten. Christan hörte Eberhard von Ebersberg mehr murmeln denn reden.

»Wenn das Euer letztes Wort ist …«

»Es steht Euch selbstverständlich frei, den Fall vor Papst Johannes XXII. zu bringen.« Jetzt hob der Kaiser die Handflächen und sagte mit gespieltem Bedauern: »Wir selbst werden ihn nur schlecht dazu befragen können.«

Einige Männer begannen leise zu lachen, nachdem der Kaiser sein Zerwürfnis mit dem Papst angesprochen hatte. Nur Eberhard von Ebersberg war nicht zum Lachen zumute. Christan beobachtete, wie der Komtur sich mit gesenktem Haupt zurückzog. Dann aber sah er noch einmal auf – und zwar, um Christan feindselig anzublicken. Eine Gänsehaut machte sich auf seinem Körper breit. Es war unverkennbar: Alles Verstecken im Leprosorium und dem Barfüßerkloster hatte nichts genützt. Er war ungewollt in den Mittelpunkt gerückt. Christan wusste, er musste sich von diesem Moment an in Acht nehmen. Sein Geheimnis machte ihn verwundbar. Dennoch sah er seine Aufgabe klar vor sich: Der Ordensmann würde alles daransetzen, den Leumund seiner Schwester wiederherzustellen und so sein Vermögen zusammenzuhalten. Christan musste die beiden übrigen Drillinge finden, bevor Eberhard von Ebersberg es tat. Bedauerlicherweise hatte er für seine Suche nur einen einzigen möglichen Hinweis – das Stück Tuch mit den Blüten darauf, das er auf dem Marktplatz gefunden hatte.

»Prokurator«, sprach Ludwig IV. ihn mit einem Mal erneut an.

»Ja, mein Kaiser.« Christan trat vor.

»Wir haben noch eine letzte Frage an Euch. Kennt Ihr den Mann, den man Alardus nennt?«

Die Frage traf ihn wie ein Schlag. Er rang um Worte – unfähig zu entscheiden, was er sagen sollte. Die Wahrheit war unmöglich auszusprechen. Doch einen Kaiser zu belügen wagte er ebenso wenig. Es blieb ihm allerdings keine Wahl. »Er … er ist … mir gänzlich unbekannt, mein Herr und Kaiser.«

Christan spürte den Blick von Eberhard von Ebersberg auf sich. Wie glühende Schwertspitzen schienen seine stechenden Augen sich in ihn zu bohren.

Ludwig IV. schritt zurück zu seinem Armlehnstuhl und setzte sich. »Zu schade. Derzeit lässt sich also nur schwerlich nachweisen, ob der Mann ein Betrüger ist. Fraglich, ob er je noch mal auftaucht.«

Christans Atem ging flach. Der Kaiser schien seine Lüge nicht bemerkt zu haben. Schlagartig wurde ihm die Tragweite dessen, was er gerade getan hatte, klar. Nun durfte Alardus tatsächlich niemals wiederkehren. Ansonsten würde die Wahrheit ans Licht kommen, und er selbst wäre des Todes.

»Kommen wir jetzt wieder zu der Streitsache zwischen dem Rat und dem Orden. Wir wünschen, einen Blick auf das Weidach vom Brückentor aus zu werfen, um Uns umfassend ein Bild machen zu können. Unseren endgültigen Beschluss darüber werden Wir auf dem Hoftag in Esslingen verkünden. Die Anwesenheit der Vertreter des Ordens und des Rates ist dort erwünscht.« Mit diesen Worten erhob er sich und schritt Richtung Saaltür.

DRITTES KAPITEL

Imagina saß am Fußende eines leeren Krankenbettes, den noch immer schmerzenden Knöchel auf einen Berg Stoff gebettet. Hier, nah einem der offenen Fenster, hatte sie das beste Licht zum Nähen.

»Bitte«, sagte Barbara und reichte Imagina ein weiteres Kleidungsstück, das sechste an diesem Morgen.

»Wo kommt das denn schon wieder her?«

Barbara lachte. »Nun, Verletzte haben dort, wo sie verwundet sind, in der Regel zerrissene Kleider.«

Imagina nahm das Knäuel schmunzelnd entgegen.

»Unsere Kranken können sich glücklich schätzen, dass wir nun eine Näherin im Hause haben. Das sagt auch die Frau des Spitalmeisters. Sie meinte eben, dass du vorerst bleiben darfst.«

»Das sind gute Nachrichten. Hab Dank, Barbara.« Imagina fiel ein Stein vom Herzen. Dennoch war das Spital kein Ort für alle Zeit. Hier in Heilbronn, wo man sie und ihre Schwestern geschmäht hatte, lief sie ständig Gefahr, entdeckt zu werden. Früher oder später würde sie die Stadt verlassen müssen. Imagina hatte jedoch keine Ahnung, wie sie den Mut dazu aufbringen sollte.

»Ich habe allerdings auch noch eine schlechte Nachricht.«

»So? Welche denn?«

»Das Bett, auf dem du sitzt, wird gleich belegt. Ein Reisender, der es leider dringender braucht.«

»Natürlich. Was ist ihm geschehen?«

»Der Mann hat eine Kopfwunde und ein verletztes Bein. Noch ist er ohnmächtig. Es ist ungewiss, wann er zu sich kommt. Ich werde dir einen Schemel bringen, dann kannst du ihn beim Nähen etwas im Auge behalten.«

»Das mache ich«, versicherte Imagina.

Nur wenig später brachte man den Verletzten. Imagina schenkte ihm zunächst nicht viel Beachtung und widmete sich ihren Näharbeiten, solange sie Tageslicht zur Verfügung hatte. Erst als es dämmerte, die Finger schon schmerzten und ihre Augen müde waren, richtete sie sich auf, um sich zu strecken.

Es ging nun gemächlicher zu im Spital. Die Frauen, die die Kranken versorgten, mussten nicht mehr so hetzen. Die Nachtruhe stand kurz bevor.

Imaginas Blick fiel auf den Mann. Noch immer hatte er die Augen geschlossen. Es war ihr nicht möglich zu unterscheiden, ob er schlief oder ohne Besinnung war. Sie trat dichter an ihn heran und besah sein Gesicht. Es war ebenmäßig mit dichten Brauen und Wimpern. Dunkle Haare lugten hinter dem Kopfverband hervor. Sie schätzte, dass er ungefähr zehn Lenze älter war als sie.

»Er sieht gut aus, nicht wahr?« Barbara war unbemerkt hinter Imagina getreten.

»Findest du? Ich weiß nicht …«, stammelte Imagina, der die Frage unangenehm war. Um abzulenken, fragte sie: »Wie geht es seinem Bein?«

»Danach wollte ich gerade sehen.« Barbara schlug die Decke zurück und legte den nackten Oberschenkel frei, was Imagina abermals beschämte. Dennoch musste sie hinsehen. Das Bein war geschwollen und dunkel verfärbt. In der Mitte prangte deutlich der Abdruck eines Pferdehufs.

Imagina verzog das Gesicht.

Barbara jedoch war merklich schlimmere Verletzungen gewohnt. »Ich denke, er hat Glück gehabt. Das Bein scheint nicht gebrochen zu sein. Aber er wird dennoch eine Weile schlecht laufen können.« Sie schlug die Decke zurück. »Es ist schon spät. Ich gehe jetzt schlafen. Du solltest dich auch ausruhen, Beke. Gute Nacht.«

»Gute Nacht.«

Gleich beim ersten Tageslicht setzte sich Imagina wieder auf ihren Schemel und nahm die zerrissenen Stoffe zur Hand. Sie hatte sich zum Ziel gesetzt, heute alle Kleidungsstücke, die zu ihren Füßen lagen, auszubessern. Ein ehrgeiziges Unterfangen, denn ständig kamen neue Teile hinzu. Trotzdem wollte sie es schaffen, um sich hinterher einer Sache widmen zu können, die ihr besonders am Herzen lag.

Sie war gerade ganz vertieft in ihre Arbeit, als sie plötzlich ein Stöhnen vernahm. Erschrocken blickte Imagina zu dem Verletzten. Er bewegte den Kopf, hielt die Augen aber noch geschlossen. Da Barbara nirgends zu sehen war, stand sie auf und trat zu ihm. Imagina wollte ihn beruhigen, doch sie wagte nicht, ihn anzufassen. Als er zu blinzeln begann, sprach sie ihn an.

»Öffnet die Augen. Ihr seid in Sicherheit.« Der Mann bewegte die Lider, und zum Vorschein kamen zwei braune Augen, deren Wärme Imagina sofort gefiel.

»Wo bin ich?«, fragte der Verletzte mit rauer Stimme.

»Ihr seid im Katharinenspital, in Heilbronn.«

»Was ist geschehen?«

»Nun, genau kann ich es nicht sagen. Aber auf Eurem Bein ist ein Hufabdruck zu sehen. Könnt Ihr Euch nicht erinnern?«

Der Mann kniff die Augen zusammen. »Doch. Ich war auf dem Weg in die Stadt. Dann war da dieses Pferd vor mir. Es schlug aus.« Jetzt hob er die Hand und hielt sich die Schläfe. »Ich muss mit dem Kopf aufgeschlagen sein …«

»Zum Glück haben die Hufe Euren Kopf offenbar verfehlt. Es hätte schlimmer ausgehen können.«

»Ja, das stimmt.« Plötzlich schien dem Mann etwas in den

Sinn zu kommen. Er richtete sich ein Stück weit auf, hatte jedoch nicht genug Kraft, um sich zu halten. »Meine Waren. Wo sind sie? Hat man sie mit mir hergebracht?«

Imagina erkannte seine Absicht, die Bettstatt zu verlassen. Beunruhigt guckte sie zu, wie er im Begriff war, das Laken zurückzuschlagen. Im letzten Moment überwand sie ihre Scheu, ihn anzufassen, und hielt ihn auf. An den Schultern drückte sie ihn sanft zurück. »Ich weiß nichts von Euren Waren. Aber ich kann danach fragen. Ihr allerdings müsst mir versprechen, dass Ihr liegen bleibt. Ansonsten …« Imagina beendete ihren Satz nicht, denn im Saal kam Unruhe auf. Sie blickte zum Eingang, wo drei Verletzte mit blutenden Wunden hereingetragen wurden, die vor Schmerzen stöhnten.

Barbara lief schnellen Schrittes vorbei. Bei einem flüchtigen Blick zur Seite bemerkte sie, dass der Reisende aufgewacht war.

»Beke«, wandte sie sich an Imagina. »Kümmerst du dich bitte um ihn? Ich habe mit den Neuankömmlingen zu tun. Es ist wohl zu einer Schlägerei mit ein paar Halbstarken und den Männern des Kaisers gekommen.« Schon war sie weitergelaufen.

Imagina wandte sich wieder dem Reisenden zu. Sie wusste nicht, wie man Wunden versorgte, darum zuckte sie mit den Schultern und sagte: »Das mit Euren Waren müssen wir offenbar später klären. Ich hole Euch erst einmal etwas Wasser.«

»Wartet bitte«, hielt er sie auf. »Hättet Ihr vielleicht auch etwas zu essen?«

»Ich werde nachsehen.« Dann wiederholte sie: »Wenn Ihr versprecht, hier liegen zu bleiben.«

»Ich verspreche es«, gab er zurück und legte dabei die Hand auf sein Herz.

Imagina musste schmunzeln. Sie war es nicht gewohnt, dass jemand ihr gehorchte – schon gar kein Mann! Als sie zurückkam, sah sie, wie der Fremde eines der von ihr geflickten Kleidungsstücke in der Hand hielt. »Ich habe bloß einen Apfel auftreiben können. Die Spitalsfrauen bereiten gerade das Mittagsmahl zu und haben mich aus der Küche verscheucht.«

Er schenkte Imagina ein dankbares Lächeln und biss in die Frucht. Dann hielt er das Kleidungsstück hoch und fragte: »Offensichtlich seid Ihr keine der Spitalsfrauen, oder?«

Imagina erschrak. Hörte sie Misstrauen in seiner Stimme? Die Angst, dass er hinter ihr Geheimnis kam, übermannte sie. Mit einem Ruck riss sie ihm den Stoff aus den Händen. »Gebt das wieder her.«

»Verzeiht, ich wollte nur anmerken, dass …«

»Ihr hattet kein Recht, das an Euch zu nehmen«, unterbrach sie ihn barsch.

Der Mann sah sie erstaunt an. Er war augenscheinlich nicht sicher, was er darauf sagen sollte.

Imagina ließ ihm auch keine Gelegenheit mehr. Sie hörte selbst, wie abweisend ihre Stimme nun klang. »Ihr solltet Euch jetzt ausruhen. Und ich habe zu tun.« Danach rückte sie ihren Schemel etwas weiter von ihm weg, griff nach einem Hemd und nahm sich vor, erst wieder aufzublicken, wenn alle Risse von heute geflickt waren.

Luitgardis saß am Tisch in der Wohnstube. Es brannte kein Feuer. Die Kräuter, die sie immer so geliebt hatte, waren längst verdorrt und hingen traurig über dem Rand des staubigen Kruges. Der Tag schien sich dem Ende zuzuneigen – jedenfalls verriet dies das schwindende Licht. Wie lange sie schon regungslos hier saß, konnte sie nicht sagen. Ihre Gedanken waren so düster wie ihre Kleidung seit dem Tage der Neckarflut.

Erst die Geräusche der aus der Stadt abziehenden Gefolgschaft des Kaisers ließen sie sich erheben, zum Fenster gehen und die Läden öffnen. Begleitet von zig Schalmeien und Bombarden, dazu Trommeln und Schellen ritt Ludwig IV. auf seinem Schimmel die Kirchbrunnenstraße hinab, um vor dem

Laemmlin-Haus in die Sülmer Straße Richtung Tor abzubiegen. Luitgardis blieb am Fenster stehen, bis der letzte Mann vorbeigezogen war. Jetzt konnte es nicht mehr lange dauern, bis Volmar kam.

Seit Tagen hatten sie sich kaum gesehen, und wenn, dann hatten sie nicht miteinander gesprochen. Zunächst hatte der Rat die Gedanken ihres Gemahls eingenommen. Dann der Kaiser. Und Luitgardis waren alle Worte leer und sinnlos vorgekommen, seit ihr Sohn und die Drillinge fort waren. Nicht einmal Irma war ihr geblieben. Wahrscheinlich war auch sie dem Neckar zum Opfer gefallen. Luitgardis fühlte sich so allein wie noch nie in ihrem Leben.

Irgendwann später öffnete sich die Tür der Wohnstube. Volmar sah ihr ins Gesicht. Sein Blick fuhr zur kalten Feuerstelle. Für gewöhnlich hätte er dieses Fehlverhalten nicht geduldet, doch zu Luitgardis' Erstaunen ging er selbst zum Kamin und entzündete ein Feuer. Danach füllte er zwei Becher mit Wein, schob einen vor sie und setzte sich ihr gegenüber.

»Ist Irma noch immer nicht zurück?«

»Nein, sie ist verschwunden«, sagte sie mit tonloser Stimme. »Ich werde mich darum kümmern, dass eine neue Magd ins Haus kommt.«

Volmar trank erst seinen halben Becher leer, bevor er weitersprach. »Das wird nicht nötig sein.«

»Warum nicht?«

»Noch heute wird jemand kommen.«

Sie konnte mit seinen Andeutungen nichts anfangen. Doch ihr fehlte die Lust, weiter nachzufragen. Umso besser, wenn sie sich nicht um eine neue Magd scheren musste. Alles, was sie derzeit kümmerte, waren ihre Kinder. »Ist das Unrecht, das uns widerfahren ist, vor den Kaiser gebracht worden?«

Volmar schien zu zögern.

»Ich habe ein Recht darauf, es zu erfahren, Volmar. Sag es mir.«

»Ja. Dem Kaiser wurde berichtet, was sich hier zugetragen hat.«

»Alles? Von der Bußpredigt dieses Alardus bis … bis zu Eilikas …« Luitgardis konnte es nicht aussprechen. Doch ihr Gemahl verstand auch so.

»Alles. Und ich kann dir versichern, er hat sich der Sache mit ganzer Kraft angenommen.«

Luitgardis konnte die Tränen nur noch mit Mühe zurückhalten. »Was ist dabei herausgekommen? Weiß man nun, was mit Clementia und Imagina geschehen ist? Haben sie dasselbe Schicksal wie Eilika erleiden müssen?«

Der Richter schüttelte den Kopf. »Wie es scheint, nicht. Man wollte sie holen, doch sie waren offenbar nirgends zu finden«, antwortete er. »Der Prokurator der Franziskaner erzählte das. Er war es auch, der das Ordal durchgeführt hat.«

»Was? Bruder Luppolt?«, fragte Luitgardis entsetzt, die bislang ausschließlich gehört hatte, wie gütig und mildtätig der Prokurator sei.

»Ja. Er beschuldigte außerdem die Schwester von Eberhard von Ebersberg, das Gottesurteil gefordert zu haben.«

Jetzt war es um Luitgardis' Beherrschung geschehen. Sie schlug die Hand vor den Mund und schluchzte los. Das, was Volmar ihr erzählte, war für sie kaum zu begreifen. »Nicht Katharina. Das kann einfach nicht sein. Ich kenne sie, seit sie ein Kind ist. Warum sollte sie so etwas tun?«

Volmar Laemmlin schüttelte den Kopf. »Das weiß nur Gott allein. Und es ist auch nicht weiter von Belang.«

Luitgardis brauchte lange, um auf seine letzten Worte einzugehen. »Was meinst du damit?«

Er richtete seinen Oberkörper jetzt gerade auf. Seine Stimme klang plötzlich hart. »Der Kaiser hat einen weisen Entschluss gefasst. Der Name Laemmlin ist wieder reingewaschen. Alle Schmach, die über uns gekommen war, ist ausgemerzt.«

»Ich verstehe nicht«, gab Luitgardis verwirrt zurück.

»Es ist vorbei. Unser Ansehen ist wiederhergestellt.«

»Aber was ist mit Imagina und Clementia?«, fragte sie aufbegehrend. »So, wie es sich mir darstellt, könnten sie noch am Leben sein. Wir müssen sie suchen und …«

»Nein, Luitgardis.« Volmar schoss geradezu von seinem Lehnstuhl hoch. »Wir werden sie nicht suchen. Sie sind gewiss nicht mehr am Leben – ebenso wenig wie Götz und Eilika. Finde dich damit ab, dass wir unsere vier Kinder für immer verloren haben.«

Luitgardis sog bei seinen letzten Worten mehrmals Luft ein, bevor sie in der Lage war zu entgegnen: »Das … das werde ich sicher nicht. Wie kannst du so reden? Es geht um dein eigen Fleisch und Blut.«

»Auch ich wünschte, es wäre alles anders gekommen. Aber sie sind nun mal fort. Die Wahrscheinlichkeit, dass sie noch leben, ist mehr als gering.« Er begann langsam den Tisch zu umrunden – die Augen fortwährend auf seine Gemahlin gerichtet. »Und selbst wenn, Luitgardis …«

Die Gänsehaut überkam sie zusammen mit der Vermutung, was Volmar ihr zu sagen versuchte. »Nein, nein. Sprich nicht weiter!« Sie presste sich die Hände auf die Ohren.

Volmar Laemmlin riss mit einem Ruck den Armlehnstuhl von Luitgardis herum und zerrte ihr die Hände von den Ohren. Dann begann er seinen Satz erneut. »Selbst wenn sie noch leben, wäre es für alle besser, sie blieben dort, wo sie jetzt sind.«

»Schweig gefälligst!«, schrie Luitgardis ihn an.

»Hör mir zu, Weib. Der Kaiser hat bestimmt, dass Imagina und Clementia durch Eilikas Tod als unschuldig gelten. Jedoch nur, solange sie fort sind. Sollten sie auftauchen, wird ein Gericht über sie entscheiden. Und dann sind sie dem Tode geweiht. Verstehst du nicht?«

Luitgardis schwieg. Sie sah ihrem Gemahl tief in die Augen. Ohne dass sie es gewollt hatte, war in ihrer Stimme alle Verachtung zu hören, die sie in diesem Augenblick für Volmar empfand. »Du hast also gar nicht vor, nach ihnen zu suchen, weil der Name Laemmlin durch ihr mögliches Überleben wieder befleckt würde? So sehr liebst du dich also selbst, dass du deine eigenen Kinder verleugnen würdest?«

Volmar starrte ihr wortlos ins Gesicht.

Alles an ihm bedeutete Luitgardis, dass er kurz davorstand, ihr eine mächtige Ohrfeige zu verpassen. Dennoch setzte sie nach. »Das ist Hochmut. Gott wird dich strafen für deine Eitelkeit.«

Volmar ließ die Arme seiner Frau los. Er richtete sich wieder auf und ging einen Schritt zurück – beinahe so, als wolle er sichergehen, dass er sie nicht schlug. »Es ist besser so. Für alle. Eines Tages wirst auch du das verstehen.« Er war schon fast durch die Tür getreten, da sagte er: »Bis du wieder bei klarem Verstand bist, wirst du das Haus nur zum Kirchgang verlassen.«

Luitgardis blieb fassungslos zurück. Sie zitterte. Doch vermochte sie nicht zu sagen, ob es aus Zorn auf Volmar oder wegen der Ungerechtigkeit war, die sie erleiden musste. Wie sollte sie denn nun nach Clementia und Imagina suchen?

Volmar war schon eine Weile fort, da vernahm Luitgardis plötzlich ein Weinen. Es kam von unten. Die bloße Vermutung, es könne sich um eine ihrer heimgekehrten Töchter handeln, ließ sie aufschnellen und eilig die Stiegen hinablaufen. Doch sie sah weder Clementia noch Imagina, sondern Katharina von Ebersberg. Die Augen rot und das Gesicht verquollen, stand sie da.

»Wie ich sagte«, erklärte Volmar, während er an Luitgardis vorbeiging. »Die neue Magd kommt noch heute.«

»Du kannst nichts falsch machen, Beke. Löse vorsichtig den Verband, reinige die Kopfwunde und lege einen neuen Verband um. So, wie ich es dir gestern gezeigt habe. Ich würde es ja selbst machen, doch hier ist so viel zu tun.«

»Schon gut, Barbara. Ich bekomme das hin.« Imagina griff nach Wassereimer und Leinenstreifen. Sie sah zu dem Mann, mit dem sie seit gestern kein Wort mehr gewechselt hatte. Jetzt würde sich das kaum vermeiden lassen. Langsam ging sie hinüber zu ihm. Dabei bemerkte sie, dass sie gar nicht mehr humpelte.

»Guten Morgen.«

Imagina nickte nur.

»Was habt Ihr mit dem Eimer vor?«, fragte er und machte eine Geste in Richtung des Behälters.

»Ich werde Eure Wunde versorgen. Bitte setzt Euch auf.«

Er tat, was sie sagte.

Imagina versuchte sich nicht anmerken zu lassen, wie unruhig sie war. Noch nie hatte sie eine Wunde selbst gereinigt, bloß ein einziges Mal zugeschaut. Beim Anblick des Blutes war ihr flau im Magen geworden. Jetzt, ganz auf sich gestellt, würde sie sich zusammenreißen müssen. Vorsichtig löste sie das eine Ende des Verbandes, als der Mann sich ihr plötzlich zuwandte. Unerwartet packte er ihre zitternde Hand. Imagina erschrak, doch sein Blick hatte nichts Böses an sich.

»Fürchtet Euch nicht. Ihr werdet mir schon nicht wehtun.« Daraufhin ließ er ihre Hand wieder los und drehte sein Gesicht weg.

Imagina begann erneut. Nie hätte sie es zugegeben, doch seine Worte hatten ihr tatsächlich Mut gemacht. Als der Verband gänzlich gelöst war und sie das feuchte Leinen auf die Wundränder drückte, stellte er ihr plötzlich Fragen.

»Wie heißt Ihr?«

»Beke.«

»Wollt Ihr meinen Namen wissen?«

Sie war nicht sicher, was sie sagen sollte. Zum Glück nahm er ihr die Entscheidung ab.

»Ich heiße Ebo. Kommt Ihr aus Heilbronn?«

»Nein, aus Sontheim. Nicht weit von hier.«

»Ich bin aus Nürnberg.«

»Das kenne ich nur aus Erzählungen.«

»Zu schade. Würdet Ihr es einmal aus der Nähe sehen, würdet Ihr es lieben.«

»Warum das?«

Das Gesicht des Reisenden sah mit einem Mal verändert aus, so als dächte er an eine schöne Frau. »Vor nicht allzu langer Zeit sind beide Teile der Stadt zu einem geworden. Jetzt fließt ein Fluss mitten hindurch. Eine Seite Nürnbergs schmiegt sich an einen Berg wie ein Kind an Mutters Brust. Obenauf steht die Grafenburg, die der Kaiser oft bewohnt. Und die Straßen mit ihren mächtigen Geschlechtertürmen sind voller Leben und Musik. Es gibt Märkte, und überall wird gebaut. Die Sebalduskirche bekommt gerade große Fenster, und die Häuser werden aus Stein errichtet. Das Spitalsgebäude schwebt sogar über dem Fluss – nur gehalten von zwei Steinbögen.« Er schüttelte voller Bewunderung den Kopf. »Es ist wahrlich kein Wunder, dass der Kaiser Nürnberg liebt.«

Imagina war einen Moment lang tief beeindruckt. Die Zuneigung, die dieser Mann für seine Heimat empfand, riss sie mit. Durch diese Gefühle kurz abgelenkt, ging ihre Hand wohl doch etwas zu grob vor.

Ebo ließ ein Brummen verlauten und kniff die Augenbrauen zusammen.

»Oh nein, jetzt habe ich Euch doch wehgetan«, klagte Imagina und hob die Hände an. »Bitte verzeiht mir.«

»Es war nicht so schlimm.«

»Vielleicht hole ich doch besser Barbara.« Sie war schon im Begriff zu gehen, da rief er sie zurück.

»Beke.«

»Ja?«

»Bitte bleibt.«

»Aber …«

»Ich schätze Eure Gesellschaft.«

Imagina hielt inne. Dabei sah sie ihm in die braunen Augen. Als sie spürte, wie sie rot wurde, senkte sie den Blick. Schweigend wich sie zurück auf den Platz neben ihm und entzog sich so seiner Beobachtung. Bald schon war sein Kopf neu verbunden.

»Ich danke Euch.«

»Gern geschehen. Ihr wart sehr geduldig mit mir.«

»Und Ihr übertreibt.« Er lächelte, während er das sagte.

»Wie geht es Eurem Bein heute?«

»Nun, es schmerzt noch immer sehr, auch wenn es nicht gebrochen ist. Und so langsam bekommt es die Farbe bunter Frühlingsblumen.«

Imagina musste lachen, und auch er schenkte ihr ein Grinsen.

Das erste Mal hatte sie das Gefühl, dass sie sich dazu zwingen musste, seinem Bett den Rücken zu kehren. Dennoch wies sie auf den Berg von Kleidung, die unweit vom Fenster lag. »Ich habe noch zu tun.«

Ebo nickte. »Natürlich. Geht ruhig.«

»Ich werde das nicht tun.« Katharina verschränkte die Arme vor der Brust.

»Du wirst.«

»Niemals!« Zwischen ihr und Luitgardis lag ein Berg von Kleidern und Laken, die so vor Schmutz starrten, dass es außer Frage stand, was wirklich damit geschehen war. Luitgardis Laemmlin musste alles hineingeschmiert haben, was ihr in die Finger gekommen war. Sie wollte sie demütigen.

»Mit jedem Tag, den du dich weiter weigerst, werden die Aufgaben, die ich dir zuteile, unangenehmer werden. Das verspreche ich dir.«

»Und ich verspreche Euch, dass es nicht lange dauern wird, bis ich dieses Haus wieder verlasse. Dann werdet Ihr Euch wünschen, Ihr hättet mich nicht so gequält.«

»Das glaube ich kaum.« Luitgardis hob ein Wams auf, an

dem noch die Reste des gestrigen Mahls klebten. Mit einer schnellen Bewegung warf sie es Katharina entgegen. Die bekam das Kleidungsstück mitten ins Gesicht. Sie spürte eine klebrige Masse an Wange und Stirn.

»Wie könnt Ihr es wagen ...«, schimpfte sie und riss sich den Stoff angeekelt vom Kopf.

Luitgardis lächelte boshaft und zeigte auf den Kessel neben sich, in dem sich bereits die Aschelauge befand. »An die Arbeit. Sofort.«

»Und Ihr wollt eine Frau von Stand sein?«, schleuderte Katharina ihr erbost entgegen. Doch die Richtersfrau war schon im Begriff, die Küche zu verlassen. »Ich werde mich bei meinem Bruder über Euch beschweren. Und der wird es dem Kaiser vortragen. Und dann ...«

»Spar dir deinen Atem. Du wirst ihn brauchen für all die Aufgaben, die heute noch auf dich warten.«

»Pah!« Katharina schnaubte vor Wut über ihre Behandlung. »Eilika, Clementia und Imagina sind sicher froh, diesem Haus entkommen zu sein.«

Luitgardis blieb ruckartig stehen.

In diesem Augenblick wusste Katharina, sie hatte einen Fehler gemacht.

»Was hast du gesagt?«

Auf diese Frage gab es keine richtige Antwort. Darum schwieg sie besser. Die Frau des Richters kam blitzschnell auf sie zu. Ihr Gesicht war voller Hass. Ohne Vorwarnung verpasste sie ihr eine schallende Ohrfeige.

Gerade hatte Katharina sich wieder aufgerichtet, da empfing sie die nächste. Diesmal war der Schlag noch schmerzhafter. »Hört auf«, wimmerte sie und schirmte ihr Gesicht mit den Händen ab.

Luitgardis hatte sie tatsächlich noch einmal schlagen wollen, doch sie hielt inne. Stattdessen sagte sie: »Wage es ja nicht noch einmal, die Namen der Drillinge auszusprechen.«

Katharina behielt ihre Schutzhaltung noch immer bei.

»Und jetzt koche endlich die Wäsche, du missratenes Weibsbild. Zur Strafe für dein Verhalten versage ich dir an diesem Tag jede Mahlzeit. Ob du morgen etwas essen wirst, liegt an dir. Überlege dir gut, wie du den Tag beginnen wirst.«

Imagina saß schon eine ganze Weile an einem Hemd, das so stark zerrissen war, dass sie sich fragte, ob man es überhaupt in Ordnung bringen sollte. Der Tag zog sich bis zu seiner Mitte, als sie es endlich geschafft hatte. Nun gönnte sie sich eine kurze Pause. Steif von der gebückten Haltung, reckte sie die Arme in die Höhe und entschied, sich ein wenig die Beine zu vertreten.

Gemächlich streifte sie an den Betten vorbei, die mittlerweile alle belegt waren. Ihre Angst, von jemandem entdeckt zu werden, hatte sich etwas gelegt. Es waren nämlich ausschließlich Fremde, die hier Aufnahme fanden, Händler, Pilger, Bettler und Alte. Auch die Lage des Spitals begründete sich dadurch. Wie in den meisten Städten lag es direkt an einem Tor, damit die Kranken sich gar nicht erst unter die Bewohner mischten. Sie hatte das Ende der ersten Bettenreihe beinahe erreicht, da vernahm sie ein starkes Husten. Auf der Suche nach dem Ursprung des Geräusches drehte sie sich um. Nahe dem Eingang des Saals fand sie den Mann, der mit dem Husten kämpfte. Sie hielt bereits auf ihn zu, als sie erkannte, wer es war: Dietrich, der Schneider! Schon einige Male hatte er ihr Elternhaus aufgesucht – zuletzt für jene Kleider, die Imagina und ihre Schwestern bei ihren Verlobungen hatten tragen wollen.

Der Schreck fuhr ihr durch die Glieder. Geschwind wandte sie ihr Gesicht ab und eilte wieder zu ihrem Platz in der Ecke des Saals an der Fensteröffnung. Ihr Herz schlug so schnell, dass sie meinte, ihre Hand darauf pressen zu müssen, bevor es ihr noch aus der Brust sprang.

Imagina schalt sich eine dumme Närrin. Wie hatte sie sich hier nur so sicher fühlen und so arglos umherlaufen können?

Die Angst davor, erkannt zu werden und ausgeliefert zu sein, war plötzlich wieder gegenwärtig und schnürte ihr den Hals zu.

»Ist Euch nicht wohl?«

Imagina schloss kurz die Augen. Das hatte ihr gerade noch gefehlt. Ebo sollte nicht bemerken, was in ihr vorging. Deshalb drehte sie sich auch nicht um. »Es ist alles in Ordnung. Mir war bloß plötzlich etwas schwindelig.«

Unvermittelt stand er neben ihr. Ohne zu fragen, berührte er sie vertraulich am Oberarm.

Imagina sah auf seine Hand, wehrte sich aber nicht dagegen. Sie sah, wie er ihr einen hölzernen Becher reichte. Es war jener, den sie ihm selbst stets mit Wasser gefüllt hatte.

»Trinkt etwas.«

Imagina kam seiner Weisung dankbar nach. »Es geht mir sicher gleich besser.«

»Jetzt seid Ihr mir doch tatsächlich vorweggekommen«, sagte Barbara und wischte sich gerade die Hände an ihrer Schürze ab.

Imagina und Ebo drehten sich beide um.

»Womit?«, fragte er.

»Ich wollte Euch gerade zum Aufstehen auffordern. Aber wie ich sehe, braucht Ihr mich dazu gar nicht.«

»Es geht tatsächlich schon recht gut«, antwortete Ebo und strich sich über den Oberschenkel.

»Kommt, setzt Euch noch einmal. Ich will mir das Bein und Eure Kopfwunde ansehen.«

Nachdem Barbara alles begutachtet hatte, sagte sie: »Beide Verletzungen sehen viel besser aus, als ich es angenommen habe. Und auch im Gesicht habt Ihr wieder eine rosige Farbe. Ich denke, morgen könnt Ihr uns wieder verlassen.«

»Morgen schon«, wiederholte Imagina so leise, dass es niemand hörte. Es war seltsam. Sie kannte diesen Mann kaum, und doch versetzte der Gedanke, dass er ging, ihr einen Stich.

»Das sind gute Nachrichten.« Ebo war sichtlich zufrieden.

»Und ich habe sogar noch mehr erfreuliche Kunde für Euch«, ließ Barbara verlauten und grinste geheimnisvoll. »Man hat Eure Waren gefunden – samt Wagen und Pferd. Ein ehrlicher Christ hat alles an sich genommen, als Ihr das Bewusstsein verloren hattet. Er kam soeben ins Spital und erkundigte sich nach einem Händler aus Nürnberg. Damit seid Ihr wohl gemeint.«

Ebo war die Erleichterung deutlich anzusehen. Es wirkte, als müsse er sich kurz sammeln, bevor er antwortete: »Wie heißt der Mann, und wo ist er? Ich will ihm meinen tiefsten Dank aussprechen.«

Barbara drehte sich um. »Er steht dort drüben am Eingang.«

»Entschuldigt mich …«, sagte Ebo zu den Frauen und machte sich auf zu dem gutherzigen Fremden.

Imagina sah Ebo hinterher, wie er humpelnd auf den Mann zuhielt.

»Beke«, sprach Barbara sie nun an.

»Ja?«

»Wenn der Händler uns morgen verlässt, würde ich dich bitten, ein wenig bei den anderen Kranken zu helfen. Wir haben einige, deren Fieber wir mit Wadenwickeln behandeln müssen.«

»Natürlich helfe ich«, sagte Imagina. Doch insgeheim sorgte sie sich zutiefst. Was sollte sie tun, wenn Barbara ihr den Schneider Dietrich zuwies? Während das Blut in ihrem Kopf dumpf gegen ihre Schläfen pochte, machte sie sich wieder an ihre Näharbeiten.

Imagina hatte die vergangene Nacht kaum geschlafen. Immer wieder war sie von wirren Träumen geweckt worden. Sie war ihrer geliebten Mutter begegnet und auch Eilika und Clementia. Die Gewissheit, dass sie alle drei nie wiedersehen würde, hatte sie ebenso übermannt wie die Erkenntnis, dass sie hier nicht mehr sicher war.

Als endlich das erste Tageslicht durch die Fensteröffnungen schien, richtete sie sich von ihrem Strohlager auf. Es war nicht nötig, in die Schale mit Wasser zu gucken, um zu wissen, wie verquollen sie aussah. Sie fühlte es. Imagina wischte sich die letzten Tränen fort und ermahnte sich selbst: Sei stark! Ansonsten kannst du dich auch gleich in den Neckar stürzen. Wie von selbst ging ihr Blick hinaus zum Fluss, der unter ihr dahinströmte. Die Mauer des Spitals schloss direkt mit der Stadtmauer ab, zu deren Füßen sich das Wasser befand. Der Beschluss, das Spital zu verlassen, war unabwendbar. Imagina musste bloß den Mut dazu aufbringen – am besten heute noch!

Langsam ging sie zu ihrem Schemel. Den Berg zerrissener Kleidung, der über Nacht schon wieder gewachsen zu sein schien, ließ sie zunächst unberührt liegen. Stattdessen widmete sie sich der Haube für Barbara. Wann immer in den letzten Tagen Zeit dazu gewesen war, hatte sie daran gearbeitet. Die Blüten am Rand waren beinahe fertig.

Als sie das letzte Blatt gestickt hatte, trennte sie den Faden ab und begutachtete ihr Werk. Sie war zufrieden. Sicher würde Barbara sich über ihr Geschenk freuen.

»Habt Ihr das gemacht?«, fragte Ebo erstaunt. Mal wieder hatte er sich unbemerkt angeschlichen.

»Ja. Gefällt es Euch?«

»Es ist außergewöhnlich. Und wunderschön.«

Imagina schenkte ihm ein Lächeln. »Danke.«

»Ich habe Euer Können schon bemerkt, als ich die perfekte Naht eines der von Euch ausgebesserten Kleidungsstücke gesehen habe. Nur leider habt Ihr mir damals nicht mehr die Möglichkeit gegeben, meine Bewunderung zum Ausdruck zu bringen.«

Jetzt presste Imagina schuldbewusst die Lippen zusammen. Sie erinnerte sich daran, wie barsch sie ihn angefahren hatte. Nun, da sie wusste, welche Absichten er gehabt hatte, tat es ihr leid. »Verzeiht mir meine Worte an jenem Tag.«

»Wo habt Ihr gelernt, so mit Nadel und Faden umzugehen?«

Imagina konnte ihm keine Antwort darauf geben. Er hielt sie schließlich für ein einfaches Mädchen vom Dorf. In ihrer Not wagte sie eine Gegenfrage: »Sagt Ihr mir lieber, warum ein Mann sich so sehr für Stickereien interessiert.«

Ebo guckte erstaunt, dann begann er zu lachen. »Eure Frage ist berechtigt. Ich bin Händler. Tuchhändler, um genau zu sein.«

»Tuchhändler«, wiederholte Imagina. Jetzt wurde ihr sein Verhalten wahrlich klar. Sie lachte mit ihm über dieses dumme Missverständnis. Einen Augenblick später fiel Imagina etwas an Ebo auf. Sie erhob sich von ihrem Schemel und sah an ihm herunter. Er trug eine überaus feine glockenförmige Heuke, die auf der rechten Schulter geschlossen war, und lange Schnabelschuhe. Ihr Lächeln erstarb. »Ihr seid bereit zu gehen«, stellte sie fest.

»Ja. Nürnberg wartet. Ich bin gekommen, um mich zu verabschieden.«

Imagina drehte sich wieder zum Fenster und war bemüht, sich zu beherrschen. »Dann wünsche ich Euch nur das Beste. Möge Gott Euch schützen und vor weiteren Unfällen bewahren.«

Ebo blieb hinter Imagina stehen. »Habt Dank für alles.«

Sie nickte bloß und fragte sich, warum er nicht endlich verschwand. Da fühlte sie wieder seine Hand an ihrem Oberarm – wie am Tag zuvor.

»Ich bin außerdem gekommen, um Euch zu bitten, mich zu begleiten.«

»Was …?« Hatte sie sich verhört?

»Kommt mit mir nach Nürnberg, Beke. Oder sagt mir einen guten Grund, es nicht zu tun.«

Imagina wartete. Doch schon wenige Herzschläge später wusste sie nicht mehr, worauf eigentlich. Vielleicht auf das Gefühl, dass es unmöglich war, mit ihm zu gehen, da sie sich kaum kannten. Doch es stellte sich einfach nicht ein. Sie drehte sich um und sah in seine braunen Augen.

»Ich werde gut für dich sorgen. Das verspreche ich.«

»Dann komme ich mit dir.«

VIERTES KAPITEL

Als gute Christin durfte Irma so eigentlich nicht denken, doch sie konnte es nicht unterdrücken. Die Küchenfrau war unpässlich – und Irma kam das äußerst gelegen. Nachdem die Alte tagelang gehustet und geschnieft hatte und zu jedermann noch unfreundlicher als sonst gewesen war, hatte sie heute mit letzter Kraft verkündet, dass sie zurück in ihre Bettstatt müsse. Seither gingen alle die Arbeit in der Burgküche gemächlicher an.

Irma saß mit zwei anderen Mägden zusammen und putzte Rüben für einen Eintopf.

»So könnte es immer sein«, sagte eine der Frauen zu der anderen. »So wunderbar ruhig.«

»Oh ja, was wäre das schön«, schwärmte die zweite und verdrehte kurz die Augen.

»An so manchen Tagen war ich kurz davor, die Burg zu verlassen. Meine Ohren schmerzen oft von dem ewigen Gezeter unserer Küchenfrau.«

»Wem sagst du das?«, stieß die andere verächtlich aus. »Aber was dann? Unsereins muss froh sein, wenn er ein Dach über dem Kopf und eine Mahlzeit im Bauch hat.«

Die zweite zuckte die Schultern. »Vielleicht würde ich mein Glück in Heilbronn versuchen. Und wenn nicht als Magd, dann hüte ich eben Schweine in den Straßen der Stadt. Das kann nicht viel schlimmer sein als das tägliche Geschrei.«

Beide Frauen lachten ausgelassen.

Irma war ganz in Gedanken, als die eine sie anstieß.

»Was ist mit dir? Die meisten jungen Mägde, die gekommen sind, verlassen die Burg schnell wieder, nachdem sie erfahren, welch rauer Ton hier herrscht. Wirst du gehen oder bleiben?«

Irma zwang sich zu einem Lächeln. »Also, Schweine hüten in Heilbronn wäre kein guter Tausch, wie ich finde. Aber ich habe … Freunde in der Stadt. Vielleicht gehe ich irgendwann zu ihnen, wenn es mir hier zu viel wird.« Irma hoffte, dass die Frauen ihr die Geschichte abkauften.

Eine der beiden fasste sich ans Herz. »Großer Gott, mich würde nichts hier halten, wäre ich an deiner Stelle. Aber ich habe niemanden. Niemanden, außer diesem Weib hier«, sagte sie keck zu der anderen Magd und stieß sie freundschaftlich an. Die beiden grinsten sich an und waren schnell wieder in ihr Gespräch vertieft.

Irmas Anspannung wuchs. Seit dem Morgen war ihr klar, dass sie es heute wagen würde, ihr Vorhaben in die Tat umzusetzen. Sie hatte bloß bis zur Mittagsstunde gewartet. Denn seit Ritter Hartmann nach Esslingen zum Hoftag aufgebrochen war, meinten es alle nicht so ernst mit der Erfüllung ihrer Aufgaben. Seit Tagen war kein Fremder zur Burg gekommen. Offenbar wähnte sich niemand in Gefahr. Sobald die Sonne am höchsten stand und heiß vom Himmel schien, gaben die meisten Wachen zuerst ihrem knurrenden Magen nach und dann ihrer Müdigkeit. Selbst der sonst so gewissenhafte Burgvogt ließ sich gehen und suchte sich zwischendurch ein schattiges Plätzchen auf der Vorburg.

Als die letzte Rübe geputzt war, erhob sich Irma. Unter einem Vorwand verließ sie die Küche und schlenderte dann scheinbar beschäftigt über die Vorburg. In Wahrheit jedoch beobachtete sie die Hauptburg. Als der Vogt durch das Tor trat, um sich nahe dem Vorratshaus in den Schatten zu setzen, war der Augenblick der Tat gekommen. Irma lief zum Tor der Hauptburg.

»Was gibt's?«, fragte der Wachmann müde. Er saß auf einem

Schemel, seine Hellebarde lasch mit einer Hand umfasst und gegen eine Schulter gelehnt.

»Ich soll nachschauen, an welchen Stellen das Stroh in der Halle ausgetauscht werden muss.«

»Hm. Dann tu das.« Der Mann nickte und ließ sie passieren.

Irmas Gang war steif, denn der Wachmann folgte ihr mit seinem Blick.

»He du«, rief er ihr plötzlich nach.

Irma blieb stehen und hielt den Atem an. Langsam drehte sie sich um.

»Vergiss nicht, den Dreck der Hunde zu entfernen. Ritter Hartmann hasst es, in ihre Hinterlassenschaften zu treten.«

Irma atmete aus. »Natürlich. Ich werde dran denken.«

Der Wachmann nickte ihr nochmals zu, lehnte den Hinterkopf an die Mauer und schloss die Augen.

Die Gelegenheit war günstig. Irmas Herz klopfte bis zum Hals, als sie in den Turm anstelle des Palas huschte. Vor ihr lag die steinerne Treppe, die, um sich selbst gewunden, nach oben führte. Irma blieb keine Zeit zu zögern. Vorsichtig, um ja kein Geräusch zu machen, erklomm sie eine Stufe nach der anderen und gelangte bald an eine hölzerne Tür. Ihre Hand zitterte, als sie die Klinke umfasste. Bevor sie sie jedoch niederdrückte, horchte Irma eine Weile. Kein Geräusch war zu vernehmen. Nichts! Ihr Atem ging flach. Ihr Herz pochte kräftig. Schließlich bewegte sie die Hand und drückte das Eisen herunter. Die Tür ging quietschend auf, was Irma zusammenfahren ließ. Abermals hielt sie inne und horchte. Nichts! Sie trat in die Kammer ein.

Es war dunkel hier. Durch die schmalen Schlitze in den dicken Mauern fiel kaum Licht. Noch waren ihre Augen damit beschäftigt, die Dinge um sie herum zu erfassen, als eine warme Stimme erklang.

»Du bist es!«

Irma wandte sich blitzschnell um. Sie sah die Umrisse einer

Gestalt, ohne das Gesicht zu erkennen. Ein Mann zweifellos. Langsam schritt er näher. Und schließlich konnte sie ihn sehen. Irma fühlte einen Schauer, der über ihren ganzen Körper jagte. Obwohl sie ja mit ihm gerechnet hatte, löste sein Anblick einen Schock in ihr aus.

»Alardus!«

Alardus starrte in das Gesicht, das ihm in der nächtlichen Dunkelheit stets vor Augen gestanden hatte. Es war unverändert engelsgleich wie in seiner Erinnerung. Oft hatte er sich ausgemalt, was er ihr alles sagen würde. Dabei hatte er sich jedes Mal vorgenommen, ihr zu erklären, wie es zu seiner Rede auf dem Jahrmarkt gekommen war. In diesem Moment aber waren alle Vorsätze vergessen.

»Immer wieder habe ich an dich gedacht«, gestand er ihr. »Es muss Gottes Wille sein, dass wir uns an diesem Ort wiedertreffen.«

Die junge Frau antwortete ihm nicht.

Behelfsmäßig tat Alardus das, was er für das Richtige hielt, um ihre Zuneigung zu gewinnen. Er ging zu dem Tisch hinter sich und nahm das Pergament auf, das seit seinem ersten Tag in dieser Kammer an der gleichen Stelle lag. Vorsichtig bettete er es auf seiner Handfläche und streckte es ihr entgegen. »Du hast es in meiner Hand zurückgelassen, damals, in der Kirche. Ich habe es verwahrt. In der Hoffnung, dich noch einmal zu sehen.«

Regungslos starrte die Frau auf die gemalten Blüten.

Warum sagte sie nichts? Alardus wurde unsicher. Da sah er es in ihren Augen glitzern. Er wollte nicht, dass sie weinte, wusste aber auch nicht, wie man das bei Frauen verhinderte. »Ich habe nur noch das Pergament. Die anderen Dinge sind nicht mehr in meinem Besitz. Nimm doch wenigstens dies hier wieder an dich. Also, wenn du willst.«

»Haltet den Mund«, flüsterte sie schließlich. Dabei blinzelte sie ihre Tränen weg. Die Frau machte keine Anstalten, nach dem Pergament zu greifen. Stattdessen verengten sich ihre Augen.

Alardus hatte damit gerechnet, dass sie schlecht von ihm dachte. Trotzdem machte es ihn auf eine seltsame Weise betroffen.

»Ihr habt Euch schamlos meiner Worte bedient und somit das Schicksal der Laemmlin-Frauen besiegelt.«

Alardus schluckte trocken. Langsam zog er seine Hand wieder zurück. »Ich weiß, was du denkst. Aber lass mich erklären, was mich dazu trieb. Du wirst mich sicher verstehen, wenn du erst einmal hörst …«

»Wie könnt Ihr es nur wagen, Euch einen Mann Gottes zu nennen? Die Zunge müsste Euch dabei abfaulen«, unterbrach sie ihn. Ihre Worte klangen nun weniger traurig, sondern mehr und mehr hasserfüllt. »Ihr seid ein Lügner und Betrüger allerschlimmster Art.«

»Du irrst dich.«

»Nein! Ganz bestimmt nicht. Nur die Ausgeburt des Bösen würde tun, was Ihr getan habt. Unschuldige habt Ihr in Verruf gebracht – um Eure Haut zu retten. Gibt es einen noch niedereren Grund als diesen?«

Sie sah ihn an mit einem Ekel, der Alardus einen Moment lang sprachlos machte.

»Doch zum Glück habe ich Euch gesehen. Einmal, als Ihr die Stadt betreten habt. Ich war auf dem Kirchhof, und Ihr saßet mit dem Mann, der nun Prokurator der Franziskaner ist, auf einem Wagen.«

Alardus erschrak. Christan war also tatsächlich noch in Heilbronn?

»… und ein weiteres Mal nach Eurer Bußpredigt. Ich bin Euch gefolgt und habe beobachtet, wie Ihr ängstlich aus der Stadt geflohen seid. Zusammen mit dem Ritter dieser Burg. Ich weiß, warum er Euch Unterschlupf gewährte. Ritter Hartmann ist ein Feind der Laemmlins.«

Alardus atmete hörbar ein und aus. Es war eine Erkenntnis, die ihn schmerzte, doch diese Frau, von der er nicht einmal wusste, wie sie hieß, stellte für ihn eine Gefahr dar. »Du bist klug. Alles, was du sagst, ist richtig. Aber verrate mir: Warum hast du es nicht einfach erzählt?«

»Und dann? Wenn man schon den Laemmlin-Töchtern nicht glaubt, wird man deren Magd wohl erst recht nicht glauben.« Sie sah ihn vorwurfsvoll an und schüttelte dabei den Kopf. »Sollte Euch auch nur der kleinste Funke Gottesfurcht innewohnen, wie Ihr es behauptet habt, dann geht Ihr heute noch mit mir nach Heilbronn und gesteht Eure Lügen.«

»Das ist unmöglich, wie du dir denken kannst.«

»Ihr seid ein feiger Hund!«, spie sie ihm entgegen.

Obwohl ihre Worte scharf und voller Wut waren, kam er noch immer nicht umhin, nachsichtig mit ihr zu sein. »Ich verdenke dir deine Gefühle nicht und bitte dich noch einmal: Lass mich dir begreiflich machen, wie …«

»Ich will Eure Erklärung nicht«, stieß sie bösartig aus. »Verflucht sei der Tag, da wir uns zufällig begegnet sind. Wenn ich es dadurch nur rückgängig machen könnte, würde ich hier und jetzt mit Freuden mein Leben lassen.«

Alardus stand da wie vom Blitz getroffen. In sich fühlte er Entsetzen und Enttäuschung gleichermaßen. Er wollte nicht, dass sie ihn hasste. Doch er durfte auch nicht zulassen, dass sie sich ihm gegenüber so gebärdete. »Mäßige dich, Mädchen. Ansonsten …«

Im nächsten Augenblick holte die Frau tief Luft und spuckte ihm direkt ins Gesicht. »Der Teufel soll Euch holen!«

Alardus fühlte die Feuchte auf seiner Haut. Er wischte sich mit dem Ärmel über das Gesicht. Drei Atemzüge lang sah er sie einfach nur an und zog in Erwägung, sie dem einzigen Mann zu übergeben, der von seinem Aufenthalt hier Kenntnis hatte. Der Burgvogt würde sie mit Sicherheit ins Verlies sperren und Ritter Hartmann keine Gnade mit ihr walten lassen. Schließlich war sie aus dem Hause Laemmlin. Alardus entschied sich dagegen. »Du bist zu weit gegangen.«

Die Frau schien zu ahnen, was er nun vorhatte. Sie wich einen Schritt zurück. Dann noch einen.

Alardus hingegen tat einen Schritt vor. Dann noch einen. »Deine Unnachgiebigkeit lässt mir keine Wahl.«

»Lasst mich gehen.« Ihr eben noch wütendes Engelsgesicht zeigte plötzlich Spuren von Angst.

»Ich würde es so gerne tun. Glaube mir. Aber du bist zu einer Gefahr für mich geworden.«

Sie war nun mit dem Rücken an der steinernen Wand angekommen. Ihr Atem ging hastig, wie an der Bewegung ihrer Brust zu erkennen war. Sie sprach schneller als eben. So als wüsste sie, dass ihr nicht mehr viel Zeit blieb. »Besinnt Euch auf Gottes Lehren und kehrt wieder um. Ihr könnt Gutes tun, wenn Ihr nur wollt.«

»Dafür ist es zu spät.« Alardus sah sie ein letztes Mal an. Nie würde er ihr schönes Gesicht vergessen. Dann stürmte er vor und schlug ihr mit der Faust auf die Schläfe. So hart, dass sie rücklings zu Boden sackte. Stöhnend öffnete sie die Augen und hielt sich den Kopf. Alardus hielt den Vorwurf in ihrem Blick kaum aus. Er fühlte sich elend, als er nach der Decke griff und sich neben ihr auf den Boden kniete.

Mit letzter Kraft richtete die Frau ihren Oberkörper auf und presste den Rücken gegen die Wand. Dabei begann sie zu weinen. »Bitte nicht. Ihr müsst das nicht tun.«

Alardus spürte, wie auch ihm die Tränen kamen. »Die Wahrheit ist, ich will es auch gar nicht. Aber wenn ich dich leben lasse, wird Ritter Hartmann dich auf schlimmere Weise töten. Sieh es als Akt der Gnade.« Alardus schnellte vor und presste ihr die Decke aufs Gesicht. Sie wehrte sich mit Händen und Füßen und war dabei weit kräftiger, als er es vermutet hatte. Der Schweiß lief ihm bald von der Stirn, und das Bild vor seinen Augen verschwamm hinter seinen Tränen. »Es tut mir so leid. So schrecklich leid«, beteuerte er immer wieder. Als sie schließlich, nach einer quälend langen Zeit, aufhörte zu zucken, riss er die Decke von ihr. Das schöne Gesicht war starr. Die Augen aufgerissen, ebenso der Mund.

Alardus war schweißnass. Er ließ seinen Tränen nun freien Lauf und brach über ihr zusammen. »Vergib mir, mein Engel. Ich war dir auf jede Weise verfallen.«

FÜNFTES KAPITEL

Clementia war nur eine kurze Zeit in Weinsberg gewesen. Gestern hatte sie es schon wieder verlassen. Alles war anders gekommen, als sie vermutet hatte.

Schon nach Betreten der Stadt hatte sie gespürt, dass die Stimmung innerhalb der Mauern aufgeladen war. In ihrem nicht enden wollenden Streit mit den Grafen waren die Weinsberger in jüngster Vergangenheit einen Schritt weitergegangen: Sie hatten jenen Teil der Stadtmauer abgerissen, der die Burg umschlossen hatte. Vor dem Burgberg befanden sich nun eine neue Mauer und ein zusätzlicher Graben. Was das aussagte, war unmissverständlich. Die Weigerung der Städter, sich den Burgherren zu unterwerfen, hatte gerade jetzt, da Clementia hier war, ihren Höhepunkt erreicht. Und das hatte dazu geführt, dass viele Weinsberger sich aufgemacht hatten, um nach Esslingen zum Hoftag zu ziehen, wo sie ihr Anliegen vor den Kaiser bringen wollten.

Clementia hatte kurzerhand beschlossen, sich ihnen anzuschließen – als die Witwe Gesa. Es war zum einen die Angst, im entvölkerten Weinsberg leichter aufzufallen. Zum anderen aber hoffte sie, während des Hoftags in Esslingen etwas mehr über den möglichen Verbleib ihrer Schwester zu erfahren. Eilikas Blütenholz ließ sie nämlich hoffen, Vater könnte zumindest mit seiner Vermutung über ihre Ergreifung falschgelegen haben.

Den ganzen Tag befand Clementia sich nun schon auf den Füßen. Sie schmerzten ihr – ebenso der Rücken. Das Tageslicht begann bereits zu schwinden, und noch immer stießen Menschen zur Gruppe hinzu, die ebenfalls zum Hoftag wollten. Der Anfang und das Ende der Menge waren für sie nur mehr dann zu erkennen, wenn der Weg durch die Wälder und über die Hügel ausnahmsweise mal geradeaus führte. Clementia hatte keine Ahnung, wie lange es noch dauerte, bis zum Nachtlager angehalten werden würde. Sofern es sich vermeiden ließ, sprach sie nämlich mit niemandem. Die Unterhaltung zweier tratschender Weiber vor ihr war für sie jedoch nicht zu überhören. Clementia hatte bislang keine Neigung verspürt, aufmerksam zu lauschen – bis eine von ihnen das Wort *Heilbronn* fallen ließ.

»Ich bin so gespannt auf den Anblick der Kaiserin. Meine Base aus Heilbronn berichtete mir, sie soll trotz ihres Kleinwuchses die schönste Frau sein, die je gelebt hat.«

»Sagt man das nicht über jede Kaiserin?«

»Vielleicht. In Esslingen werden wir uns davon überzeugen können, ob meine Base recht hat.«

»Wenn wir Margarethe I. überhaupt zu Gesicht bekommen. Ich hörte, dass sie sich in Heilbronn ausschließlich im Maulbronner Hof und im Klarakloster aufgehalten hat.«

»Möglicherweise ist sie wieder guter Hoffnung und muss sich schonen. Das wievielte Kind wäre das? Das sechste?«

»Kann ich dir nicht sagen. Aber wenn sie wirklich schwanger ist, hat sie sich aus gutem Grund nicht herausgetraut. Man hört ja gar Schauriges …«

»Was meinst du damit?«

»Na, ich rede von dem Fluch, der das Wasser über die Ufer hat treten lassen. Hast du etwa nicht davon gehört, dass es kein normales Unwetter gewesen sein soll?«

»Nein, das habe ich nicht. Ein Fluch, sagst du?«

»Wie kann derlei Gerede immer an dir vorbeigehen? Hör zu!«

Clementia hielt das Gesicht gesenkt. Wahrscheinlich wäre

es besser gewesen, sie würde sich abwenden und einen neuen Platz unter den Reisenden suchen, aber ihre Neugier darüber, was man sich erzählte, war größer.

»Gleich nach dem Hochwasser soll in Heilbronn eine Unholdin geschnappt worden sein. Man erzählt, sie habe das Wasser mittels Zauberkunst beeinflusst.«

»Was du nicht sagst!«

»Es wird noch schlimmer. Man hat sie ins Wasser geworfen, um die Wahrheit zu finden.«

»Ist sie wieder aufgetaucht?«

»Nein, ist sie nicht.«

»Heilige Mutter Gottes«, stieß die zweite aus. »Dann war sie unschuldig und der Fluch nur dummes Gerede. Warum erschreckst du mich so?«

»Urteile lieber nicht vorschnell. Soll ich dir sagen, was ich denke?«

»Was denn?«

»Wenn sie so viel Macht hat, das Wasser zu beeinflussen, könnte sie es auch geschafft haben, im Wasser zu überleben. Vielleicht wurde die Unholdin bloß von den Fluten davongetragen, um an anderer Stelle des Nachts davonzufliegen.«

»Du meinst, sie läuft womöglich noch umher und treibt weiter ihr Unwesen?«

»Möglich wäre es.«

An der Stimme der Frau war zu hören, wie sehr sie sich fürchtete.

Clementia hatte kurzzeitig das Gefühl, dass ihr schwarz vor Augen wurde. Die Anspannung ließ sie innerlich erbeben. Was mochte stimmen von dem, was die Weiber sprachen? Konnte es wirklich sein, dass sie von einer ihrer Schwestern sprachen? Wenn ja, musste es sich um Imagina handeln. Schließlich hatte sie oben am Galgen ein Zeichen Eilikas gefunden.

Plötzlich kam eine Dritte hinzu. Ungefragt beteiligte sie sich am Gespräch.

»Ich weiß sogar noch mehr als Thilde.«

»Was denn?«

»Mein Vater hat erzählt, die Unholdin war nicht allein am Werk. Sie hatte zwei Helferinnen, und zwar ihre Schwestern. Gemeinsam sollen sie in Heilbronn gewütet haben.«

»Woher weiß dein Vater davon?«

»Auf den Weinfeldern sprach man von nichts anderem mehr als von den drei kindlichen Schwestern mit den feuerroten Haaren.«

Clementia legte die Stirn in Falten. Wäre die Lage nicht so ernst, hätte sie sicher grinsen müssen. Sollten sie ruhig denken, sie und ihre Schwestern seien rothaarige Kinder. Umso leichter war es für sie, unentdeckt zu bleiben.

»Wenn es stimmt, was du sagst, wo sind die beiden übrigen Schwestern jetzt?«

»Man hat überall nach ihnen gesucht. Sie sollten nämlich ebenso durch Gott geprüft werden. Doch sie wurden nicht gefunden – bis heute!« Die Stimme des Weibes klang jetzt schaurig. »Vielleicht streifen sie gemeinsam durch die Wälder. Oder sie sind mitten unter uns.«

Die Ängstliche stieß einen Schrei aus. »Hört sofort auf mit den Geschichten. Ich finde sonst nie wieder in den Schlaf.«

Während die anderen beiden lachten, entglitten Clementia die Gesichtszüge. Die belauschten Worte hatten ihr eine neue Erkenntnis gebracht, die sie verwirrte. *Sie wurden nicht gefunden – bis heute!* Nach und nach formten sich ihre Gedanken. Vaters Worte am Tage der Flut waren andere gewesen. Hatte er nicht gesagt, ihre Schwestern seien gefasst worden? Schlagartig wurde Clementia bewusst, was das bedeutete. Auch wenn sie es nicht wahrhaben wollte: Vater hatte gelogen! Bislang hatte sie seine Warnung als Zeichen seiner Liebe gedeutet. Doch nun schien es genau andersherum. Er wollte sie loswerden. Clementia hatte das Gefühl, eine eiskalte Hand umschließe ihr Herz.

Die Sonne folgte ihrem Bogen zur anderen Seite des Himmels, und noch immer war sie in Gedanken versunken. Sie hatte nicht einmal bemerkt, wie viele der Männer und Frauen dabei an ihr vorbeigezogen waren. Erst als sie endlich aufblickte und gewahr wurde, dass sich unweit hinter ihr das Ende der ganzen Gruppe Reisender befand, beschleunigte sie wieder ihre Schritte. Weit kam sie jedoch nicht.

»He du!«

Clementia sah vor sich plötzlich eine Männerbrust. Jäh blieb sie stehen, um nicht dagegenzulaufen. Statt zu antworten, drückte sie sich wortlos an dem Kerl vorbei. Eine Tändelei war so ziemlich das Letzte, was sie jetzt gebrauchen konnte.

Der Kerl lief ihr hinterher und hielt sich an ihrer Seite. »Bleib doch mal stehen. Wie heißt du?«

»Gesa«, antwortete sie wenig einladend und ohne ihn anzusehen.

»Reist du allein, Gesa?«

»Warum kümmert dich das?«

»Ich will mich nur mit dir unterhalten.«

Clementia sah zu ihm herüber, ohne an Geschwindigkeit zu verlieren. Obwohl er lächelte, war in seinem Blick auch etwas Verschlagenes. Vielleicht waren es die wilden dunklen Haare oder die dichten Brauen, die sich fast in der Mitte trafen. »Ich will mich aber nicht unterhalten. Lass mich in Ruhe.«

Ein zweiter Kerl kam herbeigelaufen und hieb seinem Freund auf die Schulter. »Na, heute kein Erfolg bei den Weibern, Thomas?«

Der Dunkelhaarige wischte die Hand von seiner Schulter. Von den Worten angestachelt, fragte er Clementia: »Warum bist du so zickig?«

Clementias Unbehagen wuchs. Sie antwortete nicht mehr. Stattdessen wollte sie zusehen, dass sie schnell wieder in die Mitte der Gruppe kam, wo ihr Schutz größer war als hier am Schluss.

»Kann es sein, dass du lange keinen echten Mann mehr zwischen deinen Schenkeln hattest und deswegen schlechter Stimmung bist?« Der Kerl namens Thomas griff sich in den Schritt, worauf der Hinzugekommene anfing zu grölen.

»Genau. Zeig's der Metze!«

Clementia bekam es mit der Angst zu tun. Als sie sah, dass der Kerl sich ihr näherte, griff sie flink nach dem Holz von Eilika. Ohne lange nachzudenken, schloss sie die Faust darum und holte aus. Sie traf Thomas mitten ins Gesicht. Die scharfen Kanten schlitzten sich durch sein Wangenfleisch. Ein lautes Brüllen ließ sie wissen, dass sie ihn ziemlich stark erwischt hatte. Clementia nutzte die Gelegenheit und rannte los. Erst als sie – völlig außer Atem – ganz vorne ankam, wurde sie wieder langsamer.

Der Anblick der Stadt überraschte sie so sehr, dass sie den nächstbesten Mann neben sich fragte: »Wo sind wir hier?«

»Das ist Winnenden.«

Sein hölzerner Pferdewagen wurde an diesem Tage besonders auf die Probe gestellt. Auch wenn inzwischen überwiegend die Sonne schien, hatte der Regen der vergangenen Wochen die Wege in dieser Gegend ausgewaschen und löchrig zurückgelassen. Laut krachten die Räder immer wieder in eines der Schlaglöcher. Sein altes Pferd war mittlerweile sichtlich erschöpft davon, das Gefährt aus ihnen hinauszuziehen.

»Komm schon, Marie. Bald gibt es Hafer«, trieb Lando seine alte Stute an. Die letzten drei Wochen hatten sichtlich an ihr gezehrt. Ihr Hinterteil war schmal geworden, wie er bereits festgestellt hatte.

Lando warf einen Blick zurück. Das Bild blieb unverändert. Neben Kisten und Körben, in denen jene Waren lagen, die er von Esslingen bis Heilbronn für sein Handwerk erworben hatte, lag *sie* – die Augen nach wie vor geschlossen. An ihren roten Wangen war zu erkennen, dass das Fieber sie noch fest im Griff hatte. Lando war unsicher, ob die Fremde es schaffen würde. Die kurzen Augenblicke, in denen ihr Bewusstsein so weit zurückkehrte, dass er ihr Wasser einflößen konnte, waren viel zu selten. Zum Glück würden sie noch heute Wimpfen erreichen. Dort konnte man der Frau besser helfen, als es ihm hier auf den holprigen Handelswegen möglich war.

Der Weg in die Heimat erschien Lando heute endlos. Ebenso wie Marie litt er Durst und Hunger. Er konnte es kaum abwarten, endlich durch den Torbogen auf seinen kleinen Hof zu fahren, sein Gesicht vom Staub der Reise zu befreien und die vom harten Holz des Wagens gepeinigten Glieder zu strecken.

Irgendwann durchquerte er endlich das westliche Speyrer Tor von Wimpfen. Wie jedes Mal, wenn er zurückkehrte, glitt sein Blick einmal rundherum. Unter all den Fachwerkhäusern hoben sich ein paar wenige Gebäude von den übrigen ab. Zum einen die Kirche mit ihren zwei Osttürmen zu seiner Linken. Dann vor ihm, hoch oben auf dem Berg, die ummauerte Kaiserpfalz. Und rechts das Kloster, das sich ebenfalls auf einer Anhöhe befand. Ja, er war wieder zu Hause. Und es fühlte sich gut an. Während er der Straße folgte, die ihn direkt zum Heilig-Geist-Spital brachte, wo er die Fremde abliefern wollte, sah Lando es mit eigenen Augen. Wimpfen war wie leergefegt. Wie er vermutet hatte, waren viele Einwohner nach Esslingen zum Hoftag gezogen.

Gerade hatte er diesen Gedanken zu Ende gedacht, da erreichte er auch schon das Steinhaus des Spitals. »Brr. Bleib stehen, Marie.« Lando sprang vom Wagen und umrundete ihn. Die Augen der Fremden waren geschlossen. Behutsam legte er ihr die Arme auf die Brust und hob den ausgezehrten Körper an. Die Frau wog sogar noch weniger, als er in Erinnerung hatte. Er wünschte ihr, dass sie bald wieder gesundete. Möglicherweise traf er sie ja dann noch einmal und konnte sie fragen, wo sie eigentlich herkam.

Lando war nur noch wenige Schritte vom Eingang des Spitals entfernt, als sie plötzlich den Kopf umherwarf und einen Laut von sich gab.

»Nicht …«

Er blieb stehen. Zum ersten Mal hörte er ihre Stimme. Sie klang schwach.

»Ich will nicht sterben«, hauchte sie kraftlos.

»Beruhige dich. Es wird alles gut«, redete er auf sie ein. Dabei besah er ihr Gesicht. Die Falte zwischen den hellen Brauen wurde allmählich wieder flacher. Ihre Züge entspannten sich. »Kannst du mich hören? Wie heißt du?« Es war ein kläglicher Versuch, der scheitern musste. So wie an den vergangenen Tagen blieb sie auch jetzt die Antwort schuldig. Die Fremde schien wieder weit weg zu sein.

Lando setzte seinen Weg zum Spitalseingang fort. Besser, man kümmerte sich schnell um sie. Gerade wollte er an das Türholz klopfen, als sein Blick etwas an der Frau erfasste, das er vorher nicht gesehen hatte. Zum zweiten Mal blieb er stehen, von plötzlichen Zweifeln erfüllt, ob es richtig war, sie hierherzubringen. Lando blickte zu Marie. Dann erneut zum Spital. Schließlich wandte er sich um und legte die Frau wieder auf seinen Wagen. Es war für ihn selbst verwunderlich, warum er das tat, aber er wollte sie einfach nicht ihrem ungewissen Schicksal überlassen.

Nur wenig später hielt er auf dem Hof seines Hauses, das unweit des Klosters gelegen war. Noch bevor er Marie versorgte und die Fremde ins Haus brachte, ging er zu seiner Nachbarin. Mit ihr würde er ehrlich sein können. Guda war für ihn wie eine Mutter.

Als diese die Tür öffnete und Lando sah, breitete sie die Arme aus. »Endlich, du bist zurück. Wie war die Reise nach …«

»Guda, du musst mitkommen«, unterbrach er sie. »Am besten schnell.«

Sie hob kurz die Augenbrauen. »Na, so was! Was kann so dringend sein?«

»Das zeige ich dir. Komm.« Bei seinem Wagen angelangt, wies er bloß auf die hintere Fläche.

Die Nachbarin legte sich beide Hände an die Wangen. »Wer ist sie?«

»Ich weiß es nicht. Sie lag am Wegesrand.«

Bevor Guda Näheres wissen wollte, hielt sie den Handrücken an die Stirn der Frau. »Sie hat starkes Fieber.«

»Ja, schon seit Tagen.«

»Bring sie rein, Lando. Geschwind, geschwind.«

Er trug sie auf seine Bettstatt und holte alles, was Guda begehrte. Wasser, Laken, starken Wein. Erst dann fragte sie ihn aus.

»Du hast keine Ahnung, wer sie ist? Woher sie kommt? Wie sie heißt?«

»Nein, nichts von alledem.«

»Wo genau hast du sie denn gefunden?«

»Zwischen Heilbronn und Neckargartach. Ich wollte Marie ans Wasser führen, da sah ich sie in der Böschung liegen. Zur Hälfte im Nass. Ihre Lippen und Finger waren schon blau. Für einen Moment dachte ich, sie sei tot. Ich habe ein Feuer gemacht und sie gewärmt. Einen Tag später kam das Fieber.«

»Armes Ding. Wie oft war sie seitdem denn wach?«

»Eigentlich gar nicht. Manchmal konnte ich ihr etwas Wasser einflößen. Und eben hat sie ein paar Worte im Fieber gesprochen.«

»Das klingt alles gar nicht gut.« Guda schüttelte den Kopf. Dann blickte sie ihn fragend an. »Warum hast du sie denn nicht gleich ins Spital gebracht?«

Anstelle einer Antwort schob Lando den Ärmel des Kleides der Kranken hoch und entblößte ihr wundgescheuertes Handgelenk. »Ihre Knöchel sehen genauso aus.«

Guda sah regungslos auf die Wundmale und schwieg.

Da sie nichts sagte, fragte er sie schließlich: »Was meinst du dazu?«

Sie strich der Fremden über die schweißnasse Stirn. »Ich meine gar nichts, Lando. Außer dass du wohl gut daran getan hast, sie herzubringen. Wir werden sie pflegen, bis sie genesen ist. Und wir werden niemandem von den Malen an ihren Gelenken erzählen.«

»So soll es sein.«

»Sie braucht jetzt dringend etwas zur Stärkung. Ich gehe eine Brühe kochen. Danach mache ich ihr neue Wadenwickel.«

»Was kann ich tun?«

»Beten.«

»Ich sehe noch Schmutz.«

»Was? Wo denn? Ich habe dieses Wams schon zweimal gewaschen«, beschwerte sich Katharina von Ebersberg entrüstet.

»Nicht gut genug«, sagte Luitgardis, ohne ein einziges Mal auf den Stoff geblickt zu haben.

»Aber… meine Hände schmerzen schon von dem kalten Flusswasser.«

Jetzt blickte Luitgardis doch auf. Sie sah ihr mit unbewegter Miene ins Gesicht. »Das Neckarwasser ist dir zu kalt?«

»Eiskalt ist es«, beschwerte sie sich weiter und fügte voller Selbstmitleid hinzu: »Ihr habt ja keine Ahnung.«

Luitgardis nickte. »Das stimmt. *Ich* weiß nicht, wie kalt es ist. Stell dir nur mal vor, du müsstest ganz hinein. Stell dir vor, man würde dich einfach hineinwerfen. Wie wäre das wohl für dich?«

Katharina schluckte schwer. Augenscheinlich hatte sie die Anspielung verstanden.

»Keine freche Antwort mehr?«

Katharina schwieg weiter.

»Geh mir aus den Augen. Ich will dich dieses Wams waschen sehen, als wäre es deine schwarze Seele, die du versuchst, rein zu bekommen.«

Die Schwester des Komturs schien über die boshaften

Worte erschrocken zu sein. Ihre weit aufgerissenen Augen verrieten es.

Dennoch setzte Luitgardis nach. »Und erst wenn es so fadenscheinig ist, dass ich auf eine Elle Entfernung hindurchsehen kann, lasse ich dich damit aufhören.« Luitgardis löste den Blick von Katharina und sah auf einen unbestimmten Punkt vor sich. Der Anblick der Mörderin ihrer Tochter wurde ihr plötzlich zu viel. »Was stehst du hier weiter herum? Fort mit dir«, stieß sie hasserfüllt aus.

Katharina verschwand.

Luitgardis senkte ihr Gesicht in ihre Handflächen. Tränen hatte sie keine mehr. Freude jedoch ebenso wenig – nicht einmal die Aussicht darauf. Einzig die Möglichkeit, Katharina zu schinden, ließ sie des Morgens überhaupt die Bettstatt verlassen. Gleichzeitig machte dieser neue Zug an ihr Luitgardis auch Angst. Was war bloß aus ihr geworden? Die Düsternis schien sie vollkommen eingenommen zu haben. Geblieben war eine verbitterte Greisin – dem Tode näher als dem Leben.

Luitgardis stand auf und trat ans Fenster, wo sie die hölzernen Läden zur Seite klappte. Es war ein warmer Augusttag, dennoch fröstelte sie. Die Kälte kam aus ihrem Inneren. Kein Sonnenstrahl vermochte sie zu vertreiben. Der Anblick der belebten Stelle, wo sich Kirchbrunnenstraße, Sülmer Straße und Fleiner Straße trafen, war für sie schwer zu ertragen. Heiterkeit, wohin sie blickte. Nachbarn, die ausgelassen miteinander scherzten. Niemand schien ihrer vier Kinder zu gedenken. Luitgardis überlegte, die hölzernen Rahmen mit den gegerbten Tierhäuten einzusetzen, die es eigentlich erst im Winter brauchte. So könnte sie der quälenden Fröhlichkeit entgehen. Während sie diesem Gedanken nachhing, sah sie Katharina mit dem völlig sauberen Wams in ihrem Korb davonlaufen. Sie war so zornig, dass sie ein paar Kinder vor sich mit wüsten Worten verscheuchte. Luitgardis' Aufmerksamkeit wurde sodann auf ein paar Reiter gelenkt, die vom Marktplatz kamen. Auch Volmar war unter ihnen, wie sie jetzt erkannte. Er hatte sich am Morgen von ihr verabschiedet, um mit anderen Stadtadeligen Heilbronns nach Esslingen zum Hoftag zu ziehen. Luitgardis war das nur recht. Wenn es nach ihr ginge, könnte er Monate fort sein. So musste sie wenigstens nicht des Nachts das Bett mit ihm teilen. Es war ihr noch immer unbegreiflich, dass er es aufgegeben hatte, nach Imagina und Clementia zu suchen. Nie würde sie ihm seine Worte verzeihen.

Der erneut aufkeimende Schmerz ließ Luitgardis die Augen schließen und ihre Stirn an die kühle Wand lehnen. Wie oft hatte sie besonders Eilika hier stehen sehen? Es würde nie wieder dazu kommen.

»Erschreckt Euch bitte nicht, Luitgardis Laemmlin.«

Sie riss die Augen auf und schnellte herum. Nahe der Tür stand ein Mann, der allem Anschein nach ein Franziskaner war. Sie hatte ihn noch nie zuvor gesehen. »Wer seid Ihr, und was macht Ihr in meinem Haus?«

Der Mann antwortete nicht gleich, sondern vollführte eine beschwichtigende Geste mit den Händen. Dann aber meinte er: »Wenn ich es Euch sage, versprecht Ihr mir, ruhig zu bleiben?«

»Ich verspreche gar nichts. Wer seid Ihr? Gebt mir gefälligst eine Antwort.«

»Ich bin Bruder Luppolt.«

»Ihr wagt es …«, stieß Luitgardis atemlos hervor.

»Wartet!«

Sie hörte nicht zu und schritt stattdessen bedrohlich langsam auf ihn zu. »Verschwindet aus meinem Haus, bevor ich mich vergesse.«

»Ich verstehe, wie verstörend mein Erscheinen auf Euch wirken muss. Aber bitte hört mich an. Nur einen Moment. Ich …«

»Es gibt nichts, was ich aus Eurem Mund zu hören wünsche,

außer Euren letzten Atemzug.« Luitgardis griff nach dem Krug mit den vertrockneten Kräutern auf dem Tisch. Sie schrie: »Verschwindet!«

Gerade noch konnte der Prokurator sich ducken. Nur eine Handbreit neben ihm zerschellte der Krug an der Wand.

Kurz bevor Luitgardis sich auf ihn stürzte, griff er in seine Kleidung und holte das Stück Tuch vom Marktplatz hervor. Wie ein Schutzschild hielt er es vor sein Gesicht, kniff die Augen zu und rief: »Haltet ein. Bitte!«

Luitgardis war nur noch eine Armlänge von ihm entfernt, da erkannte sie Imaginas Stickerei. Sie blieb stehen und taumelte zwei Schritte rückwärts. Vor ihren Augen begannen die Blüten zu tanzen. Ihre Beine drohten nachzugeben. Gerade noch sah sie, wie Bruder Luppolt auf sie zusprang und verhinderte, dass sie fiel. Luitgardis ließ sich zu einem Schemel geleiten. Dort erst legte sich der Schwindel. »Woher habt Ihr das?«

»Ich fand es dort, wo jener Alardus seine Bußpredigt gehalten hat. Möglicherweise war es in seinem Besitz. Wisst Ihr, was das ist?«

Luitgardis hielt sich die Stirn. »Ja. Es stammt von einer meiner Töchter«, murmelte sie leise, während ihr zig Fragen durch den Kopf schossen. Konnte sie dem Franziskaner trauen? Wenn Imaginas Tuch tatsächlich von diesem Alardus kam, woher hatte er es dann?

Bedächtig sprach der Prokurator weiter. »Ich verstehe Euren Zorn auf mich. Aber ich bitte Euch, lasst mich erklären, was mir auf dem Herzen liegt.«

Luitgardis hob den Kopf. »Nicht bevor Ihr mir sagt, warum Ihr das Ordal an meiner Tochter durchgeführt habt.«

Er senkte das Haupt. »Die Menge hatte Eure Tochter schon gepackt. Sie hätten sie sowieso in den Neckar geworfen – mit oder ohne mein Befürworten. Mein Einschreiten galt bloß einer Hoffnung: der Anrufung Gottes um seine Hilfe. In Gedanken flehte ich ihn an, er möge sie verschonen. Darum nahm ich das Seil an mich und band die Knoten selbst – und zwar so, dass sie sich leichter lösen konnten.«

Luitgardis stiegen wieder Tränen in die Augen. »Warum habt Ihr das getan?«

»Weil ich von ihrer Unschuld überzeugt war.«

»Und was hat ihr das genützt? Nichts! Sie ist tot.«

»Das ist wahr. Eilika Laemmlin ist nicht wieder aufgetaucht. Doch Gott hat mir auf diese Weise recht gegeben. Vor ihm und der Welt ist sie unschuldig. Und mit diesem Wissen müssen wir uns jetzt ihrer Schwestern annehmen.«

»Was wollt Ihr damit sagen?«

»Ich denke, dass sie noch leben, dass sie sich irgendwo versteckt halten. Und dass sie in Gefahr sind.«

Je mehr Luitgardis hörte, desto mehr Vertrauen fasste sie. Ihr Blick wurde offener, sodass Bruder Luppolt weitersprach.

»Eberhard von Ebersberg wird alles tun, um den Ruf seiner Schwester und somit seinen eigenen Ruf wiederherzustellen. Er will außerdem verhindern, dass Katharina ins Kloster muss, was ihn teuer zu stehen käme. Sollte er Eure Töchter als Erster finden, wird er sie nach Heilbronn bringen, wo sie ein Gericht erwartet.«

Luitgardis schloss kurz die Augen. »Aber wie soll ich sie nur finden? Mein Gemahl hat mir verboten, nach ihnen zu suchen. Außer zum Kirchgang bin ich hier eingesperrt.«

»Sorgt Euch nicht darum. Ich werde sie suchen. Sollten sie noch leben, werde ich sie finden. Und dann bringe ich sie an einen sicheren Ort.«

»Das würdet Ihr tun?«

»Diesen Weg hätte ich schon vor einiger Zeit gehen sollen. Ich fühle eine Last auf mir, weil ich Eilikas Tod nicht verhindern konnte. Vielleicht verschaffe ich mir selbst Erleichterung, wenn ich wenigstens Clementia und Imagina zu retten vermag.«

»Und sollte es nur eine sein, die überlebt. Ich wäre Euch für immer und ewig dankbar.«

Bruder Luppolt lächelte sie traurig an. Dann fragte er: »Was glaubt Ihr, wo könnten Eure Töchter sein? Gibt es womöglich etwas, auf das ich achten könnte?«

»Ja, und Ihr haltet es bereits in den Händen. Die Blüten sind es. Ihr findet sie auf Holz, auf Pergament und eben auf Tuch. Wo immer die Mädchen sind, wird es wahrscheinlich diese Blüten geben. Niemand außer ihnen und mir weiß von ihrer Kunstfertigkeit. Und nun auch Ihr.«

Er nickte. »Dann werde ich jetzt gehen, bevor Katharina von Ebersberg zurückkehrt.«

»Wann sprechen wir uns wieder?«

»Sobald ich etwas erfahren habe, lasse ich es Euch wissen.«

Luitgardis legte ihm die Hand auf den Arm. »Nehmt Euch in Acht vor meinem Gemahl.«

»Das werde ich. Aber Gott ist auf unserer Seite. Er wird mich schützen.«

SECHSTES KAPITEL

Clementia war müde und erschöpft an diesem Tag. Aus Furcht vor dem rüden Kerl, der sie kurz vor Winnenden angegangen war, hatte sie die vergangene Nacht kaum ein Auge zugetan. Das schreckliche Gefühl, schutzlos und tatsächlich ganz allein zu sein, war neu für sie. Clementia wusste, sie würde sich daran gewöhnen müssen. Zu ihrem Glück war dieser Thomas seit dem Vortag nicht wieder aufgetaucht. Und bald wäre die Gefahr, die von ihm ausging, gänzlich vorbei. Denn noch heute würden sie Esslingen erreichen. Das behauptete zumindest einer der Männer an der Spitze der Reisenden, dem Clementia seit gestern unauffällig hinterherlief. Er schien ortskundig zu sein und wies den Weinsbergern den Weg.

Als er schließlich beteuerte, dass Esslingen jeden Moment vor ihnen erscheinen würde, konnte Clementia vor Aufregung den Blick nicht mehr von dem abschüssigen Weg vor sich nehmen. Gewunden führte er zwischen zwei Hügeln hindurch. Noch ließ sich keine Stadt erahnen. Die kleinen Häuser rechts und links des Weges wirkten ärmlich. Doch die Weinbauern, die darin lebten, kamen jetzt nach und nach heraus. Ihre Gesichter wirkten feierlich, und sie winkten den Neuankömmlingen zu. Nach einer Wegbiegung erschien zu ihrer Linken eine Burganlage, und im gleichen Moment hörte Clementia den Ortskundigen sprechen.

»Wir sind da. Dort oben auf dem Berg seht ihr die Esslinger Burg.«

»Welches Geschlecht wohnt dort?«, fragte ein junger Kerl.

»Keines. Sie dient nur der Verteidigung.«

Der Weinsberger lachte auf. »Keine Herrschaft? Die Esslinger sind zu beneiden.«

Das Lachen vieler Männer ertönte.

»Davon können wir wahrlich nur träumen«, sagte einer von ihnen.

»Warte es ab. Aus diesem Grund sind wir ja hier. Ich vertraue auf das gerechte Wort unseres Kaisers.«

Clementia hörte den Männern nicht weiter zu, denn der Weg vor ihnen erlaubte ihr nun endlich die freie Sicht auf Esslingen. Ihr Blick schweifte umher und erfasste als Erstes die Spitzen der Kirchtürme und Klöster sowie die zahlreichen Geschlechtertürme. Was sie dann jedoch sah, versetzte sie in höchstes Erstaunen.

»Schaut zum anderen Ende der Stadt. Habe ich euch zu viel versprochen?«, fragte der Ortskundige in die Runde. »So ein Bauwerk hat sicher keiner von euch jemals zu Gesicht bekommen, nicht wahr?«

Clementias Müdigkeit war mit einem Mal wie weggeblasen. Sie reckte den Hals, um besser sehen zu können. Dort, wo das Flusswasser golden glitzerte, befand sich eine Steinbrücke, von der sie nicht mal im Traum geglaubt hätte, dass es so etwas wirklich gab. Bogen um Bogen, auf mächtigen schiffsförmigen Fundamenten, überspannte sie den breiten Fluss über die Länge eines Marktplatzes. Gesichert durch drei Brückentürme und gesegnet durch eine Kapelle an ihrem Anfang.

»Unzerstörbar«, erklärte der Mann. »Kein noch so schreckliches Hochwasser kann dieser Brücke etwas anhaben – anders als im bedauernswerten Heilbronn.«

Im Stillen stimmte Clementia ihm traurig zu.

»Und es gibt in dieser Stadt sogar noch eine weitere Brücke über ganze zehn Bögen.« Der Mann streckte den Finger aus. »Sie führt von der Vorstadt zum Kern Esslingens. Dort, wo die nächsten Tage unser geliebter Kaiser hausen wird.«

Clementias Blick folgte dem ausgestreckten Finger des Mannes zur Mitte Esslingens. Sie hatte noch nie von einer Stadt mit zwei Steinbrücken gehört. Doch war das wahrlich nicht das Einzige, was sie zum Staunen brachte. Je näher sie der Stadt kamen, desto weniger achtete sie auf deren Bauwerke. Viel faszinierter war sie von dem Anblick der Massen, die sich innerhalb der Mauern aufhielten. Einen Augenblick lang bezweifelte sie, dass überhaupt noch ein einziger weiterer Mensch dort Platz fand. Wenig später stand sie auch schon mittendrin.

Die engen Straßen Esslingens waren völlig verstopft, und die nachrückende Menge hinter Clementia machte es nur noch schlimmer. Schon kurz nach der Stadtmauer war es ihr kaum mehr möglich, die bloße Stelle, auf der sie stand, für sich zu beanspruchen. Männer und Frauen verschafften sich laut rufend Platz, obwohl es keinen freien Flecken gab, um auszuweichen.

Vor dem Chor eines unfertigen Gotteshauses sprach der Ortskundige ein letztes Mal zu den Weinsbergern. Diesmal lauter als zuvor, um die Geräusche der Stadt zu übertönen. »Es war mir eine Freude, mit euch zu reisen. Ich werde jetzt in die Kapelle gehen, um unserem Schöpfer dafür zu danken, dass wir unbeschadet angekommen sind. Gott schütze euch und gebe, dass der Kaiser im Sinne der Weinsberger entscheidet.«

Danach verabschiedeten sich die Reisenden voneinander und verstreuten sich in alle Himmelsrichtungen.

Clementias freudige Aufregung erstarb. Inmitten dieser vielen Menschen wurde ihr wieder gewahr, dass sie niemanden hatte. Neidvoll blickte sie auf die letzten Weinsberger, die in kleinen Gruppen davongingen, bis kein Gesicht um sie herum ihr mehr bekannt vorkam. Ein Kloß setzte sich in ihrem Hals fest. Sie wollte nicht weinen, aber die Furcht vor dem Unbekannten war plötzlich mächtig. Hastig flüchtete sie zu einer Häuserwand, an die sie sich drückte. Hier fing sie an zu beten. »Herr im Himmel, was soll ich nur tun? Wohin soll ich mich wenden? Bitte hilf mir in meiner Not.«

Clementia schluckte schwer und wischte sich über die Augen, um ihr Selbstmitleid zu bekämpfen. Sie hatte es allein bis hierher geschafft. Nun musste sie eben auch weiterhin klarkommen. Bei dem Versuch, sich darauf zu besinnen, was zu tun war, fing sie sich wieder und entdeckte ihr gegenüber plötzlich ein Mädchen. Es war vielleicht zehn Jahre alt und trug einen Blumenkranz im Haar.

Als ihr Blick den von Clementia kreuzte, kam sie auf sie zu und hielt ihren Arm mit zahlreichen Kränzen hoch. »He du. Willst du dich auch schmücken für die Ankunft des Kaisers? Du kannst einen Kranz von mir kaufen.«

»Sie sind wirklich sehr schön«, sagte Clementia. »Aber ich habe kein Geld.«

Das Mädchen zuckte lächelnd mit den Schultern. »Dann nicht. Leb wohl.«

Clementia sah ihr nach, und wie von selbst griff sie in ihren Beutel, wo ihre Finger das Blütenholz von Eilika umfassten. Die Blumen der Kränze hatten sie daran erinnert. Fest an ihr Herz gepresst, gab es ihr wieder Kraft. Die bloße Vermutung, dass Eilika noch lebte, reichte aus, um Zuversicht zu schöpfen.

Clementia lief los. Sie beschloss, sich östlich zu halten. Mit Absicht ließ sie die Kernstadt hinter sich, wo das Kaisergefolge sicher bald jeden noch verfügbaren Platz einnehmen würde. Eine gute Entscheidung, wie sich herausstellte. Je weiter sie lief, desto mehr entkam sie dem schlimmsten Gedränge. Als sie am Wegesrand eine Frau erblickte, die Eier und Äpfel in einem Korb feilbot, hielt sie an. »Könnt Ihr mir sagen, wo ich eine Herberge finde?«

»Nun, Mädchen. Gasthäuser gibt es in Esslingen einige. Aber freie Betten sicher nicht. Weißt du denn nicht, dass der Kaiser bald kommt?«

»Schon …«

»Am besten, du gehst weiter in die Landolinsgasse. Dort ist das Haus *Zum Lämmle*.«

Clementia bekam bei dem Namen eine Gänsehaut. War das nun ein gutes oder ein schlechtes Zeichen? Sie vermochte es nicht zu sagen. »Habt Dank. Gott schütze Euch.«

Tatsächlich sah sie wenig später an einem Tragarm ein hölzernes Schild mit dem Hauswappen und den belaubten Ästen darauf, das ein Gasthaus als solches kennzeichnete. Als sie vor den Wirt trat, waren ihre Knie weich wie Butter. »Ich brauche ein Bett für die Nacht. Oder auch länger …«

»Kannst du überhaupt bezahlen, Mädchen?«, fragte er streng und beäugte Clementia von oben bis unten.

»Münzen habe ich keine. Aber das hier.« Sie legte ein Messer mit glänzender Klinge und geschwungenem Holzgriff auf den Tisch. »Wie lange kann ich dafür bleiben?«

Der Mann nahm das Messer zur Hand und führte es von allen Seiten an seinem Gesicht vorbei, um es genau zu untersuchen. Mehr zu sich als zu ihr sagte er: »Eigentlich sind wir voll. Der Kaiser …«

»… ich weiß«, unterbrach sie ihn. Clementia spürte, dass der Mann das Messer wollte. Es war ein wertvolles Stück. Der bestohlene Bockinger hatte es mit Sicherheit geliebt. Bei dem Gedanken, dass er es vermisste, fühlte sie sich schlecht. Doch war ihr keine andere Wahl geblieben.

Der Gastwirt ließ die Klinge sinken. »Dafür kannst du tatsächlich eine Weile bleiben.«

»Bekomme ich auch was zu essen?«

Er nickte nur und steckte das Messer gleich hinter seinen ledernen Gürtel.

»Martha«, brüllte er nun so laut, dass Clementia zusammenfuhr.

Hinter ihm erschien eine Frau. Ihr Gesicht war gerötet vor Anstrengung, ebenso die rauen Hände. »Was ist? Ich habe in der Küche zu tun.«

»Bring sie rauf zur oberen Kammer«, sagte er und wies auf Clementia. »Und gib ihr später vom Eintopf.«

»Komm«, forderte Martha Clementia auf und ging vornweg zu den Stiegen. Die ersten Stufen nahm sie schweigend. Dann fragte sie: »Bist du etwa ganz allein unterwegs?«

Clementia zog es vor zu schweigen. Dass sie vor einen Mann getreten und um eine Bettstatt gefeilscht hatte, war aufwühlend gewesen. Sie hoffte, dass die Köchin sie nicht weiter fragte – vergebens.

»Ungewöhnlich ist das. Als Frau allein. Wo kommst du denn her?«

Nach den Stiegen folgte ein langer Gang, an dessen Ende eine Leiter stand.

Noch immer sprach Clementia nicht. Sie hielt den Blick gesenkt.

Die Rotgesichtige blieb plötzlich auf dem Gang stehen und drehte sich um. »Du redest nicht gern, was?«

Clementia schüttelte den Kopf.

»Soll mir recht sein«, sprach die Köchin und lief weiter. »Weiber, die viel tratschen, sind mir sowieso zuwider.« Bei der Leiter zeigte sie nach oben. »Dort musst du hinauf. Das wirst du wohl ohne mich schaffen.«

»Danke«, sagte Clementia nur und wollte sich an ihr vorbeidrücken. Da spürte sie eine Hand um ihren Arm.

»Ich weiß nicht, wie ein so junges Ding es sich leisten kann, in einer Herberge unterzukommen. Aber eines sage ich dir: Das hier ist kein Hurenhaus. Sollte ich mitbekommen …«

Clementia riss sich los. »Ich bin Witwe. Mein Gemahl hat mir was hinterlassen.«

»Dann ist gut.« Sie nickte misstrauisch.

Clementia versuchte dem Blick standzuhalten, schaffte es aber nicht.

»In der Ecke steht ein Eimer mit Stroh – um die Luke dicht zu verschließen. Es ist klein dort oben und etwas kalt, aber wenigstens trocken.«

»Es wird schon gehen.« Clementia nahm die Sprossen und

zog danach die Leiter hoch. Dabei sah sie noch, wie die Köchin sich kopfschüttelnd davonmachte.

Die Frau hatte nicht übertrieben, wie Clementia jetzt feststellte. Es war kalt hier, und bloß in der Mitte der Kammer war es ihr möglich zu stehen. Außer dem Strohsack, auf dem sie schlafen würde, und dem Eimer gab es hier nichts. Dennoch, Clementia fühlte sich sicher – das erste Mal, seitdem sie Heilbronn verlassen hatte. Sie zog ihren Mantel enger um sich und trat an die Luke, die nur etwa die Größe ihres Kopfes hatte.

Mit Erstaunen stellte sie fest, dass sie sich in einem der höchsten Häuser der umliegenden Straßen befinden musste. Weit konnte sie von hier aus sehen, bis zur Stadtmauer und darüber hinaus zur Steinbrücke, über die noch immer Scharen in die ohnehin schon zum Bersten gefüllte Stadt strömten.

Clementia gab sich der Aussicht eine Weile hin, als ihre Aufmerksamkeit auf etwas Bestimmtes gelenkt wurde. Zwischen all den Einreisenden konnte sie eine Gruppe schneller Reiter ausmachen. Ritter, in Harnischen, geschmückt mit Schilden, auf denen dasselbe Wappen prangte. Geschickt lenkten sie ihre Pferde durch die Menschen. Einer von ihnen trug eine Fahne, die im Wind seines galoppierenden Schimmels flatterte.

Selbst aus dieser Entfernung war Clementia in der Lage, die Botschaft zu erkennen: Die Ankunft des Kaisers stand kurz bevor.

Tags darauf stellte Clementia abermals fest, dass sie es mit der winzigen Dachkammer äußerst gut getroffen hatte. Unbemerkt vom Rest der Stadt, beobachtete sie schon seit geraumer Zeit, wie Esslingen sich mehr und mehr in einen Festplatz verwandelte.

Der Kaiser hatte des Morgens in der Stadt Einzug gehalten. Mit ihm sein riesiges Gefolge, das von der Terz bis zur Sext gebraucht hatte, um über die mit Blumen geschmückte Brücke zu kommen. Der Anblick war überwältigend gewesen. Nie zuvor hatte Clementia so viele Menschen und Tiere und Wagen auf einmal gesehen. Dem Kaiserpaar und dessen Geleit waren Kurfürsten und Bischöfe nachgekommen, dann Herzöge und Grafen mit ihren Rittern. Sie alle hatten versucht, sich mit der Größe und Pracht ihrer Gefolge gegenseitig zu übertreffen. Zudem waren viele Bewohner der vom Hochwasser betroffenen Dörfer und Städte hier, um die Beschlüsse des Kaisers mit eigenen Ohren zu hören. Aus den Straßen erscholl Musik von Spielleuten und das Gelächter der Marketenderinnen. Überall waren Verkaufsstände aufgebaut, beinahe so, als wäre in jedem Winkel Esslingens gerade Jahrmarkt.

Clementia spürte eine unglaubliche Aufregung in sich, wenn sie daran dachte, dass dieser Zustand nun einige Wochen anhalten würde. Dennoch war ihr bang ums Herz. Sie musste damit rechnen, dass auch Heilbronner in die Stadt gekommen waren. Die Angst davor, ihnen zu begegnen, ließ sie bis jetzt in ihrer Kammer ausharren. Noch immer hatte sie die Worte der Weinsberger Weiber im Kopf. Clementia war davon überzeugt, dass man nach ihren Schwestern und ihr suchte. Dennoch musste sie sich überwinden, wenn sie herausfinden wollte, ob eine oder womöglich sogar beide noch lebten.

Als Clementia es endlich schaffte zu gehen, war die Sonne bereits über ihren höchsten Punkt am Himmel hinweg. Das Gesicht, so gut es ging, unter einem Kopftuch verborgen, verließ sie die Herberge und betrat die vollen Straßen. Sofort riss die Menge sie mit sich. Selbst wenn sie gewollt hätte, wäre es schwer gewesen, sich gegen das Schieben der Körper zu wehren. Clementia kam zu dem Schluss, dass ihre Ängste nahezu unbegründet gewesen waren. Niemand achtete auf sie. Ein jeder schien damit beschäftigt, seinen eigenen Weg zu finden. So ließ sie sich von den Wogen treiben, die ganz klar in eine Richtung drängten. Das Ziel schien der Kern Esslingens zu sein, wo Clementia den Kaiser und sein Gefolge ahnte. Ihre Vermutung wurde bald darauf bestätigt. Schon konnte sie rechts von sich den halbrunden Chor der mächtigen Stadtkirche sehen. Langsam wurde sie mit der Menge daran vorbeigeschoben. Links von ihr befand sich eine zweigeschossige Kapelle mit einem Gottesacker davor. Als sie daran vorbei war, fand Clementia sich auf dem Platz vor dem Kirchenportal wieder. Hier spürte sie ein Knurren in ihrem Magen. Es erinnerte sie daran, dass sie seit gestern nichts mehr gegessen hatte.

Sie hielt auf einen der Stände zu, die an der Stadtmauer aufgebaut waren, um die Massen in Esslingen zu versorgen. Die Frau dahinter schien nur wenig älter zu sein als sie.

Lächelnd wies sie mit ausgestreckten Armen auf ihre Waren. »Hoher Besuch macht hungrig, nicht wahr? Ich habe die besten Brote der Stadt. Greif zu, wenn du zahlen kannst.«

Die Brote sahen wirklich köstlich aus, darum holte sie die vorletzte Tauschsache aus ihrem Beutel hervor. »Was würdest du mir dafür geben?«

Die junge Frau nahm das Schultertuch entgegen. Es war grob, aber eine gute Arbeit. »Hm, so eines kann ich tatsächlich brauchen.« Sie legte es sich um und strich darüber. »Drei Laibe dafür?«

»Ich will vier.«

»Vier? Hast du eine Ahnung, wie lange man Korn mahlen muss, um so feines Brot zu bekommen wie meines?«

»Ungefähr so lange, wie es dauert, die ganze Wolle zu spinnen, die man für das Tuch benötigt?«

Die junge Frau zwinkerte Clementia zu. »Vielleicht. Um ehrlich zu sein, kann ich nicht spinnen.«

»Und ich habe noch nie Korn gemahlen«, gestand Clementia belustigt.

»Na gut. Nimm dir vier.«

»Hab Dank.« Clementia wählte aus und fragte: »Wie lange stehst du heute schon an diesem Platz?«

»Schon seit Sonnenaufgang.«

»Hast du den Kaiser gesehen?«

»Du bist wohl nicht von hier, was?«

»Warum fragst du?«

»Nun, weil jeder Esslinger weiß, dass es an dieser Stelle wahrlich schwer wäre, den Kaiser zu übersehen.« Sie wies schräg nach links. »Schau mal dorthin.«

Clementia erblickte ein Kloster, das unverkennbar einem Bettelorden angehörte. Die Kirche hatte keinen Turm und war – trotz ihrer beachtlichen Größe – eher schlicht.

»Unserem Kaiser beliebt es stets, im Predigerkloster der Dominikaner zu wohnen, wo auch der Rat der Stadt tagt. Derzeit ist er allerdings dort, in unserer Kirche St. Dionys.«

Clementia folgte dem Finger weiter nach rechts zu dem Gotteshaus mit den zwei hohen Türmen und dem noch unfertigen Dach des Chores, an dem sie eben vorbeigegangen war. Wie auf ein Zeichen ertönte genau jetzt Gesang aus zig Mönchskehlen.

»Sie feiern einen Dankgottesdienst für die unbeschadete Ankunft des Kaisers. Wenn du den Kaiser bei der anschließenden Prozession sehen willst, geh besser dort drüben zur Kirche.«

»Das mache ich.« Clementia lächelte der jungen Frau zum Abschied zu. Dann suchte sie sich einen Platz nahe dem Portal. Sie hatte bloß ein paar Bissen Brot gegessen, als plötzlich die Türen von St. Dionys geöffnet wurden. Mit voller Kraft sangen die Mönche ihre Psalmen, und der betörende Geruch von Weihrauch erfüllte die Luft. Hinter einem Bischof und den Trägern der Kreuzmonstranz, in deren Innerem eine geweihte Hostie mitgeführt wurde, trat das Kaiserpaar hinaus und winkte huldvoll. Ihre Kronen und die golddurchwirkten Umhänge glänzten in der Sonne. Dichtauf folgten die engsten Vertrauten Ludwigs und Margarethes und daraufhin die Edlen der Stadt Esslingen, wie Clementia vermutete. Der Platz vor der Kirche wurde durch die Prozession regelrecht geflutet.

Clementia war so sehr damit beschäftigt, die Herrlichkeit

um sich herum zu betrachten, dass sie erst spät erkannte, wie unvorsichtig sie sich verhielt. Unter den Kirchgängern erschienen nun einige bekannte Heilbronner Gesichter: Konrad Feurer, Heinrich Lieblip, Johann Alwich – alles Männer, die bereits an der Tafel ihres Vaters gesessen hatten. Schnell wandte sie den Blick ab. Sie hatte sich zu sehr in Sicherheit gewogen. Erschrocken über ihre eigene Leichtsinnigkeit, kehrte Clementia der Kirche den Rücken zu. Nur fort hier, hallte es in ihrem Kopf wider, während sie sich gen Norden durch die Massen drückte. Beinahe hatte sie es geschafft, die kleinen Gassen jenseits der Predigerkirche zu erreichen, wo sie zu entschwinden gedachte, als sie es wagte aufzublicken. Erst im letzten Augenblick sah sie ihn. Er hielt direkt auf sie zu: Thomas!

Sein Blick war zornig, und die Wunde, die sie ihm zugefügt hatte, sah übel aus. Clementia hatte keinen Zweifel – er wollte Rache. Der Schreck fuhr ihr durch die Glieder und ließ sie zurückweichen. Doch da waren überall Menschen. Clementia wurde schnell klar, dass sie umkehren musste, um ihm zu entkommen, in Richtung der Prozession und der Heilbronner. Ihr blieb keine Wahl.

So schnell sie konnte, rannte sie los und versuchte sich einen Weg zu bahnen, doch die Menschen standen dicht an dicht. Jubelnd winkten sie dem Kaiser zu und drängten in seine Richtung. All ihre Kraft war nötig, um sich zwischen ihnen hindurchzuzwängen. Dennoch war sie zu langsam. Thomas war groß und kräftig. Zwischen seinen Augen war eine steile Zornesfalte zu sehen. Er holte auf.

Clementia schlug das Herz bis zum Hals. In ihrer Verzweiflung ging sie nun noch rücksichtsloser vor als anfänglich. Mit den Ellenbogen voran, rammte sie sich durch die Umstehenden, sodass sie hinter sich entrüstete Rufe vernahm. Clementia hatte es fast geschafft, dem engsten Gedränge zu entfliehen, als sie jäh zum Stehen kam. Mit voller Wucht prallte sie gegen einen großen Mann, der noch verhindern wollte, dass sie fiel –

vergeblich. Schmerzhaft schlug sie mit dem Hinterteil auf dem Boden auf.

»Im Namen Jesu Christ…«, stieß er aus.

»Es tut mir leid.« Clementia sah, wie seine von Tinte geschwärzten Finger nach ihrem Arm griffen.

»Warum so eilig?«, fragte er, nachdem er ihr wieder auf die Füße geholfen hatte.

»Bitte verzeiht mir.« Hektisch blickte sie gleich wieder zu Thomas. Er war stehen geblieben und sah sich um. Durch ihr Fallen hatte er sie wohl aus den Augen verloren. Das war ihre Gelegenheit. Clementia rannte wieder los. Vor sich erkannte sie den kleinen ummauerten Leichenhof mit der zweigeschossigen Kapelle darauf, an dem sie vorher schon vorbeigekommen war. In der Hoffnung, dass sie schnell genug gewesen war, um ihren Verfolger abzuhängen, schlüpfte sie durch die Öffnung in der Mauer und rannte in das Gotteshaus. Hier, im schummrigen Licht des niedrigen Kreuzrippengewölbes, eilte sie an den Säulen vorbei bis hinter den steinernen Altar. Eng zusammengekauert wartete sie ab. Ihr Atem ging schnell, und sie zitterte am ganzen Leib. Doch sie versuchte, keinen Laut von sich zu geben. Es vergingen einige Momente, in denen Clementia schon glaubte, sie sei in Sicherheit. Da vernahm sie, wie jemand die Kapelle betrat. Geradezu bedächtig kamen die Schritte näher.

»Ich hab dich reinlaufen sehen.«

Ihr Zittern wurde stärker. Voller Angst, sich zu verraten, hielt sie sich selbst den Mund zu. Sie wusste, sie saß in der Falle.

»Hast du ernsthaft gedacht, du kannst mir entkommen, Weib?«

Clementia stiegen die Tränen in die Augen. Was sollte sie jetzt tun? Schreien? Würde sie überhaupt jemand hören bei dem Trubel vor der Kirche?

Kaum hatte sie diesen Gedanken zu Ende gedacht, erschien er neben ihr.

»Nein, nicht!«, schrie Clementia schrill und wich zurück, so schnell sie es aus der Hocke konnte. Als ihr Rücken die Wand erreichte, bettelte sie: »Lass mich bitte gehen. Ich gebe dir auch alles, was ich habe.«

Er lachte boshaft. »Als ob ich mir das nicht sowieso nehmen würde.«

Clementia spürte seinen schmerzhaften Griff um ihre Oberarme. Grob wurde sie hochgezerrt und an die Mauer gepresst. Sein Antlitz war nun bloß noch eine Handbreit von ihrem entfernt. Sie konnte seinen Atem riechen.

»Sieh dir mein Gesicht an, du Dreckstück.«

Statt zu tun, was er sagte, kniff sie vor Furcht die Augen zu und drehte den Kopf zur Seite.

»Sieh es dir gefälligst an«, schrie er jetzt und schüttelte sie.

Clementia gehorchte notgedrungen. Von Nahem sah die Wunde noch viel schlimmer aus als aus der Ferne. Die Ränder der blutverkrusteten Striemen waren feuerrot.

»Jetzt wirst du mir büßen, was du mir angetan hast.« Thomas holte aus. Bevor er Clementia jedoch mit seiner Faust traf, hallten plötzlich laute Worte von den Wänden der Kapelle wider, die ihn aufhielten.

»Lass sie sofort los.«

Clementia erkannte den Mann mit den Tintenfingern. Wie es schien, war auch er ihr gefolgt. Er hielt auf sie und Thomas zu, der sie nun brutal zur Seite schleuderte. Clementia schlug hart mit dem Kopf auf dem Boden auf und blieb einen Atemzug lang benommen liegen. Stöhnend versuchte sie, sich wieder aufzurichten. Ein lautes Summen überdeckte alle Geräusche. Bloß verschwommen nahm sie die kämpfenden Männer wahr, von denen im nächsten Augenblick einer durch einen Fausthieb niedergestreckt wurde. Es war Thomas.

Schwer atmend kam der Fremde auf sie zu. »Bist du verletzt?«

»Nein, ich glaube nicht.« Sie hielt sich den schmerzenden Kopf.

Seine dunkel gefärbten Fingerspitzen griffen ein zweites Mal nach ihr. »Los, komm. Ich habe keine Ahnung, wie lange der da liegen bleibt. Noch mal will ich nicht gegen ihn kämpfen – dafür bin ich eigentlich nicht gemacht.«

Clementia fiel auf, dass der Mann seine Worte auf eine bestimmte Weise betonte. Und jetzt sah sie auch, welch feine Kleidung er trug. Es blieb aber keine Zeit, ihn danach zu fragen. Thomas begann bereits, sich zu regen. Wie selbstverständlich fasste ihr Retter sie an der Hand und lief mit ihr hinaus. Clementia ließ es einfach geschehen. Noch immer fühlte sie sich benommen. Dennoch sah sie, dass der Platz vor der großen Kirche sich mittlerweile etwas geleert hatte. »Wohin gehen wir?«

»Zum Mettinger Tor. Dort kannst du die Stadt verlassen und bist vor deinem Angreifer in Sicherheit.«

»Wo sind denn all die Menschen hin?«, fragte sie verwirrt.

»Sie sind dort, wo auch ich dringend hinmuss.« Während er ihr antwortete, setzte er seinen Weg unbeirrt fort. Dabei wies er mit dem Finger auf das Predigerkloster, an dem sie gerade vorbeigingen.

Clementia sah, wie eine letzte Traube von offensichtlich hochrangigen Bürgern ins Innere der Klausurgebäude strömte. Unter ihnen waren auch jene Heilbronner, die sie vorher noch auf dem Kirchplatz gesehen hatte – und noch jemand ihr sehr Wohlbekanntes: ihr Vater!

Clementia hielt den Atem an und blieb ruckartig stehen. Ihre Hand löste sich von jener des Fremden. Dann schoss sie geradezu in den Schatten einer großen Linde, hinter deren Stamm sie sich versteckte. Die Augen vor Schreck weit aufgerissen, stand sie da, als nur wenig später ihr Retter auf sie zuschritt. »Mir scheint, du hast mehr als nur den einen Feind in der Stadt, hm?«

Clementia sah dem Mann, der sie mindestens um eine Haupteslänge überragte, ins Gesicht. Es gab nichts, was sie ihm zur Erklärung sagen konnte. Darum tat sie das, was am nächsten lag: Sie schwieg.

»Warum hatte der Kerl in der Kapelle es auf dich abgesehen?«

»Seine Wunde im Gesicht … ich war das. Er wollte Rache.«

»Du?«, stieß er fassungslos aus. »Warum bin ich denn dann gekommen, um dich zu retten? Mir scheint, du kannst gut auf dich selbst aufpassen.«

Clementia vermochte nicht zu sagen, ob es Anerkennung war, was sie in seinen Worten mitschwingen hörte. Sie hielt seinem Blick jedoch stand. Dabei betrachtete sie sein schulterlanges blondes Haar und die braunen Augen, die sie genau musterten. Schließlich schaute sie doch zu Boden. »Ihr irrt Euch. Ganz sicher habt Ihr mir eben das Leben gerettet. Ich bin Euch zu Dank verpflichtet.«

»Gern geschehen.«

»Wenn ich nur wüsste, wie ich Euch das vergelten kann.«

»Indem du in Zukunft auf dich achtgibst.«

Clementia nickte. »Ich werde es zumindest versuchen.«

»Soll ich dich nicht doch noch zum Mettinger Tor bringen?«

»Ihr seid zu freundlich. Aber ich kann die Stadt nicht verlassen. Noch nicht.«

»Hast du denn Familie hier, zu der du gehen kannst?«

Wieder nickte Clementia. Doch sie schaffte es nicht, ihn bei dieser Lüge anzusehen.

»Ich muss jetzt gehen. Der Hoftag beginnt jeden Moment.« Kurz fuhr sein Blick zum Kloster, dann sah er wieder zu Clementia. »Gibt es noch etwas, das ich für dich tun kann?«

Welch eine ungewöhnliche Frage für einen Mann von Rang an eine ihm unbekannte Frau, kam es ihr in den Sinn. Clementia konnte nicht ermessen, warum er das sagte. Dennoch wagte sie, diese Gelegenheit zu nutzen – auch wenn sie dafür schon wieder lügen musste. »Wenn Ihr so fragt, ja. Es gibt etwas.«

»Was ist es?«, fragte er.

»Ich hörte von den schrecklichen Fluten des Neckars. Und davon, dass der Kaiser darüber zu sprechen plant. Wäre es zu vermessen, Euch zu bitten, dass Ihr mir berichtet, was die Gesandten über Heilbronn erzählen? Ich sorge mich sehr um das Wohl meiner lieben Base von dort.«

Er schien über seine Antwort nachzudenken. Dann sprach er: »Komm morgen kurz vor Sonnenuntergang wieder zu diesem Baum. Dann berichte ich dir.«

»Das werde ich.« Der Mann, der sie gerettet hatte, war bereits auf dem Weg zum Kloster, da rief Clementia ihm noch einmal hinterher: »Wartet noch!« Sie tat ein paar Schritte auf ihn zu. »Bitte sagt mir, wer Ihr seid. Wem habe ich meine Rettung zu verdanken?«

»Mein Name ist Matteo.« Er deutete eine Verbeugung an. »Ich bin einer der kaiserlichen Mundatoren.«

SIEBTES KAPITEL

Es war erst kurz nach Sonnenaufgang, doch der Anblick im Saal des Predigerklosters entschädigte Volmar Laemmlin für den fehlenden Schlaf. Überaus selten war man schließlich mit derart vielen hochrangigen Männern auf einmal zusammen. Die meisten von ihnen drängten sich auf eine Seite des Saals, denn die andere Seite gebührte dem Kaiser, der noch mit seinem Marschall und Heerführer, Johann von Chiaramonte, in ein Gespräch vertieft war. Die Stimmung auf jener Seite schien geschäftig. Volmar erkannte hinter Ludwig IV., wie dessen Kanzler, Hermann von Lichtenberg und Heinrich von Thalheim sich angeregt unterhielten, und sein Protonotar, Ulrich Hofmaier, mit den Mundatoren über ein Dokument in seinen Händen sprach.

Volmar war angespannt, seine Hände schwitzten. Er war darum bemüht, dass es niemand bemerkte, doch in Wahrheit trieb es ihn schier in den Wahnsinn, auf den Beschluss des Kaisers zu warten. Schon der gesamte gestrige Tag war gänzlich den Feierlichkeiten zugefallen – dem Einzug in die Kirche St. Dionys mit anschließender Prozession, dem Überreichen von kostbaren Geschenken, dem Erneuern von Huldigungseiden und dem darauffolgenden Festmahl, bei dem der Kaiser noch vier Verbrecher begnadigt hatte. Erst dann war es zur Verkündung der zu besprechenden Angelegenheiten dieses Hoftages gekommen, auf die jeder gewartet hatte. Seither wusste Volmar wenigstens, dass der Kaiser sich als Erstes den Nöten Heilbronns widmen wollte. Es konnte also nicht mehr lange dauern, bis man ihn nach vorne rief.

Plötzlich hob Ludwig IV. die Hand. Im Saal wurde es still.

Volmar, der inmitten der Bittsteller stand, vernahm die überraschend knappen Begrüßungsworte des Kaisers. Offenbar wollte auch er nicht länger warten.

»Ihr guten Getreuen. Unser Herz ist voller Freude bei dem Anblick von Euch kaisertreuen Männern. Lasst uns geeint sein in dem Wunsch, das Reich zu stärken. Möge der Herr bewirken, dass Wir Euch mit Unseren Beschlüssen zufriedenstellen und Einigkeit damit erwirken.« Der Kaiser bekreuzigte sich, und alle taten es ihm nach. »Lasst den Hoftag jetzt beginnen, wie Wir es am Vortag verkündet haben.«

Der Kaiser nickte einem untersetzten Mann zu, den Volmar nicht kannte. Er hielt ein Pergament, auf dem offenbar geschrieben stand, wer zu welcher Zeit an der Reihe war. »Tretet vor, Blutrichter der Stadt Heilbronn und Vertreter ihrer zwölf Ratsmitglieder.«

Volmar tat wie ihm geheißen. »Mein Kaiser!« Vor seinem Herrscher verbeugte er sich tief. »Ich danke unserem Herrn, dass er mir erlaubt, Euch nach so kurzer Zeit wohlbehalten wiederzusehen.«

»Erhebt Euch wieder«, forderte Ludwig IV. und machte eine knappe Geste mit der Hand, woraufhin erneut der Untersetzte sprach. Laut hallte seine Stimme durch den klösterlichen Versammlungssaal. »Wir fordern auf den Komtur der Kommende des Deutschordens und Vertreter der fünfundzwanzig Deutschherren.«

Volmar sah Eberhard von Ebersberg im Augenwinkel an seine Seite treten und sich demütigst verbeugen. Er vermied es, ihn offen anzusehen. Zwischen ihnen herrschte eine eisige Stimmung.

»Erhebt Euch.« Ludwig IV. hielt eine seiner Handflächen nach oben gerichtet. Ein paar andächtige Atemzüge später sprach er zu allen Versammelten: »Unser geliebtes Heilbronn hat Schaden genommen, worüber es zwischen der Stadt und dem Deutschorden zum Streit gekommen ist. Hört nun, wie Wir geurteilt haben.«

Volmar sah, wie der Kaiser zwei Finger hob und damit zuckte. Ein großer Mann mit auffallend blondem Haar eilte daraufhin herbei. Allem Anschein nach ein Schreiber, denn die Fingerspitzen seiner Rechten waren dunkel verfärbt. Neben dem Kaiser entrollte er ein Pergament und begann es zu verlesen.

»Wir Ludewig von gotes genaden romischer keyser, ze allen ziten merer des richs, verliehen offenliche an disem brief, daz wir zwischen den erbern geistlichen luten, dem conmeter und dem convent des tuetschen hus ze Heilprunnen, und den burgern gemeinelich da selben geret und geregdinget haben und haben si och also miteinander gantzlich beriht, umb den bruch und stos, so si miteinander hetten von den Neckers wegen. Also daz die burger den Necker sullen wenden und keren wahin si duncket, daz es der stette aller nutzlichest si…«

Kein Laut war im Saal zu hören. Der Beschluss des Kaisers war tiefgreifend, und er würde das Leben in Heilbronn für alle Zeit verändern.

Volmar hätte am liebsten einen Jubelschrei losgelassen, als der Schreiber noch längst am Verlesen war. Doch er beherrschte sich und seine Gesichtszüge. Was Eberhard von Ebersberg hingegen dachte, war von seiner verkniffenen Miene eindeutig abzulesen.

»…von Cristes geburt Druzehenhundert Iar dar nach in dem drui und drissigsten iar, In dem Nenzehenden iar unsers Richs und In dem Sehsten des Keysertumes.« Die Kehle des Schreibers war schon hörbar trocken, da kam er endlich zum Ende.

Der Kaiser gab seinem Getreuen ein Zeichen, worauf dieser sich zurückzog. »Ihr guten Männer habt Unseren Entscheid vernommen.« An Volmar gerichtet, sagte er: »Lange haben Wir gebetet, damit Gott Uns die Weisheit schenken möge, klug zu entscheiden. Es ist Uns geglückt. Euer Streit …«, jetzt blickte Ludwig IV. zu Eberhard von Ebersberg, »… soll hiermit beigelegt sein. Es ist Unser unbedingter Wille, dass Versöhnung herrscht zwischen Orden und Rat.« Er war jedoch noch nicht fertig.

Volmar sah, wie Ludwig IV. sich erhob und vor seinem prächtigen Stuhl auf und ab zu gehen begann, so wie er es offenbar gerne tat. Dabei führte er seine Gedanken weiter aus.

»Mit dem heutigen Tage ist es den Bürgern Heilbronns gestattet, den Neckar kehren und wenden zu dürfen, wohin sie glauben, dass es für die Stadt am allernützlichsten sei. Wir sind Uns gewiss, dass es ihr Wunsch ist, den Nebenarm zum Hauptwasserfluss zu machen – was nicht dem Wunsch des Ordens entspricht. Der Schaden jedoch, der den Deutschherren dadurch auf ihren Wiesen entsteht, soll wiedergutgemacht werden. Darum sprechen Wir dem Orden hiermit den Grund und Boden zu, der unter jenem Neckararm liegt, welcher alsbald trocken liegen wird. Sollte dieser Ersatz nicht ausreichend sein, bestimmen Wir, dass der Rat und der Orden jeweils zwei Männer benennen sollen, die über eine Vergütung entscheiden.« Jetzt blieb Ludwig IV. stehen und sah Eberhard von Ebersberg an, dessen Gesicht versteinert wirkte. »Und sollte dennoch keine Einigkeit zu erreichen sein, so scheut nicht, die Dinge vor das Reich zu bringen, Komtur.«

Volmar konnte es nicht mit Bestimmtheit sagen, doch meinte er, im Blick des Kaisers etwas ausmachen zu können, das sein Gegenüber beschwichtigen sollte. Ludwig IV. musste selbstverständlich bewusst sein, dass er durch sein Urteil der Stadt den Vorrang gab. Es war nicht verwunderlich – auch wenn Eberhard von Ebersberg ganz sicher bis zum Schluss gehofft hatte. Er wusste jedoch so gut wie jeder hier anwesende Mann, dass weltliche Belange bei dem Wittelsbacher stets vor den geistlichen standen. Dennoch, Eberhard von Ebersberg kam sicher nicht umhin zu bemerken, dass der Kaiser sehr um Gerechtigkeit bemüht war. Seine nächsten Worte bestätigten dies nochmals.

»Alle Fischereirechte bleiben dem Orden selbstverständlich erhalten. Sollte die Mühle der Deutschherren durch das Kehren und Wenden des Neckars unbrauchbar werden, entscheiden Wir, dass die Bürger einen Ausgleich zu schaffen haben, indem sie dem Orden einen anderen Mühlenplatz am Neckar zusprechen, wo das Wasser ähnlich fließt.«

Eberhard von Ebersberg blickte dem Kaiser in die Augen. So lange, bis ihm diese Haltung wohl ungebührlich vorkam. Dann senkte er sein Haupt in einer Verbeugung. »Eure unendliche Weisheit hat uns vom Zwist befreit. Der Herr sei gepriesen.«

Ludwig IV. schritt an ihm vorbei zu Volmar. »Sagt Uns, Richter, wie denkt der Rat über Unseren Beschluss?«

»Eure Worte werden Heilbronn ein Labsal sein in diesen schweren Tagen. Und den Heilbronnern wahrlich ein Grund zur Freude. Aller Reichtum und Wohlstand in der Zukunft gebühren Eurem Geschick.« Jetzt senkte auch er das Haupt.

»Nun gut«, sprach der Kaiser und kehrte auf seinen Platz zurück. »Ein jeder hier hat vernommen, dass der Streit beigelegt ist. Möge es so bleiben, für heute und immerdar.«

Volmar blickte wieder auf. Ludwig IV. lehnte den Rücken an und platzierte beide Hände bedächtig auf den Armstützen. »Jetzt wünschen Wir noch über die Sache Eurer Töchter zu sprechen, Richter Laemmlin. Berichtet Uns: Gibt es Neuigkeiten über ihren Verbleib?«

Volmar hatte mit dieser Frage gerechnet. Seiner Antwort verlieh er einen absichtlich bedauernden Ton, um seine wahren Gefühle zu verbergen. »Ich danke Euch, mein Kaiser, dass Ihr Euch meiner Sache annehmt. Sosehr es auch schmerzt, es auszusprechen: Noch immer gibt es kein Lebenszeichen meiner Töchter. Ich befürchte das Schlimmste und hoffe auf ein Wunder.«

Ludwig IV. nickte. »Wunder geschehen immer dann, wenn man sie nicht erwartet. Auch wenn die Hoffnung, sie lebend aufzufinden, mit dem Vergehen der Zeit schwindet – übt Euch im Gebet. Wir werden veranlassen, dass heute eine Messe zu Ehren Eurer vier Kinder abgehalten wird.«

»Und wieder ehrt Ihr mich mit Eurer Großherzigkeit.«

Ludwig IV. nickte ihm zu und sah dann zu Eberhard von Ebersberg. »Eure Schwester, Komtur, ist sie mittlerweile im Hause Laemmlin, wie Wir es verfügt haben?«

Volmar bemerkte den verkniffenen Ausdruck auf dem Gesicht seines Feindes, als dieser antwortete.

»Ja, Majestät.«

Der Schmerz in der Stimme des Komturs über die Demütigung war unüberhörbar. Wie es schien, entging das auch dem Kaiser nicht.

»Zu herrschen heißt auch, Entscheidungen zu treffen, die dem geistigen Wohl Unserer Untertanen zuträglich sind. Der Stolz Eurer Schwester mag verletzt sein, doch ihre Seele wird eines Tages durch Unseren Beschluss gewinnen. Selbst Jesus Christus tat sich hervor als Dienender, vergesst das nicht.«

Volmar bekam eine Gänsehaut vor Freude, als er diese Worte vernahm.

»Gewiss, Majestät.«

»Lasst Uns umgehend wissen, sollten bis zum Jahrmarkt um Michaelis die Schwestern auftauchen oder sollte es einen Hinweis auf ihren Verbleib geben.«

»Sehr wohl, mein Kaiser.«

»Das gilt natürlich auch für diesen Bußprediger. Wie hieß er gleich?«

»Alardus, Majestät.«

»Richtig, Alardus. Auch wenn Wir Zweifel haben, dass er je wieder erscheint.«

Plötzlich nahm Volmar eine Bewegung aus dem Augenwinkel wahr.

»Mein Kaiser, erlaubt Ihr, dass ich spreche?«, sagte der Mann, der sich neben ihn gestellt hatte.

»Bischof Albrecht aus Halberstadt«, bemerkte Ludwig IV. mit erstaunter Stimme. »Sprecht nur.«

»Ich denke, ich hörte von dem Mann.«

Volmar fuhr der Schreck durch die Glieder. »Was?«, entfloh es ihm unkontrolliert, worauf der Bischof aber nur mit einem kurzen Seitenblick reagierte.

»Das ist äußerst bemerkenswert.« Der Kaiser lehnte sich vor. »Berichtet!«

»Ich erfuhr jüngst von diesem Alardus, als ich ein Gespräch mit dem Abt des Klosters in Halberstadt führte, dem das Herz schwer ist. Nicht wegen des Priesters, sondern wegen dessen Begleiter. Ein Mönch. Er ist vor langer Zeit gemeinsam mit jenem Alardus losgezogen, um Irrgeleitete wieder dem Wort Gottes zuzuführen.«

Volmars Atem ging kurz und schnell. Diese Wende war so gar nicht in seinem Sinne. Gerade kürzlich hatte der Kaiser den Namen Laemmlin von aller üblen Nachrede reingewaschen. Tauchte dieser Alardus nun wieder auf, begann vielleicht alles von vorn. Sein Blick fiel auf Eberhard von Ebersberg, der angesichts der Neuigkeiten augenscheinlich gegenteilig fühlte. Nun war er es, der grinste.

»Er hatte also einen Begleiter«, wiederholte der Kaiser nachdenklich.

»Ja, doch zum Bedauern des Abtes kehrte dieser Christan nie in sein Heimatkloster zurück. Man hält ihn dort nun für tot.«

Ludwig IV. nickte. Sein Blick war nachdenklich. »Das ist bedauerlich, aber nicht unwahrscheinlich. Zumal weder der Priester noch ein ihn begleitender Mönch je wiedergesehen wurden. Auch Wir nehmen an, der Mann ist tot. Gott erbarme sich seiner Seele.« Der Kaiser schlug ein Kreuz. An Eberhard von Ebersberg gewandt, sagte er: »Obgleich diese Neuigkeit

Euch nicht weiterhilft, Komtur: Ihr seht, manchmal tut sich Unerwartetes. Immer dann, wenn man nicht damit rechnet. Wie Wir es sagten.«

»Ich sehe dies als Beweis für Eure Weisheit.«

»Wir sind erfreut, das zu hören.« Ludwig IV. machte daraufhin eine Geste, die allen bedeutete, dass sie sich zurückziehen konnten.

Zusammen mit den anderen Männern murmelte Volmar ein »Gott schütze den Kaiser« und gesellte sich mit weichen Knien zu den Reihen der Bittsteller. Er wollte sich nichts anmerken lassen, aber die Angst davor, dass der Name Laemmlin doch noch in Verruf geriet, übermannte ihn beinahe. In diesem Augenblick kamen ihm jene Momente in den Sinn, da er Clementia und Imagina das letzte Mal gesehen hatte. Voller Absicht hatte er seinen Töchtern ins Gesicht gesagt, sie sollten gehen und niemals zurückkehren. Ihre erschrockenen Gesichter hatten sich in seinen Kopf eingebrannt. Dennoch: Gemeinsam konnte es für sie kein Glück geben. Die Heilbronner hätten nie aufgehört, in ihnen das Böse zu sehen – und er selbst hätte dadurch möglicherweise eines Tages alles verloren, was er und seine Vorfahren sich erschaffen hatten. Nein, Volmar war sich sicher: Mit seiner Weisung, dass sie gehen sollten, hatte er ihnen eher noch einen Dienst erwiesen. Womöglich waren Imagina und Clementia nur deshalb noch am Leben. Nun konnten sie woanders versuchen, neu anzufangen.

Volmar war noch immer so in Gedanken, dass er nur beiläufig wahrnahm, wie der Kaiser seinen nächsten Untertanen aufrufen ließ.

»Tretet vor, Ritter Hartmann von Bockingen.«

Volmar erblickte das Gesicht des Ritters, wie es zwischen den Bittstellern erschien. Seit dem Tage im Rathaus hatte er keinen Gedanken mehr an ihn verschwendet. Jetzt erinnerte er sich daran, wie er ihn in Wut gedemütigt hatte, nachdem Eberhard von Ebersberg ihn gereizt hatte. Sofort wusste er: Hartmann von Bockingen war hier, um sich seine Rechte bestätigen zu lassen. Soll er doch, dachte Volmar gleichgültig. Gerade wollte er den Blick abwenden, da sah er, wie der Ritter den Komtur am Arm fasste. Er raunte dem Ordensmann etwas zu, das Volmar nicht verstehen konnte – den Blick dabei fest auf seinen Feind gerichtet.

Clementia sah sich immer wieder um. Die Sonne war bereits eine Weile hinter den Dächern Esslingens verschwunden. Die umherlaufenden Männer und Frauen warfen lange Schatten. Plötzlich konnte sie Matteos große Gestalt ausmachen. Ihr Herz schlug schneller. Welche Neuigkeiten über Heilbronn würde er ihr bringen?

»Ihr seid wirklich gekommen«, sagte sie zu ihm, als er vor ihr stand.

»Du klingst überrascht. Hattest du etwa Zweifel an meiner Ehrlichkeit?«

Clementia spürte, wie ihre Wangen rot wurden. »Ich wollte Euch nicht beleidigen.«

»Schon gut. Ich halte mein Wort. Das tut man da, wo ich herkomme.«

»Wo ist das?«

»Italien.«

Jetzt, da er es aussprach, konnte Clementia die fremdartige Betonung seiner Worte auch zuordnen. Schon einmal war sie einem Mann aus diesem Land begegnet – einem Salzhändler. Sie war nicht gleich darauf gekommen, da der Mundator so groß und blond war. Als sie merkte, dass sie ihn anstarrte, fragte sie lieber gleich: »Hat der Kaiser Wort gehalten und zuerst über die Belange Heilbronns gesprochen?«

»Das hat er.«

Sie schlug die Hand vor den Mund, ohne dass sie es wollte. »Was wurde berichtet?«

»Es tut mir leid, dir das sagen zu müssen, aber Heilbronn ist erschüttert. Das Wasser des Neckars ist übergetreten und hat sich neue Wege gesucht. Die große Brücke ist zerstört.«

»Heilige Mutter Gottes. Hat es Tote gegeben?«

»Ja. Das Wasser hat viele mit sich gerissen, die sich auf der Brücke befunden haben, als sie brach. Auch ein Mann des Kaisers wurde getötet. Ich kannte ihn flüchtig. Götz Laemmlin.«

Clementia stieß einen Laut des Entsetzens aus und wandte sich schnell ab. Das Gesicht verborgen, versuchte sie mit aller Kraft ihre Gefühle niederzuringen, um sich nicht zu verraten. »Bitte verzeiht mir …«

»Kanntest du den Mann etwa?«

»Nein … natürlich nicht … bloß den Namen«, log sie. »Meine Base erzählte manchmal vom Stadtadel. Dem Rat und dem Orden.«

»Nun, zwischen Rat und den Deutschherren herrschte große Unruhe wegen der Weiden vor der Stadt, die überflutet worden sind. Jedenfalls bis eben noch.«

Clementia hatte sich wieder gefangen. Mit nun ruhiger Stimme fragte sie: »Bis eben?«

»Unser kluger Kaiser hat bewirkt, dass der Streit heute beigelegt wurde. Die Bürger Heilbronns dürfen den Neckar jetzt wenden und kehren, wie es ihnen beliebt. Der Orden hatte das Nachsehen, auch wenn …«

Clementia starrte auf einen Punkt vor sich, während Matteo weitererzählte. In ihrem Kopf waren all die Erinnerungen an die Streitigkeiten zwischen Orden und Rat plötzlich wieder sehr lebendig. Kaum zu glauben, dass dies jetzt ein solches Ende gefunden hatte. In sich gekehrt, sagte sie: »Eberhard von Ebersberg muss außer sich sein vor Wut.« Es dauerte ein paar Atemzüge, als ihr auffiel, dass Matteo schwieg. Sie blickte hoch und sah, wie er sie streng musterte.

»Wer bist du?«

Clementia trat einen Schritt zurück, bis ihr Rücken den Baumstamm der Linde berührte. »Ein Niemand.«

Er missachtete ihre Worte. »Deine Kleidung ist tatsächlich die einer Bäuerin, aber du verhältst dich nicht so. Warum interessieren dich die Geschicke der Ratsherren aus Heilbronn?«

»Ich sagte doch. Meine Base …«

»Und der Name des Komturs? Hat den auch deine Base erwähnt?«

»Ja …«, log Clementia schon wieder. Was sonst konnte sie auch tun?

Matteos Gesicht war nach wie vor ernst. »Warum sollte ein einfaches Mädchen bestrebt sein, etwas über einen Ordensmann zu erfahren?« Er schüttelte den Kopf und war im Begriff zu gehen. »Ich verschwende hier meine Zeit.«

Clementia erschrak. Mit der Absicht, ihn aufzuhalten, stieß sie aus: »Meine Base … sie dient im Hause Laemmlin als Magd. Ihr Name ist Irma.«

Matteo blieb stehen, sah sie wieder an. »Und warum verschweigst du das?«

»Weil sie fortgelaufen ist. Ich wollte sie mit meinen Lügen schützen. Habt Nachsicht, bitte.«

Sein Blick wurde allmählich wieder weicher. »Und du?«

»Ich?«

»Ja. Versteckst du dich deswegen vor den Heilbronnern?«

Clementia ergriff die unerwartete Möglichkeit zu einer Erklärung, die er ihr bot. »Ja, man kennt mein Gesicht. Ich fürchte, dass man mich an ihrer Stelle fassen und nach ihr befragen könnte.«

»Jetzt verstehe ich«, sagte er. »Nun, ich kann dich beruhigen. Die Heilbronner werden Esslingen sicher bald verlassen. Ihre Angelegenheiten, den Neckar betreffend, sind geklärt. Nichts zwingt sie, länger hierzubleiben. Vielleicht hältst du dich noch ein oder zwei Tage im Verborgenen. Dann bist du wieder sicher.«

Clementia sah auf. »Ja. Das werde ich tun. Ich danke Euch so sehr, dass Ihr Wort gehalten und mir über Heilbronn berichtet habt.«

»Gern geschehen. Ich wünsche dir, dass du eines Tages erfährst, ob deine Base wohlauf ist. Vielleicht kehrt sie ja doch zum Hause Laemmlin zurück. Nachdem der Ratsherr und sein Weib all ihrer vier Kinder verlustig gegangen sind, sollte ihnen wenigstens die Magd erhalten bleiben.«

»Alle vier?«, fragte Clementia nun mit mehr Beherrschung in ihrer Stimme. »Ihr sagtet nur etwas über Götz Laemmlin.«

»Die drei Töchter des Hauses sind verschwunden. Für zwei von ihnen gibt es zwar noch Hoffnung, aber nur eine schwache.«

»Und die dritte? Was ist ihr zugestoßen?«

»Ich möchte deine zarte Seele nicht mit den grausamen Einzelheiten belasten. Was Volmar Laemmlin während des Neckarunglücks geschehen ist, ist eigentlich zu viel für nur einen Mann. Möge Gott bis zum Heilbronner Jahrmarkt um Michaelis herum noch ein Wunder tun. Wenn die beiden Schwestern bis dahin nicht in Heilbronn erscheinen …« Er schüttelte den Kopf, als hätte er bereits zu viel gesagt.

Clementia sah in seinem Blick, dass er ihr nicht mehr von den Machenschaften der hohen Herren berichten wollte. So gerne sie ihn danach gefragt hätte, sie spürte, es war besser, ihn nicht weiter zu behelligen. Womöglich verriet sie sich dann doch noch. Stattdessen schlug sie jetzt ein Kreuz und sagte: »Ich werde beten, dass man die Schwestern findet – ganz gleich, wie unwahrscheinlich es scheint.«

»Wenn wir das alle tun, wird Gott uns sicher erhören. Der Kaiser hat verfügt, dass man noch heute eine Messe für die vier lesen lassen wird.«

»Welch eine Güte.«

»Du sagst es«, gab er nickend zurück. »Ich muss nun wieder gehen.«

»Ich habe Euch viel zu lange aufgehalten.«

»Schon gut. Leb wohl … Wie heißt du?«

»Gesa.«

»Leb wohl, Gesa.«

Clementia stand abseits des Trubels. Hier, dicht an die Stadtmauer gepresst, konnte sie die Nord- und Westseite der Dominikanerkirche sehen, die bloß wenige Schritte entfernt war. Sie hatte sich zwischen sechs gestapelte Holzfässer gepresst, sodass sie niemand entdecken konnte. Es war ihr recht. Sie weinte. Die Augen auf das Gotteshaus gerichtet, lauschte sie dem Wechselgesang, der aus den Mauern drang.

Warum sie hierhergekommen war, konnte sie sich nicht erklären. Zweifellos hatte es etwas Seltsames, einer Messe zuzuhören, die für einen selbst gehalten wurde, da man als tot erachtet wurde. Aber irgendwie, auf eine gewisse Art und Weise, fühlte sie sich ihren Schwestern gerade hier nahe. Sie vermisste Eilika und Imagina so schmerzlich, dass ihr das Atmen schwerfiel. Mit aller Kraft versuchte sie wenigstens den Gedanken an ihre Mutter zu verdrängen. Clementia kniff die Augen zu, schüttelte die Bilder geradezu ab, um nicht den Verstand zu verlieren. Mit dem Gesicht in den Handflächen verharrte sie zwischen den Fässern, den Rücken an den rauen Stein der Stadtmauer gelehnt. Leise schluchzte sie in sich hinein.

Aus der Kirche drang mittlerweile die Segnung. Bald würden alle aus dem Eingang in der Nordwand strömen. Sie sollte jetzt besser gehen, sagte Clementia sich selbst, als sie zwei Stimmen vernahm. Männer. Sie kamen näher, und die Art, wie sie sich unterhielten, ließ Clementia innehalten.

»Auf ein Wort. Bitte folgt mir.«

»Dort drüben sind wir ungestört.«

Clementia hörte, wie die Schritte sich näherten. Genau vor den hölzernen Fässern, die ihr als Versteck dienten, blieben die Männer stehen. Zunächst sah sie nichts von ihnen. Sie wagte jedoch nicht, sich zu bewegen.

»Was wünscht Ihr von mir, Ritter?«

»Habt Ihr denn wirklich keine Ahnung?«

»Nun, möglicherweise schon.«

»Dann sprecht es aus.«

»Ich denke, wir haben denselben Feind. Volmar Laemmlin hat Euch damals im Saal des Rathauses schwer beleidigt. Und Ihr tragt es ihm nach.«

Clementia zitterte am ganzen Körper. Sie hatte eine der beiden Stimmen erkannt. Es war Eberhard von Ebersberg, der soeben gesprochen hatte – der Bruder von Katharina.

»So ist es. Ich trage es ihm ebenso nach, wie Ihr es ihm nachtragt, dass Eure Schwester im Hause Laemmlin Dienste tun muss und ihr die Verbannung ins Klarakloster droht.«

Clementia runzelte die Stirn. Katharina tat Dienste in ihrem Elternhaus? Warum bloß? Es blieb keine Gelegenheit, weiter darüber nachzusinnen.

»Auch wenn Ihr recht mit dem habt, was Ihr sagt, Ritter: Der Kaiser hat Euch heute sein Wort gegeben, dass Eure althergebrachten Rechte und Gewohnheiten erhalten bleiben. Was wollt Ihr noch?«

»Rache. Ganz einfach Rache.«

Eberhard von Ebersberg lachte kurz auf. »Ihr seid offenbar ein überaus stolzer Mann.«

Die Stimme des Ritters klang jetzt zornig. »Volmar Laemmlin soll nicht einfach davonkommen. Sein Name wurde durch das Ergebnis des Ordals vielleicht vorübergehend vom Kaiser reingewaschen. Doch gibt es bis zum Jahrmarkt, an dem Ludwig IV. sein letztes Wort darüber spricht und über das Schicksal Eurer Schwester entscheidet, noch immer eine Möglichkeit, ihm zu schaden.«

»Sprecht deutlicher, Ritter.«

»Das geht nicht – noch nicht.«

»Nun gut. Dann frage ich Euch jetzt ganz offen: Was habe ich mit Eurer Rache zu schaffen?«

»Zufällig weiß ich, dass es einen Mann gibt, den Ihr noch mehr hasst als Volmar Laemmlin. Ich habe es damals in Eurem Blick gesehen, als dieser dem Kaiser über das von ihm ausgeführte Ordal berichtet und somit das Schicksal Eurer Schwester besiegelt hat.«

»Der Prokurator der Franziskaner«, spie der Komtur hasserfüllt aus.

Clementia biss sich auf die Faust, um sich nicht durch einen Laut zu verraten. Das Bild des gütigen Mannes aus dem Leprosorium kam ihr in den Sinn. Er sollte ihre Schwester dem Wasser übergeben haben? Es war kaum möglich, das zu glauben.

»Richtig. Bruder Luppolt. Ich werde Euch zu Eurer Rache verhelfen, wenn Ihr mir helft.«

»Wie das?«

»Findet zuerst die Laemmlin-Töchter«, deutete er verschwörerisch an.

»Das war, wie Ihr Euch denken könnt, sowieso mein Anliegen. Was wollt Ihr nun dazu beitragen?«

»Ich will Euch etwas geben.«

Clementias Herz schlug ihr bis zum Hals. Dennoch wagte sie einen Blick zwischen den Fässern hindurch. Zunächst sah sie bloß das weiße Übergewand des Komturs mit dem schwarzen Kreuz darauf. Dann seine Hände. Sie nahmen etwas entgegen.

»Was ist das?«

»Ein Hinweis. Er soll Euch helfen, die Laemmlin-Mädchen zu finden.«

»Woher habt Ihr das, und was bedeutet es?«

»Auch das kann ich Euch heute noch nicht sagen. Vertraut mir einfach und kommt bald zu meiner Burg – am besten mit guten Nachrichten. Dann werde ich machen, dass Ihr versteht.«

Jetzt erkannte Clementia, was der Komtur gereicht bekommen hatte. Schnell presste sie sich die Hand auf den Mund, bevor ihr noch ein Laut entfloh. Es war ein Stück Holz, und es trug Eilikas Blüten. Woher hatte der Ritter es? War er ihrer Schwester etwa begegnet? Clementia fiel es zunächst schwer, einen klaren Gedanken zu fassen. Wie passte das alles zusammen? Von selbst glitt ihr Arm hinab. Ihre Finger suchten das Stück Holz, das sie beim Galgen gefunden hatte. Es war noch in ihrer Tasche.

Als die Männer gingen und sie zurückblieb, war eines für Clementia klar: Eilika war noch am Leben. Sie musste sie schnell finden. Vor allem, um sie zu schützen.

TEIL III

Heilbronn, Wimpfen und Nürnberg

Im Jahre des Herrn 1333

ERSTES KAPITEL

Es war ein Sturm ohne Regen. Die dicken grauen Wolkenberge über ihr sahen aus, als würden sie ihr Wasser alsbald loslassen, doch es geschah nicht. Stattdessen war die Luft erfüllt von dem Rauschen des Windes und den unzähligen Blättern, die davon aufgewirbelt wurden.

Das Grau in Grau umhüllte sie. Eilika fühlte sich leicht. Sie fand sich sitzend auf einem schwarzen Pferd, das sie schließlich in einen Wald brachte. Hier schwangen die Äste bedrohlich nah an sie heran, sodass sie unwillkürlich den Kopf einzog. Sie wollte das Pferd zum Umkehren bewegen, doch was sie auch tat, es gehorchte ihr nicht. Immer tiefer schritt es in das Dickicht. Büsche mit Dornen streiften sie, ritzten ihr die nackten Beine auf, bis sie bluteten. Eilika fühlte Angst, Schmerz und Kälte. Die Dornen reichten jetzt bis zu ihren Armen. Obwohl auch der Rappe schon blutete, hielt er nicht an. Weiter quetschte er sich durch das Unterholz, als würde er getrieben von einer unsichtbaren Macht. Kurz bevor die Dornenbüsche sie zu verschlingen drohten, erreichten sie einen See. Hier blieb der Schwarze endlich stehen. Eilika sprang von seinem Rücken und besah ihren blutenden Körper. Sie trat an das Wasser, um sich die Wunden zu waschen, als plötzlich die blassen, aufgeschwemmten Leichen ihrer Schwestern und ihrer Mutter an die Oberfläche kamen. Eilika schrie.

»Nicht doch. Du bist in Sicherheit. Wach auf.«

Eilika riss die Augen auf. Ihr Atem ging hörbar schnell.

»Du hattest einen Albtraum.«

Ruckartig wendete sie den Kopf der Stimme zu. Neben ihr saß eine Frau, die sie noch nie zuvor gesehen hatte. »Wer bist du?«

»Ich bin Guda.«

»Was tue ich hier?« Eilikas Blick schweifte angsterfüllt umher. Sie lag in einer kleinen Kammer mit offener Fensterluke, durch die ein Hämmern zu ihr drang. »Wo bin ich?«

»Beruhige dich erst einmal. Du bist in Sicherheit und brauchst dich nicht zu fürchten.«

Eilika atmete tief durch, bis ihr Herzschlag sich wieder verlangsamte. Nun sah sie die Frau genauer an. Sie hatte tatsächlich ein gutmütiges Gesicht mit kleinen Augen. Ihre Wangen waren seltsam rot. Sie lächelte.

»Kannst du mir deinen Namen sagen?«

»Ich bin … Judith.«

»Woher kommst du, Judith?«

Eilika wollte einen Ort sagen, der genauso gelogen war wie ihr Name. Aber ihr Kopf war leer. Sie fühlte sich so kraftlos. Was war mit ihr geschehen?

»Ist schon gut«, beruhigte Guda sie. »Du musst dich noch ausruhen. Dein Fieber ist erst vor zwei Tagen gegangen. Wir dachten, du schaffst es nicht. Aber Gott war gnädig mit dir.«

Noch immer sah sie die Frau wortlos an. Wen meinte sie mit *wir*? Eilika hatte keine Kraft, um alle Fragen zu stellen, die ihr im Kopf waren. Ihre Kehle war trocken, die Lippen rissig. »Bitte, kann ich etwas Wasser haben?«

»Natürlich. Und ich bringe dir auch etwas zu essen, damit du wieder zu Kräften kommst.«

Die Frau namens Guda verschwand aus der Kammer. Und im nächsten Augenblick schon konnte Eilika nicht mehr mit Gewissheit sagen, ob sie eben wirklich da gewesen oder eine bloße Einbildung war.

Ein Schleifen von draußen ließ Eilika den Kopf zur Luke wenden. Sie sah den blauen Himmel. Schlagartig kamen ihre

Erinnerungen zurück. Götz. Katharina. Das Ordal. Eilika hob unter großer Anstrengung den rechten Arm. Das Handgelenk war verbunden. Es war also wahr.

Von draußen schallten die Worte herein: »Sie ist endlich erwacht.«

Dann fielen ihr auch schon wieder die Augen zu. Eilika schlief ein.

Es waren zwei weitere Tage vergangen, in denen sie bloß gelegen, gegessen und getrunken hatte. Nie zuvor hatte Eilika einen solchen Hunger verspürt. Ein gutes Zeichen, wie Guda behauptete. Dennoch gab sie ihr nur winzige Bissen auf einmal. Eilika beschwerte sich nicht. Die rotwangige Frau war herzlich und tat offenbar ihr Bestes, damit sie wieder gesund wurde. Guda war somit das Gegenteil der Heilbronner, die ihren Tod billigend in Kauf genommen hätten. Es war wohl gerade diese Gegensätzlichkeit, die Eilika schmerzlich jede Kleinigkeit ihres letzten Tages in ihrer Heimatstadt wieder vor Augen geführt hatte. Die vergangenen beiden Nächte hatte sie deshalb durchgehend geweint. Erst heute kamen keine Tränen mehr. Es fühlte sich an, als hätte sie Abschied genommen. Erst der Traum, dann die Tränen, jetzt das Gefühl der Ruhe tief in sich. Nie mehr würde sie zurückgehen nach Heilbronn. Nie mehr den Namen Eilika Laemmlin aussprechen. Das nahm sie sich fest vor. Ihr altes Leben gab es nicht mehr. Jetzt war sie Judith!

Ihre Füße berührten das erste Mal seit langer Zeit den Boden. Es fühlte sich seltsam an. Noch immer war ihr schwindelig im Kopf, und ihre Beine zitterten, doch sie wollte endlich aufstehen. So saß sie zunächst eine ganze Weile auf der Kante ihrer Bettstatt und erhob sich schließlich – mit der Hand an der Wand. Langsam ging sie Schritt für Schritt zur Fensterluke. Sie wollte endlich wissen, woher das Klopfen und das Schleifen kamen.

Das Erste, was Eilika sah, war ein ummauerter Hof mit runder Toreinfahrt, dessen Rückwand wohl die Stadtmauer war. Sie erblickte ein dünnes Pferd, das aus einem Verschlag herausschaute, ein paar Hühner und eine kleine Fachwerkscheune, aus der die seltsamen Geräusche drangen. Neben der Scheune lagen drei Geweihe. Eilika fragte sich, warum, und sie entschied sich, nach unten zu gehen.

Die ersten Stufen fielen ihr schwer, doch ihre Kraft kam zurück, und der Schwindel verschwand. Eilika trat nach draußen und atmete tief ein. Die Luft roch ein wenig anders, als sie es noch in Heilbronn getan hatte. So, als wäre es später Sommer. Doch womöglich lag es bloß an diesem Ort, von dem sie nicht wusste, wie er hieß. Wie lange hatte sie im Bett gelegen? Vielleicht war die Antwort auf diese Frage in der Scheune zu finden.

Eilika blickte durch die offene Tür und sah den Rücken eines Mannes, der ein Geweih auf dem Schoß hatte. Mit kräftigen Bewegungen bearbeitete er das untere Ende. Als die Tür, an der sie sich festhielt, plötzlich quietschte, drehte der Mann sich um und ließ das Messer in seiner Hand ruhen.

»Du bist auf den Beinen«, stellte er sichtlich erfreut fest.

»Ja. Es fühlt sich ein wenig so an, als müsse ich erneut das Laufen lernen.«

»Das wundert mich nicht. Du warst lange sehr krank. Als ich dich fand, war ich fast sicher, du schaffst es nicht.«

»Ihr habt mich gefunden?«

»Marie und ich, um genau zu sein.«

»Marie?«

»Meine treue alte Stute.« Er wies mit dem Messer auf das dünne Pferd.

Eilika musste lächeln. »Wie kann ich Euch nur dafür danken, dass Ihr mich gesund gepflegt habt?«

»So gerne ich deinen Dank annehmen würde, er gebührt mir nicht. Guda saß jeden Tag an deiner Seite.«

»Dann werde ich Eurem Weib meinen tiefsten Dank aussprechen.«

»Nicht mein Weib. Sie ist die Nachbarsfrau. Ich kenne sie bereits mein ganzes Leben.«

Eilika las auf dem Gesicht des Mannes, wie sehr er Guda schätzte. Er schien ein gutes Herz zu haben. Sie mochte ihn.

»Guda erzählte mir, dass du Judith heißt. Ich bin Lando.« Er legte sich die Hand auf die Brust und deutete eine ungelenke Verbeugung im Sitzen an.

Wieder musste Eilika lächeln. Sein Versuch, besonders höflich zu sein, sah einfach komisch aus.

Davon abgelenkt, achtete Lando nicht auf das Geweih. Es rutschte von seinem Schoß, bevor er es festhalten konnte, und fiel krachend zu Boden. Eine Spitze brach ab und sprang vor Eilikas Füße.

»Oh nein, ich habe Euch abgelenkt«, bemerkte sie reumütig. Dann hob sie das Geweihende hoch und reichte es ihm. »Jetzt ist es meinetwegen zerbrochen.«

»Sorge dich nicht. Dieser Teil eines Geweihs ist nicht wichtig für meine Arbeit. Ich benötige lediglich das Stück, das nah am Kopf des Hirsches wächst.« Er zeigte auf den genannten Teil. »Hier ist es nämlich am härtesten.«

»Wozu braucht Ihr das?«

»Ich fertige daraus die sogenannte Nuss und den Nussbrunnen.« Er griff hinter sich auf den Tisch und holte ein wohlgeformtes Stück Holz hervor, das ungefähr die Länge eines Armes hatte. »In diesen Schaft bohre ich ein Loch für den Nussbrunnen und eine Kerbe für die Sehne …«

Eilika sah ihn ratlos an. Ihre hochgezogenen Augenbrauen sprachen offenbar für sich.

»Verzeih mir, ich rede umständlich. Das wird eine Armbrust.« Er lächelte stolz. »Meine Jagdwaffen sind die besten weit und breit. Diese hier ist sehr bald fertig. Sie ist für einen Edelmann bestimmt.«

»Dann scheint Euer Ruf tatsächlich weit über Eure Heimat hinauszueilen, Armbruster Lando.«

Er nickte. »Und deine Heimat? Wo ist das? Ich habe lange gewartet, um dich endlich danach fragen zu können.«

Eilika spürte, wie ihr die Farbe aus dem Gesicht wich. Eben noch hatte sie sich vorgenommen, nie wieder über ihre Vergangenheit zu sprechen. Warum hatte sie sich nicht überlegt, was sie stattdessen sagen könnte? Als ihr bewusst wurde, wie auffällig sie sich verhielt, hatte sie nur noch einen Wunsch: dem Moment zu entfliehen.

»Ich habe Eure Gastfreundschaft schon viel zu lange in Anspruch genommen. Leider besitze ich nichts, was ich Euch geben könnte. Aber seid Euch meiner tiefen Dankbarkeit gewiss. Lebt wohl!«

Eilika wandte sich um, ohne auf eine Antwort zu warten, und schritt durch die steinerne Toreinfahrt auf eine schmale Gasse. Sie war beidseitig gesäumt von schiefen Fachwerkhäusern, wie es sie in jeder Stadt gab. Ohne einen Grund entschied sie sich dafür, nach links zu gehen. Als Nächstes hielt sie sich rechts. Nach wenigen Schritten sah sie einen Kirchplatz. Der Schweiß stand ihr bereits auf der Stirn, und ihre Beine zitterten von der ungewohnten Anstrengung. Dennoch ging sie weiter. Auf dem Kirchplatz angekommen, war es jedoch nicht das Gotteshaus, das ihre Aufmerksamkeit erregte.

Eilika trat auf einen Graben zu, wohinter sich ein Bergsporn erhob. Auf seiner Spitze sah sie eine weitere Stadt mit Türmen und einer Mauer. Nun wusste sie, wo sie war. Nur von einer Stadt kannte sie jene Zweiteilung – wenn auch bloß aus Erzählungen. Das vor ihr musste die Kaiserpfalz Wimpfen sein, und sie selbst befand sich in Wimpfen im Tal. Unverändert hing ihr Blick an der Pfalzmauer hoch über ihr. Männer waren dort zu Werke. Sie brachen die Mauer ab, damit beide Teile Wimpfens zusammenwachsen konnten. Ihr Vater hatte mit einigen Ratsherren darüber Gespräche geführt.

Die Gewissheit, so nah an Heilbronn zu sein, und ebenso ihr geschwächter Körper ließen Eilika taumeln. Ihre Beine knickten ein. Gerade noch so schaffte sie es zu einem Baum, an dessen Stamm sie sich stützte. Schwarze Punkte tanzten vor ihren Augen. Nur noch schemenhaft nahm sie die Umrisse Landos wahr, wie er sie auf seine Arme hob.

Wortlos brachte er Eilika zurück, bis auf seinen Hof und bis in sein Bett.

Das Erste, was Eilika sah, war Gudas strenges Gesicht. »Es war sehr dumm, was du gestern getan hast, Judith. Ich glaube, dir ist nicht bewusst, wie nah du vor Kurzem noch dem Tode warst. Dein Körper ist schwach.«

»Lass sie, Guda«, erklang es plötzlich hinter ihr.

Eilika sah Lando näher treten. Er biss in einen Apfel und reichte auch ihr einen.

»Hör zu, Judith. Ich weiß nicht, wer du bist und woher du kommst. Du willst offenbar nicht darüber sprechen. Es ist mir einerlei.«

Während sie zuhörte, drehte Eilika den Apfel in ihren Händen. Es fiel ihr schwer zu glauben, dass diese beiden Menschen ihr so viel Gutes wollten, obwohl sie sie gar nicht kannten.

»Wenn du gehen willst, geh. Das Tor ist jederzeit offen. Aber vielleicht solltest du besser warten …« Er setzte sich neben sie auf die Bettstatt. »… bis das hier verheilt ist.« Lando griff nach ihrem Arm und schob behutsam ihren Ärmel zurück. Jemand hatte die Verbände entfernt. Sie sah die aufgeriebene Haut an ihren Gelenken. Noch immer leuchteten die Stellen rot. »Ich werde dich nicht danach fragen, was du getan hast. Aber diese Wunden sind der Grund, warum ich dich nicht ins Spital gebracht habe. Dort *hätte* man gefragt, sei dir dessen gewiss.«

Eilika senkte den Blick. Sie schämte sich, weil es aussah, als hätte sie Gudas und Landos Freundlichkeit nicht verdient. Am liebsten hätte sie den beiden alles erzählt. All das Unrecht, das ihr widerfahren war. Und dass sie unschuldig war. Aber die Furcht davor, dass man ihr nicht glauben würde, war einfach größer. Darum sagte sie nur: »Ich danke Euch – von ganzem Herzen.«

Guda tätschelte Eilikas Wange. »Nun guck nicht so niedergeschlagen. Es gibt wahrlich schlechtere Orte als diesen.«

»Allerdings.« Sie rang sich ein Lächeln ab.

»Wir werden uns schon verstehen, Kind. Und jetzt koche ich einen guten Eintopf und verscheuche damit alle trüben Gedanken. Wenn es dir besser geht, hilfst du mir in der Küche und mit dem Hof.«

»Und Marie würde sich sicher auch freuen, wenn ihr jemand mal das alte Fell abschrubbt.«

Eilika griff Gudas Hand und drückte diese kurz. »Ich wünschte, es wäre schon so weit. Ich habe wahrlich genug herumgelegen.«

»Nichts da! Du bleibst brav im Bett.« Daraufhin verschwand Guda.

Lando sah ihr nach. »Ihr verstorbener Gemahl war Schneider. Sie hat deshalb etwas übrig für Handarbeiten. Vielleicht könntet ihr zusammen …«

»Verzeiht, dass ich Euch unterbreche, aber Handarbeiten liegen mir nicht.«

»Ist das so?«

Er fragte es auf eine Weise, die Eilika deutlich machte, dass er ihre Herkunft nicht einschätzen konnte. Doch er hielt sein Wort und hakte nicht nach. »Ich bin gespannt, was es dann ist, das dir liegt.«

Christan nahm Platz am Kopf des großen Tisches. Er blickte sich um, sah in die entstellten Gesichter der Leprosen, die darauf warteten, dass die Sitzung begann. Mal wieder bemerkte er, wie schwer es ihm noch immer fiel, mit dem starken Widerspruch zurechtzukommen. Keiner der Männer und Frauen war wirr im Kopf, bloß ihre Körper waren krank. Das Leprosorium stellte darum einen Segen für die Aussätzigen dar. Hier konnten sie in einer klosterähnlichen Umgebung leben, die ihnen Schutz, Nahrung, Kleidung und göttlichen Beistand gewährte. Niemand starrte sie an, denn unter ihresgleichen waren sie gewöhnlich. Christan waren diese Menschen in seiner kurzen Zeit als Prokurator ans Herz gewachsen. Seine Fürsorge ging längst über die bloße Seelsorgepflicht der Franziskaner hinaus. Er war sogar bemüht, keine der Sitzungen zu verpassen, obwohl die meisten Angelegenheiten von dem Leprosenmeister allein hätten geregelt werden können.

Dieser sah ihn jetzt mit seinem verbliebenen Auge auffordernd an. Das andere war bereits trüb und bläulich verfärbt. Sein Gesicht war eine unbewegte Fratze.

»Bitte fangt an, Meister Georg«, forderte Christan ihn auf.

»Sehr wohl, Prokurator«, antwortete der Leprose und wandte sich der Gemeinschaft zu. »Liebe Brüder und Schwestern. Es gibt einiges zu besprechen an diesem Tag. Zum einen haben wir den Verlust eines Bruders zu beklagen, wie ihr wisst. Conrad ist in den frühen Morgenstunden zu unserem Herrn gerufen worden. Er war ohne Familie, darum bitte ich jemanden, der dazu in der Lage ist, die Totenwache zu übernehmen.«

Christan sah, wie einige fingerlose Hände in die Höhe gingen.

»Albert, du warst sein Freund. Erweise du ihm diesen letzten Dienst«, bestimmte Meister Georg.

»Es wird mir eine Ehre sein.«

»Gut. Die übliche Märtyrermesse und sein Begräbnis werden gleich morgen stattfinden. Da er nichts besaß und keine Verwandten hatte, gibt es keinen Nachlass, den es zu verwalten gilt. Möge unser Bruder in Frieden ruhen. Amen.«

»Amen«, ertönte es aus allen Mündern.

»Kommen wir zu der nächsten Sache.« Der Leprosenmeister zögerte. Dann sagte er: »Leider eine sehr unerfreuliche.«

Christan nahm eine Stille zur Kenntnis, die ihm ungewöhnlich lang erschien. Er sah nacheinander in die Gesichter der Gemeinschaft. Durch ihre Entstellungen war es schwer, darin zu lesen. Dennoch fiel ihm ein Mann besonders auf. Er hielt den Kopf gesenkt.

»Einer unserer Brüder hat sich wiederholt eines Vergehens schuldig gemacht. Selbst meine Verwarnung, die dazu geführt hat, dass dieser Bruder das Spital schon einmal für ein Jahr und einen Tag verlassen musste, blieb ohne Wirkung.« Der Leprosenmeister wandte sich an Christan. »Heute ist es wohl unabdingbar, dass wir Euch als geistige Aufsicht einschalten müssen.«

»Nein!«, rief der Mann, der eben noch den Kopf gesenkt hatte. Es war ihm offenbar klar, was das bedeutete. »Ich bitte Euch, Bruder Georg. Tut mir das nicht an.«

Der Leprosenmeister wandte sich dem Mann zu. »Nicht ich allein habe das zu entscheiden. Die Gemeinschaft wird es tun – und der Prokurator.«

»Ich flehe Euch an. Gebt mir noch einmal die Möglichkeit, mich zu bessern.«

»Schweig, Bruder«, sagte Christan nun. »Lass den Leprosenmeister sprechen.«

Der Mann gehorchte.

»Meine Brüder und Schwestern. Wie ich schon sagte: Einer unter uns hat sich wiederholt ungebärdig verhalten. Bruder Ulrich ist nach seiner Wiederaufnahme im Leprosorium erneut beim Koitus mit seinem Eheweib ertappt worden, obwohl dies Aussätzigen verboten ist. Zwei unserer Brüder haben es gesehen und bestätigt. Nun müssen wir entscheiden, ob wir ein solches Mitglied länger in unseren Reihen dulden können oder ob wir der Leprosenordnung folgen, die eine klare Strafe dafür vorsieht. Bitte macht durch ein Handzeichen deutlich, wenn ihr dafür seid, dass Bruder Ulrich gehen muss.«

Christan sah, wie alle Arme nach oben gingen. Die Entscheidung war schnell gefallen. Bruder Ulrich schluchzte bitterlich.

»Dann sei es entschieden«, sagte der Leprosenmeister und sah auffordernd zu Christan.

Er wusste, was er nun zu tun hatte. Der Ausschluss eines Mitgliedes bedurfte seiner Entscheidungsgewalt. Christan stand auf. »Bruder Ulrich. Du bist hiermit aus der Gemeinschaft ausgeschlossen. Ich fordere dich auf, das Leprosorium zu verlassen und nicht mehr zurückzukehren. Geh mit Gott. Er erbarme sich deiner Seele.«

Heulend wie ein Kind verließ Bruder Ulrich den Tisch. Es war für Christan nicht leicht, das mit anzusehen – wusste er doch, dass der Mann allein auf sich gestellt nun wahrscheinlich auf den Straßen sterben würde.

Erst als das Klagen des Verwiesenen nicht mehr zu hören war, fuhr Meister Georg fort: »Kommen wir jetzt zu dir, Bruder Clemens. Dein Eheweib hat den Wunsch geäußert, zu dir ins Leprosenheim zu ziehen, wie es Papst Gregor IX. vor vielen Generationen vorgeschrieben hat. Ist deinem Weib klar, was mit diesem Wunsch einhergeht? Sie wird auf diesem Hof wohnen, dennoch seid ihr voneinander getrennt, da ihr in unterschiedlichen Häusern untergebracht seid. Der Beischlaf ist euch untersagt, auch wenn ihr vor Gott verbundene Eheleute seid.«

»Ja, Bruder Georg. Sie ist sich darüber im Klaren.«

»Und sie will dennoch zu uns stoßen?«

»Das will sie. Mein Weib ist von der Unauflösbarkeit der Ehe vor Gott über jedes Siechtum hinaus überzeugt. Nur zusammen können wir dem heiligen Sakrament der Ehe folgen. Das waren ihre Worte.«

Der Leprosenmeister nickte bedächtig. »Dann holen wir sie jetzt zu uns, damit wir unsere neue Schwester begrüßen dürfen.« Etwas lauter als zuvor rief Bruder Georg: »Komm herein!«

Christan sah zur Tür. Eine hübsche Frau trat ein. Sie hatte ihr gutes Kleid angezogen, ein warmes Schultertuch umgelegt und trug auf dem Kopf eine verzierte Haube. Er dachte bei sich, dass sie wohl ein letztes Mal ein solches Gewand hatte tragen wollen. Denn die Kleidung des Leprosoriums, die ihr heute übergeben werden würde, war dunkel und schlicht. Christan wollte den Blick schon abwenden, da ruckte sein Kopf plötzlich zurück. Er verengte die Augen und konnte nicht glauben, was er da auf der Haube der Frau sah. Die Erkenntnis kam über ihn wie ein Eimer kalten Wassers: die Laemmlin-Blüten!

»Sei willkommen in unserer Gemeinschaft, Schwester Barbara«, sprach Bruder Georg jetzt.

»Habt Dank, Leprosenmeister«, gab sie beinahe schüchtern zurück und knickste.

Er wies auf die Seite an der Tafel, wo die Frauen Platz genommen hatten. »Du darfst dich deinem Gemahl gegenübersetzen. Bei den Mahlzeiten sind wir zusammen. Ebenso beim Gebet. Ansonsten gilt für euch das Zölibat. Ist dir das klar, Schwester Barbara?«

»Ja.«

»Deine Kleidung musst du später ablegen. Wir kleiden dich neu ein.«

Sie nickte.

»Deine Aufnahme ist – ähnlich eines Noviziats – eine auf Zeit. Solltest du dich nicht bewähren, musst du wieder gehen.«

»Ich werde Euch und meine neuen Brüder und Schwestern nicht enttäuschen.«

Christan erhob sich, ohne darüber nachzudenken, was er da tat. »Ich … ich wünsche Schwester Barbara die Beichte abzunehmen.«

Der Leprosenmeister sah ihn verwirrt an. »Jetzt gleich?«

»Ja, wenn es Euch nicht stört. Der Vorfall mit Bruder Ulrich hat mir gezeigt, dass die Vorbereitung seines Geistes nicht ausreichend gewesen ist. Diesen Fehler sollten wir nicht wiederholen.«

»Weise gesprochen. Wir können von Eurem Weitblick nur lernen.« Meister Georg richtete das Wort an Barbara. »Folge dem Prokurator in unsere Kapelle und erleichtere deine Seele, bevor du in die Gemeinschaft aufgenommen wirst.«

»Wie Ihr wünscht«, gab sie artig zur Antwort und folgte Christan.

Noch während er den Hof überquerte, schickte er ein stummes Gebet gen Himmel. *Herr, lass sie mir sagen können, woher die Haube stammt. Bitte gib mir die Möglichkeit, meine Sünden zu bereinigen.*

»Requiem aeternam dona eis Domine: et lux perpetua luceat eis. Te decet hymnus, Deus, in Sion, et tibi reddetur votum in Jerusalem: exaudi orationem …«, hallte die Totenmesse von den Wänden wider.

Luitgardis saß hinten in der Kirche, weit weg von der Gemeinschaft der Trauernden. Von hier aus beobachtete sie, wie ein Priester den Aussonderungsritus vollzog. Der von Aussatz befallene Mann kniete vor dem Altar – gänzlich bedeckt mit einem Leichentuch. Nach der Messe würde er in sein eigenes Grab steigen, wo man ihn mit Erde bewarf. Auf diese Weise erklärte man ihn für tot. Erst danach erhielt er Eintritt ins Leprosorium. Luitgardis hatte sich nie viele Gedanken über diese Aussonderung gemacht. Es hatte sie nie betroffen. Doch jetzt, da man ihre Kinder für tot hielt, musste sie stark mit sich kämpfen, um nicht aus der Kirche zu stürmen. Als sie meinte, das Requiem keinen Augenblick länger zu ertragen, vernahm sie plötzlich eine leise Stimme neben sich.

»Ihr seid eine kluge Frau, Luitgardis Laemmlin. Meine Hinweise sind Euch also nicht entgangen.«

»Ich verbringe meine Tage mit Warten und Hoffen, Prokurator. Da war es mir ein Leichtes, Eure Zeichen zu deuten.« Luitgardis sah auf die beiden Gegenstände in ihrer Hand. Es war das Tuch mit Imaginas Blüten darauf, welches kürzlich noch im Besitz von Bruder Luppolt gewesen war. Zudem noch zwei zusammengebundene Stöcke, die wie ein Kreuz aussahen. Beides hatte des Morgens vor ihrer Tür gelegen. Luitgardis war sofort zur Kilianskirche geeilt – dem einzigen Ort, an den sie laut Volmar gehen durfte. »Sagt mir, warum habt Ihr mich herbestellt?« Auch sie flüsterte. »Ich wage kaum zu fragen.«

»Gott der Herr hat es gefügt, dass mir eine Frau namens Barbara begegnet ist.«

Sie sah, wie Bruder Luppolt in den Falten seines Gewandes nach etwas suchte. Die Faust darum geschlossen, reichte er ihr etwas herüber.

»Sie trug diese Haube, als ich sie traf.«

Luitgardis entfaltete den Stoff. Sogleich erfasste sie die spitzen und runden Blätter. Augenblicklich fingen ihre Finger an zu zittern. Nur mit Mühe vermochte sie zu sprechen. »Imagina…!« Mit beiden Händen drückte sie das Tuch an den Mund.

»Es ist ein Wunder, wenn Ihr mich fragt.«

»Wahrlich! Doch wo ist diese Frau nun? Hat sie meine Tochter gesehen?«

»Wenn es stimmt, was sie sagt, sind sie sich kürzlich im Katharinenspital begegnet.«

»Sie lebt also!« Luitgardis schossen die Tränen in die Augen. Während sie ein Kreuz schlug, sagte sie schluchzend: »Dem Herrn im Himmel sei Dank und allen Heiligen. Mir ist gleich, was mein Gemahl gesagt hat, ich muss sofort zu ihr.« Sie war schon im Begriff, sich zu erheben, da hielt der Prokurator sie auf.

»Wartet. Das wäre nicht klug. Wir müssen vorsichtig sein. Außerdem könnt Ihr gar nicht zu ihr. Nicht jetzt auf jeden Fall.«

»Warum?«

»Weil Eure Tochter schon wieder fort ist. Sie verließ die Stadt mit einem Mann.«

»Was? Wohin ist sie gegangen?«

»Jene Barbara vermutet, nach Nürnberg. Doch sicher war sie sich nicht.«

»So weit fort«, bemerkte Luitgardis nachdenklich. »Was wollen wir jetzt tun?«

»Ich werde mich dorthin aufmachen. Und so Gott will, werde ich sie finden und sie warnen. Dann wisst Ihr wenigstens eine Eurer Töchter in Sicherheit.«

Luitgardis sah dem Prokurator eindringlich ins Gesicht. »Bitte findet mein Kind, bevor jemand anderes es tut. Sollte es Euch gelingen …« Sie brach ab. »Die Düsternis würde aus meinem Herzen weichen. Mein Überleben hätte einen Sinn.«

»Ich werde tun, was in meiner Macht steht. Und wenn ich sie gefunden habe, schicke ich einen Stadtboten zu Euch.«

Beke trat aus der winzigen Kirche außerhalb Nürnbergs, wo ein Windstoß sie erfasste. Blätter wirbelten umher, doch keine Wolke war am Himmel zu sehen. Mit einem wohligen Gefühl in sich hielt sie ihr Gesicht der Nachmittagssonne entgegen. Die wogenden Bäume um sie herum schienen ihnen zuzujubeln. Es war getan!

Ebo hielt ihre Hand. Er sah ihr in die Augen, als er ihren beringten Finger küsste. »Du bist nicht gram, weil unsere Vermählung nicht im Herzen Nürnbergs stattfand?«

»So etwas darfst du nicht mal denken. Ich brauche kein Freudengeschrei, kein Saufgelage, keinen überflüssigen Zierrat. Nur du und ich und Gott.«

»Dann lass mich dich jetzt heimführen. Ab heute ist mein Haus auch dein Haus, liebste Gemahlin.« Ebo half ihr auf den Wagen. Noch einmal ging er zum Priester und den zwei unbekannten Männern, die ihnen als Zeugen gedient hatten.

Am Gesicht des Gottesmannes konnte Imagina sehen, dass Ebos Spende großzügig war. Zu Recht. Schließlich hatte der Geistliche ebenso großzügig darüber hinweggesehen, dass kein Vormund zugegen gewesen war, der die Braut dem Bräutigam übergeben hatte, wie es eigentlich Brauchtum war. Dennoch hatte er ihnen hier, in der Abgeschiedenheit, wo keine Sittenwächter über sie richteten, seinen priesterlichen Segen gegeben. Nun waren sie vor Gott verbundene Eheleute.

Wenig später gab Ebo dem Pferd die Zügel. Sie machten sich auf nach Nürnberg, wo nun niemand mehr fragen würde, woher Imagina kam. Als Ehegattin von Ebo Tucher war ihre Vergangenheit wie ausgelöscht. Sie war jetzt Beke Tucher, ein gutes Gefühl. Beinahe kam es Imagina so vor, als hätte Gott ausgleichen wollen, was ihr vorher geschehen war. Womit sonst hatte sie einen Mann wie Ebo verdient, der sie zur Frau genommen hatte, obwohl sie nichts besaß? Zum zigsten Male blickte sie an sich herab. Ihr Brautkleid war aus schönstem Brokatstoff. Dem besten, den Ebo je in seinen Lagern gehabt hatte, wie er sagte. Imagina selbst hatte die abnehmbaren und überlangen Schmuckärmel, den Ausschnitt und den Saum wie auch die Schleppe mit Blütenranken bestickt. Auf diese Weise waren Eilika und Clementia bei ihr. Unzählige Nächte hatte sie daran gesessen und dabei ebenso unzählige Tränen in ihrem Andenken vergossen. Bei dem Gedanken daran wurde das Herz ihr wieder schwer. Ihre Augenlider zuckten. Doch Imagina blinzelte die aufkommende Traurigkeit weg. Nicht heute!

Als Ebo ihren Gesichtsausdruck bemerkte, fragte er: »Bist du nicht glücklich, Liebste?«

»Oh doch, das bin ich. An deiner Seite empfinde ich Glück. Und doch trage ich auch Traurigkeit in mir, wie du weißt. Gerade an diesem Tag.«

»Wärst du lieber in deiner Heimat Sontheim?«

»Nein. Meine Heimat ist jetzt Nürnberg. Doch ich vermisse diejenigen, die der Neckar mir genommen hat.« Imagina hatte noch nie mit ihm über Einzelheiten geredet. Es wäre unklug, zu viel von ihrer Vergangenheit preiszugeben. Und dennoch drängte es nun hinaus. »Ich hatte Schwestern, musst du wissen.«

»Wie viele?«

»Zwei.«

»Willst du mir von ihnen erzählen?«

»Eines Tages bestimmt. Wenn es nicht mehr so wehtut.«

Ebo nahm die Zügel in eine Hand und legte Imagina den anderen Arm um die Schultern.

Sie schmiegte sich an ihn. So lange, bis sie das Stadttor passiert hatten und den Hof ihres Hauses in der Tucherstraße befuhren. Hier ließ sie sich von Ebo vom Wagen helfen.

Aufmunternd lächelte er ihr zu.

Imagina nickte, um ihm zu verstehen zu geben, dass sie bereit war.

Ebo führte sie die Stiegen hinauf und geleitete sie ins Schlafgemach, wo bereits ein Kohlebecken die Kammer erwärmte. Ohne ein Wort begann er seine Kleidung abzulegen. Nackt kam er auf sie zu.

Imagina wollte nicht scheu sein. Es gab keinen Grund, sich zu fürchten. Niemals würde Ebo ihr mit Absicht wehtun – dessen war sie sich sicher. Dennoch, der Anblick seines großen Körpers, seiner kräftigen Arme und seines Gemächts drohten sie zu überwältigen. Geräuschvoll atmete sie ein und aus, blickte zu Boden.

Ebos Hand berührte ihre Wange. Er küsste sie und begann dann, sie zu entkleiden. Als ihr Untergewand gefallen war, zog er sie sanft aufs Bett.

Imagina tat, wozu er sie brachte. Sie legte sich auf den Rücken, ließ ihn zwischen ihre Beine. Dann schloss sie die Augen. All ihre Sinne waren nun auf ihre Mitte gerichtet, wo sie etwas Hartes spürte. Ebo drang in sie ein. Ein Stechen durchfuhr ihren ganzen Körper. Sie wollte es einfach ertragen, dennoch entkam ihr gegen den eigenen Willen ein schmerzgetriebenes Stöhnen. Kurz hielt er darauf inne, um wenig später langsamer fortzufahren. Ebo bewegte sich in ihr. Nicht grob, aber doch fordernd. Als sie die Augen öffnete, sah Imagina ihm an, dass er nun nicht mehr in der Lage war anzuhalten. Unerwartet ließ der Schmerz zwischen ihren Beinen nach. Es begann sich gut anzufühlen, was er tat. Dann war es Ebo, der zu stöhnen begann. Seine Stöße wurden schneller. Drei oder vier Mal drückte er sich noch tiefer in sie hinein als zuvor, bis er das Gesicht verzog. Imagina erschrak. Hatte sie etwas falsch gemacht? Gerade wollte sie ihn danach fragen, da rollte Ebo schwer atmend zur Seite. Um seinen Mund war bald ein zufriedener Zug auszumachen. Seine Hand suchte die ihre, und zu Imaginas Erstaunen küsste er sie daraufhin.

Außer Atem sagte er: »Jetzt sind wir auf jede Weise verbundene Eheleute.« Er zog sie in seinen Arm. »Ich wünsche dir eine erholsame Nacht, liebe Gemahlin.«

Imagina schlief vor Erschöpfung ein und erwachte am nächsten Morgen noch vor Ebo. Unverändert ruhte ihr Kopf an seiner Schulter. Der gestrige Abend kam ihr als Erstes in den Sinn. Imagina sah gespannt unter das Laken. Und tatsächlich, es war, wie alle immer erzählten. Blut befand sich zwischen ihren Beinen.

In diesem Augenblick öffnete auch Ebo seine Augen. Er folgte ihrem Blick und lächelte vielsagend. »Du bist jetzt eine Ehefrau.«

Imagina war hin- und hergerissen zwischen Stolz und Scham. »Ja, die Ehe ist nachweislich vollzogen.«

»Noch nicht ganz, Liebste. Es fehlt noch etwas Entscheidendes.«

»Und was?«

»Deine Brautgabe.« Sein Kinn ruckte Richtung Blutfleck. »Zur Entschädigung für deine verlorene Jungfräulichkeit.«

»Richtig.« Imagina setzte sich auf und zog sich das Laken vor die Brust. »Dann los. Entschädige mich«, forderte sie mit einem kecken Lächeln.

»Ich gebe dir zehn Ballen Tuch. Du sollst damit verfahren, wie du magst, und die Münzen aus dem Verkauf einbehalten.«

»Ebo«, sagte Imagina und bemerkte selbst, wie ihr die Gesichtszüge entglitten. »Zehn Ballen? So viel?«

»Nun, ich werde sie dir nicht auf einmal geben können. Ansonsten ist in meinem Lager nichts mehr, was ich verkaufen könnte. Wir fangen mit drei Ballen an.« Er lächelte über seine eigenen Worte. Dann aber wurde sein Gesicht plötzlich ernst. »Hör mir zu, Beke. Ich gebe dir deshalb einen so beachtlichen Brautschatz, weil ich einen Plan habe. Einen gemeinsamen Plan.«

»Wie lautet er?«

Ebo stand auf. Nackt, wie er war, ging er zu Imaginas Brautkleid. Er nahm es mit zur Bettstatt und legte es seiner Frau in den Schoß. »Deine Blüten werden in Zukunft unser Tuch zieren wie das Zeichen eines Steinmetzen auf seinen behauenen Werken. Ich habe es im Gefühl. Die Nürnberger Frauen werden uns die Tuche aus den Händen reißen. Was sagst du?«

»Ich sage, dass dieser Einfall von mir hätte sein können.«

ZWEITES KAPITEL

Clementias Vorhaben war gewagt. Doch sie sah keinen anderen Ausweg mehr. Ihre Mittel waren aufgebraucht. Eine Weile lang würde sie noch in der Herberge in Esslingen bleiben können, doch was war dann? Solange Thomas in Esslingen weilte, musste sie sich vor ihm in Acht nehmen. Und als ob das noch nicht ausreichte, gab es nun auch noch Eberhard von Ebersberg und den fremden Ritter, der ihr und Eilika ebenso nach dem Leben trachtete. Clementia brauchte nun zwei Dinge: Schutz und Zeit. Und tatsächlich schien der Schutz dort am höchsten, wo sie jeder am wenigsten erwarten würde – beim Kaiser. Doch zunächst einmal musste sie dafür sorgen, dass sie Zeit gewann.

Die vergangenen Tage hatte sie damit zugebracht, ihren Plan vorzubereiten. Heute war es so weit.

Während sie früh am Morgen aus der Herberge *Zum Lämmle* trat, ließ nichts darauf schließen, was in ihr vorging. Es war bereits warm. Kein Lüftchen wehte. Von den vielen Menschen, die auch jetzt schon auf den Straßen waren, schien keiner in Eile zu sein. Clementia hingegen war getrieben. Schnellen Schrittes hastete sie zwischen den gemächlich Schlendernden hindurch. Dabei kreisten ihre Gedanken um das, was sie im Begriff war zu tun. Was würde geschehen, wenn ihre Pläne fehlschlugen? Oder auch nur einer davon? Sie mochte gar nicht daran denken.

Zielgenau durchquerte sie die Straßen bis hin zur Kirche St. Dionys, deren Turmspitzen in diesem Augenblick von der aufgehenden Sonne erhellt wurden. Clementia schlüpfte durch das Portal. Bloß wenige Betende waren um diese Zeit hier. So leise, wie sie konnte, schritt sie das Langhaus entlang zum steinernen Lettner, hinter dem sie hoch oben die atemberaubenden bunten Fenster sehen konnte. Obwohl die Sonne noch nicht bis dorthin reichte, leuchteten sie schon jetzt in allen Farben des Himmels und der Erde. Clementia musste sich von dem Anblick regelrecht losreißen, um nicht zu vergessen, warum sie eigentlich hier war. Noch einmal vergewisserte sie sich, dass sie niemand beobachtete, dann schritt sie auf den Lettner-Durchgang zu, der das Langhaus vom Chor trennte. Hier blieb sie stehen und holte Eilikas Blütenholz hervor. Ihre Finger strichen darüber. Sie küsste es. »Bring mir Glück, liebe Schwester.« Auf der Schwelle zum Chor legte sie es nieder und hielt dann auf eines der Seitenschiffe zu. Dabei wurde der Hall ihrer schnellen Schritte von den Wänden im Takt ihres Herzens wiedergegeben. Hinter einer der mächtigen Säulen kauerte sie sich zusammen und faltete die Hände zum Gebet. »Allmächtiger Herr über Himmel und Erde«, flüsterte sie. »Hast nicht du selbst mich zum dreibeinigen Galgen geführt, damit ich Eilikas Schnitzerei finde? Wie sonst ist es zu erklären, dass ausgerechnet dieser Scheit mir womöglich bei meinem Vorhaben hilft? Lass mich deine Anwesenheit spüren. Mach, dass alles gut wird, oh Herr. Ich flehe dich an. Amen.« Gerade hatten die Anrufung Gottes und die Stille der Kirche Clementia die Aufregung genommen, da sah sie ihn das Langhaus durchschreiten – so wie an den vergangenen Tagen auch. Eberhard von Ebersberg hatte jeden Morgen damit zugebracht, zum Altar im Chorbereich zu gehen. Hier, wo sich die Reliquie des heiligen Vitalis befand, sprach er täglich ein Gebet. Clementia wagte kaum zu atmen, als er den Lettner-Durchgang ansteuerte. In Gedanken beschwor sie ihn: *Guck zu Boden. Bitte guck zu Boden!*

Ihr Flehen wurde erhört.

Der Komtur blieb ruckartig stehen. Er hob das Stück Holz auf und starrte eine Weile darauf. Dann holte er jenes, das er einige Tage zuvor von dem Ritter bekommen hatte, aus einer ledernen Tasche hervor. Er verglich sie miteinander, hielt sie ins Licht.

Clementia sah, wie sein Kopf immer wieder hin und her ging. Plötzlich drehte er sich herum und besah den Innenraum der Kirche, der zu dieser Zeit leer war. Statt wie gewohnt zur Reliquie zu gehen, schritt er zurück zum Langhaus. Hier rannte er los.

Erleichtert lehnte Clementia den Hinterkopf gegen den Stein der Säule und stieß langsam den angehaltenen Atem aus. Der erste Teil ihres Plans war geglückt. Nun würde sie noch eine ganze Weile lang die Kirche nicht verlassen können. Sie musste sichergehen, dass Eberhard von Ebersberg nicht vor dem Portal lauerte.

Es vergingen Stunden. Clementia beobachtete, wie die Sonne durch die wunderschönen Glasfenster fiel und dann zum südlichen Seitenschiff wanderte. Erst als die Kirche sich mehr und mehr mit Gläubigen füllte, die kamen und gingen, wagte auch sie sie zu verlassen. Ihr Weg führte jetzt über die innere Brücke Esslingens in die Vorstadt. Hier, wo die Metzger und Gerber ihrer stinkenden Arbeit nachgingen, waren auch die ärmlicheren Gasthäuser und die düstereren Trinkstuben.

Es hatte gedauert, Thomas heimlich aufzuspüren. Nachdem es Clementia schließlich geglückt war, hatte sie ihm bloß noch unbemerkt folgen müssen, um herauszufinden, wo er sich während des Tages aufhielt. Nach anfänglicher Überwindung hatte das heimliche Beobachten in Clementia bald ein Gefühl von Überlegenheit erzeugt. Er war vielleicht stärker als sie, jedoch bestimmt nicht klüger. Sie hatte alles genauestens geplant. Ihr Vorhaben würde mit Sicherheit gelingen!

In einiger Entfernung der ausgemachten Schenke blieb sie

stehen. Sie sah in den Himmel, um am Sonnenstand abzulesen, wann er wohl herauskommen würde. Bald schon würde alles seinen Lauf nehmen. Clementia fühlte sich stark und mutig und ließ die Tür nicht aus den Augen. Dann trat er tatsächlich hindurch ins Freie.

Clementia erschrak. Die Wunde, die sie ihm zugefügt hatte, sah noch viel schlimmer aus als bei ihrer letzten Begegnung. Eines seiner Augen schien er kaum noch aufzubekommen, so geschwollen war sein Gesicht. Plötzlich befielen sie Zweifel, und sie zögerte. War er nicht schon genug gestraft? Die Antwort wurde ihr abgenommen.

Thomas erblickte sie. Sein verbliebenes Auge sah glasig aus. Offenbar war er betrunken. »Du Missgeburt einer Kuh und eines Köters«, stieß er grollend aus.

Clementia ging zwei Schritte rückwärts. Er wirkte auf sie, als sei der Teufel in ihn gefahren. Was, um Himmels willen, hatte sie sich nur bei ihrem Plan gedacht? Er würde sie töten!

So schnell sie konnte, rannte sie los. Die Straßen waren voller Menschen. Clementia konnte keine Rücksicht darauf nehmen. Entschlossen stieß sie Alte und Kinder zur Seite, hieb einer Frau den Korb mit Waren aus den Händen und bahnte sich so einen Weg in Richtung ihres Ziels. Kurz war sie gewillt gewesen zu glauben, Thomas' Trunkenheit wäre ein Vorteil für sie, doch als sie sich umsah, war klar, dass das nicht stimmte. Sein Zorn trieb ihn an – und der war durch das Bier nur noch weiter gewachsen.

Clementia eilte über die Brücke, so schnell ihre Füße sie trugen. Niemals zuvor war sie derart gerannt. In ihrer Not raffte sie die Röcke, um nicht darüber zu stolpern, da lief ihr eine Katze in den Weg. Im letzten Moment sprang sie darüber und geriet ins Straucheln. Mit einer Hand fing sie sich ab, indem sie sich an einer Häuserwand abstieß, dann hastete sie weiter nach links. Mit Thomas im Nacken umrundete sie die Nordseite der Kirche St. Dionys. Kurz darauf konnte sie ihr

Ziel schon sehen. Der Dachreiter der Bettelordenskirche wies ihr den Weg. Den Eingang im Norden fest im Blick, flehte sie atemlos: »Bitte komm raus. Komm schon raus. Bitte!« Doch die Kirchentür öffnete sich nicht. Clementias bittere Ahnung wurde zur Gewissheit: Es war zu früh – sie war zu schnell gewesen. »Verdammt«, fluchte sie, als ihr klar wurde, dass dieser Teil des Plans scheitern würde. Nochmals blickte sie sich um. Thomas war ihr dicht auf den Fersen. Schon meinte sie, seinen grollenden Atem zu hören. Sie musste sich entscheiden. Weiter geradeaus käme das Mettinger Tor. Im letzten Augenblick schlug sie einen Haken nach links und lief am Dominikanerkloster vorbei. Außerhalb der Stadt wäre sie mit Sicherheit verloren. Clementia versuchte nun, die Geschwindigkeit noch weiter zu erhöhen, doch es war ihr nicht möglich. Schmerzhafte Stiche machten sich in ihren Seiten bemerkbar. Jetzt ging es um ihr nacktes Überleben. Wieder blickte sie sich um. Thomas war bloß noch zwei Mannslängen von ihr entfernt. Er schnaubte vor Wut. Aus dem Augenwinkel sah Clementia, wie ausgerechnet jetzt die Tore des Klosters geöffnet wurden. Männer kamen heraus. Zu spät! In ihrer Verzweiflung hätte Clementia am liebsten um Hilfe geschrien, doch sie hatte keinen Atem mehr übrig und durfte die Heilbronner nicht auf sich aufmerksam machen. Also rannte sie mit letzter Kraft weiter, an der Westseite der Kirche St. Dionys vorbei. Hier, wo der Weg schmaler wurde, holte Thomas sie schließlich ein.

Mit einer seiner Pranken griff er nach ihrer Kleidung und riss sie daran zurück. Sofort hielt er ihr den Mund zu und zwang sie durch die Mauer der kleinen Kapelle. Dann schleifte und zerrte er sie abermals in die Gemäuer des Gotteshauses.

Clementia wehrte sich nach Kräften. Dennoch war es ihr unmöglich, sich zu befreien. Machtlos gegen seine starken Arme und seinen Zorn, wurde die Kapelle zum zweiten Mal zu einer Falle für sie.

Im Inneren angekommen, schmiss er sie zu Boden. Clementia stieß mit dem Hinterkopf gegen eine der steinernen Säulen. Es blieb ihr weder Zeit, wieder ganz zu sich zu kommen, noch schaffte sie es, um ihr Leben zu flehen. Thomas schloss die Hände um ihren Hals und drückte zu.

»Du wirst jetzt sterben, du Miststück. Und kurz vorher, damit du es auch mitbekommst, werde ich dich schänden.«

Das Zerren ihrer Hände an den seinen hatte keinerlei Wirkung. Während er immer fester zudrückte, kam sein Gesicht so nah an ihres heran, dass sie den Eiter in seiner Wunde riechen konnte. Wenig später hatte Clementia das Gefühl, ihre Augen würden jeden Moment aus den Höhlen treten. Hatte sie eben noch röcheln können, war ihr das jetzt schon nicht mehr möglich. Kurz bevor sie die Besinnung verlor, ließ er los. Clementia konnte nichts sehen. Obwohl ihre Augen weit offen standen, war es ihr, als tanzten Sterne vor ihrem Gesicht. Nur schemenhaft nahm sie wahr, wie er ihr Kleid aufriss und daran zerrte, bis ihr Unterleib nackt vor ihm lag. Clementia hörte sich selbst keuchen. Sie war so sehr damit beschäftigt, nach Luft zu ringen, dass an Gegenwehr nicht zu denken war. Als ihr Blick endlich wieder klarer wurde, sah sie, dass er sein Gemächt aus den Beinkleidern befreite.

Thomas drückte ihre Schenkel auseinander und platzierte sich dazwischen. Sein Gesicht trug ein dämonisches Grinsen. Dann plötzlich fiel er auf sie wie ein nasser Sack.

Er war so schwer, dass es Clementia erneut den Atem raubte. Über seine Schulter hinweg erblickte sie Matteo.

Der Mundator hatte den Knüppel mit beiden Händen umfasst. Jetzt schmiss er ihn zur Seite und packte den Ohnmächtigen an seiner Kleidung. Als er Thomas von Clementia heruntergerollt hatte, zog er seinen Mantel aus und legte ihn über Clementia.

»Herrgott, wie oft muss ich dich denn noch vor ihm retten?«

Ihre Antwort war zunächst bloß ein Husten. Mühsam richtete sie sich zum Sitzen auf und lehnte sich gegen eine Steinsäule. Ihre Stimme war rau. »Hoffentlich war dies das letzte Mal.«

Beide sahen gleichzeitig zu Thomas, der bereits in einer großen Blutlache lag, die rasch anwuchs. Er zuckte.

»Bist du verletzt?«

Sie schüttelte den Kopf, die Hand um ihren schmerzenden Hals gelegt.

»Komm. Wir müssen weg hier. Ich bringe dich nach Hause.«

»Ich…«, wieder raubte ein Husten ihr die Luft. »Ich habe hier kein Zuhause«, keuchte sie.

Matteo sah sie verwundert an. »Aber du sagtest letztens…«

Clementia schüttelte den Kopf. »Bloß eine Herberge. Mehr nicht.« Sie schluckte ein paar Mal schwer. Allmählich kam ihre Stimme zurück. »Und dorthin kann ich nicht zurück.« Sie zog Matteos Mantel höher. Dabei nahm sie all ihren Mut zusammen. Der Moment war gekommen, um den Mann, der sie schon zweimal gerettet hatte, um einen weiteren Gefallen zu bitten.

»Ich weiß, Ihr müsst das nicht tun. Aber könnt Ihr mich im kaiserlichen Gefolge unterbringen? Als Küchenfrau. Als Magd. Jeder niedere Dienst ist mir recht.« Ihr Blick wanderte erneut zu Thomas. »Fast jeder«, ergänzte sie abfällig, während sie auf sein nacktes Hinterteil sah. Sein Körper hatte aufgehört zu zucken.

Matteo schwieg. Sein Gesichtsausdruck war nicht zu deuten. Schließlich sagte er: »Ich werde sehen, was ich für dich tun kann. Du brauchst zunächst erst mal ein neues Kleid.«

Clementia griff nach der ihr dargebotenen Hand mit den Tintenfingern und kam langsam auf die Füße. Bevor er ihr die Hand entziehen konnte, hielt sie sie fest und zwang ihn so, ihr in die Augen zu gucken. »Ihr habt mir nochmals das Leben gerettet. Ich danke Euch, Matteo. Gott selbst muss Euch geschickt haben.«

»Vielleicht war es Gott. Wenn ja, dann frage ich mich, was er mir sagen will.« Er musterte sie schweigend und fügte hinzu: »Unter all diesen Leuten in dieser überfüllten Stadt begegne ich abermals dir.« Noch immer hielten seine Finger die ihren. »Warum?«

»Wenn Ihr es wisst, dann sagt es mir.« Clementia ließ seine Finger los und zog den Mantel über, den sie fortwährend mit der freien Hand an ihren Körper gepresst hatte.

Matteo wandte sich um und sagte: »Wir sollten jetzt gehen. Und zwar besser nicht über den Platz zwischen Kirche und Kloster, der zu dieser Zeit sicher voll ist mit Männern aus Heilbronn, denen du ja ebenso wenig begegnen willst wie diesem da.«

Clementia schlang den Umhang fest um ihren nackten Körper. Ein letztes Mal sah sie zu Thomas, wie er regungslos dalag. Sie konnte selbst nicht fassen, wozu sie gerade im Stande gewesen war. Um Haaresbreite wäre ihr Plan gescheitert, und dann hätte sie ihren Wagemut teuer bezahlt. Scheinbar im letzten Augenblick und nur durch großes Glück war alles doch noch so geschehen, wie sie es sich ausgemalt hatte. Matteo hatte sie gesehen und gerettet. Nun musste er sie nur noch im Gefolge des Kaisers unterbringen, dann wäre ihr Plan in jeder Hinsicht gelungen.

Clementia wurde in diesem Augenblick klar, dass ihr Wille selbst dem unbändigen Hass eines Mannes getrotzt hatte. Obwohl sie schmerzhafte Würgemale davongetragen hatte, fühlte sie sich stark.

Eilika schwang den Besen mit einer Leichtigkeit, die sie vor wenigen Tagen noch für unmöglich gehalten hatte. Sie war genesen, und das Gefühl, endlich etwas zurückgeben zu können, beflügelte sie.

Als die Staubwolke um sie herum immer dichter wurde, trat sie mit wedelnden Händen vor dem Gesicht an die Fensterluke heran, um sie zu öffnen. Warmes Sonnenlicht strahlte ihr entgegen. Kurz schloss sie die Augen. Doch wie immer, wenn sie das tat, kamen ihr unliebsame Bilder in den Kopf. Plötzlich fühlte sie wieder das kalte Wasser auf ihrer Haut und sah das Gesicht von Bruder Luppolt. Seine Stimme erklang in ihrem Kopf. *Lass das Wasser nicht empfangen den Körper dessen, der vom Gewicht des Guten befreit durch den Wind der Ungerechtigkeit emporgetragen wird. In nomine Patris, et Filii, et Spiritus Sancti. Amen.* Schnell riss sie die Augen wieder auf. Sie wollte die Erinnerung nicht zulassen. Das Vergangene lag für alle Zeit hinter ihr.

Ein lauter Fluch ließ Eilika ihre Aufmerksamkeit auf die Scheune im Hof lenken. Es war Lando, der tagein, tagaus an seiner Jagdwaffe arbeitete. Sie stellte den Besen weg, um nachzusehen, was geschehen war. Als sie die Scheune betrat, bemerkte Eilika als Erstes das Blut auf dem Boden. Dann sah sie seinen Arm. Eine gerade Schnittwunde zog sich darüber – so lang wie eine ganze Hand.

»Heilige Mutter Gottes. Was ist geschehen?«

»Ich bin abgerutscht, als ich den Bogen spannen wollte.« Sichtlich verärgert ergänzte er: »Das ist mir das letzte Mal passiert, als ich ein Junge war.«

»Wartet hier. Ich hole Wasser und Leinen zum Verbinden.« Eilika eilte ins Haus, wo sie sich zum Glück schon so weit auskannte, dass sie wusste, wo beides zu finden war. Schnell kehrte sie zurück in die Scheune. Lando hatte sich gesetzt – den Blick auf seine Armbrust gelegt, die an der Wand lehnte.

Während Eilika seinen Arm wusch, fragte sie: »Wie lange werdet Ihr für diese Waffe noch brauchen?«

Ohne die Augen abzuwenden, sagte er: »Eigentlich ist sie fertig.«

Eilika bemerkte, wie in sich gekehrt er war. Schon tags zuvor war ihr das aufgefallen. »Wäre das nicht ein Grund zur Freude?«

»Ja, schon. Aber ich bin nicht zufrieden.«

»Was stört Euch?«

»Ich kann es nicht sagen.«

»Habt Ihr sie ausprobiert?«

»Mehrmals. Alles ist, wie es sein soll. Das Holz liegt gut in der Hand. Der Bolzen fliegt gerade.«

»Und doch habt Ihr Zweifel?«

Lando schwieg, die Stirn in Falten gelegt, die Lippen aufeinandergepresst.

Eilika drängte ihn nicht weiter, sondern machte sich daran, seinen Arm zu verbinden. Dabei fühlte sie, wie auffallend hart er war. Es musste von der Arbeit an den Waffen sein. In diesem Augenblick wurde ihr bewusst, dass sie noch niemals einen Männerarm berührt hatte. Vielleicht fühlten sich alle so an. Plötzlich überkam sie ein Schamgefühl. Worüber dachte sie hier nach?

Lando legte die Hand auf den fertigen Verband. »Vielen Dank, Judith.«

»Gern geschehen.«

»Würdest du mir einen Gefallen tun?«

»Wenn es in meiner Macht steht.«

Lando stand auf und nahm seine Armbrust zur Hand, als spüre er seine Verletzung kaum noch. »Komm.«

Eilika folgte ihm aus der Scheune in den Hof. Hier stellte er die Waffe zur Seite und legte sich einen Gürtel um. Daran befestigt war ein Riemen, der zwei Haken an seinem Ende besaß. Mit diesen Haken fixierte Lando die Bogensehne und trat in eine Art Bügel am Ende der Waffe. Die Sehne spannte sich und landete mithilfe der Gürtelhaken in einer krallenartigen Vorrichtung. Es war die Nuss – gefertigt aus dem Geweih, wie Eilika erkannte.

Lando nahm die gespannte Waffe auf. »Du brauchst keine Angst zu haben. Ich werde keinen Bolzen einlegen. Berühre einfach nicht die Abzugstange hier unten.«

Zögerlich besah Eilika die Armbrust. »Ich soll sie nehmen?«

»Ja, ich zeige dir, wie.«

»Kann ich auch wirklich niemanden damit verletzen?«

»Vertrau mir.«

Lando hielt die Armbrust in der linken Hand. Mit der anderen wies er sie an, sich vor ihn zu stellen.

Eilika tat, was er forderte. Ihr Rücken berührte nun seine Brust.

Mit einer geschmeidigen Bewegung führte Lando die Waffe vor sie. Seine rechte Hand umfasste sanft ihren Arm und brachte ihn in Stellung. Behutsam legte er ihr den Schaft in ihre Hände, zeigte ihr die richtige Haltung und sagte: »Bleib so. Nicht bewegen.« Jetzt schritt er zurück.

Eilikas Atem ging flach. Sie konnte nicht sagen, ob es die gefährliche Waffe in ihrer Gewalt war oder seine Nähe.

Quälend langsam umrundete er sie. Dabei erfassten seine Augen das Bild vor sich. Immer wieder trat er auf sie zu, hob einen ihrer Arme ein wenig an, korrigierte die Stellung ihrer Finger. Dann ging er wieder zurück. Sah erneut auf sie.

Eilika stand unbewegt, doch ihr Herz klopfte wild. Seltsamerweise empfand sie Landos Blicke nicht als unangenehm. Es war unmissverständlich, dass er seine Armbrust begutachtete und nicht sie.

Nochmals schritt er auf sie zu. Trat hinter sie und legte vorsichtig seine Hände an die Seiten ihres Halses. Mit beiden Zeigefingern schob er ihr Kinn ein winziges Stück nach oben. »Perfekt. Rühre dich nicht.«

Abermals ging er um sie herum.

Eilika hatte bislang nur nach vorne gesehen, jetzt sah sie ihn an. Sie hatte sich geirrt. Er guckte gar nicht auf seine Waffe, sondern ihr direkt ins Gesicht. Zwei Atemzüge lang trafen sich ihre Blicke. Dann sah er weg.

»Ich danke dir, Judith.« Lando griff nach dem Schaft und befreite Eilika aus ihrer Stellung. Er legte die Gürtelhaken um die Sehne, um die Spannung wieder aus dem Bogen zu nehmen.

Eilika war plötzlich warm geworden. Ihre Wangen glühten. Um davon abzulenken, fragte sie: »Wisst Ihr nun, was Euch missfällt?«

»Leider nicht. Es wird mir noch einfallen.«

»Das wünsche ich Euch.« Eilika genoss die Unterhaltung, und doch hatte sie das Gefühl, sie benahm sich unsittlich. Vielleicht war es der Umstand, dass sie allein mit ihm war. Aus diesem Grunde fragte sie: »Wo ist Guda? Ich habe sie heute noch gar nicht gesehen.«

Lando lächelte. »Komm mit. Ich zeige dir was.«

Eilika folgte ihm durch den Torbogen auf die Straße. Zu ihrer Überraschung betrat er das winzige Fachwerkhaus, das neben seinem stand. Es gehörte Guda. Kaum waren sie eingetreten, hörte Eilika wieder das Schleifen und Klopfen, das sie von ihrem Bett aus so oft vernommen hatte. Es kam von zwei jungen Kerlen und Guda selbst. Alle drei hatten Teile von Armbrüsten vor sich liegen.

»Guten Morgen, Judith«, sagte Landos Nachbarsfrau lächelnd.

Eilika vergaß zu antworten. Sie sah sich mit großen Augen um.

»Das sind meine Gehilfen Karl und Hans. Auch Guda arbeitet hier – wenngleich wir das nicht jedem erzählen.«

Die drei lachten.

Eilika sah von einem zum anderen und fragte das Offensichtliche. »Ihr fertigt also mehrere Waffen gleichzeitig an?«

Er zuckte die Schultern. »Ich bin Stadtarmbruster und somit verpflichtet, eine bestimmte Anzahl im Jahr an Wimpfen abzuliefern. Diese hier sind allerdings zur Verteidigung – anders als jene Jagdarmbrust, die du eben in der Hand hattest.«

Als Lando ihren Blick in Richtung seines Hofes auffing, fragte er belustigt: »Hast du wirklich geglaubt, ich stelle meine Waffen ausschließlich in der kleinen Scheune her?«

»Ehrlich gesagt, ja.«

Abermals erklang Gelächter.

Eilika musste mitlachen. Dabei kam Guda an ihre Seite. Sie hakte sich bei ihr unter und wies auf Lando.

»Kindchen, auch wenn er es ungern zeigt, unser Lando ist in Wahrheit ein vermögender Mann.«

Er verzog das Gesicht. »Nicht doch …«

»Ja, ja, schon gut. Ich weiß, du willst nicht, dass man dich so nennt.« Sie schüttelte über ihn den Kopf, als wäre er ihr Sohn. »Hast du das Problem mit der Armbrust gelöst?«

»Nein. Leider nicht.«

»Es wird dir schon noch einfallen«, versuchte sie ihn zu beruhigen.

»Das muss es. Konrad von Hohenstein …« Lando presste die Lippen aufeinander. »Er ist ein einflussreicher Mann und ein Kenner. Die Armbrust muss etwas ganz Besonderes werden.«

»Das wird sie gewiss, Lando.« Es war das erste Mal, dass Eilika seinen Namen aussprach. »Ich werde Euch alle jetzt in Ruhe weiterarbeiten lassen.« Sie war im Begriff zu gehen, da rief er ihr nach.

»Judith.«

Sie drehte sich um.

»In ein paar Tagen werde ich aufbrechen, um die Armbrust abzuliefern. Willst du mich und Guda dorthin begleiten?«

»Das würde ich gerne.«

»Ich bin so aufgeregt, Ebo«, stieß Imagina aus und faltete die Hände unter dem Kinn. Obwohl die Herbstmesse noch nicht einmal begonnen hatte, fing sie schon wieder an, die bestickten Tuche, Bänder und weichen Gürtel mit ihren Blüten darauf zu ordnen.

»Beke«, sagte Ebo und umfasste die Schultern seiner Gemahlin, um sie von den Auslagen auf dem Stand abzulenken. »Die Nürnberger Frauen werden deine Blüten lieben. Vertraue mir und meiner Erfahrung als Tuchhändler. Und vertraue auf den heiligen Martin.«

Sie runzelte die Stirn.

»Der Patron aller Tuchhändler.« Ebo nahm wie so oft die Hand seiner Gemahlin und küsste sie. »Du hast Tag und Nacht mit Nadel und Garn verbracht. Ich habe dich kaum zu Gesicht bekommen. Heute wirst du den Lohn dafür erhalten.«

»Höre ich da etwa eine Beschwerde?« Imagina sah ihm schmunzelnd ins Gesicht.

»Vielleicht eine winzig kleine.«

Sanft entzog sie ihm die Hand und begann die Bänder erneut zu ordnen. »Dann hättest du mir eine weniger großzügige Brautgabe überreichen sollen.« Ein Zwinkern ließ ihn wissen, wie ihre Worte gemeint waren.

Seine Antwort darauf war ein flinker Schlag auf ihr Hinterteil.

Imagina musste ein Quietschen unterdrücken und sah ihn ärgerlich an.

Er lachte. »Womit habe ich nur so ein vorlautes Eheweib verdient?«

Bald darauf füllte sich der Platz vor den Ständen, und Imagina blieb keine Zeit mehr für ihre Aufregung. Mehr und mehr Frauen scharten sich um ihren Stand. Viele besahen erst einmal die Waren, und ebenso viele nahmen welche mit. Wieder einmal dachte Imagina, was für ein geschickter Verkäufer Ebo doch war. Er verstand es, einer jeden Frau das Gefühl zu geben, man hätte die Blüten eigens für sie auf das Tuch gestickt.

Der Markttag war nicht einmal zur Hälfte vorbei, da wusste Imagina schon, Ebos Gespür hatte ihn nicht getrogen. Die Nürnbergerinnen wollten ihre Stickereien. Es wurden immer mehr, die kamen. Plötzlich bemerkte Imagina, wie Ebo sich aufrichtete. Sein Blick war auf einen Punkt geradeaus gerichtet. Er strich seine ärmellose Heuke glatt, ebenso sein Haar. »Wo siehst du hin?«

»Dort drüben, bei dem Stand mit den Kämmen.«

Imagina erblickte dort zwei Frauen. Mit allem hoben sie sich von den anderen Marktbesuchern ab. Mit ihrem Gang, dem Blick, den kostbaren Kleidern aus Samt und Seide, versehen mit Goldplättchen und eingearbeitetem Pelz. »Wer sind diese Frauen?«

»Die rechte ist Agnes Zoller, das Weib des wohl reichsten Mannes Nürnbergs und Finanzier unseres Kaisers. Die andere ist Mechthild Langmann, die Witwe eines einst einflussreichen Ratsherrn.«

»Ich glaube, sie kommen auf uns zu.«

»Das kann gut sein. Ich habe ihnen schon oft Tuche verkauft.« Ebo warf seiner Frau einen Blick zu, der fast kampfeslustig wirkte. »Gleich werden wir sehen, ob deine Blütenranken dem Stadtadel zusagen.«

Die Umherstehenden machten den beiden Frauen wie selbstverständlich Platz und gaben die gesamte Breite des Standes frei.

»Ich grüße Euch, Ebo Tucher«, sagte Agnes Zoller und lächelte ihm zu.

»Es ist wie immer eine Freude, Euch wohlauf zu sehen.«

»Nie um ein freundliches Wort verlegen.«

»Wie geht der Bau des Spitals voran, das Euer gütiger Gemahl als Seelgerät gestiftet hat? Ich höre von überall, Gott selbst soll die Hand über die Bauten halten.«

»Nun, es muss so sein. Anders ist nicht zu erklären, wie nach nur einem Jahr schon so viele Steine aufeinanderstehen können.«

»Wohl wahr.« Jetzt wandte sich Ebo der zweiten Frau zu. »Auch Ihr erfreut Euch offenbar bester Gesundheit, wie ich sehe. Man könnte meinen, Ihr werdet jünger mit den Jahren.«

Mechthild Langmann winkte ab. »Ihr seid ein Schmeichler wie eh und je.« Ihr Gesichtsausdruck verriet, wie sehr sie seine Worte genoss.

»Sagt, wie ergeht es Eurer Tochter Adelheid im Kloster Engelthal?«

»Dank Gottes Gnade ist alles, wie es sein soll. Man hatte mir nur Gutes über sie zu berichten.«

»Was nicht überrascht.«

»Aber nun zu Euch, Ebo Tucher. Was ist mir da zu Ohren gekommen?«

»Ihr meint?«

»Dass aus Euch ein Ehegatte geworden ist.«

Ebo legte die Hand auf sein Herz. »Es ehrt mich, dass Euch meine Belange derart kümmern.« Er umfasste Imaginas Schulter. »Darf ich Euch edlen Damen meine liebe Gemahlin vorstellen: Beke Tucher.«

Imagina knickste, da sie augenscheinlich unter dem Stand der Damen war. Niemand konnte wissen, dass sie in dieselbe Schicht hineingeboren worden war. Ein Vorteil in diesem Augenblick, denn so wusste Imagina um den richtigen Umgang und die rechten Worte. »Meinen ergebenen Gruß. Es ist mir eine Freude, mit den edelsten Damen der Stadt Bekanntschaft zu machen. Mein Gemahl erwähnte bereits, dass die Schönheit Nürnbergs nur von der Anmut der Frauen überstrahlt wird.«

Mechthild Langmann begann zu lachen. »Seid gegrüßt und willkommen in Nürnberg. Es hat Euch gut getroffen, Beke Tucher. Euer Gemahl wird Euch auf Händen tragen.«

»Das wird er, in der Tat.« Agnes Zoller hatte eines der Bänder zur Hand genommen. »Und Euch stets in Stoffe hüllen, die Kaiserinnen zufriedenstellen würden.« Sie fuhr mit ihren Fingerspitzen über die Blüten. »Wie außergewöhnlich«, sagte sie bewundernd.

Auch Mechthild Langmann nahm nun eines der Bänder auf. »Was Ihr nicht sagt, meine Liebe. Solche Stickereien habe ich noch nie gesehen.«

Agnes Zoller sah auf. »Woher habt Ihr das, Ebo Tucher? Flandern?«

»Das Tuch schon. Die Blüten aber entstammen den zarten Händen meines Eheweibes.«

»Ihr habt das gefertigt?«

Imagina musste ihren Stolz beherrschen. Am liebsten hätte sie breit gegrinst und sogleich von den Feinheiten ihrer Arbeit erzählt. Stattdessen aber sagte sie bloß: »So ist es. Es freut mich, dass meine Stickereien Euch gefallen.«

»Sie gefallen mir sogar so sehr, dass ich alles nehmen werde, was hier liegt. Das wird wohl gerade so reichen, um für mich und meine drei Töchter hübsche Kleider schneidern zu lassen. Für die Ankunft des Kaisers in nicht einmal mehr zwei Wochen.«

»Ihr nehmt alles?«, stieß Ebo hervor.

Imagina bemerkte belustigt, dass es jetzt sogar um seine scheinbar ewiglich andauernde Selbstbeherrschung geschehen war.

»Ganz recht.«

Selbst Mechthild Langmann schaute verdutzt. »Meine Liebe, Ihr wollt doch ganz sicher nicht *alles* nehmen?«, sagte sie.

»Oh doch, warum nicht?«

»Nun«, meinte die Witwe, um Zurückhaltung bemüht. »Weil Raffsucht keine sehr tugendhafte Eigenschaft ist.«

Imagina verstand sofort, was die Frau eigentlich sagen wollte. Sie schien erbost darüber, dass die Frau des kaiserlichen Finanziers ihr nichts zu kaufen übrig ließ. Doch Agnes Zoller wirkte wenig beeindruckt. Sie war es wohl gewohnt zu bekommen, was sie begehrte.

»Sorgt Euch nicht um mein Seelenheil. Wie jeder weiß, gibt mein Gemahl mit beiden Händen unser halbes Vermögen für Seelgerätstiftungen aus. So viel Sünde kann ich gar nicht auf mich laden, als dass es mich ernstlich in Gefahr bringen würde.« An Ebo gerichtet, sagte sie: »Bringt mir mein Eigentum noch heute in mein Haus.«

»Das werde ich tun.«

Jetzt sah sie zu Imagina. »Und nehmt auch Eure zauberhafte Gemahlin mit.«

Eberhard hatte langsam das Gefühl, verrückt zu werden. Er saß in seiner Kammer im Predigerkloster und starrte auf die beiden Hölzer, die vor ihm auf der Tischplatte lagen. Seit dem Fund des Blütenholzes beim Lettner der Kirche hatte er jeden Tag damit zugebracht, Esslingen auf Hinweise zu durchkämmen. Zunächst alle Kirchen, dann die Kapellen, dann die Klöster. Eine schier unendliche Anzahl Gotteshäuser befand sich hinter den drei Stadtmauern Esslingens. Nachdem er alle besucht und kein weiteres Zeichen gefunden hatte, blieb er ratlos zurück. Sollte er als Nächstes alle Zimmerleute aufsuchen, bloß deshalb, weil sie mit Holz arbeiteten? Eines war klar: Er würde die Stadt nicht eher verlassen, bevor er nicht irgendeinen weiteren Hinweis auf die Laemmlin-Schwestern fand, dem er nachgehen konnte. Da es ihm aber unmöglich war, an mehreren Orten gleichzeitig zu suchen, musste er sich Hilfe holen. Es war ihm zuwider, andere in seine Not einzuweihen, aber bis zum zweiten Heilbronner Jahrmarkt blieb nicht mehr viel Zeit.

»Ihr habt nach uns rufen lassen, Komtur?« Zwei Ordensmänner standen vor der offenen Tür.

»Ja, tretet nur ein«, forderte Eberhard sie auf. Die beiden Männer waren seit Jahren seine Vertrauten. Wenn er schon mit jemandem über die Schnitzereien sprechen musste, dann mit ihnen. Er lehnte sich zurück und legte seine gefalteten Hände über den Bauch.

Gottfried von Schaftersheim und Berthold von Streitberg besahen die Hölzer auf dem Tisch, vor den sie getreten waren.

»Meine Ordensbrüder«, begann der Komtur. »Ich habe Euch rufen lassen, da ich Eurer Augen und Ohren bedarf. Ihr wart zugegen, als der Kaiser im Rathaus in Heilbronn seinen Willen verkündet hat. Einen Willen, der mich unter Umständen teuer zu stehen kommt. Ich muss Euch gewiss nicht erklären, dass mir deshalb daran gelegen ist, den Eintritt meiner Schwester ins Kloster abzuwenden.« Eberhard griff nach den

Hölzern und sagte versonnen: »Es hat sich tatsächlich etwas ergeben. Ein Hinweis auf die Laemmlin-Töchter.«

Gottfried von Schaftersheim zog die Stirn in Falten. »Und diese Scheite haben etwas damit zu tun?«

»So ist es, mein Bruder in Christo.« Er reichte jedem eines. »Nehmt das und verlasst noch heute die Stadt. Ich will, dass Ihr in jedem Winkel des Landes nach diesen hölzernen Blüten sucht. Wie es scheint, führen sie zu den Drillingen.«

»Wo sollen wir damit anfangen?«, fragte nun Berthold von Streitberg.

»Ihr, Berthold, werdet die Klöster zwischen Esslingen und Heilbronn abreiten. Eines nach dem anderen.«

»Was ist mit mir?«

»Ihr, Gottfried, kehrt zurück Richtung Heilbronn. Sucht in den Orten um die Stadt herum. Neckargartach, Neckarsulm, Binswangen, Erlenbach, Weinsberg, Sontheim. Dreht jeden Stein dort um. Sobald Ihr etwas entdeckt, das annähernd diesen Scheiten gleicht, lasst es mich umgehend wissen.«

Der Mann nickte folgsam. »Werdet Ihr nicht mit uns kommen, Komtur?«

»Nein, ich bleibe in Esslingen und gehe weiter dem Hinweis nach, der mir hier zugefallen ist.« Er stand auf und trat zu seinen Ordensbrüdern. »Seht zu, dass Ihr erfolgreich seid. Es geht um einen beachtlichen Teil meines Vermögens, und es bleibt nicht mehr viel Zeit.« Eberhard von Ebersberg schlug ein Kreuz in der Luft. »Möge Gott Euch begleiten und schützen, meine Brüder.«

DRITTES KAPITEL

Eilika saß auf den Stufen zwischen Küche und Hof und besah ihre Hand- und Fußgelenke. Die Wunden waren mittlerweile so gut wie nicht mehr zu sehen. Wenn die Erinnerungen doch nur ebenso schnell verblassen würden. Die Lippen aufeinandergepresst, schob sie den Rocksaum wieder über ihre Knöchel und die Ärmel Richtung Hände. Vor nicht allzu langer Zeit hatte sie sich diesen Zustand gewünscht – jetzt stellte er sie vor eine Wahl, die ihr gar nicht mehr recht war. Sie könnte gehen!

Nach einer Weile des Grübelns stand sie auf und öffnete den Verschlag, in dem Marie stand. Jeden Tag ging sie mindestens einmal hinein, um nach ihr zu sehen. »Na, meine Gute. Du hast dein Heu ja kaum angerührt.«

Die Stute schnaubte leise.

Eilika berührte zunächst ihre Stirn, wo sie einen weißen Stern zwischen den Augen hatte. Dann kraulte sie ihr das Fell am Ansatz der Mähne. So hatte Marie es am liebsten. Oft schloss sie dabei sogar die Augen, so wie jetzt. Eilika musste darüber lächeln. Früher hatte sie nichts mit Pferden zu tun gehabt. Mittlerweile mochte sie den Geruch und die Wärme des gutmütigen Tiers sehr.

An diesem Tag nahm sie sich besonders viel Zeit für Marie. Eilika formte aus dem Heu, das die Stute verschmäht hatte, ein Knäuel und schrubbte damit das braune Fell auf dem knochigen Körper. Nach einer ganzen Weile sagte sie: »So, jetzt bist du wieder sauber. Wenn Guda später nicht guckt, klaue ich dir ein paar Möhren. Ich schneide sie auch ganz klein, damit du sie leichter essen kannst.« Sie tätschelte Marie den Hals und ging dann etwas tiefer in den Verschlag. Hinter dem Trog in einem armdicken Spalt war ein Versteck. Eilika zog ein Messer und eines der Hölzer, die dort lagen, hervor. Sie hatte wieder angefangen zu schnitzen.

Heimlich, wann immer es eine Gelegenheit gab, stahl sie sich in die Scheune oder die Werkstatt und entwendete unbrauchbare Scheite, die beim Armbrustmachen abfielen. Im Schutz dieses Verschlages fertigte sie dann ihre Blütenhölzer.

Die alte Stute schien dankbar für die Gesellschaft zu sein. Sie zeigte es Eilika stets, indem sie ihr mit den Lippen durch das blonde Haar fuhr.

Die Zeit, die sie mit Schnitzen verbrachte, war die einzige Gelegenheit, zu der Eilika Gedanken an früher zuließ. Es war wie eine unsichtbare Verbindung zu ihren Schwestern im Himmelreich. Oft liefen ihr hier die Tränen herunter. Sie wollte nicht, dass jemand sie so sah. Darum versteckte sie sich bei Marie.

Eilika besah das Holz, das scheinbar nicht für eine Armbrust getaugt hatte, da es auf einer Seite einen langen Spalt aufwies. Sie war zufrieden mit ihrer Arbeit, an der sie seit drei Tagen schnitzte. Die Blüten hatten sich verändert. Im Gegensatz zu früher sahen sie heute noch echter aus als jemals zuvor. Eilika hatte keine Erklärung dafür. »Na, was meinst du, Marie?«

Die Stute schnaubte. Ihre Nüstern bebten.

»Ja, das finde ich auch. Es ist eine meiner besten Arbeiten. Beinahe zu schade, um sie über die Stadtmauer in den Graben zu werfen. Aber es muss sein.« Eilika zog sich mit einer Hand ein paar Halme aus den Haaren, die Marie dort hinterlassen hatte. Daraufhin lugte sie aus dem Verschlag. Niemand war auf dem Hof zu sehen. Lando und Guda waren offenbar in der Werkstatt. Diese Gelegenheit musste sie nutzen.

Eilika drehte sich um in Richtung der Stadtmauer, die aus groben grauen Steinen bestand und weit über ihren Kopf reichte. Mit einem letzten Blick auf das Holz nahm sie Abschied von ihrer gelungenen Schnitzerei. Selbst ermahnte sie sich, kräftig auszuholen, um dann hoffentlich ein Platschen zu hören, wenn das Holz in den Graben fiel. Gerade setzte Eilika zum Wurf an, als eine Stimme hinter ihr ertönte.

»Was wirfst du da über die Mauer?«

Ruckartig drehte sie sich um und versteckte sinnloserweise das Holz hinter ihrem Rücken. »Guda …«

»Was ist das?«

»Nichts von Bedeutung.«

»Darf ich es sehen, bevor du es wegwirfst?«

Eilika hätte es ihr am liebsten verwehrt. »Es ist nichts.«

»Dann zeig es mir doch.« Guda kam lächelnd näher.

Eilika brachte es nicht übers Herz zu verneinen. Also reichte sie ihr das Holz.

Die Nachbarsfrau besah es lange. Ihre groben Finger fuhren erstaunlich sachte über die Blüten. »Wo hast du das her, Judith?« Ihr Blick war voller Fragen.

»Ich habe es selbst gemacht.«

»Das ist unmöglich«, erwiderte sie fast ärgerlich. »Woher hast du es wirklich?«

»Ich schnitze schon, seit ich ein Kind bin.«

»Ist das dein Ernst?«

»Wenn ich es doch sage.«

»Ich habe noch nie solche Holzarbeiten gesehen«, gab Guda versonnen von sich, nur um schlagartig aufzusehen. »Ich muss es sofort Lando zeigen …«

»Nein«, sagte Eilika erschrocken. »Bitte nicht, Guda. Ich habe dafür heimlich Hölzer entwendet, ohne ihn um Erlaubnis zu fragen.«

»Du verstehst nicht, Judith. Er *muss* es sehen.« Dann lief sie schon los.

»Nein, *du* verstehst nicht. Ich habe ihn beklaut.« Eilika lief Guda hinterher.

»Lando! Lando!«, schrie Guda beinahe, als sie die Werkstatt betrat.

Er kam herbeigeeilt, so schnell er konnte. »Was ist geschehen? Ist jemand verletzt?«

»Sieh dir das an.« Guda reichte ihm das Holz.

Lando schaute beide Frauen verblüfft an. Dann erst besah er die Schnitzerei. Er nahm Guda das Holz aus der Hand und sagte eine Weile kein Wort. Stattdessen trat er näher an eine Fensterluke heran, durch die ein Lichtkegel in die Kammer fiel.

Eilika beobachtete ihn. Ihr schien es, als studiere er den sich innerhalb der Tiefe ändernden Verlauf der Holzmaserung, so gebannt starrte er auf ihre Arbeit.

Guda kam langsam auf ihn zu. Sie legte ihm eine Hand auf den Unterarm. Grinsend sagte sie zu ihm: »Judith hat das gemacht.«

Sein Kopf ruckte hoch.

»Das ist es, Lando. Damit wird die Waffe zu etwas Besonderem.«

Sein Mund verzog sich zu einem breiten Grinsen, ebenso breit wie Gudas. Freudestrahlend ging er auf Eilika zu. »Judith, einst brauchtest du Hilfe, und ich habe nicht gezögert. Nun brauche ich deine.«

»Und auch ich werde nicht zögern.«

Wenig später waren sie in Landos Küche versammelt. Guda schlug ein Laken auf und breitete es auf dem Tisch aus. Lando legte die Jagdwaffe darauf. Dann sahen sie einander mit großen Augen an. Die Aufregung war beinahe mit den Händen greifbar.

Eilika setzte sich auf die Holzbank.

Lando setzte sich daneben. »Bist du so weit?«

»Ich denke schon.«

»Gut, dann hör mir zu.« Er wies mit dem Zeigefinger auf

den hinteren Teil des Schaftes und fuhr damit bis zur Mitte, kurz vor die Nuss. »Das ist der Teil, den du mit diesen Blüten verzieren sollst. Aber du darfst sie nicht zu tief einritzen, sonst verliert der Schaft an Festigkeit.«

Eilika legte den Kopf schief. Zunächst sah sie die Waffe nur an. Dann nahm sie sie zur Hand und drehte sie behutsam um ihre eigene Achse. Sie erinnerte sich an den Augenblick, da Lando ihr die Armbrust angelegt hatte. »Der Edelmann, für den die Waffe ist«, begann sie nachdenklich.

»Konrad von Hohenstein«, ergänzte Lando.

»Auf welcher Schulter ruht bei ihm der Schaft, wenn er schießt?«

Lando sah nachdenklich nach oben. »Auf der rechten«, sagte er dann. »Ich erinnere mich an seine Schusshaltung.«

»Dann sollten wir die Blüten vielleicht auch nur rechts einschnitzen. Jene Seite, die man sieht, wenn der Schütze die Waffe anlegt. So bleibt der Schaft robuster.«

Lando sah Eilika auf eine Weise an wie bislang noch nie. Anerkennung stand in seinem Blick, dessen war sie sich sicher.

»Gut, so soll es sein.« Er reichte ihr ein Messer aus seinem Gürtel. »Pass auf. Es ist kürzlich geschliffen worden.«

Eilika wog es in der Hand, um ein Gefühl für das Messer zu bekommen. Schließlich umfasste sie mit der Linken den Schaft der Armbrust und zog sie in Position. Gerade wollte sie die Spitze des Messers am Holz ansetzen, da bemerkte sie, wie sie zitterte.

Lando legte seine Hand auf ihre und drückte sie sanft nieder. »Nimm dir Zeit, Judith. Guda und ich werden jetzt gehen.«

Eilika nickte. Nachdem die beiden die Küche verlassen hatten, atmete sie einmal tief durch. »Reiß dich zusammen, Eilika Laemmlin«, flüsterte sie sich selbst zu. Sie hatte Hemmungen, eine solch kostbare Waffe mit dem Messer zu bearbeiten. Schließlich überwand sie sich aber doch.

Beinahe zwei durchgehende Tage und Nächte saß Eilika an

dem Platz in der Küche. Nur kurz gönnte sie ihrem Rücken, Hand und Augen eine Pause, indem sie ein wenig auf und ab ging oder die verschränkten Finger in den Nacken legte.

Lando und Guda ließen sie ihre Arbeit tun. Nahezu geräuschlos brachten sie ihr Essen und Trinken.

Dann, im Morgengrauen des zweiten Tages, war sie endlich fertig.

Lando betrat die Küche; den Blick auf die Armbrust gerichtet, umrundete er den Tisch. Als er die Blüten berührte, war sein Mund leicht geöffnet. Nach und nach jedoch entspannte sich sein Gesicht. Alle Ungeduld und alle Bedenken wichen einem lauten Lachen.

Eilika sah ihn auf sich zustürmen. Plötzlich und unerwartet packte er sie an den Hüften, hob sie hoch in die Luft und wirbelte sie herum.

»Du bist mir von Gott geschickt worden, Judith.«

Jetzt lachte auch sie aus vollem Herzen. »Lando, hör auf. Lass mich runter.«

Er hielt inne und stellte sie tatsächlich wieder auf die Füße. Dabei sah er ihr tief in die Augen. »Deine Hände …« Er nahm sie behutsam zwischen seine und betrachtete sie, als wären sie aus purem Gold. »Ich lass dich nie wieder gehen, Judith.«

Eilika fühlte, wie das Glück sie durchströmte. Weniger wegen des Lobes für ihr Schnitzwerk. Mehr wegen seiner Berührungen. In ihrem Kopf hörte sie sich selbst sagen: *Es wäre mir recht.*

Landos Gesicht kam ihr nah. Er sah sie dabei an, als frage er sie um Erlaubnis. Noch immer hatte er ihre Hände umfasst, als sich Gudas unverwechselbare Schritte näherten.

Eilika trat ein Stück zurück und löste sich geschwind von Lando.

Er tat es ihr gleich und fuhr sich mit der Hand durchs schwarze Haar. »Guten Morgen, Guda. Sieh nur …« Er trat zur Armbrust. »Judith hat wahrlich ein Wunder vollbracht.«

»Gütiger Gott im Himmel«, stieß Guda aus und schlug sich

die Hand auf die Brust. »Hätte ich dich nicht eigens beim Schnitzen beobachtet …« Sie sah Lando an. »Was nun?«

»Wir fahren zu Konrad von Hohenstein. Noch heute.«

Marie war nicht mehr die Jüngste. Sie ging nur noch langsam, und Lando wollte sie nicht drängen. So kam es, dass sie den Weg, den ein schneller Reiter im Sommer an einem Tag schaffen konnte, nur zur Hälfte hinter sich brachten.

»Wir müssen bald rasten.« Lando sah zu den beiden Frauen nach hinten. Judith und Guda saßen nebeneinander – die kostbare Armbrust in ein Laken geschlagen auf ihren Schößen. »Wir schaffen es noch bis nach Öhringen.«

Wenig später konnten sie von Weitem auch schon die mächtige Stiftskirche mit ihren zwei verbundenen Türmen sehen.

Vor dem Gasthaus, in dem Lando bereits einige Male auf seinen Reisen untergekommen war, nahm ein Junge ihm Marie ab. Lando gab ihm eine Münze. »Versorge sie gut, hörst du? Gib ihr Wasser und Hafer. Und sieh nach, ob sie Steine in den Hufen hat.«

»Ja, Herr. Ich kümmere mich darum.«

Lando und die Frauen traten in das Gasthaus.

»Ihr seid es«, bemerkte der Wirt freundlich. »Ich erkenne Euch wieder, Armbruster. Wie schön, dass Ihr uns erneut beehrt.«

»Seid gegrüßt. Wir drei wünschen, bei Euch zu nächtigen.«

»Natürlich, natürlich.« Er bedeutete seinen Gästen mit einem Winken, ihm zu folgen. »Eine Kammer für Euch, Euer Weib und Eure Magd. Nur voran.«

Lando war so überrascht von den Worten des Wirts, dass er abrupt stehen blieb. Guda und Judith hingegen konnten sich ein Kichern nicht verkneifen.

Nur wenig später lagen sie zu dritt in der kleinen Kammer – die beiden Frauen auf einem der Strohsäcke, Lando auf dem zweiten.

Guda und Judith hatten sich beide bereits zur Wand gedreht. Es dauerte nicht lang, da vernahm Lando ein tiefes Atmen von einer der beiden. Er selbst war hellwach. Seine Gedanken kreisten. Dabei betrachtete er die Umrisse von Judith, die sich unter ihrem Mantel abzeichneten. Obwohl sie sich damit zugedeckt hatte, konnte er ihre Formen gut erkennen. Eine geschwungene Linie, die von der Schulter an abwärts führte und dann wieder nach oben verlief, hin zu ihrer Hüfte. Es war jene Stelle, die er angefasst hatte. In seiner Küche. Lando spürte die Berührung wieder in seinen Händen. Er hatte Judith voller Freude über die wunderschönen Schnitzereien hochgehoben. Doch danach – als er sie abgesetzt hatte – war es ihm nicht mehr darum gegangen. Seit dem Tag ihrer ersten Begegnung umgaben Judith Geheimnisse. Lando hätte gerne Antworten auf das eine oder andere, obwohl es gleichsam unbedeutend für ihn war. Was würde es schon verändern an dem Gefühl, das er seit Kurzem in sich spürte? Nichts, wahrscheinlich. Selbst ein Verdacht, der ihn vor zwei Tagen beschlichen hatte, als er sie etwas murmeln gehört hatte, konnte ihn nicht von ihr fernhalten.

Plötzlich bewegte Judith sich. So als hätte sie seine Gedanken gelesen, drehte sie sich ihm zu und sah ihn an.

Lando blickte zurück. Stumm. Das Licht, das von draußen hereinfiel, reichte gerade noch aus, um ihr Gesicht zu erkennen und das Blinzeln ihrer Lider, welches eine Zeit lang die einzigen Regungen blieben.

Um Guda nicht zu wecken, sprachen sie kein Wort. Doch möglicherweise hätten sie auch geschwiegen, wenn sie allein gewesen wären. Worte hätte ihre Gefühle kaum besser zu beschreiben vermocht als die Blicke, die sie tauschten.

Zwischen ihnen war höchstens eine Schrittlänge. Lando überwand die Entfernung, indem er seinen Arm ausstreckte. Die Handfläche nach oben gerichtet, öffnete er seine Finger.

Judith zögerte nicht. Ohne die Augen von ihm zu nehmen, legte sie ihre Hand in seine.

Er fühlte die Wärme ihrer weichen Haut. Irgendwann begannen ihre Finger mit seinen zu spielen. Sie verschränkten sich ineinander, fuhren die Linien seiner Knöchel nach. Kein Kuss hätte in diesem Moment aufwühlender sein können als diese kleinen Berührungen.

Erst kurz vor dem Morgengrauen schliefen sie ein.

Als Lando erwachte, bemerkte er als Erstes Judiths Hand, die noch immer von seiner schützend umschlossen war. Am liebsten hätte er alles so belassen, doch er wollte verhindern, dass Guda etwas von ihrer Heimlichkeit mitbekam.

Die Sonne war noch nicht am Himmel zu sehen, da verließen sie Öhringen bereits wieder. Marie schien ausgeruht zu sein. Sie lief flott voran, sodass sie noch vor der Mittagsstunde ihr Ziel erreichten.

Der Weg zur Burg Hohenstein führte zunächst an einem Fluss entlang, der sich links von ihnen in einem tiefen Tal seinen Weg bahnte. Schließlich kamen sie vorbei an dem zur Burg gehörigen Wirtschaftshof. Schon hier bemerkte man die Ankunft der Fremden. Ein Junge wurde vorgeschickt, um dem Wächter am Tor Bescheid zu geben. Kurz vor der hölzernen Brücke, die über den Halsgraben führte, hielt Lando Marie an. Ein Wachmann stand im Tor und versperrte den Weg.

»Was wünscht Ihr, Fremder?«, rief er Lando zu.

»Ich bringe deinem Herrn die Armbrust, auf die er wartet.«

Der Mann nickte und machte den Weg frei. »Willkommen auf Burg Hohenstein, Armbruster.«

Lando schnalzte und gab die Zügel vor. Er musste Marie gut zureden, damit sie über den Graben lief. Es war ihr nicht zu verdenken. Dieser Ort hatte etwas Unheimliches mit seinen teils gerade abfallenden Steilhängen, die bis ins Flusstal reichten. Das Burggelände selbst war nicht groß. Bloß zwei Fachwerkhäuser und ein uneinnehmbar wirkender Wohnturm standen hier. Der Junge von eben verschwand darin.

Lando half Guda vom Wagen. Dann reichte er Judith die

Hand. Als sie sich berührten, trafen sich ihre Blicke. Judith lächelte schüchtern, Lando lächelte zurück. Worte waren nicht nötig, um zu wissen, dass auch sie in diesem Augenblick an die vergangene Nacht dachte.

»Meister Lando«, begrüßte der Edelmann seinen Gast lautstark, als er aus dem Turm trat. Seine Arme waren ausgebreitet. »Ich habe schon sehnsüchtig auf Eure Ankunft gewartet.«

»Seid gegrüßt, Konrad von Hohenstein.« Lando neigte sein Haupt.

Als der Burgherr den Wagen erreichte, nickte er den Frauen kurz zu, die ganz offensichtlich nicht von Bedeutung für ihn waren. Stattdessen legte er Lando den Arm auf die Schulter und fragte belustigt: »Könnt Ihr die verdammten Vögel auch schon schreien hören? Ich sage Euch, sie fürchten sich bereits vor meinem Schussarm.« Bei diesen Worten ballte er seine Rechte.

»Gewiss tun sie das«, gab Lando lachend zurück. Er mochte den kampfeslustigen Burgherrn, der in dem Ruf stand, ein ausgezeichneter Schütze und ein Sammler von Bögen und Armbrüsten zu sein. Ein Umstand, der ihn immer wieder so sehr in Nöte brachte, dass er sein Hab und Gut nach und nach an die Stadt Hall und an die Herren von Hohenlohe verpfänden musste. Diese Burg war ihm offensichtlich noch geblieben.

Der Edelmann umrundete den Wagen. Sein Blick fixierte das Laken, unter dem sich die Jagdwaffe deutlich abzeichnete. »Auch wenn es ein grober Bruch der Sitte ist, Meister Lando: Lasst mich wenigstens kurz mein Eigentum in Augenschein nehmen, bevor ich Euch zu Eurem verdienten Begrüßungstrunk geleite. Ich warte schon so lange.«

»Mit dem größten Vergnügen.« Lando schlug das Laken zurück und schickte ein stummes Gebet gen Himmel: *Herr, lass ihn lieben, was er sieht. Und beschütze meinen Hals, wenn er nicht liebt, was er sieht.*

Der Burgherr starrte auf die Waffe. Zwischen seinen Augen war eine Falte auszumachen. Er kratzte sich das Kinn.

Lando hielt den Atem an.

»Blüten?«, fragte der Burgherr schließlich.

Aus dem Augenwinkel erkannte Lando, dass Guda und Judith sich an den Händen fassten. »Nun, Euer Wunsch war, eine Jagdwaffe der besonderen Art zu besitzen. Ich habe mir deshalb erlaubt, ihr ein entsprechendes Aussehen zu verleihen.«

Konrad von Hohenstein nickte bedächtig. »In der Tat. Sie ist außergewöhnlich.«

»Die Holzarbeiten werden Euch beim Schießen nicht behindern. Sie befinden sich mit Absicht auf der Eurem Gesicht abgewandten Seite. Nehmt sie doch zur Hand.«

Der Edelmann tat es. All seine Aufmerksamkeit galt noch immer dem Schnitzwerk. »Wer besitzt noch so eine Waffe?«

»Was meint Ihr?«

»Diese Blüten. Wer hat noch so eine Blütenwaffe?«

»Niemand, Herr. Ihr seid der Erste und der Einzige weit und breit.«

»Wollt Ihr sagen, nicht einmal Kaiser Ludwig IV. besitzt so eine?«

»Nein, nicht einmal unser Kaiser.«

Die Falte zwischen den Augen des Burgherrn glättete sich. »Das gefällt mir, Meister Lando.« Kraftvoll und von einem tiefen Lachen begleitet, hieb er ihm mit der freien Hand auf die Schulter.

Lando ging ein Stück in die Knie durch die Heftigkeit des Schlages, doch er atmete auf und bemerkte, dass auch Judiths und Gudas Gesichter sich entspannten. »Wollt Ihr sie gleich ausprobieren?«

»Aber ja doch.« Er wedelte mit der Hand. »Gebt mir einen Spanngürtel und einen Bolzen.«

Lando griff in den Pferdewagen und reichte Konrad von Hohenstein, was er begehrte.

Dieser legte sich den Gürtel um und spannte die Sehne mit

einer Leichtigkeit, wie sie nur ein geübter Schütze zeigte. In einer fließenden Bewegung legte er den Bolzen ein und platzierte die Waffe auf seiner rechten Schulter. Der Burgherr suchte ein Ziel, indem er mit der Waffe im Anschlag umherfuhr. Dort, wohin er zeigte, stoben die Burgbewohner schreiend auseinander. Sie waren die Schießwut ihres Herrn offenbar gewohnt. Plötzlich hielt er inne und zielte auf einen Balken des Palisadenzauns. »Das Astloch dort, Armbruster. Werde ich es treffen?«

»So Gott will«, gab Lando klug zur Antwort.

Konrad von Hohenstein schoss – und traf. Zig erschrockene Krähen aus den dahinterliegenden Baumwipfeln flogen auf. »Wunderbar! Einfach wunderbar«, freute sich der Edelmann. »Gebt mir noch einen Bolzen. Schnell.«

Lando tat, was von ihm verlangt wurde. Wieder und wieder. Nach jedem Schuss schien ihm die Armbrust mehr zu gefallen. Als Lando keine Bolzen mehr übrig hatte, war der Burgherr bester Laune.

»Ihr habt wahrlich die Arbeit eines Meisters geleistet. Sie soll von mir großzügig entlohnt werden. Kommt. Gehen wir in meine Halle und zählen die Münzen, bevor wir zu besoffen dafür sind. Mir ist nach Feiern zumute. Mein Weib wird sich derweil um das Eure und die Magd kümmern.«

Lando sah zu Judith und Guda, die genau wie am Vortag zu kichern begannen. Er zuckte ratlos die Schultern und ließ sich von dem Burgherrn in den Turm bringen.

VIERTES KAPITEL

Matteo hörte den Reiter, der in entgegengesetzter Richtung am Gefolge vorbeigaloppierte, eher, als dass er ihn sah.

»Befehl des Kaisers. Wir rasten! Wir rasten! Alle Zeltmeister nach vorn«, schrie er aus voller Kehle und bestätigte, was Matteo sowieso schon geahnt hatte. An Hermann von Lichtenberg gerichtet, der neben ihm ritt, sagte er: »Wir waren zu langsam. Das Kloster Comburg ist noch zu weit entfernt, als dass wir es heute erreichen könnten.«

»Nicht verwunderlich«, entgegnete der Kanzler. »Bei der Anzahl der Menschen, die sich uns in Esslingen angeschlossen haben, war die Strecke nicht zu schaffen.« Im Flüsterton fügte er kopfschüttelnd hinzu: »In einem Tag von Winnenden nach Hall. Ich habe dem Kaiser schon bei der Planung seines Itinerars davon abgeraten, aber er wollte nicht auf mich hören.«

Matteo schmunzelte. Es war gewagt, Ludwig IV. zu tadeln. Gerade an einem solchen Ort, wo es vor gespitzten Ohren nur so wimmelte. Doch Hermann von Lichtenberg und er waren trotz des gewaltigen Standesunterschiedes Freunde und konnten offen reden. Es war ihrer gemeinsamen Vergangenheit in Bologna geschuldet.

Matteo sah hinter sich, wo das Ende der Menschenschlange bei Weitem nicht zu erblicken war. Das Gefolge umfasste diesmal ungefähr so viele Menschen, wie vier Jahre Tage hatten. »Was meint Ihr, wo genau befinden wir uns?«

»Wenn wir Glück haben, beim Kloster Murrhardt. Dann

können wenigstens die kaiserliche Familie und die engsten Getreuen des Nachts hinter festen Mauern schlafen.«

»Kloster Murrhardt«, wiederholte Matteo. »Die Stadt um das Kloster ist klein und nicht gerade vermögend. Sie werden die vielen Mäuler unmöglich stopfen können. Erst recht nicht, da unser Kommen und Bleiben ungeplant war.«

»Wie wahr. Und deshalb weiß ich auch, wem der Schweiß gerade mit Sicherheit auf der Stirn steht.« Hermann von Lichtenberg wies mit dem Kinn nach vorne. »Kommt, wir sehen nach, ob der Küchenmeister schon einen Herzanfall erlitten hat oder ob wir ihm bei seiner Aufgabe beistehen können.«

Matteo trabte dem Kanzler hinterher. Dabei beobachtete er ein Spektakel, das er schon unzählige Male mit angesehen hatte. In dem Moment, da der Kaiser den Befehl zur Rast gegeben hatte, formierten sich – je nach Platz, der zur Verfügung stand – mehrere Wagen zu einer Art Dorf. Im Schutze der Gemeinschaft wurden Feuer entzündet, Tiere versorgt, Musik gemacht. Je weiter er an die Spitze des Gefolges kam, desto mehr veränderte sich das Bild. Hier, wo die edelsten Herren und Damen reisten, waren die Zeltmeister schon eifrig dabei, ihrer Arbeit nachzukommen. Manche der Behausungen standen bereits in ihrer ganzen Pracht und wurden gerade bestückt mit Teppichen und Truhen. Waffen- und Hufschmiede richteten sich derweil einen Platz für ihre Arbeit ein. Stallknechte errichteten Zäune für die Pferde ihrer Herrschaft. Matteo war gerade von seinem Reittier abgestiegen, da roch er bereits die ersten warmen Speisen.

»Du da«, hielt der Kanzler einen vorbeieilenden Waffenknecht an. »Wo befindet sich Konrad von Baierbrunn?«

»Ein Stück weiter vorn, ehrwürdiger Kanzler. Ihr braucht eigentlich nur Euren Ohren zu folgen.«

»Nicht so frech«, mahnte Hermann von Lichtenberg.

Der Junge stob davon.

Er sollte recht behalten, wie Matteo kurz darauf feststellte.

»Zu wenig. Viel zu wenig«, schimpfte der Küchenmeister zornig vor sich hin, sodass die Männer und Frauen um ihn herum die Köpfe einzogen. Obwohl sich bereits ein beachtlicher Berg von Säcken, Eiern, Käselaibern, Broten, Hühnern und sogar ein paar Schweinen angesammelt hatte, brüllte er die Menschentraube weiter an. Offenbar waren sie aus Murrhardt gekommen, um mit ihren Abgaben dem Kaiser Dienste zu leisten. »Das reicht ja nicht mal für die Hälfte der Menschen. Herrgott, sollen wir etwa verhungern?«

Er hat also keinen Herzanfall, dachte Matteo bei sich. Auch wenn sein Gesicht besorgniserregend rot war. Niemand schien deshalb beunruhigt. So gut wie jeder im Gefolge wusste, dass der Küchenmeister zu Wutausbrüchen neigte – immer dann, wenn das Itinerar geändert wurde und die Versorgung der kaiserlichen Tafel sich deshalb schwieriger gestaltete.

»Beruhigt Euch, Küchenmeister«, sprach der Kanzler den Mann an. »Denkt an die Worte der Heiligen Schrift. Der Herr ist mein Hirte, mir wird nichts mangeln. Er weidet mich auf einer grünen Aue und führet mich zum frischen Wasser.«

Der Küchenmeister bedachte den Kanzler mit einem zweifelnden Blick. Dennoch schlug er ein Kreuz und atmete durch. Dabei stemmte er die Hände in die Seiten und sah sich um. »Die Aue des Herrn hat dieser Tage aber zu viele Schafe.«

»Versündigt Euch nicht, sondern verwendet Eure Gedanken besser auf die Lösung des Problems. Was muss getan werden?«

»Ich habe bereits Reiter losgeschickt zum Kloster Comburg. Sie sollen einen Teil der Abgaben holen, die das Kloster dem Reich schuldig ist. Doch nur der Himmel weiß, ob sie rechtzeitig zum abendlichen Mahl zurück sein werden.«

»Was ist mit der Umgebung?«

»Auch dorthin habe ich schon Reiter ausgesandt, die die Bauern der Höfe zum *servitium regis* auffordern sollen.« Jetzt rang er die Hände. »Doch selbst wenn die Reiter erfolgreich zurückkehren, brauche ich mehr Mägde. Einige von ihnen sind erkrankt. Wir mussten sie in Winningen zurücklassen.«

Matteo trat vor und verbeugte sich. »Wenn Ihr erlaubt, Küchenmeister, lasst mich Euch helfen. Ich könnte versuchen, Mägde unter den Frauen im Gefolge zu beschaffen.«

»Ein Mann der Tat. Das gefällt mir.« Entschieden schlug er die Hände zusammen. »Geht und schafft mir fähige Weiber heran. Dann hätte ich schon mal eine Sorge weniger. Und nehmt Albert mit.« Laut und fordernd rief er: »Albert!«

Ein junger Mann kam herbei, Matteo kannte ihn flüchtig. Es war der Leibdiener des Küchenmeisters, ein hochnäsiger Spross aus verarmtem Niederadel.

»Schwing dich auf dein Pferd und hole mir Mägde zusammen mit diesem Mann, der sich im Gegensatz zu dir nicht davor scheut, Arbeit zu tun.« Konrad von Baierbrunn legte Matteo die Hand auf die Schulter.

Der Leibdiener machte große Augen, doch er wagte nicht zu widersprechen. Es war unmissverständlich, dass er sich eigentlich zu fein dafür war. Und ebenso, dass ihm die Gesellschaft nicht zusagte.

Matteo war das gleich. Er bestieg sein Pferd und ritt gemächlich los.

Albert kam wenig später an seine Seite getrabt. Sein Blick fuhr an Matteo auf und ab. »Ihr seid ein Schreiber, stimmt's?«

»So ist es.«

Albert machte ein verächtliches Gesicht. »Was für ein ödes Leben. Ihr seid zu bedauern.«

Matteo sagte nichts darauf und zog nur einen Mundwinkel hoch.

»Was ist so lustig, Schreiber?« Der Kerl wartete nicht auf die Antwort und setzte nach. »Wie wär's? Ein Wettrennen zum Ende des Gefolges?«

»Warum nicht?«, gab Matteo zurück.

Spöttisch blickte Albert auf das Pferd neben sich, das augenscheinlich weniger edel war als sein eigenes. »Seid Ihr mutig oder dumm?«

»Das wird sich gleich herausstellen. Gebt schon das Zeichen.«

Der hochnäsige Jüngling hob den Arm. Sein Pferd schien bereits zu ahnen, was gleich geschehen würde, und begann zu tänzeln. Dann ließ er den Arm sinken. Albert gab seinem Pferd die Hacken, woraufhin es davonschoss.

Matteo dachte gar nicht daran, ihm zu folgen. Belustigt sah er dem Heißsporn nach, während sein Pferd weiter gemächlich im Schritt lief.

Albert blickte erst nach einigen Galoppsprüngen zurück und verstand sofort. Wütend zügelte er seinen Rappen. Die Leute um ihn herum lachten ihn laut aus.

»Das hast du nun davon«, murmelte Matteo leise vor sich hin. Und als wäre die Schmach noch nicht groß genug, winkte er dem Leibdiener des Küchenmeisters auch noch zu.

Das Lachen um Albert herum wurde nochmals lauter. Mit einem Ruck riss er sein Pferd herum und galoppierte davon.

Es war Matteo ganz recht. Jetzt konnte er nämlich ungestört tun, was ihm in den Sinn gekommen war, als Konrad von Baierbrunn nach Mägden gefordert hatte. Er schnalzte. Im Trab zog er an zahlreichen Lagerstätten vorbei, bis er endlich die Gruppe der Wäscherinnen fand, in der er Gesa einen Platz verschafft hatte. Schon von Weitem sah er sie. Barfuß rannte sie auf dem Platz herum, der sich durch die im Halbkreis abgestellten Wagen gebildet hatte. Sie spielte mit ein paar Kindern. Laut lachend versuchten diese sie zu fangen. Auch sie selbst lachte und wich ihnen immer wieder aus. Matteo sah noch einen Moment lang zu. Die junge Frau war undurchsichtig für ihn. Obwohl er sie bereits zweimal hatte retten müssen, strahlte sie dennoch eine ungewöhnliche Stärke aus, die ihn in den Bann schlug.

Plötzlich hörte Gesa auf zu rennen. Sie hatte ihn entdeckt.

Es war nur eine kleine Handbewegung, doch Matteo sah ihr Winken. Er ritt auf sie zu. Dabei bemerkte er ihre vom Spiel geröteten Wangen und das schnelle Heben und Senken ihrer Brust.

»Seid gegrüßt, Matteo.«

»Wie ich sehe, ist es dir gut ergangen, seit wir Esslingen verlassen haben?«

Sie nickte.

»Was ist mit deinen Verletzungen?«

Ihre Fingerspitzen fuhren zu ihrem Hals. »Ich spüre sie kaum mehr.«

Matteo legte den Kopf schief, um die Male zu betrachten, die zuvor blau gewesen waren. »Sie sind auch fast nicht mehr zu sehen.«

Gesa kam noch einen Schritt näher, streichelte nun die Stirn seines Pferdes. »Ich stehe so tief in Eurer Schuld. Für alles. Zuerst dieser Thomas. Jetzt der Platz im Gefolge. Und das Kleid natürlich.« Gesa strich über den blauen Rock. »Dafür habe ich Euch noch gar nicht genug gedankt.«

Sie sah ihn auf eine Weise an, die ihm ebenso schmeichelte wie ihre Worte. Matteo gefiel das. Doch er zeigte es nicht.

»Wenn es in deinem Sinne ist, kannst du nun etwas für mich tun.«

»Und was?«

»Der Küchenmeister benötigt dringend Mägde. Einige sind erkrankt.«

»Ihr meint vorne im Gefolge? Beim Kaiser?«

»Ja.« Matteo stellte fest, dass ihr Blick sich veränderte. Sie sah in die Richtung, aus der er gekommen war. Dann auf ihre Füße.

»Wenn es nicht allzu gewagt ist, das zu sagen, würde ich es vorziehen hierzubleiben.«

»Weshalb?«

Sie schwieg und biss auf ihre Unterlippe. Ihr Verhalten

war ihm schleierhaft. Offenbar wieder ein Geheimnis, schloss Matteo.

»Solltet Ihr darauf bestehen, dass ich mit Euch gehe, werde ich es natürlich tun.«

Er runzelte die Stirn. »Das tue ich nicht. Ich fragte dich eigentlich deshalb, weil du an der Spitze des Gefolges sicherer wä…«

»Ihr geht ja noch unbeholfener mit Frauen um, als Ihr reitet«, ertönte es plötzlich hinter Matteo. Es war Albert, der offenbar zugehört hatte. Er stieg jetzt von seinem Pferd und band es an einen der Wagen. »Kein Wunder«, sagte er verächtlich. »Ihr Schreiber seid doch alles Geistliche. Woher solltet Ihr auch wissen, wie man mit Weibern spricht.«

Matteo warf dem jungen Edelmann einen schneidenden Blick zu. »Ich bin kein Geistlicher. Und außerdem: Was erlaubt Ihr Euch eigentlich?« Anders als vorhin noch machten ihn Alberts Worte nun durchaus wütend.

»Ich zeige Euch mal, wie man das macht.« Albert stapfte zu den Wäscherinnen. Er baute sich vor ihnen auf und sagte: »Befehl des Kaisers. Ihr Weiber müsst sofort nach vorne. Der Küchenmeister braucht Mägde. Los, los.«

Tatsächlich wagten die Frauen nicht, ihm zu widersprechen, und sammelten augenblicklich ihr Hab und Gut zusammen.

Jetzt kam Albert auf Gesa zu. »Du! Hörst du schlecht? Beweg dich gefälligst, oder muss ich dir erst Beine machen?« Er holte aus und schlug ihr gegen den Hinterkopf.

Matteo schoss vom Rücken seines Pferdes und hielt auf Albert zu. Ohne Vorwarnung stieß er ihm gegen die Brust. Der Mann hatte das nicht kommen sehen und schlug rücklings auf dem Boden auf.

Der Moment seiner Starre jedoch war kurz. Sofort kam Albert wieder auf die Füße und stürzte sich auf Matteo. Der erste Kinnhaken traf sein Ziel.

Matteo war einen Atemzug lang wie benommen. Dann aber

schaffte er es, den Schlägen auszuweichen. Es war mehr Glück als Können, dass auch er seinen Gegner traf. Seine Faust landete direkt auf Alberts Auge – worauf dieser zurücktaumelte. Einen Stoß später fiel der Diener des Küchenmeisters erneut nach hinten, von wo aus er Matteo die Beine wegtrat.

Beide blieben sie im Dreck liegen. Der Kampf war vorbei.

Mit schmerzverzerrtem Gesicht rappelte sich Albert wieder auf und bestieg seinen Rappen.

Matteo wischte sich das Blut von der Lippe und ging ebenso zu seinem Pferd. Seine Hand schmerzte. Ausgerechnet die Rechte, mit der er schrieb. Während er aufstieg, sah er, wie die Frauen sich zur Spitze des Gefolges aufmachten.

Nur Gesa nicht. Sie lief an seiner Seite. Ihr Blick war schuldbewusst. »Es tut mir so leid. Nun ist es schon wieder geschehen. Ich bringe Euch schreckliches Unglück. Ab jetzt werde ich immer genau das tun, was Ihr sagt. Das verspreche ich. Dann geschieht Euch vielleicht nichts Derartiges mehr.«

Matteo wollte sich das Grinsen verkneifen, doch es gelang ihm nur bedingt. Ein wohliges Gefühl machte sich in ihm breit und ersetzte den Schmerz seiner Lippe. Der Schlag von Albert hatte sich gerade gelohnt. Um einen gleichgültigen Ton bemüht, sagte er: »Wir werden sehen, wie weit deine Versprechen reichen.«

Wenig später waren sie bei der Spitze des Gefolges angelangt. Der Kanzler und der Küchenmeister sahen zunächst die Frauen und schienen erfreut. Dann bemerkten sie die lädierten Gesichter Matteos und Alberts.

Konrad von Baierbrunn entgegnete trocken: »Wie es aussieht, wart ihr erfolgreich.« Dann ergänzte er belustigt: »Auch wenn die Frauen sich offenbar heftig gewehrt haben.« Er sah zu Hermann von Lichtenberg. Beide Männer fingen schallend an zu lachen.

Es tat gut, zurück zu sein, dachte Hartmann, als er am Leprosorium vorbeiritt und in Begleitung von sechs seiner Männer auf das Sülmer Tor zuhielt. Anders als die übrigen Heilbronner war er bis zum Ende des Hoftages in Esslingen geblieben. Der Rückweg war ihm kurz vorgekommen, und er wusste auch, warum. Die kaiserliche Bestätigung seiner Rechte wirkte auf ihn wie ein durch einen nackten Frauenkörper erwärmtes Laken in einer kalten Winternacht. Hartmann grinste vor sich hin, als ihm dieser Vergleich in den Sinn kam. Ja, er hatte sich durchgesetzt und seinen Ahnen, die ihm jene Rechte einst verschafft hatten, auf diese Weise Ehre gemacht. Vor allem aber hatte er seine Worte gegenüber Volmar Laemmlin in die Tat umgesetzt. Letzteres löste die heitersten Gefühle in ihm aus. Die Demütigung von vor vier Wochen fühlte sich nun weniger schmerzhaft an.

Dennoch reichte Hartmann dieser Erfolg nicht aus. Da er seine Rechte nun auf einem kaiserlichen Pergament mit sich trug, wollte er sie auch anwenden. Aus diesem Beweggrund hielt er auf das Brückentor zu – wenngleich es dort keine Brücke mehr gab. Bereits von der Kirchbrunnenstraße aus war der Lärm schwerer Arbeiten zu hören.

Hartmann saß kurz vor dem Tor ab und bedeutete zweien seiner Männer, ihm zu folgen. Wie erwartet traf er hier auf Mitglieder des Rates, die so beschäftigt waren, dass sie ihn zunächst nicht bemerkten. Sie hatten offenbar nicht damit warten können, ihre neuen Neckar-Privilegien in die Tat umzusetzen.

»Der Zwinger muss deutlich erhöht werden«, erklärte Hartmud Rotgalle einer Handvoll Arbeitern und wies immer wieder auf den Geländestreifen zwischen Neckar und Stadtmauer. »Wenn die Wehre erst einmal errichtet worden sind, wird der Wasserspiegel ansteigen. Wir müssen der Überflutung zuvorkommen.«

Hartmann hielt sich nicht weiter mit dem Ratsherrn auf. Seine Augen hatten sein eigentliches Ziel bereits erfasst. Dort, wo mehrere Männer dabei waren, eine Bauhütte zu errichten, sah er Volmar Laemmlin stehen. Er und Heinrich Lieblip sprachen mit einem Mann, der eine Wachstafel und einen silbernen Schreibgriffel in der Hand hielt und ihnen gerade etwas erklärte.

»Bevor wir mit dem Bau der Brücke beginnen können, müssen wir das Tor erneuern. Es sollte höhergelegt werden, so wie der Zwinger, und der Rat muss entscheiden, ob …«

»Gott zum Gruße, die Herren«, störte Hartmann die Unterhaltung beschwingt. »Verzeiht, dass ich so brüsk unterbreche.«

»Ritter Hartmann«, begrüßte der Bürgermeister ihn freundlich.

Volmar Laemmlin schwieg.

»Was können wir für Euch tun?«

Hartmann streckte die Hand nach einem seiner beiden Gefolgsleute aus. Dieser übergab ihm daraufhin das Pergament des Kaisers.

»Ich sehe, Ihr habt zu tun, Bürgermeister. Deshalb halte ich Euch nicht lange auf. Ich wünsche bloß, die Männer mitzunehmen, die mir bannpflichtig sind.«

Volmar Laemmlins Gesicht versteinerte. »Die Bockinger werden hier gebraucht.«

Hartmann machte ein gespielt erstauntes Gesicht. »Aber wie könnt Ihr wissen, dass ich sie nicht dringender brauche?«

»Was könnte dringender sein als die Bauten einer Stadt, die sich gerade von einem Unglück versucht zu erholen?«

»Das geht Euch nichts an, Laemmlin.« Hartmann wedelte mit der Pergamentrolle vor seinem Gesicht herum. »Dieser Meinung ist übrigens auch der Kaiser, wenn ich Euch erinnern darf.«

Volmar Laemmlin machte einen Schritt auf Hartmann zu. »Kein einziger Mann wird diesen Platz verlassen, nur um Euren schäbigen Burghof zu fegen. Verschwindet besser …«

»… sonst was?«, fragte Hartmann kampfeslustig und tat den

letzten verbliebenen Schritt zwischen ihnen. Genau wie damals im Rathaus standen sie auch jetzt wieder so dicht voreinander, dass sich ihre Nasenspitzen beinahe berührten.

»Aber, aber, meine Herren. Auseinander.« Der Bürgermeister drängte sich zwischen Volmar und Hartmann.

Mittlerweile waren auch andere auf die Unterhaltung aufmerksam geworden. Neugierig kamen sie näher.

»Ich fordere meine Männer. Sofort«, machte Hartmann nun deutlich. »Bloß weil Heilbronn sie sich einverleibt hat, sind sie nicht ihrer Rechte entbunden.« Wieder hob er das Pergament.

Der Bürgermeister nickte. In einem versöhnlichen Ton sagte er: »Da der Kaiser sich dafür ausgesprochen hat, werde ich Euch die Männer nicht vorenthalten. Wenn Ihr sie derzeit so dringend braucht, werde ich die Bockinger zusammenrufen lassen und sie zu Euch auf die Burg schicken. Ihr habt mein Wort.«

Hartmann legte die Hand auf sein Herz. »Wie immer ist auf Euch Verlass, Bürgermeister. Manch ein Ratsherr könnte noch von Euch lernen.«

Volmar Laemmlins Gesicht war von Zorn gezeichnet. »Ihr seid wie das Schwarze unter den Armen eines Pestkranken«, stieß er hervor. »Verzieht Euch bloß auf Eure abgelegene Feste. Ich bin mir sicher, wenn die Heilbronner erst erfahren, dass Ihr mit Eurer Selbstsüchtigkeit die Arbeiten an ihrer Stadt aufhaltet, werden alle Eure Gesellschaft so geringschätzen wie ich.«

»Seid versichert, Laemmlin«, schleuderte Hartmann seinem Feind entgegen. »Die Gesellschaft eines Mannes ohne jeden Erben, dafür aber mit einem schandvollen Namen ist ihnen ebenso wenig lieb.«

Volmar Laemmlin sprang auf ihn zu. Drei Männer waren nötig, um ihn im letzten Augenblick festzuhalten. »Was erlaubt Ihr Euch?«, schrie er speichelspeiend. »Mein Name wurde vom Kaiser reingewaschen.«

Hartmann wandte sich ab und bestieg sein Pferd. Er hörte noch, wie der Ratsherr ihm hinterherbrüllte.

»Die Bockinger, die Euch verpflichtet sind, sind zu bemitleiden. Ich werde dafür sorgen, dass man ihnen allen das Bürgerrecht hinterherwirft, nur damit sie frei sind von Euch. Und wenn es das Letzte ist, was ich tue.«

Hartmann schenkte seinem Feind nach außen hin keinerlei Beachtung. Obwohl er dieses Wortgefecht für sich entschieden hatte und zudem bekommen sollte, was er vom Bürgermeister gefordert hatte, fühlte es sich an wie eine Niederlage. Volmar Laemmlin schaffte es immer wieder, ihn zu demütigen.

Nach dem Durchreiten des Fleiner Tors trieb er seinen Hengst zum Galopp an. Bis hoch zur Burg musste das Tier in dieser Geschwindigkeit laufen. Immer dann, wenn es langsamer wurde, ließ Hartmann all seinen Zorn an dessen Flanken aus.

Doch alles Quälen seines Reittiers hatte nichts geholfen. Seine Laune blieb unverändert trüb. Auf seiner Burg angekommen, wehrte er jeden Versuch der Bewohner ab, ihn gebührend willkommen zu heißen. Barsch verscheuchte er die Küchenfrau mit ihrem Begrüßungstrunk. Selbst für seinen Burgvogt war er nicht zu sprechen.

Nur zum Turm blickte er kurz hoch und hielt inne. Alardus hatte ihm einen Brief nach Esslingen gesandt, und darin hatte wahrlich Nützliches für ihn gestanden. Eigentlich hatte Hartmann nach seiner Rückkehr sofort mit ihm darüber sprechen wollen, doch selbst danach stand ihm jetzt nicht der Sinn. Morgen wäre Alardus gewiss noch immer in der Turmkammer. Er konnte ihm ja schlecht davonlaufen. Hartmann hielt auf seine Halle im Palas zu. Alles, was er nun zu tun gedachte, war, sich allein zu besaufen.

FÜNFTES KAPITEL

Das Leben an der Spitze des Gefolges war ein anderes als hinten. Clementia konnte das Kaiserpaar zwar nicht sehen, dennoch wurde ihr schnell klar, welch gewaltige Zahl an Menschen durchgehend damit beschäftigt war, dem Herrn des Reiches zu dienen. Ständig galoppierten Männer von vorne nach hinten, um Befehle auszuführen oder weiterzugeben. Nur selten bekam Clementia mit, was genau ihr Auftrag war, doch sie alle hatten es ungemein eilig. Wie es schien, musste jeder Wunsch sofort ausgeführt werden.

Bislang hatte Clementia immer angenommen, dass der Kaiser seine Angelegenheiten auf den Pfalzen regelte und zwischendurch bloß mit Reisen beschäftigt war. Jetzt wusste sie es besser. Ludwig IV. regierte sein Reich quasi vom Pferd aus. Es war ganz gleich, in welchem Weiler, Kloster oder Wald er sich befand. Überall wurden Entscheidungen getroffen, Urkunden geschrieben, Gottesdienste abgehalten und Gäste empfangen. Seine bloße Anwesenheit machte jeden Ort zum Mittelpunkt des Herrschaftsgebietes. So würde es auch an diesem Abend sein, wie Clementia gerade durch Zufall erfuhr.

Die drei Reiter vor ihr stellten sich als Männer heraus, die für die Ankündigung des Erscheinens des Kaisers sorgten. Gerade unterhielten sie sich über ihr Tagwerk. »Seit wann bist du wieder zurück?«, fragte der rechte Reiter den in der Mitte.

»Schon seit der Mittagsstunde. Ich habe nicht lange gebraucht bis zur Burg Vellberg. Das Gelände war eben – anders als zwischen Esslingen und Hall.«

»Warst du erfolgreich?«

»Ja, die Burgherren finden sich heute im Lager ein. Und du? Wohin bist du geschickt worden?«

»Burg Leofels, zu Luitpold von Weiltingen. Auch er wird kommen.«

»Was ist mit dir?«, fragte der Mittlere den dritten Mann.

»Ich war auf Burg Hohenstein. Und ich sage euch: Ihr könnt von Glück sagen, dass ich noch unter den Lebenden bin.«

»Warum das?«

»Dieser Konrad von Hohenstein hat auf seinem eigenen Burghof wie ein Verrückter mit seiner Armbrust geschossen. Dabei hat er mich nur knapp verfehlt.«

Kopfschüttelnd antwortete einer der beiden anderen: »Manche Edelmänner haben einfach zu viel Zeit.«

»Du sagst es. Ich werde mich in Acht nehmen, wenn dieser Schießwütige ins Lager kommt.«

»Er hat also auch eine Zusage gegeben«, schloss der Mittlere. »Wenn die anderen Reiter ebenso erfolgreich waren, werden die Zelte heute bersten.«

»Die Zelte schon. Die Bäuche eher nicht. Ich frage mich, was all die Männer essen sollen. Das Kloster Comburg war, wie ich hörte, wohl weniger großzügig, als der Kaiser es erwartet hat.«

»Man konnte das Geschrei des Küchenmeisters sicher noch am Ende des Gefolges hören.«

»Nicht unsere Sorge. Sollen die Edlen doch das fressen, was es hier in Hülle und Fülle gibt.«

»Und das wäre?«

»Na, Gerste und Hafer. Das Futter der Gäule.«

Die Männer grölten vor Lachen und schlugen sich auf die Schenkel.

Schließlich sagte einer von ihnen: »Los, lasst uns nach vorne reiten. Es ist sicher bald so weit.«

Als Clementia sie wegtraben sah, fiel es auch ihr auf: Es begann langsam zu dämmern. Zudem ließ der Schmerz in ihren Füßen sie wissen, dass der Tag sich dem Ende zuneigte. Vergeblich versuchte sie an all den Wagen und Tieren vor sich vorbeizusehen, um auszumachen, ob eine Ortschaft sie erwartete. Doch der nächste Reiter machte diese Bemühungen überflüssig.

»Wir rasten!«, schrie er wie jedes Mal und galoppierte weiter.

Clementia staunte noch immer darüber, was auf diesen Ruf hin stets geschah. Das gesamte Gefolge schien sich in einen Bienenstock zu verwandeln. Befehle, die ansonsten den ganzen Tag über durch die Luft schallten, waren plötzlich nicht mehr nötig. Ein jeder schien zu wissen, was zu tun war. Die Zeltmeister taten ihre Arbeit in einer unglaublichen Geschwindigkeit. Jeder Handgriff folgte einem genauen Ablauf. Wie auf ein unsichtbares Zeichen hin kamen zur rechten Zeit die Männer mit dem Gestühl, den Teppichen, den Truhen und den Pelzdecken. Wenig später hörte sie den Küchenmeister auch schon wieder brüllen. Es war sicherlich ratsam, ihm fürs Erste aus dem Weg zu gehen.

Clementia wusste, sie würde heute noch bis spät in die Nacht auf ihren schmerzenden Füßen umherlaufen. Darum stahl sie sich heimlich davon, um sich wenigstens kurz auszuruhen. Ohne Ziel huschte sie zwischen all den Zelten hindurch, bis das Geschrei Konrad von Baierbrunns sie nicht mehr erreichte. Hier, am Rande der großen Lichtung, wo die Bäume die letzte Septembersonne des Tages abhielten, erblickte sie plötzlich den Kanzler. Er trat soeben aus einem von vier dicht beieinander aufgestellten Zelten. Schnell versteckte Clementia sich, um sich nicht erklären zu müssen. Als er außer Sichtweite war, vernahm sie ein Murmeln. Es kam aus dem Zelt ganz rechts.

Clementia war neugierig. Sie näherte sich und lauschte. Wie erwartet, war ihr die Stimme bekannt. Vorsichtig lugte sie ins

Innere des Zeltes, dessen Eingang offen war. Sie sah Matteo an einem von drei Pulten stehen, wie Mönche es in einem Skriptorium taten. Er war allein. Vor ihm lagen zwei Pergamente. Eines war leer, bis auf ein paar feine Linien. Das andere war beschrieben und hatte unten eine Kordel, an der das kaiserliche Siegel hing.

»... wern der tuetsche herren müle irre und in schadete, also daz si kein frum wide, so sullen iene in ein ander mülstat in ...«, murmelte er vor sich hin.

Clementia war so versunken in den Anblick, dass sie sich vergaß. Ihr Schatten verriet sie. Matteo blickte auf.

»Was tust du hier?«

Sie presste die Lippen aufeinander und zeigte mit dem Finger hinter sich. »Es war ein Zufall. Der Kanzler ... Er verließ eben das Zelt. Da hörte ich ...« Clementia brach ab. Alles, was sie sagte, war keine wirkliche Erklärung. »Ich habe Euch bei Eurer Arbeit gestört. Bitte verzeiht. Ich werde wieder gehen.« Sie verschwand von der Zeltöffnung und biss die Zähne fest aufeinander. Dabei kniff sie vor Ärger die Augen zu. Was hatte sie sich nur gedacht?

»Bist du noch da?«

Clementia öffnete die Augen wieder. Unsicher, was nun kam, sagte sie leise: »Ja.«

»Komm rein.«

Langsam trat Clementia wieder auf die Zeltöffnung zu. Sie sah erst ihn an, dann seine Umgebung. Neben Matteo stand eine geöffnete Truhe voller Pergamentrollen. Die Pulte waren bestückt mit zahlreichen Dingen, von denen sie nicht in allen Fällen wusste, wofür sie verwendet wurden. Clementia erkannte Messer zum Ausbessern von Fehlern. Daneben Bimsstein für das Abschleifen von Pergament. Dazu kamen noch Griffel, Gänsefedern, Kreide, Zirkel und Tintenfässer.

»Willkommen in einer der Schreibstuben der Kanzlei.«

Clementia lächelte und kam näher. Sie wies auf das Pergament mit dem Siegel daran. »Was ist das?«, fragte sie vorsichtig.

»Das ist das Neckar-Privileg, was beim Hoftag verkündet wurde. Mit Sicherheit eine der wichtigsten Urkunden, die Heilbronn je erhalten hat.«

Clementia besah die gleichmäßige Schrift mit den exakten Abständen zwischen den Zeilen.

»Was hier drin steht, bedeutet Freiheit und Reichtum für Heilbronn.«

»Aber ging es bei dem Beschluss nicht bloß um den Lauf des Flusses?«

Matteo lachte kurz auf. »*Bloß* um den Lauf des Flusses? Dir ist wohl nicht klar, was das bedeutet.«

»Erklärt es mir.«

»Schließ die Augen, Gesa.«

Sie tat es und hörte kurz darauf seine Worte.

»Stell dir eine Stadt vor, die nun überall vor ihren Toren Wehre baut und das Wasser staut. Haufenweise Mühlen kommen hinzu, die jetzt mit Leichtigkeit angetrieben werden können. Alle ankommenden Schiffe legen vor Heilbronn an. Ihre Fahrt endet an den Wehren. Händler aus aller Welt sind somit gezwungen, die Waren in die Stadt zu tragen, sie dort zu lagern, sie anzubieten.«

Clementia öffnete erstaunt die Augen. Tatsächlich hatte sie bisher die Auswirkungen des Beschlusses nicht verstanden.

Matteo lächelte Clementia schief an. »Heilbronn wird reich werden, Gesa. Und viele Heilbronner ebenso. Alles nur durch dieses eine Stück Pergament.«

Clementia fiel es schwer, über ihre Heimat zu sprechen, ohne sich zu offenbaren. Sie hatte Angst, dass Matteo ihr das, was sie mit Heilbronn verband, in ihrem Gesicht ablesen konnte. »Und was habt Ihr jetzt damit vor?«

»Ich kopiere es. Einige Male sogar. Das ist, was Mundatoren tun.«

Clementia berührte ehrfürchtig eine Ecke des Neckar-Privilegs. Dabei fühlte sie die ihr so vertraute Oberfläche. Wie gern hätte sie jetzt seinen Gänsekiel zur Hand genommen. Das Zeichnen fehlte ihr. »Ist Eure Schreibhand so geübt wie diese hier?«

»Ich denke schon. Ich hoffe es zumindest.«

»Schreibt etwas.«

»Jetzt?«

»Ja, ich würde es gern sehen.«

Matteos Augen ruhten kurz auf Clementia, dann nahm er die Feder auf. Er besah die ersten Worte des kaiserlichen Briefs und begann sie zu schreiben. *Wir Ludewig von Gotes genaden Romischer keyser, ze Allen zyten …*

Clementia sah ihm zu und war augenblicklich gebannt von der Art, wie er schrieb. Seine Hand bewegte sich geschmeidig über das Pergament. Die ausladenden Schwünge nach oben und unten bereiteten ihm keine Mühe. Sie nahm es kaum wahr, aber ihr Mund war leicht geöffnet, und ihre Hand war geformt, als hielte sie selbst gerade einen Gänsekiel. Matteo hatte aufgehört zu schreiben, dennoch sah sie noch immer auf das Pergament.

»Komm her«, sagte er plötzlich zu ihr. Er hatte einen Schritt zurück gemacht und so den Platz vor dem Pult freigegeben.

Als sie sich in Bewegung setzte, wurde ihr Mund trocken und ihre Hände feucht. Sie stellte sich vor das Pergament und fühlte, wie er ihr die Feder in die Hand legte. Dann schloss er seine Finger darum.

Matteo führte ihre Hand, als Clementia wie von selbst die Worte *merer des richs* schrieb. Langsam, sodass das Kratzen auf dem Pergament zu hören war. »Du bist gut«, sagte er leise.

Clementia hörte seine Worte dicht an ihrem Ohr. Sie spürte die Wärme seiner Hand und die Gegenwart seines Körpers hinter dem ihren.

Er nahm ihr jetzt den Gänsekiel aus der Hand.

Zwei oder drei Atemzüge später drehte Clementia sich um. Sie sah ihm ins Gesicht, das noch immer deutlich gezeichnet war von dem Kampf mit dem jungen Edelmann. Die Erinnerung daran, als er sie ein drittes Mal verteidigt hatte, ließ ihre Knie weich werden. Clementia berührte mit ihren Fingerspitzen die verwundete Stelle seiner Lippe. »Ihr müsst bereuen, mir jemals begegnet zu sein.«

»Seltsamerweise tue ich das nicht.« Matteo legte seine beiden Hände nun auf das Pult hinter Clementia und schloss sie somit zwischen seinen Armen ein.

Clementia spürte seine Lippen auf ihren. Sie waren so warm wie seine Finger und bewegten sich ähnlich geschmeidig wie die Schwünge seiner Hand beim Schreiben. Als sie begann, seinen Kuss zu erwidern, nahm er ihren Kopf in seine Hände. Waren seine Bewegungen eben noch vorsichtig gewesen, so wurden sie nun immer fordernder. Clementia war es nur recht. Sie wollte ihm nah sein.

Erst das laute Brüllen des Küchenmeisters ließ beide aufschrecken.

»Wo sind die Mägde? Heilige Mutter Gottes, muss man sich hier um alles selber kümmern? Du da, Junge, komm sofort her. Finde die Mägde, und zwar schnell. Ansonsten ziehe ich dir ein Kleid an und lasse dich deren Arbeit tun!«

Clementia musste lachen und hielt sich dabei die Hand vor den Mund.

Auch Matteo verkniff sich mit Mühe jedes Geräusch.

»Ich denke, ich muss gehen.«

»Ja, klingt ganz so«, sagte Matteo und strich ihr eine Haarsträhne aus der Stirn. »Nicht dass du meinetwegen noch in Nöte gerätst.«

»So herum wäre es tatsächlich ungewöhnlich. Dafür sorge ich ja zumeist selbst.«

Er lächelte über ihre Spitzfindigkeit. »Ich rette dich jederzeit noch einmal.«

»Sehen wir uns wieder?«

»Komm morgen zur Mittagsstunde, wenn der Protonotar und der Kanzler sich wie immer mit dem Kaiser treffen, um über Schriftlichkeiten und Beurkundungen zu sprechen.«

Morgen erst… Schweren Herzens verließ Clementia das Zelt und huschte unbemerkt davon.

Es dämmerte bereits, als die Männer unter Befehl des Küchenmeisters Fackeln aufstellten, damit sie auch in der Dunkelheit ihre Arbeit tun konnten. Clementia war es nur recht, dass die Sonne schwand. Sie schwitzte – ebenso wie die vielen anderen Frauen, die für die Vorräte, die Bewirtung und das Bereiten der Speisen zuständig waren.

In einiger Entfernung der Feuerstellen, sodass der Rauch und die Geräusche von den Kochstellen den Herrscher und seine Gäste nicht belästigten, befand sich das kaiserliche Zelt. Die hochrangigen Gäste hatten sich bereits darin eingefunden. Da die Luft an diesem Tage mild war, blieben die Eingänge weit geöffnet. Ein Segen für die vielen Pagen und Knappen, die gezwungen waren, unaufhörlich hin- und herzulaufen. Zuerst zum Reichen der Wasserschüsseln, die dem Reinigen der Hände ihrer Herrschaft dienten. Dann, um die Platten und Töpfe von den Köchen entgegenzunehmen, in denen die dampfenden Speisen serviert wurden.

Clementia sah, wie Pasteten, Früchte, mit Honig gesüßter Brei und Brote an ihr vorbeigetragen wurden. Danach wurden Wachteln, Gänse und Enten auf drehbaren Bratenspießen sowie geräucherter und eingelegter Fisch mit allerhand Gewürzen wie Pfeffer, Safran, Nelken und Zimt gereicht. Da sie selbst die meiste Zeit bloß ungesüßten Haferbrei aß, sog sie die Gerüche des Essens tief in sich ein. Dennoch, trotz aller Pracht der Speisen blieb auch ihr nicht verborgen, dass weder Schwein noch Rind noch Wild serviert wurden. Vermutlich war das der Grund für die Schreierei des Küchenmeisters.

Wann immer es ihre Arbeit zuließ, blickte Clementia zum Festmahl herüber. Sie wollte sich wenigstens an dem Anblick laben, der sich ihr aus der Ferne bot. Von unzähligen Kerzen beleuchtet, erstrahlte die lange Tafel, an deren Mitte das Kaiserpaar saß, in goldenem Glanz. Da bloß die eine Seite besetzt war und von der anderen aus bedient wurde, war der Blick frei auf Ludwig IV. und seine Gemahlin. Flankiert von ihren hochrangigen Gästen, die allesamt prächtig gekleidet daherkamen, waren es dennoch ihre Gewänder, die hervorstachen und in den wundervollsten Blau-, Grün- und Rottönen schimmerten. Clementia gab sich kurz dem Spiel der Farben hin. Sie hörte die Musik, die der Wind herübertrug. Dabei schweiften ihre Gedanken zu Matteo. Ein Lächeln umspielte ihren Mund, als sie an den Kuss dachte. Wieder überkam sie jener Schauer, der ihr das Gefühl gab, zu schweben.

Clementia bemerkte nicht, dass eine der Köchinnen auf sie zukam. »Du, Mädchen. Hast du nichts zu tun?«, fragte sie barsch. »Nimm dir zwei Eimer und lauf zum Fluss. Bring das Wasser dann dort rüber, zu den Dreifußtöpfen. Hast du verstanden?«

»Ja. Natürlich.« Clementia eilte gleich los. Um zum Fluss zu gelangen, musste sie dicht am kaiserlichen Zelt vorbei. Mit Absicht verlangsamte sie ihre Schritte, um möglichst viel zu sehen. Gerade waren die Männer dabei, dem Herrscher des Reiches Geschenke zu übergeben. Die Stimmung war ausgelassen, die Gesichter vom Wein gerötet.

Kaiser Ludwig hielt einen von zahlreichen glänzenden Bechern in der Hand. Seinem Gesichtsausdruck nach zu urteilen ein überaus kostbares Geschenk. »Wir danken Euch für dieses edle silberne Trinkgeschirr«, ertönte seine erhabene Stimme. »Lasst es Uns gleich füllen mit dem Wein, den Uns Luitpold von Weiltingen dargereicht hat.«

Jubelnd pflichteten ihm die Herren am Tisch bei.

Clementia sah, wie der Kaiser nur kurz mit dem Kinn

zuckte. Mehr war nicht nötig, damit sein Mundschenk dem Befehl nachkam.

Nachdem auch die übrigen Becher von den Knappen und Pagen gefüllt worden waren, erhob sich einer der Adeligen. Nach einer tiefen Verbeugung sagte er: »Eure Großzügigkeit übertrifft Euren Ruf noch bei Weitem. Lasst uns auf Euer Wohl trinken, Majestät.«

»Auf unseren Kaiser«, sagte ein anderer.

Der Rest der Festgemeinde sprach es ihm lauthals nach.

Clementia riss sich von dem überwältigenden Anblick los und trat an die Furt, die bloß noch vom Mondschein erhellt wurde. Rasch füllte sie die Eimer und ging zurück. Auch jetzt beeilte sie sich nicht, sondern erlaubte sich erneut, zum kaiserlichen Zelt zu sehen. Offenbar sorgte etwas, das der Wittelsbacher gesagt hatte, für allgemeine Belustigung. Das Grölen der Männer und schrille Lachen der Frauen drangen durch die Luft.

Ludwig IV. hatte einen Fisch bei der Schwanzflosse gepackt und hob ihn in die Höhe. »Wir kommen Uns bereits vor wie ein Mönch während der Fastenzeit. Bald wachsen Uns Kiemen und Flossen von dem vielen Fisch.«

Wieder brüllten die Männer vor Lachen. Einige hielten sich die vollen Bäuche.

Clementia verstand, dass es um den Mangel an Fleisch ging, der dieser Zeit vorherrschte.

»Vielleicht sollten Wir selbst für das eigene Fleisch sorgen. Ja, vielleicht sollten Wir es sogar noch zu unseren Untertanen, zum Kloster Comburg, bringen. Offenbar haben sie dort arge Nöte zu erleiden, wenn sie ihrem Kaiser schon nicht die geforderten Abgaben erbringen können.«

Das Gelächter wollte nicht abreißen. Erst einem Mann mit lauter Stimme gelang es schließlich, sich Gehör zu verschaffen.

»Mein Kaiser, erlaubt mir einen kühnen Vorschlag.«

»Sprecht nur, Konrad von Hohenstein.«

»Warum keine Jagd?«, fragte der Burgherr in die Runde. Dabei breitete er die Arme aus. Der Wein machte ihn mutig.

Die ersten Männer stimmten dem Gedanken zu, indem sie ihre Becher hoben und bejahten.

Konrad von Hohenstein ballte die Faust. »Das Wild in den Wäldern wird vor Euch erzittern, Majestät. Lasst uns alle teilhaben an Eurer Kunst des Pirschens.«

Lauter als eben taten die Männer an der Tafel jetzt ihre Zustimmung kund. Die Ersten riefen aus: *»De arte bersandi!«*

Ludwig IV. lächelte. Dabei hob er eine Hand, um die Männer zum Schweigen zu bringen. Es schien ihm zu gefallen, dass er als guter Jäger galt. »Dann soll es so sein. Wir gehen auf die Pirschjagd.« Nachdem abermals die Becher gehoben und geleert worden waren, fragte der Kaiser: »Wo ist der Jägermeister? Konrad Kummerbrucker, zeigt Euch.«

Clementia sah einen Ritter herbeieilen.

»Zu Euren Diensten«, sagte er.

»Wir wünschen, auf Hirschjagd zu gehen. Sorgt dafür, dass die Suchhunde und die Treiber vor Sonnenaufgang bereitstehen.«

»Sehr wohl.«

»Und sorgt ebenfalls dafür, dass Unsere Armbrust glänzt. Die Hirsche sollen erblinden, wenn Wir vor ihnen stehen«, rief der Kaiser dem Jägermeister übermütig zu.

Unter lautem Jubel zog sich der Ritter mit einer Verbeugung zurück.

Ludwig IV. sah erneut zu Konrad von Hohenstein. Während er eine Entenkeule zur Hand nahm, fragte er: »Sagt Uns, führt Ihr eine ansprechende Jagdwaffe mit Euch?«

»Ich verlasse die Burg niemals ohne.«

»Wir haben das erwartet. Uns ist schon zu Ohren gekommen, dass Ihr eine bemerkenswerte Sammlung Euer Eigen nennt.«

»Fürwahr, Majestät.«

»Ebenso ist Uns zu Ohren gekommen, dass Eure Leidenschaft Euch bald die Burg kosten wird, wenn Ihr Euch nicht entweder zügelt oder zum Placker werdet.«

Wieder brach Gelächter aus. Konrad von Hohenstein machte ein amüsiertes Gesicht. »Ich lasse es so weit nicht kommen, mein Kaiser.«

»Euer Wort in Gottes Ohr. Morgen werden Wir sehen, ob ein Mann mit vielen Waffen auch besser schießt als andere.«

»Gestattet mir kühn zu behaupten, dass die Voraussetzungen dafür günstig sind.«

»Erklärt Uns, was Ihr damit meint, von Hohenstein.«

»Jüngst bin ich in den Besitz einer Armbrust gekommen, wie sie einzigartig im gesamten Reich ist.«

»Einzigartig, sagt Ihr? Das ist ein großes Wort. Wir wünschen sie zu sehen.«

»Sehr wohl, Majestät«, sagte der Burgherr und winkte dann einen Jungen heran. »Page, bring mir meine neue Armbrust.«

Clementia sah einen Jungen herbeieilen, als hätte er nur auf ein Zeichen seines Herrn gewartet. Auf seinen Händen trug er die Jagdwaffe, eingeschlagen in ein kostbares Tuch. Clementia nahm ihre Eimer wieder auf. Gern hätte sie die feine Gesellschaft noch bis tief in die Nacht beobachtet, doch sie musste gehen.

Die Jagdhunde des Kaisers waren ein beängstigender Anblick, als sie aus dem Wald kamen. Trotz der stundenlangen Jagd gebärdeten sie sich noch immer wild. Nur durch die Peitsche des Hundeführers waren sie zu bändigen. Clementia fand, ihr schrilles Gebell glich eher einem Schreien. Die Vorstellung, dass es bloßem Blutdurst geschuldet war, schürte ihr Unbehagen vor den Tieren. Sie war froh, dass sie sich weit genug weg befand – anders als die Knechte, die sich kaum von dem Anblick der blutigen Beute und der Waffen lösen konnten.

»Was hätte ich gegeben, um dabei zu sein!«

»Alles«, sagte ein Zweiter mit einem Schwärmen in der Stimme.

»Hast du die Armbrust des Konrad von Hohenstein gesehen?«

»Leider nein, nur davon gehört. Ich muss sie unbedingt noch mit eigenen Augen sehen, um zu glauben, dass sie wirklich so schön ist.«

»Ist sie. Vertraue mir.«

»Woher weißt du das?«

»Ich konnte einen kurzen Blick darauf werfen, als sein Page sie ihm hinterhertrug. Hab meinen Augen kaum trauen können. Selbst der Kaiser soll jetzt eine solche Jagdwaffe begehren.«

»Was du nicht sagst…«

Clementia schmunzelte über die jungen Kerle, die eine Waffe für schön befanden. Für sie sah jede Armbrust gleich aus. Kopfschüttelnd wandte sie sich ab und sah wieder in den Himmel. Noch immer stand die Sonne nicht an ihrem höchsten Punkt. Die Zeit an diesem Morgen kroch nur so vor sich hin. Wenigstens der sonst so angespannte Küchenmeister war heute wie ausgewechselt. Clementia beobachtete, wie er auf den Truchsess traf, mit dem er bald darauf in ein heiteres Gespräch über die Jagd vertieft war. Es musste die Aussicht auf Fleisch sein, die ihn derart gelöst machte.

Als die Schatten endlich am kürzesten waren, blickte Clementia zu den Zelten der Hofkanzlei herüber. Es dauerte nicht lang, da geschah, was Matteo vorausgesagt hatte. Hermann von Lichtenberg und Ulrich Hofmaier traten heraus und begaben sich mit ein paar Pergamentrollen unter dem Arm zum Kaiser.

Clementia griff nach einem Krug Wein und Bechern und stahl sich davon. Obwohl sie vor Aufregung kaum atmen konnte, versuchte sie arglos auszusehen. Als sei sie tatsächlich bloß eine Magd, die einem Mundator etwas zu trinken brachte. Nach einem letzten prüfenden Blick um sich herum, der ihr bestätigte, dass niemand auf sie achtete, schlüpfte sie durch die Öffnung des Zeltes. Matteo stand vor seinem Pult. Das Herz schlug ihr bis zum Hals, als sie bemerkte, wie er sie ansah.

Ohne ein Wort kam er auf sie zu. Er nahm ihr den Krug aus den Händen und stellte ihn auf den Boden. Jetzt umfassten seine Hände ihre Hüften. Er zog sie näher an sich heran. Sie küssten sich.

Eine lange Zeit standen sie bloß da und konnten die Finger und die Lippen nicht voneinander lassen. Clementia verlor jedes Gefühl für die Zeit. Irgendwann sahen sie sich einfach nur noch in die Augen. Sie war es, die zuerst leise lachte.

Er tat es ihr gleich.

Schließlich blickte sie an ihm vorbei zum Pult. »Wie weit bist du mit deinen Abschriften?«

»Ich schreibe schnell. Sie sind längst fertig und liegen nun bei Leonhard von München.«

»Wer ist das?«

»Ein Schreiber und Kalligraf des Kaisers. Er fügt nachträglich Zierbuchstaben ein.« Matteo wies auf einen Punkt in der Luft. »Übrigens befindet er sich nur ein Zelt weiter.«

Clementia nickte und legte sich den Finger auf die Lippen. Im Flüsterton fragte sie: »Wie kann es sein, dass du dich aufs Schreiben verstehst, obwohl du kein Mönch bist?«

»Vielleicht bin ich einer?«, entgegnete er grinsend.

»Wohl kaum. Ich habe gehört, was du dem frechen Leibdiener des Küchenmeisters gesagt hast.«

Matteo lächelte ertappt. »In Bologna, wo ich herkomme, war ich Lohnschreiber in einer Schreibwerkstatt. Ich habe hauptsächlich Schriften für die Universität angefertigt. Hermann von Lichtenberg hat dort studiert. Wir kannten uns schon einige Zeit, als er mich mit an den Hof nahm.«

»Wie ist es dort? In deiner Heimat Bologna.«

»Vor allem wärmer als hier«, sagte er und wollte sie gerade erneut küssen, als eine Stimme von draußen seinen Namen rief.

»Matteo, seid Ihr dort drinnen?«

Clementia fuhr der Schreck in die Glieder. Geistesgegenwärtig griff sie zu dem Krug Wein, während Matteo zu seinem Pult sprang.

»Ich habe hier …«, die Worte des Kanzlers brachen ab, als er im Eingang des Zeltes auftauchte und Clementia erblickte.

»Kanzler«, sagte Matteo. »Was kann ich für Euch tun? Wollt Ihr auch einen Becher Wein?«

Sofort machte sich Clementia daran, den Wein einzuschenken. Dabei drehte sie den Männern den Rücken zu und senkte demütig den Blick, wie es einer Magd gut zu Gesichte stand.

»Ja, gern«, sagte Hermann von Lichtenberg nun und trat ins Zelt ein.

Clementias Herz schlug so heftig, dass sie meinte, es würde sie verraten. Doch im Augenwinkel erkannte sie, dass der Mann unbeirrt auf Matteo zuhielt.

»Es gibt etwas, das Ihr gleich erledigen müsst – auf ausdrücklichen Wunsch des Kaisers.«

»Was ist es?«

»Setzt ein Schreiben auf, in dem Ihr den Meister dieser Armbrust auffordert, an den Hof zu kommen. Der Kaiser wünscht, selbst eine solche Jagdwaffe zu besitzen. Nur soll sie jene des Konrad von Hohenstein an Pracht selbstverständlich noch überbieten.«

»Ich wage beinahe zu behaupten, dass das nur schwer möglich ist.«

Clementia hörte Bewunderung in der Stimme Matteos heraus.

»Ihr sprecht wahr, mein Freund. Auch ich hatte bereits solche Gedanken.«

»Gedanken, die einem Kaiser gegenüber unzulässig sind«, ergänzte Matteo die Worte des Kanzlers mit einem Schmunzeln in der Stimme. »Ich mache mich also besser gleich an die Arbeit.«

»Tut das. Hier auf der Waffe seht Ihr das Zeichen des Armbrusters. Setzt es mit auf das Schreiben.«

Clementia hielt die gefüllten Becher in den Händen. Vorsichtig drehte sie sich damit um. Gerade wollte sie jedem der Männer einen reichen, als sie die Armbrust in den Händen des Kanzlers erblickte. Die Blüten auf dem Schaft sprangen ihr förmlich entgegen. Sie schnappte nach Luft. Alles um die Waffe herum wurde langsam dunkler. Die Becher gingen polternd zu Boden. Clementia hörte eine Stimme, die weit weg zu sein schien. Dann gaben ihre Knie nach. Sie verlor das Bewusstsein.

Als Clementia wieder erwachte, lag sie noch immer im Zelt der Kanzlei. Sie war allein. Unter ihrem Kopf befand sich etwas Weiches. Sie brauchte einen Augenblick, um sich zu erinnern. Dann fiel ihr Blick auf die Armbrust, die an eines der Pulte gelehnt bloß zwei Armlängen von ihr entfernt stand. Beinahe konnte sie Eilikas Messer hören, wie es am Holz der Blüten kratzte – so gering war ihr Zweifel daran, dass es ihre Schwester gewesen war, die dieses Werk vollbracht hatte. Sie musste tatsächlich am Leben sein.

Matteo kam herein, einen Becher in der Hand. »Du bist wieder wach«, sagte er und reichte ihr das Wasser, das er offenbar für sie geholt hatte. »Wie geht es dir? Du hast mir und dem Kanzler einen gehörigen Schrecken eingejagt.«

»Habe ich ihn etwa mit Wein bespritzt?«

»Nein, nein. Und auch die kostbare Armbrust ist unversehrt. Kannst du aufstehen?«

»Ja. Es … es muss die Hitze gewesen sein«, log sie.

»Schon möglich. Du warst jedenfalls so lange ohnmächtig, dass ich einen ganzen Brief anfertigen und ihn vom Kaiser signieren lassen konnte.« Matteo half ihr sanft auf die Füße.

Clementias Augen erblickten die bereits gerollte Urkunde auf dem Pult. »Der Auftrag für die Armbrust?«

»Das hast du noch mitbekommen?«

»Ja, aber danach nicht mehr viel.«

»Ich muss kurz zu Leonhard von München, Siegelwachs holen. Kann ich dich hier alleine lassen?«

»Mir geht es gut«, sagte sie bloß.

Matteo nickte ihr zu, während er ihre Hände aus seinen entließ. »Ich bin gleich zurück.« Er trat aus dem Zelt.

Clementia zögerte nicht. Geschwind eilte sie zum Pult und entrollte das Pergament, auf dem Matteos makellose Schrift zu sehen war. Darunter das Zeichen des Kaisers. Mit einem tiefen Atemzug nahm sie die Feder zur Hand und malte, so schnell es ging, ihre Blüten an den unteren Rand des Briefs. Flink griff sie nach der Streubüchse mit dem Schreibsand und verteilte ihn auf den Blüten, damit die Tinte schneller trocknete. »Ich hoffe, dass du meinen Hinweis siehst, liebe Schwester. Wo auch immer du sein magst.« Im letzten Moment pustete sie den Sand vom Pergament und rollte es wieder zusammen.

Matteo kehrte zurück. Er warf ihr ein Lächeln zu und machte sich gleich daran, das Wachs über einer Kerze zu schmelzen.

Als Clementia sich sicher war, dass er keinen Blick mehr auf das Pergament werfen würde, sagte sie: »Ich werde jetzt gehen. Weiß der Himmel, was der Küchenmeister mit mir macht, wenn er mich sieht.«

SECHSTES KAPITEL

Ebo sah von der Hintertür aus hinüber zu Beke, die auf ihrem Lieblingsplatz im Hof ihres Hauses saß. Wann immer das Wetter es zuließ, wollte sie ihre Stickereien an der frischen Luft verrichten, wo das Licht am besten war. Sie hatte es noch nie offen gesagt, aber Ebo war sich sicher, dass sie, ebenso wie die Luft und das Licht, auch die Abgeschiedenheit des Hofes liebte. Er ließ es dabei bewenden, so wie er auch in Kauf nahm, dass ihre Vergangenheit wohl für immer im Dunkeln bleiben würde. Wie es schien, war das, was sie am Neckar erlebt hatte, zu schrecklich gewesen, um es auszusprechen.

Beke entdeckte ihn und ließ die Stickereien in ihren Schoß gleiten.

»Gefällt es dir?«

Sie sah sich glücklich um. Ihre Hand strich dabei zuerst über die hölzerne Bank mit dem Fell darauf, die sich an den Stamm des Laubbaums schmiegte. Dann berührte sie mit den Fingerspitzen die grünen Blätter eines der tief herabhängenden Äste. »Ich liebe diesen Platz, Ebo. Es ist noch schöner geworden, als ich es mir vorgestellt habe. Danke, mein Liebster.«

Ebo war zufrieden. Er hatte die halbrunde Bank extra für sie anfertigen lassen, damit sie nicht immer auf einem Schemel sitzen musste. Die Blüten auf der Rückenlehne waren nicht ganz so geworden wie jene, die Beke in die Tuche stickte, doch der Meister hatte sich große Mühe gegeben. Auch so hatte das Möbel schon ein Vermögen gekostet. Sie jedoch derart glücklich zu sehen, gab Ebo das Gefühl, dass es jede Münze wert gewesen war. Hochzufrieden mit der Überraschung für seine Gemahlin sagte er: »Ich lasse dich jetzt weiterarbeiten. Aber vergiss nicht, dir zwischendurch eine Pause zu erlauben.«

Sie zuckte die Schultern. »Dann sag Mechthild Langmann, dass sie nicht so neidisch auf Agnes Zoller sein soll. Sie wird mich erst ruhen lassen, wenn sie immer eine Rolle mehr Tuch besitzt als die Zoller.«

Ebo lachte und winkte ab. »Ihr Weiber …!« Er ging zurück in sein Lager, wo er jeden Moment einen Tuchscherer erwartete, mit dem er schon häufig zusammengearbeitet hatte. Bis der Mann kam, wollte er noch mit einer Messschnur die Ware eines Edelmannes vermessen, als er ein Geräusch vernahm.

»Seid Ihr es? Kommt ruhig herein«, rief Ebo und sah auf. Vor ihm stand nicht der Tuchscherer, sondern ein fremder Geistlicher. Schnell überwand Ebo seine Verwunderung. »Verzeiht meinen erstaunten Blick. Ich habe jemand anderes erwartet.«

»Verzeiht auch mir mein Eindringen, Tuchhändler Ebo.«

»Wie kann ich Euch helfen?«

»Eher mit einer Auskunft denn mit Eurer Ware.«

»Welcher Art soll diese Auskunft sein?«

»Ich suche jemanden, und ich habe Grund zur Annahme, dass ich diese Person hier finde.«

»So? Um wen geht es, und was lässt Euch denken, diese Person wäre an diesem Ort?« Ebo konnte nicht sagen, was es war, doch etwas an diesem Geistlichen war seltsam. Sein Verhalten wirkte verstohlen, und dadurch mahnte es ihn zur Vorsicht. Spöttisch fügte er hinzu: »Ich werde wohl kaum jemanden zwischen meinen Tuchrollen versteckt halten.«

»Nein. Natürlich nicht«, gab der Geistliche ernst zurück. »Was ich meine, ist das hier.« Der Gottesmann holte ein Stück Stoff aus seiner Tasche hervor. Darauf waren Blüten zu sehen, mit runden und spitzen Blättern.

Ebo starrte darauf. Ohne Zweifel stammten sie aus Bekes

Hand. Das Tuch jedoch, auf dem sie sich befanden, sah schäbig und alt aus. Es war nicht aus seinem Lager. »Woher habt Ihr das?«

»Das ist nicht weiter von Belang. Aber ich habe die Blüten erkannt – auf Kleidern von Nürnberger Frauen. Sie sagten, sie sind von hier.«

»Und?«

»Hört mir zu«, sprach er nun nachdrücklich. »Ich bin schon lange auf der Suche. Bitte, lasst mich mit der Person sprechen, von der diese Stickereien stammen.«

»Warum sollte ich?«, fragte Ebo jetzt unfreundlich.

Der Geistliche schwieg. So als sei er nicht sicher, ob er Ebo seine offenbar vertraulichen Gedanken sagen konnte.

»Ich denke, Ihr geht besser wieder.«

»Genug der Höflichkeiten.« Die Stimme des Geistlichen klang nun ernst. »Ich weiß, von wem die Blüten sind. Sinnlos, es weiter zu leugnen. Wenn Ihr mich schon nicht zu Imagina lasst, richtet ihr wenigstens etwas aus.«

Ebo hörte diesen Namen zum ersten Mal. So oft hatte er sich gefragt, was es noch über seine Gemahlin zu erfahren gab. Nun wusste er plötzlich nicht mehr, ob er überhaupt mehr wissen wollte. Ebo machte den Ansatz zu verneinen, doch der Geistliche gebot ihm mit erhobener Hand Einhalt und sprach einfach weiter.

»Sagt ihr, sie soll nicht mehr zurückkehren.«

»Wohin zurück?«

»Sie wird wissen, was ich meine. Sagt ihr, es wäre nicht sicher.«

»Was für eine Gefahr droht ihr?«

»Merkt Euch meine Worte und gebt sie ihr genau so weiter. Habt Ihr verstanden? Es ist wichtig – womöglich entscheidet diese Botschaft über Leben und Tod.«

Ohne dass Ebo ihn nochmals dazu auffordern musste, verließ der Geistliche das Lager.

Ebo hielt noch immer die Messschnur in der Hand. Die

Worte des Mannes hatten ihn erschüttert. Plötzlich ging ein Ruck durch ihn. Er hastete dem Mann hinterher bis auf die Tucherstraße, doch von dem Geistlichen war nichts mehr zu sehen. Nachdenklich ging er zurück, durchquerte sein Haus und trat aus dem Hintereingang. Noch immer saß Beke auf ihrem liebsten Platz unter dem Baum – ganz vertieft in ihre Arbeit. »Imagina«, sprach er sie an.

Sie hob den Kopf. Und erst dann veränderte sich ihr Gesichtsausdruck. Es war ihr wohl schlagartig klar geworden, dass sie ihren eigentlichen Namen seit langer Zeit das erste Mal wieder gehört hatte. »Woher …«

Ebo ging auf sie zu. Noch immer kämpfte er mit sich. Sollte er sagen, was ihm gerade widerfahren war? Sollte er schweigen? Die Ungewissheit über die Absicht des Geistlichen ließ ihn zögern.

Sie legte ihre Handarbeit beiseite. Wortlos wartete sie, die Augen weit aufgerissen.

»Ein Mann Gottes war eben hier.«

»Was hat er gesagt?« Ihre Stimme war leise.

»Er brachte eine Warnung vor. Du sollst nicht zurückkehren, denn du wärest nicht sicher.«

Ihre Augen füllten sich mit Tränen. »Was hast du daraufhin getan?«

»Ich habe ihn fortgeschickt.«

Jetzt schluchzte Imagina laut auf und wischte sich wieder und wieder die Tränen von den Wangen. Mit aller Kraft versuchte sie, ihre Beherrschung zu wahren.

Ebo kniete sich vor sie und nahm ihre Hände in seine, um sie wie stets zu küssen.

»Ich habe keine Ahnung, was er gemeint hat oder wer er war. Aber wenn du mich fragst, solltest du tun, was er sagt. Gehe nicht zurück, wo auch immer das ist. Bleibe hier bei mir, wo du sicher bist.«

Ihre Stimme zitterte. »Es gibt für mich keinen Grund zu gehen. Den gab es vorher nicht und jetzt auch nicht. Und wenn du mich nicht fortschickst …«

»Niemals, Beke.« Er küsste ihre Stirn.

Obwohl sie weinte, ließ die Freude über seine Worte sie jetzt lachen.

»Oder soll ich dich lieber Imagina nennen?«

»Nein, ich möchte Beke sein. Beke Tucher.«

»Du bist oft hier in letzter Zeit«, sagte Guda zu Lando, ohne die Arbeit vor sich aus den Augen zu lassen. Sie war dabei, den Bogen einer Armbrust mit dem Fußbügel zu verbinden. Dazu schlang sie das gewachste Hanfseil geschickt um die einzelnen Teile und führte es immer wieder durch ein Loch in der Säule.

»Was meinst du?«, fragte Lando erstaunt. »Ich bin ein Armbruster, der in seiner Werkstatt sitzt.«

»Alles, was ich sage, ist, dass du häufiger hier bist als früher.« Ein Lächeln umspielte ihren Mund. »Sonst hast du viele deiner Arbeiten gern in der Scheune auf deinem Hof verrichtet.«

»Vielleicht schätze ich die Gesellschaft meiner Gehilfen.«

»Wie du meinst, Lando«, antwortete sie in stoischer Ruhe. »Es fällt mir nur auf. Nichts weiter.«

Er beobachtete seine Nachbarin, die unverändert mit ihrem Hanfseil beschäftigt war. »Selbst wenn. Was ist daran so bemerkenswert? Seit unserem Besuch auf der Burg Hohenstein ist nun mal viel zu tun. Der Ruf unserer Blütenarmbrust eilt durch die Lande.«

Guda zuckte mit den Schultern. »Ja, ja, die Arbeit …«, murmelte sie grinsend in sich hinein.

»Guda!«, stieß Lando jetzt streng aus. »Was sollen diese Anspielungen?«

»Ach, Lando.« Endlich sah sie auf. »Ich bin doch nicht blind. Ich weiß genau, warum du jetzt lieber hier bist als drüben. Vielleicht solltest du es dir besser eingestehen und mal darüber nachdenken.«

In diesem Augenblick kam Judith herein. »Guten Morgen. Ihr seid ja schon wieder so früh bei der Arbeit. Schaffe ich es denn niemals, vor euch aufzustehen?«

Guda lächelte sie warmherzig an. »Ich konnte dich einfach nicht wecken. Du hast so friedlich beim Schlafen ausgesehen.«

Judith strich Guda über den Arm. »Es ist so gütig von dir, dass du mich in deinem Haus leben lässt und auch noch deine Bettstatt mit mir teilst. Nun muss ich nicht einmal mehr hinausgehen, wenn ich zu meinen Schnitzarbeiten möchte.«

Lando sah aus dem Augenwinkel, wie Guda ihm einen vielsagenden Blick zuwarf. Er achtete nicht weiter darauf und sah lieber zu Judith. Guda hatte tatsächlich mit allem recht. Er war häufiger hier, eigentlich den ganzen Tag. Und Judith war der Grund dafür! Er bedauerte es, dass sie nicht mehr unter seinem Dach lebte. Doch sie war weder seine Magd noch seine Ehefrau, was das gerechtfertigt hätte. Es war pures Glück, dass die Leute in Wimpfen nicht bereits angefangen hatten zu tratschen. Plötzlich wurden seine Gedanken unterbrochen.

»Meister Lando, Meister Lando«, riefen seine Gehilfen Karl und Hans durchs ganze Haus. Kurz darauf stürmten sie auch schon in die Werkstatt.

»Was ist denn mit euch beiden los?«, fragte er verwundert.

»Ein Reiter kommt …«, stieß Karl atemlos hervor.

»Und?«

»Er ist ein Bote des Kaisers. In ganz Wimpfen hat er nach Euch gefragt, und er trägt einen Brief mit sich, auf dem Euer Zeichen steht. Wir sind so schnell gerannt, wie wir konnten, um vor ihm hier zu sein.« Lando drehte sich zu Guda und Judith um. Sie beide sahen ihn an, als hätten sie die heilige Mutter Gottes gesehen.

Guda kam als Erste zu sich. »Schnell, Lando. Lass ihn nicht warten.«

»Du hast recht.« Lando hastete in die Badgasse und dann

auf seinen Hof. Nur einen Augenblick später kam auch schon der Bote durch den Torbogen geritten.

»Seid Ihr der Armbruster Lando, der dieses Zeichen führt?«, fragte der Mann mit der Rolle in der Hand. Dabei blieb er auf seinem Pferd sitzen.

»Der bin ich.«

»Dann bringe ich Euch eine Nachricht unseres Kaisers.« Der Bote entrollte die Urkunde und begann zu lesen. »Wir, Ludwig von Gottes Gnaden römischer Kaiser zu allen Zeiten und Mehrer des Reiches, gebieten, dass des Reiches Dienstmann Armbruster Lando zu Wimpfen alsbald kommen soll zu Unserem Hofe, wo Wir seine Dienste begehren, wie der Burgherr Konrad von Hohenstein. Dazu gewähren Wir freies Geleit mit diesem Brief über alle Lande und kaiserlichen Schutz dazu. Geschrieben bei Hall, am Tag nach Ägidius nach Christi Geburt dreizehnhundert Jahre in dem dreiunddreißigsten Jahr.« Der Bote rollte das Pergament wieder zusammen und übergab es Lando. »Macht Euch bald auf den Weg, Armbruster. Der Kaiser erwartet Euch in Nürnberg.«

»Habt Dank, Bote.« Lando sah, wie der Mann sein Pferd wendete und vom Hof ritt.

Gleich danach kamen Judith und Guda durch den Bogen getreten.

»Was wollte er?«, fragte Guda ohne Umschweife.

»Ich soll zum Kaiser nach Nürnberg kommen. Und zwar sofort. Er will meine Dienste in Anspruch nehmen.«

»Zu Kaiser Ludwig an den Hof?«, fragte Guda fassungslos. Ihr Gesicht begann zu strahlen.

Judith schlug die Hand vor den Mund.

Gerade dachte Lando noch, dass ihre Geste den unglaublichen Neuigkeiten geschuldet war, da lief sie an ihm vorbei.

Lando drehte sich zu ihr um und sah, wie sie sich auf den Boden kniete. Sanft streichelte sie das braune Fell von Marie, die tot vor ihrem Verschlag lag.

»Arme alte Marie. Mit ihr wirst du nirgendwo mehr hinfahren können.«

»Süßer Jesus«, stieß Guda aus. »Das hat ja gerade noch gefehlt. Was willst du jetzt tun?«

Betroffen sah er auf seine alte Stute, die ihm so viele Jahre treu gedient hatte. Sie würde ihm sehr fehlen.

»Lando?«, fragte Guda vorsichtig.

Er riss sich von dem traurigen Anblick los und übergab ihr den Brief des Kaisers. »Trag ein paar Vorräte zusammen. Ich finde eine Lösung.«

Eilika tat, was Guda sie angewiesen hatte zu tun. Geschwind holte sie Brot, Käse und ein paar Äpfel herbei. Dann ein paar Leinenstreifen, aus denen sie ein Bündel band.

Guda selbst war unterdessen nach draußen gegangen, um Maries restliches Futter zu holen. Als sie zurück in die Küche kam, begann sie kopfschüttelnd zu murmeln: »Unser Lando. Beim Kaiser. Ist das zu glauben?«

Eilika sah zu ihr herüber und bemerkte das Glitzern in ihren Augen. »Weinst du etwa?«

Guda wischte sich über das Gesicht. »Vielleicht ein bisschen.«

»Nicht doch.« Eilika lachte und nahm sie in den Arm.

»Ich weiß, es ist albern. Aber ich bin einfach so voller Stolz. Er ist wie mein eigener Sohn.« Guda lachte über sich selbst und strich Eilika über die Wange. »Und du bist für mich wie eine Tochter, die ich niemals hatte.«

Eilika versetzten diese Worte einen Stich. Obwohl auch sie ebenso warmherzig für Guda fühlte, musste sie an ihre Mutter denken. An Luitgardis' liebes Gesicht und ihre endlose Güte, die Eilika und ihre Schwestern begleitet hatte, bis sie gewaltsam voneinander getrennt worden waren. Der Gedanke, dass sie ihre Mutter niemals wiedersehen würde, brach Eilika schier das Herz.

»He, jetzt weinst du auch. Das wollte ich nicht, Liebes.« Guda presste Eilika an sich. Sie verlangte keine Erklärung, so als ahne sie bereits, dass Eilika die Wahrheit nicht würde sagen können.

»Was ist denn hier los?«, fragte Lando verwirrt, als er die Küche betrat und beide Frauen weinend vorfand.

»Wir trauern bloß um unsere arme Marie«, sagte Guda geistesgegenwärtig.

Lando nickte. »Auch mir wird sie fehlen. Ein halbes Leben lang war sie an meiner Seite.«

Eilika wischte sich die Tränen fort. Sie war Guda unendlich dankbar für ihre schnelle und kluge Antwort. »Hast du eine Lösung für das Problem gefunden?«

»Die Lösung steht im Hof.«

Neugierig lief Guda vorweg. Lando folgte ihr.

Eilika trat als Letzte nach draußen, wo zwei braune Pferde mit weißen Beinen warteten – ein größeres und ein kleineres.

»Ich kann wohl von Glück sagen, dass ich die Freundschaft einflussreicher Wimpfener genieße.« Zwinkernd fügte er hinzu: »Vielleicht kann ich auch von Glück sagen, dass man soeben gesehen hat, wie der kaiserliche Bote mich besuchte.«

Guda lächelte. »Sicher hat das den Wert deiner Freundschaft noch mal beträchtlich gesteigert.«

»Jedenfalls genug, um mir diese beiden Pferde vorerst zu überlassen.«

Eilika war verwirrt. »Wieso zwei?«

»Wolltest du etwa neben mir herlaufen?«, scherzte Lando.

Sie sah ihn an. »Ich kann dich nicht begleiten.«

»Was redest du da?«

»Es geht einfach nicht, Lando.«

Er sah sie an und schien enttäuscht.

Eilika hielt seinem Blick nicht länger stand. Sie stürmte zurück ins Haus. In der Küche angekommen, stemmte sie die Hände in die Hüften und begann im Kreis zu laufen. Wie sollte sie den beiden ihr Verhalten erklären? Noch immer wurde sie von der Angst beherrscht, jemand könnte sie erkennen. Der Kaiser war nicht das Problem. Vater hatte es stets vermieden, sie und ihre Schwestern vor den Herrscher des Reiches zu bringen. Auch die Reise zur abgelegenen Burg Hohenstein war etwas anderes gewesen. Aber Nürnberg! Der Hof des Kaisers! Dort würden sich bestimmt auch Heilbronner aufhalten – womöglich sogar ihr eigener Vater!

Guda und Lando betraten die Küche.

Eilika hörte auf, im Kreis zu gehen. »Ich werde nicht mitkommen.« Ihre Worte klangen entschieden.

»Aber Kindchen.« Guda hielt auf sie zu. »Du kannst Lando doch jetzt nicht allein gehen lassen. Wer soll die Schnitzarbeiten anfertigen, wenn Ludwig IV. von ihm verlangt, sein Handwerk in den kaiserlichen Werkstätten auszuführen? Was hält dich denn ab?«

In ihrer Verzweiflung entblößte Eilika ihre Handgelenke, deren Wundmale von einst kaum mehr zu erkennen waren. »Das Gleiche, was euch damals abgehalten hat, mich ins Spital zu bringen.«

Einen Augenblick herrschte ratlose Stille.

Dann ging Lando auf sie zu. Sanft schob er ihre dargereichten Handgelenke nach unten, als wolle er ihr klarmachen, dass ihn das nicht scherte. »Du brauchst dich nicht zu fürchten, Judith. Ich werde nicht zulassen, dass dir etwas geschieht.«

Eilika durchströmte es warm, als er das sagte. Zu gerne hätte sie geglaubt, dass Lando es schaffen könnte, alles Übel von ihr fernzuhalten.

»Es gibt Dinge, vor denen du mich nicht beschützen kannst. Glaube mir, ich werde dir mehr Schwierigkeiten als Nutzen bringen, wenn ich dich begleite.«

Lando griff nach ihrer Hand und zog sie zum Tisch, wo Guda die Pergamentrolle abgelegt hatte. »Sieh her, Judith«, sagte er, während er das Schreiben langsam entrollte. »Diese Worte stammen vom Kaiser.«

Eilika erblickte eine schmuckvolle erste Initiale, wie sie sie bereits auf einigen Dokumenten in Gegenwart ihres Vaters gesehen hatte. Zeile für Zeile kam zum Vorschein, je weiter Lando das Pergament öffnete.

»Auch wenn der Kaiser es nicht ausdrücklich so verfasst hat, er bittet auch dich an seinen Hof. Aus meiner Hand kommt vielleicht die Armbrust, aber aus deiner sind diese Blüten.« Lando hatte den Brief nun zu voller Gänze entrollt, und er zeigte auf den unteren Rand.

Eilika kam näher. Obwohl sie sofort erkannt hatte, was dort zu sehen war, fiel es ihr schwer, ihren Augen zu trauen. Achtlos schob sie Landos Finger zur Seite und nahm das Pergament auf. Ihre Hände begannen zu zittern. Die Blüten waren hastig gemalt und dennoch unverwechselbar. Gerade waren ihre Tränen um ihre Mutter versiegt, da stiegen ihr erneut welche in die Augen. Diesmal für Clementia. Ihre Schwester lebte!

»Die Blüten stehen für dich, Judith. Das ist deine Aufforderung, zum Hofe zu kommen.«

Eilika starrte unverändert auf das Pergament. Schirmte ihr Antlitz damit ab. Sie hatte Mühe, sich zu beherrschen. Es muss gelingen, beschwor sie sich und bezwang allmählich ihre Tränen. Lando durfte nicht sehen, was sie sah. Nicht wissen, was sie wusste. Dass die Blüten nicht kaiserlichen Ursprungs waren, sondern ein Hinweis. Es war ihr unmöglich zu sagen, unter welchen Umständen Clementia es geschafft hatte, jene Botschaft zu schicken. Doch Zweifel daran, ob sie von ihr war, gab es für Eilika nicht.

»Judith.« Lando nahm ihr nun vorsichtig den Brief aus der Hand und legte ihn zur Seite. »Bitte begleite mich.« Seine Stimme klang verändert.

Im Augenwinkel nahm Eilika wahr, dass Guda die Küche verließ.

»Wenn wir erst in Nürnberg sind und ich die Gunst des Kaisers genieße …«

Lando kam ihr näher, bis nur noch ein Schritt sie trennte.

»Es wird ganz gleich sein, was man dir in der Vergangenheit vorgeworfen hat.« Er nahm ihre Handgelenke, bettete jedes in eine seiner großen Hände.

»Lando, wovon …«

»Wenn du es auch willst, kann alles gut werden.«

Sie blickten einander tief in die Augen. Schon bevor er es aussprach, wusste Eilika, was nun kam.

»Werde meine Ehefrau, Judith.«

Sie schloss die Augen. Ihre Stimme war leise. »Aber ich besitze nichts. Und du wirst eines Tages vielleicht Armbruster des Kaisers sein.«

Auch seine Stimme war nun leiser. »Du besitzt deine Hände.« Er legte sie zwischen seinen zusammen und umschloss sie schützend, als wären sie heilig. »Und alles, was mein ist, soll dein sein.«

Eilika öffnete die Augen.

»Komm mit mir nach Nürnberg. Sag Ja.«

Es war, als bräche das Glück aus ihr heraus. Sie war unfähig, ihn weiter zurückzuweisen. Freudestrahlend gab sie zur Antwort: »Wie könnte ich Nein sagen? Ich komme mit dir, Lando. Wohin du willst.«

Er wollte sie schon an sich ziehen, da hielt sie ihn ein letztes Mal auf.

»Aber es gibt da leider noch ein Problem.«

»Welches?«

»Ich kann nicht reiten.«

Lando lachte ausgelassen und zog sie endlich in seine Arme. »Dann wirst du es lernen müssen.« So wie damals, als er das erste Mal die Blütenarmbrust gesehen hatte, hob er sie nun an den Hüften hoch und drehte sich mit ihr.

Nun konnte auch Eilika nicht mehr an sich halten. Ihr helles Lachen erklang.

»Augenblick, ihr beiden.« Guda trat wieder in die Küche.

Eilika und Lando sahen zu ihr.

»Hier ist ein ordentliches Haus. Ich verlange, dass alles mit rechten Dingen zugeht.«

»Was meinst du?«, fragte er verwirrt.

»Zu einer Verlobung gehört ein Verlobungskuss.«

Eilika schlang die Arme um Landos Hals. »Sie hat recht. Ich verlange einen Kuss.«

Guda verließ die Küche erneut.

»Habt Ihr sie mit Euren eigenen Augen gesehen?«

Berthold von Streitberg schüttelte das verschwitzte Haupt. »Nein, Komtur. Bedauerlicherweise nicht«, sagte er atemlos.

»Wie könnt Ihr dann sicher sein?«

»Die Blütenwaffe ist derzeit in aller Munde. Kaum hatte ich das Kloster Comburg erreicht, hörte ich von ihr.«

»Wer erzählte davon?«

»Mein Vetter, der den Konvent des Klosters Comburg seine Brüder nennt. Er hat sie gesehen, als er zum kaiserlichen Gefolge gerufen wurde, um Servitien dort abzuliefern.«

»Eine verzierte Armbrust«, murmelte Eberhard undeutlich vor sich hin und kratzte sich dabei das Kinn. »Und die Blüten glichen tatsächlich denen auf dem Holz, das Ihr bei Euch tragt?«

»Mein Vetter sagte, es sähe aus wie ein Ebenbild vom Schaft der Waffe.«

Eberhard von Ebersberg rieb sich die Augen. Eigentlich war die Kunde ein Grund zur Freude. Doch er hatte seit Tagen schlecht geschlafen. Das Denken fiel ihm schwer. Wie passte die Verzierung der Armbrust mit seinem Fund am Lettner zusammen, wenn sie wirklich beide aus Laemmlin-Hand stammten?

Berthold von Streitberg schien die Gedanken des Komturs lesen zu können. »Vielleicht solltet Ihr nach Wimpfen reiten.«

»Warum das?«

»Dort befindet sich die Werkstatt des Armbrusters, der die Waffe hergestellt hat.«

Eberhard von Ebersberg sprang so schwungvoll von seinem Schemel auf, dass dieser krachend zu Boden ging. »Warum sagt Ihr das denn nicht gleich?«

Der Ordensmann rang sichtlich nach Worten.

»Geht und bringt mir mein Pferd. Wir brechen sofort auf nach Wimpfen. Ich treffe Euch am Mettinger Tor.« Der Komtur wedelte mit der Hand, auf dass Berthold von Streitberg verschwand. Zu höchster Eile angetrieben, packte er seine Habseligkeiten und verabschiedete sich von den Mönchen des Predigerklosters, die ihm über die Zeit des Hoftages und darüber hinaus Obhut gewährt hatten.

Nur wenig später verließ er Esslingen im vollen Galopp. Wimpfen lag zwei Tagesreisen entfernt. Eberhard wollte es unbedingt schneller schaffen.

Nach einem Tag hatte sein Pferd zwei Hufeisen weniger. Es lahmte und war wund auf seinem Hinterteil, da Eberhard es wieder und wieder mit dem Stock geschlagen hatte, um es anzutreiben.

Am nächsten Morgen verlangte er das Pferd von Berthold von Streitberg. Zusammen mit dem lahmen Gaul ließ er den Ordensbruder zurück und ritt den Rest der Strecke an einem halben Tag. Kurz vor Wimpfens Stadtmauer fing auch dieses Pferd zu lahmen an. Eberhard trieb es dennoch unnachgiebig durch die Straßen. Glücklicherweise musste er nicht viele Männer und Weiber fragen, bis er zum Hof des Armbrusters kam. Als er den Torbogen erblickte, saß er ab und führte sein lahmendes Pferd hinter sich her. Eberhard fragte sich, was er tun würde, wenn tatsächlich eine der Laemmlin-Töchter hier wäre. Zunächst war niemand zu sehen – weder auf dem Hof noch in der kleinen Scheune, deren Tür offen stand.

»Ist hier jemand?«, fragte Eberhard.

Eine ältere Frau mit sehr roten Wangen – wahrscheinlich

die Magd des Armbrusters – trat mit einem Besen aus einem leeren Verschlag.

»Seid gegrüßt, mein Herr.« Die Frau kam auf ihn zu. »Was ist Euer Begehr?«

»Ich suche den Armbruster.«

»Da muss ich Euch enttäuschen. Meister Lando ist nicht hier.«

»Wann kommt er zurück?«

»Nun«, ihre Haltung veränderte sich mit den nächsten Worten, »das entscheidet der Herrscher des Reiches.«

»Was meinst du damit?«

»Kaiser Ludwig IV. hat Meister Lando nach Nürnberg gerufen. Er wünscht seine Dienste in Anspruch zu nehmen.«

Eberhard hätte am liebsten aufgestampft. Nun war er umsonst in einer solchen Geschwindigkeit von Esslingen hierhergeritten. Stattdessen sagte er: »Das ist sehr beeindruckend und gleichzeitig bedauerlich. Ich hörte nämlich von der außergewöhnlichen Kunst des Meisters und hätte mich gern selbst davon überzeugt – ganz besonders von den Holzarbeiten.«

»Vielleicht kann ich Euch weiterhelfen«, sagte die Frau nun. »Wartet hier im Hof.«

Eberhard beobachtete, wie das Weib im Haus verschwand. Nur wenig später kam sie zurück – in der Hand hielt sie ein Stück Holz mit einem langen Spalt. Es sah beinahe so aus wie der Schaft einer Armbrust.

»Dies ist natürlich keine vollendete Arbeit. Aber es gibt Euch einen ersten Eindruck vom Schnitzwerk der Waffen Meister Landos.« Jetzt drehte sie das Holz um.

Der Komtur sah es auf den ersten Blick: Die Blüten waren eine genaue Kopie des Holzes von Ritter Hartmann. Nur noch feiner gearbeitet, beinahe so, als wären sie echt. Eberhard nahm den unfertigen Schaft an sich. Berthold von Streitberg hatte recht behalten. Nun musste Eberhard noch herausfinden, wo das Laemmlin-Weib sich befand.

»Sagt mir, gute Frau, wo hat der Meister diese Kunst gelernt?«

»Sein Vater war auch Armbruster. Und sogar dessen Vater …«

»Ich spreche von der Kunst, das Holz so zu bearbeiten.«

Die Frau schwieg.

»Oder tätigt jemand anderes die Schnitzereien?«

»Ihr stellt viele Fragen, mein Herr.« Sie wirkte jetzt misstrauisch. »Ich bin nur eine Magd. Von der Arbeit des Meisters verstehe ich nichts. Es ist besser, Ihr kommt zurück, wenn Armbruster Lando aus Nürnberg heimkehrt.«

Eberhard hätte sich auf die Zunge beißen können. Er war wohl zu forsch vorgegangen. Dabei war er sich sicher, dass die Frau mehr wusste.

»Nun gut, ich komme zu einem anderen Zeitpunkt wieder.«

»Das wird das Beste sein.« Ihr Gesicht wirkte verschlossen.

»Dieses Holz … es wird doch sicher nicht mehr benötigt. Ich würde es gern mitnehmen.«

»Das kann ich nicht erlauben. Es gehört meinem Herrn. Bitte gebt es zurück.«

»Natürlich. Aber sei so gütig, mir noch einen Becher Wasser zu bringen, bevor ich meine Heimreise antrete.«

Die Frau nickte und wandte sich um.

In diesem Augenblick holte Eberhard aus und schlug ihr mit dem Blütenschaft auf den Hinterkopf. Dumpf und ohne einen Schrei fiel das Weib zu Boden. Eberhard verließ den Hof und stieg wieder auf sein lahmendes Pferd. Das Holz verbarg er unter seiner Kleidung.

SIEBTES KAPITEL

»Wie geht es dir, Gesa? Ist der Schwindel noch mal zurückgekehrt?« Matteo kam an Clementias Seite getrabt. Schon das zweite Mal an diesem Tag.

Clementia sah ihn von der Seite her an. Mal wieder stellte sie fest, wie sehr sie die Art mochte, wie er die Worte betonte. »Nein. Es geht mir bestens.«

»Du siehst aber erschöpft aus.«

»Das kommt vom langen Gehen«, gab sie zurück.

»Dann werde ich dein Leid teilen.« Matteo sprang von seinem Pferd und führte es neben ihr her.

Clementia musste lächeln. Sie schätzte diese Geste ebenso wie seine Gesellschaft. Umso schlechter fühlte es sich an, ihn zu belügen. Der wahre Grund ihrer Anspannung war etwas, das sie ihm kaum sagen konnte. Seitdem das Gefolge sich den Stadttoren Nürnbergs näherte, blickte sie auf alles Hölzerne, um ja keinen Hinweis auf Eilika zu verpassen. Wenn sie doch nur wüsste, ob die Schwester ihre Zeichnung überhaupt zu Gesicht bekommen hatte.

»Bist du aufgeregt, weil wir gleich Nürnberg betreten?«

»Sollte ich etwa?« Clementia legte die Stirn in Falten.

»Aber ja. Die Stadt ist etwas ganz Besonderes. Ich war schon oft hier. Ich könnte dir davon erzählen.«

Er war so hartnäckig darum bemüht, ihre Laune zu heben, dass es schwer war, sich dem zu entziehen. Selbst den anderen Mägden schien das schon aufzufallen. Misstrauisch blickten sie herüber, was Clementia daran erinnerte, fömlicher mit ihm zu sprechen. Alles andere hätte zu vertraut gewirkt. »In Ordnung. Tut es nur. Ich würde gerne davon hören.«

»Was glaubst du, wo der Kaiser beliebt unterzukommen, wenn er Nürnberg besucht?«

»Na, ich schätze, auf der Burg dort oben.« Clementia zeigte auf eine Feste mit Türmen, die auf der Spitze einer Anhöhe inmitten der Stadt lag. Schon von Weitem war sie zu sehen gewesen.

»Das könnte man annehmen, nicht wahr? Oftmals zieht er die behaglichen Häuser reicher Bürger jedoch vor. Sehr zum Ärger des Burgherrn Friedrich V. natürlich, der deshalb darauf besteht, Ludwig IV. immer am Stadttor als Erster begrüßen zu dürfen.«

Clementia schmunzelte. Es klang ein wenig nach zwei Jungen, die um ein Spielzeug stritten. Trotzdem sagte sie etwas, das der Gesellschaft angemessen war. »Klingt nur gerecht. Wo wird der Kaiser diesmal wohnen?«

»Auf dem Hof von Konrad Hainz.«

»Wer ist das?«

»Der vermögendste Mann der Stadt und zugleich kaiserlicher Finanzier. Er nennt zahlreiche Häuser, Höfe und Gärten in Nürnberg sein Eigen. Selbst manche Kaiserpfalz ist weniger prunkvoll und behaglich als der Haupthof jenes Mannes.«

»Und das habt Ihr mit eigenen Augen überprüft?«

»Allerdings.«

»Ihr macht mich sehr neugierig auf den Hof des reichen Mannes. Zu schade, dass mir als Magd der Zutritt in die meisten feinen Kammern wohl versperrt bleiben wird.« Clementia sagte es ohne Schwere in der Stimme. Obgleich sie seit Geburt etwas gänzlich anderes gewohnt war, hatte sie sich weitestgehend mit dem kargen Leben einer Magd abgefunden.

»Da magst du recht haben.« Leise raunte er ihr zu: »Ich wollte dich nicht kränken.«

Sie lächelte ihm zu und flüsterte: »Das hast du nicht.«

Während dieses kurzen Blickes war es wieder so, als wären

sie allein in dem Zelt der Mundatoren – nur dass sie sich nicht berühren konnten.

»Geht zur Seite! Macht Platz für Agnes Behaim!«, rief eine Stimme plötzlich von vorne.

Clementia sah einen prachtvollen Pferdewagen aus entgegengesetzter Richtung kommen. Der Wagenführer hatte schwer damit zu tun, das Pferd anzutreiben und gleichzeitig mit seinen Rufen das kaiserliche Gefolge vor sich zu warnen, das den ganzen Weg einnahm. Damit der Wagen vorbeifahren konnte, mussten die Menschen dicht zusammenrücken. Das Gedränge war kurzzeitig so groß, dass sie und Matteo sich an den Händen berühren konnten, ohne dass es jemand sah. Clementia fühlte ihr Herz schneller schlagen. Eher zufällig fiel ihr Blick auf die Frau im Pferdewagen. Sie war bereits etwas älter und dennoch von bemerkenswerter Schönheit. Obwohl im Gedränge nicht viel von ihr zu sehen war, erkannte Clementia, dass sie feinste Kleidung trug. Dann fuhr der Wagen an ihnen vorbei.

Matteo gab ihre Hand frei und entfernte sich notgedrungen von ihr, als der ganze Weg wieder zur Verfügung stand. Er wollte gerade etwas zu ihr sagen, da schnitt Clementia ihm das Wort ab.

»Bitte entschuldigt mich.« Ohne auf eine Antwort zu warten, eilte sie dem Wagen hinterher. Sie meinte etwas gesehen zu haben, das eigentlich unmöglich war. Mit all ihrer Kraft stemmte sie sich gegen die vorwärtsdrängende Menge.

»He, was ist in dich gefahren?«, rief ein Mann verärgert.

»Was soll das, Mädchen?«, schimpfte ein anderer.

Die empörten Rufe drangen nicht zu ihr durch. Clementia hatte bloß noch Augen für den Wagen, der nicht weit von ihr entfernt war. Dennoch, sosehr sie sich auch anstrengte, es gab für sie kein Durchkommen. Nachdem die Männer und Frauen dem Gefährt ausgewichen waren, nahmen sie den frei gewordenen Platz sofort in Anspruch und versperrten so den Weg. Sie kam dagegen nicht an. Der Wagen fuhr davon. Verzweifelt sah Clementia ihm nach. Und im nächsten Augenblick wusste sie nicht mehr, ob sie ihren Augen trauen konnte oder ob ihre Sinne ihr einen Streich gespielt hatten. Sie entschied sich für Letzteres. Es musste so sein. Mehrfach hatte sie von einem Ordal am Neckar gehört, bei dem eine der drei Laemmlin-Schwestern gestorben sei. Es konnte sich dabei nur um Imagina handeln, nachdem sie Eilikas Hinweise gefunden hatte.

Clementia schritt gedankenversunken zurück zu den Mägden. Matteo war nicht mehr hier. Sie war so mit sich beschäftigt, dass sie das Zeremoniell der Begrüßung am Stadttor nur am Rande wahrnahm. Sie hörte die Jubelrufe und die Musik, und sie sah auch von Weitem den Burgherrn, wie er den Kaiser willkommen hieß, um ihn dann durch die Stadt zum Hof des Konrad Hainz zu begleiten. Doch Clementia fühlte keine Aufregung, und ihr Gesicht blieb steinern. Die Frau im Pferdewagen ging ihr einfach nicht aus dem Kopf.

»Schließt die Tür«, sagte Ludwig IV. zu seinem Kämmerer. »Und lasst niemanden herein, bis Wir es sagen.«

»Sehr wohl, Majestät.« Der Mann zog sich mit einer Verbeugung zurück und verließ die größte und schönste Kammer auf dem Hof des Konrad Hainz.

Ludwig begann, seine Reisekleidung selbst abzulegen.

»Wartet, ich gehe Euch zur Hand, mein Gemahl.«

Er hielt Margarethe auf, indem er den Kopf schüttelte. »Bemüht Euch nicht, Liebste. Wir machen es selbst.« Stück für Stück entledigte Ludwig sich der ihm gerade lästig gewordenen prächtigen Kleidung. Er wusste natürlich, wie ungewöhnlich es war, dass er es ohne Hilfe tat. Und auch, dass seine Diener diese Tätigkeiten als Ehre ansahen. Seine Weigerung kränkte sie. Aber von Zeit zu Zeit waren ihm die vielen Gesichter um ihn herum und die vielen Hände an ihm dran zuwider.

»Manchmal sind Wir des Reisens wahrlich müde, liebste Kaiserin«, sagte er matt. »Selbst das gerechte Verteilen Unserer Gunst ermüdet Uns heute.«

Margarethe kam ihm einen Schritt näher. Offenbar kannte sie ihn jedoch gut genug, dass sie wusste, er wünschte in diesem Augenblick keine Berührungen. Stattdessen reichte sie ihm einen Becher Wein und sagte: »Ihr seid Kaiser von Gottes Gnaden. Und Gott ist ohne Fehl.« Nach einer kurzen Pause erklärte sie ihre Worte: »Er wählte Euch, da er wusste, Ihr seid fähig, diese Aufgabe zu bewältigen.«

Ludwig nahm den Becher und trank. Dankbar sah er seine Gemahlin an. Ihre Gesellschaft war ihm nie zuwider. »Und er schickte Uns Euch an die Seite – ein Grund, auf ewig Dankgebete zu sprechen.«

Sie schenkte ihm ein warmes Lächeln, das zeigte, dass sie ebenso empfand.

»Dennoch, Gemahlin …« Während er sprach, trat Ludwig an eines der Fenster mit echtem Glas, wie selbst er es außerhalb von Kirchen nicht oft zu Gesicht bekam. »Wenn Wir daran denken, dass der Hof in kürzester Zeit wieder aufbrechen wird, um den letzten Tagen des Heilbronner Jahrmarktes beizuwohnen, fühlen sich Unsere Beine und Unsere Lider schwer an.«

»Und wenn Ihr das Itinerar ändert, Heilbronn streicht und den Aufenthalt in Nürnberg verlängert?«

»Ausgeschlossen. Die Heilbronner können dieser Zeit nicht auf uns verzichten. Ihr vergesst, Liebste, dass der Jahrmarkt, den Wir der Stadt in diesem Jahr zum ersten Mal gewährten, von der unglückseligen Rede eines Bußpredigers überschattet wurde. Wir müssen Uns auf dem zweiten Jahrmarkt zeigen, wie es geplant ist. Ansonsten droht die Gefahr, dass man Unser Fernbleiben als schlechtes Zeichen deutet und die Heilbronner Märkte Schaden nehmen. Die weit gereisten Händler würden Heilbronn fortan meiden.«

Margarethe nickte. »Ich gebe zu, so weit nicht gedacht zu haben. Euer Fortbleiben wäre der Sache nicht dienlich.«

»Ihr seht, Gemahlin. Selbst der Kaiser ist nicht frei in seiner Entscheidung.« Ludwig bewegte den Kopf hin und her, um seinen Nacken zu entspannen. Obwohl seine Gemahlin sicher um zwei Haupteslängen kleiner war, spürte er ihren Blick auf seinem Gesicht ruhen.

»Wäre es denn so unverzeihlich, wenn Ihr zumindest die Nürnberger einen Tag länger auf Euch warten ließet?«

Der Kaiser sah zu Margarethe hinab. »Wie ist das gemeint?«

Sie zuckte die Schultern. »Sollen sie doch ihren Empfang feiern. Sollen sie singen und saufen und versuchen, sich gegenseitig zu übertreffen mit ihren Heldentaten und ihren Habseligkeiten.« Ein Schmunzeln leitete ihre nächsten Worte ein. »Dazu brauchen sie Euch doch gar nicht.«

Langsam und sehr vertraulich begann Ludwig zu lächeln. »Ihr seid durchtrieben, Margarethe von Holland.« Er nahm ihre kleine Hand in seine und küsste sie. Während er seine sehr viel jüngere Gemahlin verschwörerisch ansah, sagte er: »Schickt nach unseren Leibärzten. Mögen sie sich die Köpfe zerbrechen über die Gründe Unserer Unpässlichkeit.«

»Ein weiser Entschluss, liebster Gemahl. Auch morgen wird Nürnberg noch stehen und ebenso die Burg und das Rathaus und die Mauer.«

»Was wären Wir nur ohne Euch?«, fragte Ludwig, während er auf die große Bettstatt zusteuerte, die er gleich für sich einnehmen und bis zum Morgengrauen nicht mehr verlassen würde.

»Ihr wäret Kaiser von Gottes Gnaden – mit oder ohne mich«, antwortete sie wie immer bescheiden. »Ich werde Euch jetzt ruhen lassen.«

»Kommt Ihr noch mal zurück zu Uns?«, fragte er und schlug einladend das Laken zurück.

»Später, Liebster. Zuerst muss ich einem Gedanken nachgehen, der es vielleicht schafft, Euch die Schwermut zu nehmen.«

»Noch heute erreichen wir Nürnberg«, sagte Lando zu Eilika.

»Wann denn?«, beschwerte sie sich und drückte den schmerzenden Rücken durch. »Ich überstehe keine weitere Stunde mehr auf dem Rücken eines Pferdes. Nie hätte ich gedacht, wie viel Leid man beim Reiten ertragen muss.«

Lando lachte. »Übertreibst du jetzt nicht etwas?«

»Keineswegs! Jeder Teil meines Körpers schmerzt. Und der Weg nach Nürnberg erscheint mir länger, als hätte ich ihn zu Fuß bestreiten müssen. Und zwar rückwärts.«

Er grinste. »Die Dauer der Reise liegt in deinen Händen. Willst du gerne früher ankommen?«, fragte er jetzt mit einem seltsamen Unterton.

»Du machst dich über mich lustig.«

»Keineswegs. Wir könnten schneller reiten.«

»Bist du wahnsinnig?«

»Übung hattest du doch jetzt genug. Und wenn dir sowieso schon alles wehtut, gehst du auch kein großes Wagnis ein.«

Eilika sah ihm an, was jetzt kam.

Lando wartete ihre Antwort nicht ab, sondern befahl: »Festhalten.« Dann gab er die Zügel vor und schnalzte.

Augenblicklich ließ sich ihr Pferd davon mitreißen und fiel neben seinem in einen Galopp. Eilika wollte Lando anschreien, damit er gefälligst wieder langsamer ritt, doch sie war zu sehr damit beschäftigt, der neuen Lage Herr zu werden. Tatsächlich wurden ihre schlimmsten Ängste nicht bestätigt. Weder rannte ihr Pferd kopflos davon, noch machte es Anstalten, Landos Pferd zu überholen. Als sie mit einer Hand sicher die Zügel und mit der anderen ein dickes Bündel Mähne gepackt hatte, verflogen alle Befürchtungen vollends. Und plötzlich bereitete es Eilika sogar Freude.

»Du machst das großartig«, rief Lando ihr zu.

Eilika sah die Landschaft in schnellen Bildern an sich vorbeiziehen. Sie spürte den warmen Septemberwind auf ihrem Gesicht und die kraftvolle Bewegung des Pferdes unter sich. Ohne dass sie es verhindern konnte, fing sie an, laut zu lachen. Es brach einfach aus ihr heraus.

Schließlich, als der Weg bergauf führte, fragte Lando: »Schneller?«

Eilika hatte der Mut gepackt. »Ja.«

Lando schnalzte erneut.

Die Pferdehufe unter ihr schlugen kräftiger auf dem Boden auf und wurden lauter. Der Wind in ihrem Gesicht blies stärker. Schwungvoll bewegte sich das Tier unter ihr auf die Anhöhe zu und rannte dann den Hügel hinauf, sodass es Eilika auf den Pferderücken presste. Noch nie hatte sie sich so gefühlt, frei und glücklich zugleich. Der Schmerz in ihrem Körper war plötzlich unwichtig. Alles, was sie nun noch spürte, war diese übermannende Aufregung, die andauerte, bis sie die Spitze des Hügels erreicht hatten. Hier hielt ihr Pferd von selbst an und blieb schwer atmend stehen. Auch Eilika rang nach Luft.

Lando hingegen zeigte keinerlei Erschöpfung. Sein Blick war in die Ferne gerichtet. »Sieh, dort drüben liegt Nürnberg. Du hast es also bald geschafft.«

Eilika besah die Stadt, die in zwei Teile gespalten schien. Eine Seite schmiegte sich an einen Burghügel. Der andere Teil lag jenseits des Flusses, der sich seinen Weg mitten hindurch bahnte und in der Sonne glitzerte. Augenblicklich dachte sie wieder an Clementia – und die Blüten auf dem kaiserlichen Brief. War ihre Schwester wirklich hier? Wie sollte sie sie finden? Plötzlich fühlte Eilika Landos Hand auf ihrer.

»So gern ich an diesem Ort mit dir verweilen würde, Liebste … Wir sollten den Kaiser nicht warten lassen.«

Auch Eilika drängte es weiter. »Du hast recht.«

Den Rest der Strecke brachten sie im Schritt hinter sich. Doch ihre Pferde schienen zu ahnen, dass eine Rast nah war, und liefen flott voran.

Am Stadttor straffte Lando die Zügel und sprach den Wachmann an. »Sag mir, wo in Nürnberg ist die Unterkunft des Kaisers?«

Der Mann kam näher. »Wer will das wissen?«

Lando nahm die Pergamentrolle mit dem unverkennbaren Siegel zur Hand. »Lando, der Armbruster. Ich komme auf Geheiß unseres Herrschers.«

Der Wachmann warf nur einen flüchtigen Blick auf den Brief. Dann nickte er einem zweiten Wachmann zu. An Lando gerichtet, sagte er: »Willkommen in Nürnberg, mein Herr. Bitte folgt mir. Man erwartet Euch bereits.«

Lando runzelte die Stirn. Dennoch folgte er dem Mann.

Eilika war sofort gefangen von der Schönheit der Stadt, die mit zahlreichen Blumenkränzen, Bändern und Ähren geschmückt worden war. Selbst wenn sie es nicht gewusst hätte, wäre es ihr spätestens jetzt klar geworden: Der Kaiser weilte hier! Ihr Weg führte über eine Brücke, zu deren rechter Seite sich ein halb fertiges Gebäude befand. Es war über dem Fluss gebaut worden, so als gäbe es nicht mehr genug Platz auf Nürnbergs Grund und Boden.

»Sieh dir das an, Lando.«

Auch sein Blick blieb erstaunt an den mächtigen Steinbögen hängen, unter denen das Wasser durchfloss. »Ein unglaubliches Bauwerk. Als würde es schweben.«

Der Wachmann zeigte mit dem Finger auf ein Eckhaus vor sich. »Sagt es dem Stifter des Spitals doch gleich selbst. Er ist es nämlich, der den Kaiser auf seinem Hof Quartier gewährt.« Jetzt drehte er sich zu Lando um. »Und Euch ebenso.«

»Tatsächlich?«, fragte Lando verdutzt.

»Margarethe I. hat es so bestimmt.«

»Die Kaiserin?« Seine Frage verhallte im Lärm der vollen Straßen.

Auf dem prächtigen Hof angelangt, kamen weitere Männer herbeigeeilt. Einem von ihnen sagte der Wachmann: »Er ist es. Gib sofort Bescheid.« Der Mann lief davon.

Lando half Eilika abzusitzen.

»Was geht hier vor sich?«, flüsterte sie ihm zu, als man ihnen auch schon die Zügel aus der Hand nahm.

Ein Hofdiener kam herbei und verbeugte sich vor Lando. »Willkommen in Nürnberg, Armbruster. Folgt mir bitte.«

Während der Hofdiener sie durch einen wunderschönen Garten mit Blumen, Kräutern und Obstbäumen zu einem Nebengebäude führte, gab er eine Erklärung ab. »Der Kaiser leidet an diesem Tag an Schwermut und hat sich zurückgezogen. Es kommt von Zeit zu Zeit vor. Seine Gemahlin hatte den Einfall, ihn in diesen Stunden mit Eurer Gegenwart und Eurer Armbrustkunst zu erheitern.« Vor einer Kammer blieb er stehen und öffnete Eilika die Tür. An Lando gerichtet, sagte er: »Gott gebe, dass es funktioniert. Ihr würdet Nürnberg einen Dienst erweisen. Legt also rasch Eure Reisekleidung ab. Ich führe Euch zum Kaiser.«

»Jetzt gleich?«, fragte Lando erstaunt.

»Ja. Und wenn Ihr auch etwas tun wollt«, sagte er an Eilika gerichtet, »bittet unseren Herrgott, dass es gelingt, die Stimmung Ludwigs IV. aufzuhellen.«

Eine Weile ging Eilika in der Kammer auf und ab – vor Aufregung unfähig, ein Gebet zu sprechen. Doch die Tatenlosigkeit ließ sie schließlich das Gebäude verlassen. Ihr Weg führte sie zurück in den Garten des beachtlichen Hofes, wo sie versuchen wollte, einen klaren Gedanken zu fassen.

Langsam wandelte sie an dem Kräuterbeet entlang, sog den durchdringenden Geruch ein. Sie hatte keine Ahnung, wo sie die Suche nach ihrer Schwester beginnen sollte. Clementia hinterließ ihre Spuren auf Pergament. Doch das gab es bloß an wenigen Orten – solchen, zu denen Eilika keinen Zugang besaß.

Ihre Finger berührten beim Gehen die Spitzen der Pflanzen. Sie kitzelten auf ihrer Haut. Bei einem Strauch Thymian ging sie in die Knie und zupfte einen kleinen Zweig ab, um an den Blättern zu riechen. Der Duft erinnerte sie an ihre Mutter, die Thymian gern auf dem Tisch in der Stube gemocht hatte.

Plötzlich wurde die Stille des wunderschönen Gartens gestört. Eine ältere, aber sehr kostbar gekleidete Frau kam forschen Schrittes zwischen den Obstbäumen hervor. Hinter ihr folgte eine Schar von Mägden und Dienerinnen, die teilweise sogar laufen mussten, um mit ihrer Herrin Schritt zu halten.

»… von diesen Blumen wünsche ich auch ein paar in der Kammer der Kaiserin. Und von diesen. Wechselt sie jeden Tag, ob sie verdorrt sind oder nicht.«

»Ja, Herrin. Sehr wohl.«

»Und nun folgt mir zu den Kräutern. Unsere Kaiserin soll niemals schlechten Gerüchen ausgesetzt sein. Verteilt etwas von dem hier auf ihrem Bett. Und …« Die Frau stieß einen Schrei aus und fasste sich ans Herz.

Eilika war in diesem Moment aufgestanden, den Thymian noch in der Hand. »Ich bitte um Vergebung. Es war nicht meine Absicht, Euch zu erschrecken.«

»Das habt Ihr ab …« Sie hielt inne und starrte ihr Gegenüber ungläubig an. »Herrgott, ich habe Euch fast nicht erkannt, Beke.«

Eilika stellte erstaunt fest, dass die Frau sie von oben bis unten musterte. »Was ist mit Euch geschehen? Euer Kleid …«, spie sie regelrecht aus.

Gerade wollte Eilika ihr sagen, dass sie sie verwechseln musste, da sprach die Frau schon weiter.

»Dort, wo Ihr herkommt, mag es anders zugegangen sein«, sagte sie kopfschüttelnd und faltete die Hände vor dem Bauch, bevor sie mit ihrem Tadel fortfuhr. »In Kreisen wie diesen aber erscheint man nicht in solch einem Kleid. Schon gar nicht als Ehefrau eines Tuchers, der wohl genügend Auswahl in seinen Lagern haben wird.«

Die herrische Frau machte nicht den Anschein, dass sie sich gerne korrigieren ließ. In Ermangelung weiterer Möglichkeiten senkte Eilika einfach den Kopf und knickste. »Ich danke Euch für diese Belehrung.«

»Gut. Nun geht und kleidet Euch angemessen. Oder wollt Ihr etwa, dass womöglich die Kaiserin Euch noch so sieht?«

»Nein, natürlich nicht.« Abermals knickste Eilika. Dann ging sie langsam in eine beliebige Richtung. Sie hörte noch die Worte, die offenbar eine Dienerin zu ihrer Herrin sagte.

»Gott wird Eure Nachsichtigkeit und Milde mit Wohlwollen zur Kenntnis nehmen, Agnes Zoller.«

»Nun, ein Mädchen mit derartigen Fähigkeiten wird wohl von Gott selbst sehr geliebt. Ebenso sollte ich sie lieben, ist es nicht so?«

»Wie recht Ihr habt.«

»Jedenfalls ihre Blütenstickereien liebe ich«, berichtigte die Frau, auf dass ihre Dienerinnen kicherten.

Eilikas Gang wurde steif. Es war ihr, als käme ein plötzlicher Regenguss über sie. Als presse man ihr die Luft aus den Lungen. Als falle sie tief. Nun war ihr klar, mit wem die Frau sie verwechselt haben musste!

Langsam entfernte sie sich von dem Garten, bis die Stimmen der Frauen nicht mehr zu hören waren. Ohne Aufmerksamkeit zu erregen, verließ sie den Hof. Nachdem sie die Straße erreicht hatte, fing sie an zu rennen. Eilika hastete durch die Straßen, ohne zu wissen, wohin sie führten. Sie musste drei oder vier Mal abgebogen sein, da erblickte sie das Kleid einer vornehmen Frau. Die leuchtende grüne Seite trug am Saum und den Ärmeln Imaginas Blüten. Eilika taumelte zurück.

»Ist dir nicht wohl?«, fragte die Frau sie besorgt.

Eilika jedoch rannte in die entgegengesetzte Richtung. Beinahe so, als wollten die Blüten ihr den Weg weisen, dauerte es auch hier nicht lange, bis das nächste Kleid mit den Stickereien ihrer Schwester vor ihren Augen erschien. Eilika blieb stehen und drehte sich um sich selbst. Sie fand sich wieder inmitten lauter Kleider, auf denen runde und spitze Blätter prangten. Wie war sie nur durch die Stadt gekommen, ohne es gleich bemerkt zu haben? Sie waren überall.

Von ihren Gefühlen übermannt, rannte sie eine Straße hinauf, die zu dem Burgberg führte. Als sie nicht mehr weiterkam, drehte sie sich um und blickte über die Dächer Nürnbergs. Die Hände vor den Mund gepresst, um nicht schreien zu müssen, schluckte sie immer wieder schwer. Ein paar Mal lief sie im Kreis. Ihr Atem ging keuchend. Irgendwann – es dauerte eine ganze Weile – hatte sie sich wieder im Griff. Die Überforderung des ersten Augenblicks wich der Sehnsucht nach ihren Schwestern. Schließlich machte sie sich auf den Weg.

Beliebig hielt sie Frauen an, fragte nach einem Tucher, der ein Weib namens Beke hatte. Es ging schnell, da stand sie vor dem Haus, das man ihr beschrieben hatte. Entschlossen lief sie durch einen schmalen Gang, der zum Hinterhof führte. Zuerst erblickte sie die grünen Blätter eines Baums. Darunter sah sie eine Gestalt auf einer Bank sitzen. Tuche lagen auf ihrem Schoß. Sie stickte.

Eilika stand da, als wäre sie festgewachsen wie jener Baum. Ihre Augen füllten sich mit Tränen. Sie gab keinen Laut von sich. Wie war das möglich? Hatte sie nicht am Morgen noch nach Clementia suchen wollen? »Imagina«, sprach sie leise. Ein Windstoß ließ die Blätter des Baums rauschen.

Imagina sah nach oben, als wäre sie nicht sicher, woher die Laute gekommen waren. Erst dann sah sie ihre Schwester. Das wertvolle Tuch rutschte unbeachtet von ihrem Schoß. Ohne den Blick abzuwenden, ging sie auf sie zu. »Eilika.«

Die Schwestern schlossen sich in die Arme. Während Eilika die Tränen vom Gesicht rannen, war Imagina still – noch. Es war, als dringe die Wahrheit nur langsam zu ihr durch. Schließlich weinte auch sie. Heftiger noch, als Eilika es tat.

Das Gesicht in Eilikas Schulter vergraben, schluchzte sie: »Ich war mir sicher, ich sehe keine von euch jemals wieder!«

ACHTES KAPITEL

Nachdem zur Mittagsstunde verkündet worden war, dass der Kaiser seine Unpässlichkeit vom Vortag auf wundersame Weise überstanden hatte, war der Hof des Konrad Hainz zum Mittelpunkt der Stadt geworden. Die Adeligen und vermögenden Bürger kamen zuhauf zum Hof geströmt, wo Kaiser Ludwig IV. sie mit allem Prunk empfing. Es waren weit mehr Menschen anwesend, als die große Halle fassen konnte, und so verteilten sich die Anhänger des Kaisers auf jeden Winkel des Hofs. Einige waren gekommen, weil sie ein Anliegen vor den Herrscher des Reiches bringen wollten, andere, um sich in seinem Glanz zu sonnen.

Clementia beobachtete das Geschehen und die Gäste des Kaisers aus dem Verborgenen. Schlich sich von Schatten zu Schatten und überquerte so das gesamte Gelände, das zu Konrad Hainz' Hof gehörte. Während sie stets beschäftigt tat, sodass keiner der Edlen an ihrer Gegenwart Anstoß nahm, galten ihre Gedanken in Wahrheit Eilika. Hatte sie die Blüten auf dem Brief gesehen? War sie hier? Und falls nicht, würde Clementia dann die Möglichkeit bekommen, wenigstens mit dem Armbruster zu sprechen? Zunächst einmal musste sie ihn finden – und das, ohne zu wissen, wie er überhaupt aussah.

Clementia schritt durch die Menschen und sah den Männern unterdessen auf die Hände. In ihrer Vorstellung trug ein Armbruster von seiner Arbeit Verletzungen davon. Demnach mussten sich seine Finger von den makellosen Händen der Kaufleute und Adeligen unterscheiden. Sie ging ihrem Vorhaben schon eine Weile lang erfolglos nach, als plötzlich die einzigen ihr vertrauten Hände vor ihren Augen erschienen. Tinte klebte daran. Clementia sah auf. Matteo stand nur wenige Schritte von ihr entfernt. Er trug eine enge grüne Schecke, die nach neuester Mode so kurz ausfiel, dass sie fast nicht wagte, auf seine Mitte zu blicken. Dennoch kam sie nicht umhin zu bemerken, wie gut er in der feinen Kleidung aussah. Clementia spürte, dass ihre Wangen erröteten. Ausgerechnet jetzt trafen sich ihre Blicke. Er kam auf sie zu.

»Du warst plötzlich verschwunden.«

Sie wusste sofort, dass er von dem Vorfall auf dem Weg nach Nürnberg sprach. »Ja, es tut mir leid.« Sie würde ihn tatsächlich abermals belügen müssen. Es ließ sich nicht vermeiden. Und das, obwohl alles in ihr sich dagegen wehrte. Clementia mied seinen prüfenden Blick und sprach: »Die Übelkeit, die mich im Zelt überfallen hatte… Sie war kurzzeitig zurückgekehrt.«

Er legte den Kopf schief. »Und warum siehst du mich nicht an, wenn du das sagst?«

Sie fühlte sich ertappt.

»Es war die Frau im Wagen, die deine Neugier geweckt hatte, richtig?«

Ihr Herz schlug schneller. Woher wusste Matteo davon? »Unsinn.«

»Sie steht dort drüben.«

Ruckartig folgte Clementias Blick seinem Fingerzeig. Tatsächlich, es war dieselbe Frau. Sie stand mit dem Rücken zu ihnen, dennoch erkannte Clementia: Sie trug dasselbe Kleid. Ihr wurde heiß und kalt. Gleich würde sie erfahren, ob ihr Verstand ihr einen Streich gespielt oder sie tatsächlich Imaginas Blüten gesehen hatte. Nur mit Mühe konnte sie sich dem Drang widersetzen, sofort nachzusehen. Während sie vergeblich versuchte, sich weniger auffällig zu verhalten, wusste sie, ihre Reaktion hatte sie verraten.

»Sag mir, warum sie deine Aufmerksamkeit erregt, Gesa.« Er kam einen Schritt auf sie zu.

Clementia wich zurück, sodass der Abstand zwischen ihnen wieder der gleiche war. »Ich kann es Euch nicht sagen«, antwortete sie förmlich, da andere sie hören konnten.

Es vergingen ein paar Herzschläge. Dann verkündete er: »Bald wirst du es müssen.«

»Wie meint Ihr das?«

»Sieh genauer hin.« Matteo kam nochmals auf sie zu. Er umrundete sie und stellte sich hinter sie. Seine Stimme war kaum mehr als ein Flüstern. »Guck dir die Kleider an, Gesa. Nicht nur das der Frau aus dem Wagen. Sieh auf die Säume, die Ärmel, die Gürtel.«

Er machte eine Pause, damit sie ihren Blick schweifen lassen konnte. »Erkennst du es? Die Blüten auf den Tuchen sehen aus wie die Schnitzereien auf der Armbrust, ist es nicht so? Du hast es gestern schon bemerkt. Sag mir, was das zu bedeuten hat.«

Ihr Mund klappte auf, und ihr Atem ging flach. Vor Clementias Augen tanzten die runden und die spitzen Blätter ihrer Schwester. Mit einem Mal war es ihr, als würden die Blüten wie Sterne von sich aus leuchten. Wie hatte sie sie nicht gleich sehen können? Sie waren tatsächlich überall. »Das kann nicht sein«, flüsterte sie. »Es ist unmöglich.«

»Wer bist du?«

»Ich ...« Clementias Beine wurden weich. Die Gesichter ihrer beiden Schwestern tauchten in ihrem Kopf auf. Der Gedanke, dass sie sich alle drei womöglich nah waren, ließ sie schwindelig zurück. Sie musste all ihre Kraft sammeln, um nicht schon wieder ohnmächtig zu werden.

Matteo bemerkte es. Ihren Arm fest umfasst, wies er auf eine Bank. »Setz dich dort hin.«

Widerstandslos ließ Clementia sich von ihm führen. Dabei kam sie langsam wieder zu Kräften. Sie durfte jetzt nicht schwach sein. Nicht so kurz vor ihrem Ziel. Wenn Matteo die

Gleichheit der Blüten schon erkannt hatte, würde es nicht mehr lange dauern, bis es andere ebenso taten. Sie musste Eilika finden, bevor es zu spät war und sie sich zeigte. Ruckartig drehte Clementia sich um und befreite sich aus Matteos Griff. »Wo ist der Armbruster untergebracht?«

»Was hast du vor?«

»Sagt es mir, wenn Ihr es wisst.«

»Im Nebengebäude hinter dem Garten.«

Clementia war schon losgelaufen, da hielt sie inne und kam noch einmal zu ihm zurück. Sachte berührte sie seinen Arm. Es war ihr in diesem Moment gleich, wer alles beobachten mochte, wie vertraulich eine Magd und ein Mundator des Kaisers miteinander umgingen. »Ich danke dir, Matteo. Du weißt nicht, was du für mich getan hast. Ich werde dich nie vergessen.«

Schweren Herzens riss sie sich los. Sie wusste nicht, wann sich ihre Wege das nächste Mal kreuzen würden. Vielleicht nie wieder. Obwohl sie diesen Gedanken kaum ertrug, musste sie gehen. Und sie musste sich beeilen. Clementia hastete vorbei an einigen Nebengebäuden. Sie konnte den Garten schon vor sich sehen, wo sich ebenfalls zahlreiche Kaisertreue zwischen den Obstbäumen aufhielten. Unauffällig drückte sie sich an ihnen vorbei. Zu ihrem Glück schien niemand ihr größere Beachtung zu schenken. In ihrem Kopf spielte sich bereits die Begegnung mit dem Armbruster ab, zu der es gleich kommen würde, als ihr plötzlich jemand in den Weg trat.

»Beim heiligen Himmelreich…«, stieß die Frau atemlos hervor und musterte sie von Kopf bis Fuß. »Ist denn das die Möglichkeit?«

Es war die Herrin des Hauses. Clementia hatte sie bei der Ankunft des Gefolges in Nürnberg schon einmal gesehen.

»Habt Ihr denn nichts aus meinen Worten vom Vortag gelernt?«, stieß Agnes Zoller aus.

Clementia wusste nicht, wovon die Frau sprach. Sie suchte

noch nach einer unverfänglichen Antwort, als ihr Blick sich an das Kleid direkt vor ihren Augen haftete, auf dem ebenfalls Imaginas Blüten prangten.

»Ich bin untröstlich, das sagen zu müssen«, sprach Agnes Zoller. »Aber Euer Gemahl verfährt wohl zu milde mit Euch. Ich werde ihn aufsuchen müssen. Jetzt gleich!«

»Mein Gemahl?« Clementia war verwirrt.

Die Frau wedelte mit der Hand. »Geht besser. Ich ertrage diesen Anblick nicht länger.«

Sie rauschte an Clementia vorbei und murmelte vor sich hin: »Kaum zu glauben, dass durch das Wirken dieser Person meine Tuche zu solcher Pracht gekommen sein sollen.«

Clementia hörte, wie Agnes Zoller lautstark forderte: »Ebo Tucher, kommt zu mir.« Den Rücken an die Wand einer unscheinbaren Scheune gepresst, sah Clementia, wie ein edel gekleideter Mann auf die Hausherrin zukam und sich verbeugte.

»Ihr wünscht mich zu sprechen?«

»Ich *muss* viel eher! Euer Weib ist mir gestern begegnet und soeben auch – in schäbigste Stoffe gehüllt, sodass meine Augen schmerzten. Weder ist es einer Tuchersfrau würdig noch unseren hochrangigen Gästen.«

Das Gesicht des Mannes bekam einen fahrigen Ausdruck. »Ihr müsst Euch irren.«

»Ausgeschlossen. Ich habe sie mit meinen eigenen Augen gesehen.«

»Aber meine liebe Gemahlin war gestern den ganzen Tag mit Stickereien für Mechthild Langmann beschäftigt.«

»Wohl nicht den ganzen Tag. Sonst hätte ich ihr schlecht hier im Garten begegnen können. Zugegeben, ich habe sie kaum erkannt, so grob, wie ihr Äußeres war. Eben jedoch sah sie gar noch schlimmer aus.«

»Aber ich bitte Euch«, stieß der Mann jetzt hervor. »Meine Gemahlin trägt heute ein Kleid aus feinsten Stoffen. Brokat aus Flandern und Frankreich in leuchtendem Rot und Grün.

Dazu ein Umhang mit Pelz und eine Rise aus Seide. Es ist derzeit kaum etwas Edleres zu bekommen.« Er drehte sich um und streckte seine Hand aus. »Beke. Komm doch bitte mal herüber.«

Clementia sah, wie Imagina aus der Menge trat und ihre Finger in die Hand des Mannes legte. Er führte sie zu Agnes Zoller, wo sie knickste, wie sie und ihre Schwestern es in den feinen Heilbronner Kreisen gelernt hatten. Clementia musste die Zähne beim Anblick Imaginas fest aufeinanderbeißen, um nicht laut ihren Namen zu schreien. Auch wenn ihre Zeichen überdeutlich gewesen waren, hatte sie bis zuletzt kaum zu hoffen gewagt, dass ihre Schwester tatsächlich am Leben war.

Agnes Zoller hingegen wurde weiß im Gesicht. Schwankend griff sie nach einem Arm ihrer Dienerin, die hinter ihr stand. »Was geht hier vor sich? Ich … brauche Wasser.« Sofort stürzten mehrere Frauen auf sie zu. »Bringt mich hinein!«

Große Aufregung entstand. Viele kamen der Hausherrin zu Hilfe, die schließlich von ihren Frauen davongeführt wurde.

Clementia sah, wie Imagina sich dem Mann zuwandte, der offenbar ihr Gemahl war. »Was hat sie denn nur gewollt?«

»Es war eigenartig. Als wäre sie verwirrt«, schloss er kopfschüttelnd. »Sie hat doch tatsächlich behauptet, dich hier kürzlich zweimal gesehen zu haben – in äußerst unpassender Erscheinung.«

»Mich? Hier?«

Der Tucher zuckte die Schultern.

Es war nicht für jeden zu sehen, aber Clementia, die ihre Schwester ihr Leben lang kannte, bemerkte es. Imagina blickte sich verstohlen um.

»Ich habe sie noch nie so erlebt«, sagte der Tucher mitleidig.

»Nun, sie ist nicht mehr die Jüngste. Möglicherweise war die Anspannung wegen des hohen Besuchs etwas zu viel für sie.«

»Das kann es sein, meine Liebste.«

»Vielleicht sollte ich mal nach ihr sehen.«

»Ein guter Gedanke. Ich werde Konrad Hainz aufsuchen und ihm vom Schwächeanfall seiner Gemahlin berichten.«

Clementia sah, wie Imagina ihrem Ehemann nachblickte, bis er nicht mehr zu sehen war. Als sie sich daraufhin umdrehte, waren ihre Augen gerötet. Der Ausdruck in ihrem Gesicht veränderte sich allerdings schnell wieder. Entschlossen blinzelte sie die aufkommenden Tränen weg und blickte dann im Garten umher. Imagina fixierte jeden Winkel, ohne sich von der Stelle zu bewegen.

Clementia wusste, warum. Sie zeigte sich, indem sie hinter der Scheune hervorkam. Als ihre Blicke sich trafen, mussten sie sich beide beherrschen, um keine Aufmerksamkeit auf sich zu ziehen. Niemand durfte die Schwestern, die sich so sehr ähnelten, zusammen sehen.

Imagina nickte Clementia zu und machte eine winzige Geste, die ihr bedeuten sollte, ihr zu folgen. Sie mussten schnell hier verschwinden.

Mit einigem Abstand zu Imagina ließ auch Clementia den Hof des kaiserlichen Finanziers bald hinter sich. Sie wusste, sie würde nicht mehr hierher zurückkehren können.

Es dauerte nicht lange, da bog Imagina in einen schmalen Durchgang ein. Clementia tat es ihr gleich und erreichte einen Hinterhof mit einem Baum in der Mitte. Unter diesem Baum, auf einer runden Bank, saß Eilika.

Clementias Beine gaben nach. Dort, wo sie eben noch gestanden hatte, fiel sie weinend auf die Knie und verhüllte ihr Gesicht mit ihren Händen. Unendliche Erleichterung und Freude gleichermaßen lähmten ihre Glieder und ließen sie aufschluchzen. Kurz darauf spürte sie die Arme ihrer Schwestern um sich, die jetzt zu ihr auf den Boden kamen. So saßen sie da und beweinten gemeinsam alles Übel, das ihnen widerfahren war.

Imagina war die Erste, die sich wieder fing. Mit dem Brokatärmel ihres kostbaren Kleides trocknete sie sich und ihren

Schwestern die tränennassen Gesichter. »Wo seid ihr beiden nur gewesen?«

»Das frage ich dich.« Clementia blickte noch immer ungläubig auf ihre jüngere Schwester. »Ich hörte von einem Gottesurteil am Wasser und dachte, man hätte dich getötet.«

Eilika antwortete an ihrer statt. »Es hat auch ein Ordal gegeben. Aber nicht für Imagina, sondern für mich.« Sie entblößte ihre Handgelenke und löste damit stummes Entsetzen bei ihren Schwestern aus. »Katharina klagte mich an, schuld am Tod von Götz zu sein. Uns allen drei warf man vor, das Unwetter durch Schadenzauber hervorgerufen zu haben. Ich war mir sicher, ihr würdet deshalb meinem schrecklichen Schicksal nachfolgen.«

Imagina berührte vorsichtig die noch leicht gerötete Haut. »Wie hast du es geschafft, dem Wasser zu entkommen?«

»Ich weiß es nicht. Lando fand mich halb tot und nahm mich mit nach Wimpfen. Ich habe ihm mein Leben zu verdanken.« Ihre Wangen wurden rot, als sie von ihm sprach, und verrieten ihre Gefühle. »Wie konntet ihr euch retten?«

»Ich versteckte mich eine Weile im Spital. Dort traf ich Ebo und ging mit ihm fort.« Mit Absicht hielt sie ihre Antwort kurz. Im Angesicht des großen Hauses und ihrer feinen Kleider war nur allzu offensichtlich, wie gut es ihr ergangen war. »Was ist mit dir, Clementia?«

»Ich bin einfach gerannt und habe die Wirren der Flut und der Umsiedlung der Bockinger genutzt. Danach war ich in vielen Orten und auf vielen Wegen. Meine Reise bis Nürnberg war lang.«

Imagina sah ihrer Schwester an, wie schwer es ihr noch immer fiel, die neuen Umstände zu begreifen. Im Gegensatz zu Eilika und ihr hatte sie noch keine Zeit gehabt, sich über alles klar zu werden.

»Wie habt ihr beide euch hier gefunden?«, fragte Clementia nun.

»Agnes Zoller«, gab Eilika zur Antwort. »Sie hielt mich für Imagina. Ihr Verhalten war ein erster Hinweis. Kurz darauf erblickte ich Imaginas Stickereien überall um mich herum.« Eilika griff sichtlich glücklich nach der Hand der jüngsten Schwester. Dann sah sie wieder zu Clementia. »Dabei bin ich nur nach Nürnberg gekommen, weil ich erwartet hatte, *dich* hier zu finden.«

»Du hast meine Blüten-Botschaft also tatsächlich gesehen?«

»Ja, wenn auch bloß durch eine glückliche Fügung«, gab Eilika zu. »Woher hast du nur gewusst, wo ich bin? Und wie konntest du an einen kaiserlichen Brief gelangen?«

»Auf dem Hoftag in Esslingen lernte ich einen Mundator namens Matteo kennen. Durch ihn wurde ich Teil des Gefolges. Eines Tages sah ich die Armbrust mit deinen Schnitzereien.« Ungläubig schüttelte Clementia den Kopf. »Ich weiß selbst nicht, woher ich den Mut genommen habe, das Pergament mit meinen Blüten zu bemalen.«

»So steinig der Weg auch war – jetzt sind wir alle drei hier«, schloss Eilika aufmunternd. »Gott hat uns wieder zusammengeführt.«

»Und was machen wir jetzt?«, fragte Clementia. Als sie keine Antwort erhielt, sprach sie weiter: »Wir können nicht zurück auf den Hof des Konrad Hainz. Agnes Zoller hat uns alle gesehen. Es ist nur eine Frage der Zeit, wann sie versteht, dass wir nicht ein und dieselbe Person sind. Und dann, wenn aller Augen auf uns gerichtet sind, wird man schnell begreifen, dass wir die Laemmlin-Schwestern sind.«

Eilika nickte und fügte hinzu: »Spätestens dann, wenn man bemerkt, dass Imaginas Blüten und die auf der Armbrust die gleichen sind.«

Imagina sprach aus, was bereits fühlbar zwischen ihnen stand. »Vielleicht solltest du zurück nach Wimpfen gehen und nie wieder eine Armbrust verzieren. Ich bleibe hier in Nürnberg bei Ebo und gebe das Sticken auf, bis niemand mehr von meinen Blüten spricht. Du, Clementia, verlässt die Stadt. Möglicherweise kannst du nach Esslingen zurückkehren. Wenn niemand uns je wieder zusammen sehen würde, wären wir vielleicht sicher. Es wäre ein neues Leben.« Traurig schlug sie die Augen nieder. Ihre eigenen Worte brachten sie fast zum Weinen.

»Was für ein Leben wäre das?«, fragte Eilika. »Getrennt für alle Zeit …«

Clementia zuckte die Schultern. »Ob es einen gemeinsamen Weg für mich und Matteo geben kann, weiß ich nicht. Vielleicht irgendwann. Aber zumindest Ebo und Lando wären bei euch.«

Imagina schluckte schwer. Sie sah Eilika an. Dann Clementia. Sosehr sie Ebo auch liebte, sie würde es nicht ertragen, ihre Schwestern erneut zu verlieren. »Ich will das nicht.« Ihre Stimme klang belegt. »Es muss einen anderen Weg geben. Was ist mit Vater? Er weiß doch sicher nicht, dass wir alle drei am Leben sind. Wir sollten zu ihm gehen. Er wird uns helfen.«

»Das wird er nicht«, schloss Clementia streng.

»Natürlich wird er das. Ich traf ihn inmitten des Trubels. Nur seinetwegen bin ich der Meute entkommen. Er beschwor mich, ich solle laufen und mein Leben retten. Er nahm an, ihr wäret schon tot.«

»Du irrst dich«, fuhr Clementia sie nun an. »Er sagte das Gleiche zu mir. Und das kann nur eins bedeuten: Vater hat gelogen.«

»Aber …« Imagina stockte, als ihr die schreckliche Wahrheit klar wurde.

»Glaube mir, unser Verschwinden hat ihm mehr genützt, als dass es ihn traurig zurückgelassen hätte.«

»Wie kommst du darauf?«, fragte Eilika.

Sie atmete tief ein und aus, bevor sie sich erklärte. »Ich habe in Esslingen einiges erfahren, das auch ihr wissen solltet. Kaiser Ludwig hat sich wohl für Vater ausgesprochen und seinen

Namen vorerst vom bösen Leumund befreit, den wir ihm beschert haben.«

»Vorerst?«, fragte Eilika.

Clementias Miene verhieß Unsicherheit. »Alles, was ich weiß, ist, dass eine weitere Entscheidung uns betreffend ansteht. Und dass es davon abhängt, ob man uns bis zum Michaelis-Jahrmarkt findet. So, wie es jetzt ist, ist es für Vater die bestmögliche Lage. Warum sollte er wollen, dass wir zurückkehren?«

Imagina stieß aus: »Nun ergibt das auch einen Sinn.«

»Was?«, fragten die anderen beiden gleichzeitig.

»Ein Mann war hier. Vor wenigen Tagen. Er fragte nach mir. Ebo verweigerte ihm aber, mich zu treffen. Deshalb hinterließ er eine Botschaft. Ich solle nicht nach Heilbronn zurückkehren, da ich dort nicht sicher sei.«

»Wer war der Mann?« Eilika runzelte die Stirn.

»Ich bin nie darauf gekommen. Aber jetzt, wo ich das von Vater höre …« Sie brach ihre Erklärung ab. »Der Mann muss in seinem Auftrag gehandelt haben. Man will uns davon abhalten, bis zum Jahrmarkt nach Heilbronn zu kommen.«

Die Schwestern saßen eine Weile einfach nur wortlos beisammen. So als müssten sie das, was sie sich gegenseitig gesagt hatten, erst einmal verinnerlichen.

»Was, meint ihr, ist mit Mutter?«, fragte Clementia schließlich.

»Mutter ist tot.« Imaginas Worte klangen zögerlich. »Das sagte Vater jedenfalls.«

»Können wir ihm das glauben? Vielleicht hat er auch dabei gelogen. Mutter könnte ebenso noch am Leben sein wie wir. Und wenn es so ist, leidet sie in ihrer Ungewissheit sicher schreckliche Qualen.«

»Wir müssen zu ihr«, beschloss Eilika.

Imagina sah ihre beiden Schwestern nacheinander an. Beide strahlten plötzlich eine Stärke aus, die sie selbst noch nicht fühlte. »Wenn wir uns für Heilbronn entscheiden, entscheiden wir uns gleichzeitig gegen unsere Männer – vielleicht für immer.«

»Diese Entscheidung wurde uns abgenommen«, sprach Clementia, in deren Augen bereits Schmerz über die Trennung von Matteo zu erkennen war. »Nur wenn wir es wagen, für unsere Freiheit zu kämpfen, gibt es die Aussicht auf ein Leben mit allen, die wir lieben.«

Langsam nickte Imagina.

»Wir haben keine Wahl.«

TEIL IV

Heilbronn

Im Jahre des Herrn 1333

ERSTES KAPITEL

Ebo hatte viel Zeit bei Konrad Hainz verbracht, der beunruhigt gewesen war. Zum einen wegen des Befindens seiner Gemahlin, zum anderen wegen der wieder schlechter werdenden Stimmung des Kaisers. Als dieser seinen Finanzier zu sich rief, machte sich Ebo auf die Suche nach Beke. Seltsamerweise war sie nirgends aufzufinden. Sowenig er es sich auch vorstellen konnte, vielleicht befand sie sich noch immer hier bei Agnes Zoller.

Ebo klopfte an die Tür. Er wollte schon wieder gehen, da öffnete eine Dienerin doch noch.

»Was wünscht Ihr?«

»Ich bin Ebo Tucher. Ich komme, um zu erfragen, wie es deiner Herrin ergeht.«

»Sie ist noch immer aufgewühlt.«

»Ich würde gerne zu ihr gehen, wenn es nicht unpassend ist.«

»Wartet hier. Ich werde sie fragen.« Die Dienerin verschwand.

Ebo hörte Stimmen hinter der verschlossenen Tür, die wenig später wieder aufging.

»Sie ist bereit, Euch kurz zu empfangen. Kommt herein.«

Hinter der Dienerin trat er auf die großzügige Bettstatt zu. Agnes Zoller saß nahezu aufrecht – gestützt durch allerlei daunengefüllte Kissen und Pelze. Ihre Lippen waren blutleer, ihr Gesicht fahl. Nur anhand ihrer Augen konnte man ausmachen, dass sie wach war. »Habt Dank, dass Ihr mir die Gelegenheit gebt, mich persönlich nach Eurem Befinden zu erkundigen.«

Agnes Zoller wies mit der Hand auf einen Stuhl neben ihrem Bett.

Ebo folgte ihrem Angebot. Dabei sah er sich verstohlen in der Kammer um. Beke war nirgendwo zu sehen.

»Da Ihr Euch für mein Befinden interessiert, will ich Euch aufklären.« Der Klang ihrer Worte war streng. »Euer Weib hat mich heute regelrecht das Fürchten gelehrt. Auch wenn jeder um mich herum mir weiszumachen versucht, dass es bloß die Hitze war oder vielleicht der starke Wein – ich weiß es besser.«

»Aber könnte es nicht doch sein, dass …«

»Bitte«, sie fasste sich an die Schläfe. »Sprecht leiser.«

Ebo begann erneut: »Wenn Beke etwas mit Eurem Unbehagen zu tun hat, entschuldige ich mich dafür.«

»Das hat sie. Ich weiß, was ich gesehen habe. Sie erschien mir zuerst im Garten. Da wies ich sie bereits zurecht. Dann wieder an gleicher Stelle, in noch weit unpassenderer Erscheinung.«

Ebo versuchte für das, was sie sagte, eine Erklärung zu finden, doch es gelang ihm einfach nicht. »Aber als ich sie Euch auf Euer Geheiß hin brachte …«

Die Frau kniff kurz die Augen zusammen, als wären die Erinnerungen nicht zu ertragen. »Man könnte meinen, sie hätte sich in höchster Eile umgezogen. Aber das ist unmöglich.« Ihre Stimme wurde schriller. Sie schüttelte den Kopf. Ihr Blick bekam etwas Entrücktes. »Die Zeit war zu kurz. Sie … sie hätte schwitzen müssen bei dieser Eile. Ich sehe ihr Gesicht vor mir. Ihr Lächeln. Sie hat mich verhöhnt. Es kann nur eine Erklärung geben. Zauberei!«

Ebo schüttelte den Kopf. Er musste sie unbedingt davon abhalten, Derartiges über Beke zu verbreiten. »Nein, bitte. Ihr irrt Euch. Mein Weib ist gut und fromm. Nachdem man Euch fortbrachte, war sie in großer Sorge. Gleich darauf ist sie los, um nach Euch zu sehen.«

Agnes Zoller bedachte ihn mit einem Blick. Ihre Lippen wurden zu einem schmalen Strich. »Sie war nie hier.«

»Aber das kann nicht sein. Ich selbst habe sie in Eure Richtung gehen sehen.«

»Hella«, fragte Agnes Zoller nun. »Hast du Beke Tucher den Zugang zur Kammer verwehrt?«

»Nein, Herrin. Sie war nicht hier.«

»Ihr seht, Meister Ebo. Euer Weib ist vielleicht doch nicht so unbescholten, wie Ihr denkt. Ich will sie hier nicht mehr sehen. Habt Ihr verstanden?«

Er konnte nichts darauf sagen.

»Und jetzt lasst mich weiter ausruhen.«

Ebo deutete eine Verbeugung an. »Ich wünsche gute Genesung.« Er trat durch die Tür, die nur langsam hinter ihm zufiel. Bevor sie schloss, hörte er noch, wie Agnes Zoller sagte: »Schaff dieses Blütenkleid hier raus, Hella. Ich fühle mich nicht wohl damit in ein und derselben Kammer.«

Ebo ließ den Hof von Konrad Hainz tief beunruhigt hinter sich. Es passte nicht zu Beke, einfach zu verschwinden. Er fühlte geradezu, dass etwas nicht stimmte.

So schnell er konnte, ging er in die Tucherstraße, zu seinem Haus. Der Innenhof war leer. Ebo eilte durch seine Lager. »Beke! Beke!«, rief er immer wieder. »Bist du hier?« Geschwind erklomm er die Stiegen, sah nach in jeder Kammer und gelangte schließlich wieder auf den Innenhof. »Beke!«, rief er jetzt so laut, dass eine Schar Vögel aus dem Baum aufflatterte, unter dem sie so gerne saß. Er drehte sich um sich selbst. Dabei erfassten seine Augen den leeren Pferdestall. Ebo stürzte darauf zu. »Beke, nein. Wo bist du nur hin?«

Plötzlich packte ihn eine Hand bei der Schulter. Jäh wurde Ebo herumgedreht. Das Nächste, was er sah, war das Gesicht eines Mannes.

»Was fällt Euch ein! Nehmt Eure Hand gefälligst von mir«, stieß er wütend aus und schüttelte sie ab.

»Erkennt Ihr mich nicht? Ich war kürzlich hier und fragte nach Imagina.«

Ebos Zornesfalte wurde noch tiefer. Es konnte kein Zufall sein, dass dieser Mann ausgerechnet jetzt hier auftauchte. »Ihr! Was habt Ihr mit meinem Weib gemacht? Wo ist sie?« Grob packte er den Mann an seinem Mantel. »Redet schon.«

Der Fremde ging nicht auf Ebos Wut ein. Stattdessen riss er dessen Arme herunter und sagte: »Es bleibt keine Zeit für lange Erklärungen. Eure Gemahlin ist sehr wahrscheinlich auf dem Weg zu jenem Ort, an den sie meiner Weisung nach nie mehr zurückkehren sollte. Wenn ich recht habe, ist sie in großer Gefahr.«

»Warum sollte ich Euch trauen?«

»Ganz einfach«, gab der Mann von sich. »Ihr habt keine Wahl.«

Ebo sah zu dem Platz, wo am Morgen noch sein Pferd gestanden hatte. So wenig es ihm auch behagte: Der Mann hatte recht. Er *musste* ihm vertrauen. »Könnt Ihr mich zu ihr bringen?«

»Ich kann es versuchen. Tragt schnell zusammen, was Ihr für eine Reise braucht. Ich warte hier.«

Ebo hatte bald das Nötigste gepackt. Gemeinsam verließen sie seinen Hof. Sie hatten die Krümmung der Tucherstraße beinahe hinter sich gelassen, da sorgten laute Männerstimmen dafür, dass Ebo sich umdrehte. »Die Männer des Marschalls. Ich erkenne sie.«

»Lauft weiter. Sie gehen in Euer Haus.«

»Ich hoffe sehr, Euer Plan beinhaltet einen Pferdewagen.«

Lando strich sich das Haar aus der Stirn. Er war wieder im Garten des Nürnberger Hofs angekommen – zum dritten Mal. Der Duft des Thymians hüllte ihn ein. Das schwindende Sonnenlicht schien warm herab und tauchte alles in ein oranges Licht. Dennoch, trotz der behaglichen Umgebung fühlte er sich machtlos und verzweifelt.

Was war geschehen, seit Judith und er des Morgens Nürnberg erreicht hatten? Abermals schloss er die Augen und dachte angestrengt nach. Lando hatte beim Kaiser vorgesprochen und ihm ausführlich von seiner Armbrustkunst erzählt. Sogar dem Wunsch, das Geheimnis seiner Blüten wahren zu dürfen, hatte Ludwig IV. entsprochen. Alles war bestens gelaufen. Nun war Judith verschwunden.

Lando sah sich um. Es war leer geworden auf dem Hof. Ohne die Musik und die ausgelassenen Gespräche wirkten die zahlreichen Gebäude des Konrad Hainz mit einem Mal beunruhigend auf ihn.

Noch einmal ging er alles in Gedanken durch. Den Augenblick, in dem die vormals so festliche Stimmung umgeschlagen war. Das plötzliche Unbehagen der Agnes Zoller hatte große Verwirrung unter den Nürnbergern gestiftet und ihr Gerede über Blüten und Zauberei einige dazu veranlasst, den kaiserlichen Empfang vorzeitig zu verlassen.

Lando fühlte einen Schauer auf seinem Rücken. War Judith womöglich etwas zugestoßen? Einer letzten Eingebung folgend, hielt er auf das Nebengebäude zu, in dem sie beide untergebracht waren. In der Kammer angekommen, bemerkte er sofort das kaiserliche Pergament. Es lag ausgebreitet auf dem Tisch. Zum ersten Mal sah er die Blüten darauf mit anderen Augen. Die verzierten Kleider der Nürnberger Frauen kamen ihm in den Sinn. Was hatte es damit nur auf sich? Er rollte den Brief zusammen und steckte ihn in seine lederne Tasche. Dabei sah Lando aus der schmalen Fensterluke. Sein Blick fiel auf das Stallgebäude, von wo heraus ein Wiehern drang. Es veranlasste ihn, sich dorthin aufzumachen. Plötzlich verspürte er Angst davor, was ihn womöglich erwarten würde.

Den ersten Stallknecht, den er fand, sprach er an: »He du. Wo stehen meine Pferde? Ich bin der Armbruster aus Wimpfen.«

Der junge Kerl kam sichtlich ins Grübeln. »Das waren doch die zwei Braunen mit den vier weißen Beinen, oder?«

»Ja, richtig.«

»Ich sehe nach, Herr.«

Lando blieb außerhalb des Stalls stehen und lehnte sich mit dem Rücken gegen die Wand. Er besah den farbenfrohen Himmel. Gleich würde die Sonne verschwinden. Dann würde es dämmern. Was sollte er tun, wenn er Judith bis dahin nicht gefunden hatte? Ihm fiel nichts mehr ein.

»Armbruster Lando?«

Er fuhr herum. Vor ihm stand ein Mann des Kaisers. »Ja?«

»Kommt bitte mit mir. Der Herrscher des Reiches verlangt nach Euch.«

»Weshalb?« Lando stieß sich von der Wand ab.

»Für gewöhnlich weiht Seine Majestät mich nicht in Seine Gedanken ein.«

Lando verstand den Wink. »Natürlich nicht.« Er sah zurück zum Stall. Der Knecht war noch nicht wieder da. Er würde ihn später noch mal aufsuchen.

Die Männer waren schon ein paar Schritte gegangen, da hörte Lando ihn doch noch rufen.

»Herr! Herr, wartet.« Das Gesicht des Stallknechts war gerötet.

»Ich kann sie nicht finden.« Er fuhr sich durchs staubige Haar. Sein Blick war verzweifelt. »Es ist unerklärlich. Ich selbst habe ihnen noch Wasser gebracht, als die Mittagssonne heiß schien.«

»Ist schon gut«, sagte Lando, der tief in sich bereits geahnt hatte, dass die Pferde fort waren.

Landos Reaktion war scheinbar das Letzte, womit der Stallknecht gerechnet hatte. Seine Hand rutschte von seinem Kopf und baumelte neben seinem Oberkörper herab. Mit offenem Mund starrte er auf sein Gegenüber.

Lando jedoch drehte sich einfach um und folgte dem Mann des Kaisers. Vor der Kammer Ludwigs ließ dieser ihn leise wissen: »Seht Euch vor, Armbruster. Die jüngsten Ereignisse haben die Laune des Kaisers getrübt.«

»Ich danke Euch für diese Warnung.« Nachdem man ihn angekündigt hatte, betrat Lando die großzügige Kammer. Nur einen kurzen Moment besah er den Wittelsbacher. Breitbeinig saß dieser auf seinem Armlehnstuhl. Sein Gemütszustand war sichtlich kritisch. Selbst die anwesenden Männer hinter ihm wirkten betreten. Lando trat so nah, wie er musste, und blieb so weit weg, wie er konnte. Den Kniefall ließ er mit Absicht besonders tief ausfallen. »Ihr habt nach mir verlangt, mein Kaiser?«

Ludwig IV. antwortete nicht.

Lando verharrte auf seinem Knie, ohne den Kopf zu heben.

»Steht auf«, ertönte es streng.

Lando folgte dem Befehl. Daraufhin geschah wieder ein paar Atemzüge lang nichts. Er sah, wie Ludwig IV. ein paar Krümel von seiner Kleidung schnipste.

»Wir gehen davon aus, dass Ihr hörtet, was sich zugetragen hat.«

»Wenn Ihr Agnes Zoller meint …«

Ludwigs Hand schlug auf die Lehne. »Wir sind nicht erfreut darüber. Ganz und gar nicht!« Seine Worte dröhnten durch die Kammer. Die Männer hinter dem Kaiser zuckten sichtbar zusammen.

Lando wusste nicht, wie er sich am besten verhalten sollte. Er entschied sich zu schweigen, bis er eine Frage gestellt bekam. Es sollte nicht lange dauern.

Ludwig IV. legte den Kopf schief. Die eben noch laute Stimme war nun bedrohlich ruhig. »Sagt Uns: Wie erklärt Ihr Euch die Gleichheit der Blüten auf den Kleidern der Frauen und Eurer Armbrust?«

»Majestät«, begann Lando. »Mehr als alles andere wünschte ich in diesem Augenblick, Euch eine befriedigende Antwort geben zu können. Doch auch mir warf sich beim Anblick der Kleider dieselbe Frage auf.«

»Ihr könnt Uns also nicht sagen, wie es sein mag, dass Eure

Armbrust ebensolche Verzierungen trägt …«, seine Stimme schwoll erneute an, »… wie die verdammten Tuche der Frauen dieser Stadt?«

»Nein, mein Kaiser. So wahr mir Gott helfe, ich weiß es nicht.«

Ludwig IV. erhob sich, blieb aber vor seinem Stuhl stehen. »Noch mal: Ihr habt also nichts zu schaffen mit dem Tucher namens Ebo, dessen Waren wie durch Zauberei Eurer Armbrust ähneln?«

Lando hätte seine zweite Verneinung am liebsten nicht ausgesprochen – aus Furcht vor dem Zorn des Kaisers. Doch er musste es tun. »Nein, Majestät.«

Das Gesicht von Ludwig IV. wurde bedenklich rot. Ein erneuter Wutausbruch stand kurz bevor.

»Zwar kann ich nicht erklären, weshalb meine Hölzer und die Tuche von Meister Ebo sich ähneln, aber …«, Lando holte schnell das kaiserliche Pergament hervor und entrollte es, »… wie es scheint, gibt es am Hof noch jemanden, der jene Blüten kopieren kann.«

Ludwig IV. erstarrte. Seine Augen erfassten zuerst sein Siegel, dann hefteten sie sich auf den unteren Rand des Pergaments.

Lando sah, wie die Haut des Herrschers sich wieder aufhellte. Der Kaiser kam näher, die Lider halb geschlossen und die Augen verengt.

»Was müssen Wir da sehen? Blüten? Auf einem Unserer Briefe?« Er drehte sich um zu den Männern hinter seinem Armlehnstuhl. »Welcher Unserer Mundatoren hat das verfasst?«

Ein großer blonder Mann trat vor. »Ich habe diesen Brief geschrieben, Majestät.«

Der Kaiser nahm das Pergament an sich und ging auf den Mann zu. »Ihr, Matteo?«

»Ja, mein Kaiser.«

»Klärt Uns auf. Was haben diese Blüten auf Unserem Brief zu suchen? Und wie sind sie dort hingekommen?«

Lando sah dem Schreiber an, dass auch er seine Antwort am liebsten verschwiegen hätte.

»Ich wünschte, ich könnte es erklären, Majestät. Sie müssen nachträglich hinzugefügt worden sein – nachdem ich Euch das Pergament zum Unterzeichnen brachte. Von wem, weiß ich nicht.« Er senkte den Kopf. »Verzeiht mir diese missfällige Antwort.«

Die Röte kehrte zurück ins Gesicht Ludwigs IV. Er knüllte das Pergament zusammen und warf es zu Boden. »Sind Wir denn nur umgeben von Dummköpfen? Es muss doch möglich sein, dass Uns irgendjemand etwas über diese Blüten sagen kann, derentwegen Agnes Zoller in Verwirrung weilt.« Er hielt jetzt auf Johann von Chiaramonte zu. »Marschall, ist Ebo Tucher gefunden worden?«

»Nein, mein Kaiser. Noch nicht. Meine Männer suchen bereits in ganz Nürnberg nach ihm, nachdem sie sein Haus verlassen vorgefunden haben.«

»Sucht weiter!«

»Sehr wohl.« Der Marschall verließ eilends die Kammer.

Jetzt kam Ludwig IV. auf Lando zu. Er trat so nahe, dass der Armbruster die Hitze spürte, die vom kaiserlichen Körper ausging.

»Auch wenn Wir dafür bekannt sind, Unser Wort zu halten: Wir nehmen jetzt zurück, was Wir Euch des Morgens gewährt haben.«

Lando wusste sofort, was der Kaiser meinte – noch bevor er es aussprach. Ebenso wusste er, dass er ihm die Wahrheit nicht sagen konnte. In diesem Augenblick schien der Kaiser zu allem bereit. Er war voller Zorn, und dem konnte er Judith einfach nicht aussetzen.

»Sagt Uns, woher die Blüten auf dem Schaft Eurer Armbrust stammen. Wir fordern es jetzt zu wissen.«

»Mein Kaiser«, begann Lando. »Auch wenn ich weiß, dass ich Euch zu unbedingtem Gehorsam verpflichtet bin, kann ich es Euch nicht sagen. Ich gab mein Wort. Und dazu stehe ich.«

Ludwig IV. sah sein Gegenüber an. Auge in Auge, das Gesicht verkniffen. »Dann werden Wir Euch Gelegenheit geben, darüber nachzudenken, wem Ihr eher verpflichtet seid.« Er drehte sich um und setzte sich wieder auf den Stuhl. »Sperrt diesen Mann ein.«

ZWEITES KAPITEL

»Wo finde ich deinen Herrn?«, forderte Eberhard vom Wachmann zu erfahren, der am Tor der Vorburg stand.

»Er ist in den Stallungen, Komtur. Gleich dort drüben.«

Eberhard hielt darauf zu. Er hörte ein Brüllen. Noch bevor er das Gebäude betrat, kam Ritter Hartmann herausgestürmt. Die Hand auf seinen Schwertknauf gelegt, blickte er finster drein. Hinter ihm erschien ein Stallknecht, dessen Auge bereits zugeschwollen war.

»Ritter, seid gegrüßt. Ihr seht wenig erfreut aus, wenn ich das sagen darf.«

»… was mit Sicherheit nichts mit Eurem Kommen zu tun hat, Komtur. Im Gegenteil, es erheitert mich in einer düsteren Stunde.«

Der Stallknecht hielt sich das Gesicht und huschte davon.

Eberhard sah ihm nach. »Was ist geschehen?«

»Ein edles Hengstfohlen ist diese Nacht verendet.«

»Das ist in der Tat ein herber Verlust.«

»Umso mehr hoffe ich, Ihr kommt mit guter Kunde. Lasst uns hineingehen.«

Eberhard folgte dem Ritter auf die Hauptburg in den Palas, wo eine Magd ihnen etwas zu trinken brachte. Dann begann er zu erzählen. »Seit unserem geheimen Treffen in Esslingen ist einiges vorgefallen. Ich begegnete neuen Hinweisen.«

»Welcher Art waren diese Hinweise?« Hartmann beugte sich neugierig vor.

»Der erste war ein weiteres Stück Holz mit Blüten darauf,

deren Gleichheit jeden Zweifel ausschloss. Es lag vor dem Lettner der Kirche St. Dionys.«

Der Ritter legte die Stirn in Falten. »Was hat sich daraus ergeben?«

»Bedauerlicherweise nichts. Ich suchte die gesamte Stadt ab. Jedes Gotteshaus, jede Kapelle. Danach jeden verdammten Balken im Fachwerk Esslingens. Ohne Erfolg.«

Der Ritter schien enttäuscht. »Also kommt Ihr, um zu berichten, dass Ihr gescheitert seid.« Es war eher eine Feststellung denn eine Frage.

»Hört weiter zu«, forderte der Komtur beinahe schon streng. »Esslingen wahrte sein Geheimnis – das ist richtig. Doch ich erfuhr dafür etwas, das vielleicht noch nicht bis in diesen Teil des Reiches vorgedrungen ist.«

Jetzt hatte er die Aufmerksamkeit Hartmanns zurück.

»Im Gefolge des Kaisers ist eine verzierte Armbrust in Erscheinung getreten. Der Schaft der Waffe trug die gesuchten Blüten.«

Durch Ritter Hartmann ging ein Ruck. »Was sagt Ihr da?« Er hieb mit der flachen Hand auf den Tisch. »Sie sind also noch am Leben.«

Eberhard nickte. »Es sieht ganz so aus.«

Der Blick des Ritters bekam etwas Gieriges. »Was habt Ihr dann getan?«

»Ich bin nach Wimpfen geritten, wo der Armbruster jener Waffe seine Werkstatt hat. Der Mann war nicht dort, doch ich habe das hier gefunden.« Eberhard legte den unfertigen Schaft mit dem Spalt auf den Tisch.

Die Augen des Ritters betrachteten die Schnitzerei mit einer gewissen Ehrfurcht. Obwohl es das Werk einer Laemmlin war, konnte er scheinbar nicht umhin, Bewunderung für die filigrane Arbeit zu empfinden.

Eberhard ließ ihn den Schaft eine Weile lang ansehen. Dann sagte er: »Ihr haltet den gewünschten Beweis in den Händen.

Ich habe meinen Teil der Abmachung also eingehalten.« Bedächtig lehnte er sich zurück und machte eine auffordernde Geste. »Jetzt ist es an Euch, zu Eurem Wort zu stehen.«

»Natürlich.« Auch der Ritter lehnte seinen Rücken an und trank noch einen Schluck Wein. »Ich versprach, Euch zur Rache an Bruder Luppolt zu verhelfen, und das werde ich tun.«

Eberhards Herz begann schneller zu schlagen. Schon oft hatte er sich ausgemalt, was der Ritter wohl gegen den Franziskaner in der Hand hatte, den er so sehr verachtete. Er hoffte, dass all seine Mühen in Esslingen nun belohnt würden.

»Der Bußprediger Alardus …«

»Ja?«

»Er hatte einen Begleiter.«

Der Komtur nickte. »Wie man auf dem Hoftag erfuhr. Ein Mönch aus Halberstadt …«

»So ist es«, sagte der Ritter mit einem listigen Ausdruck im Gesicht.

Eberhards Mund klappte plötzlich auf, da eine Ahnung ihn beschlich.

»Dieser Begleiter war Bruder Luppolt.«

Regungslos starrte er auf den Ritter – ohne dass er sich seines dümmlichen Ausdrucks bewusst war. Seine Gedanken verselbstständigten sich. Alles passte hervorragend zusammen. Wieso war ihm das nicht vorher aufgefallen? »Natürlich!«, stieß er aus und gab sich danach selbst die Erklärung. »Sein plötzliches Auftauchen in Heilbronn, kurz nach dem Jahrmarkt, auf dem der Bußprediger gesprochen hatte. Dann sein verstohlenes Verhalten. Er hielt sich immerzu im Kloster oder im Leprosorium auf.« Erst nach und nach wurde Eberhard so richtig bewusst, was für eine mächtige Waffe er jetzt gegen den Prokurator in der Hand hielt. Das Zusammentreffen im Rathaus kam ihm in den Sinn. Er hörte Bruder Luppolts Worte wieder in seinem Ohr, nachdem Ludwig IV. ihn gefragt hatte, ob er den Bußprediger kenne. *Er ist mir gänzlich unbekannt, mein Herr und Kaiser.* Eberhard wusste, dass dies den Tod seines Feindes bedeutete. Den Kaiser belogen zu haben, war Bruder Luppolts größter Fehler gewesen – und Eberhards Glück. Dennoch, bevor er dieses Wissen anwenden konnte, musste er sichergehen. An Hartmann gewandt, fragte er: »Sagt mir, woher Ihr diese Kenntnis habt. Warum wisst Ihr von den Blüten und von dem Geheimnis des Prokurators?«

Der Ritter stand auf. So selbstverständlich, als wäre das sowieso sein Plan gewesen, sagte er: »Folgt mir.«

Der Komtur stieg hinter Hartmann den Turm der Burg hinauf. Oben angekommen, stieß der Ritter die Tür zu einer Kammer auf. Eberhards Augen mussten sich erst an die Dunkelheit gewöhnen. Dann sah er – im Schein einer einzigen Kerze – die Gestalt eines Mannes an einem Tisch sitzen, der sich zu ihnen umdrehte. »Heilige Mutter Gottes. Der Bußprediger.«

»Ganz recht. Nun wisst Ihr, woher ich meine Kenntnis habe.«

»Wie kann es sein, dass er sich hier befindet?«

Diesmal antwortete Alardus anstelle des Ritters. »Wir lernten uns bereits Tage vor dem Jahrmarkt kennen. Als ich in Nöte geriet, gewährte Ritter Hartmann mir Obdach.«

»Augenblick«, Eberhard hob die Hand. Seine Stimme wurde von einem spöttischen Lachen begleitet. »Alle Heilbronner haben nach Euch gesucht, und Ihr wart die ganze Zeit hier oben auf der Burg?«

Der Geistliche nickte.

»In wenigen Tagen jedoch wird das Versteckspiel nicht mehr nötig sein«, warf Hartmann ein. »Dank Eurer Hilfe.«

»Warum das? Was habt Ihr vor?«, fragte der Komtur.

»Bei allem Respekt: Ich muss Euch die Antwort Eurer Frage verwehren. Unsere Pläne haben nun nichts mehr miteinander gemein. Wir beide wollen Rache – dazu haben wir einander verholfen. Von nun an sollte jeder seiner eigenen Wege gehen.«

»Das sehe ich ein«, sagte Eberhard fügsam. »Ich habe meinen Beweis für die Richtigkeit Eurer Behauptungen, und Ihr habt Euren für die Existenz der Laemmlin-Schwestern.«

»Ich wünsche Euch Glück bei Eurem Vorhaben.«

»Habt Dank. Ich wünsche Euch das Gleiche. Gehabt Euch wohl.«

»Möge Gott Euch schützen«, fügte Alardus hinzu.

»Wir müssen uns unterhalten«, sagte der Ritter mit einem zufriedenen Grinsen im Gesicht.

Alardus bekam ein seltsames Gefühl. »Worüber es Euch beliebt.«

Hartmann begann in der Turmkammer umherzugehen. »Damals, als ganz Heilbronn Euch nach dem Leben trachtete, fandet Ihr hier Obhut.«

»Es vergeht kein Tag, an dem ich Euch und dem Herrn dafür nicht dankbar wäre.«

»Ich nahm Euch auf, da ich es als meine Christenpflicht ansah, einem Mann Gottes Schutz zu gewähren.«

»Und Ihr tatet gut daran. Alle im Diesseits angesammelten guten Werke werden sich im Jenseits für Euch bezahlt machen – mehr noch als alle Reichtümer.«

»Ist das so?«

»So steht es im Matthäusevangelium. ›Sammelt Euch nicht Schätze hier auf der Erde, wo Motte und Wurm sie zerstören und wo Diebe einbrechen und sie stehlen, sondern sammelt euch Schätze im Himmel.‹«

Hartmann schlug ein Kreuz. »Weise gesprochen, Priester. Und es entspricht meinen Gedanken. Jedermann sollte gute Werke tun für die Zeit im Himmelreich. Auch Männer Gottes, nicht wahr?«

»Was genau habt Ihr im Sinn?«, fragte Alardus zögerlich.

»Gerechtigkeit.«

»Für wen?«

»Für den Mann, dem Ihr etwas schuldig seid.«

Alardus schwieg.

»Ich sage Euch jetzt, was Ihr für mich tun könnt. Sehr bald schon. Hört mir also genau zu …«

»Lasst mich vor zu meiner Schwester.«

»Sie ist meine Magd. Ich bestimme über ihr Tun, Komtur.« Luitgardis Laemmlin blickte ihn boshaft an.

»Wollt Ihr mir etwa verwehren, mit ihr zu sprechen?«

»Wollt Ihr Euch etwa über den Beschluss des Kaisers hinwegsetzen?«, stellte sie die Gegenfrage.

Eberhard atmete tief durch, um nicht die Geduld zu verlieren. Es wäre unklug zu sagen, was ihm eigentlich auf der Zunge lag.

»Meine Magd ist zurzeit sehr beschäftigt. Und zwar mit den niedersten Aufgaben, die ich im Hause so finde.«

Eberhard verstand, dass sie ihn reizen wollte. Es war allzu deutlich. Diese Mutter, die all ihrer Kinder beraubt worden war, hatte nichts mehr zu verlieren. Sie erschien ihm furchtlos, weshalb er – entgegen seiner Empfindung – sein Vorgehen änderte.

»Dann bitte ich Euch, Luitgardis Laemmlin. Seid so gütig, mich kurz mit meiner Schwester allein zu lassen.«

Er spürte, dass sie ihm lieber ins Gesicht gespuckt hätte, als ihm seine Bitte zu gewähren. Doch scheinbar war noch ein Funken ihres früheren Wesens in ihr vorhanden.

Luitgardis Laemmlin drehte sich um und rief ins Haus: »Katharina!«

Wenig später erschien sie hinter ihr. »Ja?«

»Ich erlaube dir, mit dem Komtur zu sprechen. Doch nur, bis die Glocken zur Terz läuten. Bist du zu spät, werde ich dich strafen.«

Katharina senkte den Blick. »Ich werde gleich kommen, wenn die Glocken läuten.«

»Dann geh.«

Eberhard sah, wie gebeugt seine Schwester sich an ihrer neuen Herrin vorbeidrückte, als wäre sie tatsächlich niederen Standes. Zudem war sie deutlich erschlankt, was mit Sicherheit der harten Arbeit geschuldet war. Langsam lief sie neben ihm die Kirchbrunnenstraße entlang.

»Warum bist du hier?«, fragte Katharina ihren Bruder, den sie nicht mehr gesehen hatte, seit sie Luitgardis und Volmar als Magd diente.

»Ich bringe gute Nachrichten.«

»Was kann es für mich dieser Tage schon Gutes geben?«

»Du wirst alsbald das Haus der Laemmlins verlassen können.«

»Tatsächlich?« Ihre Stimme klang überrascht. »Hat der Kaiser seine Worte etwa zurückgenommen?«

»Nein, das nicht.«

Katharina blieb ruckartig stehen. »Du hast einen Hinweis auf die Laemmlin-Schwestern erhalten!«

»Ganz richtig. Das und noch etwas Wertvolleres.«

Katharina schien Letzteres gar nicht zu hören. Ihre Augen waren weit aufgerissen. »Welche? Imagina oder Clementia? Hast du sie etwa selbst gesehen?«

»Nein, habe ich nicht«, antwortete er und beschwichtigte sie mit einer Geste. Doch seine Schwester bestürmte ihn weiter.

»Bitte, Bruder. Sag mir, was du herausgefunden hast. Sind sie wohlauf?«

»Weshalb schert dich deren Befinden?«, fragte Eberhard abfällig. Es verwirrte ihn, dass sie sich nicht über das Offensichtliche zu freuen schien. »Hör mir zu. Deine Demütigungen werden wahrscheinlich bald zu einem Ende kommen. Und die Gefahr, ein Leben im Kloster zu führen, ist womöglich gebannt.«

»Das ist gut«, antwortete sie in einem Ton, der ihm deutlich machte, dass sie bloß seine Erwartungen erfüllen wollte.

Eberhard fragte sich, was nur mit ihr los war. Sie schien einfach nicht zu begreifen. »Katharina …«

Plötzlich umklammerte sie seinen Unterarm und begann ihn zu bedrängen. »Sie leben. Ist es nicht so? Warum sonst sollte man mir gestatten, das Laemmlin-Haus zu verlassen? Ich muss es wissen, Bruder. Bitte, sag mir, was du weißt.«

»Nein«, bestimmte Eberhard jetzt streng und schüttelte ihre Hand ab. Er war erbost darüber, dass sie sich nicht so betrug, wie er es sich ausgemalt hatte. »Was ist denn nur in dich gefahren?«

Katharina trat einen Schritt zurück und schlug die Augen nieder. »Es tut mir leid.«

»Noch ist nicht die richtige Zeit, um über Einzelheiten zu sprechen. In Kürze werde ich mehr wissen. Und bis dahin solltest du dir vielleicht noch mal bewusst machen, was am Wasser geschehen ist. Du hast eine Verpflichtung gegenüber denjenigen, die der Schadenzauber getroffen hat. Ebenso hast du eine Verpflichtung gegenüber Götz Laemmlin.«

Katharina versetzte der Name sichtbar einen Stich.

In diesem Augenblick schlugen die Glocken zur Terz.

»Ich muss wieder gehen.«

»Verhalte dich die nächsten Tage so, wie man es von dir verlangt. Luitgardis Laemmlin soll keinen Anstoß an dir nehmen können, bis ich alles in die Wege geleitet habe. Es ist wichtig, damit mein Vorhaben gelingt.«

»Natürlich.« Nach wenigen Schritten drehte sie sich noch einmal um. »Was hast du gemeint, als du sagtest, du hast noch etwas Wertvolleres gefunden als einen Hinweis auf die Drillinge?«

Eigentlich hatte Eberhard vorgehabt, ihr ausführlich von seiner geplanten Rache an Bruder Luppolt zu erzählen, doch die gute Laune war ihm vergangen. »Ein andermal, Katharina. Nur so viel: Der Prokurator der Franziskaner wird sich bald wünschen, er hätte sich mir nicht zum Feind gemacht.«

Katharina betrat das Haus und stieß sogleich auf Luitgardis. Die Richtersfrau blickte derart streng, dass Katharina sich unweigerlich fragte, ob sie etwas falsch gemacht hatte.

»Du wirst jetzt nach oben gehen. In die Kammer der Drillinge.«

Verwundert fragte sie: »Was ist meine Aufgabe?« Die Tür war stets verschlossen. Selbst Luitgardis schien die Kammer zu meiden.

»Ich verlange, dass du die Kleider der Drillinge ausbürstest. Hole alles aus den Truhen und reinige sie, bevor sich irgendein Getier am Tuch der Kleider zu schaffen macht.«

Katharina war froh, dass Luitgardis sie heute mal nicht dazu zwang, das immer gleiche Wams zu waschen. Es hing bereits in Fetzen. Trotzdem musste sie es wieder und wieder kochen, schrubben und trocknen. Fortwährend behauptete Luitgardis, noch Flecken zu sehen. Natürlich war ihr klar, dass sie sie bloß quälen wollte.

»Worauf wartest du noch?« Wie immer starrte sie Katharina mit unverhohlener Verachtung an. Etwas, das sie immer schwerer ertrug. »Ich würde es ja selbst tun, aber ich kann es nicht.«

Luitgardis wandte sich brüsk ab, doch Katharina sah ihre aufsteigenden Tränen dennoch. Langsam erklomm sie die Stiegen. Es fiel ihr deutlich leichter, seit sie an Körperfülle verloren hatte. Die schwere Arbeit und das wenige Essen ließen ihr Kleid mittlerweile an ihr schlackern. Katharina hatte jeden Grund, Luitgardis für das boshafte Verhalten ihr gegenüber geringzuschätzen. Dennoch schaffte sie es nicht. Nicht mehr! Die Erkenntnis, dass die Richtersfrau sie zu Recht hasste, war schleichend gekommen. Es musste deren fortwährende Traurigkeit sein, die Katharina hatte umdenken und über ihre Tat nachsinnen lassen. Heute fühlte sie eine große Schuld. Wenn Götz hätte sehen können, was sie seiner Schwester angetan hatte … Er würde sie verachten!

Katharina verdrängte die schmerzhafte Erinnerung an den Mann, den sie geliebt hatte, und öffnete die Tür. Es war dunkel hier. Die hölzernen Läden vor den Fenstern ließen bloß einen langen hellen Lichtspalt herein. Der Staub, den sie mit der Tür aufgewirbelt hatte, tanzte darin. Katharina öffnete die Läden. Die muffige Luft sollte entweichen. Jetzt blickte sie sich um. Viele Erinnerungen hafteten an dieser Kammer. Sie sah sich als Kind auf dem Boden sitzen – gemeinsam mit Eilika, Imagina und Clementia. Oft hatten sie mit Holzfiguren gespielt, die Götz ihnen unermüdlich geschnitzt hatte.

Um sich auch diesem Gedanken zu entziehen, ging sie entschlossen auf die erste Truhe zu. Der rote Handabdruck eines Kindes war darauf zu sehen. Katharina legte ihre Hand darauf. Sie überragte den Abdruck an allen Enden. Schon wieder überkamen sie Erinnerungen. Eilika war ungefähr zehn gewesen, als sie ihre Truhe so markiert hatte. Luitgardis war hinterher furchtbar wütend gewesen, da der Boden und die Bettstatt große rote Flecken gehabt hatten.

Katharina schüttelte ärgerlich den Kopf. Sie ermahnte sich, lieber mit der Arbeit zu beginnen. Mit beiden Händen öffnete sie den schweren Deckel und zog das oberste Kleid heraus. Es war eines, das Eilika vor vielen Jahren gepasst hatte und nun längst zu klein sein musste. Ihre Augen hafteten auf zwei violetten Flecken nahe der Stelle, wo das Herz lag. Bilder stiegen in ihr auf. Katharina hörte wieder Eilikas Lachen. So wie damals, als sie gemeinsam die Kirschen aus einem Garten in der Schäfergasse geklaut hatten. Eilika hatte sich gerade eine Handvoll Früchte in den Mund gesteckt, als man sie entdeckt hatte. Vor Schreck war ihr der rote Saft aus dem Mundwinkel getropft. Katharina hob die Hand an ihre Wange. Sie spürte förmlich noch den Schmerz der Ohrfeige, die Götz ihnen allen vieren zur Strafe verpasst hatte. Trotzdem hatte er nichts zu Volmar und Luitgardis gesagt. Vielleicht, dachte Katharina bei sich, war dies der Tag gewesen, an dem sie sich in Götz verliebt hatte. Jedenfalls war dieses Gefühl ihm gegenüber so alt, dass der Ursprung weit zurückliegen musste.

Noch immer hielt sie das Kleid mit den Kirschflecken in beiden Händen. Jetzt presste sie es gegen ihr Herz. Sie konnte die Tränen nicht mehr aufhalten, sosehr sie sich auch dagegen wehrte. Hatte sie nicht jedes Recht darauf verwirkt zu weinen? Weinte sie um Götz? Oder weinte sie etwa um Eilika, die doch eigentlich ihre Freundin gewesen war? Wie hatte sie das je vergessen können?

DRITTES KAPITEL

Luitgardis hielt die Fensterläden der Wohnstube an diesem Tag geschlossen. Sie wollte nichts sehen und nichts hören von der Ausgelassenheit der Menschen, die die nächsten drei Wochen Heilbronn verstopfen würden. Für die Händler bedeutete der Jahrmarkt ein ertragreiches Geschäft. Für die Bürger der Stadt bot er Abwechslung und Unterhaltung. Für Luitgardis allerdings war er wie die Vorstufe zur Hölle. Sie wusste, nun waren es nur noch Tage, bis der Kaiser verkünden würde, dass ein Erscheinen ihrer Töchter nicht mehr zu erwarten war.

Luitgardis legte sich die Haube der Frau aus dem Leprosorium an die Wange und schloss die Augen. Der bloße Gedanke, dass die Fäden dieser Blüten einst von Imagina durch das Tuch gezogen worden waren, hielt die Erinnerung an ihre Tochter lebendig. Und das, obwohl Luitgardis kaum mehr Hoffnung hatte, sie oder ihre Schwestern jemals wiederzusehen. Bruder Luppolt war nicht aus Nürnberg zurückgekehrt. Es hatte keine Nachricht von ihm gegeben. Mit jedem Tag, der verstrich, schwand Luitgardis' Zuversicht mehr.

Die Haube war bald durchtränkt von Tränen. Luitgardis küsste sie schließlich und stand auf. Sie würde nun ihr Vorhaben, das sie sich in durchwachten Nächten erdacht hatte, in die Tat umsetzen.

Ihr Ziel war die Feuerstelle, worin alte verkohlte Hölzer lagen. Obwohl seit Wochen kein Feuer mehr darin entzündet worden war, da die Sonne warm genug schien, hatte sie Katharina verboten, hier zu reinigen. Für Luitgardis waren die Hinterlassenschaften heilig. Ein jedes Stück konnte schließlich ein verbranntes Blütenholz von Eilika sein. Luitgardis nahm eines von ihnen an sich. Dann legte sie es zusammen mit der Haube in ein Stück Pergament. Vorsichtig, da es vom vielen Abschaben schon ganz dünn geworden war, faltete sie alles zu einem Bündel und versteckte es in ihren Rockfalten. Dann verließ sie die Stube.

Als sie sich dem ehelichen Schlafgemach näherte, hörte sie Volmar fröhlich vor sich hin pfeifen. Mit einem Blick, der wohl all ihre Verachtung für sein Verhalten zum Ausdruck brachte, trat sie ein.

Volmar verstummte und hörte kurz auf, die Nesteln seiner Bruche zu schnüren. »Du hast mich erschreckt.« Als er keine Antwort bekam, sagte er: »Hilf mir lieber, als dort herumzustehen.«

Luitgardis trat widerwillig zu ihm. Sie sah ihm in die Augen, dann ging sie langsam in die Knie, um sich der Knoten anzunehmen. »Du wirkst auffällig heiter«, bemerkte sie vorwurfsvoll.

Er schien genau zu wissen, wovon sie sprach. »Ich sagte es dir schon einmal: Finde dich mit deinem Schicksal ab. Niemand kann ändern, was geschehen ist.«

»Du meinst wohl eher, niemand *soll* ändern, was geschehen ist.«

»Hüte deine Zunge, Weib. Mir ist nicht nach deinen Spitzfindigkeiten.«

Luitgardis schwieg – so lange, bis Volmar durch ihre Hilfe gänzlich angekleidet war. Sie sah, dass er im Begriff war, zum Rathaus zu gehen. Der richtige Zeitpunkt, um ihm ihre Gedanken mitzuteilen. »Wenn der Jahrmarkt vorbei ist, wünsche ich mir den Eintritt in das Klarakloster.«

Volmar drehte sich ruckartig um. »Was redest du da?«

»Ich möchte den Rest meines Lebens Gott widmen und für das Seelenheil unserer Kinder beten. Für dich wird kein Nachteil entstehen. Meinen Eintritt werde ich meinem Wittum und meiner Brautgabe entnehmen. Für weitere Kinder bin ich sehr wahrscheinlich sowieso schon zu alt.«

»Du bist von Sinnen, Weib.«

»Nein. Meine Gedanken sind klar, und mein Entschluss steht fest.«

Volmar trat näher an sie heran. Er sah auf Luitgardis herab. Seine Stimme klang verächtlich. »Wenn du meinst, ich lasse zu, dass du mich zum Gespött der Leute machst, irrst du dich. Weder nach dem Jahrmarkt noch sonst irgendwann wirst du ins Kloster eintreten. Ich verbiete es dir.«

»Du kannst mich nicht davon abhalten, Volmar. Ich werde gehen!« Luitgardis war in sich ruhig. Seltsamerweise erreichte seine Wut sie nicht.

Volmars Lider zuckten. An der Art, wie er atmete, war zu erkennen, dass sein Zorn beständig wuchs. »Dann wünsche ich dir viel Erfolg bei deinem Vorhaben. Ich denke nämlich nicht, dass die Klarissinnen dich in ihre Mitte nehmen werden. Du bist in ihren Augen ebenso des Teufels wie unsere toten Töchter, die der Neckar jüngst freigegeben hat.«

Luitgardis stöhnte auf. Schwankend ging sie zwei Schritte zurück, so als könnte sie mit dem Abstand zu Volmar auch Abstand zu jener furchtbaren Nachricht nehmen. »Nein. Sag, dass das nicht wahr ist.«

»Man hat sie gefunden, Weib. Ihre aufgeschwemmten Leichen werden sicher noch heute irgendwo verscharrt. Ohne Gebet. Ohne Priester. Weit weg von jeder geweihten Erde.«

Luitgardis fühlte ihr Herz sich verkrampfen. Sein hasserfüllter Blick zwang sie fast in die Knie. Dann rauschte Volmar an ihr vorbei. Sie hörte, wie die Tür knallte. Benommen blieb sie zurück. Ein schriller Ton war plötzlich in ihrem Kopf. Luitgardis kniff die Augen zu und stützte sich an der Wand ab.

Als der Ton endlich vergangen war, fühlte sich ihr Körper taub an. Langsam schritt sie die Stufen hinab und ging in die

Küche, wo Katharina gerade dabei war, Fisch auszunehmen. Der Gestank schlug Luitgardis entgegen, doch sie nahm ihn kaum wahr. »Mach ein Feuer«, verlangte sie und setzte sich auf eine Bank.

Besorgt sah Katharina sie an. »Ist Euch nicht wohl?«

»Gehorche«, stieß Luitgardis tonlos aus.

Sofort wischte die Komturs-Schwester sich die Finger ab und entzündete daraufhin eine Glut. Als die Flammen züngelten, fragte sie: »Soll ich sonst noch was für Euch tun?«

»Ja«, sprach sie matt. »Geh.«

»Aber die Fische …«

Luitgardis sah sie nicht an, sondern starrte in die Flammen. »Du hast mich falsch verstanden. Verlasse mein Haus und komm nicht wieder. Du bist frei.«

Katharina zögerte. »Was? Aber der Beschluss des Kaisers?«

»Du hast dein Soll erfüllt.« Jetzt sah sie ihr doch ins Gesicht. Sie schwor sich, es sollte das letzte Mal sein. »Dein Schicksal ist sowieso entschieden. Es kommt nicht darauf an, ob du einen Tag länger oder kürzer hier bist. Gott wird über dich richten – so oder so. Und jetzt geh mir aus den Augen. Ich will allein sein.«

»Wie … Ihr wünscht.«

Luitgardis hörte Katharinas Schritte immer leiser werden. Dann vernahm sie die Tür. Endlich war keiner mehr um sie. Ihre Finger griffen nach dem Bündel Pergament. Sie legte es sich in ihren Schoß und ließ es nicht aus den Augen. Ihr Herz fühlte sich an wie ein kalter Stein. Dieser Augenblick war anders, als sie es sich ausgemalt hatte. Es hatte eine Art Gedenken an Eilika, Clementia und Imagina sein sollen, bevor sie ins Kloster ging. Vielleicht auch ein Beschwören aller Heiligen, damit ihre Töchter eines Tages zu ihr zurückkämen. In jedem Fall aber sollte es ein klares Ende ihrer Zeit in diesem Haus sein, damit es für sie wieder einen Anfang geben konnte – im Kloster.

Jetzt jedoch hatte sich alles verändert. Sie waren tot! Jeder Funken Hoffnung war verglommen. Luitgardis bettete das Bündel auf ihren Handflächen. Eine Weile lang hielt sie es fest, während der Geruch des Feuers nach und nach den Gestank der Fische überdeckte. Sie hörte das Knacken des trockenen Holzes. Sah das Züngeln und Zucken der Flammen. Vor ihren Augen erschienen willkürlich Bilder ihrer Töchter. Sie waren nicht einmal vier Jahre alt. Es war ein Abend im Sommer, und es gewitterte stark. Luitgardis erinnerte sich, wie Imagina vor Angst geweint hatte und wie sie daraufhin von ihren Schwestern in die schützende Mitte genommen worden war. Unter dem Tisch hatten die drei sich versteckt. Die kurzen Ärmchen umeinandergeschlungen, sangen sie der ängstlichen Schwester zum Trost ein Lied. Luitgardis hatte bis heute nie wieder an diesen heimlich beobachteten Moment gedacht. Jetzt hörte sie die Stimmen ihrer Kinder, als stünden sie neben ihr und sängen erneut. Was würde sie geben, um zu diesem Tag zurückzukehren? Um noch einmal die zarte Haut und das weiche blonde Haar ihrer Töchter bei einer Umarmung zu spüren.

Luitgardis wollte die aufsteigenden Tränen wegblinzeln. Doch es waren zu viele. Tief atmete sie ein und aus – den Mund dabei geöffnet, so als bekäme sie nicht genügend Luft. Der Verlust ihrer Kinder lastete zu schwer auf ihrer Seele, als dass irgendetwas dieses Leid je wieder von ihr nehmen könnte. Kein Gebet. Kein Kloster. Womöglich nicht einmal Gott selbst.

Sie küsste das Bündel, das für Eilika, Clementia und Imagina stand, und warf es ins Feuer. Dann stand sie auf und trat zu den Fischen. Daneben lag das Messer, das Katharina zum Ausnehmen verwendet hatte. Luitgardis' Finger griffen danach. Sie wog es in ihrer Hand und ging dann zurück zur Bank. Eine Weile lang betrachtete sie das Bündel, wie es langsam abbrannte. Die Haube war noch nass von ihren Tränen. Bald jedoch wurde auch sie schwarz.

»Ich kann nicht ohne Euch leben, meine Kinder. Verzeiht

mir, dass ich so schwach bin.« Luitgardis schnitt sich die Arme auf, bis das Blut floss. Der Schmerz auf ihrer Haut war nichts im Vergleich zu dem Schmerz in ihrem Herzen. Als ihr Körper zur Seite kippte, trug ihr Gesicht einen Ausdruck der Erleichterung.

VIERTES KAPITEL

»Seid Ihr bereit, diese Kammer für immer zu verlassen?«

Alardus nickte. Dennoch verharrte er einen Moment in der Tür und blickte zurück. Sein Blick haftete auf einer Stelle am Boden – dort, wo das dunkle Astloch war. Seine Gedanken dazu blieben vor dem Ritter verborgen. Nie würde jemand erfahren, was sich hier abgespielt hatte. Er sah Irma wieder dort liegen. Tot und kalt. Erst als ihr Gestank zu stark geworden war, hatte er sich der Leiche entledigt. Alardus spürte noch die Erde unter seinen gerissenen Nägeln. Schwer war es gewesen, ein so großes Loch mit bloßen Händen zu graben. Jetzt war es ihm, als könne er ihre Stimme hören, wie sie zornig zu ihm sprach. Anklagend blickte sie dabei in seine Richtung. Alardus bekam eine Gänsehaut.

»Worauf wartet Ihr?«

Alardus sah Hartmann an. »Ich bin gleich so weit.« Obwohl es dem Ritter seltsam vorkommen musste, ging Alardus noch einmal zurück. Vor dem Astloch blieb er stehen. Dabei spann er seine Gedanken weiter. Er fragte sich, warum er nicht auf Christan gehört hatte. Damals, auf dem Weg nach Heilbronn … Hartmann der Bockinger wäre dann an ihnen vorbeigezogen. Er selbst hätte Irma nie getroffen. Die Drillinge hätten geheiratet, und er wäre frei. Es war anders gekommen. Und die Ermordung Irmas hatte ihn verändert. Von allem, was er je Schlechtes getan hatte, bereute er am meisten, ihr geschadet zu haben. Wenn sie ihm doch wenigstens hätte vergeben können, als er sie darum gebeten hatte. Dann wäre sein Herz nicht so schwer. Doch sosehr er auch litt, diese Tat war der Beweis, wie weit er bereit war zu gehen. Seine Freiheit war alles, was er begehrte.

Ritter Hartmann kam auf ihn zu. »Heute ist nicht der Tag, um zögerlich zu sein, Priester.«

»Gewiss nicht.« Es klang überzeugend. »Der Moment ist gekommen, an dem ich mich Euch gegenüber erkenntlich zeigen kann. Und niemand verdient meine Ergebenheit mehr als Ihr.«

Der Ritter schien zufrieden mit dieser Antwort. »Seid frohen Mutes, mein Freund. Euer Versteckspiel wird endlich ein Ende haben. Und dann könnt Ihr, der Ihr ein wandernder Bußprediger seid, wieder das tun, wozu Ihr bestimmt seid.«

Alardus nickte.

»Lasst Euch das ein Antrieb sein, wenn Ihr vor der Menge sprecht.«

»Gott gebe, dass ich sie überzeugen kann.« Alardus spürte mit einem Mal eine ungeahnte Kraft, die aus dieser Aussicht erwuchs. Die Erinnerung daran, was es bedeutet hatte, frei durch die Lande zu ziehen und zu gehen, wohin der Wind einen trieb, war noch immer lebendig. Er wollte diese Freiheit zurück – um jeden Preis. Selbst wenn es bedeutete, dass er das Schicksal der bedauernswerten Drillinge erneut besiegeln musste.

»Habt Ihr Euch die Blüten gut eingeprägt?«, fragte Hartmann. »Sie müssen den Heilbronnern durch Eure bloßen Worte wie ein Bildnis vor Augen sein.«

»Jede Kleinigkeit ist mir im Gedächtnis«, bejahte Alardus. »Sorgt Euch nicht.«

»Dann tut alles, damit Ihr glaubhaft machen könnt, warum Ihr zurückgekehrt seid.« Der Ritter sah ihn eindringlich an, als er anfing aufzulisten, was Alardus zu sagen hatte. »Eine weitere Vision hat Euch heimgesucht, in der Euch Blüten erschienen sind.«

»… Blüten mit runden und spitzen Blättern. Sie werden bald

überall zutage kommen, und sie führen direkt zu den Laemmlin-Schwestern«, ergänzte Alardus, was sie viele Male besprochen hatten. »Ich habe nichts vergessen.«

Ritter Hartmann legte Alardus die Hand auf die Schulter – wie ein Vater, der stolz auf seinen Sohn war. »Wenn der Kaiser zum Ende des Jahrmarktes Heilbronn aufsucht, wird er nicht leugnen können, dass Eure Vision der Wahrheit entspricht. Man wird den Schwestern auf die Spur kommen, und dann wird er Volmar Laemmlin für immer fallen lassen.«

»Ihr werdet Eure Rache bekommen«, versicherte Alardus.

»Und Ihr Eure Freiheit«, gab der Ritter feierlich zurück.

Hinter dem Ritter trat Alardus hinaus. Ein blauer Himmel empfing sie. Die Vögel zwitscherten, und die Sonne schien grell. Alardus blinzelte ihr entgegen und sog die Luft so kräftig ein, dass es ihn kurz schwindelte. Nach den unzähligen Wochen in der düsteren Kammer des Turms war er sich dem Wunder der Schöpfung deutlicher bewusst denn je. Nie wieder wollte er Licht und Wärme für so lange Zeit missen müssen.

»Zieht Eure Kapuze über – ein letztes Mal, bis wir Heilbronns Marktplatz erreichen.« Hartmann bestieg sein Pferd.

Alardus folgte der Weisung des Ritters, wenn auch widerwillig. Vermummt, wie er war, lief er neben dessen Pferd her, das in einem gemächlichen Schritt den Burghof überquerte. Dabei spürte er die fragenden Blicke der Männer und Frauen auf sich, von denen keiner ihn je zu Gesicht bekommen hatte – mit Ausnahme des Burgvogtes. Es war ein gutes Gefühl zu wissen, dass es keinen Unterschied mehr machte, ob ihn womöglich einer erkannte. Alardus hatte nicht vor, nach diesem Jahrmarkt je zurückzukehren. Weder zur Burg noch nach Heilbronn.

Bald schon ließen sie den Burghügel hinter sich, ebenso den Wald. Als sie Heilbronns Fleiner Tor durchquerten, war das große Ereignis mit allen Sinnen zu spüren. Schulter an Schulter strömten die Händler und Kaufwilligen zur Stadtmitte. Alardus nahm die wundervollen Gerüche wahr, die aus manch einem Korb drangen, und hörte fremdartige Sprachen. Einige von denen klangen weich, andere eher so, als streite man. Seine Begeisterung dafür war allerdings kurz. Bald schon voll und ganz auf seine Aufgabe bedacht, merkte er kaum, wie er sich der Kilianskirche näherte. Kurz bevor die Wogen der dicht gedrängten Masse sie auf den Platz vor dem Rathaus zwangen, kamen er und der Ritter an der Kirchmauer zum Stehen.

Hartmann sah sich um. Von seinem Pferd aus schien er nach einer geeigneten Stelle Ausschau zu halten.

Alardus selbst blickte den Weg hinab, auf dem sie eben gekommen waren. Es war derselbe, den der Pferdewagenführer Alwig damals genommen hatte. Alardus war auf eigenen Wunsch ausgestiegen und hatte Christan daraufhin fortgeschickt. An diesem Punkt hatte alles Unglück seinen Anfang genommen. Es kam Alardus vor, als läge ein ganzes Leben zwischen damals und heute. Seine Gedanken jedoch waren der kommenden Sache nicht dienlich, also blickte er nach vorn, um sich zu wappnen.

Der Jahrmarkt war beeindruckend. Prall gefüllt mit Waren, standen die Buden dicht an dicht in mehreren Reihen, sodass man hindurchlaufen konnte. Dazwischen stiegen Rauchwolken von Feuerstellen auf und hinterließen einen stetigen Geruch von verbranntem Holz. Zig Geräusche waren gleichzeitig zu hören. Gelächter von Frauen, Streit zwischen Männern, Flehen von Bettlern und das Quieken, Schnattern und Gackern von Tieren.

»Dort drüben – westlich vom Rathaus«, sagte der Ritter nun.

Alardus versuchte, über die Köpfe und die Buden hinwegzusehen, aber es war unmöglich. »Ich kann es nicht sehen. Was habt Ihr entdeckt?«

»Gestapelte Fässer. Vielleicht mit Wein oder Salz«, erklärte er. »Dort wird Euch jeder sehen und hören können.«

»Dann soll dies der Platz sein, an dem sich unser beider Schicksal erfüllt.«

Hartmann stieg ab und hielt einen beliebigen Jungen an, der gerade an ihnen vorbeilief. »He du.«

»Ja, Herr?«

»Wie heißt du?«

»Johannes, Herr.«

»Willst du dir eine Münze verdienen, Johannes?« Hartmann zeigte ihm, was ihn erwartete.

Dem Jungen leuchteten die Augen beim Anblick des glänzenden Silberblechs.

»Halte mein Pferd, bis ich zurück bin. Dann bekommst du den Heller.«

Der Junge stellte sich so gerade hin, wie er konnte, und griff nach den Zügeln. Feierlich verkündete er: »Ich werde so gut auf Euer Pferd aufpassen wie kein Junge zuvor und es, wenn nötig, mit meinem Leben verteidigen.«

»Aus dir wird mal ein tapferer Ritter«, sagte Hartmann und klopfte dem Jungen auf den Kopf.

»Seht«, forderte Alardus ihn auf. »Oben, an den Rathaus-Fenstern. Die Männer versammeln sich bereits. Wir sollten uns beeilen.«

»Dann kommt, schnell. Wir müssen es zu den Fässern schaffen, bevor der Bürgermeister mit seiner Rede beginnt.«

Alardus drückte sich hinter Hartmann durch die Menge, die schon in Richtung Rathaus drängte. Immer wieder musste er dabei seine Kapuze festhalten, damit man ihn keinesfalls schon vorher erkannte.

Als Alardus die Fässer endlich sah, fühlte er sein Herz schneller schlagen. Und je näher sie ihnen kamen, desto mehr nahm die Anspannung Besitz von ihm. Lange hatte er nicht vor einer so großen Zahl von Menschen gesprochen. Doch die Frage, ob er dazu überhaupt noch in der Lage war, wollte er sich nicht stellen. Genau dieses Hadern hatte ihn in jedem Dorf zum Scheitern gebracht und schlussendlich dafür gesorgt, dass er monatelang der Düsternis ausgesetzt gewesen war. Eher würde er den Tod wählen, als sich weiter vor der Welt zu verstecken.

»Seid Ihr so weit?«, fragte Hartmann, als sie ihr Ziel erreicht hatten.

Alardus nickte stumm. Noch einmal sah er hoch zum Rathaus. Er erkannte den Bürgermeister Heinrich Lieblip, der soeben ans Fenster getreten war, und um ihn herum die restlichen patrizischen Ratsherren. Auch der Blutrichter Laemmlin stand dort. Die übrigen Fenster waren besetzt von den Deutschherren, unter denen Alardus jetzt auch Eberhard von Ebersberg erblickte. Der Kopf des Komturs war starr nach vorn gerichtet, nur seine Augen fuhren suchend umher. Als er schließlich Hartmann von Bockingen und daraufhin auch Alardus ausmachte, veränderte sich seine Haltung. Seine Schultern entspannten sich, seine Gesichtszüge wirkten weniger verkniffen. Unauffällig senkte er das Haupt zu einem Nicken. Alardus verstand seine Anspannung. Obwohl der Deutschordensmann eigene Pläne verfolgte, war ihm auch an dem Schlag gegen Volmar Laemmlin gelegen, mit dem er nie gut gestellt gewesen war.

Alardus wendete seinen Blick nun vom Rathaus ab. Es war so weit. Gleich würde er seine Kapuze abstreifen und sich den Heilbronnern zu erkennen geben. Er schwor sich selbst, diese verdammte Kapuze danach nie wieder aufzusetzen, um sich zu verhüllen, sondern nur noch dann, wenn das Wetter ihn dazu zwang. Gerade war er im Begriff, das erste Fass zu erklimmen, da wurde es plötzlich unruhig bei der Kilianskirche.

»Jetzt gibt es kein Zurück mehr«, sagte Eilika leise. Sie strahlte dieselbe Unbeugsamkeit aus wie ihre Schwestern, die rechts und links neben ihr ritten.

Trotz der vorherrschenden Enge überließ man ihnen ehrfürchtig die gesamte Breite der Fleiner Straße. Schweigend sah man ihnen hinterher, sodass der Hufschlag ihrer drei Pferde deutlich zu vernehmen war.

»Sieh sie dir an«, flüsterte Clementia Eilika zu. »Sie weichen zurück. Vor dir!«

Eilika labte sich an diesem Anblick. Es flößte ihr zusätzlichen Mut ein. Sollten sie sich ruhig fürchten und sich fragen, ob sie von den Toten wiederauferstanden war. Wenn sie es geschickt zu nutzen verstand, könnte ihr das zum Vorteil gereichen.

»Sie tragen die Nachricht unserer Ankunft weiter«, bemerkte Imagina. »Seht, wie sie vorlaufen.«

Eilika bemerkte, wie auf Höhe des Hafenmarktes zwei junge Kerle Richtung Kilianskirche davonstoben. Auch in die Hämmerlinggasse rannten ein paar Frauen, die zuvor mit großen Augen auf sie und ihre Schwestern gestarrt hatten. Eilika vermied es, in einzelne Gesichter zu schauen. Sie wollte den stolzen Blick nach vorne nicht einbüßen. Doch der spitze Schrei einer Frau, die gerade aus ihrem Haus getreten kam, ließ sie diesen Vorsatz kurz vergessen.

Es war Hiltegundis Schmid. Sie wich ängstlich zurück – ihre rechte Hand auf den sichtbar gewölbten Leib gelegt. Es war, als wolle sie ihr Ungeborenes vor den Drillingen schützen.

Eilika erinnerte sich an die Ohnmacht, die Hiltegundis Schmid Imagina versucht hatte anzukreiden. Dass sie nun tatsächlich ein Kind in sich trug, war mit Sicherheit der Grund für ihre damalige Besinnungslosigkeit gewesen und erschien Eilika bloß als weiteres Zeugnis der Ungerechtigkeiten ihr und ihren Schwestern gegenüber. Sie wandte den Blick von der Frau ab und gemahnte sich der Aufgabe, die vor ihr lag. Sie waren nicht zurückgekehrt, um Angst zu zeigen, sondern um Gerechtigkeit zu fordern. Und das um jeden Preis. Imagina, Clementia und sie hatten sich auf ihrem Weg von Nürnberg hierher geschworen: Sollte man sie heute töten wollen, würden sie selbst das mit Stolz ertragen!

Ihr Ziel war fast erreicht. Sie ritten an der Kilianskirche vorbei bis zum Rande des Marktplatzes. Hier hielt Eilika an und wartete.

»Sie sind tatsächlich zurück!«

»Die Laemmlin-Schwestern. Sie kommen.«

Die Menge hatte sie entdeckt. Eilika sah, wie sich einige bekreuzigten. Es wurde merklich stiller auf dem Platz vor dem Rathaus, wo die Edlen der Stadt sich schon versammelt hatten. Selbst der Spielmann, dessen Flöte eben noch zu hören gewesen war, bemerkte nun, dass dieser Moment kein heiterer war. Eilika ritt wieder los – diesmal vorweg. Hier war die Gasse so eng, dass es niemandem mehr möglich war auszuweichen. So kamen ihr die Menschen nah. Eilika spürte Hände auf ihren Beinen. Offenbar suchten die Heilbronner einen Beweis dafür, dass das, was sie sahen, der Wirklichkeit entsprach. Sie ließ es geschehen und versuchte, Haltung zu wahren. Der Weg zum Rathaus dauerte quälend lange. Ihr Pferd schnaubte unentwegt. Sie musste es energisch vorantreiben, um seinem Trieb zu fliehen in dieser Enge entgegenzuwirken.

Endlich erreichten sie das Rathaus. Nebeneinander zügelten sie ihre Pferde.

Eilika blickte nach oben, ihrem Vater ins Gesicht.

Volmar Laemmlin war das, was in ihm vorging, genau anzusehen. Die Ungläubigkeit über das Erscheinen der Drillinge. Ebenso die grenzenlose Enttäuschung, da er seinen Namen wohl schon für rein erachtet hatte. Die Art, wie er zwischen seinen Töchtern hin und her sah, machte Eilika klar: Seine schändliche Lüge, mit der er Clementia und Imagina hatte für immer fortschicken wollen, war aufgeflogen.

»Seid gegrüßt, Vater«, begann Eilika laut und deutlich.

»Wie ist das möglich?«, gab Volmar Laemmlin ungläubig von sich.

Mit Absicht sagte Eilika nichts darauf. Stattdessen genoss sie den Anblick seiner Wut und das Gefühl, seine grausamen Pläne durchkreuzt zu haben.

Als die Stille sich weiter hinzog, war es schließlich Heinrich Lieblip, der eingriff. »Was geht hier vor sich?«, fragte er streng und stützte die Arme auf die steinerne Umrandung des Fensters. »Ich fordere umgehend eine Erklärung.«

Zustimmende Rufe erschollen.

Eilika sah ihre Schwestern an. Es war keine Absprache mit ihnen nötig, um klarzustellen, dass das Reden in ihrer Verantwortung lag. Der richtige Augenblick dafür war gekommen. Es galt, ihn zu nutzen. Er würde nicht ewig währen.

Sie wendete ihr Pferd und kehrte den Rats- und Deutschherren den Rücken zu. Laut und deutlich verkündete sie: »Bürger Heilbronns! Wir sind zurückgekehrt in die Stadt unserer Geburt. So wie von unserem Bürgermeister gefordert, sollt ihr den Grund dafür erfahren. Er ist einfach: Wir verlangen Gerechtigkeit!«

Auch Clementia und Imagina hatten ihre Pferde mittlerweile gewendet. Aufrecht saßen sie auf den edlen Tieren. Das Kinn ein wenig höher gereckt als nötig, die Mienen furchtlos. Eilika dachte noch, dass sie nebeneinander genauso erhaben wirkten, wie sie es sich vorgestellt hatte. Davon gestärkt sprach sie weiter: »Der Bußprediger namens Alardus hat aus Boshaftigkeit unseren Leumund zerstört. Zu Unrecht bezichtigte er uns vieler Schlechtigkeiten, doch nichts davon ist wahr. Niemand kann das Leid, das uns danach widerfahren ist, ungeschehen machen. Aber ihr alle könnt umkehren. Jener Alardus ist ein Scharlatan. Ein Lügner bloß, der schneller verschwunden war als eine Maus im Angesicht einer Katze. Ich frage euch also: Wie glaubwürdig ist ein Geistlicher, der seiner Christengemeinde in solchen Zeiten den Rücken kehrt? Gleicht er nicht dem Schäfer, der seine Schafe im Angesicht des Wolfes verlässt?« Eilika ließ ihre Worte kurz nachwirken, denn sie erkannte, dass die Menschen ihr zuhörten. Selbst Heinrich Lieblip gebot ihr keinen Einhalt. Ein gutes Zeichen. Nun setzte sie an zu einem letzten Appell. »Ihr lieben Menschen. Wir tragen euch kein Übel nach. Selbst wart ihr Opfer jenes Schwindlers im Aufzug eines Gottesmannes. Alles, wonach uns strebt, ist euer Zutrauen. Schaut uns an«, sagte sie nachdrücklich und legte sich die Hand aufs Herz. »Von uns geht kein Unheil aus. Wir sind hierher zurückgekehrt, obwohl wir in der Ferne neues Glück gefunden haben. Seht das als Beweis unserer Unschuld.«

Nach Eilikas Rede herrschte abermals Stille. Sie empfand sie endlos. Dann aber sah sie die ersten Köpfe zustimmend nicken. Hier und da entnahm sie manchen Gesichtern eine Spur von Mitleid.

Imagina griff nach Eilikas Hand und Eilika nach jener Clementias.

Sie wusste, es waren zuletzt die Rats- und Deutschherren, die es zu überzeugen galt. Zunächst musste sie die Bürger für sich und ihre Schwestern gewinnen. Ihr Plan schien aufzugehen. Gefasst hielt Eilika den Blicken stand – abwartend, was nun geschehen würde. Erst eine auffällige Bewegung neben sich ließ sie den Kopf wenden.

Ein Mann erklomm einen Stapel Fässer. Oben angekommen, streifte er die Kapuze seines dunklen Umhangs ab.

Es überkam Eilika wie ein Schwall kalten Wassers. »Alardus«, hauchte sie entsetzt.

Imagina und Clementia schrien auf.

»Männer und Frauen Heilbronns, hört mich an«, rief er in einem unverhohlen fordernden Ton. »Auch ich bin zurückgekehrt in diese Stadt.« Während er sprach, stellte er sich breitbeinig auf und stemmte die Arme in die Hüften.

Dem Wispern vieler Stimmen folgten bald schon erste Rufe.

»Er ist es.«

»Wahrhaftig. Der Bußprediger!«

Eilika fühlte, wie das Blut aus ihrem Kopf in ihre Beine schoss. Sie krallte sich an der Mähne ihres Pferdes fest, um nicht zu fallen. Wie konnte er so plötzlich zur Stelle sein? All die Wochen war er unauffindbar gewesen. Ausgerechnet jetzt erschien er neben ihnen. Nur noch dumpf drangen seine Worte zu ihr herüber.

»Schon einmal habe ich versucht, Heilbronn durch eine Warnung Gottes aus meinem Mund zu schützen. Doch ihr wolltet nicht auf mich hören. Die Flut des Neckars hat euch Ungläubige daraufhin schmerzlich eines Besseren belehrt. Und obzwar ihr mir nach dem Leben trachtetet und euer gottloses Verhalten eigentlich Strafe verdient, bin ich hier.«

Alardus hatte seinen Plan mit dem Erscheinen der Drillinge im letzten Moment ändern müssen. Es war jetzt sinnlos, über eine Blüten-Vision zu sprechen. Sein neuer Einfall allerdings erschien ihm auch weitaus besser. Dröhnend scholl seine Stimme über den Jahrmarkt.

»Viele Wochen sind vergangen, seit Gott mir auftrug, zu dieser Stadt zu sprechen. Heute ist es erneut vonnöten. Denn das Böse droht abermals seine schwarzen Schwingen über ihr auszubreiten.« Alardus schlug sich mit der Faust gegen die Brust. »Ich beschwöre euch, öffnet eure Herzen diesmal, damit ihr Gottes Wort durch mich empfangen könnt und nicht erneut dem Übel anheimfallt.« Die Handflächen gen Himmel gereckt, als empfange er in diesem Augenblick den Willen des Herrn, stand er da. Einige Weiber falteten ehrfürchtig die Hände. »Ich frage euch hier und jetzt. Seht ihr wirklich nicht, was ich sehe? Seid ihr so blind?« Er ließ die Arme sinken, um langsam einen Finger auszustrecken. Er zeigte damit auf die Drillinge. Zischend stieß er das eine Wort aus, das den entscheidenden Schlag darstellen sollte. »Zauberinnen!«

Zahlreiche Köpfe drehten sich von ihm weg und den Drillingen zu. Diejenigen, die nahe den Schwestern standen, versuchten vergeblich, Abstand zu halten. Der Ausdruck auf ihren Gesichtern veränderte sich. Das, was Eilika, Clementia und Imagina Laemmlin eben noch durch ihre leidenschaftlichen Worte an Glaubhaftigkeit zugestanden worden war, entglitt den dreien nun wieder, wie Alardus zufrieden feststellte.

»Hört auf«, verlangte eine von ihnen nun mit dünner Stimme. Es war, als erforderten diese Worte ihre ganze Kraft.

Alardus lächelte boshaft, hielt den Kopf hoch erhoben und sah auf die Schwestern. »Ihr Unholdinnen. Nicht einmal im Angesicht des Todes würde ich davon absehen, erneut meinen Auftrag dem Herrn gegenüber zu erfüllen. Es ist die Gewissheit eurer Schuld, die euch quält. Weniger meine Worte.«

»Welche Schuld?«, fragte die Gleiche verzweifelt. »Wir haben nichts getan. Damals nicht und heute nicht.«

»Missachtet das Geschwafel aus den Mündern dieser Verdorbenen. Sie wollen euch nur blenden.«

»Nein! Gott ist unser Zeuge. Wir sind reinen Herzens.« Flehend wandte sie sich den Menschen auf dem Jahrmarkt zu. »Bitte glaubt ihm nicht. Schützt uns vor diesem Mann. Wir brauchen eure Hilfe.«

Es klang so unglücklich, dass es beinahe Alardus' Herz gerührt hätte. Doch nur beinahe. »Niemand wird euch helfen, denn ich bin gekommen, um die Wahrheit zu bringen und Gottes unmissverständlichen Willen.« Alardus wies mit der Hand Richtung Neckar. Mit einem Gesichtsausdruck, der den Menschen verheißen sollte, dass nun etwas Wichtiges folgte, sprach er bedächtig: »Denkt nun alle zurück an den Tag der Flut.« Erst als er sich der Aufmerksamkeit der Heilbronner sicher war, hob er den Zeigefinger. »Man übergab eine der Schwestern dem Wasser, zum Feststellen ihrer Schuld.«

Die Frau in der Mitte fing seinen Blick auf. Sie musste jene Eilika Laemmlin sein. Alardus verengte die Augen, was ihr klarmachen sollte, dass er nicht vorhatte, lockerzulassen, bis er sie und ihre Schwestern vernichtet hatte. Es war ein Kampf. Ihr Leben gegen seines. Und er hatte nicht vor zu verlieren.

»Was ist damals geschehen? Ich sage es euch: Das Weib ging unter«, führte Alardus seine Erklärung fort. »Man glaubte, die Wellen hätten sie geschluckt und Gott habe sich so für ihre Unschuld ausgesprochen. Doch nun …« Er ließ den erhobenen Finger zu Eilika wandern, bis er auf ihren Kopf wies. »Nun ist sie wieder unter uns!«

Augenblicklich ging ein Raunen durch die Menge. Alardus musste nun schreien, um gegen den aufwallenden Lärm anzukommen. »Das Ordal spricht eine deutliche Sprache. Kommt eine Verbrecherin wieder an die Oberfläche, ist sie schuldig vor Gott und mit ihr die zwei Schwestern.«

Ein Marktweib begann zu schreien: »Sperrt sie ein.« Dabei hielt sie sich eine Kette mit einem hölzernen Kreuz daran wie einen Schutzschild vors Gesicht.

In diesem Augenblick wusste Alardus, er hatte gewonnen.

Die Menge hielt auf die Drillinge zu. Zig Hände griffen gleichzeitig nach ihnen und begannen, an ihren Kleidern zu reißen. Nur mit Mühe schafften die Frauen es, sich auf ihren Pferden zu halten. Angsterfüllt riefen sie die Namen ihrer Schwestern, während sie ihre Köpfe hin und her drehten, um diese im Blick zu behalten. Im nächsten Augenblick zerrte man sie zu Boden.

Alardus verlor sie aus dem Blick. Die Menge hatte ihn umringt. Frauen küssten ihm den Handrücken, und sein Daumen zeichnete unzählige Kreuze auf die Stirn derer, die sich vor ihm verneigten.

Eberhard von Ebersberg stand noch immer auf seinem Platz am Rathausfenster. Um ihn herum sowie vor ihm auf dem Jahrmarkt herrschte Tumult. Das plötzliche Auftauchen der Laemmlin-Drillinge hatte mit einem Schlag die ganze Stadt aufgewühlt. Jetzt sah er, wie man die drei Frauen davonzerrte, um sie zum Runden Turm zu bringen. Noch immer fassungslos blickte er zu Alardus hinab. Männer und Frauen wollten seinen Segen. Man feierte ihn wie einen Heiligen. Der Komtur kam nicht umhin, den Geistlichen für seine Leistung zu bewundern. Niemals konnte seine Rede derart geplant gewesen sein. Alardus hatte sich dennoch die neuen Umstände so zu eigen gemacht, dass ihm das Erscheinen der Drillinge schlussendlich sogar geholfen hatte. Nun gab es offensichtlich für niemanden mehr Zweifel daran, dass er von Anfang an recht gehabt und tatsächlich die Worte Gottes verkündet hatte.

Die Stimme des Bürgermeisters drang jetzt zu Eberhard durch. Als er sich umdrehte, sah er, wie Heinrich Lieblip wild gestikulierend mit einigen Männern sprach.

»Nun beruhigt Euch, meine Herren. Wir dürfen nicht voreilig sein. Ich selbst habe noch nicht mit dem Bußprediger gesprochen.«

»Was heißt hier voreilig?«, fragte einer der Deutschherren aufgebracht. »Gottes Wort ist in diesem Fall mehr als eindeutig. Die drei Frauen sind schuldig. Die Missachtung der Warnung des Alardus kam Heilbronn letztes Mal teuer zu stehen.«

»Ich stimme meinem Bruder in Christo zu«, verkündete ein weiterer Ordensmann nachdrücklich. »Solange die Zauberinnen am Leben sind, können sie weiteren Schaden anrichten. Wir müssen bald über sie richten.«

»Und wir sollten den Kaiser in Kenntnis setzen. Die Dringlichkeit dieser Angelegenheit lässt uns keine Zeit bis zum Ende des Jahrmarktes.«

Der Bürgermeister war sichtlich angespannt. »Eines nach dem anderen. Lasst mich erst mit Volmar Laemmlin sprechen.«

Nach diesen Worten sah Eberhard, wie die Männer sich umdrehten.

»Wo ist der Richter überhaupt?«, fragte Heinrich Lieblip.

Der Komtur riss die Augen auf und blickte ruckartig zu Ritter Hartmann. Dieser hatte sich etwas von Alardus entfernt und schaute seinerseits suchend nach oben zum Rathaus. Mit einem Schlag wurde es Eberhard klar: Volmar Laemmlin fürchtete um seine eigene Haut!

Für jedermann war nun zu vernehmen, wie die sonst so beherrschte Stimme des Bürgermeisters ernster und lauter wurde. Auch er schien verstanden zu haben. An die Ratsboten gewandt befahl er: »Gebt an den Toren Bescheid. Jeder Mann, der rauswill, wird kontrolliert. Findet den Richter!«

Eberhard wusste gleich, es würde viel zu viel Zeit vergehen, bis die Büttel die Suche nach Volmar Laemmlin aufnahmen. So beschloss er kurzerhand, es selbst zu tun. Er lehnte sich hinaus aus dem Fenster und ließ den Blick schweifen, so weit es die Häuser Heilbronns zuließen. Ruckartig bewegte sich sein Kopf. Seine Gedanken waren erfüllt davon, den Richter aufzuspüren. Und tatsächlich, am anderen Ende des Platzes, wo die Kramgasse nach Westen führte, sah er Volmar Laemmlins Gestalt. Verstohlen blickte dieser sich um und drückte sich zwischen den Buden und Ständen hindurch.

Eberhard verlor keine Zeit. Getrieben von Wut rannte er aus dem Saal und dann die Stufen des Rathauses hinunter. Auf den Straßen angekommen, fand er vor sich eine Wand aus Leibern. Hier gab es kein Durchkommen, deshalb schlug er kurz entschlossen den Weg über eine schmale Gasse ein, die hinter dem Rathaus vom Jahrmarkt wegführte. Es war ein Umweg, dennoch würde er hier schneller vorankommen. Er rannte los. Es brauchte keine Zauberei, um das Ziel des Richters zu kennen. Eberhard wusste, was Volmar Laemmlin vorhatte. Er selbst würde nicht anders handeln. Es war das einzig Sinnvolle, um seinem Schicksal vorerst zu entgehen.

Am Ende der Gasse hielt er sich südlich. Die Stadtmauer stets rechts von sich, bahnte der Komtur sich rücksichtslos seinen Weg durch die Straßen. Jeder, der ungünstig stand, wurde von ihm beiseitegestoßen, ob Kaufmann oder Weibsbild. Eberhard war wie besessen davon, Volmar Laemmlin einzuholen. Bald darauf war sein Atem mehr ein Keuchen, und seine Brust stach. Er war es nicht gewohnt, sich so wenig huldvoll fortzubewegen. Sein Stand jedoch war ihm in diesem Moment vollkommen gleichgültig.

Endlich sah er die Ecke Kirchbrunnenstraße und Deutschhofstraße. Und schließlich erblickte er auch den Richter. Seinem Verhalten nach fühlte dieser sich sicher und war im guten Glauben, dass sein Plan aufgehen würde. Unbeirrt lief er seinem Ziel entgegen. Eberhard blieb nicht mehr viel Zeit. Abermals erhöhte er seine Geschwindigkeit. So schnell ihn seine Füße trugen und mit schwingenden Armen näherte er sich dem Richter, der sich in diesem Augenblick umdrehte. Volmar Laemmlins Augen weiteten sich vor Schreck, als er seinen Verfolger sah. Ohne Verzug rannte er los. Offenbar wusste er nur zu genau, dass Eberhard bereit war, ihn mit allen Mitteln an seinem Vorhaben zu hindern.

Voller Wut über die Dreistigkeit des Blutrichters begann Eberhard zu schreien. Zunächst brüllte er nur seinen Zorn heraus, dann forderte er aus Leibeskräften: »Haltet ihn auf!« Doch sein Vorsprung war nicht mehr einzuholen.

Volmar riss so heftig an der schweren Holztür der Ordenskirche, dass sie laut gegen die Sandsteinmauer krachte. Daraufhin stolperte er hinein.

Nur zwei Atemzüge später rannte auch Eberhard hindurch. Schwitzend und völlig außer Atem stand er dem Richter nun gegenüber.

Volmar Laemmlin war bis in den winzigen Turmchor vorgedrungen und lehnte sich nun schwer nach Luft ringend gegen den steinernen Altar. Direkt unter dem Kreuzrippengewölbe, mit dem fremdartig anmutenden Schlussstein in der Mitte, breitete er die Arme aus wie ein Heiliger. »Ich… fordere… Kirchenasyl.«

Eberhard stampfte voller Wut auf den Boden der Kirche und schrie speichelspeiend: »Du feiger Hundsfott!«

Die Antwort des Richters war ein Lächeln. Er stützte die Hände auf seine Knie, um wieder zu Atem zu kommen, und ergänzte: »Und zwar… so lange… bis Kaiser Ludwig… über die Sache meiner Töchter entschieden hat.«

FÜNFTES KAPITEL

Katharina stand noch immer auf dem Marktplatz. Sie hatte den Boden unter ihren Füßen nicht mehr verlassen, seit die Drillinge von der Menge weggezerrt worden waren. Es fiel ihr schwer, sich zu erinnern, was sie eigentlich hier gewollt hatte. Ihre Gedanken waren beherrscht von zwei Sätzen. *Eilika Laemmlin war noch am Leben. Sie trug nicht die Schuld für ihren Tod.*

Tränen der Erleichterung rannen ihr das Gesicht hinunter. Sie spürte, wie eine schwere Last von ihren Schultern genommen wurde, und achtete nicht weiter darauf, dass sie fortwährend von allen Seiten angestoßen wurde.

Jetzt fiel es ihr wieder ein. Sie hatte vorgehabt, zu ihrem Bruder zu gehen, nachdem Luitgardis sie des Hauses verwiesen hatte. Katharina blickte hoch zum Rathaus. Die Männer dort liefen hin und her und redeten durcheinander. Ihren Bruder sah sie nicht. Und selbst wenn sie ihn gesehen hätte: Katharina stand nicht der Sinn danach, mit ihm zu sprechen. Stattdessen folgte sie einem inneren Bedürfnis. Sie musste zu Luitgardis. Da die Richtersfrau das Haus nicht verlassen durfte, hatte sie vom Erscheinen Eilikas, Clementias und Imaginas sicher noch keine Kenntnis. Sie musste es ihr sagen. Ganz gleich, ob Luitgardis sie danach anschreien und erneut aus dem Haus werfen würde: Katharina sah es als ihre Pflicht!

Weinend und lachend zugleich rannte sie zur Fleiner Straße und betrat ohne Zögern das Haus. Sie war gewappnet für alle Beschimpfungen, die ein Mensch nur ausstoßen konnte. Soll sie doch, dachte Katharina nur. Sollte sie es tun, wenn sie ihr danach bloß die Möglichkeit gab zu sagen, dass die Drillinge lebten!

»Wo seid Ihr?«, rief sie laut durchs Haus. »Ich bin es noch einmal, Katharina.« Weder in der Stube im oberen Stockwerk noch im Schlafgemach oder im Innenhof war sie zu finden. Katharina ging schlussendlich in Richtung Küche, wo sie Luitgardis zuletzt gesehen hatte. Es war unwahrscheinlich, dass sie noch immer dort war.

»Seid Ihr hier? Bitte gebt mir Antwort.« Als sie die Tür zur Küche öffnete, schlugen ihr dichte Rauchwolken entgegen. Hustend wich Katharina zurück und wedelte mit ihrer Hand vor dem Gesicht herum. Auf der Feuerstelle züngelten orange Flammen. Es dauerte, bis der Rauch die Küche durch die Tür verlassen hatte und die Sicht freigab.

Katharina schrie, als sie Luitgardis auf dem Boden liegen sah. Sofort stürzte sie zu ihr hinab. Dann erblickte sie das Messer und das Blut. »Nein. Nein. Das darf nicht sein. Luitgardis! Wacht auf. Ich bitte Euch.« Katharina nahm den Kopf der Frau auf ihren Schoß. »Bitte, bitte macht die Augen auf.« Ihr Blick glitt von den blutigen Armen hinauf zur Brust, wo sie jetzt eine winzige Bewegung ausmachte. Sofort strich sie der Richtersfrau, die sie schon ihr ganzes Leben kannte, über die Wange. »Öffnet die Augen, wenn Ihr könnt.«

Luitgardis' Lider bewegten sich tatsächlich, wenn auch schwach und langsam. Dann sah sie Katharina an.

Als sie den Ausdruck der Frau gewahrte, wusste sie, Luitgardis würde unabänderlich sterben. Katharina presste es förmlich die Luft aus den Lungen. Warum war sie nicht geblieben? Sie hätte sie aufhalten können. Ausgerechnet jetzt, wo die Drillinge zurück waren, würde deren Mutter die Schwelle der Lebenden hin zu den Toten überschreiten. Tränen der Verzweiflung überkamen Katharina. Doch sie hielt sie zurück, um Luitgardis den letzten Moment auf Erden zu versüßen. »Hört mir zu«, sprach sie jetzt sanft. »Eure Töchter sind am Leben. Ich bin gekommen, um Euch das zu sagen.«

Obwohl die Richtersfrau nicht antwortete, war es ihren Augen zu entnehmen, dass sie verstand.

»Ihr könnt in Frieden gehen. Eilika, Clementia und Imagina droht kein Übel mehr – weder von mir noch von sonst wem. Ich verspreche es.« Katharinas Stimme brach nach dieser Lüge. Sie schaffte es nicht, mehr zu sagen. Stattdessen gab sie Luitgardis einen Kuss auf die Stirn. Danach sank der Körper schwer in ihren Schoß. Die Frau des Blutrichters war tot.

Christan und Ebo bemerkten es sofort. Es herrschte nicht die übliche Ausgelassenheit, die ein Jahrmarkt für gewöhnlich mit sich brachte. Ungreifbar. Ein bloßes Gefühl. Und dennoch war es nicht zu leugnen.

Nebeneinander liefen sie die Sülmer Straße entlang. Ihr Ziel war vorerst das Barfüßerkloster, von wo aus sie eigentlich erst einmal herausfinden wollten, was sich bislang in Heilbronn zugetragen hatte.

Christan allerdings schaffte es nicht, damit zu warten. Abwägend besah er die Menschen, die ihnen entgegenkamen. Und mit einem Mal wurde ihm klar, was ihm merkwürdig erschien: Sie alle hatten etwas gemeinsam. Anstatt sich um die Stände zu drängen und lauthals zu feilschen, waren die meisten so sehr in ein Gespräch vertieft, dass der Markt zur Nebensache wurde.

»Was geht hier vor sich?«, fragte Ebo seinen Begleiter verwirrt.

»Ich bin mir nicht sicher. Wartet hier.« Christan bog in den Hafenmarkt vor dem Barfüßerkloster ein. Hier, wo ausschließlich Töpfe feilgeboten wurden, sprach er eines der Marktweiber an. »Gott zum Gruße, gute Frau.«

Sie lächelte. Doch ihr Blick war fragend. Geistliche gehörten offenbar nicht zu den üblichen Käufern ihrer Waren. »Was kann ich für Euch tun?«

»Nur eine Auskunft, nichts weiter.« Christan machte eine Geste, die den gesamten Platz und dessen Menschen mit einbezog. »Worüber reden sie? Was ist hier geschehen?«

»Das kann ich Euch sagen. Ein Glaubensbruder von Euch hat Heilbronn im letzten Augenblick vor großem Schaden bewahrt.« Sie schlug ein Kreuz und sah kurz gen Himmel. »Es war wie ein Wunder. Die drei teuflischen Laemmlin-Schwestern sind doch tatsächlich wieder in der Stadt erschienen – wahrscheinlich, um Übles zu tun. Doch der Bußprediger, der Heilbronn schon einmal vor ihnen gewarnt hat, ist zur gleichen Zeit in die Stadt zurückgekehrt. Allein das muss göttliche Fügung sein, wenn Ihr mich fragt.«

Christan brach der Schweiß aus. Unauffällig hielt er sich an ihrem hölzernen Stand fest. »Der Bußprediger, der schon einmal hier war?«

»Ja, beim letzten Jahrmarkt. Alardus war sein Name, wenn ich mich nicht täusche.«

Christan nickte nur, während das Marktweib weitersprach.

»Gott sei's gedankt, dass er sich nicht von der rüden Behandlung in Heilbronn hat abschrecken lassen. Von Anfang an hätte man auf ihn hören sollen.« Sie faltete die Hände unter dem Kinn und blickte auf einen unbestimmten Punkt vor sich. »Glücklicherweise sind uns die Augen gerade noch rechtzeitig geöffnet worden. Gepriesen sei der Herr.«

Er ist wirklich wieder da, schoss es Christan durch den Kopf. Warum jetzt? »Wo ist der Bußprediger nun?«

»Oh, das weiß ich nicht. Ich stehe ja die meiste Zeit hier und wollte eigentlich bloß die Rede unseres Bürgermeisters hören. Ich konnte nur noch sehen, wie man ihn ins Rathaus geladen hat. Wahrscheinlich ist er noch dort.«

»Und die drei Schwestern?« Christan blickte zu Ebo, der noch immer an der Straßenecke auf ihn wartete.

»Sie sind dort, wo sie vorerst keinen Schaden anrichten können: im Runden Turm.« Ihr Blick wurde jetzt etwas weicher, während ihre Lippen einen schmalen Strich formten. »Die Laemmlins waren einst eine so geachtete Sippe. Nun ist der Sohn tot, die Töchter eingesperrt und das Oberhaupt im Kirchenasyl beim Deutschorden. Wie mag es nur der bedauernswerten Luitgardis Laemmlin ergehen?«

Volmar ist im Kirchenasyl, hallte es in Christans Kopf wider. Diese Neuigkeit war das erste Erfreuliche, das er hörte. So konnte er wenigstens ungestört zu Luitgardis gehen. »Du hast mir sehr geholfen. Gott schütze dich und beschere dir reichhaltigen Gewinn in den nächsten drei Wochen.« Christan hastete zum Tucher, dem er die schreckliche Nachricht nun überbringen musste.

»Was konntet Ihr herausfinden?« Ebo schien rastlos.

»Sie sind tatsächlich schon hier.«

»Wo?«, fragte er aufgebracht.

»Wir kommen zu spät, um sie zu warnen. Man hat sie eingesperrt.«

Ebos Gesicht wurde blass. Zig Fragen waren darin zu lesen. Doch bloß die eine sprach er aus. »Sagt mir, wo meine Gemahlin ist.«

»Es ist sinnlos. Man wird Euch nicht zu ihr vorlassen.«

Ebo kam Christan nun sehr nah und packte ihn am Arm. Es war ganz offensichtlich die Angst um Imagina, die ihn dermaßen grimmig auftreten ließ. »Wo ist mein Eheweib? Sagt es mir! Ich muss es wissen.«

Christan befreite sich aus seinem Griff, indem er tat, was der Tucher verlangte. »Geht zur westlichen Stadtmauer, an der das Flusswasser fließt. Dann an ihr entlang Richtung Norden. Am Ende kommt Ihr an den einzigen runden Wehrturm Heilbronns. Dort hat man sie hingebracht.«

Ebos Finger lockerten sich. Beinahe entschuldigend blickte er auf Christans Arm. »Ich danke Euch.«

»Viel Glück.« Christan sah den Tucher in der Menge verschwinden. Er selbst blickte nun nach Süden, wo sich das

Laemmlin-Haus befand. Sofort machte er sich auf den Weg in die Fleiner Straße. Währenddessen kämpfte er gegen das Gefühl an, versagt zu haben. Die ganze Reise nach Nürnberg hatte ihn nun bloß wieder hierhergeführt – zurück nach Heilbronn. Die Drillinge waren eingesperrt. Alardus wurde als Retter gefeiert. Es fühlte sich an, als hätte er nichts erreicht. Im Gegenteil. Alles schien schlimmer als vor seiner Abreise. Wenigstens eines konnte er tun: Luitgardis Laemmlin beistehen.

Christan sah das Haus des Richters vor sich. Bislang hatte er sich stets vorsehen müssen, damit Katharina oder der Richter ihn nicht bemerkten. Doch nach den jüngsten Ereignissen brauchte er das nicht mehr zu befürchten. Er trat durch den steinernen Bogen zum Hinterhof und öffnete die Tür. Sofort schlug ihm ein eigenartig starker Rußgeruch entgegen, dem er folgte. Christan durchquerte die untere Halle und vernahm plötzlich ein Schluchzen. In der Überzeugung, es sei Luitgardis, die um ihre Kinder trauerte, folgte er dem Geräusch. Was er dann sah, riss ihm förmlich den Boden unter den Füßen weg.

Die Richtersfrau lag auf dem Boden der Küche. Um sie herum war sehr viel Blut. Katharina von Ebersberg kniete darin. Sie hatte die Arme um den Oberkörper der Toten geschlungen und weinte hemmungslos.

Christan konnte ein paar Herzschläge lang nicht atmen. Ungläubig starrte er auf das Bild vor sich, nicht fähig, sich einen Reim darauf zu machen. »Was ist hier geschehen?«, stieß er aus.

Katharina hob ihr verquollenes Gesicht. Sie schien so sehr in ihrer Trauer versunken, dass nicht einmal sein plötzliches Erscheinen sie erschreckte. Beinahe wirkte sie dankbar, nun nicht mehr alleine mit Luitgardis zu sein. »Sie hat mich rausgeworfen, doch ich bin zurückgekommen. Da fand ich sie hier.« Wieder begannen ihre Schultern zu beben. Sie senkte ihre Stirn auf die der Toten. »Warum hat sie das getan?«

Christan hätte eigentlich stutzig machen müssen, was er hier sah. Katharina war Luitgardis nicht wohlgesonnen gewesen. Und dennoch erkannte er zweifellos, dass ihre Trauer echt war. Die Komturs-Schwester sagte die Wahrheit. Langsam kam er näher. Er berührte Katharina an der Schulter. Zum einen, um ihr Trost zu spenden. Zum anderen, um sie zur Eile anzuhalten. »Wenn du nicht willst, dass man dir ihren Tod zur Last legt, musst du dich jetzt zusammenreißen.«

Wenig später hatten sie die Tote vorsichtig auf den Tisch in der Küche gelegt. Sie schlossen ihr den Mund und die Augen, damit ihre Seele nicht dadurch zurückkehren und sie zur Wiedergängerin machen würde.

Anschließend trug Christan Katharina auf, was zu tun war. »Säubere die Küche und entferne das Blut auch von ihr. Dann verbinde die Arme und kleide Luitgardis um, sodass man ihre Schnitte nicht mehr sieht. Wir werden die Totenwache hier gemeinsam halten.«

Katharina nickte. Ihre rot geweinten Augen nun wieder auf Luitgardis gerichtet, fragte sie: »Warum musste sie sich nur das Leben nehmen? Jetzt darf sie nicht in geweihter Erde liegen. Man wird ihre Asche in alle Winde verstreuen.« Sie schlug sich die Hand vor den Mund und schluchzte vor Entsetzen.

»Wenn du deine Arbeit gut machst, werden die Franziskaner glauben, sie sei an gebrochenem Herzen gestorben.« Sein Ton klang jetzt eindringlich. »Man wird sie in das Leichentuch einnähen, und keiner außer uns wird je die Wahrheit erfahren. Verstehst du, was ich meine?«

Katharina sah auf und starrte ihn an. »Das würdet Ihr tun?«

»Luitgardis hat während ihres irdischen Lebens so viel Leid ertragen müssen. Sie hat es nicht verdient, auch noch nach ihrem Tod zu leiden.« Eine Weile lang betrachtete er stumm die Tote. Dumpf drangen die fröhlichen Geräusche des Jahrmarktes hinein. Sie standen in einem krassen Gegensatz zu dem erschütternden Bild vor seinen Augen. Christan machte zwei Schritte zurück und besah das Blut. Es bedeckte den Boden sowie Luitgardis und Katharina. Er selbst trug zum Glück das dunkle Gewand der Franziskaner, auf dem nichts zu sehen war. »Schaffst du das?«

»Ja.« Ihre Stimme klang gepresst. Entschlossen wischte sie sich die Tränen von den Wangen.

»Dann gehe ich jetzt. Ich bin zum Abend zurück. Verriegle die Tür und öffne erst, wenn du meine Stimme hörst.«

»Wartet noch.«

Christan hielt in der Bewegung inne. »Was?«

Sie blickte zu Boden. »Ihr müsst Euch in Acht nehmen. Vor meinem Bruder. Er sagte mir kürzlich, dass er sich an Euch rächen wird.«

Christan wunderte sich, dass Katharina ihn warnte. Er verstand es als Dank für das, was er bereit war, für Luitgardis zu tun. »Hat er erwähnt, was er vorhat?«

»Nein.«

»Nun gut, ich werde aufpassen.« Während Christan sich auf den Weg zum Kloster machte, versuchte er sich auszumalen, was der Komtur gegen ihn in der Hand hielt. Doch er kam nicht darauf.

Ebo war den Weg gelaufen, den der Prokurator ihm beschrieben hatte. Zur westlichen Stadtmauer, wo das Katharinenspital lag. Hier hatten Beke und er sich zum ersten Mal getroffen. Die Erinnerungen an diese Zeit waren plötzlich sehr stark. Nie zuvor hatte er eine Frau so sehr gewollt wie sie. Daran hatte sich bis heute nichts verändert. Ebo würde um sie kämpfen!

Er lief die Mauer entlang, bis vor ihm tatsächlich ein runder Turm erschien. *Das muss es sein*, dachte er und hielt entschlossen darauf zu. Der bloße Gedanke, dass er Beke nun so nah war, ließ ihn weit ausschreiten. Doch kurz vor dem Turm kam er jäh zum Stehen.

»Halt, Fremder. Kommt diesem Turm besser nicht zu nahe.«

Ebo sah die beiden jungen Wachmänner nacheinander an. »Sind hier die drei Schwestern?«

»In der Tat. Das sind sie.« Er klopfte gegen einen der massiven Mauersteine. »Sicher verwahrt, sodass sie vorerst keinen Schaden mehr anrichten können.«

»Ich wünsche, mit einer der Gefangenen zu sprechen.«

Er guckte ungläubig. »Wisst Ihr denn nicht, um wen es sich hier handelt? Sie sollen Zauberinnen sein, die sogar die Macht haben, das Wetter zu …«

»Dennoch! Lasst mich zu ihnen. Nur kurz.«

Die Männer stellten sich nun beide breitbeinig vor dem Eingang auf. Der zweite junge Kerl hob selbstbewusst das Kinn. »Es tut uns leid, Herr. Wir haben Anweisungen, niemanden durchzulassen. Das gilt auch für Euch.«

Ebo hatte schon damit gerechnet. Mit Worten kam er hier nicht weiter. Darum zog er ein ledernes Säckchen unter seiner Kleidung hervor. Klimpernd wog er es in der Hand. »Lasst mich eintreten, und all diese Münzen sind Eure.«

Die beiden Männer sahen sich an. In ihren Blicken war wenig Bescheidenheit zu lesen. Schließlich gewann die Gier den kurzen Kampf gegen die Pflicht.

»Ihr müsst Euch beeilen.«

»Und seht Euch vor«, sagte der Zweite. »Man sieht ihnen nicht an, dass das Böse in ihnen wohnt.«

Die Männer machten ihm den Weg zur niedrigen Holztür frei. Während der eine sie aufschloss, griff der andere nach dem Ledersäckchen. Ebo zog es rechtzeitig zurück. »Wenn ich rauskomme, gebe ich es Euch. Nicht vorher.« Der Tucher schlüpfte durch die Tür, die gleich hinter ihm zufiel. Ein schreckliches Gefühl, wie er feststellte. Kalt und dunkel war es hier drinnen. Umso schlimmer, dass Beke das ertragen musste. »Beke?«

»Ebo«, klang es dünn aus einer Richtung. »Du bist es tatsächlich. Ich konnte eben nicht glauben, dass es wirklich deine Stimme ist.«

Seine Augen mussten sich erst an die Finsternis gewöhnen. Noch bevor er sie deutlich sah, spürte er eine Hand auf seiner. Ebo griff nach dem Körper vor sich und zog Beke an sich heran. Sofort begann sie zu schluchzen.

»Ich bin so froh, dich zu sehen.«

»Es wird alles gut werden.« Er sagte es, obwohl er nicht wissen konnte, ob das stimmte.

»Wie hast du mich gefunden?«

»Das ist eine lange Geschichte. Wir haben nicht genug Zeit dafür. Ich erzähle dir alles, wenn ich dich befreit habe.«

»Du meinst uns«, sagte Beke und wies hinter sich.

Ebo folgte ihrem Finger mit den Augen. Jetzt sah er auch ihre Schwestern. Zum ersten Mal. Obwohl der Prokurator ihm erzählt hatte, dass Beke ein Drilling war, hielt er für einen Moment fassungslos inne. Selbst unter diesen Lichtverhältnissen erkannte er die verblüffende Ähnlichkeit. Kein Wunder, dass Agnes Zoller gedacht hatte, es gehe mit dem Teufel zu. Drei Frauen, die einander derart glichen, waren ein seltenes Schauspiel.

»Das sind Eilika und Clementia.« Jetzt legte sie Ebo die Hand auf die Brust. An ihre Schwestern gewandt, sagte sie: »Und das ist mein Gemahl.«

»Seid gegrüßt, lieber Schwager«, sagte eine von ihnen.

Auch die Zweite kam nun näher. »Ich wünschte, wir hätten uns anders kennengelernt, Ebo Tucher.«

Zwischen ihnen waren so viele unbeantwortete Fragen, dass alle kurzzeitig überfordert waren.

Beke brach die Stille schließlich. Schuldbewusst schüttelte sie das Haupt. »Mein liebster Gemahl. Es gibt so vieles, das du nicht über mich weißt. Ich schäme mich deshalb, aber ich hatte damals keine Wahl. Vom ersten Tag an, da wir uns im Katharinenspital begegnet sind, habe ich dich getäuscht.« Ihre Stimme zitterte.

»Schscht. Sprich nicht weiter.«

»Aber wenn du alles wüsstest, wärst du sicher nicht hier. Ich will nicht, dass du es durch die wütenden Heilbronner erfährst. Lass mich dir selbst die Wahrheit sagen.«

»Ich weiß jede Einzelheit! Dass der Bußprediger euch seit dem Jahrmarkt im Juni versucht hat, der Zauberei zu beschuldigen. Dass das Hochwasser euch angelastet wird. Dass euch nun das Blutgericht droht.«

Imagina sah ihn ungläubig an.

»Und dennoch bin ich hier.«

»Aber wer hat dir davon erzählt?«

»Bruder Luppolt war es. Er will euch helfen.«

Ebo sah, wie die Schwestern seiner Gemahlin zurückwichen. Diejenige, die sie Eilika genannt hatte, schlug die Hand vor den Mund und murmelte etwas Unverständliches.

»Es ist eine List. Du darfst ihm nicht trauen, hörst du?« Bekes Stimme klang eindringlich. »Er war es, der Eilika dem Wasser übergeben hat…«

Ebo nahm sie bei den Schultern. »… und er war es, der ihre Knoten so locker band, dass sie sich lösen konnten. Nur durch sein Zutun ist deine Schwester am Leben geblieben.«

»Was sagst du da?« Es war Eilika, die ihn das fragte.

»Er hat mir davon erzählt und mich schließlich von Nürnberg hierhergeführt. Der Prokurator ist kein Feind, sondern ein Freund.«

»Bist du dir da sicher?«

»Ja. Erinnerst du dich an den Besucher in Nürnberg?«

»Das war er?«, stieß Beke aus.

»Es war ein Versuch, dich zu warnen und dich hiervor zu schützen.« Ebo wies auf die Mauer um sie herum. »Aber weil er nicht wusste, ob er mir trauen konnte, hat er bloß Andeutungen gemacht. Hätte ich ihn bloß nicht fortgeschickt. Er war eine ganze Weile auf der Suche nach euch – und zwar im Auftrag eurer Mutter.«

Nun bestürmten ihn alle drei Frauen gleichzeitig.

»Wie geht es Mutter?«

»Habt Ihr sie gesehen? Ist sie wohlauf?«

Ebo wehrte mit einer Handgeste ab. »Sie erfährt in diesem Augenblick sicher gerade von Bruder Luppolt, dass ich gekommen bin, um euch Mut zuzusprechen.«

Plötzlich klopfte es dreimal gegen das Türholz. »Ihr müsst gehen, Herr!«, verlangte die Stimme.

Ebo wusste, ihm blieben nur noch wenige Augenblicke. »Wenn der Kaiser kommt, werde ich mit all meiner Kraft versuchen, für euch drei einzustehen. Vielleicht gelingt es mir, ihn von eurer Unschuld zu überzeugen, sodass ihr nicht vor Gericht müsst.«

»Wie willst du das machen?«, fragte Beke.

»Ich weiß es noch nicht genau.« Ebo strich seiner Gemahlin über die Wange. »Aber vielleicht lässt sich der Kaiser durch eure Blütenkunst davon überzeugen, dass die Erschaffer solcher Werke keine schadhaften Wesen sein können.« Noch einmal zog er Beke an sich. Er gab ihr einen innigen Kuss und verdrängte den Gedanken, dass es der letzte sein könnte. »Liebste, sei ohne Furcht. Sollte es doch zum Prozess kommen, zeig ihnen nicht, dass du dich fürchtest.« Er sah seine Schwägerinnen an. »Ihr alle. Geht aufrecht wie solche, die nichts verbrochen haben.«

Sie nickten. Obgleich ihren Gesichtern in diesem Moment wenig Mut anhaftete.

Nach seinen Worten trat Ebo auf die Tür zu. Kurz bevor er dagegenklopfte, damit man ihm öffnete, hörte er die Stimme einer der Schwestern.

»Wartet noch.«

Ebo wandte sich um und sah Clementia auf ihn zukommen.

»Auch ich hinterließ ein Zeichen. Blüten auf dem Pergament für den Armbruster Lando. Es wurde geschrieben von einem Mundator des Kaisers. Er heißt Matteo. Geht zu ihm. Sagt ihm …« Sie zögerte kurz. »Sagt ihm, dass ich Gesa bin.«

Ebo nickte. »Das werde ich. Betet, dass ich erfolgreich bin.«

Er überreichte den Wachmännern die Münzen und machte sich auf zum Barfüßerkloster, wo er Bruder Luppolt vermutete. Möglicherweise konnte der Geistliche ihm beistehen, wenn er vor den Kaiser trat.

Ebo konnte nur mutmaßen, weshalb man ihn in Nürnberg gesucht hatte. Er wusste nicht, ob man ihn anhören oder gleich einsperren würde. Mit Absicht hatte er seiner Gemahlin und ihren Schwestern das verschwiegen. Die Voraussetzungen waren schlecht.

SECHSTES KAPITEL

Nur zwei Tage nachdem die Boten das baldige Kommen des Kaisers in Heilbronn angekündigt hatten, war er auch schon eingetroffen.

Alardus hatte dem feierlichen Geleit zwischen Stadttor und Maulbronner Hof am Morgen beigewohnt. Dabei war dem Gefolge anzusehen gewesen, wie sehr es zur Eile angetrieben worden war. Müde hatte es sich hinter seinem Kaiser hergeschleppt. Ludwig IV. selbst war mit grimmigem Gesicht in die Stadt eingeritten.

Von Heinrich Lieblip, der Alardus eingeladen hatte, Gast in seinem Haus zu sein, hatte er erfahren, dass das vorzeitige Verlassen Nürnbergs den Kaiser nicht gerade in Hochstimmung versetzt hatte. Die wichtigste Entscheidung, die es zu klären galt, war deshalb wohl auch nach kurzer Zeit getroffen: Schon morgen würde es zum Blutgericht kommen, wo man über das Leben oder Sterben der Drillinge entschied.

Alardus stemmte die Arme in die Seiten und legte den Kopf so weit in den Nacken, wie es ihm möglich war. In dieser Haltung verharrend, atmete er tief durch. Mit all seiner Geisteskraft wollte er versuchen, sich auf die vor ihm liegenden Ereignisse einzustellen. *Du musst durchhalten, Alardus. Stark sein, deine Lüge verteidigen bis zum Schluss. Dann bist du sehr bald schon ein freier Mann!* Er schloss kurz die Augen. So, als wäre es bereits der Fall, sah er sich aus Heilbronns Stadttor treten. Alardus konnte es nicht erwarten, von hier wegzukommen und die Heimreise nach Halberstadt anzutreten. Nie mehr würde er an diesen Ort zurückkehren, wo er so viele falsche Entscheidungen getroffen hatte.

Ein Knarren ließ ihn aufblicken.

Die Tür wurde geöffnet. Vorsichtig lugte eine Magd durch den Spalt. Sie ließ ihre dünne Stimme erklingen – schon zum zweiten Mal in kürzester Zeit. »Bitte verzeiht mir. Aber müsst Ihr nicht gehen? Der Bürgermeister ist schon vor einer Weile zum Rathaus aufgebrochen.«

Er nickte. Mit seinem festen Entschluss im Herzen verließ Alardus schließlich das Haus des Bürgermeisters und hielt auf das Rathaus zu. Man hatte ihn als Ehrengast zu einer Sitzung geladen, bei der die hohen Herren über alles berieten, was den Gerichtstag betraf. Des Morgens hatte der Bürgermeister ihm erzählt, der Kaiser habe bestimmt, über die Sache der Laemmlin-Drillinge unter freiem Himmel von einer hölzernen Bühne aus zu entscheiden. Die Angelegenheit betreffe nicht nur die Patrizier, sollte er gesagt haben, sondern alle seine Untertanen. Zu diesem Zweck hatte man die Stände nahe dem Rathaus entfernen lassen, um Platz für das hölzerne Bauwerk zu schaffen, das von zahlreichen Zimmermännern in kürzester Zeit errichtet worden war.

Alardus staunte nicht schlecht, als er jetzt darauf zuhielt. Dort, wo kürzlich noch Buden und Stände jeden Handbreit Boden bedeckt hatten, befand sich nun eine erhöhte ebene Fläche, auf der weiche Teppiche lagen und gepolsterte Armlehnstühle für die Schöffen, die Vorsprecher, die Eidhelfer und den Richter standen. Rechts und links führten breite Treppen mit verzierten Handläufen hinauf.

Alardus ging daran vorbei und war in Gedanken schon im Rathaus. Doch er hatte unterschätzt, welche Wirkung sein Auftauchen haben würde. Als die Ersten ihn erkannten, kam er kaum mehr voran.

»Ihr seid es!« Ein altes Mütterchen sah ihn an, als sei er selbst der Allmächtige. Sie griff nach seiner Hand und küsste sie.

Alardus sprach einen Segen, in der Hoffnung, danach weiterzukönnen. Doch schon erkannte ihn die Nächste.

»Gott beschütze Euch«, sagte eine Frau mit schlechten Zähnen und kam ihm ganz nah, sodass er ihren üblen Atem riechen konnte. »Ihr habt uns vor Unheil bewahrt.«

Alardus schlug ein Kreuz und wollte dann eine andere Richtung einschlagen, doch er war umzingelt. Auf einmal schienen alle gleichzeitig näher zu kommen.

»Ihr seid ein Heiliger«, sprach ein Greis hinter ihm und streckte seine verkrümmten Finger aus.

»Bitte, berührt mein Kind und segnet es.«

Alardus tat es, und seine anfängliche Befangenheit wich dem warmen Gefühl vom Vortag. Man verehrte ihn! Dafür hatten sich alles Leiden und Warten gelohnt.

Schließlich erreichte er das Rathaus. Und als der Ratsbote die Flügeltür zum Saal öffnete, wurde er begrüßt von dem lauten Faustklopfen der wichtigsten Männer der Stadt. Sie alle nickten ihm anerkennend zu – beinahe schon dankbar. Alardus fühlte einen Schauer über seinen Körper laufen. Eine Woge der Zufriedenheit erfasste ihn. Ganz Heilbronn lag ihm zu Dank zu Füßen.

»Tretet doch ein, Priester. Wir haben schon auf Euch gewartet.« Heinrich Lieblip wies auf einen Platz neben ihn.

Erhaben lächelnd schritt Alardus an den Männern vorbei und setzte sich auf seinen Ehrenplatz.

Der Bürgermeister stimmte seine Rede an. »Nun, da wir vollzählig sind, lasst uns beginnen. Der morgige Gerichtstag wird für Heilbronn beispiellos werden. Zum einen, da wir einen Prozess gegen drei Mitglieder einer patrizischen Sippe erleben werden. Und des Weiteren, weil der Richter des Blutgerichts den Gerichtstag weder leiten noch ihm beiwohnen wird. Er befindet sich noch immer im Kirchenasyl, wo er auch bleiben wird. Wie er heute durch einen Boten hat mitteilen lassen, wäre er nur bereit, seine Unterkunft zum Gerichtstag zu verlassen, wenn man ihm freies Geleit nach Verlassen der Ordensmauern zusichert. Das aber hat der Kaiser abgelehnt.«

Alardus sah, wie einige Männer wütende Gesichter machten. Worte wie *Feigling* und *unerhört* erklangen. Dass der Blutrichter Schutz forderte, stieß ihnen merklich auf. Zu Recht schienen sie sich zu fragen, ob er selbst etwa so wenig an die Unschuld seiner Töchter glaubte.

»Bitte Ruhe, meine Herren«, verlangte der Bürgermeister. »Ich verstehe, dass diese Neuigkeit einige aufbringt. Doch diese Entscheidung liegt bei unser aller Kaiser.«

Die Stimmen wurden wieder ruhiger. Einer der Ratsherren, den Alardus als Hartmud Rotgalle erkannte, sprach den Gedanken aus, der sich allen jetzt aufdrängte. »Wenn der Richter sein Amt nicht ausführen wird, wer wird es dann tun?«

»Der Kaiser selbst, wie er mich heute wissen ließ.«

Diese Neuigkeit sorgte abermals für Aufregung. »Aber der Kaiser hat Heilbronn vor elf Jahren den Blutbann gewährt«, begehrte ein anderer Ratsmann auf. »Wenn er nun selbst den Prozess führt, beschneidet er uns unserer Rechte.«

»Genau«, stimmte ihm ein anderer zu. »Wo ist der Unterschied zu früher, als sein Vogt uns noch vorstand?«

Heinrich Lieblip beruhigte die Gemüter erneut. »Urteilt nicht vorschnell, meine Herren. Der Kaiser liebt Heilbronn. Sein unmittelbares Erscheinen und der Wunsch, dem Gericht vorzustehen, beweisen es. Wir haben nichts zu befürchten. Das Finden des Rechts verbleibt schließlich unverändert bei den Schöffen.«

Alardus sah, wie die Männer einer nach dem anderen zustimmten. Als kein Widerspruch mehr erklang, fuhr der Bürgermeister fort:

»Lasst uns nun darüber sprechen, was unser Kaiser den Heilbronnern vor Wochen in diesem Saal zusicherte, sobald man die Drillinge ergreift. Die Klage. Sie wird erhoben werden, und zwar von Katharina von Ebersberg. Darum bitte ich Euch, Komtur, zu uns zu sprechen.«

Alardus sah, wie der Komtur sich erhob.

»Habt Dank, Bürgermeister.« Er faltete die Hände vor dem Bauch. »Wie sich einige von Euch sicher denken können, werde ich als ihr Vormund mich morgen als Vorsprecher meiner Schwester anbieten. Wenn mein Wunsch dem Gericht zusagt, wird es zu einer Klage auf Gerüfte kommen, bei der sechs Schreimannen zum Übersiebnen der Täterinnen gebraucht werden. Meine Bitte an diejenigen, die damals …«

Die Sitzung flog nur so an Alardus vorbei, und mit jedem Moment, der verstrich, wurde ihm klarer, dass sich ein wirklich großes Ereignis anbahnte. Die Schöffen wurden bestimmt und die genaue Formulierung der Eidformeln besprochen. Viele der Worte hörte er zum ersten Mal. Ihre Bedeutung war ihm nicht immer ganz klar. Alardus nahm sich vor, den Bürgermeister am Abend danach zu fragen.

Ludwig IV. ging mit einem zerknüllten Pergament in der Hand durch die Kammer des Maulbronner Hofs. Es war der Brief, den der Armbruster ihm übergeben hatte. Die Blüten darauf bereiteten ihm noch immer Kopfzerbrechen.

»Kann es sein, dass es noch niemals so schnell gegangen ist, von Nürnberg nach Heilbronn zu kommen?«

Er sah die Kaiserin an und spürte an seinem steifen Nacken, dass er wohl eine ganze Weile auf den Brief gestarrt hatte. Dankbar nahm er den Becher Wein, den sie ihm reichte, legte das Pergament weg und setzte sich ihr gegenüber. »Wir sind Uns sogar sicher: Es ging noch nie schneller.«

»Ich könnte mich an das schnelle Reisen gewöhnen. Wenn es nur nicht so beschwerlich für den Rest der Gefolgschaft wäre.«

Der Kaiser musste schmunzeln. »In Eurem Alter haben Wir das auch gesagt. Heute ist es Uns lieber, gemächlich zu reisen und länger an einem Ort zu weilen. Wir haben Nürnberg diesmal nur ungern vorzeitig verlassen – zumal es derart unerfreuliche Umstände sind, die Uns zu dieser Eile trieben.«

»Da sprecht Ihr wahr«, sagte Margarethe mit ihrer hellen Stimme. »Heilbronn bietet dieser Tage wenig Quell für Müßiggang. Es wird Zeit, dass die Unruhen hier sich legen.«

Ludwig IV. sah seiner Gemahlin an, wie sehr ihr das morgen anstehende Gericht über die drei Schwestern zu denken gab. Er vermutete, der Umstand, dass sie selbst fünf Kinder hatte, von denen drei ebenso Töchter waren, trug Schuld daran.

»Jetzt seid Ihr es, die wahr spricht. Heilbronn hat viel ertragen müssen. So Gott will, wird das ein Ende haben, wenn man die Zauberinnen ihrer gerechten Strafe zugeführt hat.«

Margarethe nippte an ihrem Wein. Sie tat es auf eine ganz bestimmte Art und Weise.

Ludwig kannte dieses Verhalten. Es zeigte, dass sie überlegte, wie sie ihm eine Sache am besten sagen sollte. »Worüber denkt Ihr nach? Wir wünschen es zu erfahren«, sagte er und machte es ihr so leichter.

»Ich denke über die drei Schwestern nach.« Sie nahm noch einen Schluck Wein und blickte auf einen unsichtbaren Punkt vor sich. »Möglicherweise steht mir bloß im Wege, dass Götz Laemmlin ein Ehrenmann war, ebenso der Richter. Aber es fällt mir äußerst schwer, mir vorzustellen, dass Mitglieder dieser Sippe des Teufels sind.«

»Nun, auch Uns fällt es in diesem Fall schwer, das Offensichtliche anzunehmen. Als Wir damals im Rathaus von der Tat der Komturs-Schwester erfahren haben, waren Wir schließlich auch von der Unschuld der Schwestern überzeugt. Aber die Tatsache, dass die eine Laemmlin-Tochter doch noch am Leben ist, macht sie nun mal verdächtig. Das Ergebnis des Ordals hat sich dadurch verändert. Wir müssen nun zu Unserem Wort stehen. Das Gericht ist also unabänderlich.«

»Ich sehe ein, dass die drei durch ihr Erscheinen die Gemüter erhitzt haben. Und doch frage ich mich, weshalb sie die Gefahr auf sich genommen haben, wieder in Erscheinung zu treten. Benehmen sich Unholdinnen so?«

»Eine Antwort auf diese Frage zu finden ist schwer«, schloss Ludwig. »Wer vermag es schon, in die Köpfe derer zu sehen, die sich von Gott abgewandt haben? Könnten Wir es, befänden sich dort sicher nur Übel und Verderben. Möglicherweise ist es ein Segen Gottes, dass Wir dies nicht vermögen.«

Margarethe lächelte ihren Gemahl an. Es war ein dankbares Lächeln.

Ludwig verstand es. Sie wusste es zu schätzen, dass sie beide sich auf diese Weise austauschten. Es war nicht üblich, Frauen einzubeziehen in Dinge, die eigentlich von Männern geregelt wurden. Er hatte sie nie wissen lassen, dass ihre Gedanken ihm oft weiterhalfen.

Ein Klopfen an der Tür ließ ihn aufsehen. Sein Diener erschien.

»Mein Kaiser. Hier ist jemand, der Euch zu sprechen wünscht.«

»Wir sagten doch, dass Wir bis zum abendlichen Mahl belieben, ungestört zu sein.« Seine Stimme klang streng.

»Nie hätte ich gewagt, Euch zu behelligen, wenn ich nicht der Meinung wäre, Ihr wolltet den Mann sicher sehen.«

»Wer ist es?«

»Ebo Tucher, den Ihr in Nürnberg suchen ließet.«

Ludwig war verblüfft. »Schick ihn rein.«

Der Mann betrat den Raum und fiel zwei Mannslängen vor dem Kaiser auf die Knie. Er hielt den Kopf gesenkt. In dieser Haltung sagte er: »Mein Kaiser, meine Kaiserin. Ich danke Euch demütig, dass Ihr mich empfangt.«

Ludwig erhob sich und hielt langsam auf ihn zu. Er fragte sich, was dieser Mann, den er überall in Nürnberg erfolglos hatte suchen lassen, nun hier tat. Mit Absicht erlaubte er ihm nicht, sich zu erheben. »Wir hätten gute Lust, Euch einzusperren«, sagte er voller Groll. »Wo wart Ihr plötzlich? Und warum seid Ihr jetzt in Heilbronn? Gebt Uns besser eine Erklärung, die Uns befriedigt.«

»Um das zu tun, bin ich hier, Majestät.« Der Tucher wagte es aufzusehen. »Ich weiß nun, warum es Agnes Zoller derart schlecht ergangen ist.«

»Ihr Zustand ging nach unserer Kenntnis mit dem Erscheinen Eurer Gemahlin einher.«

»Das ist richtig, mein Kaiser. Sie sah meine Gemahlin auf dem Hof Eures Finanziers Konrad Hainz – vermeintlich in kürzester Zeit an verschiedenen Orten und in verschiedener Kleidung. Daraufhin zweifelte sie an ihrem Verstand. Die Wahrheit jedoch ist, dass sie nicht ausschließlich meine Gemahlin sah, sondern ebenso deren beiden Schwestern.«

Der Kaiser runzelte die Stirn. Die Erklärung des Tuchers klang wirr für ihn. »Wie kann das sein? Sehen die Schwestern Eurer Gemahlin sich denn so ähnlich, dass das möglich ist?«

»In der Tat, Majestät. Und zwar deshalb, weil sie Drillinge sind.«

»Drillinge?« Ludwig begriff schlagartig, was der Tucher ihm gerade zu erklären versuchte. »Sprecht weiter«, forderte er dennoch.

»Es ist tatsächlich so, wie es gerade scheint: Meine Gemahlin ist eine der Laemmlin-Drillinge. Allerdings hat sie sich mir als Beke aus Sontheim bekannt gemacht. Bis vor Kurzem hatte ich keine Ahnung von ihrer eigentlichen Herkunft.«

Im Augenwinkel nahm Ludwig wahr, wie Margarethe die Armlehnen ihres Stuhls umfasste und sich ein Stück vorbeugte. Sie hätte ihn niemals einfach unterbrochen, dessen war er sich sicher, doch nun forderte er sie mit seinem Blick auf, zu ihm zu sprechen.

»Die Blüten auf den Kleidern der Nürnbergerinnen …«, sagte sie. »Wenn sie aus der Hand der Tucher-Gemahlin stammen und diese eine der Laemmlin-Schwestern ist …«

Ludwig sah ruckartig zu Ebo Tucher, der noch immer kniete. »Was wisst Ihr über die Blüten auf der Armbrust?«

»Mit Verlaub, Euer Majestät. Wissen tue ich nichts. Aber

die Vermutung liegt nahe, dass sie aus der Hand einer meiner Schwägerinnen stammen – Eilika Laemmlin.«

»Holt sofort den Armbruster«, forderte der Kaiser nachdrücklich. »Und Ihr«, sagte er nun zum Tucher, »erhebt Euch.«

»Erlaubt Ihr, dass ich weiterspreche?«

Der Kaiser nickte.

»Es gibt nicht nur die Blüten auf Holz und auf Tuch. Es gibt sie auch auf …«

»Pergament«, beendete Ludwig den Satz des Tuchers. »Wir wissen das. Was Wir jedoch nicht wissen, ist, wie die Blüten hier draufgekommen sind.« Er deutete auf den kaiserlichen Brief.

»Nun, vielleicht kann ich Euch Antwort geben. Fragt Euren Schreiber Matteo dazu.«

»Das haben Wir bereits. Er weiß nichts von den Blüten, und Wir glauben seinem Wort.«

»Dann sagt ihm Folgendes: Clementia Laemmlin ist Gesa.«

Der Kaiser zögerte nicht. An seine übrige Schar Diener gerichtet, sagte er: »Holt den Mundator!« Seinem Befehl wurde sofort Folge geleistet. Während der Zeit, die es zu warten galt, begab sich der Kaiser zurück zu seinem Gestühl. Nachdenklich setzte er sich. Bis die geforderten Männer eintrafen, sprach niemand in der Kammer ein Wort.

Der Mundator kam als Erstes herein. »Mein Kaiser«, sagte er und fiel neben Ebo Tucher auf die Knie.

»Erhebt Euch.«

Wieder folgte Schweigen.

Der Mundator war sichtlich beunruhigt.

Schließlich brachte man auch den Armbruster. Er war von der Haft gezeichnet. Ludwig hatte ihn mit nach Heilbronn genommen, in der Hoffnung, dass der Mann sein Blüten-Geheimnis doch noch preisgab. Aber er hatte geschwiegen. »Nehmt ihm die Handfesseln ab.«

Jetzt beugte auch er die Knie. »Majestät.«

»Erhebt Euch, Armbruster.«

Ludwig sah von einem zum anderen. Diese drei Männer kamen aus völlig unterschiedlichen Teilen des Landes. Ebenso unterschiedlich war ihre Erscheinung. Dennoch einte sie eine Sache. Sie alle hatten der Krone bereits gute Dienste geleistet. Sie waren rechtschaffen. Ein Umstand, den er nicht missachten wollte. »Armbruster. Wir fragen Euch noch einmal. Wer hat die Blüten-Schnitzerei auf dem Holz Eurer Waffe gefertigt?«

Der Mann zögerte. Dann sagte er: »Selbst wenn mir dadurch Gefahr droht, einen Namen kann ich nicht nennen. Ich sage Euch aber, dass es meine Verlobte war.«

»Eilika Laemmlin ist Eure Verlobte?«, entglitt es Ludwig unbeherrscht.

Der Armbruster blickte erstaunt auf. Er hatte ganz offensichtlich nicht damit gerechnet, dass der Kaiser die Wahrheit schon kannte. »Ja, Majestät. So ist es. Nur stellte sie sich mir als Judith vor. Sie weiß nicht einmal, dass ich ihren wahren Namen kenne. Ich vernahm ihn, als sie beim Schnitzen der Blüten zu sich selbst sprach.«

Ludwig nickte nur. Dann wandte er sich seinem Mundator zu. »Nun zu Euch, Matteo. Wer ist Gesa?«

Der Schreiber schien kaum fassen zu können, was sich hier gerade abspielte. Mit ungläubiger Stimme sagte er: »Sie ist ein einfaches Mädchen aus Esslingen, das sich dort dem kaiserlichen Gefolge angeschlossen hat. Wir lernten uns zufällig kennen, und ich half ihr, als sie in Not war.«

Der Kaiser nahm den Brief des Armbrusters zur Hand. »Wir fragen Euch nun ganz offen. Hatte die Frau eine Möglichkeit, diese Blüten auf das Pergament zu bringen?«

Das Gesicht des Mundators wurde fahl.

»Gebt Uns eine Antwort, Mundator. War sie im Zelt der Schreiber?«

»Ja, sie war dort.«

»Wie oft?«

»Mehr als nur einmal.«

Ludwig sah die drei Männer nacheinander an. Er hatte das Geheimnis der Blüten aufgedeckt. Diese Tatsache verschaffte ihm Genugtuung. Noch immer war der Ärger, den er in Nürnberg empfunden hatte, sehr gegenwärtig. Eine andere Sache jedoch machte ihm zu schaffen. »Ebo Tucher, Ihr wurdet von Eurer Gemahlin getäuscht. Unter diesen Umständen könntet Ihr eine Auflösung der Ehe fordern. Und Ihr, Lando Armbruster, dürft die Verlobung aus den gleichen Gründen rückgängig machen.«

»Wenn Ihr erlaubt, würde ich gerne etwas dazu sagen«, meinte der Tucher.

»Tut es.«

»Das Auflösen meiner Ehe ist nicht mein Ziel. Im Gegenteil.« Er fiel wieder auf die Knie. »Ich flehe Euch an, das Leben meiner Gemahlin zu verschonen.«

Der Armbruster beugte ebenso das Knie. »Ich flehe Euch an, das Leben meiner Verlobten zu verschonen.«

Schließlich tat auch der Schreiber es den anderen beiden Männern gleich. »Auch wenn weder ein Ring noch ein Versprechen mich an sie bindet, bitte auch ich Euch, das Leben Gesas zu verschonen. Ich weiß, dass sie reinen Herzens ist. Eine aufrechte Christin, die mit Sicherheit keines Schadenzaubers schuldig ist.«

Ludwig nahm sich Zeit für seine Antwort. Er schritt eine Weile lang in der Kammer auf und ab – die Hände hinter seinem Rücken verschränkt. »Ihr wisst, dass das nicht möglich ist. Wir stehen zu Unserem Wort. Es wird zum Gericht kommen, denn Wir haben Heilbronn den Blutbann verliehen. Die Schöffen werden morgen unabänderlich über das Schicksal der drei Frauen entscheiden. Alles, was Wir Euch zusichern können, ist, dass Ihr im Falle eines Eides für die drei Frauen als Eidhelfer sprechen dürft. Außerdem gestehen Wir ihnen zu, dass sie von Uns einen Vorsprecher gestellt bekommen – den wohl kundigsten Mann im Reiche. Mehr zu tun steht nicht in Unserer Macht. Also geht hin und betet, auf dass Gott der Herr denen beisteht, die wahrlich reinen Herzens sind.«

SIEBTES KAPITEL

»Ich schaffe das nicht!«

»Reiß dich gefälligst zusammen, Katharina«, forderte Eberhard von Ebersberg streng. »Es kommt heute auf deine Besonnenheit an. Die Heilbronner setzen ihre Hoffnung in dich.«

»Aber ich muss so vieles beachten. Wie soll ich mir das alles merken? Ein Fehler und …«

»Du darfst eben keinen Fehler machen.« Der Komtur tippte sich mit zwei Fingern an die Schläfe. »Erinnere dich, was ich dir eingebläut habe. Du musst bloß dreimal das Gerüfte schreien, um eine Klage wegen handhafter Tat zu stellen. Bei diesem Teil kann ich dir nicht helfen. Das Recht fordert, dass du es alleine tust. Danach aber bin ich dein Vorsprecher, und du musst nur noch tun, was ich dir sage.«

Katharina hörte seine Worte, als wäre er weit weg. Sie hatte vergangene Nacht keine Stunde geschlafen. Immer wieder zählte ihr Bruder die Dinge auf, die sie vor Gericht zu tun hatte. Und doch konnte sie sich nichts davon merken. Alles an ihr strahlte blanke Angst aus.

»Hörst du mir überhaupt zu?«

»Ja«, log sie.

»Jeden Augenblick kann der Gerichtsbote kommen, der dich zu den Stellen des Gerüftes bringt. Sag die Worte noch einmal.«

»Ich …«

»Wie lautet das Zetergeschrei?«

Katharina fing an zu weinen. »Ich weiß es nicht mehr.«

Eberhard drehte sich abrupt von ihr weg und fuhr sich durch das Haar.

Sie vermutete, er war kurz davor, ihr eine schallende Ohrfeige zu verpassen, damit sie zu sich kam. Doch zu ihrer Überraschung war er ganz ruhig, als er sich wieder umdrehte.

Hörbar tief sog er seinen Atem ein und stieß ihn ebenso laut wieder aus. »Ich wollte es dir eigentlich nicht sagen.«

»Was?«

Eberhard sah seine Schwester nun mitfühlend an. »Ich war tatsächlich im Gespräch mit Götz.«

Katharina erstarrte. Etwas in ihr wollte ihn aufhalten weiterzusprechen.

»Du solltest sein Eheweib werden. Ich war bereit, dich gehen zu lassen, damit du glücklich würdest.«

Katharina schüttelte den Kopf. Das Gesicht von Götz erschien vor ihren Augen. »Nein …«

»Was Eilika Laemmlin damals am Wasser getan hat, betrifft dich also mehr, als du denkst. Sie hat dir den Mann genommen, der dein Verlobter gewesen wäre.«

»Nein!«, wiederholte sie schmerzerfüllt. »Warum hast du mir das nie gesagt?«

»Nach seinem Tod? Aus welchem Grund hätte ich das tun sollen? Um dich zu quälen? Nein. Ich wusste, du hast ihn geliebt.«

»Dann wollte mich Götz also auch?«

Eberhards Antwort war eine Geste. Weit breitete er seine Arme aus.

Katharina stürzte sich dankbar hinein. Sie war unfähig zu weinen, doch der Schmerz half ihr, sich zu besinnen. Irgendwann spürte sie, wie Eberhard sie an ihren Schultern von sich schob.

»Heute hast du die Gelegenheit, den Tod von Götz zu rächen. Nur heute!«

Katharina nickte. Das, was ihr Bruder ihr soeben eröffnet

hatte, änderte alles. War es jetzt nicht sogar ihre Pflicht, dafür zu sorgen, dass sein Tod gesühnt wurde?

»Wie lautet das Zetergeschrei?«, beharrte Eberhard.

»Zeter über die Mörderin und der Landleute Mörderin.«

»Gut. Genauso wirst du es sagen. Einmal vor dem Runden Turm, dann auf dem Weg zum Gericht und schließlich vor Gericht.«

Sie nickte wieder.

Dann klopfte es an der Tür.

»Seid Ihr bereit, Katharina von Ebersberg?«, fragte der Ratsbote.

»Ja.«

Eilika stand seit dem Morgengrauen in der Mitte des Turmverlieses – dicht an ihre Schwestern gedrängt. Ihre Beine hätten längst müde sein müssen, doch jedes Gefühl war von ihr gewichen. Beinahe kam es Eilika so vor, als hätte ihre Seele ihren Körper verlassen. Sie roch nicht mehr das faule Stroh und spürte nicht länger die klamme Kälte auf ihrer Haut. Alles, was sie beherrschte, war Angst.

Die Verwünschungen der Heilbronner, die sich allem Anschein nach um den Turm versammelt hatten, um zu sehen, wie sie zum Gerichtsplatz geführt wurden, ließen auf das Schlimmste schließen. Immer wieder erklangen dumpfe Laute.

»Sie werfen Gegenstände.« Clementia klang beherrscht.

»Wir müssen uns darauf gefasst machen, dass sie auch uns gleich bewerfen werden«, sagte Eilika.

»Denkt daran, was Ebo gesagt hat. Wahrt Haltung. Wir dürfen ihnen nicht zeigen, dass wir uns fürchten. Man muss uns die Unschuld ansehen.« Clementia griff nach den Händen ihrer Schwestern. »Wenn wir doch nur wüssten, ob Ebo etwas für uns erreichen konnte.«

»Er … er ist sehr wortgewandt und überzeugend«, versuchte Imagina ihnen kläglich Mut zu machen.

Eilika sprach es nicht aus. Aber die wütenden Rufe sagten etwas anderes, als dass der Tucher Erfolg gehabt hatte.

Als plötzlich lautes Geschrei aufbrandete, rückten die Schwestern noch dichter zusammen.

»Es ist so weit«, sagte Imagina in einem Ton, der angsterfüllter klang, als sie es sicher gewollt hatte.

Eilika rechnete damit, dass die Tür jeden Moment geöffnet wurde, doch stattdessen wurde es plötzlich ganz still. Fragend sah sie zu ihren Schwestern. »Was hat das zu bedeuten?«

»Zeter über die Mörderin und der Landleute Mörderin.«

»Das war Katharina!« Eilika fühlte, wie ihr das Blut aus dem Kopf wich. Ihr schwindelte. Gerade noch fingen sie die Schwestern auf. »Sie hat es wirklich getan!« Mit Mühe nur hielt sie sich auf den Füßen. Als Tochter eines Richters wusste sie, Katharina hatte soeben das Gerüfte geschrien. Man klagte sie tatsächlich des Mordes an Götz an.

Im nächsten Augenblick fiel ein Lichtstrahl ins Turminnere. Männer kamen herein und rissen die Schwestern auseinander.

Eilika konnte sich nicht dagegen wehren, ihre Schwestern taten es ebenso wenig.

Einer der Männer fragte: »Wer von euch ist Eilika Laemmlin?«

»Das bin ich.« Sie sah, wie dem Mann daraufhin ein Holzscheit und ein Seil übergeben wurde. Er packte ihre Hände und legte das Holz dazwischen.

»Festhalten!«

Eilika tat, was er verlangte. Ihr war klar: Das Holz sollte die Tatwaffe darstellen. Niemand würde beanstanden, dass es nicht das echte Mordwerkzeug war – obwohl dies das Recht eigentlich vorschrieb. Während man ihr die Hände nach vorne band, sah sie zu Imagina und Clementia. Ihnen hingegen wurden die Hände auf den Rücken gefesselt.

»Los, beweg dich, sonst mach ich dir Beine.«

Eilika starrte ins Licht. Sie fürchtete sich vor dem, was sie außerhalb des Turms erwartete. Doch sie hatte keine Wahl. Darum setzte sie einen Fuß vor den anderen. Hitze schlug ihr entgegen. Das Sonnenlicht war grell. Ihre Augen, die seit Tagen nur Dunkelheit um sich gehabt hatten, schmerzten. Das Geschrei der Menschen ging ihr durch den Körper und verursachte einen Schauer des Entsetzens. So wie erwartet schmissen die Heilbronner mit faulem Obst und kleinen Steinen auf sie. Eilika ging aufrecht. Sie wusste ihre Schwestern dicht hinter sich und wollte ihnen ein Beispiel sein. Ihre Augen hatte sie auf den Rücken von Katharina von Ebersberg gelegt, die in Begleitung eines Ratsboten direkt vor ihr lief.

Mitten auf der Lammgasse beschied der Ratsbote allen, stehen zu bleiben. Er gab Katharina ein Zeichen, worauf sie laut ihr Zetergeschrei rief.

»Zeter über die Mörderin und der Landleute Mörderin.«

Das Wort *Mörderin* war für Eilika nur schwer zu ertragen – ebenso der Jubel der Menschen dabei. Sie wollten ihre Hinrichtung. Das war unmissverständlich. Mittlerweile wünschte sie sich sehnlichst, den Gerichtsplatz endlich zu erreichen. Dort wäre sie wenigstens sicher vor den schmerzhaften Wurfgeschossen, von denen sie bereits einige am Kopf getroffen hatten. Wut darüber und Verzweiflung über die Ungerechtigkeit, die ihnen widerfuhr, trieben ihr die Tränen in die Augen. Doch Eilika unterdrückte sie. *Ich bin unschuldig. Man muss es mir ansehen.*

Als sie schließlich auf den Marktplatz kamen, erreichte die Lautstärke, die sie ohnehin die ganze Zeit begleitete, einen Höhepunkt. Die Menge konnte es offenbar nicht erwarten, dass der Prozess endlich begann. Alle Kraft der Männer um Katharina war nötig, um eine Gasse zu schaffen, durch die sie vorwärtskamen.

Eilika spürte den harten Griff des Wachmannes um ihren Arm, der sie durch die Leiber zu zerren versuchte. Ihre gebundenen Hände machten es ihr unmöglich, sich zu schützen vor den Finger, die nach ihr griffen. Die Angst ließ ihr Herz rasen. Ruckartig schaute sie die zornigen Gesichter um sich herum an – eines nach dem anderen, vergeblich auf der Suche nach einem Freund. Stattdessen bemerkte sie etwas anderes. Es war noch immer Jahrmarkt, doch die Buden und Stände vor dem Rathaus waren entfernt worden. An ihrer Stelle erhob sich hier eine hölzerne Bühne, in deren Mitte der Kaiser thronte. Hinter ihm saßen einige Ratsmänner, die, wie Eilika vermutete, heute als Schöffen dienen sollten.

Vor der Bühne kam Katharina plötzlich zum Stehen. Auch die Drillinge zwang man zum Anhalten.

»Was geschieht jetzt mit uns?«, flüsterte Clementia ihren Schwestern zu, die hier eng beieinanderstanden.

»Ich weiß es nicht«, gab Eilika zur Antwort und sah um sich. Viele vertraute Gesichter befanden sich unter den Zuschauenden. Frauen, die sie bereits ihr Leben lang kannten. Keine von ihnen machte Anstalten, sich für sie auszusprechen.

»Wo ist Mutter nur? Ist sie nicht gekommen, um uns beizustehen?« Imagina klang mutlos.

»Sie ist sicher hier. Irgendwo wird sie sein. Sei stark für sie«, beschwor Eilika die jüngere Schwester.

»Hast du Ebo schon gesehen?«, fragte jetzt Clementia.

»Nein.«

Obwohl Imagina sich bemühte, sah Eilika ihr an, wie bang sich ihr Herz anfühlte. Wahrscheinlich befürchtete sie, dass ihr Gemahl angesichts des Hasses, der ihr und ihren Schwestern hier entgegenschlug, womöglich doch die Flucht ergriffen hatte.

Die Menge wurde plötzlich leiser.

Eilika sah, wie der Ratsbote der Komturs-Schwester etwas ins Ohr flüsterte. Sie gab ein Zeichen ihrer Zustimmung. Dann sprach sie erneut ihr Zetergeschrei.

»Zeter über die Mörderin, und der Landleute Mörderin.«

Kaiser Ludwig nickte, worauf Katharina auf Weisung des Boten nach rechts ging.

Als Eilika ihr folgen wollte, versetzte der Mann an ihrer Seite ihr einen groben Stoß in den Rücken. Er zwang sie, nach links zu gehen, wo eine der beiden Treppen auf die hölzerne Bühne hinaufführte. Sie und ihre Schwestern erklommen die Stufen, ebenso, wie Katharina es auf der anderen Seite tat. Man führte sie bis vor den Kaiser.

Hier sprach der Ratsbote erneut zu Katharina, worauf sie nickte und eine Erklärung abgab.

»Vor den Augen der Schöffen und dem Richter bitte ich die Ratsboten zu bekennen, ob ich, Katharina von Ebersberg, das Vorbringen meines Gerüftes über eine handhafte Tat der Eilika Laemmlin, und die Klage auf Schadenzauber ebendieser und ihrer Schwestern, in angemessener und richtiger Weise getan habe, so wie es recht ist.« Ihre Stimme zitterte.

Der Ratsbote antwortete in Richtung des Kaisers: »Katharina von Ebersberg hat ihr Gerüfte so vorgetragen, wie es recht ist. Einer Klage auf Mord und einer Klage auf Schadenzauber steht nichts im Wege.«

Eilika sah den Kaiser die Worte entgegennehmen, indem er kurz sein Haupt senkte. Dann sprach er zur Menge:

»Da Wir vernommen haben, dass alles seine Richtigkeit hat, wird das Blutgericht heute tagen. Wir, Kaiser von Gottes Gnaden, werden Richter sein. Möge der Herr Uns die nötige Weisheit schenken.«

Diese Worte hatten einen lauten Jubel zur Folge, der erst wieder abebbte, als der Kaiser seine Hand hob.

»Wir fordern nun die Vorsprecher auf, sich zu zeigen.« Er streckte den linken Arm aus. »Der Komtur der Kommende des Deutschordens in Heilbronn.«

Eilika sah, wie Eberhard von Ebersberg die Stufen der Treppe nahm und sich an die Seite seiner Schwester stellte. Weder für sie noch für die Heilbronner war es wohl eine Überraschung, dass der Komtur dieses Amt belegte. Umso aufgeregter war Eilika, als sie sah, wie der Kaiser seinen rechten Arm ausbreitete. Sie hatte absolut keine Ahnung, welcher Name nun fallen würde.

»Der kaiserliche Kanzler, Hermann von Lichtenberg.«

Eilikas Blick ruckte in Richtung der nahen Treppe. Tatsächlich kam dort der Amtmann Ludwigs hinauf und stellte sich zu ihr, Clementia und Imagina. Was hatte das zu bedeuten? Eilika sah, wie die Zuschauenden sich gegenseitig anstießen. Gedecktes Gerede wurde hörbar. Und auch Eberhard von Ebersberg sah aus, als hätte man ihm einen Tritt verpasst. Die Stimme ihrer Schwester ließ Eilika sich wieder umdrehen.

»Matteo!«, flüsterte Clementia vor sich hin.

Eilika konnte sie nicht fragen, was sie damit meinte, denn der Kaiser bat erneut um Ruhe.

»Vorsprecher der Klägerin. Bringt nun Eure Klage vor und haltet Euch an die Regeln der Ansprache.«

Der Komtur nickte. »Herr Richter, so klagt hier Katharina von Ebersberg unserem Herrn Gott im Himmel und Euch, dem Richter, an seiner Statt, dass Eilika Laemmlin ihren Bruder gemordet hat und sie und ihre Schwestern Heilbronn durch Schadenzauber mit einem Unwetter belegt haben. Wir bitten Euch, Herr Richter, um ein Urteil und darum, dass Ihr die Laemmlin-Töchter zu einer Antwort auffordert.«

Der Kaiser sah nun zu seinem Kanzler. »Gebt Antwort als Vorsprecher, Hermann von Lichtenberg.«

»Dies war das rechte Begruzen und die richtige Ansprache der Klage. Es besteht kein Grund für die zweimalige Erholung, wie es recht ist.«

Eilika wusste, dass vor Gericht mit festgelegter Rede und Gegenrede gearbeitet wurde. Dennoch machte es sie in diesem Augenblick schier verrückt, keinen Einfluss zu haben auf das, was geschah. Sie wollte reden, sich verteidigen, die Wahrheit vorbringen. Doch niemand interessierte sich dafür, was sie und ihre Schwestern wollten. Ein Recht auf Verteidigung gab es nicht – nicht bei handhafter Tat.

Wieder nickte der Kaiser. »Da Wir abermals vernommen haben, dass alles seine Richtigkeit hat, und Wir die Tatwaffe in den Händen der Täterin sehen, wie es recht ist, hat die Klägerin nun das Recht auf einen Überführungseid. Er muss selbsiebt geleistet werden, damit die eidliche Überführung der vermeintlichen Mörderin gelingt.«

Eilika bekam bei dem Wort Mörderin erneut eine Gänsehaut. Sie wollte aufschreien, dass sie ihren Bruder nicht getötet und Heilbronn mit keinem Schadenzauber belegt hatte, aber das wäre ihr schlecht bekommen. Es war äußerst wichtig, wie sie und ihre Schwestern sich nun verhielten. Der kleinste Fehler – auf beiden Seiten – konnte dazu führen, dass die Lage sich unerbittlich änderte.

»Vorsprecher der Klägerin«, sagte der Kaiser nun. »Nennt jetzt die sechs Schreimannen, die das Zetergeschrei am Zeitpunkt der handhaften Tat gehört haben.«

Der Komtur sprach: »So rufe ich die ehrenwerten Männer dieser Stadt mit Namen. Sie sollen dienen als Eidhelfer und bestätigen den Eid als rein und wahr. Ich rufe die Herren Hartmud Rotgalle, Berthold Halbysse, Johannes Feurer, Engelmar Erer, Konrad Wiggmar und Konrad Schmid.«

Eilika schoss das Blut in den Kopf. Einige der Männer waren damals am Neckar nicht einmal in der Nähe gewesen. Wie konnten sie dann den angeblichen Mord bezeugen?

Ludwig IV. wartete, bis alle sechs sich zu Katharina von Ebersberg gestellt hatten. Dann fragte er: »Wer wird der Eidstaber sein, der die Schwurformel vorspricht, nachdem die heilige Reliquie von allen berührt wird?«

»Magister Gebwin, der Kirchherr der Kilianskirche, wird Eidstaber sein und die Schwurformel vorsprechen«, sagte Eberhard von Ebersberg.

Ausgerechnet, dachte Eilika und verdrängte den Gedanken, dass das ein schlechtes Zeichen war. Noch genau erinnerte sie sich daran, wie der Kirchherr sie und ihre Schwestern angesehen hatte, als man sie der Unpässlichkeit der Hiltegundis Schmid beschuldigt hatte.

»So soll es sein. Bringt die Reliquie.«

Einer der Ratsboten trug einen kleinen, aber kostbar aussehenden Schrein auf die Bühne. Eilika folgte ihm mit ihren Blicken, bis er vor Katharina stand. Sie schluckte trocken. Alles sah danach aus, dass in wenigen Augenblicken ihr Schicksal besiegelt war. Sie fühlte sich machtlos.

»Legt nun den ersten und zweiten Finger der rechten Hand auf, sodass sie sich nie berühren«, forderte der Kaiser.

Alle taten, was Ludwig IV. forderte. Dann sprach Meister Gebwin: »Wir erbitten nun den Wortlaut des Überführungseides vom Richter.«

Eilika hielt den Atem an.

»Er lautet: So befinden wir, dass sie, die eine, des Mordes schuldig ist und alle drei der Zauberei, so wahr mir Gott helfe und alle Heiligen.«

Der Kirchherr wandte sich um und sprach laut und überdeutlich die Schwurformel, die er vom Gericht empfangen hatte. »So befinden wir, dass sie, die eine, des Mordes schuldig ist und alle drei der Zauberei, so wahr mir Gott helfe und alle Heiligen.«

Einhellig antworteten die Eidhelfer und Katharina, langsam und Wort für Wort, um ja keinen Fehler zu machen. Während dieses Moments wagte kaum einer auf dem Marktplatz zu atmen.

Eilika blickte zu Katharina von Ebersberg. Und plötzlich sah diese auch ihr ins Gesicht. In der Miene ihrer einstigen Kindheitsfreundin war so vieles zu lesen. Wut. Entschlossenheit. Doch seltsamerweise ebenso Bedauern. Katharina bewegte ihre Lippen bis zum Schluss der Formel. Alle hatten die richtigen Worte gesprochen. Noch immer starrte sie Eilika an. Keine Freude über den gelungenen Schwur war von ihren Augen abzulesen. Da hob Katharina plötzlich den Finger von der Reliquie. Ein Raunen ging durch die Menge.

Eberhard von Ebersberg schnappte nach Luft.

Die Eidhelfer blickten erschrocken auf den Finger der Klägerin.

Einzig der Kaiser blieb besonnen und hielt sich strikt an Rede und Gegenrede. »Der Schwur ist getan. Hebt die Finger.«

Mit gepresster Stimme tat der Komtur, was er nun gezwungen war zu tun. »Wir erbitten die Antwort auf die Frage, ob der Beweis erbracht worden ist.«

An seinen Kanzler gewandt, sprach Ludwig IV.: »So fragen Wir Euch, Vorsprecher der Beklagten: War der Schwur vollkommen, so wie es recht ist?«

»Der Eid, der selbsiebt geschworen wurde, war nicht vollkommen. Die Überführung der vermeintlichen Mörderin ist fehlgeschlagen durch das Heben des Fingers von der Reliquie, bevor der Richter es gestattete. Näher am Beweis sind nun die Beklagten.«

Das bislang bloß unterdrückte Raunen der Umstehenden schwoll an zu lautstarkem Gerede.

Eilika sah noch immer fassungslos in Katharinas Gesicht. Sie schien als Einzige nicht verärgert über ihren folgenschweren Fehler. War es etwa Absicht gewesen? Ihr Bruder riss Katharina grob am Arm zu sich und zischte ihr etwas zu. Sein Gesicht war rot vor Zorn.

Der Kaiser hob eine Hand und bat damit um Ruhe. »Da der Schwur auf die Reliquie misslungen ist, ist es nicht zum Übersiebnen durch die Schreimannen gekommen. Stattdessen erhält die Beklagte nun das Recht auf einen Eineid, um sich freizuschwören.«

Eilika hörte, wie ihre Schwestern gleichzeitig den Atem einzogen. Diese Gelegenheit auf Rettung kam so vollkommen unerwartet, dass sie selbst es nicht fassen konnte. Hektisch blickte Eilika zum Kanzler. »Was muss ich tun?«, bestürmte sie ihn.

Dieser bedeutete ihr mit einer Geste, still zu sein.

Sie sah, wie der Ratsbote die Reliquie zu ihr herübertrug.

»Wer wird Eidstaber sein und die Schwurformel sprechen?«

Der Kanzler schien vorbereitet. »Der Prokurator der Franziskaner wird Eidstaber sein.«

Ruckartig fuhr Eilikas Kopf zur Treppe. Es war das erste Mal, dass sie Bruder Luppolt seit dem Gottesurteil zu Gesicht bekam. In ihr rief alles zur Flucht, obwohl sie durch Ebo wusste, dass er wohl ihr Freund war. Erst als er tatsächlich neben ihr stand, konnte sie das auch in seinen Augen sehen. Er lächelte ihr so unmerklich zu, dass es sicher nicht einmal Clementia und Imagina sehen konnten. Plötzlich sprach der Kanzler sie an. Ebenso leise, wie Eberhard es mit Katharina getan hatte.

»Seht Ihr den Stuhl, den man jetzt bringt?«

»Ja.«

»Ihr müsst Euch daraufsetzen. Die Reliquie wird bei Eurem Schwur auf Eurem Kopf ruhen. Tut nur, was man Euch sagt. Habt Ihr verstanden?«

»Ja.«

»Die Beklagte soll sich setzen«, forderte der Kaiser.

Eilika tat es. Sie hielt den Rücken übermäßig gerade und wagte kaum zu blinzeln vor Angst, etwas Falsches zu tun. Auf ihrem Kopf ruhte nun der Schrein. Aller Augen waren auf sie gerichtet. Auch ohne dass sich jemand entsprechend äußerte, war an den verschlossenen Gesichtern abzulesen, dass viele sie fehlen sehen wollten. Sie zitterte.

»Sprecht vor die Formel des Eineides, Prokurator«, sagte der Kaiser.

Eilika schlug das Herz bis zum Hals. Der Prokurator stellte sich so hin, dass der Richter und sie ihn gleichermaßen hören konnten. Gerade in dem Moment, da er zu sprechen begann, flog eine Schar Krähen krächzend über sie hinweg.

»Dessen mich Katharina von Ebersberg beschuldigt, des bin ich unschuldig, ebenso meine Schwestern, so mir Gott helfe und alle Heiligen.«

Verzweifelt sah Eilika Bruder Luppolt an. Das Krächzen der Vögel hatte kurzzeitig seine Stimme überdeckt. Sie wusste nicht genau, was das erste Wort gewesen war. Sollte sie ihn bitten, den Schwur zu wiederholen? Oder hätte sie schon dann ihre womöglich einzige Gelegenheit auf Freiheit vertan?

»Antwortet jetzt«, forderte der Kaiser.

Eilika musste es wagen. »Wessen mich Katharina von Ebersberg beschuldigt, des bin ich unschuldig, ebenso meine Schwestern, so mir Gott helfe und alle Heiligen.«

Der Jubel einiger Heilbronner ließ sie augenblicklich wissen, dass sie das falsche Wort gewählt hatte. Es war nicht *wessen* gewesen, sondern *dessen*. »Nein«, flüsterte Eilika bang.

Der Kaiser fuhr unbeirrt fort und sprach den Ratsboten neben dem Kanzler an. »Der Schwur ist getan. Hebt die Reliquie.«

Nun war es am Kanzler zu fragen: »Wir erbitten die Antwort auf die Frage, ob der Beweis erbracht worden ist.«

Der Richter fragte die Gegenseite: »So fragen wir Euch, Vorsprecher der Klägerin: War der Schwur vollkommen, so wie es recht ist?«

Eberhard von Ebersberg antwortete mit einem zufriedenen Gesicht: »Der Eineid, der geschworen wurde, war nicht genügend vollkommen. Die Schwurformel ist unabänderlich.«

Der sonst so beherrschte Kanzler wirkte mit einem Mal aufgebracht. Entgegen der streng vorgegebenen Rede und Gegenrede sprach er den Kaiser an: »Es waren die Vögel. Ich fordere das Recht auf einmalige Erholung.«

»Das ist unzulässig«, widersprach der Komtur gelassen. »Gott selbst schickte die Vögel, um seinen unmissverständlichen Willen zu zeigen. Es war Fügung.«

Die Stimmung vor der Bühne heizte sich binnen weniger Augenblicke auf. Eilika sah, wie die Menschen selbst über einen Entschluss der strittigen Frage zu debattieren begannen. Noch immer saß sie auf dem Stuhl – den Blick nun auf ihre

Schwestern gerichtet. Auch ihnen schienen die Münder trocken und die Knie weich zu werden.

Ludwig IV. hob jetzt die Hand. Das erste Mal seit Beginn des Gerichts wirkte er nachdenklich. So, als hätten die Vorgaben des Prozessgebarens auf diese Streitfrage keine Antwort. Nur langsam wurde es stiller auf dem Marktplatz. Und dann dauerte es nochmals eine ganze Weile, bis er seinen Entschluss verkündete. »Wir entsprechen dem Wunsch von Hermann von Lichtenberg. Der Schwur wird wiederholt.«

Nach diesen Worten kam es zu wütenden Zwischenrufen aus der Menge der Zuschauenden. Augenscheinlich waren einige anderer Meinung.

Eilika selbst schloss vor Erleichterung die Augen und sammelte noch einmal all ihre Gedanken. *Blende aus, wo du bist und wer dir alles übel wünscht.* Im Stillen beschwor sie sich selbst. Diesmal würde sie es schaffen. Sie musste! Es war mit Sicherheit die letzte Gelegenheit, ihren Hals und den ihrer Schwestern zu retten.

Der Kaiser fügte noch etwas hinzu: »Diesmal aber soll die Beklagte keinen Eineid leisten. Sie soll selbdritt schwören. Und Wir bestimmen die Eidhelfer, die ihren Schwur als rein und wahr bestätigen.«

Eilika öffnete die Augen. Um Katharina wurde es laut. Eberhard von Ebersberg musste sich sichtlich beherrschen, um nicht die Fassung zu verlieren. Es war ihm anzusehen, dass er vor Wut bebte. Doch er konnte nichts tun. Der Kaiser hatte entschieden, seine unanfechtbare Macht zu nutzen. Das, was er für rechtens hielt, sollte nun geschehen.

»Die Eidhelfer, die Wir bestimmen, sind Lando Armbruster und Unser Mundator Matteo.«

Eilika wäre fast von ihrem Stuhl aufgesprungen. Gerade noch konnte sie sich beherrschen. Lando kam als Erster die Treppen hoch. Er sah sie an mit einem Blick, der Eilika sofort Kraft einflößte. Obwohl sie in einer solch misslichen Lage war, vor Gericht als vermeintliche Mörderin und mit gebundenen Händen, schien er ihr sagen zu wollen, dass alles gut werden würde. Eilika nickte ihm zu und richtete ihren Rücken wieder gerade auf. Sie wollte nicht schwach erscheinen vor ihm. Nicht jetzt, da er tatsächlich gekommen war, um ihr beizustehen. Clementia und Imagina schienen ebenso zu fühlen, als sie die Männer sahen. Zweifel und Ängste verschwanden aus ihren Gesichtern. In diesem Augenblick, als sich ihrer aller Blicke einen Herzschlag lang trafen, spürte Eilika jene tiefe Verbindung, die sie seit ihrer Geburt teilten. Sie wusste, was in den Köpfen der anderen vorging. Gleich wären sie frei!

»Die Reliquie«, forderte der Kaiser.

Der Ratsbote ging zu Eilika und tat, was er eben schon getan hatte.

Eilika hörte nicht mehr die aufgebrachten Stimmen der Gegenseite. Und auch nicht die Rufe der Zuschauenden, die gegen sie waren. Stolz blickte sie vor sich. Kein Schwarm Vögel, sei er auch noch so laut, würde sie jetzt mehr von den rechten Worten ablenken.

»Jetzt die Eidhelfer«, fuhr der Kaiser fort. »Legt nun den ersten und zweiten Finger der rechten Hand auf, sodass sie sich nie berühren.«

Eilika sog die warme Luft tief in sich ein. Es war ihr, als wäre sie sich nie zuvor eines Augenblicks so bewusst gewesen. Und als Matteo und Lando sich beinahe schon schützend neben sie stellten, wurde das Gefühl noch einmal verstärkt.

»Wir erbitten nun den Wortlaut des Überführungseides vom Richter.«

»Er lautet: So befinden wir, dass sie nicht schuldig ist des Mordes und der Zauberei, so wahr mir Gott helfe und alle Heiligen.«

Der Prokurator holte tief Luft. Lauter, als es eigentlich erforderlich war, sagte er: »So befinden wir, dass sie nicht schuldig ist des Mordes und der Zauberei, so wahr mir Gott helfe und alle Heiligen.«

Zu dritt, in einem perfekten Gleichklang, wiederholten sie den Schwur. Die zwei tiefen Männerstimmen übertönten dabei jene von Eilika. Doch ihre überdeutlichen Mundbewegungen bewiesen, dass auch sie die Worte richtig wiederholt hatte.

Der Kanzler ließ jetzt ein Lächeln zu. Er zwinkerte in Eilikas Richtung, doch meinte er nicht sie, sondern den Mundator. Matteo flüsterte kaum hörbar: »Ihr habt es geschafft.«

Von Eilika fiel eine Last, die sie in Worte nicht zu fassen vermocht hätte. Tränen der Erleichterung schossen ihr in die Augen. Sie sah zu ihren Schwestern, denen es ebenso erging. Jetzt brauchte es nur noch die Bestätigung des Kaisers, und sie wären frei.

»Der Schwur ist getan. Hebt die Finger, und nehmt die Reliquie fort.« Der Kaiser machte eine Handgeste, auf die hin sich der Ratsbote mit dem Schrein entfernte.

Jetzt sah Eilika hoch zu Lando. Ohne den Kopf zu senken, um das Gericht nicht zu erzürnen, richtete er seine Augen auf sie. Mit ihren Lippen formte sie stumm das Wort *Danke*.

»Wir erbitten die Antwort auf die Frage, ob der Beweis erbracht worden ist.« Der Kanzler sah erwartungsvoll zum Kaiser.

»So fragen Wir Euch, Komtur des Deutschordens. War der Schwur vollkommen, so wie es recht ist?«

»Der selbdritt gesprochene Schwur war vollkommen.«

»Wir haben vernommen, dass der Reinigungseid gelungen ist. Darum bitten Wir die Schöffen nun zu urteilen.«

Die Beratung der Ratsherren war kurz. Wenige Worte wurden gesprochen. Dazwischen sah Eilika knappe Gesten. Wenig später erhob sich der Bürgermeister.

»Die Schöffen des Blutgerichts sind zu einem Urteil gekommen.«

Es war gänzlich still in Heilbronn. Kein Laut war mehr zu vernehmen, nicht einmal ein Krächzen der Krähen.

»Die Beschuldigte hat sich und somit auch ihre Schwestern

mithilfe ihrer Eideshelfer vor Gott und uns gereinigt. Der Beweis ihrer Unschuld ist ausreichend erbracht. Die drei Frauen sind frei. Man soll ihre Hände losbinden.«

Matteo wartete nicht, bis ein Ratsbote mit einem Messer kam, um die Fesseln Clementias zu durchschneiden. Und auch Ebo dauerte das zu lang. Aus der Menge der Zuschauenden hielt er auf seine Gemahlin zu, um selbst die Seile zu lösen.

Lando hatte sich zu Eilika gebeugt und riss mit all seiner Kraft an den Knoten, bis das Seil und das Holz endlich zu Boden fielen. Dann zog er sie in seine Arme. »Ich hatte solche Angst um dich. Warum hast du mir nicht einfach die Wahrheit gesagt?«

Eilika wollte ihm Antwort auf all seine Fragen geben, doch sie konnte nur eines sagen. Immer und immer wieder: »Wir sind frei. Wir sind frei.« Sie sah zu Bruder Luppolt. Er lächelte ihr zu. Eilika löste sich von Lando und ging auf ihn zu. Kurz bevor es zu spät war, hielt sie sich dazu an, einen Mann der Kirche besser nicht zu umarmen. Stattdessen nahm sie seine Hände und küsste sie. »Wie können wir Euch nur jemals danken?«

»Gar nicht. Eure Freiheit ist mir Dank genug.«

Imagina und Clementia kamen jetzt auf Eilika zugelaufen. Ungestüm fielen sich die Drillinge in die Arme und lachten ausgelassen, als das laute, rhythmische Aufstampfen eines Fußes alle Aufmerksamkeit auf sich zog.

Eberhard von Ebersberg war es, der auf das Holz der Bühne stampfte. So lange, bis alle zu ihm sahen. »Als Vorsprecher meiner Schwester Katharina von Ebersberg schelte ich das Urteil stampfenden Fußes, gleich nach dessen Verkündung, so wie es recht ist.«

Alardus bekam eine Gänsehaut über den ganzen Körper. Von seinem Platz vor der Bühne aus sah er, wie die soeben noch jubelnden Drillinge sich nun fassungslos ansahen. Die Männer, die ihre Eidhelfer gewesen waren, umgaben sie. Was ging hier vor sich?

»Das ist doch lächerlich«, stieß der Kanzler verärgert aus. »Aus welchem Grund soll das Urteil gescholten werden? Alles hatte seine Richtigkeit!«

Alardus blickte zum Kaiser. Ebenso wie die Schöffen hatte auch er sich bereits erhoben. Nun begaben er und die Ratsherren sich zurück zu ihren Stühlen. Der Kaiser bat um Stillschweigen.

»Das Gericht ist noch nicht zu Ende. Ruhe!«

Es dauerte etwas, bis es leise genug war, sodass man den nächsten Redner hören konnte. Es war der Bürgermeister. »Da die Urteilsschelte in der rechten Form und zur rechten Zeit vorgetragen worden ist, wird sie von den Schöffen gestattet.«

Ludwig IV. nahm das regungslos zur Kenntnis und sagte zum Komtur: »Dann sprecht Eure Begründung. Und macht ebenso einen Vorschlag für ein neues Urteil, so wie es recht ist.«

»Das Urteil muss gescholten werden, da es glaubhafter Männer bedarf, die vor Gericht als Vorsprecher, Eidhelfer und Eidstaber tätig sind.«

»Welcher der Männer genügt diesem Anspruch Eurer Meinung nach nicht?«, fragte der Kaiser.

Alardus spürte sein Herz mit einem Mal kräftig schlagen. Bis zu diesem Moment wusste er nicht, welche Rachepläne der Komtur verfolgte. Jetzt würde er es endlich erfahren.

»Es ist der Prokurator der Franziskaner.«

Alardus stieß seinen Atem aus. Er sah zu Christan, der sich seine wahren Empfindungen nicht anmerken ließ. So war er immer schon gewesen: beherrscht. Selbst als der Komtur fortfuhr, bewahrte Christan Haltung.

»Ehrwürdiger Herr Richter, es gibt eine unschöne Wahrheit, die ich berichten muss.«

»Dann tut das jetzt vor den Augen und Ohren aller.«

»Der Prokurator ist nicht der, der er ausgibt zu sein. Er ist der frühere Begleiter des Bußpredigers Alardus. Jener Mönch aus Halberstadt, von dem Ihr, Majestät, in Esslingen erfahren habt.«

Der Kaiser war noch immer ruhig. Es schien so, als hätte er die Absichten des Komturs noch nicht durchschaut. »Das allein macht ihn nicht zu einem unehrenhaften Mann.«

»Aber eine Lüge, dem Herrscher des Reiches ins Gesicht, sehr wohl. Damals im Rathaus fragtet Ihr ihn, ob der Bußprediger ihm bekannt sei. Seine Antwort darauf war nein.«

Alardus wurde heiß und kalt zugleich. Er selbst war damals nicht anwesend gewesen. Wenn es aber stimmte, was der Komtur sagte, war Christans Schicksal besiegelt. Es war bloß ein kleines Zucken im Augenwinkel des Kaisers, das Alardus wissen ließ, Ludwig IV. hatte verstanden. Seine Lippen wurden langsam schmaler.

»Sagt Uns, Prokurator …« Die Stimme des Kaisers klang plötzlich verändert. »Ist es wahr, was Wir da hören?«

Noch immer war Christans Haltung unverändert, wie Alardus nicht ohne Bewunderung feststellte. Er kannte ihn jedoch gut genug, um dennoch zu bemerken, dass die Antwort ihn Überwindung kostete.

Einem Nicken seinerseits folgten die tonlosen Worte: »Es stimmt. Jedes Wort ist wahr.«

Der Wittelsbacher legte den Kopf schief. »Das heißt, Ihr wagt es tatsächlich, als Mann von Ehre vor Gericht aufzutreten, obwohl Ihr Uns, Euren Kaiser, zuvor schändlich belogen habt?«

»Auch wenn ich Eure Milde nicht verdiene, lasst mich vielleicht …«

»Schweigt gefälligst«, forderte der Kaiser scharf. »Wir müssen Uns fragen, ob Ihr von Sinnen seid.«

»Die Umstände haben mich zu dieser unverzeihlichen Verfehlung …«

»Schweigt!« Seine Stimme klang nun bedrohlich.

Christan gehorchte und ließ das, was nun kam, über sich ergehen.

Der Kaiser erhob sich und ging auf ihn zu. »›Du sollst nicht lügen‹, so steht es in der Heiligen Schrift geschrieben. Habt Ihr sie überhaupt jemals gelesen?«

Der Prokurator hielt sich an das, was Ludwig IV. ihm aufgetragen hatte, und gab keine Antwort.

»Eure Taten vor diesem Gericht erscheinen Uns nun in einem anderen Licht. Ihr seid von schadhaftem Wesen. Jeder von Euch gestabte Eid ist somit ungültig.« Der Kaiser wandte sich von ihm ab und setzte sich wieder auf seinen Stuhl. »Vorsprecher der Klägerin. Wie lautet Euer Vorschlag?«

»Ich schlage vor, dass die Beteiligung des Prokurators an einem Eid auf eine heilige Reliquie als Meineid geltend gemacht wird und er das entsprechende Urteil erhält.«

»Wir gestatten es«, sprach der Kaiser ohne Verzug. Es war zweifellos die Wut, die ihn so schnell handeln ließ.

»Außerdem schlage ich vor, das durch ihn ungültig gewordene Urteil über die Schuld der drei Frauen aufzuheben und Katharina von Ebersberg stattdessen das gleiche Recht einzuräumen, das soeben die Gegenseite erhielt: ein Reinigungseid selbdritt geschworen, mit den Eidhelfern Ritter Hartmann von Bockingen und dem Bußprediger Alardus aus Halberstadt.«

Der Kaiser sah zu Christan, dann auf die Drillinge und die Männer, die sie umgaben. Wenn er Zweifel hegte, konnte Alardus sie nicht in seinen Augen erkennen. Das Einzige, was er sah, war der Zorn auf die Lüge in seinem Gesicht. Er machte eine wegwischende Geste mit dem Arm und rief beinahe schon trotzig: »Auch das gestatten Wir.«

»Nein!«, stießen alle drei Schwestern aus. Fassungslos hielten sie einander fest.

Einige der Schöffen hinter dem Kaiser begannen zu protestieren. Es war offensichtlich, dass dieses vorschnelle Verhalten ihrer Meinung nach nicht im Sinne eines ordentlichen Gerichts war.

Der Kaiser jedoch gebot Stille. Er war über die Widerrede so erbost, dass er beinahe brüllte. »Ruhe vor Gericht. Wir gestatten nicht, dass Unser Wort in Zweifel gezogen wird.« Als es daraufhin leiser wurde, gab er eine Erklärung ab: »Wir, Ludwig IV., sind Kaiser von Gottes Gnaden und Richter an seiner statt. Der Prokurator der Franziskaner hat sich an Uns versündigt. Und alle, die sich an Uns versündigen, versündigen sich ebenso an Gott.« Kurz ließ er seine Worte nachwirken, dann sprach er zu Eberhard von Ebersberg: »Tut, was getan werden muss, Vorsprecher der Klägerin.«

Der Komtur handelte umgehend. »Ich fordere die Eidhelfer auf, an die Seite der Klägerin zu kommen.«

Alardus empfand seine eigenen Schritte auf den hölzernen Stufen als unnatürlich laut. Voller Anspannung stellte er sich neben Ritter Hartmann auf und wartete, dass Meister Gebwin ihnen stabte.

Schließlich tat Alardus, was getan werden musste. Während er laut und deutlich den Eid wiederholte, war er unfähig, sich selbst davon abzuhalten, Christan ins Gesicht zu sehen. Unerwartet kam es über ihn, dieses Gefühl, als befänden sie sich wieder auf den Wegen des Reiches. Wie damals. Nur sie beide. Christan hatte ihn nie allein gelassen – ganz gleich, wie oft er gescheitert war. Nur dieses eine Mal, auf dem Marktplatz in Heilbronn. An diesem Tag hatte Alardus die scheinbar grenzenlose Geduld des Mönches überspannt. Und das hatte sie nun hierhergeführt. Aus ihnen, den einstigen Weggefährten, waren Gegner geworden. Alardus hatte das nicht gewollt. Ein Zurück konnte es aber nicht mehr geben. Er vernahm die Aufforderung, seinen Schwurfinger von der Reliquie zu heben. Wenig später war alles vorbei. Alardus sah noch immer zu Christan und er zu ihm. Eigentlich hatte er erwartet, Hass im Blick des Mönches zu sehen. Doch es war etwas anderes.

Alardus erkannte, dass es Enttäuschung war. Sein Herz wurde schwer. Erst die Stimme des Komturs veranlasste ihn, sich von dem Anblick loszureißen.

»Wir erbitten die Antwort auf die Frage, ob der Beweis erbracht worden ist.«

»So fragen Wir Euch, Vorsprecher der Beklagten. War der Schwur vollkommen, so wie es recht ist?«

Die Stimme des Kanzlers klang matt: »Der selbdritt gesprochene Schwur war vollkommen.«

Der Kaiser nickte. »Wir haben vernommen, dass der Reinigungseid gelungen ist. Darum bitten Wir die Schöffen zu urteilen.«

Alardus sah zu den Ratsherren, die abermals nicht lange brauchten. Sein Blick haftete an ihnen, bis der Bürgermeister sich erhob.

»Die Schöffen des Blutgerichts sind zu einem Urteil gekommen«, sprach Heinrich Lieblip schließlich. »Die Beschuldigten wurden durch den Eid der Gegenseite überführt. Ihr Missverhalten gilt als ausreichend erwiesen. Am Tag nach diesem, wenn die Sonne aufgegangen ist, sollen sie auf dem Galgenberg gehängt werden. Damit ist dem Recht Genüge getan.«

Alle Rufe der Drillinge gingen unter im ohrenbetäubenden Jubel der Menge. Viele reckten die Fäuste in die Luft, als hätten sie eine Schlacht gewonnen.

Alardus sah, wie eine der Schwestern die Besinnung verlor und zu Boden ging. Der Schreiber des Kaisers beugte sich zu ihr, doch ein Wachmann schob ihn grob beiseite und schulterte sie. Die anderen beiden wurden unter den fassungslosen Blicken Landos und Ebos mitgezerrt. Obwohl es das Urteil war, was Alardus die ganze Zeit angestrebt hatte, musste er das Gefühl niederringen, für ein unsagbar großes Unrecht gesorgt zu haben. Im Diesseits war er endlich frei. Im Jenseits jedoch wartete mit Sicherheit die Hölle auf ihn.

Ein letztes Mal gebot der Kaiser Ruhe. Alardus wusste, dass

noch über Christan entschieden werden würde. Anders als eben war es ihm plötzlich unmöglich, den Mönch anzusehen. Er schloss stattdessen die Augen und schickte ein Stoßgebet gen Himmel. *Allmächtiger, lass den Kaiser mit Milde urteilen. Ich flehe dich an, oh Herr. Nicht er ist der Sünder. Ich bin es!*

»Die Eindeutigkeit der Tat macht einen Prozess überflüssig. Darum bitten Wir die Schöffen, gleich über den Prokurator zu urteilen.«

Die Schöffen schoben ihre Köpfe dichter zusammen und redeten aufgebrachter und länger als die beiden Male zuvor.

Als der Bürgermeister zu sprechen begann, öffnete Alardus die Augen.

»Die Schöffen des Blutgerichts sind zu einem Urteil gekommen. Strafe für den Meineid vor Gericht wird sein das Brandmarken und das Verweisen aus der Stadt.«

Eine Welle der Erleichterung durchfuhr Alardus. Die Knie wurden ihm weich. Christan würde also mit dem Leben davonkommen.

Doch die Schöffen waren noch nicht fertig. »Die Strafe für das Belügen des Kaisers wird das Herausreißen der Zunge sein, da es das Werkzeug der Tat war. Die Vollstreckung des Urteils wird ebenso stattfinden am nächsten Tag kurz nach Sonnenuntergang auf dem Galgenberg.«

Alardus sah nun doch zu Christan. Dieser war bleich geworden, seine Lippen blutleer. Zwei Männer waren nötig, um ihn rechts und links zu stützen. So schleifte man ihn mehr davon, als dass man ihn führte.

»Ihr Bürger dieser kaisertreuen Stadt«, sprach der Wittelsbacher nun und erhob sich. Langsam schritt er an den Rand der Bühne, wo ihn jeder in voller Gänze sehen konnte. »Wenn der nächste Morgen graut, ist Heilbronn befreit von dem Übel, das seit langer Zeit hier sein Unwesen treibt. Die Wahrheit hat schließlich den Sieg errungen, so wie es sein soll. Dem Herrn im Himmel sei's gedankt.« Er schlug ein Kreuz, und jeder auf dem Marktplatz und der Bühne tat es ebenso. »Bußprediger!«, forderte Ludwig IV. jetzt.

»Majestät?«

»Sprecht ein Gebet. Wir wollen Gott danken, dass er Uns die Wahrheit aufgezeigt hat.« Der Kaiser fiel auf die Knie und faltete die Hände.

Alardus trat vor und machte eine segenspendende Geste. Seine Worte jedoch sagte er ohne jede Leidenschaft: »Gratias agamus Domino Deo nostro …«

ACHTES KAPITEL

Das kleine Haus auf dem Maulbronner Hof, in das der Mundator Ebo und ihn nach dem Gericht gebracht hatte, lag im gelblichen Schein der untergehenden Sonne. Lando empfand deswegen Wut. Am liebsten hätte er die weit geöffneten Läden zugeschlagen, um weder die Wärme zu spüren noch die singenden Vögel zu hören. Wie konnte es diese Herrlichkeit gerade geben, wo gleichzeitig so etwas Schreckliches geschah?

»Wann kommen sie nur zurück?«, fragte Lando den Tucher, der mit ihm in der Kammer ausharrte.

Im Gegensatz zu ihm lehnte Ebo neben einem Fenster. »Ich deute das als gutes Zeichen. Womöglich debattieren sie. Das kostet Zeit.«

»Vielleicht habt Ihr recht.« Lando war rastlos. Er konnte seiner Anspannung nur Herr werden, solange er umherlief. Als endlich die Tür aufging, blieb er das erste Mal seit Langem stehen. Er sah den Mundator eintreten, sein Gesicht verhieß nichts Gutes. Hinter ihm erblickte Lando den Kanzler, Heinrich von Lichtenberg.

»Was hat der Kaiser gesagt?«, bestürmte er die Männer. »Wird er über unser Gnadengesuch nachdenken?«

Der Kanzler schüttelte den Kopf. »Ich habe getan, was in meiner Macht steht.«

»Er hat eine Begnadigung abgelehnt?«

»Ja, und selbst Eure Bitte, zu den Schwestern gehen zu dürfen. Es tut mir leid.«

Lando fuhr sich mit der Hand durch das Haar. »Was bleibt

uns nun noch zu tun?« Keinen Augenblick lang zog er in Erwägung, die Frau, die er liebte, aufzugeben.

Ebo trat auf den Kanzler zu. »Ihr kennt Ludwig IV. am besten. Sagt uns die Wahrheit freiheraus. Wird der Kaiser sich noch umstimmen lassen?«

»Macht Euch besser keine allzu großen Hoffnungen. Das Stattgeben einer Begnadigung ohne jede Veranlassung ist selten. Unserem Kaiser ist daran gelegen, die Ruhe und die Ordnung in dieser Stadt wiederherzustellen. Eine Änderung des Urteils, das die Schöffen in Einigkeit getroffen haben, hätte das Gegenteil zur Folge.«

Lando verstand, auch wenn er am liebsten widersprochen hätte.

Der Kanzler schien zu sehen, wie schwer es ihm fiel, seine Worte anzunehmen. Darum ließ er sich wohl zu eher vertraulichen Worten hinreißen. »Armbruster, hört mir zu. Der Mundator und ich sind in Freundschaft verbunden, solange ich denken kann. Aus diesem Grund war ich auch der Vorsprecher der Schwestern. Dennoch ist es zum Schlimmsten gekommen. Auch wenn es wenig bescheiden klingt, niemand hätte vor Gericht wohl mehr für sie erwirken können als ich. Es wird Zeit, das Unabänderliche anzunehmen.«

Lando schluckte schwer. »Ich danke Euch für alles. Auch wenn es anders gekommen ist, als wir es uns gewünscht haben, habt Ihr uns einen großen Dienst erwiesen.«

»Ja«, ergänzte Ebo. »Auch ich danke Euch, Kanzler.« Er legte die rechte Hand auf seine Brust und verbeugte sich knapp.

»Ich muss nun gehen. Der Kaiser verlangt nach meiner Gegenwart beim Mahl.«

Das Geräusch der zuschlagenden Tür hatte etwas so Endgültiges, dass Lando schlecht davon wurde. Er trat zu einem der Fenster und sog die Luft ein. Keiner der drei Männer sprach. Es gab einfach nichts mehr von Belang zu bereden.

Lando hätte nicht zu sagen vermocht, wie lange er an diesem Fenster stand. Die Sonne war schon untergegangen. Das letzte bläuliche Licht erhellte die Häuser des Maulbronner Hofs, als er eine Gestalt ausmachte. Die Kapuze des Umhangs über den Kopf gezogen, führte sie ein Maultier hinter sich her. Lando beschlich eine Ahnung. Er verließ die Kammer und lief nach draußen. Dort rief er: »Bleibt stehen.«

Die Gestalt gehorchte.

»Seht mich an, Bußprediger.«

Alardus drehte sich um und streifte die Kapuze ab. »Was wollt Ihr von mir?«

»Ich will wissen, was Ihr vorhabt.«

»Es geht Euch zwar nichts an, aber ich verlasse die Stadt.«

»Ihr werdet dem Ergebnis Eurer Verleumdungen nicht beiwohnen?«

»Seht Euch vor«, warnte Alardus. »Das, was Ihr andeutet, könnte Euch schaden. Es ist offensichtlich, dass man meinen Worten hier Glauben geschenkt hat. Maßt Euch also nicht an, sie in Zweifel zu ziehen.«

»Sagt mir, warum Ihr geht. Es müsste Euch doch Wohlgefallen bereiten, die Schwestern hängen zu sehen. Und Heilbronn liebt Euch. Warum verlasst Ihr die Stadt – und das auch noch so still und heimlich?«

»Ich bin ein Mann Gottes, und irdische Dinge wie Ruhm oder Selbstherrlichkeit gebühren mir nicht. Ich gehe, da es mich zurück in meine Heimat zieht. Die Arbeit, die Gott mir hier aufgetragen hat, ist getan.«

Lando zweifelte seine Worte an. Doch sosehr es ihm auch widerstrebte, er hatte nichts in der Hand, um den Bußprediger aufzuhalten.

»Ich verdenke Euch Eure Gefühle nicht. Im Gegenteil. Ich vergebe Euch. So, wie der Herr es uns gelehrt hat. Lebt wohl.«

Lando sah, wie der Bußprediger seine Kapuze wieder aufzog und das Maultier vom Hof führte. Die Machtlosigkeit, zu der er verdammt war, raubte ihm beinahe den Verstand. Regungslos verharrte er auf der Mitte des Hofs. Die Nacht brach an, und die Kälte schloss ihn ein, als er eine Frau auf sich zukommen sah. Lando traute seinen eigenen Augen nicht. »Guda?«

»Endlich habe ich dich gefunden.«

Sie umarmten sich lange und fest wie zwei Ertrinkende, die sich an ein Stück Holz klammerten.

»Ich bin so froh, dass du hier bist, Guda.«

»Zwei ganze Tage bin ich schon in Heilbronn – auf der Suche nach dir. Ich habe gesehen, was heute auf dem Marktplatz geschehen ist.«

Lando wollte nicht weinen. Das hatte er noch nie vor Guda getan. Hier allerdings, in der Dunkelheit, da Guda ihn umarmte, ihm Wärme und Geborgenheit schenkte wie eine Mutter, konnte er nicht länger an sich halten. Lando sank auf die Knie. »Man wird sie töten, Guda. Morgen nimmt man mir die Frau, die ich liebe.«

Die Tatsache, dass er hier im Runden Turm auf die Vollstreckung seiner furchtbaren Strafe wartete, war nicht halb so schlimm wie das, was er seit dem Gericht zu ertragen gezwungen war. Es musste mitten in der Nacht sein, als die Drillinge schließlich aufhörten, ihr Schicksal zu beweinen. Auch kein Laut außerhalb des Turms war mehr zu hören. Christan fühlte sich leer.

»Warum habt Ihr verschwiegen, dass Ihr der Begleiter des Bußpredigers wart?«

Christan horchte auf. Er hatte gedacht, sie seien alle drei eingeschlafen. Ein Irrtum, wie es schien. Gänzlich umgeben von Dunkelheit, war es ihm jedoch unmöglich zu sagen, welche dort sprach. »Weil seine Tat mich dazu zwang.« Er brauchte einen Augenblick, um den Willen aufzubringen, die damaligen Begebenheiten zu erzählen. Doch Christan beschloss, sie hatte ein Recht darauf, es zu erfahren. »Wir zogen aus Halberstadt los durchs ganze Land. Alardus' Wille, Gott zu dienen, war groß. Doch er scheiterte an sich selbst. Immer und immer wieder. Da seine Absichten aber stets die besten waren, blieb ich an seiner Seite. Ich sah es als meine Pflicht. Als wir Heilbronn erreichten, muss irgendetwas geschehen sein. Ich weiß nicht, was. Wir waren nur kurz getrennt. Das nächste Mal sah ich ihn, als er auf den Wagen kletterte und zu der Menge sprach. Ich war …« Christan hielt inne. Die Erinnerung an jenen Tag nahm ihn mehr mit, als er es sich selbst zugestehen mochte. »Ich sah es kommen. Es geschah, wie es oft schon geschehen war. Alardus konnte die Menge nicht mitreißen. Und da sie ihm diesmal an den Hals wollten, behalf er sich mit jenen Lügen, die Euch schließlich in Verruf brachten. Diese Tat konnte ich einfach nicht mittragen. Ich wandte mich von ihm ab und versuchte, allein ein gottgefälliges Leben zu führen.«

»Ihr habt nie Zweifel daran gehabt, dass er gelogen hat?«

»Nein, dazu kannte ich ihn zu gut.«

»Aber woher wusste er unseren Namen?«

»Wenn ich darauf nur eine Antwort hätte.« Christan hörte selbst, wie unbefriedigend seine Worte waren. Zu gerne hätte er das Geheimnis nun gelüftet, damit die Drillinge wenigstens nicht in Unwissenheit starben. Das aber würde wohl ein bloßer Wunsch bleiben.

Plötzlich sprach eine andere der drei. So, als hätte sie seine Gedanken gelesen, sagte sie: »Ihr habt versucht, uns zu warnen, um so dem Übel entgegenzuwirken. Auch wenn Eure Taten schlussendlich nicht erfolgreich waren, sind sie für uns von großer Bedeutung. Ihr seid für uns eingestanden, als es niemand sonst bereit war zu tun. Gott wird das gesehen haben. Ihr werdet den Lohn dafür im Himmelreich ernten.«

»Ich danke Euch. Diese Worte sind ein Labsal. Ich würde es wieder tun.« Damit gab es zu Alardus nichts weiter zu sagen. Christan war froh darüber. Ab jetzt wollte er ihn für immer aus seinen Gedanken verbannen. Eine düstere Ahnung jedoch sorgte dafür, dass seine Anspannung nun wuchs. Gleich würde unweigerlich der Augenblick kommen, vor dem er sich mehr fürchtete als vor dem Brandmarken. Christan vernahm ein Rascheln im Stroh, das aus anderer Richtung kam wie die beiden Stimmen zuvor. Und tatsächlich. Der leicht veränderte Ton machte deutlich, es war die Dritte, die nun sprach.

»Euch gebührt noch weiterer Dank, wie wir erfahren haben. Ihr standet Mutter bei, als wir fort waren. Mein Gemahl ließ uns wissen, dass Ihr kürzlich zu ihr gegangen seid. Bitte sagt uns: War sie wohlauf, als Ihr sie zuletzt saht?«

Christan spürte, wie er zu zittern begann. Wie sollte er es ihnen nur sagen? Es gab keine schonende Weise zu erzählen, was sich Schreckliches zugetragen hatte.

Die Erste, die gesprochen hatte, nutzte das Schweigen. »Meint Ihr, sie hat dem Gericht im Geheimen beigewohnt?«

Christan suchte noch immer nach den richtigen Worten. Er wollte es ihnen leichter machen. Das schier endlose Schluchzen hatte doch gerade erst aufgehört.

»Warum sagt Ihr nichts?«

»Mein Herz wiegt schwer in diesem Moment.« Er sprach sehr langsam. »Ich selbst habe mich um alles gekümmert.«

»Um was?«, erklang es brüchig.

»Luitgardis hat nun Frieden.«

Es war nur noch ein Flüstern. »Wo ist unsere Mutter?«

»Sie sitzt zur Rechten Gottes.« Christan schloss trotz der Dunkelheit die Augen. Er wünschte sich an einen anderen Ort. Kurz bevor er seine nächsten Worte aussprach, fragte er sich, ob es das tatsächlich geben konnte: eine Lüge, die gut war. »Ich war bei ihr, als sie ihren letzten Atemzug tat. Sie ist an gebrochenem Herzen gestorben. Doch sie hat noch vernommen, dass Ihr lebt. Somit verschied sie mit einem Lächeln. Alles war, wie es von Gott gefordert wurde. Sie bekam die Letzte Ölung. Die Komturs-Schwester und ich hielten gemeinsam die Totenwache. Eure Mutter liegt begraben in geweihter Erde.«

Das Schluchzen der Drillinge war leise und seltsam beherrscht. Christan konnte nur vermuten, welcher Gedanke sie tröstete, und er sprach ihn aus. »Morgen schon seht Ihr sie wieder. Und dann seid Ihr für immer vereint.«

Clementia erwachte sanft. Sie hörte Vögel zwitschern und befand sich noch halb in ihrem Traum. Sie war wieder Kind gewesen. Barfuß, mit rotfleckigem Kleid, hatte sie die Kirschbäume fremder Gärten erklommen. Das Lachen ihrer Schwestern klang ihr noch im Ohr, als sie mit einem Ruck in der Wirklichkeit ankam. Sie riss die Augen auf. Das, was sie nun fühlte, stand im krassen Gegensatz zu den Eindrücken des Traums. Heute war der Tag ihres Todes!

Die Atemgeräusche um sie herum ließen sie wissen, dass sie als Erste erwacht war. Jedenfalls als Erste unter den Schwestern.

»Es ist bald so weit«, hörte sie es von der anderen Seite flüstern.

Clementia stand vorsichtig auf, um Imagina und Eilika der Gnade ihres Schlafes nicht zu berauben, und setzte sich neben den Prokurator. »Sagt mir«, flüsterte sie. »Was wird uns alle erwarten?«

»Wollt Ihr das wirklich wissen?«

»Ich erfahre es lieber jetzt und hier in der Dunkelheit denn später vor den Augen aller.«

»Zuerst werden wir unseren letzten Gang antreten – hoch zum Galgen. Stellt Euch darauf ein, dass diejenigen, die uns begleiten, uns nicht wohlgesonnen sind.«

»Was geschieht oben?«

»Man wird Euch die Hände nach hinten binden, damit Ihr den Strick um Euren Hals nicht greifen könnt.«

»Werden wir nacheinander sterben, sodass zwei von uns den Tod der anderen …« Clementia schaffte es nicht, es auszusprechen.

»Nein. Ich denke nicht. Der dreibeinige Galgen bietet Platz

für Euch alle gleichzeitig. So höhnisch es auch klingen mag, seht es als Glück an.«

»Das tue ich.«

»Was wird mit unseren Körpern geschehen?«

»Man wird Euch hängen lassen, bis das Seil durchrottet. Die Zurschaustellung der Leichen gehört dazu.«

Clementia schlug die Hand vor den Mund. Das Flüstern fiel ihr nun schwer. »Aber wenn wir nicht begraben werden … werden wir Mutter im Himmelreich dann überhaupt begegnen?«

Die Antwort des Prokurators kam nicht sofort. »Gott sieht, wer reinen Herzens ist«, sagte er dann. »Ganz gleich, welch Urteil auf Erden gesprochen wurde. Dessen bin ich überzeugt.«

Clementia beruhigte sich wieder etwas. »Was wird Euch dort oben erwarten?«

»Man wird mich mit dem glühenden Eisen brennen.«

»Wo?«

»Vielleicht auf dem Rücken oder der Hand. Wenn es ganz schlimm kommt, im Gesicht. Doch wo auch immer man mir das Zeichen setzt, es wird mich nicht töten. Ich werde die Möglichkeit bekommen, mein restliches Leben Gott zu widmen. Das ist mein Trost.«

Clementia fragte besser nichts zum Herausreißen der Zunge, was bei Weitem der schrecklichere Teil seiner Strafe war. Der Prokurator erschien ihr so gefasst. Sie wollte ihm das nicht nehmen.

»Hört mir zu.« Der Klangrichtung seiner Stimme nach hatte Bruder Luppolt sich Clementia jetzt direkt zugewandt. Sie spürte, wie er ihre Hand nahm. »Ich verspreche Euch eines: Wenn man mich fortgejagt hat, werde ich in aller Heimlichkeit zurückkommen zur Richtstätte und Eure Körper begraben.«

Clementias Hals war wie zugeschnürt. Statt einer Antwort drückte sie seine Hand fest. Er erwiderte es.

»Auch wenn es eigentlich eines Priesters *in persona Christi* bedarf… Wollt Ihr dennoch, dass ich Euch die Beichte abnehme, bevor Ihr Eurem Schöpfer entgegentretet?«

»Ja, das möchte ich.«

»Dann begebt Euch auf die Knie und faltet die Hände.«

Clementia tat es und fragte sich zugleich, ob sie nicht gerade dabei war, einen Fehler zu begehen. Das, was sie nun beichten würde, war vor Gott falsch gewesen. Und doch bereute sie es nicht. Gerade jetzt, im Angesicht ihres eigenen Todes, war sogar das Gegenteil der Fall. Am liebsten hätte sie Gott noch gedankt dafür.

Clementia begann das Beichtgespräch dennoch. »Im Namen des Vaters und des Sohnes und des Heiligen Geistes. Amen.«

»Gott schenke dir wahre Erkenntnis deiner Sünden und seiner Barmherzigkeit.«

»Amen.«

»Erleichtere dein Herz.«

»Vergib mir, Vater, denn ich habe gesündigt.«

»Wie lauten deine Sünden?«

»Ich habe gelogen, wenn man mich nach meinem Namen fragte. Nach meiner Herkunft und meinen Absichten.«

»Fühlst du Reue deswegen?«

»Ja, Vater.«

»Was sonst hast du zu beichten?«

»Ich empfinde Hass auf die Menschen, die uns verurteilt haben und uns nun dem Tod übergeben werden.«

»Wirst du ihnen vergeben, wie Gott es uns aufgetragen hat?«

»Ich werde, Vater.«

»Was sonst hast du zu beichten?«

»Ich…« Clementia war hin- und hergerissen. Sie hörte, dass ihre Schwestern mittlerweile erwacht waren. Sollte sie ihnen mit schlechtem Beispiel vorangehen und Bruder Luppolt anlügen?

»Sprich es aus, mein Kind. Was es auch ist.«

»Ich habe einen Mann geküsst, der nicht mein Gemahl und nicht mein Verlobter ist.«

»Hast du auch bei ihm gelegen?«

»Nein, Vater.«

»Bereust du deine Tat?«

»Ja, Vater.« Clementia hoffte darauf, dass es stimmte, was der Prokurator vorhin gesagt hatte. Demnach sah Gott, dass sie reinen Herzens war. Was konnte schon falsch an Gefühlen sein wie jenen, die sie für Matteo hegte? Für Clementia war die Liebe keine Sünde. Und offenbar sah auch Bruder Luppolt die Schwere ihrer Tat nicht, denn er trug ihr keine Buße auf, sondern sprach gleich das Reuegebet.

»Deus, Pater misericordiarum, qui per mortem et resurrectionem Filii sui mundum sibi reconciliavit et Spiritum Sanctum effudit in remissionem peccatorum, per ministerium Ecclesiae indulgentiam tibi tribuat et pacem. Et ego te absolvo a peccatis tuis in nomine Patris, et Filii, et Spiritus Sancti, Amen.«

»Ich danke dem Herrn.«

»Er hat dir deine Sünden vergeben. Geh hin in Frieden.«

Clementia vernahm die Stimme ihrer Schwester Eilika. »Hört ihr das? Sie kommen, um uns zu holen.«

»Schnell. Zu mir, ihr beiden«, forderte der Prokurator.

Das Rascheln von Stroh ließ Clementia wissen, dass ihre Schwestern nun auch vor ihm knieten.

»Gott schenke euch wahre Erkenntnis eurer Sünden und seiner Barmherzigkeit.« Er sprach schneller als zuvor.

»Amen.«

»Amen.«

»Sprecht gemeinsam. Wir haben kaum noch Zeit.«

»Vergib mir, Vater, denn ich habe gesündigt«, ertönte es nun im Gleichklang.

Clementia hörte, wie die Schreie von außen lauter wurden.

»Wie lauten eure schlimmsten Sünden?«

»Ich fühle Hass auf meinen Vater«, sprach Eilika.

»Ich ebenso.« Imagina ergänzte noch: »Zudem heirate ich ohne die Einwilligung meines Vormundes.«

»Was sonst habt ihr zu beichten?«

Eilika sprach: »Wut auf jene, die uns heute zu Unrecht richten werden.«

»Ich auch.« Imaginas Stimme zitterte nun so sehr, dass sie kaum mehr zu verstehen war.

Clementia hörte, wie ein Mann von draußen forderte: »Holt sie endlich raus!«

Bruder Luppolt fragte nicht mehr, ob sie wahrlich bereuten. Es blieb keine Zeit dafür – ebenso wenig wie für das Reuegebet. Die hasserfüllten Rufe von außerhalb wurden immer lauter. Fäuste donnerten gegen das Türholz. Die Stimme des Prokurators bebte, als er hastig sprach: »Der Herr hat euch eure Sünden vergeben. Gehet hin in Frieden.«

In diesem Augenblick wurde die Tür aufgerissen. Sie knallte gegen die Steine des Turms. Schreie drangen herein. Männer kamen ins Innere gestürmt, packten die vier und banden allen die Hände auf den Rücken. Dann stieß man sie hinaus – in die wütende Menge.

Der Weg bis zum Galgenberg erschien Clementia endlos. Obwohl sie die Richtstätte schon von Weitem sehen konnte, kamen sie ihr nur langsam näher. Immer wieder stolperte sie. Bruder Luppolt fiel sogar. Fortwährend wurde sie bespuckt und beworfen. Als sie schließlich den Ort der Blutgerichtsbarkeit Heilbronns erreichten, sah Clementia, dass all die Männer, die auch vor Gericht dabei gewesen waren, sich bereits hier versammelt hatten. Unwillkürlich musste sie daran denken, wie sie das letzte Mal hier gewesen war. Nach dem Hochwasser. Auf ihrer Flucht. Sie sah zu dem Baum, der vom Blitz getroffen worden war. Genau an dieser Stelle hatte sie Eilikas Blütenholz gefunden.

»Dort drüben«, hörte sie Imagina sagen.

Clementia sah Matteo, Lando und Ebo. Die Männer waren gekommen, um ihnen während ihrer letzten Atemzüge zur Seite zu stehen. Auch wenn es seltsam war, es gab Clementia

Kraft, ihre eigene Hinrichtung durchzustehen. Sie konnte nur hoffen, dass es ihren Schwestern ebenso erging. Ihr Blick fuhr hoch zu den drei Querbalken des Galgens. Die Stricke daran wurden in diesem Augenblick vom Henker auf ihre Festigkeit überprüft. Clementia wurde schwindelig. Gerade so konnte sie es noch verhindern, sich zu erbrechen. Sie hörte ihren eigenen Atem stoßweise entweichen. Ihr Sichtfeld verengte sich. Doch keine gnädige Ohnmacht erlöste sie von dem, was sie sah. Den Blick vom Galgen abgewandt, bemerkte sie nun den Schein eines Feuers, in dem ein rot leuchtendes Eisen lag. Bruder Luppolt hielt die Augen darauf gerichtet.

Grob stieß man sie und die anderen drei weiter – bis vor den Stuhl des Kaisers. Ein Tritt in die Kniekehlen ließ sie nacheinander zu Boden gehen.

Der Wittelsbacher sah auf sie herab. An die Menge der Zuschauenden gerichtet, verkündete er: »Wir sind heute hier zusammengekommen, um den Frieden in Unserer geliebten Stadt wiederherzustellen.« Sein Arm fuhr hoch, und sein Finger wies nach Westen, wo Heilbronn lag. »Diese vier landschädlichen Leute sollen heute gerichtet werden. Drei von ihnen mit trockener Hand. Ein weiterer durch Brandmarkung und das Herausreißen der lügnerischen Zunge. Lasst uns mit dem Eisen beginnen, solange es glüht.«

Jubelgeschrei brandete auf, worauf einige Vögel erschrocken die umliegenden Baumwipfel verließen.

Clementia sah, wie der Prokurator von zwei Männern gepackt wurde. Man brachte ihn zum Feuer. Der Henker machte sich bereit und forderte die Männer neben Bruder Luppolt auf: »Nehmt ihm seine Kleidung ab und legt ihn über den Holzbock. Haltet ihn fest mit aller Kraft, sodass ich die Brandmarkung auf dem Rücken zur vollen Zufriedenheit des Gerichts erfüllen kann.«

NEUNTES KAPITEL

Er rannte. Sein Maultier hatte er einfach auf dem Weg zurückgelassen. Dort, wo es ihm klar geworden war.

Alardus spürte das Stechen in seiner Brust. Dann auch noch in seinen Seiten. Sein Atem war nur noch ein Keuchen, und der Schweiß floss ihm in Sturzbächen vom Gesicht. Es ging bergauf. Trotzdem hielt er nicht an. Er würde rennen, bis ihm schwarz vor Augen war und sein Herz aufhörte zu schlagen. Nicht eher wollte er stehen bleiben.

Als er die Hochgerichtsstätte erreichte, war ihm, als verlöre er jeden Moment die Besinnung. Das erstaunte Gemurmel der Menge, durch die er sich drückte, nahm er kaum wahr. Taumelnd stieß er durch die erste Reihe der Schaulustigen auf den Platz der Hinrichtung. Das Erste, was er sah, waren die noch unbenutzten Stricke. Dann hörte er einen gellenden Schrei und erblickte eine weiße Rauchwolke.

»Haltet ein!«, schrie er aus Leibeskräften. Erschöpft fiel er auf alle viere. »Haltet ein! Haltet ein!«, wiederholte er mit erhobenem Arm.

Der Kaiser gab ein Zeichen, woraufhin der Henker das Eisen von Christans Rücken zog. »Was geht hier vor sich?«

»Haltet ein, Majestät. Ich flehe Euch an.«

»Helft dem Mann und bringt ihn her.«

Alardus spürte, wie man ihm unter die Arme griff und ihn auf die Füße stellte. Stolpernd erreichte er den Kaiser.

»Sagt Uns augenblicklich, was Euer Auftreten zu bedeuten hat.«

Alardus' Kraft kehrte so weit zurück, dass er gerade zu stehen vermochte. Er wollte das, was er nun zu sagen hatte, laut und deutlich vortragen, damit man ihm auch glaubte. »Mein Kaiser, Herren des Gerichts und alle Heilbronner. Ich bin zurückgekommen aus nur einem Grunde. Um zu gestehen, ich habe gelogen.«

Ludwig IV. sah ihn fassungslos an. »Wenn Ihr Euch einen üblen Scherz erlaubt, ist dies der schlechteste Moment dafür.«

»Nein. Im klaren Wissen, dass das, was ich sage, meinen sicheren Tod zur Folge hat, verkünde ich, dass ich ein Betrüger bin. Die Laemmlin-Schwestern sind unschuldig!«

»Was sagt Ihr da?«, stieß der Kaiser hervor.

»Alles, was ich behauptet habe – angefangen bei meiner Predigt im Juni bis zum gestrigen Gerichtstag –, war gelogen. Es diente einzig dazu, meine eigene Haut zu retten.« Er sah nun zu den Drillingen. Der Schrecken der vergangenen Tage stand ihnen in den Gesichtern geschrieben. Ebenso der nun blasse Schimmer der Hoffnung. Alardus konnte nur erahnen, was sie seinetwegen hatten erleiden müssen. Verleumdet, verjagt und verurteilt waren sie. Das Geschehene war nicht mehr ungeschehen zu machen. Ihren Tod jedoch konnte er nicht auch noch auf sich nehmen. Nun sah er zu Christan. Stöhnend erhob er sich von dem Holzbock. Alardus roch sein verkohltes Fleisch und wünschte, es wäre seines.

Der Bürgermeister trat vor. »Es fällt uns schwer, Euren Worten zu glauben. Wie kann es sein, dass Ihr wusstet, was Ihr damals sagtet? Ihr nanntet den Namen Laemmlin, obwohl Ihr noch nie hier gewesen wart und die Sippe Euch gänzlich unbekannt war.«

»Das stimmt. Doch hatte ich keine Vision wie von mir behauptet. Ich traf eine junge Magd in der Kirche. Sie hieß Irma und diente im Hause Laemmlin. Von ihr erfuhr ich alles, was ich hinterher für meine Zwecke benutzte.«

»Wo ist diese Magd jetzt? Ich erstrebe, sie danach zu befragen.«

Alardus kam das liebliche Gesicht Irmas in den Sinn. Stumm wünschte er sich, sie könne sehen, wie er gerade versuchte, das Unrecht, was er auch ihr angetan hatte, wiedergutzumachen. »Sie ist tot.«

Einige der Heilbronner begannen miteinander zu tuscheln. Sie hatten sie offenbar gekannt.

»Wie ist sie gestorben?«

»Durch meine Hand.« Alardus sah zu den Drillingen, denen der Schreck über diese Nachricht anzusehen war. Es schien ihm, als wäre Irma ihnen mehr als bloß eine Magd gewesen.

»Wie können wir Euren erneuten Behauptungen Glauben schenken?«, fragte der Bürgermeister.

»Indem ich Euch sage, wo ich ihren Leichnam hinbrachte.« Er drehte sich um und richtete seinen ganzen Körper nach Südwesten aus, wo am Fuße des Hanges das verlassene Bockingen lag. Seinen Finger darauf gerichtet, sagte er: »Ich habe sie auf dem Gottesacker begraben – nahe zweier immergrüner Büsche.« Alardus hörte seine Worte, als kämen sie von jemand anderem. In Gedanken durchlebte er erneut, wie er, heimlich und im Schatten der Nacht, mit Irma auf dem Rücken durch das unbewachte Burgtor verschwunden war. Niemand hatte bemerkt, wie er während Ritter Hartmanns Abwesenheit umhergeschlichen war. Auch nicht, als er die nächste Nacht zurückkam, während der Wachmann tief und fest schlief.

»Geht und seht nach«, forderte der Kaiser von seinen Getreuen, die umgehend ihre Pferde bestiegen. »Jemand, der sie gekannt hat, soll Unsere Männer begleiten.«

»Ich kann das tun, Majestät.«

»Wer seid Ihr?«

»Walter ist mein Name. Ich bin Wachmann am Fleiner Tor und kannte Irma gut.«

»Dann geht mit und berichtet Uns.«

Es dauerte sicher eine Stunde, bis die fortgeschickten Männer zurückkehrten. Ihre Hände waren schwarz von der Erde auf dem Gottesacker. Walter, der Wachmann, sah blass aus. Er schien den Anblick der mit Sicherheit halb verrotteten Leiche nicht vertragen zu haben. Tapfer stellte er sich vor den Kaiser und wahrte Haltung. »Sie liegt tatsächlich dort. Ich habe sie erkannt.«

Der Kaiser wandte sich wieder Alardus zu. Es war ihm anzusehen, dass er diese unglaubliche Wende nur allmählich glauben konnte.

»Wir fragen Euch nun ganz direkt, Bußprediger. Ihr wollt Euch tatsächlich und im Angesichte Eures Kaisers und aller hier anwesender Männer als schuldig bekennen? Und zwar der Verleumdung Unbescholtener, des Meineides vor Gericht und der Tötung einer Magd mit Namen Irma?«

»Ja. Ich bekenne, alle diese Dinge getan zu haben. Und niemand sonst war mir Gehilfe.«

»Dann hört nun Unser Urteil, Bußprediger.« Kaiser Ludwig sprach laut, damit jeder ihn hören konnte. »Die Schwestern sind unwiderruflich frei. Sie können ab sofort gehen, wohin es ihnen beliebt. Löst ihre Fesseln. Jetzt gleich.«

Alardus sah, wie der Armbruster, der Tucher und der Mundator zu ihnen liefen. Zum zweiten Male in kurzer Zeit rissen sie den Frauen die Fesseln herunter, die daraufhin weinend vor Glück und Erleichterung in deren Arme fielen. Er lächelte, als er das sah, und spürte ein seltsames Hochgefühl ihn durchströmen. Hoffentlich waren jene Hände nun für immer sicher vor allen Stricken.

»Volmar Laemmlin«, fuhr der Kaiser fort, »ist ebenso von aller Schuld befreit. Man hole ihn aus dem Kirchenasyl. Auch er darf gehen, wohin es ihm beliebt.«

Sofort stoben zwei junge Gerichtsdiener davon, um den Befehl des Kaisers auszuführen.

»Der Prokurator ist nach wie vor dem Belügen seines Kaisers schuldig – jedoch nicht mehr des Meineides vor dem Gericht. Mit dem Brandmarken seiner Haut ist seine Schuldigkeit getan. Lasst ihn frei und gebt ihm seine Kleider zurück.«

Alardus atmete tief durch. Er fühlte sich unendlich erleichtert.

»Nun zu Euch, Bußprediger.«

Alardus richtete den Blick auf den Kaiser. Er war innerlich ruhig – trotz des Grauens, das nun unweigerlich folgen würde. Das erste Mal seit vielen Wochen fühlte es sich richtig an, was er tat.

»Ihr werdet hingerichtet – und zwar auf der Stelle. Da Ihr selbst gestanden habt, sehen Wir von allen zusätzlichen Qualen ab und gestehen Euch den schnellen Tod durch den Strick zu. Wünscht Ihr, vorher zu beichten?«

»Nein, mein Kaiser.« Alardus schüttelte den Kopf. Voller Überzeugung sagte er: »Meine Seele ist nicht mehr zu retten. Doch wenn ich einen Wunsch äußern darf, wäre es der, dass Bruder Luppolt mir den Strick umlegt.«

»Es sei Euch gestattet.« Der Kaiser forderte Christan zur Tat auf. »Prokurator, tut, was der Mann sich wünscht.«

Alardus wurde zur Richtstätte gebracht und unter einen der Stricke gestellt. Noch einmal sah er sich um. Er bemerkte den leichten Wind in den Baumwipfeln, deren Blätter sich bereits verfärbten. Es war ein wunderschönes Farbenspiel vor dem tiefblauen Himmel. Das Wissen darum, dass er dies nun zum letzten Mal sah, machte ihn betroffen. Morgen schon würde die Sonne wieder aufgehen, als wäre nichts geschehen. Alardus wusste, niemand weit und breit würde seinen Tod beweinen.

Christan kam mit schmerzverzerrtem Gesicht näher. Doch das Antlitz seines einstigen Weggefährten sah wider Erwarten nicht zornig aus. »Ich hoffe, du findest endlich deinen Frieden, Alardus.«

»Vergibst du mir?«

Er nickte. »Ja, ich vergebe dir. Und ich werde für dich beten.«

»Danke, Christan. Leb wohl.«

»Wollt ihr vielleicht alleine gehen?«, fragte Lando die Schwestern. »Wir würden es verstehen.«

Eilika hatte bereits die Hand auf die altersschwache Pforte aus dünnen Ästen gelegt. Bevor sie antwortete, sah sie auf den Gottesacker des Leprosoriums. Sie hatte Angst vor dem Weg, der nun zu gehen war. Vielleicht brauchte sie deshalb nicht lange nachzudenken. »Nein. Mit euch wird es leichter zu ertragen sein.«

Imagina ergriff die Hand von Ebo. Clementia jene von Matteo.

Lando machte einen Schritt auf Eilika zu. Er legte seinen Arm um ihre Schulter. »Dann los«, sagte er aufmunternd.

Eilika schob den Henkel ihres geflochtenen Korbes in die Armbeuge. Der Duft der darin liegenden Blüten und Kräuter stieg ihr in die Nase. Mutter hätte diesen Geruch geliebt.

Knarrend fiel die Pforte hinter ihnen zu. Der gewundene Trampelpfad verzweigte sich hier und da. Doch sie bogen nicht ab, sondern folgten ihm weiter. Er führte hindurch zwischen knorrigen Bäumen, in denen Vögel saßen und ihre Lieder sangen.

Eilika kam nicht umhin zu bemerken, dass dies ein schöner Ort für die letzte Ruhe war. Anders als auf den Gottesackern um die Kirchen der Stadt war hier kaum ein Geräusch von Menschenhand oder ein Laut aus Menschenmund zu hören. Nur die Vögel und das Rauschen des leichten Windes in den herbstlichen Blättern. Eilika sah hoch. Am Ende des Gottesackers, wo schon der Zaun zu sehen war und dahinter die Heilbronner Berge, stand Bruder Luppolt. Er hatte die Hände zum Gebet gefaltet.

Als der Prokurator sie sah, lächelte er. »Ich habe Euch bereits erwartet.«

Eilika und die anderen umrahmten die zwei aufgeschütteten Erdhügel, die mit Steinen umgeben waren. Die Ruhestätte ihrer Mutter trug schon graue Erde, jene von Irma war noch frisch und dunkel. »Einen schönen Platz habt Ihr ausgesucht. Es hätte beiden hier gefallen.«

»Das zu hören macht mich glücklich.«

Eilika trat zu ihren Schwestern und stellte den Korb zwischen den Erdhügeln auf. »Wollen wir?«

Die anderen beiden nickten. Sie gingen in die Knie. Einzeln nahmen sie die Blumen und Kräuter aus dem Korb und legten sie auf den Gräbern nieder. Sie ließen sich viel Zeit damit. Mindestens so viel, wie es gebraucht hatte, die Pflanzen auf den Wiesen vor Heilbronn zu pflücken. Es war das Letzte, was sie für ihre Mutter und Irma tun konnten. Die einzige Art des Abschiednehmens, die ihnen blieb. Sie wollten es bewusst vollführen. Irgendwann war der Korb leer und beide Erdhügel übersät von Blüten. Der Duft war nun noch betörender als zuvor und hüllte alle ein. Eilika, Clementia und Imagina erhoben sich. Ihre stummen Tränen versiegten langsam, und ihre Wangen trockneten.

»Das habt ihr schön gemacht.« Ebo sah auf die Mitte der Ruhestätte von Luitgardis. Dorthin, wo eine Stelle freigelassen worden war. »Wofür das?«, fragte er.

Imagina antwortete: »Wir sind noch nicht fertig.« Sie zog ein Stück Tuch aus ihrem Ärmel. Es trug ihre Blüten. Vorsichtig legte sie es nieder.

Clementia brachte ihrerseits ein gefaltetes Pergament zum Vorschein. Sie brauchte es nicht zu entfalten. Allen war klar, was darauf zu sehen war.

Schlussendlich griff Eilika in ihre lederne Tasche. Das Blütenholz hatte eine ganze Nacht in Anspruch genommen, bis es ihrer Vorstellung entsprochen hatte. Sie legte es auf das Pergament und das Tuch, sodass beides nicht vom Wind davongetragen werden konnte. Nun war es getan.

»Orate pro anima eius«, forderte Bruder Luppolt sie nun dazu auf, für die Seele der Toten zu beten.

Eilika und die anderen falteten die Hände.

»Pie Jesu, Domine dona eis requiem, requiem sempiternam. Amen.«

»Amen«, sprachen alle nach. Eine ganze Weile war bloß zu hören, was der Wind bewegte. Das Rascheln langer trockener Gräser. Das Holz des alten Zauns, der leise knarrte. Dann war es so weit. Der Moment des Abschieds nahte.

»Was wird nun aus Euch?«, fragte Eilika den Prokurator.

»Da der Kaiser mich begnadigt hat und meine Vertreibung aus der Stadt nicht mehr gefordert wird, werde ich bleiben. Ich will den Armen und Kranken dienen, bis mein Herr mich an seine Seite ruft. Hier im Leprosorium ist mein Platz.«

»Es klingt so, als hättet Ihr Euren Frieden mit all dem Vergangenen gemacht.«

»Ja, das habe ich.«

»Und das Brandmal? Leidet Ihr Schmerzen?«

»Nicht mehr, als es unser Herr Jesus am Kreuz hatte ertragen müssen. Der Schmerz wird vergehen.«

Eilika verstand, dass er ihr mit dieser Antwort auswich. Sie wollte nicht weiter nachfragen.

»Was ist mit Euch? Werdet Ihr in Heilbronn bleiben?«

Eilika sah zu Lando, der ihr erneut den Arm um die Schultern legte. Verliebt sahen sie einander an, bevor sie ihre Antwort gab. »Nein. Hier in Heilbronn gibt es nichts mehr, das mich hält. Wimpfen ist jetzt meine Heimat.«

Lando küsste ihre Stirn und sagte zum Prokurator: »Wir hoffen, auch Euch dort bald einmal begrüßen zu dürfen. Spätestens zu unserer Hochzeit.«

Der Prokurator lächelte warm. »Ein solch freudiges Ereignis werde ich mir selbstverständlich nicht entgehen lassen.«

»Wie schön«, sagte Eilika.

»Was ist mit Euch, Clementia?«

Ihr Gesicht begann zu strahlen. Sie stellte sich dichter zu Matteo und legte ihre Schläfe an seine Brust. »Auch wir sprechen Euch eine Einladung aus. Noch vor dem ersten Schnee werden wir heiraten.«

Das erste Mal, seit sie hier standen, lachte Bruder Luppolt voller Heiterkeit. Zweifellos empfand er wahre Freude über die Nachrichten. »Werdet Ihr denn weiter mit dem Hof ziehen?«

Matteo antwortete anstelle von Clementia: »Nein. Das neue Spital in Nürnberg hat eine eigene Kanzlei. Der Kaiser hat mir zugesichert, dass dort ein Platz für mich ist. Er sagte, ich solle es als Hochzeitsgeschenk betrachten, dass er auf mich und meine Dienste verzichtet.«

»Ein großzügiges Geschenk«, bemerkte der Prokurator. Sein Blick ging zu Ebo und Imagina. »Demnach wird es in Zukunft stets einen doppelten Grund für mich geben, Nürnberg aufzusuchen.«

Es war alles gesagt. Eilika sah noch ein letztes Mal auf die Gräber. Nur Gott wusste, wann sie das nächste Mal herkommen würden. Dieser Gedanke machte sie traurig. Doch zu bleiben war unmöglich. Unweigerlich dachte sie daran, wie ihr Vater sie angesehen hatte, als Clementia und sie ihn gebeten hatten, den Verlobungen mit Lando und Matteo zuzustimmen. Er war noch immer ihr Vormund, wenngleich er keine Liebe für sie übrig hatte. Doch selbst jetzt, wo alle Schmach von ihnen genommen worden war, wollte er die Verlobungen aus schierer Boshaftigkeit verhindern. Es war wohl ihr Glück, dass das Ersuchen ihres Vaters auf ein sicheres Geleit am Gerichtstag den Wittelsbacher nachhaltig erzürnt hatte. Volmar Laemmlin musste zustimmen und seine ungeliebten Töchter ziehen lassen, wenn er sich die Gunst des Kaisers eines Tages zurückerwerben wollte.

»Lasst uns gehen«, sagte Imagina schließlich. »Wir haben noch einen weiten Weg vor uns.«

Als Eilika sich umwandte, erblickte sie etwas, das sie veranlasste, stehen zu bleiben. Eine Frau im Schatten eines Baumes. »Katharina«, sagte sie nur.

Nun sahen sie auch die anderen. Die Komturs-Schwester hielt einen Strauß Blumen in der Hand. Einen Moment lang schien es, als wolle sie flüchten, doch dann kam sie näher. Ihre hochgezogenen Schultern verrieten, wie unbehaglich sie sich fühlte.

»Ich könnte es verstehen, wenn ihr verneint. Aber ich bitte euch dennoch. Darf ich diese Blumen niederlegen, um noch einmal Abschied von Luitgardis zu nehmen? Danach werdet ihr mich nicht wiedersehen.«

Keiner sagte ein Wort.

Eilika jedoch entsann sich, was Bruder Luppolt im Turm gesagt hatte. Katharina war in den letzten Stunden ihrer Mutter bei ihr gewesen. Und nun war sie hier. Ebenso dachte sie daran, wie ihre einstige Kindheitsfreundin den Finger vorzeitig von der Reliquie gehoben hatte – vermutlich mit Absicht. All das veranlasste sie, Katharina nicht fortzujagen.

»Wohin wirst du gehen?«

»Ich werde ins Kloster eintreten. Freiwillig.«

»Warum?«

Katharinas Stimme war voller Schmerz. »Ich könnte so vieles darauf sagen. Dass ich Buße tun will für meine Taten am Wasser. Dass ich frei sein will von meinem Bruder. Dass ich ohnehin nie wieder einen Mann so sehr lieben könnte, wie ich Götz geliebt habe.« Sie schluchzte so heftig, dass die Blumen ihr aus den Fingern glitten. Die Hände vor das Gesicht geschlagen, flehte sie: »Bitte vergebt mir, bevor ich den Schleier nehme.«

Eilika zögerte nicht. Sie schloss Katharina in die Arme.

Imagina kam hinzu und daraufhin auch Clementia.

Es dauerte, bis Katharina sich beruhigte. Danach sammelten sie gemeinsam die Blumen auf und verteilten sie um Luitgardis' letzte Ruhestätte.

»Leb wohl, Katharina«, sagte Eilika schließlich.

»Lebt auch ihr alle wohl. Ich wünsche euch Glück in der Ferne. Und seid gewiss, ich werde für Luitgardis Seelenmessen beten. Jeden Tag. Solange ich lebe. Das ist ein Versprechen.«

Katharina ging als Erste. Dann verließen sie alle den Gottesacker und mit ihm das Gelände des Leprosoriums. Hier, vor dessen Toren, trafen sie auf Guda, die es vorgezogen hatte, die Männer und die Schwestern alleine gehen zu lassen.

Imagina, Ebo, Clementia und Matteo stiegen gemeinsam in einen Wagen. Eilika und Lando erklommen die Rücken zweier Pferde.

Trotz ihrer Angst ließ sich Guda hinter Lando auf dem Pferderücken nieder und krallte sich an seinen Körper. Ihr furchtsames Verhalten brachte alle zum Lachen.

Das erste Wegstück teilten sie noch, dann, an einer Gabelung, mussten sie sich trennen.

Eilika schluckte schwer. Sie hatte sich diesen Augenblick weniger schlimm ausgemalt. Doch dann spürte sie die warmen tröstenden Hände Landos und Gudas auf ihrem Rücken. Sie lächelte. Selbst wenn es unvermeidlich war, dass ihre Schwestern ihr fehlen würden, wusste sie sich in Geborgenheit. »Auf bald, meine Lieben! Ich werde euch schrecklich vermissen.«

»Wir dich auch, liebe Schwester«, sagte Imagina.

»Schon zur Hochzeit sind wir wieder vereint«, rief Clementia und winkte so lange, bis sie einander nicht mehr sehen konnten.

NACHWORT

Die Geschichte der Laemmlin-Drillinge ist Fiktion. Eilika, Clementia und Imagina haben außerhalb dieser Buchseiten nie gelebt. Dennoch gibt es in meinem Roman viele historisch verbürgte Personen und einige Fakten, die auf wahren Begebenheiten beruhen. An dieser Stelle möchte ich diesbezüglich etwas Licht ins Dunkel bringen.

Die Familie Laemmlin (es existieren zahlreiche Schreibweisen) hat es seit dem 13. Jahrhundert tatsächlich in Heilbronn gegeben. Über die Jahrhunderte haben sich mehrere Linien erhalten – zum Beispiel in Nürnberg, Horkheim und Thalheim, wo man an Kirchen und auf Grabsteinen noch immer das Lamm-Wappen bewundern kann. Lebende Nachfahren der Laemmlins findet man auch noch, und zwar auf dem Weingut Lämmlin-Schindler im südlichen Baden, wo es außerdem noch einen Stammbaum der Familie zu sehen gibt.

Es ist sehr wahrscheinlich, dass *mein* Volmar Laemmlin auch Weinberge besaß, denn die meisten Patrizierfamilien Heilbronns jener Zeit erwirtschafteten auf diese Weise ihren Reichtum. Nachweislich besaßen seine Eltern Weingärten. Dies bestätigt eine Urkunde vom 28. Februar 1290, in der geschrieben steht, dass jene Laemmlins dem Kloster Maulbronn zwei Teile Weingärten gaben, damit dort ein Ewiges Licht zum Erhalt ihres Seelenheils aufgestellt wurde. Jenes Ewige Licht am Anfang des Romans, das auf eine Weise zum Ursprung allen Übels wird, hat es also wirklich gegeben – wenngleich viele Jahre zuvor. Volmars Ersterwähnung in einer Urkunde aus dem Jahre 1349 kann man entnehmen, dass er Richter war. Leider sagen die Quellen nichts über seine Ehefrau. Ich habe sie Luitgardis genannt, denn so hieß seine Mutter. Gemeinsam hatten sie drei Kinder: Volmar, Gebwin und Wigmar. Die Drillinge und Götz sind meiner Fantasie entsprungen.

Alle Ratsherren, alle edlen Damen Heilbronns, alle Bürger Nürnbergs sowie die Getreuen des Kaisers sind namentlich und in ihrer dargestellten Funktion glaubhaften Quellen entnommen, auch wenn ich bezüglich der Amtszeiten hier und da etwas großzügig sein musste. So war Eberhard von Ebersberg tatsächlich Komtur der Kommende des Deutschordens in Heilbronn – allerdings von 1328 bis 1330. Da der nächste Komtur erst 1344 genannt wird, griff ich auf Eberhard zurück. Ähnlich verhält es sich mit seinen Ordensbrüdern, die ihm zu einem späteren Zeitpunkt nachweislich auf das Komtursamt folgten, weshalb ich sie zu Heilbronner Deutschmännern im Jahre 1333 machte. Heinrich Lieblip wird 1330 als Bürgermeister genannt. Ob er jenes Amt im Jahre 1333 auch noch innehatte, geht aus den Quellen nicht klar hervor.

Matteo hat es, so wie von mir erzählt, nie gegeben. Doch durch zahlreiche Urkunden weiß man, dass Kaiser Ludwig IV. zwischen 1330 und 1334 insgesamt achtzehn Mundatoren in seiner Kanzlei beschäftigte. Jener Mundator, der im Jahre 1333 an der Schlichtungsurkunde zwischen Heilbronner Rat und Deutschordenshaus, also dem Neckar-Privileg, beteiligt war, bleibt namentlich im Dunkeln. Nur seine außergewöhnliche Schrift ist der Nachwelt erhalten geblieben. Ich nannte diesen Mundator Matteo und machte ihn zum Freund des Kanzlers Heinrich von Lichtenberg, welcher tatsächlich 1304 in Bologna studiert hat.

Ebo Tucher ist meiner Fantasie entsprungen – obwohl es ihn theoretisch sogar gegeben haben könnte. Denn seit Anfang des 14. Jahrhunderts lebte in Nürnberg eine Patrizierfamilie mit Namen Tucher, deren Blütezeit über viele Jahrhunderte lang währte. Ich stelle mir gerne vor, dass Ebo einer der ersten Tuchers war.

Auch Lando und Guda sind von mir frei erfunden. Ihre Häuser habe ich in die Badgasse direkt angrenzend zur damaligen Stadtmauer gesetzt, wo es laut dem Denkmalpflegerischen Werteplan der Gesamtanlage Bad Wimpfen noch ein Gebäude gibt, das im Kern aus dem 13. Jahrhundert stammt. Der Gedanke, dass Lando diese Steine hypothetisch einst berührt haben könnte, gefällt mir sehr. Was das Aussehen und Fertigen von Armbrüsten um 1300 betrifft, habe ich mich an archäologische Funde und Rekonstruktionen durch Experten gehalten.

An einigen Stellen des Romans finden sich Textteile von Originalurkunden. Beispielsweise jenes Dokument über die Veräußerung des Dorfes Bockingen oder aber das des Neckar-Privilegs. Ich habe mich dafür entschieden, die Texte in ihrer ursprünglichen Form in die Geschichte einfließen zu lassen, damit man als Leser eine Vorstellung dafür bekommt, wie man im Spätmittelalter geschrieben hat. Ungefähr zur Zeit der Blütentöchter kam es zu einer Übergangsphase der Verschriftlichung der deutschen Sprache, in der immer mehr Urkunden in Mittelhochdeutsch und immer weniger in Latein verfasst wurden. Eine weitere Freiheit habe ich mir bei den Bibelzitaten im Roman erlaubt. Auch wenn es bis zum 14. Jahrhundert bereits eine Vielzahl von Übersetzungen der Heiligen Schrift oder Teilen davon gegeben hat, beziehe ich mich dennoch auf moderne Versionen.

Bei allen genannten Orten habe ich versucht, deren damalige Topografie und Bebauung so wiederzugeben, wie sie um 1333 wahrscheinlich gewesen war. Manchmal musste die historische Genauigkeit allerdings der besseren Verständlichkeit weichen. Die Sülmer Straße beispielsweise hieß damals schlicht Landstraße, was ich verwirrend fand, und Heilbronn nannte sich je nach Zeit und Quelle Heilecbrunnen, Heilicbrunno, Helibrunna oder Hailbrunna. Hier habe ich die aktuellen Bezeichnungen den historischen vorgezogen. Im Falle von Bad Wimpfen allerdings habe ich auf das neumodische *Bad* verzichtet. Und auch der Ort Bockingen/Böckingen, der wirklich 1333 an Heilbronn veräußert wurde und den man heute unter Altböckingen kennt, musste seinen alten Namen behalten, um eine Verwechslung mit dem heutigen Heilbronner Ortsteil Böckingen (damals oft Beckingen) zu verhindern. Warum beide Orte beinahe gleich hießen, wurde nie geklärt.

Über den Hoftag in Esslingen, bei dem es nachweislich zum Heilbronner Neckar-Privileg kam, habe ich außer jener Urkunde keine Quellen gefunden. Den Ablauf dieses Ereignisses habe ich mir demnach erdacht – wenngleich mithilfe von Überlieferungen anderer Hoftage. Bewiesenermaßen hielt der Kaiser sich aber am 27. August und auch noch am 6. September in Esslingen auf. Das bezeugen entsprechende Urkunden, auf denen der Ausstellungsort vermerkt ist. Ich habe den Kaiser und sein Gefolge schon etwas früher aufbrechen lassen, damit er es noch rechtzeitig zum Heilbronner Jahrmarkt schafft.

Dass Ritter Hartmann von Böckingen in Esslingen seine Rechte bestätigt bekommen hat, stimmt so nicht ganz. Jene Bestätigung bekamen er und sein Bruder Albrecht am 13. November 1333 in Öhringen. Auch was seine Rechte selbst betrifft, musste ich mir etwas einfallen lassen, denn sie werden in der Urkunde leider nicht genannt. Es ist bloß die Rede von »... ihrer althergebrachten und von ihren Vorfahren ererbten Rechte und Gewohnheiten ...«. An dieser Stelle sei noch erwähnt, dass auch in Bezug auf den Namen des Ritters eine Verwechslungsgefahr droht. Denn im heutigen Stadtteil Böckingen hat es auch eine Burg gegeben – und zwar jene der Herren von Böckingen, die wohl, trotz der Namensgleichheit, nicht mit Hartmann und Albrecht verwandt waren. Dessen einstige Burg, über deren Aussehen nur noch spekuliert werden kann, vermutet man drei Kilometer südöstlich von Heilbronn entfernt beim Aussichtsplatz Uhlandslinde.

Den Streit der Weinsberger Bürger mit den Weinsberger Herren hat es tatsächlich gegeben. Auch das Abreißen und Neuerrichten der Stadtmauer zum Ausschließen der Burg ist verbürgt. Ob sie aber tatsächlich in Esslingen vor ihren Kaiser getreten sind, kann ich nicht mit Gewissheit sagen. Es ist aber nicht unwahrscheinlich.

Das furchtbare Neckarunglück hat es ebenso gegeben, desgleichen die von mir geschilderten weitreichenden Folgen. Der damals kleinere Flussarm an Heilbronns Stadtmauer war plötzlich zum Hauptarm geworden. Die Mühle der Deutschherren bekam nun nicht mehr genug Wasser. Stauwehre taten ihr Übriges, worüber es zwischen Rat und Orden zum Streit kam. Das Ergebnis dieser Streitigkeiten war für Heilbronn ein Segen. Der Kaiser bestätigte: »Also daz die burger den Necker sullen wenden und keren wahin si duncket, daz es der stette aller nutzlichest si.« Die Einflussnahme auf den Lauf des Wassers hatte zur Folge, dass Heilbronn zum Endpunkt der Neckarschifffahrt wurde. Durch zahlreiche Stauwehre wurden die Händler gezwungen, ihre Waren durch Heilbronn zu führen und sie in der Stadt zwischenzulagern. Das daraus resultierende Stapelrecht und die Steuereinnahmen bildeten den Grundstein für beachtlichen Wohlstand.

Kaiser Ludwigs Liebe zu Heilbronn, die durch die nachweisliche Treue der Stadt ihm gegenüber entstanden ist, hat mir sehr gefallen. Und sie kam mir an einigen Stellen auch gelegen, wo ich den Wittelsbacher sicher nachsichtiger dargestellt habe, als es ein Kaiser zu dieser Zeit möglicherweise war. Es entspricht der Wahrheit, dass der Kaiser Heilbronns Beistand während der langjährigen Auseinandersetzungen mit dem Habsburger Friedrich großzügig belohnte. Zum Beispiel erließ Ludwig IV. der Stadt die noch ausstehende Reichssteuer von 600 Pfund Heller sowie die Judensteuer, er gewährte die Blutgerichtsbarkeit und einen zweiten, dreiwöchigen Jahrmarkt am 24. Juni.

Auf diesem Jahrmarkt durften wir Alardus erleben, der von mir frei erdacht worden ist. Obwohl er Böses getan hatte, mochte ich ihn. Die ewige Zerrissenheit zwischen seinem tiefen Glauben und dem sehr menschlichen Wunsch nach Anerkennung sowie seinen Lügen, die Drillinge betreffend, und seiner Liebe zu Irma haben mich ihn ins Herz schließen lassen. Auch wenn ich es nicht beweisen kann, bin ich mir sehr sicher, dass es zu dieser Zeit einige Geistliche gegeben haben muss, die ähnlich gefühlt haben wie er. Sie waren meiner Meinung nach Opfer der damaligen gesellschaftlichen Zwänge.

Auch Christan ist meiner Fantasie entsprungen. Doch hat es im Jahre 1330 tatsächlich einen Prokurator namens Luppolt gegeben – das nutze ich für meine Zwecke. Ob damit aber ein Bruder der Franziskaner gemeint war, lässt das Urkundenbuch an entsprechender Stelle leider offen. Genannt ist ein Prokurator aus einem »Kloster der minderen Brüder«. Über das Leprosorium vor Heilbronns Toren, in dem ich Christan wirken lasse, habe ich nicht viele Quellen gefunden. Alles, was ich über den Alltag der Todgeweihten geschrieben habe, wurde dem Lexikon des Mittelalters und der Lübecker Leprosenordnung entnommen.

Nun möchte ich noch auf die Gerichts-Szene gegen Ende des Romans eingehen. Der Ablauf und Inhalt stellt im Groben eine Mischung aus dem Richtsteig Landrecht, dem Magdeburger Recht und dem Freiberger Stadtrecht dar. Das, was ich hier über das Schreien des Gerüftes, die Klageerhebung, das Schwören des Eides, Rede und Gegenrede sowie über das Einsetzen von Richter, Schöffen, Vorsprecher und Eidhelfer erfahren habe, nutzte ich gleichermaßen, um über die Drillinge richten zu lassen. Exakt so, wie ich es dargestellt habe, wird es demnach vor Gericht wohl nicht zugegangen sein. Aber alle Elemente im Einzelnen haben ihre Berechtigung. Das Zetergeschrei von Katharina von Ebersberg habe ich dem Freiberger Stadtrecht entnommen. Es wurde der Tat entsprechend angepasst und lautete bei Diebstahl beispielsweise: »Cetar ubir minen dip unde der lantlute dip.« Tatsächlich war es vorgeschrieben, dass man es an den von mir im Buch genannten Orten insgesamt drei Mal zu schreien hatte. Den misslungenen Eid von Eilika, der aufgrund der Verwechslung der Worte »dessen« und »wessen« als ungültig erklärt worden war, hat es auch gegeben, wenngleich zu späterer Zeit. Im 39. Schöffenspruch der Leitmeritzer Sammlung wird wiedergegeben, dass eine gewisse Katharina durch einen Reinigungseid versucht hatte, ihre Unschuld zu beweisen. Ein Ratsmann sprach ihr folgende Formel vor: »Dessen mich Jan Jawor beschuldigt, des bin ich unschuldig, so mir Gott helfe und alle Heiligen.« Katharina sprach fälschlicherweise nach: »Wessen mich Jan Jawor beschuldigt, des bin ich, so Gott will, unschuldig, so mir Gott helfe und alle Heiligen.« Die Schöffen beschlossen daraufhin, dass der Eid ungültig sei – so, wie ich es die Heilbronner Schöffen bei Eilika beschließen ließ.

DANK

Dieses Buch wäre nicht entstanden, wenn meine Zwillingsschwester Lara Jelinski nicht in Heilbronn studiert hätte. Nie werde ich die schöne Zeit in der großen Vierer-WG über der Rosen-Apotheke vergessen. Von unserer Liebe zur Geschichte getrieben, besuchten wir damals nahezu jeden historischen Ort und jede Burg und jedes Kloster um Heilbronn herum. Schon damals, vor elf Jahren, entstand in mir der Wunsch, Heilbronns Geschichte eines Tages durch einen Roman zu beleben. In diesem Sinne möchte ich den Erschaffern einer ganz bestimmten Webseite danken. Selten habe ich bei meinen Recherchen eine solch wunderbare Zusammenfassung städtischer Vergangenheit entdeckt wie auf dem Onlineauftritt des Stadtarchivs Heilbronn. Ein weiterer Dank geht an meinen lieben Mann Andrew – der die wundervolle Karte in diesem Buch gestaltet hat – und an meine süßen Töchter Amber und Minu. Wie bei jedem Buch haben sie auch diesmal von Zeit zu Zeit sehr geduldig mit mir sein müssen, wenn ich mal wieder tief in meiner Geschichte versunken war. Ebenso möchte ich meiner Schwiegermutter Rebecca Tan danken, die einfach eine fantastische Oma und dadurch immer eine große Hilfe ist. Ein weiterer Dank gilt dem Team der Agentur Thomas Schlück und im Besonderen Joachim Jessen, der dafür gesorgt hat, dass dieses Buch von mir geschrieben werden durfte. Auch meiner Verlagslektorin Anna-Lisa Hollerbach möchte ich danken sowie meinem Verlag Blanvalet, mit dem mich eine jahrelange und ganz fabelhafte Zusammenarbeit verbindet, die hoffentlich noch lange währt. Ein letzter und ganz lieber Dank gilt Angela Kuepper, der Redakteurin dieses Romans. Durch ihr Wissen und Können haben die Zeilen ihren letzten Schliff erhalten. Durch ihr Feingefühl war das Bearbeiten der Texte eine reine Freude – DANKE.

GLOSSAR

Base: Cousine oder Tante

Begruzen: Die Erhebung einer Klage.

Bruche/Nesteln: Eine Art Unterhose, die mit Schnürriemen an Beinlingen befestigt wurde.

Eidstaber: Jemand, der dem Schwörenden die vom Gericht vorgegebene Eidformel vorspricht.

Eineid: Ein Eid, der allein geleistet wird.

Erholung/Holung: Das Recht, einen misslungenen Eid erneut aufsagen zu dürfen.

Farrenstall: Stall, in dem Vatertiere gehalten wurden.

Gerüfte: Das Zetergeschrei, das bei einem Verbrechen jene, die in der Nähe sind, auffordern soll, den Täter zu fassen.

Griffel: Schreibgerät aus Silber, Zinn oder Blei zum Zeichnen von Linien.

Handhafte Tat: Ein Verbrechen, bei dem der Täter auf frischer Tat ertappt wird.

Heuke: Ärmelloser Mantel in Glockenform für Männer und Frauen, der je nach Geschlecht entweder auf der Schulter geschlossen oder über den Kopf gezogen wurde.

Heuscheuer: Scheune zum Lagern von Heu.

Itinerar: Reiseroute des Kaisers.

Konvent: Gemeinschaft von Nonnen oder Mönchen in einem Kloster.

Kreuzmonstranz: Liturgisches Schauobjekt zum Verwahren von Reliquien oder einer Hostie in Kreuzform.

Leprosorium: Wohnstätte für Leprakranke.

Lettner: Scheidewand innerhalb von Gotteshäusern, die den Bereich für Priester, Mönche und Nonnen von dem für Laien bestimmten Bereich abtrennte.

Mit trockener Hand: Verletzungen, die nicht mit Blutverlust verbunden sind.

Mitgift: Vermögen, das der Tochter von den Eltern bei ihrer Hochzeit mitgegeben wurde.

Morgengabe: Geschenk des Ehemannes an die Ehefrau nach dem ersten Beischlaf als Entschädigung ihrer verlorengegangenen Jungfräulichkeit.

Mundator: Schreiber einer Kanzlei.

Ordal/Gottesurteil: Das Herausfinden der Schuld oder Unschuld eines Beklagten durch Gottes Hilfe.

Placker: Ein Raubritter.

Prokurator: Verwalter des Klosterbesitzes.

Rise: Ein Tuch, das von einer Seite des Kopfes über den Hals und das Kinn bis zur anderen Seite drapiert wurde. Häufig in Verbindung mit einer Kopfbedeckung.

Schecke: Männerrock mit Ärmeln, die sich farblich oft vom Leibstück unterschieden.

Schreimannen: Zeugen der Tat, die vor Gericht die Glaubwürdigkeit des Klägers unterstreichen sollten.

Selbdritt/selbsiebt (schwören): Zusammen mit zwei Eidhelfern bzw. mit sechs Eidhelfern schwören.

Servitium regis: Natural und Geldabgaben von Untertanen an den König/Kaiser.

Staben: Vorsprechen eines Eides.

Übersiebnen: Überführung des Beklagten durch Kläger und sechs Eidhelfer mittels Eides.

Vorsprecher: In gerichtlichen Dingen sachkundiger Sprecher eines Klägers oder eines Beklagten.

Wams: Eng anliegende, meist hochgeschlossene Oberbekleidung für Männer.

Wehre: Bauten zum Stauen des Wassers.

Weidach: Eine Wiesenaue, die am Fluss liegt.
Weiler: Ansammlung von wenigen Höfen.
Wittum: Gabe des Ehemannes an die Braut, das der Frau im Falle des Todes ihres Ehemannes ein Auskommen sein soll.
Zwinger: Geländestreifen zwischen Fluss und Stadtmauer.

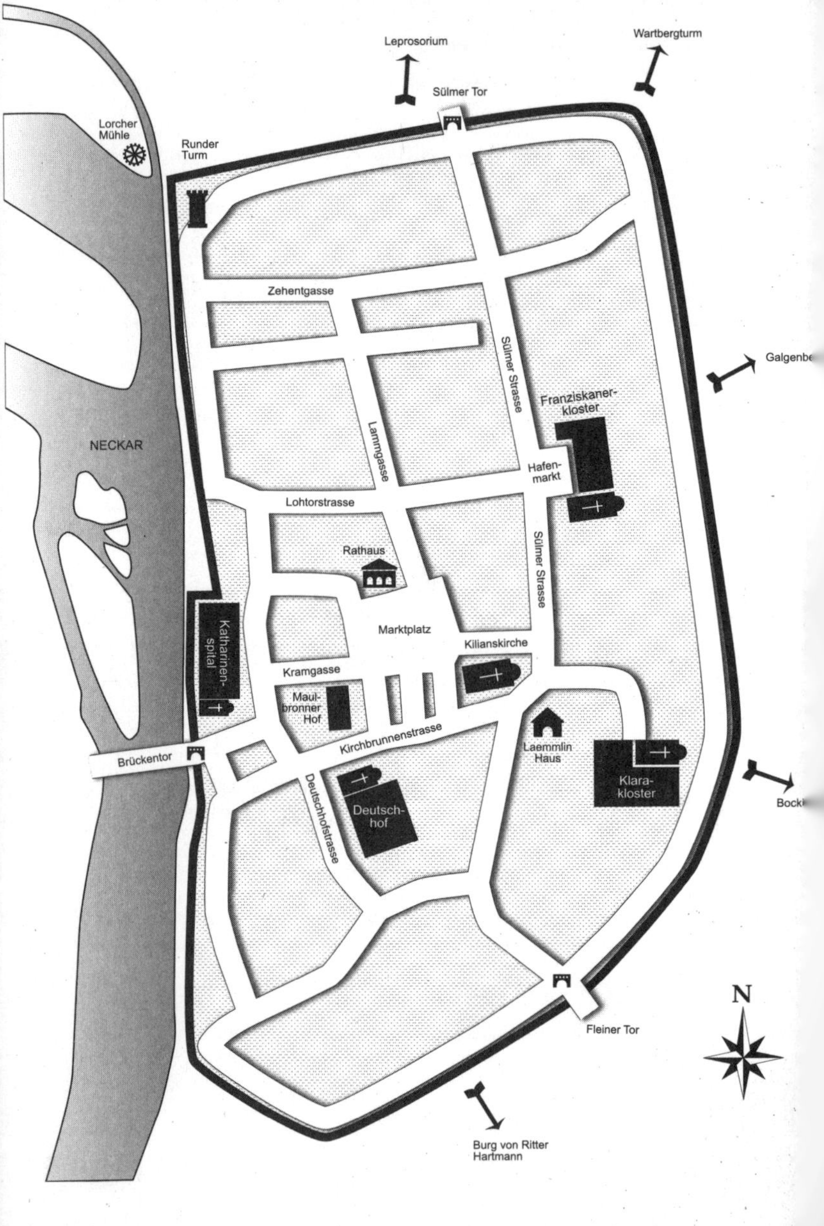

Leprosorium
Wartbergturm
Sülmer Tor
Lorcher
Mühle
Runder
Turm
Galgenbe
Zehentgasse
Sülmer Strasse
Franziskaner-
kloster
NECKAR
Lammgasse
Hafen-
markt
Lohtorstrasse
Sülmer Strasse
Rathaus
Marktplatz
Katharinen-
spital
Kilianskirche
Kramgasse
Maul-
bronner
Hof
Kirchbrunnenstrasse
Laemmlin
Haus
Brückentor
Klara-
kloster
Bock
Deutschhofstrasse
Deutsch-
hof
N
Fleiner Tor
Burg von Ritter
Hartmann